LOS ATORMENTADOS

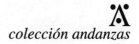

colección andanzas

Libros de John Connolly
en Tusquets Editores

ANDANZAS

Todo lo que muere

El poder de las tinieblas

Perfil asesino

El camino blanco

El ángel negro

Los atormentados

MAXI

Todo lo que muere

El poder de las tinieblas

JOHN CONNOLLY
LOS ATORMENTADOS

Traducción de Carlos Milla Soler

Título original: *The Unquiet*

1.ª edición: mayo de 2008
2.ª edición: mayo de 2008

El editor deja constancia de que esta obra ha recibido una subvención
del Ireland Literature Exchange (Translation Fund), Dublín, Irlanda.
www.irelandliterature.com
info@irelandliterature.com

© de la traducción: Carlos Milla Soler, 2008
Diseño de la colección: Guillemot-Navares
Reservados todos los derechos de esta edición para
Tusquets Editores, S.A. – Cesare Cantù, 8 – 08023 Barcelona
www.tusquetseditores.com
ISBN: 978-84-8383-067-3
Depósito legal: B. 28.230-2008
Fotocomposición: Pacmer, S.A. – Alcolea, 106-108, 1.º – 08014 Barcelona
Impresión: Limpergraf, S.L. – Mogoda, 29-31 – 08210 Barberà del Vallès
Impreso en España

Índice

Agradecimientos 11

Primera parte 15

Segunda parte 73

Tercera parte 191

Cuarta parte 303

Quinta parte 337

Sexta parte 397

Séptima parte 415

Para Emily Bestler, con gran afecto,
y con gratitud por perseverar conmigo

AGRADECIMIENTOS

Este libro no podría haberse escrito sin la paciencia y gentileza de un gran número de personas que pusieron a mi disposición sus conocimientos y experiencia sin una sola queja. Doy las gracias especialmente al doctor Larry Ricci, director del Programa Spurwink contra los Abusos a Menores de Portland, Maine; Vickie Jacobs Fisher de la Comisión de Maine para la Prevención de los Abusos a Menores; y al doctor Stephen Herman, psiquiatra forense y aficionado a las estilográficas, de la ciudad de Nueva York. Sin la ayuda de estas tres almas generosas, éste sería un libro mucho más pobre, eso en el supuesto de que existiera.

Las siguientes personas proporcionaron también valiosa información en momentos cruciales de la composición de la novela, y les estoy muy agradecido: Matt Mayberry (bienes raíces); Tom Hyland (Vietnam y temas militares); Philip Isaacson (temas jurídicos); Vladimir Doudka y Mark Dunne (temas rusos), y Luis Urrea, mi colega, un autor con un talento infinitamente mayor que el mío, quien con gran amabilidad corrigió mis paupérrimos intentos en español. El agente Joe Giacomantonio del Departamento de Policía de Scarborough tuvo una vez más la amabilidad de responder a mis preguntas sobre las cuestiones de procedimiento. Por último, Jeanette Holden, de la Sociedad Histórica de Moose River en Jackman, me proporcionó un material extraordinario y una tarde de buena compañía. Estoy en deuda asimismo con la Cámara de Comercio de Jackman por su colaboración, y con el personal de la biblioteca de investigación de la Sociedad Histórica de Maine, en Portland. Como siempre, los errores que sin duda han llegado al papel son exclusivamente míos.

Una serie de libros y artículos resultaron especialmente útiles para la investigación, entre ellos: *The Yard,* de Michael S. Sanders (Perennial, 1999); *History of the Moose River Valley* (Sociedad Histórica de Moose River de Jackman, 1994); *Arnold's Expedition up the Kennebec to Quebec in 1775*, de H.N. Fairbanks (archivo de la Sociedad Histórica de Maine); *South Portland: A Nostalgic Look At Our Neighborhood Stores*, de Kathryn Ones Di Phillip (Barren Mill Books, 2006); y los reportajes galardonados del *Portland Phoenix* sobre el empleo de la «silla» en el centro penitenciario Supermax en Maine, en particular, *Torture in Maine's Prisons*, de Lance Tapley (11 de noviembre de 2005).

En cuanto a lo personal, conservo la inmensa suerte de contar con mis revisoras habituales, Sue Fletcher de Hodder & Stoughton y Emily Bestler de Atria Books, que tienen paciencia de santas y las aptitudes de cirujanos literarios. Gracias también a Jamie Hodder-Williams, Martin Neild, Lucy Hale, Kerry Hood, Swati Gamble, Auriol Bishop, Kelly Edgson-Wright, Toni Lance, Bill Jones y a todos en Hodder & Stoughton; a Judith Curr, Louise Burke, David Brown, Sarah Branham, Laura Stern y a todos los de Atria; y a Kate y KC O'Hearn, sin las cuales el cedé *Into the Dark* no habría sido posible. Mi agente, Darley Anderson, sigue inquebrantable con su sentido común y su amistad, y con él y con Emma, Lucie, Elizabeth, Julia, Rosi, Ella, Emma y Zoe estoy en deuda por mi carrera. Por último, doy gracias a Jennie, Cam y Alistair por aguantarme.

Finalmente, unas palabras sobre Dave Glovsky, «el Adivinador». Dave existió, y ejerció su oficio en Old Orchard Beach, aunque espero fervientemente que jamás se encontrase con un hombre como Frank Merrick. En cierto punto, contemplé la posibilidad de incluir una versión vagamente disfrazada del Adivinador en esta novela, pero eso me pareció injusto para con este hombre tan insólito, así que aparece con su propia identidad, y si alguno de sus familiares lo encuentra en estas páginas, confío en que reconozcan en ellas el homenaje que pretendía rendirle.

John Connolly,
diciembre de 2006

Agradezco asimismo la autorización para reproducir fragmentos de las siguientes obras protegidas por copyright:

When in Rome de Nickel Creek, compuesta por Chris Thyle © 2005 Mad German Music (ASCAP) y Queen's Counsel Music (ASCAP). Todos los derechos reservados. Utilizada con permiso.

John Wayne Gacy Jr., compuesta por Sufjan Stevens. Por cortesía de New Jerusalem Music Publishing.

Primera parte

¿Adónde puede ir un muerto?
Una pregunta cuya respuesta
sólo los muertos conocen.

Nickel Creek, *When in Rome*

Prólogo

Este mundo está lleno de cosas rotas: corazones rotos y promesas rotas, personas rotas. Este mundo es, a su vez, una frágil edificación, una colmena donde el pasado se filtra en el presente, donde el peso de la culpa por la sangre derramada y los pecados antiguos arruina vidas y obliga a los niños a yacer con los despojos de sus padres entre el posterior revoltijo de escombros.

Yo estoy roto, y en represalia he roto a otros. Ahora me pregunto cuánto daño puede infligirse al prójimo hasta que el universo interviene, hasta que una fuerza exterior decide que los padecimientos son ya suficientes. Antes pensaba que era cuestión de equilibrio, pero ya no lo creo. Ahora pienso que lo que yo hice era desproporcionado en relación con lo que me hicieron a mí, pero ésa es la esencia de la venganza. Crece de manera exponencial. No puede controlarse. Un daño invita a otro, y así sucesivamente hasta que el agravio inicial casi se ha olvidado en medio del caos que viene después.

En otro tiempo busqué venganza. Nunca más lo haré.

Pero este mundo está lleno de cosas rotas.

Old Orchard Beach, Maine, 1986

El Adivinador sacó del bolsillo el fajo de billetes doblado, se lamió el pulgar y contó discretamente las ganancias de la jornada. El sol ya se ponía y se derramaba sobre el agua en jirones de un rojo incandescente, como de sangre y de fuego. Aún deambulaba gente por el entarimado del paseo, bebiendo refrescos y comiendo palomitas calientes con mantequilla, mientras siluetas lejanas recorrían la playa, unas de la mano y otras solas. Como el tiempo había cambiado, se había producido un notable descenso de las temperaturas nocturnas y se había levantado un viento cortante que jugueteaba con la arena al anochecer, augurio de alteraciones mayores, los visitantes se entretenían menos que días atrás. El Adivinador presintió que sus días allí, en la playa, tocaban a su fin, ya que si el público no se detenía, él no podía trabajar, y si no trabajaba, ya no era el Adivinador. Pasaba a ser sólo un viejo menudo ante un precario tenderete de rótulos y balanzas, baratijas y quincalla, porque sin espectadores para presenciar su demostración era como si sus habilidades no existiesen siquiera. Los turistas empezaban a escasear, y pronto aquel lugar carecería de interés para el Adivinador y sus colegas: los vendedores ambulantes, los puestos de baratillo, los feriantes y los timadores. Se verían obligados a partir hacia climas más propicios o buscar un refugio donde vivir en invierno de los ingresos del verano.

El Adivinador percibía el sabor del mar y de la arena adherida a la piel, un sabor salado, una reafirmación de la vida. Lo notaba en todo momento, aun después de tantos años. El mar le proporcionaba su medio de vida, ya que atraía a los veraneantes, y el Adivinador estaba allí esperándolos cuando llegaban; pero su afinidad con el mar no se reducía al dinero que le daba. No, reconocía algo de su propia esencia en él, en el sabor de su sudor, que era un eco de su propio origen lejano y del origen de todas las cosas, y opinaba que un hombre incapaz de comprender la atracción del mar era un hombre que se había perdido a sí mismo.

Pasó los billetes diestramente con el pulgar, moviendo un poco los labios mientras llevaba la cuenta en la cabeza. Cuando acabó, sumó la cantidad al total y luego lo comparó con las ganancias del último año por las mismas fechas. Habían bajado, del mismo modo que el último año habían bajado respecto al anterior. Ahora la gente era más cínica, y tanto ellos como sus hijos estaban menos dispuestos a pararse ante un hombrecillo extraño y su barraca de aspecto primitivo. Se veía obligado a trabajar cada vez más para ganar incluso menos, aunque no tan poco como para plantearse abandonar la profesión que había elegido. Al fin y al cabo, ¿qué otra cosa podía hacer? ¿Recoger las mesas en un bufé libre? ¿Trabajar detrás de la barra en un McDonald's, como algunos de los jubilados más desesperados que conocía, reducidos a limpiar lo que ensuciaban niños lloricas y adolescentes descuidados? No, eso no era para el Adivinador. Él había seguido ese camino durante casi cuarenta años y, por cómo se sentía, calculaba que le quedaban todavía unos cuantos, siempre y cuando así lo decidiese el que repartía las cartas allá en el cielo. Conservaba la mente despierta, y los ojos, detrás de las gafas de montura negra, le permitían aún captar todo aquello que necesitaba saber sobre los incautos a fin de seguir ganándose modestamente la vida. Quizás algunos calificarían lo suyo de don, pero él no lo llamaba así. Era una aptitud, un oficio, perfeccionado y desarrollado año tras año, un vestigio de un sexto sentido que fue poderoso en nuestros antepasados pero que ahora se había atrofiado a causa de las comodidades del mundo moderno. Lo que él poseía era algo elemental, como las mareas y las corrientes oceánicas.

Dave Glovsky, alias «el Adivinador», llegó por primera vez a Old Orchard Beach en 1948, cuando tenía treinta y siete años, y desde entonces su fraseología y las herramientas de su oficio apenas habían cambiado. En su pequeña barraca del paseo destacaba una vieja silla de madera que pendía, sujeta mediante cadenas, de una antigua balanza R.H. Forschner. Un letrero amarillo, toscamente pintado a mano con una vacilante caricatura de Dave, anunciaba la actividad a la que se dedicaba y su emplazamiento, para aquellos que, al llegar allí, acaso no estuvieran del todo seguros de dónde se hallaban o qué tenían ante los ojos. El letrero rezaba: EL ADIVINADOR, PALACE PLAYLAND, OLD ORCHARD BEACH, YO.

El Adivinador formaba parte de la decoración de Old Orchard. Estaba tan integrado en aquel centro de veraneo como la arena en los refrescos y los caramelos blandos que provocaban la caída de los empastes de las muelas. Aquél era su sitio, y él lo tenía interiorizado. Llevaba tanto tiempo acudiendo allí, para ejercer su oficio, que percibía todo cambio en su entorno, por intrascendente que pareciese: una mano de pintura aquí, un bigote afeitado allá. Para él, esas cosas tenían su importancia, ya que así era como mantenía alerta la mente, y como, a la vez, llevaba comida a su mesa. El Adivinador reparaba en todo cuanto ocurría alrededor y archivaba los detalles en su fabulosa memoria, a punto para utilizarlos en el momento más oportuno. En cierto modo, su sobrenombre era poco apropiado. Dave Glovsky no adivinaba. Percibía. Calculaba. Evaluaba. Por desgracia, Dave Glovsky el Percibidor no sonaba tan bien. Como tampoco Dave el Calculador, así que era Dave el Adivinador, y con Dave el Adivinador se quedaría.

El Adivinador te adivinaba el peso con un margen de error de un kilo y medio, y si fallaba, ganabas un premio. Aunque igual que había gente que no tenía el menor interés en que se pregonase su peso ante una risueña muchedumbre un radiante día de verano –no, ni hablar, decían, gracias por preguntar pero métase en sus asuntos–, del mismo modo el Adivinador no se moría de ganas por poner a prueba la resistencia de su balanza colgando de ella ciento cincuenta kilos de pura fémina americana sólo para demostrar que acertaba el peso, y en tales casos lo intentaba muy gustosamente con la edad, la fecha de nacimiento, el empleo, la elección de coche (extranjero o nacional), o incluso la marca de tabaco preferida. Si el Adivinador se equivocaba, seguías tan campante por tu camino con una horquilla de plástico o una bolsa de gomas elásticas en la mano, ufanándote de haberle ganado la partida al hombrecillo raro de los letreros torcidos e infantiles –¿acaso no eras tú el listo?–, y tardarías un rato en darte cuenta de que acababas de pagarle cincuenta centavos a un hombre por el placer de saber algo que ya sabías antes de llegar, y que para colmo habías recibido diez gomas elásticas que al por mayor costaban alrededor de un centavo. Y podía ser que te volvieras a mirar al Adivinador, con su camiseta blanca en la que aparecía escrito con letras mayúsculas: DAVE EL ADIVINADOR, y que le habían estampado como un favor, pues todo el mundo conocía a Dave, en la barraca de camisetas situada un poco más allá, y llegaras a la conclusión de que el Adivinador era en realidad un tipo listo.

Porque el Adivinador sí era listo, listo en el sentido en que lo eran Sherlock Holmes, Dupin o Poirot, el pequeño belga. Era un observador, un hombre capaz de determinar las circunstancias de la existencia de otro a partir de su ropa, su calzado, la manera de llevar el dinero, el estado de sus manos y uñas, las cosas que atraían su atención y despertaban su interés mientras recorría el paseo, e incluso las más nimias pausas y vacilaciones, las inflexiones vocales y los gestos inconscientes mediante los cuales se delataba de mil maneras distintas. El Adivinador prestaba atención en el marco de una cultura que ya no atribuía valor alguno a un acto tan simple. La gente no escuchaba ni veía: sólo creía escuchar o ver. Pasaban por alto más cosas de las que percibían. Sus ojos y sus oídos se adaptaban continuamente a lo nuevo, a la última novedad que les arrojaba la televisión, la radio, el cine, y desechaban lo viejo aun antes de empezar a comprender su sentido y su valor. El Adivinador no era como ellos. Pertenecía a un orden distinto, a un sistema organizativo más antiguo. Estaba preparado para identificar imágenes y olores, susurros que llegaban altos y claros a sus oídos, insignificantes aromas que le producían un cosquilleo en el vello de la nariz y se traducían en forma de luces y colores en su mente. La vista era sólo una de las facultades que usaba, y a menudo desempeñaba un papel secundario respecto a las otras. Al igual que el hombre primitivo, no dependía de los ojos como principal fuente de información. Confiaba en todos sus sentidos y los aprovechaba al máximo. Su mente era como una radio, sintonizada siempre para captar incluso las transmisiones más débiles de los demás.

Había una parte fácil, claro: la edad y el peso le resultaban relativamente sencillos. También los coches estaban casi cantados, por lo menos al principio, cuando la mayoría de la gente que iba de vacaciones a Old Orchard tenía coches de fabricación nacional. Sólo más tarde proliferarían los automóviles de importación, pero aun así las probabilidades seguían siendo de un cincuenta por ciento para el Adivinador.

¿Y en cuanto a las profesiones? Bueno, a veces surgían detalles útiles durante la fraseología inicial, mientras el Adivinador escuchaba sus saludos, sus respuestas, la forma en que reaccionaban a ciertas palabras clave. Incluso mientras escuchaba lo que decían, Dave examinaba su ropa y su piel en busca de signos reveladores: el puño de la manga derecha de la camisa gastado o sucio podía ser indicio de alguien con un empleo de oficina, y de poca monta si tenía que llevar la camisa de trabajo en vacaciones, en tanto que un examen más detenido de sus manos podía poner de manifiesto la huella de un bolígrafo en el pulgar y el índice. A veces se advertía un leve achatamiento en las yemas de los dedos en una mano o en las dos: en el primer caso, indicaba tal vez que era una persona habituada a usar una sumadora; en el segundo, casi con toda seguridad se trataba de una mecanógrafa. Los cocineros siempre tenían pequeñas quemaduras en los antebrazos, marcas de la parrilla en las muñecas, callos en el dedo índice de la mano con que cogían el cuchillo, cicatrices o heridas todavía tiernas allí donde se les había ido la hoja, y el Adivinador aún no había conocido a un solo mecánico capaz de limpiarse hasta el último rastro de grasa de las arrugas de la piel. Distinguía a un policía sólo con verlo, y a un militar con igual claridad que si fuera con uniforme de gala.

Pero la observación sin memoria no servía de nada, y el Adivinador se pasaba el día asimilando detalles del gentío que abarrotaba la costa, desde los retazos de una conversación hasta los destellos de algún efecto personal. Si decidías encender un pitillo, Dave recordaría que el tabaco era Marlboro y que llevabas puesta una corbata verde. Si aparcabas el coche a la vista de su barraca, eras «el Ford y los tirantes rojos». Todo se compartimentaba por si acaso llegaba a tener alguna utilidad, ya que si bien el Adivinador, de hecho, nunca perdía en sus apuestas, estaban también la cuestión del orgullo profesional y la necesidad de dar un buen espectáculo a quienes miraban. El Adivinador no había sobrevivido en Old Orchard durante décadas sólo por equivocarse al adivinar y endosar luego gomas elásticas a los turistas a modo de disculpa.

Se metió las ganancias en el bolsillo y echó una última ojeada alrededor antes de prepararse para cerrar. Estaba cansado y le dolía un poco la cabeza, pero echaría de menos todo aquello cuando la gente se marchase. Como el Adivinador sabía, cierta gente lamentaba el estado en que se encontraba Old Orchard y opinaba que esa hermosa playa se había echado a perder debido a un siglo de desarrollo urbanístico, a la llegada de las montañas rusas, las casas de la risa y los tiovivos, al olor a algodón de azúcar y perritos calientes y bronceador. Quizá tuviesen razón, pero quedaban muchos otros sitios adonde podía acudir esa clase de personas, mientras que no había tantos adonde la gente pudiese ir con sus hijos y, por relativamente poco dinero, disfrutar del mar, la arena y el placer de intentar ganarle a hombres como el Adivinador. Old Orchard había cambiado, eso desde luego. Los chicos eran más gallitos, tal vez incluso un poco más peligrosos. El pueblo ofrecía un aspecto más chabacano que antes, y se percibía una sensación de inocencia perdida más que de inocencia recobrada. Ocean Park, el centro turístico religioso orientado a las familias sito en Old Orchard, parecía cada vez más un salto al pasado, a una época en que la educación y la autosuperación formaban parte de las vacaciones en igual medida que el entretenimiento y la relajación. Se preguntaba cuántos de los que iban allí a beber cerveza barata y comer langosta en platos de cartón sabían algo de los metodistas que habían fundado la Asociación de Acampada de Old Orchard allá por 1870, congregando a veces a multitudes de diez mil personas o más para oír cómo los oradores ensalzaban las ventajas de una vida virtuosa y libre de pecado. Difícil lo tendría quien intentase hoy día convencer a los turistas de que renunciasen a tomar el sol una tarde para escuchar las historias de la Biblia. No hacía falta ser Dave el Adivinador para calcular las probabilidades de éxito.

A pesar de todo, al Adivinador le encantaba Old Orchard. Gracias a aquella pequeña barraca había tenido el privilegio de conocer a hombres como Tommy Dorsey y Louis Armstrong, y sus fotos colgaban de la pared para demostrarlo. Pero si bien esos encuentros representaban los grandes hitos de su trayectoria, su trato con personas corrientes le había proporcionado una satisfacción continuada y permitido conservarse joven y despierto por dentro. Sin la gente, Old Orchard habría significado mucho menos para él, con mar o sin mar.

El Adivinador guardaba ya sus letreros y sus balanzas cuando se acercó aquel hombre; o quizá sería más fiel a la verdad decir que el Adivinador percibió que se acercaba incluso antes de verlo, como aquellos remotos antepasados suyos que no habían confiado en sus sentidos para jugar a las adivinanzas en cavernas iluminadas por el fuego. No, habían necesitado esos sentidos para conservar la vida, para prevenirlos de la llegada de depredadores y enemigos, y por tanto su supervivencia había dependido de su compromiso con el mundo que los rodeaba.

De inmediato, el Adivinador se volvió despreocupadamente y empezó a asimilar los rasgos del desconocido: cerca de cuarenta años, pero aparentaba más edad; los vaqueros más holgados de lo que solían llevarse en esos tiempos; la camiseta blanca pero un poco manchada en el vientre; las botas robustas, más aptas para ir en moto que en coche, aunque sin el desgaste en las suelas propio de un motorista; el pelo oscuro, engominado y peinado hacia atrás, terminando en punta sobre la nuca; las facciones rectas, casi delicadas; el mentón pequeño; la cabeza comprimida como si hubiese estado largo tiempo bajo un gran peso; los huesos de la cara con forma de cometa bajo la piel. Tenía una cicatriz bajo el nacimiento del pelo: tres líneas paralelas, como si le hubiesen introducido en la carne las púas de un tenedor y se las hubiesen hundido hasta el puente de la nariz. La boca torcida, con una comisura apuntando permanentemente hacia abajo y la otra un poco levantada, creaba la impresión de que las máscaras simbólicas del teatro se hubiesen bisecado y sus dispares mitades se hubiesen fundido sobre su cráneo. Los labios eran demasiado grandes. Casi podrían haberse calificado de sensuales, pero todo lo demás en él desmentía esa sensación. Tenía los ojos castaños, pero salpicados de pequeñas manchas blancas, como estrellas y planetas suspendidos en la oscuridad de éstos. Olía a colonia y, justo por debajo, se percibía un fétido hedor de grasas animales derretidas, de sangre y descomposición y excrementos evacuados en ese momento final en que la vida se convierte en muerte.

De pronto, Dave el Adivinador lamentó no haber decidido marcharse quince minutos antes, no tener ya la barraca recogida y el cerrojo echado, y no haber puesto ya la máxima distancia posible entre él, un hombre de aquella avanzada edad, y sus queridas balanzas y letreros. Pero a la vez que eludía el contacto visual con el recién llegado, no pudo por menos de analizarlo, extraer información de sus movimientos, su ropa, su olor. El hombre se metió la mano en un bolsillo delantero del pantalón y sacó un peine de acero, que se pasó por el pelo con la mano derecha, seguida por la izquierda para alisarse cualquier cabello suelto. Al hacerlo, ladeó la cabeza un poco a la derecha, como si se mirase en algún espejo visible sólo para él, y el Adivinador tardó un momento en darse cuenta de que el espejo era él mismo. El desconocido lo sabía todo sobre Dave y su «don», y el Adivinador, por más que intentaba contenerse, seguía descomponiendo en sus partes integrantes a aquel hombre mientras se acicalaba, y el hombre lo sabía y disfrutaba viéndose reflejado en las percepciones del viejo.

Vaqueros limpios y planchados, pero con las rodillas sucias. La mancha en la camiseta parecía sangre seca. La tierra bajo las uñas. El olor. Dios santo, qué olor...

Y el desconocido estaba ya delante de él y envainaba de nuevo el peine en la ceñida funda de su bolsillo. Con una sonrisa aún más ancha, toda falsa cordialidad, el hombre habló.

—¿Es usted el que adivina? —preguntó. En su voz, junto a un dejo sureño, se advertía también un ligero acento del nordeste. Pretendía disimularlo, pero Dave tenía el oído muy fino.

Sin embargo, ese tonillo de Maine no era autóctono. No, aquél era un hombre capaz de integrarse a voluntad, un hombre que adquiría la forma de hablar y las particularidades de quienes lo rodeaban, camuflándose igual que...

Igual que los depredadores.

—Ya he acabado por hoy —dijo el Adivinador—. No puedo con mi alma. No me queda nada.

—Vamos, sí que tiene tiempo para uno más —fue la respuesta, y el Adivinador supo que aquello no era un intento de engatusarlo. Era una orden.

Miró alrededor en busca de algo con que distraer la atención, un pretexto para marcharse, pero era como si el desconocido hubiese creado un espacio para sí, ya que nadie más lo oía y era obvio que los transeúntes tenían la atención en otra parte. Miraban las otras barracas, el mar, la arena cambiante. Miraban los coches lejanos y los rostros desconocidos de quienes pasaban junto a ellos. Miraban el entarimado y sus propios pies, y clavaban la vista en los ojos de sus respectivos maridos y esposas, a quienes habían dejado de considerar interesantes hacía mucho tiempo pero que sin embargo, de pronto, ejercían en ellos una insospechada, aunque pasajera, fascinación. Y si alguien les hubiese insinuado que, de algún modo, habían decidido desviar su atención del pequeño Adivinador y el hombre que ahora se hallaba ante él, habrían rechazado la idea sin pensárselo dos veces. Pero al contestar habría asomado a sus caras una fugaz expresión de inquietud, y eso, para una persona observadora —para alguien como Dave el Adivinador—, habría bastado para desmentir sus respuestas. En ese momento se parecían en algo al Adivinador; esa despejada tarde de verano, cuando se ponía aquel sol de color rojo sangre, se había despertado en ellos un instinto primario, ancestral, hasta entonces en estado latente. Quizá realmente no se daban cuenta de que lo hacían, o quizá, por respeto a sí mismos o por instinto de supervivencia, no lo reconocían, ni siquiera para sí, pero le cedían espacio al hombre del pelo engominado. Irradiaba amenaza y daño, y el mero hecho de reconocer su existencia entrañaba el riesgo de atraer su atención. Mejor, pues, desviar la mirada. Mejor que no se interesara en los asuntos de uno, mejor que sufriera otro, que un desconocido fuera blanco de su desagrado. Mejor seguir andando, meterse en el coche, alejarse sin mirar una sola vez atrás por miedo a descubrir que él clavaba la vista en nuestros ojos, que se ensanchaba lentamente su indolente media sonrisa mientras memorizaba las caras, los números de matrícula, el color de la pintura, el cabello oscuro de una esposa, el cuerpo en flor de una hija adolescente. Mejor fingir, pues. Mejor no fijarse. Mejor eso que despertarse una noche y encontrar a un hombre así mirándote, manchado de sangre caliente, y ver una luz reveladora en la habitación contigua, mientras dentro hay algo que gotea en el parquet desnudo, algo que antes estaba vivo y ahora ya no lo está...

Dave supo entonces que ese hombre no se diferenciaba tanto de él. Era un observador, un catalogador de características humanas, pero en el caso del desconocido la observación era el preludio del daño. Y en ese momento sólo se oía el sonido de las olas al romper, y voces que se alejaban, y los ruidos de las atracciones de la feria, amortiguados mientras el desconocido hablaba con un tono insistente para captar la atención de su interlocutor hasta el punto de excluir todo lo demás.

–Quiero que adivine algo sobre mí –dijo.

–¿Qué quiere saber? –preguntó el Adivinador, y toda apariencia de buena voluntad abandonó su voz. Dadas las circunstancias, no servía de nada fingir. En cierto modo eran iguales.

El hombre apretó el puño de la mano derecha. Dos monedas de veinticinco centavos asomaban entre sus dedos contraídos. Levantó la mano hacia Dave, y éste retiró las monedas con sus dedos apenas temblorosos.

–Dígame cómo me gano la vida –exigió el desconocido–. Y quiero que intente acertar. Intente acertar.

Dave percibió la advertencia. Podría haber inventado algo inocuo, algo inocente. Abre zanjas en la construcción de carreteras, quizá. Trabaja de jardinero. Trabaja...

Trabaja en un matadero.

No, demasiado cerca. No debo decirlo.

Desgarra cosas. Cosas vivas. Hace daño y mata y entierra las pruebas. Y a veces se defienden. Veo las cicatrices en torno a sus ojos, y en la carne blanda bajo la mandíbula. Tiene unos cuantos mechones ralos justo encima de la frente, y una porción de piel inflamada en torno a las raíces allí donde el pelo no ha vuelto a crecer como es debido. ¿Qué ocurrió? ¿Liberó la víctima una mano? ¿Lo agarró desesperadamente con los dedos y le arrancó un trozo de cuero cabelludo? E incluso en pleno dolor, ¿no se deleitó una parte de usted con la lucha, no disfrutó por tener que esforzarse para conseguir su premio? ¿Y qué me dice de esas incisiones bajo el nacimiento del pelo? ¿Qué me dice? Es usted un hombre violento, y ha padecido también la violencia. Ha sido marcado para advertir a otros, de manera que incluso los tontos y los despistados lo conozcan cuando se acerca. Demasiado tarde para el que lo hizo, quizá, pero no obstante una advertencia.

Una mentira podía costarle la vida. Tal vez no en ese momento, tal vez ni siquiera al cabo de una semana, pero ese hombre se acordaría y regresaría. Una noche, Dave el Adivinador volvería a su habitación y el desconocido estaría sentado en un sillón en la oscuridad, delante de la ventana, dando largas caladas a un cigarrillo que sostendría con la mano izquierda mientras, con la derecha, jugueteaería con una navaja.

Me alegro de que haya llegado por fin. He estado esperándole. ¿Se acuerda de mí? Le pedí que adivinase algo sobre mí, pero no acertó. De premio me dio un juguete, de premio por ganar al Adivinador; pero para mí ése no es premio suficiente, e hizo usted mal en pensarlo. Me parece que debería sacarlo de su error. Me parece que debería saber cómo me gano la vida realmente. Venga, permítame enseñárselo...

–Dígamelo, pues –insistió–. Dígame la verdad.

Dave lo miró a los ojos.

–Usted causa dolor –dijo.

Al parecer, el desconocido lo encontró gracioso.

–¿Usted cree?

–Hace daño a la gente.

–¿Sí?

–Ha matado. –Y en el momento en que se oía pronunciar estas palabras, Dave se veía desde fuera. Flotando, se apartaba de la escena que se desarrollaba ante él; su alma se anticipaba ya a la separación de esta vida que iba a producirse.

El desconocido movió la cabeza en un gesto de incredulidad y se miró las manos, como si hubiera quedado mudo de asombro ante tal revelación.

–Bueno –dijo por fin–, supongo que eso vale cincuenta centavos del dinero de cualquier hombre, las cosas como son. Tal cual. Tal cual. –Y asintió, ensimismado–. Ajá –susurró–. Ajá.

–¿Quiere reclamar el premio? –preguntó Dave–. Tiene derecho a un premio si no he acertado.

Señaló hacia atrás, en dirección a las gomas elásticas, las horquillas, los paquetes de globos.

Llévese uno. Llévese uno, por favor. Lléveselos todos, lo que quiera, pero aléjese de mí. Váyase por donde ha venido, sin detenerse, y no vuelva nunca por aquí, jamás. Y si le sirve de consuelo, sepa que nunca olvidaré su olor o su aspecto. Nunca. Los grabaré en mi memoria, y permaneceré siempre atento por si vuelve a aparecer.

–No –dijo el desconocido–. Quédeselos. Me he entretenido. Usted me ha entretenido.

Se apartó de Dave el Adivinador, aún asintiendo, aún repitiendo «ajá» una y otra vez.

En el preciso momento en que el Adivinador tenía la certeza de que iba a librarse de él, el desconocido se detuvo.

–Orgullo profesional –dijo de pronto.

–¿Disculpe? –preguntó el Adivinador.

–Creo que es eso lo que tenemos en común: estamos orgullosos de lo que hacemos. Usted podría haberme mentido, pero no lo ha hecho. Y yo podría haberle mentido a usted y llevarme esos globos de mierda, pero tampoco lo he hecho. Usted me ha respetado a mí, y a cambio yo lo he respetado a usted.

El Adivinador no contestó. No había nada que decir. Notó un sabor en la boca. Era agrio y desagradable. Deseó abrir la boca y aspirar una bocanada de aire salitroso, pero aún no, no mientras el desconocido estuviese cerca. Antes quería deshacerse de él, por temor a que algo de su esencia penetrase en su cuerpo con esa única bocanada y corrompiese su ser.

–Puede hablarle a la gente de mí si quiere –dijo el desconocido–. Tanto me da. Pasará mucho tiempo antes de que alguien se plantee ir en mi busca, e incluso si me encuentran, ¿qué van a decir? ¿Que un charlatán de feria con una camiseta barata los ha mandado por mí, que quizá tengo algo que esconder o una historia que contar?

Se entretuvo con las manos en recuperar del vaquero el paquete de tabaco, manoseado y un poco chafado. Sacó de dentro un estilizado mechero metálico y a continuación un cigarrillo. Hizo rodar el cigarrillo entre el dedo medio y el pulgar antes de encenderlo, y luego el mechero y el paquete volvieron a desaparecer en el bolsillo.

–Puede que algún día me pase otra vez por aquí –dijo–. Lo buscaré.

–Aquí estaré –respondió el Adivinador.

Vuelva si quiere, animal. No me malinterprete: le tengo miedo, y creo que no me falta razón para ello, pero no piense que voy a exteriorizarlo. De mí no recibirá esa satisfacción.

–Eso espero –dijo el desconocido–. Eso espero, no le quepa duda.

Pero el Adivinador nunca volvió a verlo, aunque pensó en él a menudo, y una o dos veces en los años que le quedaron de vida, mientras estaba en el paseo y evaluaba a los transeúntes, se sintió observado y tuvo la certeza de que, en algún lugar cercano, el desconocido lo miraba; quizá por diversión o quizá, como con frecuencia temía el Adivinador, arrepentido de permitir que la verdad sobre él se hubiera revelado de ese modo, y deseando enmendar el error.

Dave Glovsky el Adivinador murió en 1997, casi cincuenta años después de llegar por primera vez a Old Orchard Beach. Les habló del desconocido a quienes estuvieron dispuestos a escucharle, les habló del hedor a grasa que despedía, de la mugre bajo las uñas y de las manchas de color cobre en la camiseta. La mayoría de quienes le prestaron oídos se limitaron a menear la cabeza ante lo que, creían, era sólo un intento más por parte de un feriante de alimentar su leyenda; pero algunos lo escucharon con atención y encomendaron sus palabras a la memoria, y las hicieron correr para que otros estuvieran alerta por si regresaba aquel hombre.

El Adivinador, claro está, tenía razón: el hombre volvió años después, en efecto, a veces por iniciativa propia y a veces por órdenes de otros, y quitó vidas pero también creó una. Sin embargo, cuando regresó por última vez, atrajo las nubes y se envolvió en ellas a modo de capa, oscureciendo el cielo a su paso, buscando la muerte y el recuerdo de una muerte en los rostros de los demás. Era un hombre roto y, en su cólera, rompería a otros.

Era Merrick, el vengador.

Era una mañana encapotada de finales de noviembre, la hierba se quebraba a causa de la escarcha, y el invierno sonreía por los huecos entre las nubes igual que un mal payaso que escudriña desde detrás del telón antes de empezar el espectáculo. La ciudad se ralentizaba. Pronto arreciaría el frío, y Portland, como un animal, había acumulado grasas para los largos meses venideros. En el banco se hallaban los dólares del turismo; suficientes, cabía esperar, para llegar hasta el 30 de mayo, día de los Caídos. En las calles se respiraba una mayor tranquilidad que tiempo atrás. Los lugareños, que a veces no coexistían cómodamente con el ecoturismo otoñal y los buscadores de gangas, ahora tenían la ciudad casi para ellos solos una vez más. Reclamaban sus mesas habituales en los restaurantes, bares y cafeterías. Disponían de tiempo para la conversación ociosa con camareras y cocineros, los profesionales ya no sudaban tinta por las exigencias de clientes cuyos nombres desconocían. En esa época del año era posible sentir el verdadero ritmo de la pequeña ciudad, el lento palpitar de su corazón sin los agobios del falso estímulo de aquellos que venían de otras partes.

Yo, sentado a una mesa en un rincón del Porthole, comía beicon y patatas fritas, sin mirar a Kathleen Kennedy y Stephen Frazier mientras charlaban de la visita sorpresa a Irak de la secretaria de Estado. Como el televisor estaba sin sonido, era mucho más fácil no prestarle atención. Una estufa eléctrica con fuego de imitación ardía al lado de la ventana que daba al mar; los mástiles de los barcos de pesca oscilaban en la brisa matutina, y unas cuantas personas ocupaban las otras mesas, no muchas, las justas para crear el acogedor ambiente que requería una cafetería durante el desayuno, ya que tales cosas se basan en un sutil equilibrio.

El Porthole seguía igual que cuando yo era niño, quizás incluso igual que cuando abrió sus puertas por vez primera en 1929. Placas de linóleo marmolado verde, agrietado aquí y allá pero inmaculadamente limpio, cubrían el suelo. Una larga barra de madera con superficie de cobre recorría el local casi de punta a punta, salpicada de vasos, condimentos y dos bandejas de cristal con bollos recién hechos, y los taburetes estaban sujetos al suelo. Las paredes eran de color verde claro, y bastaba con ponerse en pie para ver el interior de la cocina a través de las dos ventanillas de servir idénticas, separadas por un letrero donde se leía: VIEIRAS. Una pizarra anunciaba los platos del día, y había cinco surtidores de cerveza, que servían Guinness, alguna que otra Allagash y Shipyard, y para quienes no conocían nada mejor, o sí conocían pero les importaba un carajo, Coors Light. De las paredes colgaban boyas, lo que en cualquier otra casa de comidas del Puerto Antiguo habría resultado kitsch pero allí reflejaba la simple circunstancia de que aquél era un lugar frecuentado por lugareños que pescaban. Una pared era casi por entero de cristal, así que incluso en las mañanas más grises el Porthole parecía inundado de luz.

En el Porthole siempre te envolvía el reconfortante zumbido de la conversación, pero nunca llegabas a oír con claridad todo lo que decían los otros clientes que había sentados cerca. Esa mañana unas veinte personas comían, bebían y empezaban el día con parsimonia, como suelen hacer las gentes de Maine. Sentados en fila ante la barra, cinco trabajadores del Mercado de Pescado del Puerto, todos vestidos idénticamente con vaqueros, sudaderas con capucha y gorras de béisbol, reían y se desperezaban en el calor, sus caras enrojecidas por la intemperie. A mi lado, cuatro hombres de negocios, con teléfonos móviles y blocs entre las tazas blancas de café, hacían ver que trabajaban, pero a juzgar por las ocasionales ráfagas de conversación que me llegaban, y alcanzaba a comprender, estaban más interesados, aparentemente, en elogiar al entrenador de los Pirates, Kevin Dineen. Más allá, dos mujeres, madre e hija, sostenían una de esas conversaciones que exigen mucha gesticulación y caras de asombro. Daba la impresión de que se lo pasaban en grande.

Me gusta el Porthole. Aquí los turistas apenas vienen, y menos en invierno, e incluso en verano tendían a perturbar poco el equilibrio hasta que alguien colocó una pancarta sobre Wharf Street en la que se anunciaba que esa porción de puerto tan poco prometedora tenía más interés del que aparentaba: la marisquería Boone's, el Mercado de Pescado, la sala Comedy Connection y el propio Porthole. Pero ni siquiera eso había dado pie a una multitudinaria concurrencia. Con o sin pancarta, el Porthole no pregonaba a voces su existencia, y un maltrecho letrero con el nombre de un refresco y un ondeante banderín eran las únicas verdaderas señales de su presencia visibles desde Commercial, una de las principales arterias de la ciudad. En cierto modo, uno necesita saber que está allí para verlo, sobre todo en las oscuras mañanas de invierno, y a cualquier turista rezagado que pudiera pasear por Commercial a comienzos del crudo invierno de Maine le convenía tener ya una idea muy aproximada de adónde dirigía sus pasos si pretendía llegar a la primavera con la salud intacta. Con un vigorizante viento del nordeste de cara, pocos tenían el tiempo o el deseo de explorar los rincones ocultos de la ciudad.

Aun así, a veces los viajeros de temporada baja pasaban por delante del Mercado de Pescado y la sala Comedy Connection, mientras sus pasos resonaban nítidamente en la madera vieja del paseo entarimado que bordeaba el muelle por su lado izquierdo, e iban a dar a la puerta del Porthole, y existían muchas probabilidades de que, en su siguiente visita a Portland, fuesen derechos al Porthole; pero quizá no se lo contaban a mucha gente, porque era la clase de sitio que uno se reservaba para sí. Fuera tenía una terraza con vistas al puerto donde, en verano, la gente podía sentarse y comer, pero en invierno retiraban las mesas y dejaban la terraza vacía. Creo que a mí me gustaba más en invierno. Podía coger un café y marcharme afuera, sabiendo que la mayoría de los parroquianos preferían tomarse el café dentro, donde se estaba caliente, y que, por tanto, difícilmente me molestaría nadie. Allí olía el salitre y sentía la brisa marina en la piel, y si hacía buen día y no soplaba mucho el viento, el olor me acompañaba el resto de la mañana. Me gustaba, sobre todo, el olor. A veces, si me sentía mal, allí podía quitarle importancia, porque el salitre en los labios me recordaba el sabor de las lágrimas, como si recientemente hubiese intentado alejar el dolor de otro con un beso. Cuando eso ocurría, me acordaba de Rachel y Sam, mi hija. También me acordaba a menudo de la mujer y la hija que ya había perdido antes.

En días así reinaba el silencio.

Pero ese día yo estaba dentro, y llevaba chaqueta y corbata. La corbata era de Hugo Boss, de color rojo intenso, y la chaqueta de Armani, aunque en Maine nadie le prestaba mucha atención a las marcas. Todo el mundo pensaba que, si llevabas puesta esa ropa, la habías comprado en las rebajas, y si de verdad habías pagado el precio que marcaba la etiqueta, eras imbécil.

Yo no había pagado el precio de la etiqueta.

Se abrió la puerta delantera y entró una mujer. Vestía traje pantalón negro y un abrigo que probablemente le había costado un dineral cuando lo compró, pero al que ya se le notaban los años. Tenía el pelo negro, teñido con algo que le daba un tono rojizo. Pareció sorprenderse un poco por el aspecto del local, como si, después de abrirse paso entre los ruinosos edificios de los muelles, esperase que fueran a raptarla unos piratas. Posó la mirada en mí y ladeó la cabeza con expresión de duda. Levanté un dedo, y se acercó hacia mí por entre las mesas. Me levanté para recibirla, y nos estrechamos la mano.

–¿Señor Parker?

–Señora Clay.

–Disculpe que llegue tarde. Ha habido un accidente en el puente. La cola de coches era interminable.

Rebecca Clay me había telefoneado el día anterior para preguntarme si podía ayudarla con cierto problema. La acechaba un hombre, y como es lógico, no le divertía. La policía no había podido hacer nada. Daba la impresión, dijo, de que el hombre presentía la llegada de los agentes, porque cuando éstos, alertados, se acercaban a la casa, por grande que fuera su sigilo, él siempre se había ido ya.

Yo iba haciendo todo el trabajo corriente que podía, en parte para apartar de mi cabeza la ausencia de Rachel y Sam. Llevábamos separados unos nueve meses, con algún que otro reencuentro entremedias. Ni siquiera sé muy bien cómo se habían deteriorado las cosas hasta ese punto, y tan deprisa. Fue como si de pronto estuviesen allí las dos, llenando la casa con sus aromas y sus sonidos, y al cabo de un instante se marchasen a vivir con los padres de Rachel, pero naturalmente no había sido así ni mucho menos. Volviendo la vista atrás, veía todas las curvas de la carretera, los recodos y las hondonadas, que nos habían conducido hasta donde ahora estábamos. En teoría era una solución temporal, un periodo de reflexión, para que, alejados durante un tiempo, intentásemos recordar cuáles eran esos aspectos de la otra persona tan importantes para nosotros que no podíamos vivir sin ellos. Pero estas situaciones nunca son temporales, en realidad no. Se produce una ruptura, un distanciamiento, y aun cuando se llegue a un acuerdo, y a la decisión de intentarlo de nuevo, el hecho de que una persona haya dejado a la otra nunca se olvida, ni se perdona. Planteado así, parece que la culpa fuera de ella, y no lo fue. Tampoco estoy muy seguro de que fuera mía, o al menos no del todo. Ella tenía que tomar una decisión, y yo también, pero la suya dependía de la que tomase yo. Al final las dejé ir, pero con la esperanza de que regresaran al cabo de un tiempo. Seguíamos hablando, y yo podía ver a Sam siempre que quisiera, pero como vivían en Vermont, resultaba un poco difícil. Distancias aparte, yo era cauto en mis visitas, y no sólo porque no quería complicar una situación ya de por sí difícil. Me andaba con cuidado porque aún creía que había gente dispuesta a hacerles daño a ellas con tal de llegar hasta mí. Por eso las dejé marchar, creo. Los recuerdos eran dolorosos. El último año había sido... difícil. Las echaba mucho de menos, pero no sabía cómo recuperarlas, ni cómo convivir con su ausencia. Habían dejado un vacío en mi existencia, y otras, las que aguardaban en las sombras, habían tratado de ocupar su lugar.

La primera mujer y la primera hija.

Pedí un café para Rebecca Clay. Un haz de sol matutino la iluminó sin clemencia poniendo de relieve las arrugas de su cara, las canas que se filtraban en su pelo a pesar del tinte, las oscuras ojeras. Algo de eso se debía tal vez al hombre que, según ella, la molestaba, pero saltaba a la vista que en gran medida tenía un origen más profundo. Las tribulaciones de la vida la habían envejecido prematuramente. A juzgar por cómo se había maquillado, deprisa y en exceso, se deducía que era una mujer a quien no le gustaba mirarse en el espejo mucho rato, y a quien no le gustaba la imagen que veía reflejada.

–Creo que nunca había estado aquí –comentó–. Portland ha cambiado tanto en los últimos años que resulta asombroso que un sitio así haya sobrevivido.

Tenía razón, supuse. La ciudad estaba cambiando, pero algunos de los vestigios más singulares y antiguos de su pasado perduraban: librerías de viejo, barberías y bares donde el menú nunca variaba porque la comida siempre había sido buena, desde el primer día. Por eso mismo había sobrevivido el Porthole. Quienes lo conocían lo valoraban, y procuraban generarle un ingreso siempre que les era posible.

Llegó el café de Rebecca Clay. Echó azúcar y lo removió demasiado tiempo.

–¿Qué puedo hacer por usted, señora Clay?

Dejó de remover el café, contenta de empezar a hablar ahora que la conversación ya estaba en marcha.

–Es lo que le dije por teléfono. Un hombre ha estado molestándome.

–Molestándola, ¿cómo?

—Ronda por delante de mi casa. Vivo en Willard Beach. También lo he visto en Freeport, o al ir de compras al centro comercial.

—¿Iba en coche o a pie?

—A pie.

—¿Ha entrado en su propiedad?

—No.

—¿La ha amenazado o agredido físicamente de algún modo?

—No.

—¿Cuándo empezó?

—Hace poco más de una semana.

—El hombre ese, ¿le ha dirigido la palabra?

—Sólo una vez, hace dos días.

—¿Qué le dijo?

—Que buscaba a mi padre. Mi hija y yo vivimos ahora en la que fue la casa de mi padre. Según me dijo el hombre, tenía negocios con él.

—¿Qué le respondió usted a eso?

—Pues que no veía a mi padre desde hacía años y que, por lo que yo sabía, estaba muerto. De hecho, este mismo año lo han declarado legalmente muerto. Me ocupé de todo el papeleo. No quería, pero supongo que era importante para mí, y para mi hija, poner fin de algún modo a esa situación.

—Hábleme de su padre.

—Era psiquiatra infantil, de los buenos. A veces también trabajaba con adultos, pero normalmente eran personas que habían sufrido algún trauma en la infancia y pensaban que mi padre podía ayudarlos. Un día las cosas empezaron a torcerse para él. Tuvo un caso difícil: un hombre fue acusado de abusos deshonestos por su propio hijo en el transcurso de una disputa por la custodia. Mi padre consideró que las imputaciones eran fundadas, y, gracias a sus averiguaciones, se concedió la custodia a la madre, pero después el hijo se retractó y declaró que su madre lo había convencido para que dijese aquello. Entonces era ya demasiado tarde para el padre. De algún modo, probablemente a través de la madre, la acusación se había filtrado a la prensa. El padre perdió el empleo, y unos hombres le dieron una paliza en un bar. Acabó pegándose un tiro en su habitación. Mi padre lo encajó mal, y se presentaron quejas sobre la manera en que llevó las entrevistas iniciales con el niño. El colegio de médicos las desestimó, pero a mi padre no volvieron a pedirle nunca más un peritaje en casos de abusos deshonestos. Perdió la seguridad en sí mismo, creo.

–¿Eso cuándo ocurrió?

–Más o menos en 1998, quizás un poco antes. Después las cosas empeoraron. –Movió la cabeza en un gesto de incredulidad ante el recuerdo–. Incluso hablando de ello, me doy cuenta de lo descabellado que suena. Fue un desastre. –Echó un vistazo alrededor para asegurarse de que nadie escuchaba y a continuación bajó un poco la voz–. Se supo que algunos pacientes de mi padre habían sufrido abusos deshonestos a manos de un grupo de hombres, y los métodos y la fiabilidad de mi padre volvieron a ponerse en tela de juicio. Él se sintió culpable de lo ocurrido; también otros lo consideraron culpable. El colegio de médicos lo convocó a una primera reunión informal para hablar de lo ocurrido, pero él no llegó a presentarse. Se dirigió al norte, hasta el límite de los bosques, abandonó su coche y ya no volvió a saberse de él. La policía lo buscó, pero no encontraron el menor rastro. Eso ocurrió a finales de septiembre de 1999.

Clay. Rebecca Clay.

–¿Es usted la hija de Daniel Clay?

Asintió con la cabeza. Algo asomó fugazmente a su cara. Fue un espasmo involuntario, una especie de mueca. Yo sabía alguna que otra cosa sobre Daniel Clay. Portland es un lugar pequeño, una ciudad sólo de nombre. Historias como la de Daniel Clay tendían a quedarse en la memoria colectiva. No conocía los detalles, pero, como todo el mundo, había oído las habladurías. Rebecca Clay había resumido las circunstancias de la desaparición de su padre muy por encima, y no la culpé por omitir el resto: los rumores de que quizás el doctor Daniel Clay estaba enterado de lo que les ocurría a algunos de los niños a quienes trataba, la posibilidad de que él hubiese actuado en connivencia, de que acaso hubiese participado él mismo en los abusos. Se llevó a cabo cierta investigación, pero faltaban expedientes de su consulta, y era difícil seguir pistas debido al carácter confidencial de su profesión. A eso se sumaba que no existía ninguna prueba concluyente contra él. No obstante, eso no impidió que la gente hablara y extrajera sus propias conclusiones.

Miré a Rebecca Clay con mayor detenimiento. Conociendo la identidad de su padre, me resultaba un poco más fácil explicarme su aparición. Me imaginé que era una mujer reservada. Debía de tener amigos, pero no muchos. Daniel Clay había proyectado una sombra sobre la vida de su hija, y ella se había marchitado bajo la influencia de ésta.

–Así pues, usted dijo a ese hombre, el que ha estado acechándola, que no ve a su padre desde hace mucho tiempo. ¿Cómo reaccionó él?

–Se tocó un lado de la nariz y me guiñó un ojo. –Repitió el gesto para mí–. Luego dijo: «Embustera, embustera, perderás la cartera». Añadió que me concedía un tiempo para pensar en lo que decía. Después, se fue sin más.

–¿Por qué la llamó embustera? ¿Dio señal de conocer algo más sobre la desaparición de su padre?

–No, nada en absoluto.

–¿Y la policía no ha podido localizarlo?

–No, es como si se lo hubiera tragado la tierra. Me parece que creen que me lo invento para llamar la atención, pero no es verdad. Yo no haría una cosa así. Yo...

Esperé.

–Ya sabe usted lo de mi padre. Hay quienes opinan que obró mal; entre ellos, creo, la policía. Y a veces me pregunto si piensan que sé más de lo que he dicho sobre lo ocurrido, y que he estado protegiendo a mi padre todo este tiempo. Cuando vinieron a casa, les leí el pensamiento: sospechan que yo sé dónde está mi padre y que, de algún modo, me he mantenido en contacto con él durante estos años.

–¿Y ha sido así?

Parpadeó ostensiblemente, pero no desvió la mirada.

–No.

–Pero ahora, por lo que se ve, la policía no es la única que pone en duda su historia. ¿Cómo es ese hombre?

–Pasa de los sesenta años, calculo. Se peina con una especie de tupé, como el de los roqueros de los años cincuenta, y tiene el pelo negro, aunque parece teñido. Ojos castaños. Aquí –se señaló la frente, justo bajo el nacimiento del pelo– se le ve una cicatriz; son tres marcas paralelas, como si le hubiesen clavado un tenedor en la piel y hubiesen tirado de él hacia abajo. Es bajo, un metro sesenta o poco más, pero robusto, con unos brazos enormes y los pliegues de los músculos muy marcados en la parte de atrás del cuello. Va casi siempre con la misma ropa: vaqueros y camiseta, a veces con una americana negra, otras con una cazadora vieja de cuero, también negra. Tiene barriga, pero no está gordo, no, yo no diría que está gordo. Lleva las uñas muy cortas y va muy limpio, sólo que...

Se interrumpió. Preferí callar para dejarla buscar la mejor manera de expresarse.

–Usa alguna colonia de un olor muy fuerte, espantoso, pero mientras me hablaba me llegó un tufillo de lo que se escondía detrás. Apestaba, era una especie de hedor animal. Al notarlo, deseé escapar de él de inmediato.

–¿Le dijo cómo se llamaba?

–No. Sólo dijo que tenía negocios con mi padre. Insistí en que mi padre había muerto, pero él negaba con la cabeza y sonreía. Dijo que no creía que un hombre estuviera muerto hasta que olía el cadáver.

–¿Tiene alguna idea de por qué se ha presentado ese hombre justo ahora, tantos años después de la desaparición de su padre?

–No lo dijo. Quizá se haya enterado de que mi padre ha sido declarado legalmente muerto.

Con fines testamentarios, bajo la ley de Maine, se daba por muerta a una persona después de una ausencia continuada de cinco años durante los que no se había tenido noticia de ella ni existía una explicación satisfactoria de su desaparición. En algunos casos, el juzgado ordenaba una búsqueda «razonablemente diligente», la notificación a las fuerzas del orden y los funcionarios de asistencia social de los detalles del caso, y la solicitud de información a través de la prensa. Según Rebecca Clay, había cumplido todos los requisitos exigidos por el juzgado, pero no se había obtenido más información sobre su padre.

–También se publicó un artículo sobre mi padre en una revista de arte hace unos meses, este mismo año, después de vender yo un par de cuadros suyos. Necesitaba el dinero. Mi padre era un artista con cierto talento. Pasaba mucho tiempo en el bosque, pintando y dibujando. Su obra no es nada extraordinario si se juzga con criterios modernos... Lo más que he sacado por un cuadro son mil dólares..., pero he podido vender alguno que otro cuando el dinero escaseaba. Mi padre nunca expuso, y dejó una obra relativamente pequeña. Su nombre circulaba de boca en boca; así es como vendía, y siempre eran coleccionistas que conocían ya su obra los que buscaban sus pinturas. Hacia el final de su vida recibía ofertas de compra por cuadros que aún ni siquiera existían.

–¿De qué clase de pinturas se trata?

–Paisajes, en su mayoría. Puedo enseñarle fotografías si le interesa. Excepto una, las he vendido ya todas.

Conocía a gente del mundillo artístico de Portland. Pensé que podría pedirles información sobre Daniel Clay. Entretanto, estaba el asunto del hombre que molestaba a su hija.

—No sólo me preocupo por mí —dijo—. Mi hija, Jenna, tiene once años. Ahora me da miedo dejarla salir de casa sola. He intentado explicarle un poco lo que está ocurriendo, pero tampoco quiero asustarla demasiado.

—¿Qué quiere que haga yo respecto a ese hombre? —dije. Parecía una pregunta extraña, lo sabía, pero era necesaria. Rebecca Clay tenía que comprender en qué estaba metiéndose.

—Quiero que hable con él. Quiero que lo obligue a marcharse.

—Son dos cosas distintas.

—¿Qué cosas?

—Hablar con él y obligarlo a marcharse.

Pareció desconcertada.

—Tendrá que disculparme, pero no le sigo —dijo.

—Es necesario poner los puntos sobre las íes antes de empezar. Puedo abordarlo en nombre de usted, y podemos intentar aclarar todo esto sin mayor problema. Es posible que él entre en razón y se vaya por donde ha venido, pero, por lo que me ha contado, da la impresión de que es un hombre de ideas fijas, lo que significa que tal vez no esté dispuesto a irse sin plantar cara. En ese caso, o bien podemos intentar que la policía lo detenga y solicitar una orden judicial que le prohíba acercarse a usted, lo cual puede ser difícil de conseguir e incluso más difícil de aplicar, o podemos encontrar otra manera de convencerlo para que la deje en paz.

—¿Se refiere a amenazarlo o hacerle daño?

No pareció desagradarle la idea. No me extrañó. Conocía a personas que habían sufrido acoso durante años, y los había visto desmoronarse por la tensión y la angustia. Al final, algunos habían recurrido a la violencia, pero eso, por lo general, agravaba el problema. Una pareja incluso había sido demandada por la mujer del acechador después de darle el hombre un puñetazo, en un gesto de frustración, al tipo que les molestaba; con lo que las vidas de unos y otro quedaron aún más trabadas.

—Son opciones —dije—, pero nos dejan a merced de una posible acusación por agresión o conducta amenazadora. Peor aún, si la situación no se trata con cuidado, el asunto podría complicarse mucho. Hasta ahora ese hombre no ha hecho más que inquietarla, lo cual ya es bastante malo. Si nosotros lo atacamos, quizás él decida contraatacar. Eso podría ponerla en verdadero peligro.

Casi se desplomó en el asiento a causa de la frustración.

–¿Y qué puedo hacer?

–Mire –dije–. No pretendo insinuar que no haya ninguna manera indolora de resolver esto. Sólo quiero que entienda que si él decide quedarse, no hay soluciones fáciles.

Se animó un poco.

–¿Acepta el trabajo, pues?

La informé de mis honorarios. Aclaré que, como agencia unipersonal que era, no asumiría ningún otro encargo que pudiese entrar en conflicto con mi trabajo para ella. Si surgía la necesidad de contratar ayuda externa, le comunicaría previamente cualquier gasto adicional. Estaba en su derecho a dar por concluido nuestro acuerdo en cualquier momento, y yo procuraría ayudarla a encontrar alguna otra solución al problema antes de dejar el trabajo. Pareció darse por satisfecha con las condiciones. Recibí el pago de la primera semana por adelantado. No necesitaba el dinero para mí exactamente –mi forma de vida era muy elemental–, pero me había propuesto enviar cierta cantidad a Rachel cada mes, pese a que ella dijo que no era necesario.

Accedí a empezar al día siguiente. Permanecería cerca de Rebecca Clay cuando saliera camino del trabajo por las mañanas. Ella me informaría del momento en que tenía previsto dejar el despacho para almorzar, cuando tuviera reuniones o para volver a casa por las tardes. Su casa contaba con un sistema de alarma, pero mandé a alguien para que le echase un vistazo y, si convenía, colocar más cerrojos y cadenas. Yo estaría frente a la casa antes de que ella saliese por la mañana y me quedaría cerca hasta que ella se acostase. Podía ponerse en contacto conmigo en todo momento, y yo me reuniría con ella en veinte minutos.

Le pregunté si, por casualidad, conservaba alguna fotografía de su padre que pudiese darme. Aunque había previsto esa petición, pareció un poco reacia a entregármela después de sacarla del bolso. Mostraba a un hombre alto y desgarbado con un traje de tweed verde. Tenía el cabello blanco como la nieve y cejas muy pobladas. Llevaba unas gafas de montura metálica y se revestía de un anticuado y severo aire de académico. Ofrecía el aspecto de un hombre cuyo lugar estaba entre pipas de cerámica y tomos encuadernados en piel.

–Haré copias y se la devolveré –dije.

–Tengo más –contestó–. Quédesela mientras la necesite.

Me preguntó si podía vigilarla ese mismo día hasta que se marchase de la ciudad. Trabajaba en el sector inmobiliario y tenía asuntos que atender durante un par de horas. Le preocupaba que el hombre pudiera acercarse mientras estaba allí. Me ofreció un pago extra, pero lo rechacé. En todo caso, no tenía nada mejor que hacer.

Así pues, permanecí cerca de ella durante el resto del día. No ocurrió nada y tampoco el hombre del tupé pasado de moda y la cicatriz en la cara dio señales de vida. Fue tedioso y agotador, pero al menos evitaba con ello regresar a casa, mi casa no del todo vacía. Le seguí los pasos para que mis fantasmas no me los siguieran a mí.

El vengador recorrió el paseo entarimado hasta Old Orchard, cerca de donde antes estuvo, un verano tras otro, la barraca del Adivinador. El anciano ya había desaparecido, y el vengador supuso que había muerto; había muerto, o ya no podía realizar las hazañas de otros tiempos, incapacitados sus ojos para ver con la misma claridad que antes, apagado su oído, demasiado fragmentaria su memoria para registrar y ordenar la información que le llegaba. El vengador se preguntó si el feriante se habría acordado de él hasta el final. Pensó que probablemente sí, pues, ¿acaso no era ésa una de sus cualidades esenciales: olvidar poco, no descartar nada que pudiera ser útil?

Le había fascinado el talento del Adivinador. Aquella noche fresca, cerca ya de finales del verano, lo había observado discretamente durante una hora o más antes de aproximarse por fin a él. Resultaba asombroso encontrar un talento tan extraordinario en aquel hombre tan menudo y estrafalario, rodeado de baratijas en una sencilla caseta de feria: ser capaz de decir tanto a simple vista, de deconstruir a un individuo casi sin pensar y de formarse una imagen de la vida que llevaba en poquísimo tiempo, el que la mayoría de la gente necesitaría para consultar la hora en su reloj de pulsera. Había vuelto allí de vez en cuando y, oculto entre el gentío, había observado al Adivinador de lejos. (¿Y acaso el hombrecillo no era consciente de su presencia incluso entonces? ¿No lo había visto el vengador escudriñar intranquilo la multitud, buscar los ojos que lo examinaban con demasiada atención?) Quizá por eso él mismo había regresado a ese lugar, como atraído por la remota posibilidad de que el Adivinador hubiese decidido quedarse allí, pasar el invierno junto al mar en lugar de huir en busca de climas más templados.

Si el vengador lo hubiese encontrado allí, ¿qué habría dicho? *Enséñeme. Dígame cómo puedo reconocer al hombre que busco. Me mentirán.*

Quiero aprender a reconocer la mentira cuando llegue. ¿Le habría explicado por qué había vuelto?, y, en todo caso, ¿le habría creído el hombrecillo? Claro que le habría creído, porque a él no se le escaparía una mentira.

Pero el Adivinador se había ido hacía mucho tiempo, y al vengador le quedaba sólo el recuerdo de aquel único encuentro. Aquel día tenía las manos manchadas de sangre. Había sido una tarea relativamente sencilla: eliminar a un hombre vulnerable, un hombre que podría haber sentido la tentación de contar lo que sabía a cambio de la protección de aquellos que lo buscaban. Desde el momento en que empezó a huir, el tiempo que le quedaba sobre la faz de la tierra se medía en segundos y minutos, en horas y días, y no más. Cuando los cinco días se acercaban ya a seis, fue localizado y eliminado. Al final sintió miedo, pero poco dolor. Merrick no torturaba ni atormentaba, aunque no dudaba de que, en esos instantes finales, cuando la víctima tomaba conciencia de la implacabilidad del hombre que iba a por ella, ya experimentaba tormento suficiente. Era un profesional, no un sádico.

Merrick. Ése era por aquel entonces su nombre. Era el nombre en su ficha, el nombre que le habían puesto al nacer, pero ya no significaba nada para él. Merrick era un asesino, pero mataba para otros, no por voluntad propia. Era una diferencia importante. Cuando un hombre mataba para llevar a cabo sus propios objetivos, sus propios fines, era un hombre a merced de las emociones, y esos hombres cometían errores. En su día, Merrick fue un profesional. Se distanciaba, eludía toda implicación personal, o eso se decía él, aunque en la paz posterior al crimen a veces se permitía reconocer el placer que le producía.

Pero el antiguo Merrick, Merrick el asesino, ya no existía. Otro hombre había ocupado su lugar y, al hacerlo, se había condenado a sí mismo, pero ¿qué otra opción tenía? Quizás el antiguo Merrick empezó a morir en el instante mismo en que nació su hija, su voluntad se vio debilitada y, en último extremo, quebrantada al tomar conciencia de que ella estaba en el mundo. El vengador se acordó otra vez del Adivinador y los momentos que habían pasado juntos en ese lugar.

Si me mirases ahora, viejo, ¿qué verías? Verías a un hombre sin nombre, un padre sin su hija, y verías el fuego de su ira, que lo consume por dentro.

El vengador volvió la espalda al mar, porque tenía una tarea pendiente.

Aparte de los ladridos de *Walter*, mi perro, al darme una breve bienvenida, la casa estaba en silencio cuando regresé, y lo agradecí. Desde que Rachel y Sam se habían marchado, parecía que aquellas otras presencias, negadas durante tanto tiempo, habían encontrado la manera de colonizar los espacios que antes ocuparon las otras dos que las habían sustituido. Yo había aprendido a no contestar a su llamada; a pasar por alto los crujidos en las tablas o los pasos en el techo del dormitorio, como si las presencias se paseasen por el desván buscando entre las cajas y maletas lo que antiguamente fue suyo; a permanecer ajeno al golpeteo en las ventanas cuando oscurecía, optando por pensar que era algo distinto de lo que en realidad era. Sonaba igual que el susurro de las ramas agitadas por el viento, como si sus puntas rozasen el cristal, sólo que no había ningún árbol cerca de las ventanas, y una rama jamás golpetearía con tal regularidad o tal insistencia. A veces me despertaba en la oscuridad sin saber bien qué había perturbado mi descanso, consciente sólo de que se había oído un sonido donde no debería haber sonido alguno, y quizá con la vaga sensación de percibir un murmullo, que iba apagándose a medida que mi conciencia volvía a levantar las barreras que el sueño había bajado temporalmente.

La casa nunca estaba del todo vacía. Algo se había instalado allí.

Debería haberle hablado a Rachel de ello mucho antes de que ella se marchase, lo sé. Debería haber sido sincero con ella y haberle dicho que mi esposa muerta y la hija que había perdido –o unos fantasmas que no eran exactamente ellas– no me dejaban en paz. Rachel era psicóloga. Lo habría entendido. Me quería y habría intentado ayudarme. Puede que hubiera hablado de culpa residual, del delicado equilibrio de la mente, de que ciertos sufrimientos son tan grandes y tan horrendos que una recuperación completa no está al alcance de un ser humano. Y yo habría asentido con la cabeza y dicho sí, sí, sí, así es, sabiendo que había parte de verdad en lo que ella decía y que, a la vez, no bastaba para explicar la naturaleza de lo que había ocurrido en mi vida desde que me arrebataron a mi mujer y a mi hija. Pero no hablé, por miedo a que pronunciar esas palabras en voz alta equivaliese a otorgar a ese fenómeno un rango de realidad que no deseaba reconocer. Negué su presencia y, al hacerlo, ellas tuvieron un mayor control sobre mí.

Rachel era preciosa. Tenía el pelo rojo, la piel clara. En Sam, nuestra hija, había mucho de ella y sólo un poco de mí. La última vez que hablamos, Rachel me dijo que Sam, nuestra hija, ya dormía mejor. Hubo momentos, cuando vivíamos juntos bajo el mismo techo, en que su sueño se veía perturbado, en que Rachel o yo nos despertábamos al oír su risa y, a veces, su llanto. Uno de los dos iba a ver cómo estaba la niña y observábamos cómo tendía las manitas, intentando agarrar cosas invisibles en el aire, o cómo volvía la cabeza para seguir el movimiento de figuras que sólo ella veía, y yo me fijaba en que la habitación estaba fría, más fría de lo que debiera.

Y Rachel, pensé, aunque no decía nada, también lo advertía.

Tres meses antes yo había asistido a una charla en la Biblioteca Pública de Portland. Dos personas, un médico y una vidente, habían debatido sobre la existencia de fenómenos sobrenaturales. Para ser sincero, reconozco que, allí, me sentí un tanto abochornado. Me pareció estar en compañía de personas que no se lavaban con la suficiente frecuencia y que, a juzgar por las preguntas planteadas después de la sesión, tenían una clara predisposición a aceptar como verdad toda clase de supercherías, entre las cuales el mundo espiritual no parecía ser más que una pequeña parte, al lado de los ángeles con aspecto de hadas, los ovnis y los lagartos alienígenas de forma humana.

El médico habló de alucinaciones auditivas que, según él, eran las que experimentaban más comúnmente aquellos que hablaban de fantasmas. Los ancianos, en especial los enfermos de Parkinson, sufrían a veces de una dolencia conocida como demencia con cuerpos de Lewy, debido a la cual veían figuras de tamaño reducido. Eso explicaba la preponderancia de historias en las que los espíritus presuntamente vistos aparecían cortados por las rodillas. Habló de otros posibles desencadenantes, de lesiones en el lóbulo temporal, de tumores y esquizofrenia, y de depresión. Describió los sueños hipnagógicos, esas vívidas imágenes que nos asaltan en los espacios entre la vigilia y el momento de dormirnos; y sin embargo, concluyó, la ciencia por sí sola no podía explicar plenamente todas las experiencias sobrenaturales descritas. Eran muchas las cosas que no conocíamos, dijo, sobre el funcionamiento del cerebro, sobre el estrés y la depresión, sobre la enfermedad mental y la naturaleza del dolor.

La vidente, en contraste, era una vieja farsante y soltó una sarta de estupideces que por lo visto son propias de lo peor de su especie. Habló de seres con tareas inacabadas, de sesiones de espiritismo y mensajes del «más allá». Tenía un programa en la televisión por cable y una línea telefónica de alta tarificación, y actuaba para los pobres y los crédulos en pabellones deportivos y albergues en toda la zona nordeste.

Aseguró que los fantasmas rondan lugares, no a personas. Creo que eso es mentira. Alguien me dijo una vez que nosotros creamos nuestros propios fantasmas, y que, como en los sueños, cada uno de esos fantasmas es una faceta de nosotros mismos: nuestra culpabilidad, nuestros remordimientos, nuestro dolor. Quizás ésa sea una respuesta, más o menos. Todos tenemos nuestros fantasmas. No todos ellos son creación nuestra, y, sin embargo, al final nos encuentran.

Rebecca Clay estaba sentada en la cocina de su casa, con todas las luces apagadas. Tenía delante un vaso de vino tinto, aunque seguía intacto.

Debería haberle pedido al detective que se quedara. El hombre nunca se había acercado a la casa, y ella confiaba en la seguridad de sus puertas y ventanas y en la eficacia del sistema de alarma que tenía, en especial después de comprobarlas un asesor recomendado por el detective; pero al caer la noche, tales precauciones empezaron a parecerle insuficientes, y en ese momento percibía todos los ruidos de la vieja casa, cada crujido de las tablas al asentarse y la vibración de los armarios cuando el viento jugueteaba por las habitaciones como un niño descarriado.

La ventana sobre el fregadero estaba muy oscura, dividida en cuarterones por peinazos blancos, y no se veía nada más allá. Rebecca habría podido estar flotando a través de la negrura del espacio, separada del vacío exterior sólo por una finísima barrera, si no fuera por la suave exclamación de las olas invisibles que rompían en la playa. A falta de algo mejor que hacer se llevó el vaso a los labios, tomó un sorbo con cuidado y percibió, demasiado tarde, el tufillo avinagrado que despedía el vino. Hizo una mueca, luego escupió en el vaso y se levantó de la mesa. Se acercó al fregadero y vació el vaso antes de abrir el grifo para limpiar las manchas rojas del metal. Se agachó, bebió agua directamente del chorro y se enjuagó la boca para quitarse el sabor. Le recordó, incómodamente, al sabor de su ex marido, y la fetidez de sus besos por la noche cuando el matrimonio entró en su declive último y definitivo. Rebecca sabía que él la detestaba entonces tanto como ella lo detestaba en esos momentos, y que él deseaba librarse de la carga que compartían. Rebecca ya no deseaba ofrecerle su cuerpo, y no le quedaba el menor resto de la atracción que había sentido en otro tiempo, pero había encontrado la manera de separar el amor de la necesidad. En ocasiones se preguntaba con quién fantaseaba él cuando se movía encima de ella. A veces él se quedaba con la mirada en blanco, y ella sabía que a pesar de que su cuerpo se hallaba ligado al de ella, su verdadero ser estaba muy lejos. En otros momentos, en cambio, tenía una intensidad en la mirada, una expresión de desprecio o algo parecido, que convertía el acto sexual en una especie de violación. Entonces no había amor en el acto, y cuando ella recordaba esos años, no sabía decir si de verdad hubo alguna vez amor entre ellos.

Rebecca había intentado hacer lo mismo, claro está, evocar imágenes de amantes pasados o potenciales para que la experiencia fuera menos desagradable, pero eran muy pocos, y todos traían consigo sus propios problemas, y al final se había rendido sin más. Su apetito sexual se había apagado hasta tal punto que era más fácil pensar sencillamente en otras cosas, o esperar a que llegara el momento en que ese hombre desapareciera de su vida. Ni siquiera recordaba por qué en un principio quiso estar con él, y él con ella. Suponía que, con una hija pequeña y todo lo que había sucedido con su padre, aspiraba sólo a un poco de estabilidad, pero él no era el hombre capaz de dársela. Había cierta depravación en su atracción por Rebecca, como si viera algo dentro de ella que estaba corrupto y gozase tocándolo al penetrarla.

Él ni siquiera sentía el menor aprecio por su hija, fruto de una relación iniciada antes de estar Rebecca plenamente preparada para tenerla. (¿Y quién sabía? Quizá nunca tendría una relación como era debido, no realmente.) El padre de Jenna se había esfumado. Había visto a su hija sólo unas cuantas veces, y únicamente en los primeros años de su vida. Ahora ni siquiera la reconocería, pensó Rebecca, y de pronto cayó en la cuenta de que pensaba en él como si estuviera vivo. Intentó sentir algo por él, pero no pudo. La vida de ese hombre se truncó de forma prematura en una oscura carretera secundaria lejos de casa: su cuerpo abandonado en una zanja, sus manos toscamente atadas a la espalda con cable, la sangre empapando la tierra blanda para alimentar a los pequeños seres que, reptando, se abrían paso hasta él para hurgar en su carne. Él no le había hecho ningún bien. Probablemente no le había hecho bien a nadie, y por eso había acabado así. Nunca había cumplido sus promesas, ni mantenido sus compromisos. Era inevitable, supuso Rebecca, que un día se encontrase con alguien que no perdonara sus desmanes y, en represalia, exigiera un último y macabro pago.

Durante un tiempo, Jenna había hecho muchas preguntas sobre él, pero con los años fueron cada vez menos, hasta que al final las olvidó o bien optó por callárselas. Rebecca aún no sabía cómo decirle a

Jenna que su padre había muerto. Lo habían matado meses antes ese mismo año, y no había encontrado el momento oportuno para hablar con Jenna de su muerte. Lo aplazaba a propósito, era consciente de ello y, aun así, esperaba. Entonces, en la oscuridad de su cocina, decidió que cuando Jenna volviese a plantear el tema de su padre, le contaría la verdad.

Volvió a pensar en el detective privado. En cierto modo, el padre de Jenna era el motivo por el que había acudido a él. Fue el abuelo paterno de Jenna quien le había hablado de Parker. Tiempo atrás le había pedido que buscara a su hijo, pero el detective no aceptó el caso. Rebecca pensó que quizás el viejo estaría resentido con el detective, sobre todo después de cómo habían acabado las cosas, pero no era así. Quizá comprendió que su hijo ya era una causa perdida, estaba convencido de ello aun cuando no quisiera rendirse a las consecuencias que eso supondría. Si no tenía fe en su hijo, ¿cómo podía esperar que otro creyera en él? No culpó, pues, al detective por rehusar ayudarlo, y Rebecca recordó su nombre cuando el desconocido se presentó y le preguntó por su propio padre.

El grifo seguía abierto, y empezó a vaciar el resto de la botella en el fregadero. El agua formaba círculos en torno al desagüe, manchado de rojo. Jenna dormía en el piso de arriba. Rebecca estaba planeando enviarla fuera si el detective no lograba librarla pronto de las atenciones del desconocido. De momento, el hombre no se había acercado a Jenna, pero Rebecca temía que eso no tardara en ocurrir, y que el hombre usara a la hija para acceder a la madre. Diría en el colegio que Jenna estaba enferma, y ya haría frente a las repercusiones cuando llegara el momento. Por otra parte, quizá bastaba con que les dijera la verdad: que un hombre la acechaba, que Jenna podía estar en peligro si se quedaba en Portland. Sin duda lo comprenderían.

¿Por qué ahora?, se preguntó. Era la misma duda que le había planteado el detective. ¿Por qué, después de tantos años, acudía alguien a preguntar por su padre? ¿Qué sabía ese hombre de las circunstancias de su desaparición? Había intentado preguntárselo, pero él se había limitado a tocarse la nariz con el dedo índice en un gesto de suficiencia antes de contestar: «No es su desaparición lo que me interesa, señora. Es la de otro. Aunque él lo sabrá. Él lo sabrá».

El desconocido había hablado de su padre como si tuviese la certeza de que seguía con vida. Más aún, parecía creer que también ella tenía la certeza. Quería respuestas que ella no pudo darle.

Levantó la cabeza y se vio reflejada en la ventana. Al verse, se sobresaltó y dio un ligero respingo, y la cara ante ella pasó de ser una única imagen a duplicarse por efecto de una tara en el cristal. Pero cuando recobró la calma, la segunda imagen seguía allí. Se parecía a ella y, sin embargo, no era igual que ella, como si de algún modo hubiera mudado la piel tal como haría una serpiente, y la membrana desechada se hubiera depositado sobre las facciones de otra persona. A continuación, la figura exterior se acercó, y Rebecca ya no tuvo la impresión de estar ante un doble: era el desconocido con su cazadora de cuero y el pelo engominado. Oyó su voz, distorsionada por el grosor del cristal, pero no entendió lo que dijo.

El hombre apretó las manos en el cristal, luego deslizó las palmas hacia abajo hasta apoyar los dedos en el marco de la ventana. Empujó, pero el cierre interior no cedió. Contrajo el rostro en una mueca de ira y enseñó los dientes.

–Aléjese de mí –dijo ella–. Aléjese ahora mismo o le juro que...

El hombre retiró las manos y, acto seguido, Rebecca vio cómo un puño traspasaba el cristal, sacudía el marco y proyectaba una lluvia de esquirlas sobre el fregadero. Rebecca gritó, pero el sonido quedó ahogado por el chirriante timbre de la alarma. La sangre corrió por el vidrio hecho añicos cuando el desconocido retiró la mano a través del cristal, sin intentar evitar siquiera el contacto con los bordes astillados que le desgarraron la piel, a la vez que le abrían vías rojas en las palmas de las manos y le cercenaban las venas. Se miró el puño herido, como si fuera algo que escapara a su control, sorprendido de sus propios actos. Rebecca oyó el teléfono y supo que era la compañía de seguridad. Si no contestaba, avisarían a la policía. Acabarían mandando a alguien a ver qué le pasaba.

–No debería haberlo hecho –dijo el hombre–. Lo siento.

Pero ella apenas lo oyó por encima del ruido de la alarma. Él inclinó la cabeza. Fue un gesto extrañamente respetuoso, casi de una cortesía anticuada. Ella contuvo el impulso de soltar una carcajada, temiendo que si empezaba a reír ya no podría parar, que se sumiría en la histeria y nunca más saldría de ese estado.

El teléfono dejó de sonar, y empezó otra vez. No hizo ademán de cogerlo. En lugar de eso, observó cómo retrocedía el desconocido y dejaba el fregadero cubierto de sangre. La olió mientras, lentamente, se mezclaba con el hedor del vino picado para crear algo nuevo y terrible; sólo faltaba un cáliz con el que beberlo.

3

Sentado a la mesa de la cocina en casa de Rebecca Clay, la observé mientras limpiaba con un cepillo y un recogedor los cristales rotos caídos en el fregadero. Aún quedaba sangre en el vidrio de la ventana. Había avisado a la policía justo después de telefonearme y un coche patrulla de South Portland había llegado poco antes que yo. Me había identificado al agente y escuchado la declaración de Rebecca, pero, por lo demás, no me había inmiscuido en modo alguno. Su hija, Jenna, sentada en el sofá del salón, abrazaba a una muñeca de porcelana que, por el aspecto, debía de haber sido de su madre. La muñeca tenía el pelo rojo y llevaba un vestido azul. Obviamente era una posesión antigua y preciada. El simple hecho de que la niña buscara consuelo en ella en una ocasión así daba fe de su valor. Menos alterada que su madre, parecía más desconcertada que inquieta. También me dio la impresión de que aparentaba más años de los que tenía y a la vez menos –más por su presencia física y menos, sin embargo, por su actitud–, y me pregunté si acaso su madre la amparaba y protegía demasiado.

Había otra mujer sentada al lado de Jenna. Rebecca la presentó como April, una amiga que vivía cerca. Me estrechó la mano y dijo que, como yo estaba allí y Jenna parecía tranquila, regresaba a su casa para no estorbar. Rebecca le dio un beso en la mejilla y se abrazaron; luego April se echó atrás y, sin soltarla, la miró a un paso de distancia. Cruzaron una mirada, que revelaba complicidad, años de amistad y lealtad.

–Llámame –dijo April–. A cualquier hora.

–Lo haré. Gracias, cariño.

April dio un beso de despedida a Jenna y se marchó.

Observé a Jenna mientras Rebecca acompañaba afuera al policía y le indicaba el lugar donde había visto al desconocido. La niña, de mayor, sería una mujer hermosa. Tenía algo de su madre, pero en ella esas mismas facciones se veían realzadas por una estilizada y aquilina gracia que surgía de otra parte. Me pareció ver también un poco de su abuelo en ella.

–¿Estás bien? –le pregunté.

Ella asintió con la cabeza.

–Cuando pasa algo así, puede dar miedo –continué–. A mí me pasó y tuve miedo.

–Yo no he tenido miedo –contestó, y lo dijo con tal naturalidad que supe que no mentía.

–¿Por qué no?

–Ese hombre no quería hacernos daño. Sólo está triste.

–¿Y eso cómo lo sabes?

Sonrió y movió la cabeza en un gesto de negación.

–Da igual.

–¿Has hablado con él?

–No.

–Entonces, ¿cómo sabes que no quiere haceros daño?

Desvió la mirada, con la sonrisa casi beatífica aún en la cara. Era evidente que la conversación había terminado. Su madre volvió a entrar con el policía, y Jenna anunció que se iba a la cama. Rebecca la abrazó y le dijo que después iría a ver cómo estaba. La niña se despidió del policía y de mí y subió a su habitación.

Rebecca Clay vivía en una zona conocida como Willard. Su casa, una construcción compacta pero imponente del siglo XIX, se hallaba en Willard Haven Park, una calle sin salida perpendicular a Willard Beach, a un paso de Willard Haven Road; allí se había criado y, tras la desaparición de su padre, había vuelto a ocuparla. Cuando finalmente se fue el policía, tras prometer que más tarde esa misma noche o a la mañana siguiente pasaría por allí un inspector, salí a echar una ojeada y repetí el recorrido del agente, pero saltaba a la vista que el hombre que había roto el cristal se había marchado hacía rato. Seguí el rastro de sangre hasta Deake Street, paralela a Willard Haven Park por el lado derecho, y lo perdí allí donde el hombre se había subido a un coche y se había marchado. Telefoneé a Rebecca Clay desde la acera, y me dio los nombres de algunos de los vecinos desde cuyas casas se veía el lugar donde había estado aparcado el coche. Sólo uno de ellos había visto algo, una mujer de mediana edad llamada Lisa Hulmer, cuya mirada inducía a pensar que tal vez considerase un cumplido el apelativo «fulana», y ni siquiera su declaración me fue de gran ayuda. Recordaba un coche de color rojo oscuro aparcado al otro lado de la calle, pero no supo decirme la marca ni la matrícula. No obstante, me invitó a entrar en su casa e insinuó que quizá me apeteciera tomar una copa. Era evidente que la había sorprendido tras haberse bebido ya media jarra de algo afrutado y alcohólico. Cuando entré y cerró la puerta a mis espaldas, me recordó, con una incómoda sensación, el portazo de la celda de un condenado.

—Es un poco pronto para mí —dije.

—¡Pero si son las diez y media pasadas!

—Me acuesto tarde.

—Yo también. —Sonrió y enarcó una ceja en un gesto que sólo si uno era especialmente susceptible a la insinuación, como un perro o un niño pequeño, podría considerarse insinuante—. En cuanto me meten en la cama, ya no hay quien me saque.

—Eso..., eso está muy bien —dije, a falta de algo mejor.

—Usted está muy bien —replicó ella. Se contoneó un poco y jugueteó con un collar de conchas que le colgaba entre los pechos, pero para entonces yo ya había abierto la puerta, decidido a salir antes de que me lanzara un dardo y me encadenara a una pared en el sótano.

—¿Ha averiguado algo? —me preguntó Rebecca cuando regresé a su casa.

—No gran cosa, salvo que una de sus vecinas está en celo.

—¿Lisa? —Sonrió por primera vez desde mi llegada—. Siempre está en celo. Incluso a mí me hizo proposiciones una vez.

—Sabiendo eso, me siento menos especial —contesté.

—Supongo que debería haberle prevenido al respecto, pero... —Señaló la ventana rota con la mano.

—Es la única que ha visto algo. Según dice, un coche rojo estuvo aparcado delante de su casa durante un rato, pero allí la iluminación no es muy buena. Quizás esté equivocada.

Rebecca tiró los últimos fragmentos de cristal al cubo de la basura y guardó el cepillo y el recogedor en un armario. A continuación telefoneó a un cristalero, que prometió pasarse por allí a primera hora de la mañana. La ayudé a pegar un plástico sobre el vidrio roto, y, al acabar, preparó café y sirvió una taza para cada uno. Lo tomamos de pie.

—Dudo mucho que la policía haga algo al respecto —dijo.

—¿Puedo preguntar por qué?

—Hasta ahora no han podido hacer nada con ese hombre. ¿Por qué habría de ser distinto esta vez?

—Esta vez ha roto una ventana. Eso es un delito de daños contra la propiedad. La cosa ya es más grave. Hay sangre, y la sangre podría serle útil a la policía.

—¿Cómo? ¿Para identificarlo si me mata? Entonces ya sería un poco tarde para mí. Ese hombre no le tiene miedo a la policía. He estado pensando en lo que me dijo usted la primera vez que nos vimos, sobre cómo obligar a ese hombre a dejarme en paz. Quiero que lo haga. No me importa cuánto cueste. Tengo algo de dinero. Puedo pagarle el servicio, a usted y a quien necesite contratar para ayudarlo. Fíjese en lo que ha hecho. No va a marcharse, no a menos que alguien lo obligue. Tengo miedo por mí y por Jenna.

—Jenna parece una niña muy serena —comenté con la esperanza de desviarla del tema hasta que se tranquilizase.

—¿A qué se refiere?

—Me refiero a que no se la veía especialmente asustada ni nerviosa por lo ocurrido.

Rebecca arrugó la frente.

—Supongo que siempre ha sido así. Pero ya hablaré con ella. No quiero que se guarde las cosas sólo para no disgustarme.

—¿Puedo preguntarle dónde está el padre de la niña?

—Su padre murió.

—Lo siento.

—Descuide. Apenas tuvo relación con ella, y no estábamos casados. Pero lo he dicho en serio: quiero que ese hombre desaparezca, cueste lo que cueste.

No contesté. Rebecca estaba furiosa y asustada. Todavía le temblaban las manos por el incidente. Ya habría tiempo para hablar por la mañana. Le dije que me quedaría si así se sentía mejor. Me dio las gracias y preparó el sofá cama en el salón.

—¿Va armado? —preguntó cuando se disponía a subir a su habitación.

—Sí.

—Bien. Si vuelve, mátelo.

—Para eso hay que pagar un suplemento.

Me miró, y por un momento vi que se preguntaba si hablaba en serio. Alarmado, pensé que tal vez estaba dispuesta a pagarlo.

El cristalero llegó poco después de las siete para cambiar el vidrio roto. Echó una mirada al sofá cama, a la ventana rota y a mí, y sin duda llegó a la conclusión de que estaba presenciando las secuelas de una disputa doméstica.

–Estas cosas pasan –me susurró con tono de complicidad–. Las mujeres tiran cosas, pero no con la intención de darte, no, eso no. Aun así, siempre conviene esquivarlas.

Le di las gracias. En todo caso, seguramente era un buen consejo. Dirigió un afable gesto de asentimiento a Rebecca y se puso manos a la obra.

Cuando acabó, seguí al Hyundai de Rebecca mientras ésta llevaba a Jenna al colegio y permanecí detrás de ella todo el camino hasta su oficina. Trabajaba a un paso de su casa, en Willard Square, junto al cruce de Pillsbury y Preble. Me había dicho que pensaba quedarse en el despacho hasta la hora del almuerzo y luego, por la tarde, tenía que visitar inmuebles. La vi entrar. Había procurado mantenerme a una distancia discreta de su coche. Aún no había advertido la menor señal del hombre que la seguía, pero prefería que no me viera con ella, todavía no. Quería que intentara acercarse a Rebecca otra vez, para estar esperándolo. No obstante, si ese individuo sabía lo que se traía entre manos, me descubriría fácilmente, y ya me había resignado al hecho de que necesitaría a más hombres si quería hacer bien las cosas.

Mientras Rebecca trabajaba en su despacho, volví a Scarborough, paseé a *Walter* y le di de comer; después me duché y me cambié de ropa. Dejé el Mustang y cogí un Saturn cupé verde, me compré un café y un bollo en la panadería Foley's, en la Carretera 1, y volví a Willard. El taller de Willie Brew, en Queens, me había localizado y vendido el cupé después por un precio inferior al que deberían haber costado sólo los neumáticos. Era útil como coche de reserva en ocasiones como aquélla, pero al conducirlo me sentía como un pueblerino.

–¿Ha muerto alguien en él? –pregunté a Willie cuando me lo enseñó como posible segundo coche.

Willie simuló olfatear el interior.

–Creo que está húmedo –me contestó–. Es probable. Podría ser. En cualquier caso, por el dinero que te pido, sería una ganga aunque el cadáver estuviera pegado al asiento.

Tenía razón. Aun así, me daba un poco de vergüenza conducirlo. De todos modos, no era fácil pasar inadvertido en un Mustang Boss 302 de 1969. Hasta el delincuente más tonto miraría en algún momento por el retrovisor y pensaría: «¿No es ése el mismo Mustang del 69 con adhesivos de coche de carreras que ya iba detrás de mí antes? Oye, ¿no será que me están siguiendo?».

Telefoneé a Rebecca para saber si todo estaba en orden y luego di un paseo por Willard para despejarme un poco más y matar el tiempo. Pasar la noche en un sofá con un viento frío silbando a través de una ventana rota no era lo más idóneo para dormir bien. Incluso después de la ducha me sentía fuera de órbita.

La gente de Portland, al otro lado de la bahía, tendía a mirar un poco por encima del hombro a South Portland, una población con sólo cien años de antigüedad, cosa que en Maine la convertía en una recién nacida. Con la edificación del Puente del Millón de Dólares, la construcción de la Interestatal 295 y la apertura de las galerías Maine Mall, los pequeños comercios se habían visto obligados a cerrar y la ciudad había perdido parte de su encanto; conservaba, no obstante, su personalidad característica. La zona donde vivía Rebecca Clay se llamaba antes Point Village, pero eso fue a principios del siglo XIX; y cuando South Portland se escindió de Cape Elizabeth en 1895, pasó a conocerse como Willard. Acogió a capitanes de barco y pescadores, cuyos descendientes aún viven allí hoy día. Durante el siglo pasado, gran parte de las tierras de la zona eran propiedad de un hombre llamado Daniel Cobb. Cultivaba tabaco, manzanas y apio. Se decía asimismo que fue la primera persona que plantó la lechuga iceberg en la Costa Este.

Recorrí Willard Street hasta la playa. La marea estaba baja, y la arena cambiaba de color espectacularmente, pasando del blanco al marrón oscuro allí donde se había interrumpido el avance del mar. A la izquierda, la playa se extendía formando una media luna y terminaba en el faro de Spring Point, que señalaba el peligroso saliente en el lado oeste del principal canal navegable hacia el puerto de Portland. Más allá se encontraban las dos islas de Cushing y Peaks, y la fachada veteada de herrumbre de Fort Gorges. A la derecha, una escalera de hormigón daba acceso a un camino que discurría por un promontorio y acababa en un pequeño parque.

Antes, una línea de tranvía bajaba por Willard Street hasta la playa en verano. Aun después de dejar de circular por allí el tranvía, siguió habiendo un antiguo puesto de refrescos cerca de lo que en su día fue el final de la línea. Se remontaba a la década de 1930, y todavía vendía comida en los años setenta, cuando se llamaba Dory y la familia Carmody servía perritos calientes y patatas fritas a los bañistas por la ventanilla. A veces mi abuelo me llevaba allí de niño, y me contó que el puesto había formado parte en otro tiempo del imperio de Sam Silverman, que en su época fue una especie de leyenda. Según contaban, tenía un mono y un oso en una jaula a fin de atraer a la gente a sus establecimientos comerciales, que incluían la casa de baños de Willard Beach y el tenderete Sam's Lunch. Los perritos calientes de los Carmody eran bastante buenos, pero desde luego no podían competir con un oso en una jaula. Después de pasar un rato en la playa, mi abuelo siempre me llevaba a la tienda de los señores B, el Supermercado Bathras, en Preble Street, donde pedía bocadillos italianos para llevarlos a casa de cena y el señor B consignaba meticulosamente la cantidad adeudada en la cuenta de mi abuelo. La familia Bathras era famosa en South Portland por su costumbre de vender a crédito; tanto es así que, al parecer, casi todos los clientes abrían una cuenta allí para saldar la deuda con pagos semanales o quincenales, y rara vez se intercambiaba dinero en efectivo por pequeñas compras.

Me pregunté si fue la nostalgia lo que me llevó a reflexionar con afecto sobre algo tan elemental como una tienda de comestibles o un viejo puesto de refrescos. En parte sí, supuse. Mi abuelo había compartido aquellos sitios conmigo, pero ahora tanto él como los propios lugares habían desaparecido, y yo ya no tendría ocasión de compartirlos con nadie. Aun así, había otros sitios y otras personas. Jennifer, mi primera hija, nunca había tenido la oportunidad de verlos, no realmente. Era demasiado pequeña cuando su madre y ella vinieron aquí conmigo, y murió cuando aún no tenía edad para valorar el mundo en que daba sus primeros pasos. Pero me quedaba Sam. Su vida estaba empezando. Si yo conseguía protegerla de todo mal, llegaría un día en que podríamos pasear juntos por la arena, o a lo largo de una apacible calle transitada antes por ruidosos tranvías, o junto a un río o por un camino de montaña. Yo podría transmitirle algunos de estos secretos, y ella podría conservarlos y saber que pasado y presente formaban un todo moteado de resplandor, y que en este mundo había tanto luz como sombra, en este mundo semejante a una colmena.

Cruzando la playa por el entarimado volví hacia Willard Haven Road y de pronto me detuve. Más adelante, hacia la mitad de Willard Street, había un coche rojo al ralentí junto a la acera. El parabrisas era casi reflectante, de modo que cuando lo miré, sólo vi el cielo. Al acercarme, el conductor retrocedió despacio Willard arriba, manteniendo la distancia entre nosotros; cuando encontró un hueco donde cambiar de sentido, se dirigió hacia Preble. Era un Ford Contour, probablemente un modelo de mediados de los años noventa. No vi el número de la matrícula; ni siquiera podía saber con certeza que el ocupante fuese el hombre que acechaba a Rebecca Clay, pero tuve el presentimiento de que era él. Supongo que habría sido mucho esperar que aún no me hubiese relacionado con ella, pero tampoco era una catástrofe. Tal vez mi sola presencia bastase para provocarlo. No para ahuyentarlo, pero sí, quizá, para que él intentara ahuyentarme a mí. Quería verlo cara a cara. Quería oír qué tenía que decir. Hasta que no lo hiciera, no podría empezar a resolver el problema de Rebecca Clay.

Subí por Willard Street hasta donde tenía aparcado el coche. Si el tipo me había descubierto, al menos no tendría que seguir conduciendo el Saturn, y eso, ya de por sí, era motivo de celebración. Telefoneé a Rebecca para prevenirla de que quizás el hombre que la molestaba no anduviese lejos. La informé del color y el modelo del coche y le pedí que no saliera de la oficina, ni siquiera un momento. Si de pronto cambiaba de planes, debía avisarme y yo iría a buscarla. Me comunicó que planeaba comer en su despacho, y había llamado al director del colegio de Jenna para pedirle que permitieran que la niña se quedara allí, con la secretaria, hasta que ella fuera a buscarla. Rebecca permanecería en la oficina un rato más, y eso me dejaba una hora libre poco más o menos. Si bien me había contado algunos detalles sobre su padre, yo deseaba más información, y pensé que conocía a alguien que podría proporcionármela.

Fui a Portland y aparqué delante del mercado público. Pasé a buscar dos cafés y unas pastas por la panadería Big Sky, con la idea de que siempre convenía llegar a cualquier sitio con un soborno en mano, y me encaminé hacia la Facultad de Arte de Maine, en Congress. June Fitzpatrick tenía un par de galerías de arte en Portland, y un perro negro que miraba con malos ojos a cualquiera que no fuese June. Encontré a June en el espacio que tenía en la universidad para su galería, preparando una nueva exposición en sus inmaculadas paredes blancas. Era una mujer menuda y entusiasta, que apenas había perdido su acento inglés en los años que llevaba en Maine, y tenía buena memoria para las caras y los nombres del mundo del arte. El perro me ladró desde un rincón y luego se conformó con mantenerme bajo vigilancia por si se me ocurría robar un lienzo.

–Daniel Clay –dijo, y tomó un sorbo de café–. Lo recuerdo, aunque no habré visto más de una o dos muestras de su obra. Entraba en la categoría de *amateur* con talento. Al principio era todo muy... atormentado, podríamos decir: cuerpos entrelazados, pálidos con estallidos de rojo y negro y azul, y toda clase de iconografía católica en segundo plano. Un buen día abandonó esos temas y empezó a dedicarse a los paisajes. Árboles envueltos en bruma, ruinas en primer plano, esas cosas...

Rebecca me había enseñado unas diapositivas de la obra de su padre ese mismo día, junto con el único cuadro que conservaba. Era una pintura de Rebecca de niña, un poco oscura para mi gusto, donde se la representaba como un borrón pálido entre sombras. Confesé a June que el resto de su obra tampoco me había impresionado.

–No es de mi agrado, debo decir. Siempre pensé que su obra de la segunda etapa estaba apenas un peldaño por encima de los cuadros de alces y yates, pero eso a mí no me atañía. Él vendía por su cuenta y no exponía, así que nunca tuve que buscar la manera cortés de decirle que no. Pero hay un par de coleccionistas en Portland seriamente interesados en su obra, y me consta que regaló muchos de sus cuadros a amigos. Su hija vende de vez en cuando alguno de los que le quedan, y siempre cae del cielo algún comprador potencial. Creo que la mayoría de los coleccionistas de su obra lo conocían personalmente, o les atrae el misterio que lo envolvió, a falta de una palabra mejor. Oí decir que dejó de pintar por completo poco antes de desaparecer, así que poseen cierto valor como rarezas, imagino.

–¿Recuerdas algo sobre su desaparición?

–Bueno, corrieron rumores. Los periódicos no dieron muchos detalles sobre las circunstancias. La prensa local tiende a ser parca sobre esas cuestiones en el mejor de los casos, pero casi todos sabíamos que algunos de los niños a los que él había intentado ayudar sufrieron abusos posteriormente. Algunos quisieron echarle la culpa, supongo, incluso entre quienes estaban dispuestos a creer que él no había tenido participación directa.

–¿Tienes alguna opinión al respecto?

–Sólo hay dos puntos de vista: o estuvo implicado, o no. Si lo estuvo, no hay más que decir. Si no lo estuvo..., en fin, no soy una experta, pero ya de entrada no debió de ser fácil hacer hablar a esos niños de lo que les pasó. Quizás el hecho de ser víctimas de abusos por segunda vez los llevó sencillamente a replegarse más en su caparazón. La verdad es que no lo sé.

–¿Llegaste a conocer a Clay?

–Nos veíamos aquí y allá. Intenté hablar con él durante una cena en la que coincidimos los dos, pero no estuvo muy comunicativo. Era un hombre callado y distante, de voz apagada. Parecía abrumado por la vida. Eso debió de ser poco antes de su desaparición, así que, en ese caso, es posible que las apariencias no engañaran.

Interrumpió nuestra conversación para dar instrucciones a una joven que colgaba un lienzo junto a una ventana.

–¡No, no, está al revés!

Miré el lienzo, que parecía una pintura de barro, y de un barro no muy bonito. La joven miró el lienzo, luego me miró a mí.

–¿Cómo lo sabes? –pregunté, y oí el eco de mis palabras. La joven y yo hablamos exactamente al mismo tiempo. Me sonrió y le devolví la sonrisa. A continuación hice un cálculo aproximado de la diferencia de edad entre las dos y decidí que debía limitarme a sonreír a personas nacidas antes de 1980.

–Ignorantes –dijo June.

–¿Qué se supone que es? –le pregunté.

–Un abstracto sin título.

–¿Significa eso que el artista tampoco sabe qué es?

–Posiblemente –admitió June.

–Volviendo a Daniel Clay, me has dicho que los coleccionistas de su obra casi seguro que lo conocían en persona. ¿Tienes idea de quiénes podrían ser?

Se acercó al rincón y rascó a su perro detrás de la oreja con expresión ausente. El perro volvió a ladrarme, sólo para quitarme de la cabeza cualquier intención de acercarme.

–Joel Harmon es uno de ellos.

–¿El banquero?

–Sí. ¿Lo conoces?

–De oídas –respondí.

Joel Harmon era el presidente jubilado del BIP, el Banco de Inversión de Portland. A él, entre otros, se atribuía el mérito de haber renovado el Puerto Antiguo durante los ochenta, y su fotografía aparecía aún en los periódicos siempre que la ciudad celebraba algo, normalmente con su mujer del brazo y una muchedumbre de entusiastas admiradores alrededor, excitados todos por el olor residual de los billetes nuevos. Su popularidad podía achacarse sin duda a su riqueza, a su poder, y la atracción que, por lo común, ejercen esos dos elementos en aquellos que tienen considerablemente menos tanto de lo uno como de lo otro. Se rumoreaba que tenía «ojo para las mujeres», pese a que su aspecto físico ocupaba una posición muy baja en su lista de atributos, probablemente en algún punto entre «es capaz de seguir una melodía» y «sabe preparar espaguetis». Yo lo había visto alguna vez, pero nunca nos habían presentado.

–Daniel Clay y él eran amigos. Es posible que se conocieran en la universidad. Sé que Joel compró un par de cuadros de Clay después de su muerte, y recibió otros como regalo en vida de éste. Supongo que pasó la prueba de idoneidad de Clay. Clay era muy puntilloso con las personas a las que vendía o regalaba su obra. No sé por qué.

–No te gustaban nada sus cuadros, ¿verdad?

–Ni él, supongo. Me ponía nerviosa. Se le notaba una especial falta de alegría. Por cierto, esta semana Joel Harmon da una fiesta en su casa. Las organiza con regularidad, y yo siempre estoy invitada. Le he puesto en contacto con varios artistas interesantes. Es un buen cliente.

–¿Me estás pidiendo que sea tu acompañante?

–No, me ofrezco a ser yo tu acompañante.

–Eso me halaga.

–Como ha de ser. Quizá puedas ver algún cuadro de Clay. Pero sé bueno y procura no ofender mucho a Joel. Tengo que pagar mis facturas.

Le aseguré a June que me comportaría lo mejor posible. No pareció impresionada.

4

Volví a Scarborough y me libré del Saturn. Al volante del Mustang me sentí de inmediato diez años más joven, o diez años menos maduro, que no era lo mismo ni remotamente. Telefoneé a Rebecca para confirmar que saldría a la hora acordada y le pedí que buscara a alguien que la acompañara hasta el coche. Tenía que ver un local vacío en Longfellow Square, de modo que la esperé en el aparcamiento detrás del estanco de Joe. Había allí estacionados otros quince o dieciséis coches, ninguno de ellos ocupado. Encontré un sitio desde donde veía Congress y la plaza, me compré un sándwich de pollo a la plancha con pimiento verde en el mostrador que tenía Joe para bocadillos y me lo comí en el coche mientras esperaba a Rebecca. Un par de mendigos con carritos de supermercado fumaban en el callejón junto al aparcamiento. Ninguno de los dos coincidía con la descripción del hombre que seguía a Rebecca.

Ella me llamó cuando pasaba por delante de la estación de autobuses de St. John, y le dije que aparcara frente al edificio que iba a visitar. La mujer que se proponía alquilar el local esperaba en la puerta cuando ella llegó. Las dos entraron juntas y cerraron sin percances. Las cristaleras del escaparate eran amplias y estaban limpias, y yo veía a las dos mujeres claramente desde donde me encontraba.

No me fijé en el hombre bajo y robusto hasta que, con gestos extraños, encendió un cigarrillo. Como salido de la nada, se había acomodado en una de las vallas metálicas de protección, fuera del aparcamiento. Sosteniendo el cigarrillo verticalmente entre el pulgar y el índice de la mano derecha, lo hacía girar con delicadeza, tal vez para aspirar luego el humo con más facilidad, y tenía la atención puesta en las mujeres al otro lado de la calle. Aun así, se advertía cierta sensualidad en el movimiento de sus dedos, fruto, quizá, de la forma en que miraba a Rebecca Clay a través del escaparate de la tienda. Al cabo de un rato se llevó el cigarrillo a la boca lentamente y lo humedeció con los labios un momento antes de acercar la cerilla a la punta. Después, en lugar de tirar la cerilla sin más o apagarla de un soplido, la mantuvo entre el pulgar y el índice y dejó que la llama descendiera hacia las yemas de los dedos. Esperé a que la soltara en cuanto sintiera con mayor intensidad el dolor, pero no lo hizo. Cuando ya no se veía el extremo inferior de la cerilla, la dejó caer en la palma de su mano, donde ardió sobre la piel hasta ennegrecerse. Volvió la mano y la madera chamuscada fue a parar al suelo. Le saqué una foto con la pequeña cámara digital que llevaba en el coche. En ese mismo instante se dio la vuelta, como si hubiera percibido que otro, a su vez, tenía la atención puesta en él. Me hundí más en el asiento, pero alcancé a vislumbrar su rostro, y en concreto las tres cicatrices paralelas en la frente que había mencionado Rebecca. Cuando volví a mirar, me dio la impresión de que se había esfumado, pero intuí que sencillamente había retrocedido para quedar al amparo de la sombra proyectada por el estanco, ya que un soplo de brisa arrastró una voluta de humo hacia la calle.

Rebecca salió de la tienda con unos papeles en las manos. La otra mujer, a su lado, hablaba y sonreía. Llamé a Rebecca al móvil y le dije que siguiera sonriendo mientras me escuchaba.

—Póngase de espaldas al estanco de Joe —indiqué. No quería que el hombre viera su reacción cuando le dijera que lo había localizado—. Su admirador está delante del estanco. No mire en esa dirección. Quiero que cruce la calle y entre en la librería Cunningham. Actúe con naturalidad, como si tuviera un rato libre y quisiera matar el tiempo. Quédese allí hasta que yo vaya a buscarla, ¿de acuerdo?

—De acuerdo —dijo ella.

La noté sólo un poco asustada. En su honor, debo decir que no se detuvo ni se traslució emoción alguna en su semblante. Le estrechó la mano a su clienta, miró a la izquierda, luego a la derecha, y cruzó con toda naturalidad en dirección a la librería. Entró sin vacilar, como si ésa hubiese sido su intención desde el principio. Me apeé del coche y me encaminé rápido hacia el estanco. Fuera no había nadie. Sólo una colilla y los restos disgregados de un fósforo indicaban que el hombre bajo y robusto había estado allí. La punta del cigarrillo estaba aplastada. Algo me dijo que, muy posiblemente, apretó el ascua con los dedos. Casi olí la piel socarrada.

Miré alrededor y lo vi. Había cruzado Congress y se dirigía hacia el centro de la ciudad. Dobló a la derecha por Park y lo perdí de vista. Supuse que tenía el coche allí y esperaría a que Rebecca saliera de la librería para entonces seguirla o volver a abordarla.

Fui hacia la esquina de Park y me arriesgué a mirar de soslayo calle abajo. El hombre se hallaba junto a la puerta de su Ford rojo, con la cabeza inclinada. Agachado tras los coches aparcados, me acerqué a él desde la acera opuesta. Llevaba la calibre 9 milímetros en una funda prendida del cinturón –para un trabajo como aquél, resultaba un poco más discreta que mi enorme Smith calibre 10–, pero me resistía a enseñarla. Si me veía obligado a enfrentarme con el acechador pistola en mano, se desvanecería toda posibilidad de hacerlo entrar en razón y la situación se deterioraría incluso antes de empezar a comprenderla. Tenía la imagen de aquel hombre quemándose, y la aparente tranquilidad con que lo había hecho. Eso indicaba que era un individuo con una notable tolerancia al dolor, y por lo general tal nivel de tolerancia se alcanzaba con grandes sufrimientos. Un cara a cara con él tendría que plantearse con cuidado.

Un Grand Cherokee giró hacia Park, conducido por la arquetípica joven madre que iba a recoger a sus niños al colegio, y cuando pasó, me deslicé detrás de él y me acerqué al Ford por el lado del conductor. Estaba dentro del coche, con el tubo de escape ya humeante, y distinguí el perfil de su tupé y los grandes pliegues de los músculos de los hombros y el cuello. Tenía las manos apoyadas en el volante, y con los dedos de la izquierda tamborileaba en el plástico. Llevaba un torpe vendaje en la derecha. Manchas de sangre traspasaban la gasa. Al final, dejé que viera cómo me acercaba. Mantuve los brazos separados y los dedos ligeramente abiertos, pero estaba preparado para ponerme a cubierto si apartaba las manos del volante. Mi problema era que en cuanto me acercase lo suficiente para hablar con él no tendría hacia dónde correr. Confiaba en el hecho de que había gente alrededor, y esperaba que él no viera ventaja alguna en reaccionar de manera hostil antes de oír lo que yo tenía que decirle.

–¿Qué tal? –pregunté.

Me miró con desgana, como si sus energías no le permitiesen más reacción que ésa. Tenía otro cigarrillo entre los labios, y un paquete azul de American Spirit en el salpicadero.

–Bien –contestó él–. Muy bien.

Se llevó la mano derecha a la boca, dio una calada, y el ascua resplandeció. Apartó la vista y la fijó al frente a través del parabrisas.

—Suponía que alguien me observaba –comentó–. Veo que va armado.

A menos que uno supiera qué estaba buscando, el bulto de la 9 milímetros pasaba casi inadvertido bajo la chaqueta.

—Toda prudencia es poca –dije.

—Por mí, no se preocupe. No voy armado. No lo necesito.

—Es un alma bendita, pues.

—No, tampoco diría tanto. ¿Lo ha contratado esa mujer?

—Está preocupada.

—No tiene por qué. Si me dice lo que quiero saber, seguiré mi camino.

—¿Y si no lo hace, o si no puede?

—Bueno, eso son dos cosas distintas, ¿no? Una no puede evitarse; la otra, sí.

Apartó los dedos del volante. Al instante me llevé la mano al cinto en busca de la pistola.

—¡Eh, eh! –exclamó. Levantó las manos en un fingido gesto de sometimiento–. No voy armado, ya se lo he dicho.

Mantuve la mano cerca de la culata de la pistola.

—Aun así, preferiría que pusiera las manos donde pueda verlas.

Se encogió de hombros en un gesto exagerado y volvió a posar las manos en lo alto del volante.

—¿Tiene usted algún nombre? –pregunté.

—Tengo muchos nombres.

—Eso es muy misterioso. Probemos con uno y veamos qué tal le queda.

Pareció pensárselo.

—Merrick –dijo por fin, y algo en su cara y en su voz me reveló que eso era lo máximo que iba a recibir de él por lo que se refería a nombres.

—¿Por qué está acosando a Rebecca Clay?

—No estoy acosándola. Sólo quiero que me hable claro.

—¿Sobre qué?

—Sobre su padre.

—Su padre está muerto.

—No está muerto. Ella consiguió que lo declarasen muerto, pero eso no significa nada. Muéstreme los gusanos en las cuencas de sus ojos y entonces me creeré que ha muerto.

—¿Por qué está tan interesado en él?

—Tengo mis razones.

—Intente compartirlas.

Apretó los dedos en torno al volante. Tenía un pequeño tatuaje en tinta china en el nudillo del dedo corazón de la mano izquierda. Era una burda cruz azul, un símbolo carcelario.

—No, prefiero guardármelas. Me molesta que un desconocido venga y me interrogue sobre algo que es asunto mío.

—Entenderá, pues, cómo se siente la señora Clay.

Se mordió la cara interna del labio inferior. Mantuvo la mirada fija al frente. Percibí cómo crecía la tensión dentro de él. Tras deslizar la mano hasta la culata de la pistola, extendí el índice sobre la guarda, listo para introducirlo en su sitio si era necesario. De pronto, la tensión abandonó el cuerpo de Merrick. Lo oí exhalar y pareció menguar y volverse menos amenazador.

—Pregúntele por el Proyecto —sugirió en voz baja—. Ya verá lo que dice.

—¿Qué es el Proyecto?

Movió la cabeza en un gesto de negación.

—Pregúntele y luego venga a verme. Tal vez, ya puestos, debería hablar también con su ex marido.

Ni siquiera sabía que Rebecca Clay hubiese estado casada. Sólo me constaba que no se había casado con el padre de su hija. ¡Vaya un investigador estaba yo hecho!

—¿Por qué habría de hacerlo?

—Un marido y una mujer... comparten cosas. Secretos. Hable con él, y puede que me ahorre la molestia de hablar con él yo mismo. No andaré lejos. No tendrá que buscarme, porque yo lo encontraré a usted. Convénzala para que me diga lo que sabe. Le doy dos días; luego perderé la paciencia con todos ustedes.

Señalé su mano herida.

—Me da la impresión de que ya ha perdido la paciencia una vez.

Se miró la venda y estiró los dedos, como si comprobase el dolor de las heridas.

—Fue un error —respondió con voz queda—. No era mi intención. Esa mujer me está poniendo a prueba, pero no pretendo causarle ningún daño.

Quizás él se lo creyera, pero yo no. Merrick destilaba rabia. La ira palpitaba al rojo vivo dentro de él, dando vida a sus ojos y tensando de emoción contenida cada músculo y cada tendón de su cuerpo. Tal vez Merrick no pretendiera hacer daño a una mujer; tal vez no lo intentara, pero la sangre en su mano ponía de manifiesto que su capacidad para controlar sus impulsos dejaba mucho que desear.

—Perdí los estribos, sólo eso —prosiguió—. Necesito que me diga lo que sabe. Es importante para mí. —Dio otra calada al cigarrillo—. Y ahora que ya somos tan amigos, ¿por qué no me dice cómo se llama usted?

—Parker.

—¿Qué es? ¿Detective privado?

—¿Quiere ver mi licencia?

—No, un papel no me aclarará nada que no sepa ya. Oiga, no quiero problemas con usted. He venido aquí para ocuparme de un asunto, un asunto personal. A lo mejor hace entrar en razón a esa mujer para que yo pueda resolverlo y seguir con lo mío. Espero que así sea, sinceramente, porque si no lo consigue, usted no nos servirá de nada ni a ella ni a mí. No será más que un obstáculo en mi camino, y quizá me vea obligado a tomar medidas.

No había vuelto a mirarme. Tenía la vista fija en una pequeña fotografía colgada del espejo retrovisor, protegida con una funda de plástico. Era el retrato de una niña de pelo moreno, de la edad de Jenna Clay o un poco mayor. Un crucifijo barato pendía al lado.

—¿Quién es esa niña? —pregunté.

—Eso no le incumbe.

—Es una monada. ¿Qué edad tiene?

No contestó, pero era evidente que yo había puesto el dedo en la llaga. Sin embargo, esa vez no reaccionó con ira, sino con cierto distanciamiento.

—Si me explicara mínimamente el motivo que lo ha traído hasta aquí, quizás yo podría ayudarlo —insistí.

—Oiga, como ya le he dicho, es un asunto personal.

—Si es así, supongo que ya no tenemos nada más de que hablar —dije—. Pero no se acerque a mi cliente. —La advertencia sonaba vacía e innecesaria. De algún modo, la balanza se había inclinado del otro lado.

—No volveré a causar ninguna molestia a esa mujer, ninguna en absoluto, no hasta que vuelva usted a hablar conmigo. —Bajó la mano e hizo girar la llave de contacto, sin dejarse ya intimidar por la pistola, si es que realmente lo había intimidado en algún momento—. Pero a cambio le haré dos advertencias. La primera es que, cuando empiece a preguntar por el Proyecto, más vale que se ande con ojo, porque los demás se enterarán y no les gustará saber que hay alguien husmeando por ahí. No les gustará ni un pelo.

—¿Los demás?

El motor rugió cuando apretó el acelerador.

—Pronto lo averiguará —contestó.

—¿Y la segunda advertencia?

Levantó la mano izquierda y cerró el puño, de tal forma que el tatuaje contrastó marcadamente con la palidez del nudillo.

—No se entrometa. Hágalo, y será hombre muerto. Tome buena nota, muchacho.

Se apartó del bordillo, y el tubo de escape expulsó una espesa nube de humo azul en el aire transparente de otoño. Antes de que desapareciera por completo entre los gases alcancé a ver la matrícula.

«Merrick. Ahora veamos», pensé, «qué puedo averiguar de ti en los próximos dos días.»

Volví a la librería. Rebecca Clay, sentada en un rincón, hojeaba una revista vieja.

—¿Lo ha encontrado? —preguntó ella.

—Sí.

Rebecca dio un respingo.

—¿Qué ha ocurrido?

—Hemos hablado y se ha ido. De momento.

—¿Qué significa «de momento»? Le he contratado para librarme de él, para que me deje en paz de una vez por todas —dijo levantando la voz gradualmente, aunque en segundo plano se percibía un temblor.

La acompañé a la calle.

—Señorita Clay, ya le dije que quizá no bastaría con una advertencia. Ese hombre ha accedido a mantenerse alejado de usted hasta que yo haga ciertas averiguaciones. No lo conozco tanto como para confiar plenamente en él, así que le sugiero que, por ahora, sigamos extremando las precauciones. Si ha de quedarse más tranquila, dispongo de personas dispuestas a colaborar para tenerla bajo vigilancia las veinticuatro horas del día mientras intento indagar sobre él.

—Bien. Pero creo que voy a mandar a Jenna fuera durante un tiempo, hasta que todo esto acabe.

—Me parece buena idea. ¿Le suena de algo el nombre de Merrick, señorita Clay?

Habíamos llegado a su coche.

—No, no lo creo —contestó.

—Así es como se llama nuestro amigo, o al menos eso me ha dicho. Tenía en el coche una fotografía de una niña, tal vez su hija. Me pregunto si no sería paciente de su padre, y si hay alguna manera de saberlo, en el supuesto de que la niña llevase el apellido de Merrick.

—Mi padre no hablaba de sus pacientes conmigo. O al menos no por su nombre. Si se la mandó una institución estatal, podría haber un historial suyo en algún sitio, supongo, pero no le resultará fácil conseguir que alguien lo confirme. Sería una violación del secreto profesional.

—¿Y los archivos de los pacientes de su padre?

—Los archivos de mi padre pasaron a disposición judicial tras su desaparición. Recuerdo que alguien intentó solicitar autorización para que algunos de sus colegas los examinasen, pero la denegaron. Sólo se puede tener acceso mediante una inspección a puerta cerrada, y eso es poco habitual. Los jueces son reacios a concederla para proteger la intimidad de los pacientes.

Consideré que había llegado el momento de abordar la cuestión de su padre y las acusaciones presentadas contra él.

—Tengo que hacerle una pregunta delicada, señorita Clay —empecé a decir.

Esperó. Sabía lo que se avecinaba, pero quería oírmelo decir.

—¿Cree que su padre abusó de los niños a los que atendía?

—No —contestó con firmeza—. Mi padre no abusó de ninguno de esos niños.

—¿Piensa usted que facilitó las cosas a los autores de los abusos, quizá proporcionándoles información sobre la identidad y el paradero de pacientes vulnerables?

—Mi padre vivía entregado a su trabajo. Cuando dejaron de encargarle peritajes, fue porque empezaron a dudar de su objetividad. Él tendía a creer a los niños desde el principio, y ésa fue la causa de sus problemas. Sabía lo que eran capaces de hacer los adultos.

—¿Tenía su padre muchos amigos íntimos?

Arrugó la frente.

—Unos cuantos. También trataba con algunos colegas, aunque perdí el contacto con casi todos después de su desaparición. Querían distanciarse al máximo de él. No me extrañó.

—Me gustaría que hiciera una lista: relaciones profesionales, compañeros de estudios, personas de su antiguo barrio. Cualquiera con quien mantuviese un trato regular.

–La haré en cuanto llegue a casa.

–Por cierto, no me había contado que estuvo usted casada.

Se sorprendió.

–¿Cómo se ha enterado?

–Me lo ha dicho Merrick.

–Dios santo. No me pareció un dato importante. El matrimonio no duró mucho. Ahora ya nunca nos vemos.

–¿Cómo se llama?

–Jerry. Jerry Legere.

–¿Y no es el padre de Jenna?

–No.

–¿Dónde puedo encontrarlo?

–Es electricista. Trabaja por todas partes. ¿Por qué quiere hablar con él?

–Voy a hablar con mucha gente. Así es como funcionan estas cosas.

–Pero así no conseguirá que ese hombre, ese tal Merrick, se marche. –Volvió a levantar la voz–. Yo no le he contratado para eso.

–Él no va a marcharse, señorita Clay, todavía no. Está furioso, y esa ira tiene algo que ver con su padre. Necesito averiguar qué relación existe entre su padre y Merrick. Para eso tendré que hacer muchas preguntas.

Cruzó los brazos sobre el techo del coche y apoyó la frente en ellos.

–No quiero que esto se alargue –dijo con la voz ahogada a causa de la postura–. Quiero que todo vuelva a ser como antes. Haga lo que tenga que hacer, hable con quien sea, pero acabe con esto. Por favor. Ya ni siquiera sé dónde vive mi ex marido, pero antes trabajaba a veces para una empresa llamada A-Secure y quizá todavía colabore con ellos. Instalan sistemas de seguridad en oficinas, tiendas y viviendas. Un amigo de Jerry, Raymon Lang, se dedica al mantenimiento de los sistemas y le pasaba mucho trabajo a Jerry. Seguramente lo encontrará a través de A-Secure.

–Merrick piensa que tal vez usted y su ex marido hablaron de su padre en alguna ocasión.

–Pues claro que sí, pero Jerry no sabe nada de lo que le pasó a mi padre, eso se lo aseguro. Jerry Legere sólo piensa en sí mismo, en nadie más. Esperaba que mi padre apareciese muerto en algún sitio para empezar a gastar el dinero que yo recibiese en herencia.

–¿Su padre era rico?

–Todavía hay inmovilizada una suma considerable de dinero, pendiente del fallo de validación del testamento, de modo que sí, podría decirse que vivía con holgura. Por otra parte, está la casa. Jerry quería que la vendiese, pero no me era posible, obviamente, porque no era mía. Al final, Jerry se cansó de esperar, y de mí. Aunque el desencanto fue mutuo. No era lo que se dice un marido ideal.

–Una última cosa –dije–. ¿Le oyó hablar a su padre alguna vez de un «proyecto», o de algo llamado «el Proyecto»?

–No, nunca.

–¿Tiene idea de lo que podría ser?

–Ni la más mínima.

Levantó la cabeza y entró en el coche. La seguí de cerca camino de la oficina y me quedé allí hasta la hora de recoger a Jenna. El director acompañó a la niña a la puerta del colegio, y Rebecca habló con él un momento, para explicarle, supuse, el motivo por el que Jenna se ausentaría durante un tiempo. Luego las seguí hasta su casa. Rebecca aparcó en el camino de acceso y se quedó dentro del coche con el seguro puesto, en tanto que yo inspeccionaba todas las habitaciones. Regresé a la puerta de entrada y le indiqué con una seña que todo estaba en orden. Cuando entró, me senté en la cocina y la observé mientras elaboraba una lista de amigos y colegas de su padre. No era muy larga. Algunos, dijo, habían muerto, y de otros no recordaba el nombre. Le pedí que me avisara si se le ocurría alguno más y me aseguró que así lo haría. Me comprometí a dejar resuelto esa misma noche el asunto de la protección añadida y a llamarla para darle los detalles al respecto antes de que se acostara. Dicho esto, me marché. Oí el cerrojo y luego una serie de pitidos electrónicos cuando introdujo el código de la alarma para activar el sistema de seguridad de la casa.

La luz del día se había desvanecido. Las olas rompían en la orilla cuando me encaminé hacia el coche. Normalmente encontraba relajante ese sonido, pero no aquella tarde. Me faltaba un elemento, había algo fuera de sitio, y el aire vespertino traía un tufillo a quemado. Me volví hacia el agua, ya que el olor procedía del mar, como si se hubiera incendiado un barco lejano. Busqué el resplandor en el horizonte, pero sólo vi la rítmica palpitación del faro, el movimiento de un transbordador en la bahía y las ventanas iluminadas en las casas de las islas. Todo reflejaba calma y rutina, y sin embargo, camino de casa, no pude sacudirme de encima la sensación de inquietud.

Segunda parte

Contorno sin forma, matiz sin color
fuerza paralizada, gesto sin movimiento;

quienes han cruzado,
sin desviar la mirada, hasta el otro reino de la muerte
nos recuerdan −si acaso− no como violentas
almas perdidas, sino sólo
como los hombres huecos...

T.S. Eliot, *Los hombres huecos*

5

Merrick nos había prometido dos días de paz, pero yo no iba a fiarme de la palabra de un hombre semejante cuando estaba en juego la seguridad de Rebecca. Había visto a otros como él: Merrick era un barril de pólvora, siempre al borde del estallido. Recordé cómo había reaccionado al comentario que hice sobre la niña de la fotografía, y las advertencias de que aquello era un asunto «personal» suyo. Pese a lo que me había asegurado, siempre existía la posibilidad de que fuese a un bar, se tomase un par de copas y decidiese que era el momento de volver a cruzar unas palabras con la hija de Daniel Clay. Por otra parte, no podía dedicarme todo el tiempo a vigilarla. Necesitaba ayuda y no tenía muchas opciones. Estaba Jackie Garner, que era grande, fuerte y bienintencionado, pero le faltaba algún que otro tornillo. Además, allí adonde iba lo acompañaban dos bloques de carne con piernas, los hermanos Fulci; y los Fulci eran a la sutileza lo que un batidor de huevos a un huevo. No sabía muy bien cómo se lo tomaría Rebecca Clay si se los encontraba en su portal. De hecho, ni siquiera sabía cómo se lo tomaría el portal.

Habría preferido a Louis y Ángel, pero se habían ido un par de días a la Costa Oeste para catar vinos en el valle de Napa. Saltaba a la vista que tenía amigos sofisticados, pero no podía dejar a Rebecca sin protección hasta que regresaran. Al parecer, no me quedaba otra alternativa.

Telefoneé a Jackie Garner de mala gana.

Me reuní con él en Sangillo's Tavern, un local pequeño de Hampshire que por dentro siempre estaba iluminado como si fuera Navidad. Jackie tomaba una Bud Light, pero procuré no tenérselo en cuenta. Me reuní con él en la barra y pedí un Sprite sin azúcar. Nadie se rió, lo que fue todo un detalle.

–¿Estás a dieta? –preguntó Jackie. Llevaba una camiseta de manga larga con el logotipo de un antiguo bar de Portland cerrado desde hacía tanto tiempo que probablemente sus parroquianos pagaban las copas con abalorios. Se había afeitado el cráneo y tenía una descolorida moradura junto al ojo izquierdo. La camiseta se le ceñía al abdomen de tal modo que un observador poco atento lo habría tomado por un gordo más junto a la barra, pero ése no era el caso de Jackie Garner. Desde que lo conocía, nadie lo había ganado en una pelea, y no quería ni pensar en lo que habría sido del culpable del moretón que Jackie tenía en la cara.

–No estoy de humor para cerveza –contesté.

Levantó la botella, entornó los ojos y anunció con voz grave:

–Esto no es cerveza. Es Bud.

Al parecer quedó muy satisfecho de sí mismo.

–Una frase muy pegadiza –comenté.

Desplegó una amplia sonrisa.

–He participado en algún que otro concurso. De esos en los que hay que inventar un eslogan, ya sabes. Como «Esto no es cerveza. Es Bud». –Tomó mi Sprite–. O «Esto no es un refresco. Es Sprite». «Éstos no son frutos secos. Son...» Bueno, sí son frutos secos, pero ya me entiendes.

–Veo la pauta.

–Diría que puede adaptarse a cualquier producto.

–Salvo a los frutos secos en un cuenco –precisé.

–Salvo eso, sí, y poco más.

–Parece infalible, desde luego. ¿Andas muy ocupado últimamente?

Jackie se encogió de hombros. Por lo que yo sabía, nunca estaba ocupado. Vivía con su madre, trabajaba algún rato de camarero un par de días por semana, y dedicaba el resto del tiempo a manufacturar munición casera en un ruinoso cobertizo en medio del bosque detrás de su casa. De vez en cuando alguien comunicaba a la policía local que había oído una explosión. Y muy de vez en cuando la policía enviaba un coche patrulla con la remota esperanza de que Jackie hubiera volado por los aires. Hasta el momento se habían visto amargamente decepcionados.

–¿Necesitas algo? –preguntó. El brillo de sus ojos se hizo más intenso ante la perspectiva de una posible trifulca.

–Sólo durante un par de días. Cierto individuo anda acechando a una mujer.

–¿Quieres que le zurremos?

—¿«Zurremos»? ¿Tú y quién más?

—Ya lo sabes. —Señaló con el pulgar hacia algún sitio indeterminado fuera de los confines del bar. A pesar del frío, sentí cómo me brotaba el sudor en la frente y envejecí alrededor de un año en un instante.

—¿Se encuentran aquí? ¿Qué os pasa? ¿Acaso estáis unidos por la cadera?

—Les he dicho que esperen fuera. Sé que te ponen nervioso.

—No me ponen nervioso. Me dan un miedo atroz.

—Bueno, en todo caso ya no les dejan entrar aquí. No les dejan entrar en ninguna parte, supongo, no desde..., mmm..., aquello.

Había un «aquello». Cuando se trataba de los Fulci, siempre había un «aquello».

—¿Aquello? ¿Qué?

—Aquello en el B-Line.

Podía decirse que el B-Line era el tugurio más peligroso de la ciudad, un antro que servía una copa gratis a todo aquel que enseñase un carnet de Alcohólicos Anónimos con más de un mes de antigüedad. Conseguir que a uno le prohibieran la entrada en el B-Line por alterar el orden era como ser expulsado de los boy scouts por hacer demasiado bien los nudos.

—¿Qué pasó?

—Atizaron a un tipo con una puerta.

En comparación con alguna de las anécdotas que había oído sobre los Fulci, y sobre el B-Line, ésa no era nada del otro mundo.

—Pues tampoco me parece tan grave... tratándose de ellos.

—Bueno, en realidad eran dos tipos. Y dos puertas. Y arrancaron las puertas de las bisagras. Ahora ya no pueden salir tanto. Se picaron un poco. Y siguen picados. Pero aquí no les importa quedarse esperando en el aparcamiento. Las luces les parecen bonitas, y les he comprado un par de menús familiares en Norm's.

Respiré hondo para serenarme.

—No quiero que nadie resulte herido, lo que significa que no sé si quiero a los Fulci metidos en esto.

Jackie arrugó el entrecejo.

—Se llevarán un disgusto. Cuando les he dicho que iba a verte, me han pedido que los dejase venir. Les caes bien.

—¿Y cómo lo sabes? ¿Porque no me han pegado aún con una puerta?

–No tienen malas intenciones. Es sólo que los médicos les cambian la medicación cada dos por tres y a veces no les hace el efecto que debería.

Apesadumbrado, comenzó a darle vueltas a la botella. No tenía muchos amigos, y por lo visto consideraba que la sociedad había juzgado de forma errónea a los Fulci en muchos sentidos. La sociedad, por el contrario, estaba segura de que tenía a los Fulci perfectamente catalogados y había tomado todas las medidas necesarias para reducir el contacto con ellos al mínimo.

Di una palmada a Jackie en el brazo.

–Ya les encontraremos algo que hacer, ¿vale?

Se le iluminó la cara.

–Son los hombres idóneos para tenerlos cerca cuando las cosas se complican –dijo pasando por alto oportunamente el detalle de que las cosas tendían a complicarse justo porque ellos andaban cerca.

–Oye, Jackie, ese hombre se llama Merrick y sigue a mi clienta desde hace una semana. Ha estado preguntando por su padre, pero su padre desapareció hace mucho tiempo, tanto que lo han declarado legalmente muerto. Ayer acorralé a Merrick y me prometió tomárselo con calma durante un par de días, pero no me fío. Tiene mal genio.

–¿Llevaba pistola?

–No se la he visto, pero eso no significa nada.

Jackie bebió un sorbo de cerveza.

–¿Cómo es que aparece precisamente ahora? –preguntó.

–¿Cómo?

–Si el tipo ese desapareció hace tanto tiempo, ¿cómo es que este otro viene ahora a preguntar por él?

Miré a Jackie. Eso era lo que tenía de bueno. Sin duda le bailaba algo en la cabeza cuando caminaba, pero no era tonto. Yo me había planteado ya por qué Merrick preguntaba ahora por Daniel Clay, pero no qué le había impedido hacerlo antes. Me acordé del tatuaje en el nudillo de su dedo. ¿Habría cumplido condena desde la desaparición de Clay?

–Quizá pueda averiguarlo mientras vigilas a la mujer. Se llama Rebecca Clay. Te la presentaré esta noche. Y escúchame bien: procura que los Fulci no se dejen ver, pero si quieres tenerlos cerca, por mí no hay inconveniente. En realidad, puede que no sea mala idea que los vean echando un ojo a la casa.

Probablemente, ver a aquellos tres hombres corpulentos –dos de los cuales hacían que el tercero pareciera desnutrido a su lado– disuadiría incluso a alguien como Merrick de acercarse a Rebecca.

Di a Jackie una descripción de Merrick y su coche, incluida la matrícula.

–Pero no cuentes con el coche. Ahora que lo hemos relacionado con él, es posible que lo abandone.

–Ciento cincuenta al día –dijo Jackie–. Mantendré a Tony y Paulie a distancia. –Apuró la cerveza–. Ahora ven a saludarlos. Si no, se ofenderán.

–Y eso no nos conviene –respondí, y hablaba en serio.

–Y que lo digas.

Tony y Paulie no habían acudido con su *monster truck*, y por eso no los había visto al aparcar. Ocupaban los asientos delanteros de una sucia camioneta blanca que Jackie utilizaba a veces para lo que él, en un eufemismo, definía como su «negocio». Cuando me acerqué, los Fulci abrieron las puertas y salieron. No me explicaba cómo había conseguido Jackie meterlos allí dentro. Daba la impresión de que la camioneta hubiese sido montada en torno a ellos. Los Fulci no eran altos, pero eran anchos, hasta diría que extra anchos. Las tiendas donde se compraban la ropa preferían lo práctico a la moda, así que eran visiones gemelas en poliéster y cuero barato. Tony me agarró la mano con una de sus zarpas y me la impregnó de salsa barbacoa, luego oí un crujido. Paulie me dio una suave palmada en la espalda y casi escupí un pulmón.

–Volvemos al trabajo, muchachos –anunció Jackie con orgullo.

Y por un breve momento, antes de que se impusiera el sentido común, me invadió una extraña felicidad.

Fui en coche con Jackie a la casa de Rebecca Clay. Pareció sentir alivio al volver a verme. Los presenté y le dije a Rebecca que Jackie velaría por ella durante los días siguientes, pero que yo tampoco andaría lejos si ocurría algo. Creo que Jackie se ajustaba más que yo a la idea que ella tenía de un guardaespaldas, así que no puso objeción alguna. En honor a la verdad casi absoluta, le dije que habría otros dos hombres cerca por si surgían problemas, y le di una vaga descripción de los Fulci que tendía a ser halagüeña sin caer en la mentira declarada.

–¿Son realmente necesarios tres hombres? –preguntó.

–No, pero vienen incluidos en el mismo lote. El servicio sale por ciento cincuenta al día, lo que es barato, pero si le preocupa el coste, podemos llegar a un acuerdo.

–No importa. Creo que puedo permitírmelo durante un tiempo.

–Bien. Trataré de averiguar algo más sobre Merrick ahora que nos ha dado un respiro, y hablaré con algunas de las personas de su lista. Si pasado este periodo de gracia de dos días no tenemos una idea más clara de las intenciones de Merrick, y si él sigue sin aceptar que usted no puede ayudarlo, iremos otra vez a la policía e intentaremos que lo detengan antes de acudir al juzgado. Sé que en estos momentos usted preferiría un enfoque más físico, pero antes debemos agotar las otras posibilidades.

–Entiendo.

Le pregunté por su hija, y me contó que lo había organizado todo para que Jenna fuera a pasar una semana a casa de sus abuelos, en Washington D.C. La escuela ya había autorizado su ausencia, y Jenna se marcharía a primera hora de la mañana.

Me acompañó a la puerta y me tocó el brazo.

–¿Sabe por qué lo he contratado? –preguntó–. Tuve un novio que se llamaba Neil Chambers. Era el padre de Jenna.

Neil Chambers. Su padre, Ellis, se había puesto en contacto conmigo a primeros de año, buscando ayuda para su hijo. Neil debía dinero a unos hombres de Kansas City, y no tenía forma de saldar la deuda. Ellis quería que yo actuase como intermediario, a fin de encontrar alguna solución al problema. No pude ayudarlo, no en ese momento. Propuse a ciertas personas que tal vez serían capaces de hallar una salida, pero para Neil ya era demasiado tarde. Echaron su cadáver a una zanja a modo de advertencia para otros, poco después de mi conversación con Ellis.

–Lo siento –dije.

–No se preocupe. Neil no veía mucho a Jenna; a decir verdad, no la había visto desde hacía años, pero mantengo una buena relación con Ellis. Él y su mujer, Sara, son quienes cuidarán de Jenna esta semana, y fue él quien me habló de usted.

–Rechacé el caso. No pude ayudarlo cuando me lo pidió.

–Lo entendió. No se lo echó en cara, ni entonces ni ahora. Para entonces ya había perdido a Neil. Él lo sabía, pero lo quería igualmente. Cuando le hablé a Ellis de Merrick, me recomendó que acudiera a usted. No es rencoroso. –Me soltó el brazo y preguntó–: ¿Cree que llegarán a coger a los hombres que mataron a Neil?

–Al hombre –corregí–. El responsable fue un solo hombre. Se llamaba Donnie P.

–¿Se hará algo al respecto?

–Ya se hizo –respondí.

Me miró en silencio por un momento.

–¿Lo sabe Ellis? –preguntó.

–¿Le serviría de algo saberlo?

–No, no lo creo. Como le he dicho, no es rencoroso.

Vi un destello en sus ojos, y muy dentro de ella se desenroscó algo y se desplegó sinuosamente, algo de boca blanda y roja.

–Pero usted sí lo es, ¿verdad? –dijo.

Encontramos a la chica en Independence, al este de Kansas City, en un cuchitril con pretensiones y a corta distancia de un pequeño aeropuerto. Nos habían informado bien. La chica no abrió la puerta cuando llamamos. Ángel, bajo y en apariencia inofensivo, estaba a mi lado, y Louis, alto, de piel oscura y muy, muy amenazador, se había apostado en la parte de atrás de la casa por si ella intentaba escapar. Oímos movimiento en el interior. Volví a llamar.

–¿Quién es? –preguntó con voz quebrada y tensa.

–¿Mia? –dije.

–Aquí no hay nadie que se llame así.

–Queremos ayudarte.

–Ya se lo he dicho: aquí no hay ninguna Mia. Se ha equivocado de dirección.

–Viene a por ti, Mia. No puedes llevarle la delantera eternamente.

–No sé de qué me habla.

–De Donnie, Mia. Se acerca y tú lo sabes.

–¿Quiénes son? ¿Polis?

–¿Conoces a un tal Neil Chambers?

–No. ¿Por qué tendría que conocerlo?

–Donnie lo mató por una deuda.

–¿Y?

–Lo dejó tirado en una zanja. Lo torturó y luego le pegó un tiro. Hará lo mismo contigo, sólo que en tu caso nadie irá después de puerta en puerta para ajustar cuentas. Aunque eso a ti te dará lo mismo. Estarás muerta. Si

nosotros te hemos encontrado, él también te encontrará. No te queda mucho tiempo.

Guardó silencio durante tanto rato que pensé que quizá se había alejado de la puerta. Finalmente se oyó cómo desprendía la cadena de seguridad y abría. Entramos en la penumbra. Tenía todas las cortinas echadas y las luces apagadas. La muchacha, Mia, cerró de un portazo detrás de nosotros y retrocedió hacia las sombras para que no le viéramos la cara, la cara que Donnie P. había golpeado por alguna afrenta, real o imaginada.

–¿Podemos sentarnos? –pregunté.

–Ustedes pueden sentarse si quieren –contestó–. Yo me quedaré aquí.

–¿Te duele?

–No mucho, pero estoy horrible. –Se le quebró aún más la voz–. ¿Quién les ha dicho que estaba aquí?

–Eso da igual.

–A mí no.

–Alguien que se preocupa por ti. Es lo único que necesitas saber.

–¿Qué quieren?

–Queremos que nos digas por qué te hizo Donnie esto. Queremos que nos cuentes lo que sabes de él.

–¿Por qué creen que sé algo?

–Porque te escondes de él, porque corre el rumor de que quiere encontrarte antes de que hables.

La vista se me fue acostumbrando a la oscuridad. Empezaba a distinguir sus facciones. Las tenía desdibujadas, la nariz deforme y las mejillas hinchadas. Un haz de luz que entraba por debajo de la puerta iluminó las puntas de sus pies descalzos y el dobladillo de una bata larga de color rojo. También la laca de las uñas de los pies era roja. Parecían recién pintadas. Sacó un paquete de tabaco del bolsillo de la bata, hizo asomar un cigarrillo dando unos golpecitos en la base y lo encendió con un mechero. Mantenía la cabeza gacha, y aunque el pelo le caía ante el rostro, alcancé a ver las cicatrices que le atravesaban el mentón y la mejilla izquierda.

–Debería haber mantenido la boca cerrada –susurró.

–¿Por qué?

–Se presentó y me tiró dos de los grandes a la cara. Después de todo lo que me había hecho, dos míseros billetes. Estaba que me subía por las paredes. Le dije a una de las chicas que sabía cómo desquitarme de él. Le conté que había visto algo que no debía. Y al poco tiempo me entero de que ella se acuesta con Donnie. Donnie tenía razón. No soy más que una puta estúpida.

–¿Por qué no le has contado a la policía lo que sabes?

Dio una calada. Ya no tenía la cabeza baja. Absorta en los detalles de su historia, se olvidó por un momento de ocultar el rostro. A mi lado, oí cómo Ángel ahogaba un silbido de compasión al ver su cara destrozada.

–Porque no habrían hecho nada.

–Eso no lo sabes.

–Claro que lo sé –contestó. Dio otra calada al cigarrillo y jugueteó con su pelo. Nadie habló. Al final, ella misma rompió el silencio–: Y ahora dicen que me ayudarán.

–Así es.

–¿Cómo?

–Mira afuera. Por la ventana de atrás.

Se llevó la mano a la cara y, por un momento, me miró con asombro; luego se dirigió a la cocina. Oí un suave roce cuando separó las cortinas. Al regresar, había cambiado de actitud. Louis ejercía ese efecto en las personas, sobre todo si uno tenía la impresión de que podía estar de su lado.

–¿Quién es?

–Un amigo.

–Tiene un aspecto... –Buscó la palabra exacta. Por fin dijo–: Intimidador.

–Es intimidador.

Tamborileó en el suelo con el pie.

–¿Va a matar a Donnie?

–Esperábamos encontrar otra manera de tratar con él. Hemos pensado que podrías ayudarnos.

Esperamos a que se decidiera. Había un televisor en otra habitación, probablemente su dormitorio. De pronto pensé que quizá no estaba sola, y que deberíamos haber registrado la casa nada más llegar, pero ya era tarde. Al final, Mia se llevó la mano al bolsillo de la bata y sacó el teléfono móvil. Me lo lanzó. Lo cogí.

–Abra el archivo de imágenes –dijo–. A usted le interesarán varias fotos a partir de la quinta o la sexta.

Pasé sucesivas imágenes de jóvenes sonrientes en torno a una mesa de comedor, un perro negro en un jardín y un bebé en una sillita, hasta que llegué a las fotos de Donnie. En la primera aparecía de pie en un aparcamiento con otro hombre, más alto que él y con traje gris. La segunda y la tercera eran instantáneas de la misma escena, pero en éstas las caras de los dos hombres se veían con mayor nitidez. Las fotos debían de haberse tomado desde dentro de un coche, porque en dos de ellas se veían el marco de una puerta y un retrovisor lateral.

–¿Quién es el otro hombre? –pregunté.

–No lo sé –respondió Mia–. *Seguí a Donnie porque pensé que me enga-*
ñaba. ¡Qué digo! No, no lo pensé: lo sabía. Es un canalla. Sólo quería averi-
guar con quién me engañaba.

Sonrió, y el dolor se reflejó en su rostro a causa del esfuerzo.

–Entiéndalo, creía que lo amaba. ¿Le parece muy estúpido?

Cabeceó. Me di cuenta de que lloraba.

–¿Y esto es lo que tienes de él? ¿Por esto quiere encontrarte? ¿Porque tienes
en el móvil unas fotos de él con un hombre cuyo nombre no conoces?

–No sé cómo se llama, pero sé dónde trabaja. Cuando Donnie lo dejó, otras
dos personas se reunieron con ese individuo, una mujer y un hombre. Salen en
la foto siguiente.

Salté a la otra imagen y vi al trío. Iban todos trajeados.

–Por su aspecto, pensé que eran policías –dijo Mia–. Se subieron al coche
y se alejaron. Los seguí.

–¿Adónde fueron?

–Al número mil trescientos de Summit.

Y entonces supe por qué Donnie quería encontrar a Mia, y por qué ella
no podía acudir a la policía: el número 1300 de Summit era la delegación del
FBI en Kansas City.

Donnie P. era un informante.

En un campo contiguo a una carretera desierta del condado de Clay, don-
de apenas pasaban coches y sólo los pájaros se mantenían alertas, Donnie P., el
hombre que mató a Neil Chambers por una deuda insignificante, yacía aho-
ra enterrado en una tumba poco profunda. Había bastado con una llamada
a sus jefes, una llamada y un puñado de fotos borrosas enviadas desde una
cuenta de correo electrónico ilocalizable.

Fue una venganza, una venganza por un chico al que yo apenas conocía.
Su padre no se enteró de lo sucedido, y yo no pensaba contárselo, lo que plan-
teaba la duda de por qué lo había hecho. A Neil Chambers ya no le impor-
taba, y tampoco se lo devolvería a su padre. Supongo que lo hice porque ne-
cesitaba arremeter contra algo, contra alguien. Elegí a Donnie P., y él murió
por ello.

Como dijo Rebecca Clay, yo era rencoroso.

Esa noche me senté en el porche con *Walter* dormido a mis pies.
Llevaba un jersey debajo de la chaqueta y bebía café de una taza me-

tálica con el emblema de Mustang que me había regalado Ángel para mi cumpleaños. A cada sorbo, las nubes de mi aliento condensado se fundían con el vapor que se elevaba del café. El cielo estaba oscuro, y no había luna que alumbrase el camino a través de la marisma, ni luz alguna que convirtiera en plata sus canales. No se movía el aire, pero en aquella quietud no se respiraba paz, y una vez más percibí un tenue olor a quemado a lo lejos.

Y de repente todo cambió. No sabría decir cómo, ni por qué, pero sentí que, por unos segundos, la vida dormida en torno a mí se despertaba; una nueva presencia había alterado el mundo natural, que, sin embargo, permanecía inmóvil por miedo a atraer la atención sobre sí mismo. Los pájaros batieron las alas en un revuelo de inquietud, y los roedores quedaron paralizados en las sombras proyectadas por los troncos de los árboles. *Walter* abrió los ojos y contrajo el hocico en actitud alerta. Agitó nerviosamente el rabo contra las tablas, pero dejó de hacerlo de pronto, ya que incluso esa leve perturbación en la noche parecía excesiva.

Me puse en pie, y *Walter* gimió. Me acerqué a la barandilla del porche y noté cómo se levantaba una brisa desde el este que soplaba a través de las marismas, sacudía los árboles y alisaba un poco la hierba al pasar sobre ella. Debería haber llegado impregnada de olor a mar, pero no fue así. En ese momento sólo olía a quemado, con mayor intensidad que antes, y poco después ese tufillo se desvaneció para dar paso a un hedor seco, como el de un hoyo recién abierto en la tierra donde hubiese aparecido, muerta, una criatura encorvada y patética. Acudieron a mi memoria sueños que había tenido, sueños de una muchedumbre de almas siguiendo los resplandecientes caminos de las marismas para perderse por fin en el mar, como las moléculas de agua de un río arrastradas inexorablemente al lugar donde todo había nacido.

Pero de pronto había aflorado algo, algo que no iba hacia el mundo aquel, sino que se alejaba de él y venía hacia éste. El viento pareció disgregarse, como si, al topar con un obstáculo, se viera obligado a buscar caminos alternativos alrededor, pero no volviese a juntarse. Sus partes integrantes avanzaron en distintas direcciones y, poco después, con la misma celeridad con que se había levantado amainó, y únicamente quedó ese olor residual como prueba de su existencia. Sólo por un instante creí adivinar una presencia entre los árboles, al este, la figura de un hombre con un viejo abrigo de color tostado, los detalles de su rostro quedaban desdibujados en la oscuridad, y los ojos y la boca semejaban manchas oscuras en contraste con la palidez de su piel. Desapareció como por ensalmo y me pregunté si realmente había visto algo.

Walter se levantó, se acercó a la puerta del porche y, tras abrirla con la pata, se refugió en la casa. Me quedé allí fuera, aguardando a que las criaturas de la noche se apaciguaran de nuevo. Tomé un sorbo de café, que ahora tenía un sabor amargo. Bajé al jardín y vacié la taza en la hierba. Por encima de mí, la ventana del desván en lo alto de la casa se movió un poco dentro del marco que la sujetaba, y el ruido me impulsó a volverme. Puede que sólo fuese la casa al asentarse, que la estructura se reacomodara después de la repentina brisa, pero cuando alcé la vista hacia la ventana, las nubes se separaron por un momento y un rayo de luna alumbró el cristal y creó la impresión de que algo se movía dentro de la habitación. Las nubes volvieron a juntarse, y el movimiento cesó una décima de segundo después.

Sólo una décima de segundo.

Regresé a la casa y tomé la linterna de la cocina. Comprobé las pilas y subí por la escalera a la parte de arriba. Usando un palo con un gancho en un extremo, tiré de la escalera del desván para bajarla. La luz del pasillo se coló remisamente en el interior y reveló los contornos de objetos olvidados. Subí.

El desván sólo se empleaba como trastero. Aún contenía parte de las cosas de Rachel, guardadas en un par de maletas viejas. Tenía previsto enviárselas, o llevárselas cuando fuese a verlas a ella y a Sam, pero hacerlo sería reconocer, finalmente, que no iban a volver. Había dejado la cuna de Sam en su habitación por el mismo motivo, otro lazo con ellas que no deseaba ver desaparecer.

Pero allí también había otros objetos, pertenecientes a quienes precedieron a Rachel y a Sam: ropa y juguetes, fotografías y dibujos, bisutería de plástico barata, incluso oro y diamantes. No había conservado muchas cosas, pero lo que guardaba estaba allí.

miedo

Casi podía oír la palabra, como si una voz infantil me la hubiese susurrado al oído, con temor a ser oída pero con la apremiante necesidad de comunicarse. Algo pequeño correteó en la oscuridad, perturbado por la entrada de luz.

No eran reales. Eso me dije una vez más. Un fragmento de mi cordura se desgajó la noche en que las encontré, la noche en que me las arrebataron. Mi mente sufrió una sacudida brutal y nunca volvería a ser la misma. No eran reales. Yo las creé. Las evoqué a partir del dolor y la pérdida.

No eran reales.

Pero no podía convencerme, porque no creía que fuera verdad. Sabía que aquél era su lugar, el refugio de la esposa perdida y la hija perdida. Cualquier rastro de ellas que existiera en este mundo se aferraba obstinadamente a las pertenencias guardadas entre el polvo y las telarañas, los fragmentos y las reliquias de vidas que casi habían abandonado este mundo.

El haz de luz de la linterna persiguió las sombras a lo largo de la pared y el suelo. Una fina capa de polvo lo cubría todo: cajones y maletas, cajas de embalaje y libros viejos. Me escocían la nariz y la garganta, y empezaron a llorarme los ojos.

miedo

La pátina de polvo se extendía también por el cristal de la ventana, pero no permanecía intacta. Cuando me acerqué, la linterna iluminó unos trazos en el polvo, un dibujo que, al mirarlo con atención, cobró forma de mensaje, escrito cuidadosamente con lo que podía ser la letra de un niño.

échalas

Toqué el cristal con los dedos, resiguiendo los trazos rectos y curvos, la forma de las letras. Tenía lágrimas en los ojos, pero no supe si era por el polvo o por la posibilidad de que allí, en esa habitación llena de pesar y pérdida, hubiese encontrado el rastro de una niña desaparecida hacía tiempo, de que su dedo hubiese dibujado esas letras y de que yo, al tocarlas, pudiese tocar, a la vez, algo de ella.

por favor, papá

Retrocedí. A la luz de la linterna vi la suciedad en mis dedos, y volvieron a asaltarme todas las dudas. ¿Realmente estaban allí esas letras antes de subir yo, escritas por otro que vivió en ese lugar oscuro? ¿O había atribuido un significado más hondo a unos trazos aleatorios en el polvo, dejados quizá por Rachel o por mí, y, al mover el dedo sobre ellos, hubiese de algún modo encontrado la manera de comunicar algo de lo que temía, de dar forma e identidad a un temor antes innombrable? Mi lado racional se reafirmó, levantó barricadas y aportó explicaciones, por insatisfactorias que fuesen, a todo lo ocurrido: los olores en la brisa, una silueta pálida al borde del bosque, el movimiento en el desván y las palabras escritas en el polvo.

El haz de la linterna se posó en el mensaje, y vi mi cara reflejada en el cristal, flotando en la noche como si yo fuera el elemento irreal, el ser perdido, y las palabras estuvieran trazadas sobre mis facciones.
tanto miedo
Se leía:

HOMBRES HUECOS

6

Esa noche dormí mal, y mis sueños se vieron salpicados de imágenes recurrentes de hombres sin ojos que, a pesar de ello, veían, y una niña sin rostro hecha un ovillo en un desván a oscuras, susurrando para sí sólo la palabra «miedo», una y otra vez. Nada más levantarme, llamé a Jackie Garner. La noche en Willard había transcurrido sin incidentes, y di gracias por ello. Jenna había partido hacia Washington con sus abuelos poco después de las siete, y Jackie los había seguido en su coche hasta Portsmouth, mientras los Fulci se quedaban con Rebecca. Merrick no había dado la menor señal de vida, ni nadie había mostrado un interés malsano en la familia Clay.

Fui a hacer *jogging* a Prouts Neck, *Walter* corría veloz delante de mí en el aire quieto de la mañana. Esa zona de Scarborough aún era relativamente rural, gracias a la presencia del club náutico y el club de campo quedaba garantizado cierto aire de exclusividad, pero el resto del pueblo cambiaba deprisa. El proceso se había iniciado allá por 1992, cuando Wal-Mart se estableció cerca del centro comercial Maine Mall, y trajo consigo molestias menores como las caravanas, autorizadas a pasar la noche en el aparcamiento de la tienda. Pronto, otras cadenas de minoristas siguieron los pasos de Wal-Mart, y Scarborough empezó a parecerse a tantas otras poblaciones satélite en la periferia de ciudades más grandes. Ahora los residentes de Eight Corners vendían sus propiedades a Wal-Mart para una nueva ampliación, y pese a las restricciones de permisos para la construcción de viviendas, cada vez se trasladaban más familias a la zona para aprovechar los colegios y las posibilidades recreativas del pueblo, hecho que provocaba la subida de los precios de la propiedad inmobiliaria y aumentaba los impuestos destinados a pagar las infraestructuras necesarias para sostener la incorporación de los recién llegados, que fijaban su residencia allí a un ritmo cuatro veces superior a la media en el resto del condado. En mis momentos de pesimismo, a veces veía lo que en otro tiempo fue un municipio de ciento cuarenta kilómetros cuadrados que abarcaba seis pueblos distintos, cada uno con su propia identidad característica, así como la mayor marisma del estado, convertirse en una única extensión homogénea poblada casi íntegramente por personas sin la menor noción de la historia local ni respeto por su pasado.

Cuando volví, tenía dos mensajes en el contestador. Uno era de un hombre del Departamento de Vehículos Motorizados que me cobraba cincuenta dólares cada vez que le encargaba la búsqueda de una matrícula. Según él, el coche de Merrick era un automóvil de empresa registrado recientemente a nombre de un bufete de Lynn, Massachusetts. No reconocí el nombre del bufete, Eldritch y Asociados. Anoté los detalles en un bloc. Merrick podría haber robado el coche de un abogado –y una llamada al bufete confirmaría de inmediato si se había producido o no un robo–, o podría haber sido contratado por un abogado o abogados, cosa que no parecía muy probable. Existía una tercera opción: que el bufete hubiese proporcionado a Merrick un coche, ya fuera por su propia elección o a instancias de un cliente, lo cual ofrecía cierto grado de protección si se presentaba alguien haciendo preguntas sobre las actividades de Merrick, ya que el bufete podía aducir secreto profesional como defensa. Por desgracia, si ése era el caso, el individuo en cuestión había infravalorado la aptitud de Merrick para crear problemas, o sencillamente no le importaba.

Volví a pensar en la repentina aparición de Merrick tantos años después de que Daniel Clay se esfumara. O bien alguna prueba nueva había persuadido a Merrick de que Clay seguía con vida, o bien Merrick había estado fuera de circulación durante mucho tiempo y acababa de asomar para resolver un asunto pendiente. Cada vez me convencía más la idea de que Merrick pudiera haber estado en la cárcel, pero desconocía su nombre de pila, en el supuesto de que Merrick fuese su verdadero apellido. Si lo hubiese sabido, habría podido buscar en la base de datos de las penitenciarías con la esperanza de encontrar una fecha de puesta en libertad. Aun así, podía hacer unas cuantas llamadas y ver si a alguien le sonaba el nombre, y siempre estaban Eldritch y Asociados, aunque sabía por experiencia que los abogados cooperaban poco en estas situaciones. Ni siquiera tenía muy claro si el hecho de que Merrick siguiera a Rebecca Clay y hubiese roto el cristal de la ventana bastaría para sonsacarles información.

El segundo mensaje era de June Fitzpatrick, confirmaba nuestra cena en casa de Joel Harmon al día siguiente por la noche. Casi me había olvidado de Harmon. Podía ser una noche perdida. Por otro lado, apenas sabía algo de Daniel Clay, a excepción de lo que me había contado su hija y lo poco que yo había averiguado a través de June. Me acercaría a Massachusetts a primera hora de la mañana siguiente para ver qué podía arrancarles a Eldritch y Asociados e intentaría encajar una conversación con el ex marido de Rebecca Clay antes de la cena de Harmon. En todo momento recordaba que un reloj marcaba lentamente los minutos de la cuenta atrás hasta el anunciado retorno de Merrick y lo que con toda seguridad sería una escalada de su campaña intimidatoria con la hija de Daniel Clay.

Sentada en el lavabo de su oficina, Rebecca Clay se enjugó las lágrimas. Acababa de hablar con su hija por teléfono. Jenna le había dicho que ya la echaba de menos. Rebecca le había contestado que ella también la echaba de menos, pero sabía que había hecho bien en enviarla fuera.

La noche anterior había entrado en la habitación de Jenna para comprobar que llevaba en la maleta todo lo necesario para el viaje. Jenna estaba abajo leyendo. Desde la ventana de la habitación de su hija, Rebecca vio al tal Jackie sentado en su coche, probablemente escuchando la radio, ya que un tenue resplandor procedente del salpicadero le iluminaba el rostro. Teniéndolo allí se sentía un poco mejor. También había visto durante un instante a los otros dos hombres, los descomunales hermanos que miraban a Jackie con cara de adoración, pendientes de cada una de sus palabras. Pese a su corpulencia, no le transmitían la misma tranquilidad que Jackie. Aunque sin duda intimidaban, eso debía reconocerlo. Una vecina, alarmada por su presencia, había avisado a la policía. El agente que pasó por allí en respuesta a la llamada echó un vistazo al par, los reconoció y se marchó de inmediato sin cruzar una sola palabra con ninguno de los dos. Nadie había visto a más policías en las inmediaciones desde entonces.

Jenna, como era propio de ella, tenía la habitación perfectamente ordenada y limpia. Rebecca bajó la vista y miró el pequeño escritorio donde Jenna hacía sus tareas y pintaba y dibujaba. Era obvio que había estado trabajando en algo muy recientemente, algún esbozo, porque continuaba allí la caja de lápices de colores abierta al lado de un par de hojas. Rebecca alcanzó una de las hojas. Era un dibujo de la casa, con dos figuras al lado. Vestían abrigos largos de color tostado y tenían la cara pálida, tan pálida que su hija había usado una cera blanca para realzarla, como si el papel no bastara para transmitir la intensidad de su palidez. Los ojos y la boca, igual que unos círculos negros, absorbían la luz y el aire del mundo. Las mismas figuras aparecían en el otro dibujo. Eran como sombras provistas de forma, y ante el hecho de que su hija imaginara seres así, Rebecca se estremeció. Quizá las acciones de aquel tal Merrick habían perturbado a Jenna más de lo que aparentaba, y los dibujos eran una manifestación de ese miedo.

Rebecca bajó y le enseñó a Jenna los dibujos.

—Cariño, ¿quiénes son éstos? —preguntó.

Jenna se encogió de hombros.

—No lo sé.

—Quiero saber si son fantasmas. Es lo que parecen.

Jenna negó con la cabeza.

—No, los he visto.

—¿Los has visto? ¿Cómo? ¿Cómo has podido ver algo así?

Muy preocupada por lo que oía, se arrodilló junto a su hija.

—Porque son reales —contestó Jenna. Por un momento pareció desconcertada y luego rectificó—: Mejor dicho, creo que son reales. Es difícil de explicar. Es como cuando hay un poco de niebla y se ve todo borroso pero no sabes por qué se ve borroso, ¿entiendes? Esta tarde, después de preparar la maleta, me he echado la siesta, y me ha dado la impresión de que soñaba con ellos, pero estaba despierta, porque los dibujaba al mismo tiempo que los veía. Ha sido como si, al despertarme, siguieran en mi cabeza y yo tuviera que dibujarlos en el papel, y cuando he mirado por la ventana, estaban allí, salvo que... —Se interrumpió.

—¿Qué? Dímelo, Jenna.

La niña parecía incómoda.

—Salvo que sólo podía verlos si no los miraba directamente. Ya sé que es absurdo, mamá, pero estaban y no estaban. —Tomó el dibujo de la mano de su madre—. A mí me molan.

—¿Estaban aquí, Jenna?

Jenna asintió con la cabeza.

—Fuera. ¿A qué crees que me refería?

Rebecca se llevó la mano a la boca. Le asaltó una sensación de vértigo. Jenna se levantó, la abrazó y le dio un beso en la mejilla.

–No te preocupes, mamá. Seguramente ha sido sólo una de esas cosas raras de la cabeza. Por si te sirve de algo, no he tenido miedo ni nada parecido. No quieren hacernos daño.

–¿Cómo lo sabes?

–Lo sé. Es como si los hubiera oído, dentro de la cabeza, mientras dormía o estaba despierta o lo que sea. No les interesamos.

De pronto Jenna, por primera vez, adoptó un aire pensativo, como si sólo entonces cayera en la cuenta de lo extrañas que sonaban sus palabras.

–Cariño, ¿quiénes son? –dijo Rebecca procurando contener el temblor de la voz.

La pregunta arrancó a Jenna de su ensimismamiento. Se echó a reír.

–Eso es lo más extraño de todo. Al despertarme sabía quiénes eran, igual que a veces tengo un dibujo y un título en la cabeza, los dos al mismo tiempo, y no sé de dónde han salido. Primero he hecho este dibujo, y he sabido quiénes eran esas figuras casi antes de que el lápiz tocara el papel.

Sostuvo el dibujo en alto ante sí, admirándolo y a la vez un tanto preocupada por su creación.

–Son los hombres huecos.

7

Desayuné fresas y café. En el aparato de música tenía puesto un cedé de los Delgados, *Universal Audio*, y lo dejé sonar un rato. *Walter* jugueteó en el jardín, orinó entre los arbustos y luego volvió a entrar y se quedó dormido en su canasto.

Cuando acabé de comer, extendí la lista de los antiguos conocidos de Daniel Clay en la mesa de la cocina y añadí «Eldritch» al pie. A continuación establecí un orden aproximado para dirigirme a ellos, empezando por los que, pese a residir en la zona, vivían más lejos de la ciudad. Comencé a hacer llamadas para concertar las entrevistas, pero las tres primeras no me llevaron a ninguna parte. De las personas en cuestión, una se había mudado, otra había muerto, y el tercero, un antiguo profesor de Clay que se había trasladado a Bar Harbor después de jubilarse, sufría de Alzheimer en una fase tan avanzada que, según su nuera, ya no reconocía ni a sus propios hijos.

Tuve más suerte, por así decirlo, con el cuarto nombre, un contable llamado Edward Haver. Había fallecido hacía una década, pero su mujer, Celine, se mostró más que dispuesta a hablar de Clay, aunque fuera por teléfono, en particular cuando le expliqué que me había contratado la hija de éste. Me dijo que Dan siempre le había caído bien y lo había considerado una buena compañía. Su marido y ella habían asistido al funeral de su esposa cuando Rebecca tenía sólo cuatro o cinco años. La mujer de Clay había muerto de cáncer. Veinte años después, el marido de Celine sucumbió también a otra forma de esa misma enfermedad, y Daniel Clay asistió a su vez a ese funeral. Como la propia Celine admitió, durante un tiempo albergó la esperanza de que los dos acabaran juntos, porque tenían gustos parecidos y ella apreciaba a Rebecca, pero por lo visto Clay se había habituado a vivir sin pareja.

–Y de pronto desapareció –concluyó.

Me disponía a interrogarla sobre las circunstancias de su desaparición, pero al final no fue necesario.

–Sé lo que la gente decía de él, pero Dan no era así, no el Dan que yo conocía –declaró–. Le preocupaban los niños que trataba, quizá demasiado. Se le veía en la cara cuando hablaba de ellos.

–¿Comentaba sus casos con usted?

–Nunca daba nombres, pero a veces me contaba por lo que había pasado algún niño: palizas, abandono y..., en fin, ya sabe, también otras cosas. Era evidente que le importaban. No soportaba ver el sufrimiento de un niño. Creo que eso, a veces, lo ponía en conflicto con la gente.

–¿Con qué gente?

–Otros profesionales, médicos que no siempre veían las cosas como él. Había un hombre..., ¿cómo se llamaba? He leído su nombre hace poco en algún sitio... ¡Ah, sí! ¡Christian! Eso es: el doctor Robert Christian, del Centro Midlake. Dan y él siempre discrepaban sobre detalles de los artículos que escribían, o en los congresos. Trabajaban en un ámbito reducido, supongo, así que se encontraban a menudo y discutían sobre la mejor manera de tratar a los niños que acudían a ellos.

–Parece que tiene buena memoria para hechos del pasado, señora Haver. –Procuré no dar la impresión de que dudaba de su palabra o recelaba de ella, pese a que, en cierta medida, así era.

–Dan me caía muy bien, y compartimos momentos de nuestra vida a lo largo de los años –continuó. Casi la vi sonreír con tristeza–. Rara vez se enfadaba, pero todavía recuerdo la expresión de su cara cuando salía a relucir el tema de Robert Christian. Competían, por así decirlo. Dan y el doctor Christian peritaban denuncias de abusos deshonestos a menores, pero cada uno lo hacía a su manera. Creo que Dan era un poco menos cauto que el doctor Christian, sólo eso. Tendía a creer al niño desde el principio, partiendo de que su prioridad era proteger a los menores de cualquier daño. Yo admiraba eso en él. Tenía alma de paladín, y hoy día no se ve muy a menudo esa clase de entrega. El doctor Christian no vivía su vocación de la misma manera. Según Dan, Robert Christian era demasiado escéptico, confundía la objetividad con la desconfianza. Y un día Dan sufrió un grave revés. Se equivocó en un peritaje y murió un hombre, pero seguramente eso usted ya lo sabe. A partir de entonces, creo, le pidieron cada vez menos peritajes, o quizá ninguno más.

–¿Recuerda cómo se llamaba el hombre que murió?

–Era un apellido alemán, si no recuerdo mal. ¿Muller, tal vez? Sí, casi seguro que se llamaba así. Diría que el niño implicado rondará ahora los veinte años. No puedo imaginarme siquiera cómo habrá sido su vida, consciente de que sus acusaciones llevaron a su padre a la muerte.

Anoté el apellido Muller y tracé una línea para enlazarlo con el doctor Robert Christian.

–Entonces empezaron a correr los rumores –dijo Celine.

–¿Rumores de abusos deshonestos?

–Sí.

–¿Habló de eso con usted?

–No, por esas fechas no nos veíamos mucho. Después de la muerte del señor Muller, Daniel se volvió menos sociable. No me malinterprete: nunca fue lo que se dice un parrandero, pero asistía a cenas, y a veces venía a casa a tomar un café o una copa de vino. Todo eso se acabó después de lo sucedido con Muller. Perdió aplomo, y supongo que las acusaciones de abusos acabaron de hundirlo.

–¿Usted no las creyó?

–Yo veía lo comprometido que estaba con su trabajo. Nunca creí lo que la gente contaba de Dan. Suena a tópico, pero su problema era que se preocupaba demasiado. Quería protegerlos a todos, pero al final no pudo.

Le di las gracias, y me dijo que podía telefonearla cuando quisiera. Antes de colgar me facilitó los nombres de otras personas con quienes podría hablar, pero ya estaban todos en la lista de Rebecca. Aun así, su colaboración fue útil, que es más de lo que puede decirse de las dos siguientes personas a las que llamé. Uno era un tal Elwin Stark, el abogado que actuó en defensa de Clay y también amigo suyo. Yo conocía a Stark de verlo por la ciudad. Era alto y afectado, y mostraba cierta preferencia por los trajes oscuros de rayas que tanto gustaban a los mafiosos de los viejos tiempos y a los anticuarios de alto nivel. Podía decirse que en cuestiones jurídicas no hacía nada por amor al arte, y por lo visto aplicaba el mismo principio a las conversaciones telefónicas por las que no cobraba. El propio Stark había tramitado la solicitud del certificado de defunción de Clay.

–Ha muerto –me dijo Stark. Antes de eso, su secretaria me había dejado suspendido en el limbo durante un cuarto de hora largo, para comunicarme al fin que Stark no podía verme en persona, pero quizá, sólo quizá, dispondría de dos minutos durante los que encajar una breve conversación por teléfono–. No hay nada más que decir al respecto.

–Su hija tiene problemas con alguien que no opina lo mismo: no parece dispuesto a aceptar que Clay ha muerto.

–Pues su hija tiene un papel donde dice lo contrario. ¿Qué quiere que le diga? Conocía a Daniel. Iba a pescar con él un par de veces al año. Era un buen hombre. Un poco intenso, quizá, pero nadie es perfecto.

–¿Alguna vez le habló de su trabajo?

–No. Soy abogado mercantil. Ese rollo de los niños me deprime.

–¿Sigue representando a Rebecca Clay?

–Me ocupé de ese trámite como favor personal a ella. Pero no pensé que un detective privado me perseguiría por ello. Ahora puede estar seguro de que no voy a hacerle más favores a esa mujer. Mire, lo sé todo sobre usted, Parker. El mero hecho de dirigirle la palabra me pone nervioso. De una conversación larga con usted no saldría nada bueno, así que voy a colgar ya.

Y eso hizo.

La siguiente conversación, con un médico llamado Philip Caussure, fue aún más breve. Caussure había sido el médico de Clay. Al parecer, Clay tenía muchas relaciones en las que se mezclaban lo personal y lo profesional.

–No tengo nada que decir –respondió Caussure–. Por favor, no vuelva a molestarme.

Acto seguido, también me colgó. Parecía una señal. Hice una llamada más, pero esta vez fue para concertar una cita con el doctor Robert Christian.

El Centro Midlake se hallaba a poca distancia en coche de donde yo vivía antes, muy cerca de Gorham Road. Sito en un recinto arbolado, no se diferenciaba en nada de cualquier bloque de oficinas anónimo. Podría haber alojado un bufete o una agencia inmobiliaria. En lugar de eso, era un centro para niños víctimas de malos tratos o abandono, o que habían formulado acusaciones de esa índole, bien ellos mismos, bien por mediación de otros. A la entrada había una sala de espera pintada de alegres colores amarillo y naranja, con libros para niños de varias edades sobre la mesa y una zona de juegos en un rincón que tenía camiones, muñecas y cajas de ceras tiradas en la colchoneta de goma espuma. También había un estante con folletos informativos en la pared, un poco por encima de la altura a la que podía acceder un niño pequeño; contenían los datos para poder entrar en contacto con el Equipo de Intervención contra la Agresión Sexual y varios servicios sociales.

La secretaria, detrás del escritorio, anotó mi nombre e hizo una llamada. Al cabo de un par de minutos, un hombre menudo y dinámico de cabello blanco y barba bien recortada apareció en la puerta que comunicaba la recepción con la consulta. De unos cincuenta años, vestía unos chinos y camisa con el cuello desabrochado. Me dio un firme apretón de manos, pero percibí en él una actitud un tanto cauta. Me guió a su despacho, forrado de madera de pino amarilla y lleno de estanterías con libros e informes. Le di las gracias por recibirme pese a llamar con tan poco tiempo de antelación, y él se encogió de hombros.

—Simple curiosidad —dijo—. Hace tiempo que nadie me menciona a Daniel Clay, al menos fuera del ámbito de la comunidad médica. —Se inclinó en la silla—. Dejemos las cosas claras de buen comienzo: yo seré sincero con usted si usted lo es conmigo. Clay y yo discrepamos en ciertos asuntos. Creo que él no me apreciaba mucho. Yo tampoco lo apreciaba mucho a él. En el ámbito profesional, la mayoría de la gente lo consideraba una persona de buen corazón, si es que eso sirve de algo, al menos hasta que empezaron a circular los rumores; pero el buen corazón debe compensarse con la objetividad, y a este respecto Daniel Clay tenía tales carencias que sus opiniones no podían tomarse en serio.

—He oído decir que se enfrentaron ustedes en más de una ocasión —comenté—. Por eso he venido. Me ha contratado su hija. Alguien ha preguntado a Rebecca Clay por su padre. Y está preocupada.

—Así que ahora usted sigue otra vez el rastro, para averiguar a qué se debe este repentino interés por él tantos años después de su desaparición.

—Algo por el estilo.

—¿Estoy bajo sospecha? —Sonrió.

—¿Debería estarlo?

—Hubo momentos en que lo habría estrangulado de buena gana. Sabía sacarme de quicio, tanto profesional como personalmente.

—¿Le importaría explicarse?

–Bueno, supongo que para entenderlo a él, y lo que sucedió antes de su desaparición, conviene que sepa qué hacemos aquí. Llevamos a cabo reconocimientos médicos y peritajes psicológicos de casos donde existen acusaciones de malos tratos a menores, ya sean abusos deshonestos, agresiones físicas o emocionales, o el resultado de un abandono. Llega una llamada al Centro Asistencial de Augusta. El caso se remite a un supervisor, se somete a estudio, y luego se decide si es necesario o no enviar a un asistente social. A veces el aviso procede de la policía local, o de los Servicios de Protección a la Infancia. O proviene de la escuela, de un progenitor, de un vecino, o incluso del propio niño. Luego nos envían al niño para evaluarlo. Nosotros somos el principal proveedor de ese servicio en el estado. Cuando Daniel Clay empezó a realizar peritajes, aún estábamos en mantillas. Bueno, como todo el mundo. Ahora las cosas se han organizado un poco mejor. En este edificio podemos hacerlo todo: el reconocimiento, el peritaje, el tratamiento psicológico inicial, las entrevistas al niño y al supuesto perpetrador. Podemos ocuparnos de todo aquí mismo.

–¿Y antes de abrirse el centro?

–El niño podía ser examinado por un médico, y luego enviado a otra parte para la entrevista y el peritaje.

–Y ahí intervenía Clay –apunté.

–Sí, pero, insisto, no creo que Daniel Clay actuase con suficiente cautela. Es una cuestión delicada, la actividad que ejercemos, y no hay respuestas fáciles. Todo el mundo quiere un sí o un no rotundo..., los fiscales, los jueces, y también, lógicamente, los implicados directos, como los padres o los custodios... Y como no siempre podemos ofrecérselo, quedan defraudados.

–No sé si he entendido bien –dije–. ¿No están aquí para eso?

Christian se echó adelante en la silla y abrió las manos. Las tenía muy limpias, con las uñas tan cortas que se le veía la carne blanda y pálida de las puntas de los dedos.

–Verá, tenemos entre ochocientos y novecientos casos al año. En cuanto a abusos deshonestos, quizás el cinco por ciento de los niños presenta pruebas físicas concluyentes: por ejemplo, pequeños desgarrones en el himen o el recto. En su mayoría son adolescentes, y aunque haya indicios de actividad sexual, es difícil determinar si ha habido consentimiento o no. Por lo que se refiere a las chicas, en muchos casos, pese a haber sido penetradas, el examen médico puede revelar un himen intacto. Si llega a establecerse que ha habido relación sexual sin consentimiento, a menudo es imposible saber quién lo ha hecho o cuándo. Lo único que podemos decir es que se ha producido contacto sexual. Incluso en un niño de muy corta edad, las pruebas pueden ser pocas o ninguna, sobre todo si tenemos en cuenta las variaciones anatómicas normales en los cuerpos de los niños. Detalles físicos que antes se consideraban anormales ahora se clasifican como no determinantes. La única manera infalible de establecer la existencia de abusos deshonestos es mediante un análisis de enfermedades de transmisión sexual, pero para eso el perpetrador tiene que estar infectado. Si la prueba da positivo, no cabe duda de que ha habido abusos deshonestos. Aun así, no resulta más fácil identificar al culpable, no a menos que dispongamos de muestras de ADN. Si el perpetrador no tenía ninguna enfermedad de transmisión sexual, no hay nada que hacer.

–Pero ¿y el comportamiento del niño? ¿No se vería alterado después de sufrir abusos?

–Los efectos varían, y no hay indicadores de comportamiento específicos que permitan deducir que un niño ha sido víctima de abusos. Pueden detectarse ansiedad, trastornos del sueño, a veces terrores nocturnos tras los que el niño se despierta gritando, inconsolable, y sin embargo no conserva el menor recuerdo del episodio a la mañana siguiente. Pueden morderse las uñas, tirarse del pelo, negarse a ir al colegio, insistir en dormir con un progenitor en quien confían. Los varones tienden a exteriorizar las emociones, se vuelven más agresivos, en tanto que las niñas tienden a la interiorización y se vuelven más retraídas y depresivas. Pero esos tipos de conducta también pueden producirse si, pongamos, los padres atraviesan un divorcio y el niño se ve sometido a tensiones. En sí mismos, no son prueba en ningún caso de abusos deshonestos. Al menos un tercio de los niños que han sufrido abusos no presenta ningún síntoma.

Me quité la chaqueta y seguí tomando notas. Christian sonrió.

–Es más complicado de lo que pensaba, ¿verdad?

–Un poco –contesté.

–Por eso son tan importantes el proceso de peritaje y las técnicas empleadas en la entrevista. El profesional no puede dirigir al niño, cosa que, a mi entender, hizo Clay en varios de sus casos.

–¿Como el caso Muller?

Christian asintió con la cabeza.

–El caso Muller debería presentarse como ejemplo de manual de todo aquello que puede torcerse durante la investigación de presuntos abusos deshonestos a un menor: un niño manipulado por un progenitor, un profesional que deja de lado la objetividad como parte de una errónea actitud de paladín, un juez que prefiere el blanco y el negro a los distintos tonos de gris. Hay quienes creen que la gran mayoría de las acusaciones de abusos deshonestos surgidas durante los juicios por la custodia de los hijos en los casos de divorcio son inventados. Existe incluso un término para el comportamiento del niño en tales disputas: síndrome de enajenación parental, en que el niño se identifica con el padre o la madre y al hacerlo se enajena del otro progenitor. El comportamiento negativo hacia el progenitor enajenado es un reflejo de los propios sentimientos y percepciones del progenitor enajenador, no del niño. Es una teoría, y no todo el mundo la acepta, pero viendo el caso Muller en retrospectiva, Clay debería haberse dado cuenta de que la madre era hostil, y si hubiese indagado más sobre el historial médico de ella, habría descubierto que existían indicios de trastorno de la personalidad. En lugar de eso, se puso del lado de la madre y pareció aceptar la versión de los hechos del niño sin cuestionar nada. El asunto fue un desastre para todos los involucrados, y un desprestigio para quienes trabajan en este campo. Pero lo peor de todo es que un hombre perdió no sólo a su familia, sino también la vida.

Christian tomó conciencia de su creciente crispación. Se desperezó y dijo:

–Disculpe, me he ido un poco por las ramas.

–Nada de eso –respondí–. He sido yo quien le ha preguntado por los Muller. Antes me hablaba de las técnicas empleadas en las entrevistas.

–Verá, es muy sencillo, en cierto sentido. No pueden hacerse preguntas como: «¿Te ha pasado algo?», o «¿Fulano te ha tocado en algún sitio especial o íntimo?». Y menos aún cuando tratamos a niños de muy corta edad. Es posible que intenten complacer al perito dando la respuesta esperada para poder marcharse. También se da el caso de lo que se conoce como «atribución errónea de las causas», donde un niño puede haber oído algo y aplicárselo a sí mismo, quizá para llamar la atención. A veces uno encuentra al niño muy receptivo en un primer momento, pero luego descubre que se retracta bajo la presión de, pongamos, algún familiar. Ocurre también con los adolescentes, cuando la madre tiene un novio nuevo que empieza a abusar de la hija, pero la madre se niega a creerlo, porque no quiere perder al hombre que la mantiene y prefiere acusar a la niña de mentirosa. En general, los adolescentes traen consigo sus propios desafíos. Pueden mentir en cuanto a los abusos deshonestos para obtener alguna ventaja, pero en general son bastante inmunes a la sugestión. Con ellos el problema es que, si han sufrido abusos, pueden ser necesarias varias sesiones completas sólo para sonsacarles los detalles. No querrán hablar de ello, quizá por sentimiento de culpa o vergüenza, y nada desearán menos que explicar la experiencia a un desconocido si los abusos han incluido prácticas orales o anales.

»De modo que el peritaje debe llevarse a cabo con todos estos factores en mente. Mi postura es que no creo a nadie. Sólo creo en los datos. Eso es lo que presento a la policía, a los fiscales y a los jueces si el caso llega a los tribunales. ¿Y sabe qué? Se sienten frustrados conmigo. Como he dicho, quieren respuestas concretas, pero muchas veces no puedo dárselas.

»Es ahí donde Daniel Clay y yo discrepábamos. Algunos peritos adoptan una postura casi política respecto a los abusos deshonestos. Creen que están proliferando, y entrevistan a los niños partiendo del supuesto de que ha habido abusos. Eso influye en todo lo que sucede a continuación. Clay se convirtió en el hombre al que acudir para confirmar acusaciones de abusos deshonestos, ya fuera en primera instancia, o cuando un abogado decidía buscar una segunda opinión en un caso de abusos. Ésa fue la raíz de sus problemas.

—Bien, ¿podemos volver un momento al caso Muller?

—Claro. Erik Muller. Está todo documentado. En su día la prensa informó detalladamente. Fue un divorcio conflictivo, y la mujer quería la custodia. Cabe pensar que, mediante presiones, indujo al hijo, que entonces tenía doce años, a presentar acusaciones contra su padre. El padre las negó, pero Clay hizo un peritaje muy condenatorio. Como eso no bastaba para que el fiscal lo llevara ante los tribunales, el caso fue al Juzgado de Familia, donde el peso de las pruebas es menor que en las causas penales. El padre perdió la custodia y se suicidó al cabo de un mes. Entonces el niño se retractó ante un sacerdote, y todo salió a la luz. Clay fue emplazado por el colegio de médicos. Al final no fue sancionado, pero su imagen se deterioró mucho como consecuencia de todo lo sucedido, y poco después dejó de hacer peritajes judiciales.

—¿Eso fue decisión de Clay o se vio obligado?

—Las dos cosas. Decidió no hacer más peritajes, pero si hubiese optado por continuar, tampoco se los habrían ofrecido. Por entonces, este centro ya llevaba un tiempo en activo, así que empezó a recaer en nosotros el peso de la mayor parte de los peritajes. Bueno, digo «peso», pero estábamos más que dispuestos a asumirlo. Nos hemos comprometido con el bienestar infantil tanto como Daniel Clay, pero nunca hemos perdido de vista nuestras responsabilidades para con todas las partes implicadas, y en particular para con la verdad.

–¿Sabe qué fue del niño, el hijo de Muller?

–Murió.

–¿Cómo?

–Era drogadicto y murió de una sobredosis de heroína, en Fort Kent. De eso hace..., mmm..., unos tres años. No sé cómo acabó la madre. La última vez que supe de ella vivía en Oregón. Volvió a casarse, y creo que ahora tiene otro hijo. Espero que con éste haga mejor papel que con el primero.

Al parecer el enfoque Muller no iba a llevarme a ninguna parte. Pasé al tema de los abusos deshonestos padecidos por algunos de los pacientes de Clay. Por lo visto, Christian conocía los detalles al dedillo. Quizás había repasado el caso antes de mi llegada, o tal vez fuera simplemente uno de esos casos que nadie podía olvidar.

–Nos presentaron dos casos de supuestos abusos deshonestos en un periodo de tres meses –explicó Christian–, ambos con elementos parecidos: supuestos abusos cometidos por un desconocido, o por alguien a quien el niño en principio no conocía, y la utilización de máscaras.

–¿Máscaras?

–Máscaras de ave. Los autores de los abusos, tres en un caso y cuatro en el otro, ocultaron sus rostros con máscaras de ave. Los niños, el primero una niña de doce años, el segundo un niño de catorce, fueron secuestrados, una camino de su casa al salir de la escuela, el otro mientras bebía cerveza junto a una vía de ferrocarril abandonada. Luego los llevaron a un lugar desconocido, los sometieron a abusos sistemáticamente durante horas y al final los dejaron cerca de donde los habían secuestrado. Los supuestos abusos se habían producido unos años antes, uno a mediados de los ochenta y el otro a principios de los noventa. El primer caso salió a la luz cuando la niña intentó suicidarse poco antes de su inminente boda a la tierna edad de dieciocho años. El segundo se descubrió cuando el chico compareció ante el juez por diversos delitos menores y el abogado decidió utilizar los supuestos abusos como atenuante. El juez se mostró poco predispuesto a creerlo, pero cuando nos llegaron los dos casos, fue imposible pasar por alto las similitudes. Esos dos chicos no se conocían; vivían en pueblos distintos, a ochenta kilómetros de distancia. Sin embargo, los detalles de sus historias coincidían plenamente, incluso los detalles de las máscaras empleadas.

»¿Y sabe qué más tenían en común? Los dos habían sido tratados por Daniel Clay. La chica había presentado una acusación de abusos contra un profesor y resultó ser falsa, motivada por la convicción de que el profesor se sentía atraído en secreto por una de sus amigas. Fue uno de los raros casos en que Clay, en su peritaje, consideró infundadas las acusaciones. El chico fue remitido a Clay después de mantener contactos sexuales indebidos con una niña de diez años de su clase. En su peritaje, Clay apuntaba posibles indicios de abusos en el pasado del chico, pero ahí quedó todo. Desde entonces hemos descubierto otros seis casos en los que está presente el elemento de las aves: tres fueron antiguos pacientes de Daniel Clay, pero ninguno de los casos tuvo lugar después de su desaparición. En otras palabras, no se ha conocido ningún incidente análogo desde finales de 1999. Eso no excluye la posibilidad de que hayan ocurrido y nosotros no nos hayamos enterado. La mayoría de los chicos implicados eran..., mmm..., un poco conflictivos en ciertos sentidos, y por eso las acusaciones tardaron tanto en salir a la luz.

–¿Conflictivos?

–Tenían una conducta antisocial. Algunos ya habían presentado antes acusaciones de abusos, que podían ser ciertas o no. Otros habían delinquido, o sencillamente tenían progenitores o padres adoptivos negligentes que no los controlaban. Por la imagen que daban en conjunto, es posible que las autoridades tendieran a no creerles, aunque hubieran hecho el esfuerzo de hablar de lo ocurrido; y en cualquier caso, los agentes de policía, en especial los hombres, son reacios en general a creer las acusaciones de abusos deshonestos presentadas por chicas adolescentes. Por esa misma razón, porque nadie se interesaba por ellos, eran chicos más vulnerables.

–Por tanto, Clay desapareció antes de que pudieran interrogarlo detenidamente sobre esos hechos, ¿no es así?

–Bueno, la mayoría de los casos se dieron a conocer después de su desaparición, pero más o menos sí, así es –respondió Christian–. Para nosotros el problema es que, como no estamos capacitados para salir a buscar a las posibles víctimas, hemos tenido que esperar a que surgieran indicios de abusos similares. Están en juego cuestiones como el secreto profesional, historiales cerrados, incluso la dispersión natural de las familias y los hijos que se produce con el paso del tiempo. Todos los niños que padecieron abusos semejantes a los que le he descrito rondarán ahora los veinte años como mínimo, dado que las víctimas que conocemos oscilaban entre los nueve y quince años cuando presuntamente se produjeron los abusos. En otras palabras, no podemos publicar un anuncio en los periódicos preguntando por personas que hayan sufrido abusos a manos de hombres con máscaras de ave. Las cosas no se hacen así.

–¿Existe algún motivo para pensar que Clay pudo ser uno de los autores de los abusos?

Christian dejó escapar un largo suspiro.

–Ésa es la pregunta clave, ¿no? Corrieron rumores, eso por descontado, pero ¿llegó usted a conocer a Daniel Clay?

–No.

–Era un hombre alto, muy alto, de un metro noventa y cinco por lo menos. Y muy delgado. En conjunto tenía un aspecto muy característico. Cuando volvimos a repasar esos casos, las descripciones de los supuestos autores ofrecidas por los chicos implicados no correspondían a Daniel Clay.

–¿Podría ser, pues, una coincidencia que algunos de esos niños fueran pacientes suyos?

–Es posible, sin duda. Se lo conocía por tratar a supuestas víctimas de abusos. Si alguien disponía de información suficiente, quizá seleccionó a los niños por ser pacientes suyos. También cabe la posibilidad de que algún profesional de las distintas áreas centradas en el trabajo con menores filtrara detalles, ya fuera intencionadamente o sin querer, si bien nuestras propias indagaciones en esa dirección no han dado fruto. Pero todo esto son simples conjeturas.

–¿Tiene idea de dónde están ahora esos niños?

–Algunos, sí. Pero no puedo darle esa información. Lo siento. Podría, quizás, enseñarle los textos de sus acusaciones tachando los nombres, pero con eso no averiguará mucho más de lo que ya sabe.

–Se lo agradecería, si es tan amable.

Me acompañó a la recepción y luego volvió a su despacho. Al cabo de veinte minutos regresó con un fajo de hojas impresas.

–Me temo que esto es todo lo que puedo ofrecerle.

Le di las gracias por los documentos y por el tiempo. Me dijo que me pusiera en contacto con él si necesitaba algo más y me facilitó su número particular.

—¿Cree que Daniel Clay está muerto, doctor Christian? —pregunté.

—Si tuvo algo que ver, y no estoy diciendo que así fuera, no habría querido hacer frente a la ruina, la deshonra y la cárcel. Puede que discrepáramos en casi todo, pero era un hombre orgulloso y culto. En tales circunstancias es posible que se quitara la vida. Si no tuvo nada que ver..., en fin, ¿por qué huir? Tal vez los dos hechos, las revelaciones de posibles abusos y la desaparición de Clay, no guarden ninguna relación y estemos manchando la reputación de un hombre inocente. La verdad es que no lo sé. Sin embargo, es raro que no se haya encontrado el menor rastro de Daniel Clay. Yo trabajo con los datos disponibles, y nada más, pero a juzgar por los datos que tengo ante mí, diría que Clay está muerto. La pregunta es: ¿se suicidó o alguien le quitó la vida?

Me marché del Centro Midlake y volví a casa. Sentado a la mesa de la cocina leí los fragmentos de los historiales que Christian me había dado. Como me había anunciado, añadieron poco a lo que ya sabía, salvo cierto sentimiento de desesperación, si es que necesitaba que me lo recordasen, por lo que los adultos eran capaces de hacer a los niños. Los detalles acerca de la apariencia física de los autores de los abusos eran vagos o imprecisos, pues, en varios casos, los niños habían tenido los ojos vendados mientras padecían los abusos, o estaban tan traumatizados que no recordaban nada sobre los propios hombres, pero Christian tenía razón: ninguna de las descripciones disponibles coincidía con el aspecto de Daniel Clay.

Cuando acabé, saqué a *Walter* a pasear. Había madurado mucho en el último año, incluso para un perro joven. Estaba más tranquilo y menos excitable, aunque no era más que una sombra de sus antepasados, los grandes perros cazadores que habían tenido los colonos y los dueños de las plantaciones originales de Scarborough. Mi abuelo me habló una vez de un feriante que pasó una noche en casa del barquero del pueblo. El feriante llevaba un león al este y un cazador, tras beber unas copas, apostó un barril de ron a que uno de sus perros vencía al león. El feriante aceptó y, ante un grupo de lugareños, metieron al perro en la jaula del león. El perro echó un vistazo al león, le saltó a la garganta, lo derribó y se dispuso a matarlo. El feriante intervino y pagó al cazador el barril de ron y cincuenta dólares por permitirle matar al perro de un tiro antes de que destrozara al león en la jaula. *Walter* no era de los que mataban leones, pero era mi perro, y yo lo quería de todos modos. Si me iba unos días, me lo cuidaban mis vecinos, Bob y Shirley Johnson, y lo mimaban. Estaban jubilados y no tenían perro propio, así que Bob siempre se ofrecía de buena gana a sacar a pasear a *Walter*. Era un buen arreglo para todos.

Ya habíamos llegado a Ferry Beach. Era tarde, pero yo necesitaba aire. Vi a *Walter* hundir vacilante una pata en el agua y retirarla rápidamente. Ladró una vez a modo de reproche y luego me miró como si yo pudiera hacer algo para aumentar la temperatura del mar y permitirle así chapotear. Meneó el rabo y, de pronto, todo el pelo del lomo pareció erizársele a la vez. Se quedó muy quieto, mirando más allá de donde yo me encontraba. Con los labios separados, enseñó los dientes, afilados y blancos. Dejó escapar un gruñido gutural.

Me volví. Creí distinguir a un hombre entre los árboles. Si miraba directamente hacia él, veía sólo ramas y manchas de luz de luna donde me parecía haberlo localizado, pero cuando lo miraba de reojo, con la visión periférica, o si no fijaba la vista en él, se perfilaba con mayor claridad. En todo caso, allí estaba. Prueba de ello era la reacción de *Walter*, y yo todavía recordaba lo sucedido la noche anterior: lo que había vislumbrado al borde del bosque hasta que se desvaneció; la voz susurrante de un niño entre las sombras; unas palabras garabateadas en un cristal polvoriento.

Hombres huecos.

Yo no iba armado. Me había dejado la 9 milímetros en el coche cuando fui a hablar con el doctor Christian y no la había cogido antes de sacar a *Walter*, y la Smith 10 estaba en mi habitación. En ese momento deseé tener una de las dos, o quizá las dos.

–¡Eh! ¡Hola! –grité, y levanté la mano para saludar.

El hombre no se movió. El abrigo, de un color tostado sucio, se confundía con la penumbra y la tierra arenosa. Sólo se veía parte de su cara: el asomo de una mejilla pálida, la frente y el mentón blancos. La boca y los ojos eran manchas negras, se veían finas arrugas donde debían estar los labios y en los contornos de las oscuras cuencas de sus ojos, como si la piel se hubiese contraído y secado. Acompañado por *Walter*, me acerqué con la esperanza de verlo mejor. Él retrocedió entre los árboles y entonces lo envolvió la oscuridad.

Al cabo de un momento desapareció. Los gruñidos de *Walter* cesaron. Con cautela, se aproximó al lugar donde había estado la silueta del hombre y olfateó el suelo. Fue evidente que no le gustó lo que olió, porque arrugó el hocico y se pasó la lengua por los dientes como si intentara librarse de un mal sabor de boca. Avancé entre los árboles hasta llegar al linde de la playa, pero allí no había el menor rastro de nadie. No oí arrancar ningún coche. Todo parecía quieto y tranquilo.

Nos fuimos de la playa y volvimos a casa, pero *Walter* permaneció cerca de mí todo el camino, deteniéndose sólo de vez en cuando para mirar hacia los árboles a nuestra izquierda, enseñando un poco los dientes como si aguardase alguna amenaza aún desconocida.

8

A la mañana siguiente fui a Lynn. El cielo estaba despejado y azul, del color del verano, pero los árboles de hoja caduca seguían desnudos y los obreros que trabajaban en la inacabable ampliación de la autopista llevaban jerséis con capucha y gruesos guantes para protegerse del frío. En el camino bebí café y escuché un disco de canción protesta norteafricana. Atrajo miradas de desaprobación cuando me detuve para llenar el depósito en New Hampshire, donde las letras del grupo Clash, bramadas en árabe, se consideraban una clara prueba de tendencias antipatrióticas. Las canciones me permitían mantener alejada de mi pensamiento la figura que atisbé entre los árboles en Ferry Beach la noche anterior. Al recordarla tuve una reacción peculiar, como si hubiese presenciado algo que en realidad no debería haber visto o hubiese quebrantado algún tabú. Lo más extraño era que la figura casi me había parecido familiar, como si viese por fin a un pariente lejano de quien hubiera oído hablar mucho pero no conociese aún en persona.

Salí de la interestatal por la Carretera 1, un tramo de urbanismo comercial incontrolado tan feo como el que más en la zona nordeste; luego seguí por la 107 en dirección norte, que no era mucho mejor, y atravesé Revere y Saugus hacia Lynn. Pasé por delante de la gran planta de tratamiento de residuos Wheelabrator, a mi derecha, y luego por GE-Aviation, la fábrica que creaba más puestos de trabajo en la región. Cuando entré en Lynn, el paisaje estaba salpicado de concesionarios de coches de segunda mano y solares vacíos. Farolas adornadas con banderas nacionales daban la bienvenida a los recién llegados, cada una patrocinada por un comercio local. Eldritch y Asociados no se contaba entre ellos y, cuando llegué a sus oficinas, me fue fácil entender la razón. No parecía una empresa especialmente próspera. Ocupaba las dos plantas superiores de un edificio gris y feo, desafiante como un perro callejero en medio de la manzana. Tenía las ventanas mugrientas y desde hacía mucho, mucho tiempo, nadie había renovado el letrero dorado que anunciaba que allí había un abogado. Estaba encajonado entre el bar de Tulley, a la derecha –un establecimiento bastante austero ya de por sí, que parecía construido para repeler un asedio–, y un bloque de apartamentos gris verdoso con locales comerciales en los bajos: un salón de manicura, una tienda llamada Multiservicios Angkor con carteles en camboyano y un restaurante mexicano que anunciaba pupusas, tortas y tacos. En la esquina había otro bar al lado del cual el Tulley parecía diseñado por Gaudí. Era poco más que una puerta y un par de ventanas; encima de la entrada aparecía el nombre en letras blancas y desiguales, que habría escrito alguien que posiblemente padecía en ese momento un grave acceso de *delirium tremens* y se había ofrecido a hacer la tarea a cambio de una copa con la que quitarse el temblor de las manos. Se llamaba Eddys, sin apóstrofe. Tal vez si lo hubiesen llamado Eddys «el Sereno», el cartel habría podido salir del paso aduciéndose una intención irónica.

Cuando aparqué delante del Tulley, no era muy optimista respecto a Eldritch y Asociados. Según mi experiencia, los abogados tendían a ser más bien reservados con los investigadores privados, y la conversación del día anterior con Stark había contribuido poco a hacerme cambiar de opinión. De hecho, si me paraba a pensar, mis encuentros con abogados habían sido casi todos igual de negativos. Tal vez no había conocido a suficientes. O también podía ser que estuviese conociendo a demasiados.

La puerta de la planta baja del edificio de Eldritch no estaba cerrada, y una estrecha escalera de desportillados peldaños llevaba a los pisos superiores. La pared amarilla a la derecha de la escalera tenía una amplia mancha de grasa a la altura de mi brazo derecho, donde un sinfín de mangas de abrigo la habían rozado a lo largo de los años. Se percibía un olor a moho, cada vez más intenso a medida que subía. Era el olor del viejo papel pintado en lenta descomposición, del polvo apilado sobre el polvo, de la moqueta podrida y de causas legales arrastradas durante décadas. Era material apto para Dickens. Si los problemas de Jarndyce y Jarndyce hubiesen atravesado el Atlántico, habrían encontrado un entorno familiar en el bufete de Eldritch y Asociados.

Llegué a una puerta con el rótulo ASEOS en el primer rellano. Frente a mí, en la segunda planta, apareció una puerta de cristal esmeri-

110

lado con el nombre del bufete grabado. Seguí subiendo, sin depositar demasiada confianza en la moqueta que pisaba, fatalmente minada por la ausencia de clavos suficientes para mantenerla en su sitio. A mi derecha, otro tramo de escalera ascendía hacia la penumbra de la última planta. Allí la moqueta no estaba tan gastada, lo que no era mucho decir.

Por educación, llamé a la puerta de cristal antes de entrar. Se me antojó lo propio en el Viejo Mundo. Como no contestó nadie, abrí la puerta y entré. A mi izquierda se extendía un mostrador bajo de madera. Más allá había un gran escritorio y, detrás de éste, una mujer corpulenta con una mata de pelo negro en precario equilibrio sobre la cabeza, como un helado sucio en lo alto de un cucurucho. Vestía una blusa de color verde chillón con volantes en el cuello y un amarillento collar de perlas de imitación. Como todo lo demás allí, parecía vieja, pero la edad no había apagado su afición por los cosméticos o el tinte, pese a que sí la había privado de algunas de las aptitudes necesarias para aplicarse lo uno y lo otro sin que el resultado final semejase, más que un acto de vanidad, un acto vandálico. Fumaba. En vista de la cantidad de papel que la rodeaba, eso casi parecía una valentonada suicida, además de indicar una admirable falta de respeto por la ley, incluso para alguien que trabajaba al servicio de un abogado.

–¿Puedo ayudarle? –preguntó. Tenía una voz aguda y ahogada como la de un cachorro en el momento de estrangularlo.

–Me gustaría ver al señor Eldritch –contesté.

–¿Padre o hijo?

–Cualquiera.

–El padre está muerto.

–Pues entonces tendrá que ser el hijo.

–Está ocupado. No acepta clientes nuevos. Andamos de cabeza.

Intenté imaginarla no ya·andando de cabeza, sino aunque fuese con los pies, y me resultó imposible. Había un cuadro en la pared detrás de ella, pero la luz del sol se había comido el color hasta tal punto que sólo se veía una insinuación de un árbol en una esquina del lienzo. Las paredes eran amarillas, igual que la de la escalera, pero décadas de acumulación de nicotina les habían conferido una inquietante pátina marrón. El techo acaso hubiese sido de color blanco en otro tiempo, pero sólo un necio habría apostado por ello. Y había papel por todas partes: en la moqueta, en la mesa de la mujer, en una segunda mesa desocupada cerca de ella, en el mostrador, en un par de sillas viejas de respaldo recto que posiblemente se ofrecieran en su día a los clientes pero que ahora se asignaban a necesidades de almacenamiento más acuciantes, y en los estantes de pared a pared. Si hubiesen encontrado la manera de amontonar papel en el techo, probablemente también lo habrían cubierto. No parecía que ninguno de los documentos se hubiese movido mucho desde que las plumas de oca pasaron de moda como artículo de escritorio.

–Tiene que ver con alguien que quizás ya es cliente –expliqué–. Se llama Merrick.

Me miró con los ojos entornados a través de un penacho de humo de tabaco.

–¿Merrick? No me suena de nada.

–Conduce un coche que está a nombre de este bufete.

–¿Cómo sabe que es uno de los nuestros? –preguntó la mujer.

–Bueno, al principio fue difícil saberlo porque no estaba lleno a rebosar de papeles, pero al final salió a la luz.

Entornó aún más los ojos. Le di la matrícula.

–Merrick –repetí. Señalé el teléfono en la mesa–. Quizá quiera avisar a alguien que no esté muerto.

–Tome asiento –dijo ella.

Miré alrededor.

–No veo dónde.

Estuvo a punto de sonreír, pero cambió de idea por miedo a agrietarse el maquillaje.

–Pues entonces tendrá que esperar de pie.

Dejé escapar un suspiro. Ésa era una prueba más, si hacía falta alguna prueba, de que no todos los gordos eran felices. Papá Noel tenía muchas explicaciones que dar.

Cogió el auricular y pulsó unas teclas en el aparato de color crema.

–¿Nombre?

–Parker. Charlie Parker.

–¿Como el cantante?

–El saxofonista.

–Lo que sea. ¿Puede identificarse?

Le enseñé mi carnet. Lo miró con desagrado, como si acabara de sacarme la pilila y hubiera empezado a hacer travesuras con ella.

–La foto es antigua –dijo.

–Muchas cosas son antiguas –repliqué–. Uno no puede permanecer joven y guapo eternamente.

Tamborileó con los dedos en la mesa mientras aguardaba respuesta al otro lado de la línea. Llevaba las uñas pintadas de rosa. Al ver el color me chirriaron los dientes.

–¿Seguro que no cantaba?

–Casi seguro.

–Ya. ¿Quién era el que cantaba, pues? El que se cayó por una ventana.

–Chet Baker.

–Ya.

Siguió tamborileando con las uñas.

–¿Le gusta Chet Baker? –pregunté. Estábamos entablando una relación.

–No.

O quizá no. Por suerte, en algún lugar por encima de nosotros alguien descolgó el teléfono.

–Señor Eldritch, hay aquí un... –hizo una pausa teatral–, un caballero que desea verlo. Pregunta por un tal señor Merrick.

Escuchó la respuesta asintiendo. Cuando colgó, parecía aún más disgustada que antes. Creo que esperaba orden de echarme los perros.

–Puede subir. La segunda puerta en el último piso.

–Ha sido un grandísimo placer –dije.

–Sí, ya. No tarde en volver.

Allí la dejé, como a una Juana de Arco obesa esperando a que se prendiese la hoguera, y subí al último piso. La segunda puerta ya estaba abierta y un anciano menudo, de setenta o más años, me aguardaba de pie en el umbral. Conservaba aún casi todo el pelo, o casi todo el pelo de alguien. Vestía un pantalón gris milrayas y chaqueta negra encima de una camisa blanca y un chaleco milrayas. La corbata era de seda negra. Se le veía vagamente mohíno, como un empleado de pompas fúnebres al que se le hubiese extraviado un cadáver. Parecía haberse posado sobre él una ligera pátina de polvo, una mezcla de caspa y trocitos de papel, sobre todo papel. Arrugado y marchito como estaba, daba la impresión de que él mismo fuese de papel y se desintegrase lentamente junto con los desechos acumulados de una vida entera al servicio de la ley.

Me tendió la mano para saludarme y evocó una sonrisa. En comparación con el trato dispensado por su secretaria, fue como si me recibieran haciéndome entrega de las llaves de la ciudad.

–Soy Thomas Eldritch –dijo–. Pase, por favor.

Su despacho era pequeño. Allí también había papeles, pero menos. Incluso parecía que habían movido algunos recientemente, y los estantes contenían cajas archivadoras dispuestas en orden cronológico, todas identificadas con sus correspondientes fechas. Se remontaban a un pasado muy lejano. Cerró la puerta a mis espaldas y esperó a que me sentase antes de tomar asiento al otro lado de su mesa.

–Y bien –dijo acodándose en la mesa y juntando las palmas de las manos en alto–. ¿Qué pasa con el señor Merrick?

–¿Lo conoce?

–Sé de su existencia. Le proporcionamos un coche a petición de uno de nuestros clientes.

–¿Puedo saber el nombre del cliente?

–Lamentablemente, no puedo decírselo. ¿Se ha metido el señor Merrick en algún lío?

–Va camino de ello. Me ha contratado una mujer que parece haber atraído las atenciones de Merrick. Está acechándola. Rompió una ventana de su casa.

Eldritch chasqueó la lengua en señal de desaprobación y preguntó:

–¿Ha informado esa mujer a la policía?

–Sí.

–No se han puesto en contacto con nosotros. Sin duda a estas alturas ya habríamos tenido noticia de una denuncia así, ¿no cree?

–La policía no llegó a hablar con él. Yo anoté el número de matrícula de su coche, y es así como he dado con ustedes.

–Muy emprendedor por su parte. Y ahora, en lugar de informar a la policía, ha venido aquí. ¿Puede explicarme por qué?

–La mujer en cuestión no tiene muy claro que la policía pueda ayudarla –respondí.

–Y usted sí puede.

Más que preguntarlo lo afirmó, y me asaltó la inquietante sensación de que Eldritch ya sabía quién era yo antes de que llegara. Aun así, me lo planteé como una pregunta.

–Eso me propongo. Si esta situación se alarga, es posible que tenga que intervenir la policía, lo que, imagino, podría resultar molesto, o algo peor, para ustedes y su cliente.

–Ni nosotros ni nuestro cliente somos responsables del comportamiento del señor Merrick, aun cuando lo que usted dice sea verdad.

–Puede que la policía no opine lo mismo si actúan ustedes como su agencia de alquiler de coches particular.

114

–Y entonces recibirán la misma respuesta que acabo de darle a usted. Nosotros nos limitamos a proporcionarle un coche a petición de un cliente. Nada más.

–¿Y no puede decirme nada en absoluto acerca de Merrick?

–No. Como ya le he dicho, sé muy poco sobre él.

–¿Ni siquiera conoce su nombre de pila?

Eldritch se paró a pensar. Advertí un destello de astucia en sus ojos. Tuve la impresión de que se lo estaba pasando bien.

–Me parece que se llama Frank.

–¿Considera posible que «Frank» haya cumplido condena en algún momento?

–No sabría decirle.

–Por lo visto, es muy poco lo que puede decir.

–Soy abogado, y por tanto mis clientes esperan de mí cierto grado de discreción. De lo contrario, no habría seguido en esta profesión tanto tiempo. Si lo que usted dice es verdad, las acciones del señor Merrick son muy de lamentar. Quizá si su clienta se sentara a hablar con él, la situación se resolvería a plena satisfacción de todos, ya que, según deduzco, el señor Merrick cree que ella puede serle de ayuda.

–En otras palabras, si ella le dice lo que él quiere saber, se marchará.

–Sería lo lógico. ¿Y ella sabe algo?

La pregunta quedó en el aire. Me estaba poniendo un cebo, y todo cebo suele esconder un anzuelo.

–Eso piensa él, por lo visto.

–Siendo así, ésa parece la solución natural. Estoy seguro de que el señor Merrick es un hombre razonable.

Eldritch permaneció asombrosamente quieto durante toda la conversación. Sólo movía los labios. Incluso los ojos parecían reacios a parpadear. Sin embargo esbozó una sonrisa al pronunciar la palabra «razonable», atribuyéndole una connotación que era todo lo contrario de su significado aparente.

–¿Conoce personalmente a Merrick, señor Eldritch?

–He tenido el placer, sí.

–Parece un hombre con mucha rabia contenida.

–Es posible que tenga una buena razón para ello.

–No me ha preguntado cómo se llama la mujer para quien trabajo –observé–, lo que me induce a pensar que ya lo sabe, y eso a su vez parecería indicar que el señor Merrick ha estado en contacto con usted.

–He hablado con el señor Merrick, sí.

–¿También es cliente suyo?

–Digamos que lo fue. Lo representamos en cierto asunto. Ya no es cliente nuestro.

–Y ahora lo ayuda porque se lo ha pedido otro cliente.

–Exacto.

–¿Qué interés tiene su cliente en Daniel Clay, señor Eldritch?

–Mi cliente no tiene el menor interés en Daniel Clay.

–No le creo.

–No voy a mentirle, señor Parker. Si, por la razón que sea, no puedo contestar a una pregunta, se lo diré, pero no voy a mentirle. Se lo repetiré: por lo que yo sé, mi cliente no tiene el menor interés en Daniel Clay. Las indagaciones del señor Merrick son a título personal.

–¿Y su hija? ¿Tiene su cliente algún interés en ella?

Eldritch pareció contemplar la posibilidad de admitirlo, y finalmente decidió no hacerlo, pero bastó con su silencio.

–No sabría decir. Eso es algo que tendrá que tratar usted mismo con el señor Merrick.

Me picaba la nariz. Sentía dentro de ella las moléculas de papel y polvo, como si gradualmente yo empezase a formar parte del despacho de Eldritch, hasta que un día, al cabo de unos años, entrase un desconocido y nos encontrase allí, a Eldritch y a mí, intercambiando aún interminables preguntas y respuestas, los dos cubiertos de una fina capa de materia blanca mientras nos reducíamos a polvo.

–¿Quiere saber lo que pienso, señor Eldritch?

–¿Qué, señor Parker?

–Pienso que Merrick es un hombre peligroso, y pienso que alguien lo ha contratado para intimidar a mi cliente. Usted sabe quién es esa persona, así que tal vez tenga a bien transmitirle este mensaje: dígale que hago muy bien mi trabajo, y que si le pasa algo a la mujer que está bajo mi protección, volveré aquí y alguien tendrá que rendir cuentas. ¿He hablado claro?

Eldritch no se inmutó. Aún sonreía benévolamente como un Buda pequeño y arrugado.

–Clarísimo, señor Parker –contestó–. No es más que una simple observación, pero diría que ha adoptado usted una actitud hostil hacia el señor Merrick. Quizá, si se mostrase un poco conciliador, descubriría que usted y él tienen más cosas en común de lo que cree. Es posible que ambos compartan ciertos objetivos.

–Yo no tengo ningún objetivo, aparte de garantizar que la mujer a mi cargo no sufra ningún daño.

–Dudo mucho que eso sea así, señor Parker. Usted piensa en lo concreto, no en lo general. Puede que el señor Merrick, al igual que usted, esté interesado en cierta forma de justicia.

–¿Para él o para otra persona?

–¿Se lo ha preguntado?

–No nos entendimos muy bien.

–Quizá si lo intentase sin una pistola al cinto.

De ahí se deducía que Merrick había hablado con él recientemente. ¿Cómo, si no, iba a enterarse Eldritch de la confrontación que tuve con él y de la presencia del arma?

–Para serle franco –contesté–, dudo mucho que me convenga encontrarme con Merrick sin una pistola a mano.

–Eso es decisión suya, por supuesto. Y ahora, si no tiene nada más...

Se puso en pie, se acercó a la puerta y la abrió. Era obvio que la reunión había terminado. De nuevo me tendió la mano.

–Ha sido un placer –dijo con expresión grave. Curiosamente, parecía sincero–. Me alegro de haber tenido por fin ocasión de conocerlo. Había oído hablar mucho de usted.

–¿También de boca de su cliente? –pregunté, y por un instante la sonrisa casi desapareció, frágil como una copa de cristal tambaleándose en el borde de una mesa. La rescató, pero yo ya tenía suficiente. Cuando parecía a punto de contestar, me adelanté a él–. A ver si adivino la respuesta: no sabría decir.

–Exacto –confirmó–. Pero si le sirve de consuelo, cuento con que usted y él se reúnan otra vez, a su debido tiempo.

–¿Otra vez?

Pero la puerta ya se había cerrado, y dejaba fuera de mi alcance a Thomas Eldritch y su información con la misma rotundidad que si la losa de una tumba se hubiese cerrado sobre él, dejándolo allí sin más compañía que sus papeles y su polvo y sus secretos.

9

A pesar de que mi visita a Thomas Eldritch no contribuyó de manera significativa a mi sensación de bienestar interior, sí me permitió al menos averiguar el nombre de pila de Merrick. Asimismo, Eldritch se había cuidado mucho de negar que Merrick hubiese cumplido condena, lo que implicaba que en algún lugar de la base de datos del sistema penitenciario tenía que haber un armario lleno de huesos esperando a que los sacudieran. Pero la insinuación de que yo conocía al cliente de Eldritch me inquietó. Ya tenía fantasmas más que suficientes en mi pasado, y la idea de que alguno de ellos reapareciera no me hacía ninguna gracia.

Me detuve a tomar café y un bocadillo en la cafetería Bel Aire de la Carretera 1. (Una cosa debía reconocerse con respecto a la Carretera 1: sitios donde parar a comer no faltaban.) La cafetería Bel Aire había sobrevivido en su actual emplazamiento durante más de medio siglo. Un letrero enorme y viejo, con el nombre escrito en la letra caligráfica original de los años cincuenta, anunciaba su presencia desde lo alto de un poste de doce metros. El dueño del Bel Aire, según mis últimas noticias, era un tal Harry Kallas, que lo había heredado de su padre. Dentro había reservados de vinilo de color burdeos y taburetes a juego ante la barra, y el suelo de baldosas grises y blancas exhibía la clase de desgaste propio del paso de generaciones de clientes. Corrían rumores de que estaba previsto el cierre para su redecoración, lo que, supuse, era necesario aunque un tanto triste. En un extremo tenía un televisor empotrado en la pared, pero nadie le prestaba atención. La cocina era ruidosa, las camareras eran ruidosas, y ruidosos eran también los obreros de la construcción y los lugareños que pedían los platos del día.

Cuando tomaba mi segundo café, recibí la llamada. Era Merrick. Reconocí su voz en cuanto la oí, pero en el visor de mi móvil no salió ningún número.

–Eres un listillo, pedazo de cabrón –dijo.

–¿He de suponer que es un cumplido? Porque si lo es, te conviene trabajar más la técnica. Después de tanto tiempo en el trullo debes de haberte oxidado.

–Hablas a bulto. El abogado no te ha dicho una mierda.

No me sorprendió que Eldritch hubiese hecho unas cuantas llamadas. Sólo me pregunté quién se habría puesto en contacto con Merrick, el abogado o su cliente.

–¿Estás diciéndome que si te busco en la base de datos no encontraré tus antecedentes?

–Ya puedes buscar. En cualquier caso, no voy a ponértelo fácil.

Aguardé unas décimas de segundo antes de pasar a la siguiente pregunta. Fue una corazonada, nada más.

–¿Cómo se llama la niña de la foto, Frank?

No contestó.

–Ella es la razón por la que estás aquí, ¿no? Fue una de las niñas que trató Daniel Clay. ¿Es tu hija? Dime cómo se llama, Frank. Dime cómo se llama y quizá pueda ayudarte.

Cuando Merrick volvió a hablar, le había cambiado la voz. El tono de amenaza, sereno pero letal, era claramente perceptible, y supe con certeza que aquél no sólo era un hombre capaz de matar, sino que ya había matado, y que yo, al mencionar a la niña, había traspasado cierta barrera.

–Escúchame bien –respondió–. Ya te lo he dicho una vez: mis asuntos son cosa mía. Si te concedí un tiempo, fue para convencer a esa señoritinga de que le conviene desembuchar, no para que anduvieras husmeando en cuestiones que no son de tu incumbencia. Vale más que vuelvas al punto de partida y la hagas entrar en razón.

–O si no, ¿qué? Seguro que quienquiera que sea el que te ha llamado para informarte de mi visita a Eldritch te ha aconsejado que no te pases de rosca. Si sigues acosando a Rebecca Clay, tus amigos van a desentenderse de ti. Acabarás otra vez en el trullo, Frank, y entonces no le servirás de nada a nadie.

–Pierdes el tiempo –dijo–. Según parece, piensas que cuando te di un plazo hablaba en broma.

–Estoy acercándome –mentí–. Mañana tendré algo para ti.

–Veinticuatro horas –recordó–. Sólo te queda eso, y estoy siendo generoso contigo. Permíteme que te diga otra cosa: si los otros se desentienden de mí, más vale que tú y esa señoritinga empecéis a preocuparos. Hoy por hoy, ésa es la única razón por la que me contengo, aparte de mi buen carácter.

Colgó. Pagué la cuenta y dejé allí la taza llena, enfriándose. De pronto tenía la sensación de que no me sobraba el tiempo para entretenerme con un café.

A continuación visité a Jerry Legere, el ex marido de Rebecca Clay. Me puse en contacto con A-Secure y me informaron de que Legere había salido a ocuparse de un trabajo en Westbrook, acompañado de Raymon Lang, y no tuve que engatusar demasiado a la recepcionista para que me diera la dirección.

Encontré la furgoneta de la empresa aparcada en un polígono industrial abandonado lleno de barro y naves aparentemente vacías, entre las cuales había un camino surcado de roderas. No quedaba claro si el lugar estaba a medio edificar o en su declive final. Las obras de construcción se habían interrumpido hacía tiempo en un par de estructuras inacabadas, y los extremos de los montantes de acero sobresalían del hormigón como huesos en los muñones de miembros amputados. Los charcos de agua sucia apestaban a desechos y gasolina, y volcada entre los hierbajos una pequeña hormigonera amarilla sucumbía lentamente a la herrumbre.

Sólo había un almacén abierto, y dentro, en la planta baja del interior vacío dividido en dos pisos, encontré a dos hombres, arrodillados ante un plano extendido en el suelo. Al menos ese edificio estaba acabado, y tenía las ventanas cubiertas con tela metálica para proteger los cristales de las piedras que pudieran lanzarse desde el exterior. Llamé a la puerta de acero con los nudillos, y los dos hombres levantaron la mirada.

–¿Podemos ayudarle en algo? –preguntó uno. Tenía unos cinco años más que yo. Grande y de aspecto fuerte, llevaba el pelo muy corto para disimular una avanzada calvicie.

Es ridículo e infantil por mi parte, lo sé, pero siempre siento una breve oleada de calor cuando conozco a alguien aproximadamente de mi edad que ha perdido más pelo que yo. El pobre, aunque sea el rey del mundo y dueño de diez o doce empresas, al mirarse en el espejo por la mañana pensará: «Maldita sea, ojalá conservara el pelo».

–Busco a Jerry Legere –anuncié.

Quien contestó fue el otro, un hombre de pelo blanco y mejillas rubicundas. Rebecca era cinco o seis años más joven que yo, calculaba, y ese hombre me llevaba diez o quince. Le sobraban unos kilos y le colgaba la piel en la papada. Su cabeza, grande y cuadrada, parecía pesar demasiado para el cuerpo, y una mueca crónica se dibujaba en sus labios, como si siempre estuviera a punto de manifestar su irritación por algo: las mujeres, los niños, la música moderna, el tiempo. Vestía una camisa de cuadros de leñador remetida en unos vaqueros viejos y calzaba unas botas de faena llenas de lodo y con un cordón distinto en cada una. Rebecca era una mujer atractiva. Lo cierto es que no siempre podemos elegir a aquellos de quienes nos enamoramos, y yo sabía que la belleza no lo era todo, pero la unión de las casas de Clay y Legere, por temporal que hubiese sido, inducía a pensar que a veces la belleza podía ser en realidad una auténtica desventaja.

–Me llamo Charlie Parker –dije–. Soy investigador privado. Me gustaría hablar con usted si dispone de unos minutos.

–¿Lo ha contratado ella?

A juzgar por el tono de voz, ese «ella» no hacía referencia a alguien por quien conservara un gran afecto.

–Trabajo para su ex esposa, si se refiere a eso –contesté.

Su expresión se relajó, aunque sólo un poco, o al menos la mueca de irritación se atenuó ligeramente. Por lo visto, Legere tenía problemas con otra que no era Rebecca. Pero el efecto no duró mucho. Si algo podía decirse de Jerry Legere, es que parecía incapaz de poner cara de póquer y mantener ocultos sus pensamientos. Pasó de la preocupación al alivio, y luego se sumió en una inquietud que rayaba en el pánico. Cada transición se traducía con toda nitidez en sus facciones. Era como un personaje de dibujos animados: su rostro perseguía continuamente a sus emociones para no quedarse a la zaga.

–¿Para qué necesita mi ex mujer a un detective? –preguntó.

–Por eso he venido a hablar con usted. ¿Podemos salir un momento?

Legere dirigió una mirada al hombre de menor edad, quien asintió con la cabeza y volvió a examinar el plano. En el cielo, despejado y azul, un sol radiante daba luz pero no calor.

–¿Y bien? –preguntó.

–Su ex mujer me ha contratado porque un hombre ha estado molestándola.

Aguardé a que una expresión de sorpresa asomara como por arte de magia en el semblante de Legere, pero me defraudó. Se contentó con esbozar una sonrisa lasciva propia del villano de un melodrama victoriano.

–¿Alguno de sus novios? –inquirió.

–¿Tiene novios?

Legere se encogió de hombros.

–Es una zorra. No sé cómo los llaman las zorras: polvos, quizá.

–¿Por qué la considera una zorra?

–Porque lo es. Me engañó cuando estábamos casados, y luego encima me mintió al respecto. Miente en todo. En cuanto al hombre del que me habla, probablemente sea un mamón al que le prometió un buen rato y luego se puso nervioso al ver que no llegaba. Fui un idiota al casarme con una mujer que era mercancía usada, pero me dio pena. No cometeré ese error dos veces. Ahora me las follo pero no me caso con ellas.

En sus labios se dibujó otra sonrisa lasciva. Esperé a que me diera un codazo de complicidad en las costillas, o me saliera con uno de esos guiños que insinúan «¿No somos hombres de mundo?», como en el *sketch* de Monty Python. «Así que es tu mujer, ¿eh? Es una mentirosa y una zorra, ¿verdad? Todas lo son.» Dicho así, no tenía tanta gracia. Recordé la pregunta anterior de Legere: «¿Lo ha contratado ella?», y el alivio en su cara cuando le dije que trabajaba para su ex mujer. ¿Qué habrás hecho, Jerry? ¿A quién habrás irritado tanto como para que pueda necesitar los servicios de un detective?

–No creo que se trate de un pretendiente rechazado –dije.

Legere parecía a punto de preguntar qué significaba «pretendiente», pero finalmente se tomó la molestia de deducirlo por su cuenta.

–Ha estado preguntando por el padre de Rebecca –proseguí–. Cree que Daniel Clay quizás esté vivo todavía.

Un breve destello apareció en los ojos de Legere. Fue como si un genio intentase escapar del interior de su botella y, en el último momento, viera que alguien encaja el corcho enérgicamente y le corta el paso.

–Eso es una estupidez –respondió Legere–. Su padre ha muerto. Todo el mundo lo sabe.

–¿Todo el mundo?

Legere desvió la mirada.

–Ya sabe a qué me refiero.

–Está desaparecido, no muerto –recordé.

—Ella solicitó la declaración de defunción. Aunque para mí ya es demasiado tarde. Hay dinero en el banco, pero no veré ni un centavo. Ahora mismo no me vendría mal.

—¿Corren tiempos difíciles?

—Siempre corren tiempos difíciles para los trabajadores.

—A eso debería ponerle música.

—Imagino que ya se la ha puesto alguien. No es ninguna novedad.

Se dio media vuelta y dirigió la mirada hacia el almacén, a todas luces impaciente por deshacerse de mí y volver a su trabajo. Yo no podía reprochárselo.

—¿Y por qué está tan seguro de que Daniel Clay ha muerto?

—Me parece que no me gusta ese tono —repuso. Apretó los puños involuntariamente. Tomó conciencia del acto reflejo y los relajó de nuevo. Luego se enjugó las palmas de las manos en las costuras de los vaqueros.

—¿Qué tono? No hay ningún tono. Sólo quería decir que parece usted muy convencido de que Daniel Clay no va a volver.

—Bueno, lleva desaparecido mucho tiempo, ¿no? Nadie lo ha visto en seis años y, por lo que sé, se marchó con lo puesto. Ni siquiera se llevó una bolsa con una muda.

—¿Eso se lo contó su ex mujer?

—Si no me lo contó ella, lo leí en los periódicos. No es ningún secreto.

—¿Ya se conocían cuando desapareció su padre?

—No, nos liamos más tarde, pero no duró más de seis meses. Me enteré de que se veía con otros hombres a mis espaldas, la muy cabrona, y la dejé.

No parecía incomodarle contarme aquello. Por lo general, cuando un hombre habla de las infidelidades de sus mujeres o novias, muestra un mayor grado de vergüenza que Legere, y el recuerdo que se tiene de la relación queda marcado por una permanente sensación de traición. Además, no le cuentan sus secretos a cualquiera, porque lo que más temen es que, por algún motivo, los demás los consideren responsables a ellos y lleguen a pensar que sus propias carencias han obligado a sus mujeres a buscar placer en otra parte, que no han sido capaces de satisfacerlas. Estas cuestiones, los hombres tienden a verlas distorsionadas a través del prisma del sexo. Yo había conocido a mujeres que se descarriaban por el deseo, pero había conocido a muchas más que engañaban porque así recibían el afecto y las atenciones que se les negaban en casa. Los hombres, en su gran mayoría, buscan sexo. Las mujeres lo canjean.

—Supongo que yo tampoco era inocente —dijo—, pero los hombres somos así. A ella no le faltaba de nada. No tenía por qué hacer lo que hizo. Me echó de casa cuando puse reparos a su comportamiento. Ya se lo he dicho: es una puta. En cuanto llegan a determinada edad, ya está. Se convierten en zorras. Pero ella, en lugar de admitirlo, me lo echó a mí en cara. Dijo que el que había actuado mal era yo, no ella. La muy cabrona.

No sabía muy bien en qué medida eso era asunto mío, pero las explicaciones de Rebecca Clay sobre sus dificultades conyugales eran muy distintas de las de su ex marido. Ahora Legere afirmaba que él era la parte agraviada, y si bien la versión de Rebecca sonaba más verosímil, quizás eso se debía sencillamente a que Jerry Legere me ponía los pelos de punta. Pero yo no veía qué razón podía tener para mentir. Su propia imagen no quedaba muy bien parada, y el resentimiento de fondo era inconfundible. Había algo de verdad en su historia, por muy distorsionada que estuviera al contarla.

—¿Ha oído hablar alguna vez de un tal Frank Merrick? —pregunté.

—No, yo diría que no —contestó—. ¿Merrick? No, no me suena. ¿Es el hombre que la ha estado molestando?

—Sí.

Legere volvió a desviar la mirada. No le veía la cara, pero había cambiado de postura, como si de pronto se hubiese puesto tenso para esquivar un golpe.

—No —repitió—. No sé de quién me habla.

—Es curioso —comenté.

—¿Qué?

—Según parece, él lo conoce a usted.

En ese momento me concedió toda su atención. Ni siquiera se molestó en ocultar la alarma que aquello le causaba.

—¿Qué quiere decir?

—Fue él quien me aconsejó que hablase con usted. Dijo que quizás usted sabía por qué él andaba buscando a Daniel Clay.

—Eso es falso. Ya se lo he dicho: Clay está muerto. Los hombres como él no se esfuman de la faz de la tierra para volver a aparecer más tarde en otro sitio con un nombre distinto. Está muerto. Aunque no lo estuviera, nunca se pondría en contacto conmigo. Yo ni siquiera lo conocí.

–En opinión de ese Merrick, su ex mujer pudo contarle a usted cosas que les escondió a las autoridades.

–Se equivoca –se apresuró a decir–. No me contó nada. Ni siquiera hablaba mucho de él.

–¿Eso no le extrañó?

–No. ¿Qué iba a decir? Ella lo que quería era olvidarlo. No servía de nada hablar de él.

–¿Habría podido estar en contacto con él sin que usted se enterara, en el supuesto de que siguiera vivo?

–Mire, no creo que sea tan lista –respondió Legere–. Si ve a ese hombre otra vez, dígaselo.

–Por cómo habló de usted, no me extrañaría que tuviese ocasión de decírselo usted mismo.

La perspectiva no pareció agradarle mucho. Escupió al suelo y luego restregó el salivazo en la tierra con la suela del zapato sólo por hacer algo.

–Una última pregunta, señor Legere: ¿qué era el Proyecto?

Si se podía paralizar a un hombre con una palabra, eso fue lo que le sucedió a Jerry Legere.

–¿Y eso de dónde lo ha sacado?

Pronunció la frase casi antes de tomar conciencia de ello, y al instante vi que se arrepentía. Ya no se percibía ira en su voz. Había desaparecido por completo, barrida por lo que quizá fuese asombro. Movía la cabeza en un gesto de aparente incredulidad.

–Da igual de dónde lo haya sacado. Sólo me gustaría saber qué es, o era.

–Se ha enterado por ese fulano, ¿no? Por ese Merrick. –Estaba recobrando en parte la hostilidad–. Se presenta aquí lanzando acusaciones, hablándome de gente que no conozco, dando crédito a las mentiras de un desconocido y a las de esa cabrona con la que me casé. Hace falta valor.

Me empujó bruscamente en el pecho con la mano derecha. Di un paso atrás y él avanzó hacia mí. Vi que se preparaba para asestarme otro golpe, más fuerte y a más altura que el primero. Levanté las manos en un gesto apaciguador y fijé los pies en el suelo, el derecho un poco por delante del izquierdo.

–Te voy a enseñar yo... –dijo.

Impulsándome con todo el peso del cuerpo lancé el pie izquierdo al frente y le golpeé en el estómago como quien intenta abrir una puerta de una patada. Con la respiración cortada por el impacto cayó de espaldas al suelo. Sin aliento, se llevó las manos al vientre. Tenía el rostro contraído de dolor.

—Hijo de puta —exclamó—. Te mataré por esto.

Me planté ante él.

—El Proyecto, señor Legere. ¿Qué era?

—Vete a la mierda. No tengo ni idea de qué me hablas.

Pronunció aquellas palabras apretando los dientes. Saqué una tarjeta de mi cartera y la dejé caer sobre él. El otro hombre apareció en la puerta del almacén. Tenía una palanca en la mano. Levanté un dedo en señal de advertencia, y se detuvo.

—Volveremos a hablar. Quizá quiera reflexionar un poco sobre Merrick y lo que dijo. Le guste o no, acabará tratando este asunto con uno de nosotros dos.

Me dirigí hacia el coche. Oí cómo se ponía en pie. Reclamó mi atención. Me volví. Lang, aún en la entrada del almacén, le preguntó a Legere si estaba bien, pero Legere no le hizo caso. La expresión de su rostro había vuelto a cambiar. Seguía enrojecido y le costaba respirar, pero ahora se advertía malevolencia en su semblante.

—¿Te crees muy listo? —preguntó—. ¿Te crees muy duro? Tal vez te convenga hacer unas cuantas averiguaciones para saber qué le pasó al último que empezó a preguntar sobre Daniel Clay. También era detective, como tú. —Puso especial énfasis en la palabra «detective»—. ¿Y sabes dónde está? —prosiguió Legere—. En el mismo sitio que Daniel Clay, ni más ni menos. En algún lugar hay un hoyo en la puta tierra, y dentro está Daniel Clay, y justo al lado hay otro hoyo con un puto fisgón pudriéndose dentro. Así que adelante, sigue preguntando sobre Daniel Clay y los «proyectos». Siempre queda sitio para otro más. No cuesta mucho cavar un hoyo, y cuesta aún menos llenarlo cuando dentro hay un cadáver.

Me acerqué a él, satisfecho de ver que daba un paso atrás.

—Ahí tiene otra vez —dije—. Habla convencido de que Daniel Clay ha muerto.

—No tengo nada más que hablar.

—¿Quién era el detective? —pregunté—. ¿Quién lo contrató?

—Vete a la mierda —contestó Legere, pero de pronto cambió de idea. Su rostro se contrajo en una amplia y rencorosa sonrisa—. ¿Quieres saber quién lo contrató? Fue esa cabrona, igual que te contrató a ti. También se lo follaba. Yo me di cuenta. Ella olía a él. Seguro que también a ti te paga así, pero no te creas que eres el primero.

»E hizo las mismas preguntas que tú, sobre Clay y los "proyectos" y lo que ella me dijo o dejó de decirme, y tú vas a seguir sus pasos. Porque así terminan quienes andan preguntando por Daniel Clay. –Chasqueó los dedos–. Desaparecen.

Se sacudió el polvo de los vaqueros. Parte de su falso valor empezó a disiparse a medida que la adrenalina lo abandonaba, y por un momento parecía que acababa de entrever su propio futuro, y que lo que veía lo asustaba.

–Desaparecen.

10

Cuando llegué a casa, me puse en contacto con Jackie Garner. Me dijo que seguía todo en orden. Lo noté un tanto decepcionado. Telefoneé luego a Rebecca Clay, y me confirmó que Merrick no había dado señales de vida. Por lo visto mantenía su palabra, y las distancias, salvo por la llamada que me había hecho.

Rebecca estaba trabajando en su despacho, así que me acerqué a hablar con ella; saludé a Jackie con un leve gesto en reconocimiento de su presencia. Pedimos café en un puesto del pequeño mercado contiguo a la inmobiliaria y nos sentamos a tomarlo en la única mesa de la calle. Los automovilistas nos miraban con curiosidad al pasar. Hacía demasiado frío para tomar algo al aire libre, pero yo deseaba hablar con ella mientras tenía aún fresca en la cabeza la conversación con su ex marido. Era hora de aclarar las cosas.

–¿Eso le ha dicho? –Rebecca Clay pareció sinceramente sorprendida cuando le conté lo sucedido entre Jerry y yo–. ¡Pero si es todo mentira! Yo nunca le fui infiel, jamás. No rompimos por eso.

–No digo que su versión sea verdad, pero sus palabras escondían rencor auténtico.

–Quería dinero. No lo consiguió.

–¿Por eso cree que se casó con usted? ¿Por dinero?

–Por amor no fue, desde luego.

–¿Y usted? ¿Usted por qué se casó?

Cambió de posición en el asiento, y al hacerlo quedó patente el malestar que le causaba hablar del asunto. Se la veía aún más exhausta y demacrada que el día que la conocí. Dudaba que fuese capaz de soportar la tensión durante mucho más tiempo sin venirse abajo de un modo u otro.

–En parte, ya se lo conté –respondió–. Al desaparecer mi padre me sentí muy sola. Me convertí en una especie de paria por los rumores que corrían sobre él. Conocí a Jerry por mediación de Raymon, que instaló el sistema de alarma en casa de mi padre. Vienen una vez al año para comprobar que todo funciona bien, y fue Jerry quien se ocupó del mantenimiento unos meses después de irse mi padre. Supongo que me sentía sola, y una cosa llevó a la otra. Al principio me pareció aceptable. Es decir, nunca fue precisamente un encanto de hombre, pero se portaba bien con Jenna y no era un vago. En ciertos aspectos también me sorprendía. Leía mucho y entendía de música y de cine antiguo. Me enseñó cosas. –Dejó escapar una risa forzada–. Volviendo la vista atrás, supongo que sustituí a una figura paterna por otra.

–¿Y después?

–Nos casamos un tanto deprisa, y él se instaló conmigo en casa de mi padre. Las cosas fueron bien durante un par de meses. Pero a Jerry la obsesionaba el dinero. Siempre le concedió mucha importancia. Según él, la vida nunca le había dado una oportunidad justa. Tenía grandes planes de todo tipo, y hasta que me conoció a mí nunca dispuso de medios para llevarlos a cabo. Olió la pasta, pero no la había, o si la había, no estaba a su alcance. Empezó a ponerse pesado, y eso provocó discusiones.

»Una noche, al llegar a casa, lo encontré bañando a Jenna. Ella tenía por entonces seis o siete años. Jerry nunca la había bañado. No es que yo le hubiese dicho explícitamente que no debía hacerlo ni nada por el estilo, pero en cierto modo yo había supuesto que no lo haría. La niña estaba desnuda en el agua, y él, de rodillas junto a la bañera. Iba descalzo. Ésa fue la causa de mi sobresalto: los pies descalzos. Absurdo, ¿no? El caso es que le grité. Jenna se echó a llorar, y Jerry se marchó hecho una furia y no volvió hasta muy tarde. Entonces intenté hablar con él de lo ocurrido, pero a esas alturas, estimulado por la bebida, había acumulado dentro de sí tal presión que me abofeteó. No fue una bofetada fuerte ni dolorosa, pero no estaba dispuesta a aguantar que un hombre me pegara. Le pedí que se marchara, y se fue. Regresó al cabo de uno o dos días y se disculpó, e hicimos las paces, supongo. A partir de entonces nos trató a Jenna y a mí con todo el cuidado del mundo, pero yo no pude quitarme de la cabeza la imagen de Jerry con mi hija desnuda a su lado. Él tenía un ordenador que en ocasiones usaba para el trabajo, y yo conocía su contraseña. Una vez que le enseñaba algo a Jenna en Internet vi cómo la introducía. Entré en sus documentos y..., en fin, tenía muchísima pornografía. Sé que los hombres miran esas cosas, e imagino que también algunas mujeres, pero en el ordenador de Jerry había tanta, tanta...

–¿Con adultos o niños? –pregunté.

–Adultos –contestó–. Todos adultos. Procuré callármelo, pero no pude. Le dije lo que había hecho y lo que había visto. Le pregunté si tenía algún problema. Al principio se avergonzó; luego se enfadó, se puso hecho una fiera. Empezó a tirar cosas. Empezó a insultarme con palabras como las que usted le ha oído decir. Dijo que yo estaba «sucia», que tenía suerte de que alguien quisiera tocarme. Dijo más cosas, cosas sobre Jenna. Que acabaría como yo, que de tal palo, tal astilla. Por lo que a mí se refería, eso fue la gota que colmó el vaso. Se marchó esa misma noche, y todo acabó. Se puso en manos de un abogado durante un tiempo e intentó conseguir una orden para acceder a mis bienes, pero en realidad no había tales bienes. Al final, la cosa quedó en nada, y no volví a saber de él ni del abogado. No se opuso al divorcio. Más bien pareció alegrarse de deshacerse de mí.

Apuré el café. Soplaba el viento, y las hojas secas correteaban como niños huyendo de la lluvia inminente. Me constaba que no me lo había contado todo, que ciertos aspectos de lo sucedido seguirían siendo privados, pero parte de lo que había dicho explicaba la animadversión de Jerry Legere hacia su ex mujer, sobre todo si él no se consideraba del todo culpable de lo ocurrido. Pero había verdades y mentiras que se entrelazaban en las versiones de ambos, y Rebecca Clay no había sido del todo sincera conmigo desde el principio. Insistí:

–He mencionado a su ex marido el Proyecto del que Merrick habló. Por lo visto, no lo ha cogido de nuevas.

–Quizá fuera un asunto privado de mi padre; siempre investigaba y leía revistas especializadas para mantenerse al día en su profesión. Pero no le veo ninguna lógica a que Jerry estuviera al corriente. No se conocían, y Jerry, que yo recuerde, no vino ni una sola vez a revisar el sistema de seguridad antes de la muerte de mi padre. No existió el menor contacto entre ellos.

Pero la mención del Proyecto me llevó a una última pregunta, la que más me inquietaba.

–Jerry me ha contado otra cosa –dije–. Ha afirmado que usted ya había contratado antes a un investigador privado para indagar sobre la desaparición de su padre. Según Jerry, el hombre a quien usted contrató desapareció también. ¿Es eso verdad?

Rebecca Clay se mordió un repelón de piel seca del labio inferior.

—Cree que le he mentido, ¿no?

—Por omisión. No la culpo, pero me gustaría saber la razón.

—Elwin Stark me aconsejó que contratara a alguien. Fue unos dieciocho meses después de marcharse mi padre, y la policía parecía haber decidido que ya no podía hacer nada más. Hablé con Elwin porque el abogado de Jerry me tenía preocupada, y no sabía cómo proteger el patrimonio de mi padre. No había testamento, así que en cualquier caso sería complicado, pero Elwin dijo que un primer paso, si mi padre no volvía, era tramitar la solicitud para declararlo legalmente muerto pasados cinco años. En opinión de Elwin, sería útil contratar a alguien para investigar el asunto, ya que quizás un juez lo tuviese en cuenta llegado el momento de la declaración. Pero a mí no me sobraba el dinero. Justo empezaba a abrirme paso en el negocio inmobiliario. Supongo que eso determinó la clase de persona que podía contratar.

—¿Quién era? —pregunté.

—Se llamaba Jim Poole. También él estaba empezando. Había trabajado para una conocida mía..., mi amiga April, usted se cruzó con ella en casa. Sospechaba que su marido la engañaba. Resultó que no. En realidad se dedicaba al juego, aunque no sé si eso fue mejor o peor para ella; en cualquier caso, quedó satisfecha con el trabajo de Jim. Así que lo contraté y le pedí que echara un vistazo a los datos que teníamos, e incluso que tratara de descubrir algo nuevo. Habló con algunas de las personas con las que usted ha hablado, pero no averiguó nada que no supiéramos ya. Es posible que Jim hubiera mencionado algo sobre un proyecto en algún momento, pero probablemente no le presté mucha atención. La verdad es que mi padre siempre tenía en preparación algún artículo o ensayo. Nunca le faltaban ideas para temas sobre los que escribir e investigar.

»Al cabo de un par de semanas, Jim me telefoneó para decirme que se marchaba de la ciudad un par de días y que tal vez regresaría con alguna novedad. En fin, esperé su llamada, pero ya no volví a saber de él. Al cabo de una semana vino a verme la policía. La novia de Jim había denunciado su desaparición, y estaban hablando con los amigos y clientes de él, aunque Jim no andaba sobrado de lo uno ni de lo otro. Encontraron mi caso entre las carpetas de su apartamento, pero yo no pude ayudarles. Jim no me había dicho adónde iba. No se quedaron muy satisfechos, pero ¿qué más podía decirles yo? El coche de Jim apareció en Boston poco después, en uno de los aparcamientos para largas estancias cerca de Logan. Encontraron drogas en el coche..., una bolsa de coca, creo..., cantidad suficiente para inducir a pensar que tal vez se dedicaba al trapicheo. Dedujeron, creo, que se había metido en un lío por un asunto de drogas, quizá con un proveedor, y que debido a eso había muerto asesinado o huido. Su novia dijo a la policía que él no era de ésos, y que habría encontrado la manera de ponerse en contacto con ella aunque hubiera tenido que escapar, pero no lo hizo.

–¿Y usted qué piensa?

Movió la cabeza en un gesto de negación.

–Después de eso dejé de buscar a mi padre –se limitó a contestar–. ¿Le basta con esta respuesta?

–¿Y no me habló de Poole porque temió que me disuadiría de ayudarla?

–Sí.

–¿Fue su relación con Jim Poole exclusivamente profesional?

Se levantó de inmediato, casi volcando la taza. Parte del café se derramó entre nosotros, se filtró por los agujeros de la mesa y manchó el suelo.

–¿Eso a qué viene? Seguro que también ha salido de Jerry.

–Sí, pero no es el momento de andarse con moralismos.

–Jim me caía bien –dijo, como si eso respondiese a la pregunta–. Tenía problemas con su novia. Hablamos, salimos un par de veces a tomar una copa. Jerry nos vio en un bar...; a veces, cuando bebía, venía a verme para pedirme otra oportunidad... y decidió que Jim se interponía, pero Jim era más joven y más fuerte que él. Cruzaron unas palabras a gritos y se rompió una botella, pero nadie salió herido. Supongo que Jerry aún se la tiene guardada pese al tiempo que ha pasado. –Se arregló la falda del traje chaqueta–. Mire, le agradezco lo que ha hecho, pero esto no puede alargarse mucho más. –Señaló a Jackie, como si él simbolizara todo lo que iba mal en su vida–. Quiero tener a mi hija en casa, y quiero quitarme a Merrick de encima. Ahora que sabe usted lo de Jim Poole, no sé si quiero que siga haciendo preguntas por ahí sobre mi padre. No necesito sentirme culpable por nadie más, y cada día que pasa tiene un precio, como mínimo el coste de los honorarios. Le agradecería que diéramos esto por concluido lo más pronto posible, aunque eso implique llevar el asunto ante un juez.

Le dije que lo entendía y me comprometí a telefonearla para ponerla al corriente en cuanto hablase con ciertas personas acerca de las opciones que tenía. Volvió a la oficina a recoger sus cosas. Me puse en contacto con Jackie Garner y le conté lo de la llamada de Merrick.

–¿Qué pasará cuando se nos acabe el tiempo? –preguntó Jackie–. ¿Esperaremos a que actúe y ya está?

Le aseguré que no llegaríamos a ese punto. Añadí que seguramente Rebecca Clay no seguiría pagándonos durante mucho más tiempo y que iba a incorporar un poco más de ayuda.

–¿La clase de ayuda que viene de Nueva York? –preguntó Jackie.

–Es posible –respondí.

–Si la mujer no quiere pagarte, ¿por qué quieres seguir con el trabajo?

–Porque Merrick no va a marcharse, obtenga lo que quiere de Rebecca o no. Además, en los próximos días voy a hurgar bastante en sus asuntos, y eso a él no va a gustarle.

A Jackie, por lo visto, le divirtió la perspectiva.

–Pues si necesitas una mano, ya avisarás. Sólo tienes que pagar por el trabajo aburrido. Lo interesante lo hago gratis.

Cuando llegué a casa, *Walter* seguía mojado después de bañarse en el mar mientras le paseaba Bob Jhonson, y se echó a dormir de buena gana en su canasta a resguardo del frío. Como me quedaban un par de horas libres antes de reunirme con June Fitzpatrick para cenar, visité la página web del *Press Herald* y rastreé la base de datos en busca de información sobre la desaparición de Daniel Clay. Según los archivos, las acusaciones de abusos deshonestos procedían de varios niños que habían sido pacientes del doctor Clay. En ningún momento se insinuaba que él hubiera estado implicado, pero sí se planteaba claramente la duda de cómo había podido pasar por alto el hecho de que los niños a quienes trataba, todos víctimas de abusos deshonestos en el pasado, volvían a serlo en esos momentos. Clay había rehusado hacer comentarios, salvo para decir que se sentía «muy afectado» por las acusaciones, que haría una declaración completa a su debido tiempo y que su máxima prioridad era colaborar con la policía y los servicios sociales en las investigaciones encaminadas a descubrir a los culpables. Un par de expertos habían salido, sin mucha convicción, en defensa de Clay señalando que en ocasiones podían tardarse meses o años en inducir a una víctima de abusos deshonestos a revelar en toda su magnitud lo que había padecido. Incluso la policía se cuidó mucho de atribuir la culpa a Clay, pero, leyendo entre líneas, saltaba a la vista que, a pesar de todo, éste se sentía culpable en cierta medida. Estaba cociéndose tal escándalo que resultaba más que dudoso que Clay, al margen de cuál fuese el resultado de las investigaciones, pudiese continuar ejerciendo. Un artículo lo describía con términos como hombre de «rostro ceniciento», «ojos hundidos», «demacrado» y «al borde del llanto». Junto al texto aparecía una fotografía suya, tomada frente a su casa. Se lo veía flaco y encorvado, como una cigüeña herida.

El inspector citado en los artículos de prensa era Bobby O'Rourke. Seguía en el Departamento de Policía de Portland, aunque actualmente asignado a Asuntos Internos. Cuando lo telefoneé estaba en su escritorio a punto de dar por concluida la jornada, y accedió a tomar una cerveza conmigo en Geary's una hora más tarde. Aparqué en Commercial y lo encontré sentado en un rincón del establecimiento, hojeando unas fotocopias y comiendo una hamburguesa. Ya nos habíamos visto un par de veces, y yo lo había ayudado años atrás a llenar las lagunas de un caso relacionado con un poli de Portland llamado Barron que había muerto en «circunstancias misteriosas», como se describieron eufemísticamente los hechos. Yo no envidiaba a O'Rourke su puesto. Si estaba en Asuntos Internos era porque hacía bien su trabajo. Por desgracia, dada la naturaleza de su cometido, algunos de sus compañeros habrían preferido que lo hiciese peor.

Se limpió con una servilleta y nos dimos la mano.

–¿Vas a comer? –preguntó.

–No. He quedado para cenar dentro de un par de horas.

–¿En algún sitio interesante?

–En casa de Joel Harmon.

–Me dejas impresionado. Pronto te veremos en los ecos de sociedad.

Hablamos brevemente sobre el informe anual de Asuntos Internos, a punto de publicarse. Era lo de siempre: en esencia acusaciones de abuso de autoridad y denuncias por utilizar los vehículos de la policía. Las pautas eran siempre las mismas. El denunciante acostumbraba ser un varón joven, y los incidentes de abuso de autoridad se daban sobre todo al disolver reyertas. Los policías sólo habían empleado las manos para reducir a los contendientes, y los implicados eran en su gran mayoría blancos y menores de treinta años, así que no podía decirse que los agentes sacudieran a ancianos o a los Globetrotters de Harlem. Nadie había sido suspendido de empleo y sueldo durante más de dos días como resultado de las denuncias. Así las cosas, en conjunto no había sido un mal año para Asuntos Internos. Entretanto, el Departamento de Policía de Portland tenía un nuevo jefe. El anterior lo había dejado ese mismo año, y el consejo municipal había estudiado las peticiones de dos candidatos: uno blanco y natural de la ciudad; otro negro y de origen sureño. Si el consejo hubiese optado por el candidato negro, habría aumentado en un ciento por ciento el número de policías negros en Portland; sin embargo, se inclinaron por la experiencia local. No fue una mala decisión, pero los líderes de ciertas minorías seguían molestos. Mientras tanto, se rumoreaba que el antiguo jefe se planteaba presentarse a las elecciones para gobernador.

O'Rourke se acabó la hamburguesa y tomó un sorbo de cerveza. Era un hombre delgado y en forma, y no daba la impresión de que las hamburguesas y la cerveza fueran su principal aporte de calorías.

–Así que Daniel Clay –dijo.

–¿Te acuerdas de él?

–Recuerdo el caso, y lo que no recordaba lo he consultado antes de venir. Sólo vi a Clay dos veces antes de su desaparición, de modo que no tengo mucho que decirte.

–¿Qué impresión te causó?

–Lo vi sinceramente afectado por lo sucedido. Parecía en estado de shock. Siempre hablaba de ellos como sus «niños». Empezamos a investigar junto con la policía del estado, los *sheriffs,* la policía municipal, los servicios sociales. El resto es probable que ya lo sepas: surgieron coincidencias con otros casos que sucedieron por la misma época, y varios de ellos se relacionaron con Clay.

–¿Crees que fue casualidad que Clay hubiera trabajado con los niños?

–No hay nada que indique lo contrario. Algunos de esos niños eran especialmente vulnerables. Ya habían sido víctimas de abusos deshonestos antes, y en su mayoría estaban en las etapas iniciales de la terapia. Ni siquiera habían llegado a hablar de la primera serie de abusos cuando ya se había iniciado la siguiente.

–¿Os llegasteis a plantear la detención de alguien?

–No. Apareció una chica de trece años vagando por los campos a las afueras de Skowhegan a las tres de la madrugada. Descalza, con la ropa rota, sangrando, sin ropa interior. Estaba histérica, balbuceaba cosas sobre hombres y pájaros. Desorientada, no parecía saber dónde la habían retenido ni de dónde venía, pero recordaba claramente los detalles: tres hombres, enmascarados, turnándosela en lo que parecía una habitación sin muebles de una casa. Le extrajimos muestras de ADN, pero eran poco fiables. Sólo un par resultaron útiles, y no encontramos ninguna coincidencia en la base de datos. Hará aproximadamente un año volvimos a intentarlo cuando revisamos los casos aparcados, pero tampoco salió nada. Mal asunto. Deberíamos haber llegado más lejos, pero no se me ocurre cómo.

–¿Y los niños?

–No les he seguido el rastro. Algunos han vuelto a aparecer en el radar. Eran niños echados a perder y se convirtieron en adultos echados a perder. Al ver sus nombres, siempre he sentido lástima por ellos. ¿Qué oportunidades iban a quedarles después de lo que padecieron?

–¿Y Clay?

–Se esfumó literalmente. Nos llamó su hija, nos dijo que estaba preocupada por él, que llevaba dos días sin presentarse en casa. Encontraron su coche en las afueras de Jackman, cerca de la frontera con Canadá. Pensamos que quizá se había escapado de su jurisdicción, pero no tenía ninguna razón para hacerlo, aparte de la vergüenza. No se le ha vuelto a ver.

Me recosté en la silla. Por lo que a información se refería, me había quedado igual que al principio. O'Rourke advirtió mi insatisfacción.

–Lo siento –se disculpó–. Supongo que esperabas una revelación.

–Sí, un rayo de luz cegadora.

–¿Y a qué se debe tu interés?

–Me ha contratado la hija de Clay. Alguien ha estado haciendo preguntas sobre su padre. La ha puesto nerviosa. ¿Sabes algo de un tal Frank Merrick?

Premio. El rostro de O'Rourke se iluminó como la noche del Cuatro de Julio.

–Frank Merrick –repitió–. Por supuesto. Lo sé todo sobre Frank. Frank «el Fatídico», lo llamaban. ¿Es él quien anda asustando a la hija de Clay?

Asentí con la cabeza.

–Tiene su lógica, en cierto modo –comentó O'Rourke.

Le pregunté por qué.

–Porque la hija de Merrick también fue paciente de Daniel Clay, sólo que ella siguió el mismo camino que él. Se llamaba Lucy Merrick, aunque él nunca se casó con su madre.

—¿La hija desapareció?

—Denunciaron el hecho dos días después de marcharse Clay, pero por lo visto llevaba más tiempo desaparecida. Sus padres adoptivos eran unos cafres. Dijeron a los asistentes sociales que siempre andaba escapándose de casa, y sencillamente se habían cansado de perseguirla. Por lo que recordaban, la habían visto por última vez hacía cuatro o cinco días. Tenía catorce años. Sin duda la chica se las traía, pero, aun así, no era más que una criatura. Se habló de presentar cargos contra los padres adoptivos, pero la cosa no prosperó.

—¿Y dónde estaba Merrick cuando pasó todo eso?

—En la cárcel. Te diré una cosa: Frank Merrick es un tipo interesante. —Se aflojó el nudo de la corbata—. Pídeme otra cerveza. Y te aconsejo que tú también te pidas algo. Es una de esas historias que...

Frank Merrick era un asesino.

La palabra se había desvirtuado tanto por exceso de uso que cualquier chico malo con una navaja al que en una reyerta de bar se le iba la mano y destripaba a un compañero de copas por una chica que llevaba un vestido demasiado ceñido, o cualquier parado sin futuro que atracaba una licorería y le pegaba un tiro al dependiente que ganaba siete pavos la hora, ya fuera por pánico o por aburrimiento o simplemente porque llevaba una pistola y le parecía una lástima no comprobar lo que era capaz de hacer, cualquiera de ellos recibía el título de «asesino». En los periódicos se utilizaba la palabra para aumentar las ventas, en los juzgados para aumentar las condenas, en las prisiones para granjearse una reputación y disponer de un poco de espacio libre de agresiones y amenazas. Pero no significaba nada; en realidad, no. Matar a alguien no lo convertía a uno en asesino, no en el mundo donde se movía Frank Merrick. En el mundo de éste no era algo que se hiciese una sola vez, ya fuera por accidente o de manera intencionada; ni siquiera era una forma de vida elegida, como el nihilismo o el vegetarianismo. Era un comportamiento que residía en las células y esperaba el momento de despertar, de revelarse. En ese sentido, era posible ser un asesino incluso antes de haber arrebatado la primera vida. Formaba parte de la naturaleza de uno y salía a la luz a su debido tiempo. Sólo necesitaba un catalizador.

Frank Merrick había llevado en apariencia una vida corriente durante veinticinco años, poco más o menos. Se había criado en una zona peligrosa de Charlotte, en Carolina del Norte, y de niño anduvo con malas compañías, pero se enderezó. Estudió para mecánico, y ninguna nube se cernió sobre él ni sombra alguna siguió sus pasos, aunque se decía que permaneció en contacto con elementos de su pasado y que era un hombre en quien podía confiarse a la hora de conseguir un coche o deshacerse de él en poco tiempo. Sólo más tarde, cuando empezó a aflorar su verdadera identidad, su identidad secreta, la gente se acordó de hombres que se habían cruzado con Frank Merrick y que desaparecieron entre las grietas de la acera sin que nadie volviera a verlos ni a tener noticia de ellos. Corrieron rumores de llamadas telefónicas, de viajes a Florida y Atlanta y Nueva Orleans, de armas usadas una sola vez y luego desmontadas y arrojadas a canales y pantanos.

Pero eran sólo rumores, y la gente siempre habla...

Se casó con una chica corriente, y habría seguido casado con ella de no ser por el accidente que alteró de manera radical la vida de Frank Merrick, o quizá simplemente le permitió despojarse de la apariencia de hombre callado e introvertido, hábil con las manos y buen conocedor de la mecánica de un coche, para convertirse en algo mucho más extraño y aterrador.

Una noche, cuando cruzaba una calle en las afueras de Charlotte, donde vivía, Frank Merrick fue atropellado por una moto. Llevaba una tarrina de helado que había comprado para su mujer. Tenía que haber esperado a que cambiara el semáforo, pero le preocupaba que el helado se derritiese antes de llegar a casa. El motorista, que no llevaba casco, había bebido pero no estaba borracho. También había fumado algún porro, pero no estaba colocado. El propio Peter Cash pensó esas dos cosas al montar en la moto después de despedirse de sus amigos y dejarlos viendo un vídeo porno.

Para Cash fue como si Frank Merrick hubiera salido de la nada, cobrando forma de pronto en la calle vacía, materializándose a partir de los átomos de la noche. La moto embistió a Merrick de pleno, rompió huesos y desgarró carne; y con el impacto, el motorista salió catapultado y fue a caer sobre el capó de un coche aparcado. Cash tuvo la suerte de salir del paso con sólo una fractura de pelvis, y si hubiese ido a estrellarse contra el parabrisas del coche con la cabeza desprotegida, y no con el trasero, casi con toda seguridad habría muerto en el acto. En lugar de eso conservó el conocimiento el tiempo suficiente para ver el cuerpo desmadejado de Merrick sacudirse en la calzada como un pez fuera del agua.

Merrick fue dado de alta dos meses después, cuando sus huesos rotos se recuperaron lo suficiente y se consideró que sus órganos internos ya no estaban en peligro inminente de sufrir un fallo o colapso. Apenas habló con su mujer y aún menos con sus amigos, hasta que por fin esos amigos dejaron de importunarle con su presencia. Dormía poco, y rara vez se aventuraba a acostarse en el lecho conyugal, pero cuando lo hacía, se abalanzaba sobre su mujer con tal ferocidad que ella empezó a temer sus acercamientos y el dolor que los acompañaba. Al final, ella huyó de la casa y, pasados uno o dos años, solicitó el divorcio. Merrick firmó todos los papeles sin el menor comentario ni queja, satisfecho al parecer de dejar atrás todos los aspectos de su vida anterior, mientras algo anidaba dentro de él y se metamorfoseaba. Más tarde su mujer cambió de nombre y volvió a casarse en California, y nunca le contó a su nuevo marido la verdad sobre el hombre con quien en otro tiempo había compartido la vida.

¿Y Merrick? Pues se creía que Cash fue la primera víctima del hombre transformado, aunque nunca se encontró prueba alguna que lo vinculase con el crimen. Cash murió apuñalado en su cama, pero Merrick tenía coartada, respaldada por cuatro hombres de Filadelfia que, según se dijo, obtuvieron ciertos servicios de Merrick a cambio. En los años posteriores recibió varios encargos de distintos grupos, sobre todo en la Costa Este, y poco a poco se convirtió en el hombre a quien acudir cuando alguien necesitaba una última y fatídica lección, y cuando la necesidad de negar cualquier participación en el hecho exigía que el trabajo se encargase fuera. La cantidad de cadáveres caídos a manos de él empezó a crecer. Por fin desarrolló su innata aptitud para el asesinato, y para él fue un cambio provechoso.

Mientras tanto, colmó otros apetitos. Le gustaban las mujeres, y una de ellas, una camarera de Pittsfield, Maine, quedó en estado después de una noche en compañía de él. Tenía cerca de cuarenta años y estaba desesperada por encontrar a un hombre, o tener un hijo propio. No contempló siquiera la posibilidad de abortar, pero no tenía forma de ponerse en contacto con el hombre que la había dejado embarazada, y al final dio a luz a una niña aparentemente normal. Frank Merrick volvió después a Maine y buscó a la camarera, y ella temió su reacción cuando le diera la noticia de que era padre, pero él tomó a la niña en brazos y preguntó su nombre («Lucy, como mi madre», le dijo ella), y él, sonriendo, contestó que Lucy era un nombre bonito, y dejó dinero en la cuna de la niña. A partir de entonces llegaba dinero con regularidad, a veces entregado en persona por Merrick, otras veces en forma de giro. La madre de la niña se dio cuenta de que en aquel hombre había algo peligroso, algo que debía quedar inexplorado, y siempre le sorprendió ver la devoción que demostraba hacia la pequeña, pese a que nunca se quedó mucho tiempo con ella. Al hacerse mayor, la niña empezó a tener pesadillas, sólo eso. Pero los sueños de la pequeña empezaron a filtrarse en su vigilia. Se convirtió en una niña difícil, incluso trastornada. Se hacía daño a sí misma e intentaba hacer daño a los demás. Cuando su madre murió –una embolia pulmonar fulminante se la llevó mientras nadaba en el mar, de modo que su cuerpo fue arrastrado mar adentro por la marea y hallado días después en la playa, abotargado y medio devorado por los carroñeros–, Lucy Merrick quedó en manos de la asistencia social. Al cabo de un tiempo la enviaron a Daniel Clay para que la ayudara a refrenar su agresividad y su tendencia a autolesionarse, y ella pareció hacer progresos con él, hasta que ambos desaparecieron.

Por entonces, su padre llevaba cuatro años en la cárcel. Se le acabó la suerte al caerle cinco por conducta temeraria con un arma peligrosa, otros cinco por amenazas con el uso de un arma peligrosa y diez por agresión con agravantes, que debían cumplirse simultáneamente. Todo sucedió cuando una de sus víctimas potenciales escapó repeliéndolo a tiros en su propia casa y Merrick lo acorraló con una navaja; al final la víctima fue atropellada por un coche patrulla mientras huía. Merrick se libró de otra pena de entre cuarenta años y cadena perpetua sólo porque la fiscalía no consiguió demostrar la premeditación del hecho, y porque no tenía antecedentes de delitos con intenciones homicidas. Fue en esa etapa cuando desapareció su hija. No cumplió toda la condena entre la población reclusa corriente. Gran parte, según O'Rourke, la pasó en Supermax, una cárcel de máxima seguridad, y eso no fue coser y cantar.

Tras su puesta en libertad lo enviaron a Virginia para ser juzgado por el asesinato de un contable llamado Barton Riddick, que en 1993 recibió un disparo en la cabeza con una 44 milímetros. A Merrick se le acusó sin más indicio que el análisis balístico, realizado por el FBI, del plomo de unas balas halladas en su coche después de su detención en Maine. No existía la menor prueba de que hubiese estado en el lugar del asesinato en Virginia, ni nada que lo relacionase físicamente con Riddick, pero la composición química del proyectil que había traspasado a la víctima, llevándose consigo una porción de cráneo y masa encefálica, coincidía con la de las balas de la caja de munición descubierta en el maletero de Merrick. Éste se enfrentaba a la posibilidad de pasar el resto de su vida en la cárcel, quizás incluso a la pena de muerte, pero su caso fue uno de los varios elegidos por ciertos bufetes que consideraban que los analistas del FBI habían atribuido en diversas ocasiones un valor excesivo a los resultados de los análisis balísticos del plomo. La acusación contra Merrick se debilitó aún más cuando el arma utilizada en el asesinato se usó también posteriormente para matar a un abogado en Baton Rouge. Muy a su pesar, el fiscal de Virginia decidió no mantener los cargos contra Merrick, y para entonces el FBI ya había anunciado que abandonaba el análisis balístico del plomo. Salió de la cárcel en octubre, y ahora era, a todos los efectos, un hombre libre, ya que había cumplido toda su condena en el estado de Maine, y lo habían puesto en libertad sin condiciones partiendo del supuesto de que los cargos por el asesinato de Riddick bastaban para garantizar que nunca más volvería a pisar la calle como hombre libre.

–Y ahora lo tenemos aquí otra vez –concluyó O'Rourke.

–Preguntando por el médico que trató a su hija –añadí.

–Parece un hombre rencoroso. ¿Qué vas a hacer?

Saqué la cartera y dejé unos billetes en la mesa para pagar la cuenta.

–Voy a hacer que lo detengan –contesté.

–¿Presentará cargos esa Clay?

–Hablaré con ella. Aunque no lo haga, es posible que la amenaza de prisión baste para quitarle de encima a Merrick. No deseará volver a la cárcel. ¿Quién sabe? Incluso puede que la policía encuentre algo en su coche.

–¿La ha amenazado de algún modo?

–Sólo de palabra, y muy vagamente. Aunque rompió una ventana de la casa de Rebecca, por lo tanto es capaz de más.

–¿Alguna señal de que fuera armado?

–Ninguna.

–Frank es la clase de hombre que se sentiría un poco desnudo sin un arma.

–Cuando nos vimos, me dijo que iba desarmado.

–¿Le creíste?

–Pienso que es demasiado inteligente para ir armado. Como ex presidiario, no pueden sorprenderlo con armas en su poder, y ya está atrayendo atención más que suficiente. Si vuelven a encerrarlo, no podrá averiguar qué le pasó a su hija.

–En fin, es posible, pero no pondría las manos en el fuego. ¿Esa Clay aún vive en la ciudad? –preguntó O'Rourke.

–En South Portland.

–Si quieres, puedo hacer unas llamadas.

–Todo ayudará. No estaría mal tener lista una orden provisional cuando se detenga a Merrick.

O'Rourke dijo que eso seguramente no sería problema. Casi me había olvidado de Jim Poole. Le pregunté por él.

–Recuerdo algo de eso. Era un aficionado. Un detective que había estudiado por correspondencia. Le gustaba la hierba, creo. La policía de Boston pensó que quizá su muerte guardase alguna relación con las drogas, y supongo que para los de aquí fue cómodo suscribir esa teoría.

–Cuando desapareció, trabajaba para Rebecca Clay –dije.

–No lo sabía. Ese caso no lo llevé yo. Por lo que parece, esa mujer trae mala suerte. A su lado la gente desaparece con más facilidad que en el circo mágico.

–Dudo que la gente con suerte atraiga el interés de hombres como Frank Merrick.

–Si lo atraen, la suerte no les dura mucho. Me gustaría estar presente cuando lo encierren. He oído hablar mucho de él, pero nunca lo he tenido cara a cara.

Su jarra de cerveza había dejado un cerco de humedad en la mesa. Trazó formas en él con el dedo índice.

–¿En qué piensas? –pregunté.

–Pienso que es una lástima que tengas una clienta que se cree en peligro.

–¿Por qué?

–No me gustan las coincidencias. Algunos de los pacientes de Clay sufrieron abusos deshonestos. La hija de Merrick fue una de sus pacientes.

–¿Se desprende de ahí que la hija de Merrick sufrió abusos deshonestos? Es posible, pero no tiene por qué ser así necesariamente.

–Y de pronto Clay desaparece y la niña también –continuó diciendo O'Rourke.

–Y no se encuentra a los culpables.

Se encogió de hombros.

–Sólo quiero decir que el hecho de que un hombre como Merrick ande haciendo preguntas sobre viejos delitos podría preocupar a determinadas personas.

–Como, por ejemplo, a los autores de esos viejos delitos.

–Exacto. Tal vez fuese útil. Nunca se sabe quién podría darse por ofendido y, de paso, delatarse.

–El problema es que Merrick no es como un perro sujeto con una correa. Es imposible controlarlo. Así las cosas, tengo a tres hombres vigilando a mi clienta. Para mí, su seguridad es prioritaria.

O'Rourke se puso en pie.

–Bueno, habla con ella. Explícale lo que te propones. Luego solicitemos la detención de Merrick y veamos qué ocurre.

Volvimos a estrecharnos la mano y le di las gracias por su ayuda.

–No te dejes llevar –recomendó–. Yo estoy en esto por los niños. Ah, y perdona que sea así de claro, pero si el barco se va a pique, y me entero de que has sido tú quien ha abierto la vía de agua, te detendré yo mismo.

Era la hora de ir a casa de Joel Harmon. Por el camino llamé a Rebecca y le conté la mayor parte de lo que O'Rourke me había dicho sobre Merrick, así como mis planes para el día siguiente. Si bien parecía haberse calmado un poco desde nuestra última conversación, seguía resuelta a dar por concluido nuestro trato lo antes posible.

–Quedaré en reunirme con él y haré que lo detenga la policía –expliqué–. Según la ley de protección contra el acoso de este estado, si una persona intimida o se enfrenta a otra tres o más veces, la policía debe intervenir. Supongo que el incidente de la ventana puede considerarse un acto intimidatorio, y además lo sorprendí vigilándola aquel día en Longfellow Square, así que también podemos acusarlo de acecho. Cualquiera de los dos delitos nos bastaría para solicitar el amparo de la ley.

–¿Significa eso que tendré que ir a juicio? –preguntó.

–Debe presentar la denuncia de acoso mañana a primera hora. En cualquier caso, la denuncia es un paso previo para la posterior demanda judicial. A continuación, después de presentar la demanda, podemos acudir al tribunal del distrito y pedir una orden provisional de protección con carácter de urgencia. A este respecto ya he hablado con alguien, y mañana por la tarde deberían tenérselo todo preparado. –Le di el nombre y el número de O'Rourke–. Se fijará fecha y hora para la vista, y habrá que entregar a Merrick las citaciones y la demanda. Puedo ocuparme yo, o si lo prefiere, podemos dejarlo en manos de la oficina del *sheriff*. Si Merrick volviera a abordarla una vez entregada la orden, cometería un delito de clase D, que conllevaría una pena de hasta un año de prisión y una multa máxima de mil dólares. Con tres condenas a las espaldas, podrían caerle cinco años.

–Aun así, no me quedo del todo tranquila –dijo ella–. ¿No podrían encerrarlo de inmediato?

–Es un equilibrio delicado –contesté–. Se ha pasado de la raya, pero no tanto como para justificar una condena a prisión. La cuestión es que, si no me equivoco, el último de sus deseos es arriesgarse a volver a la cárcel. Es un hombre peligroso, pero ha tenido varios años para pensar en su hija. Le falló a ella, pero quiere culpar a otro, y al parecer ha decidido empezar por su padre, porque ha oído rumores y se pregunta si algo así podría haberle ocurrido a su hija mientras estaba en tratamiento con él.

–Y como mi padre no está, ha acudido a mí. –Suspiró–. De acuerdo. ¿Tendré que estar presente cuando lo detengan?

–No. Pero es posible que la policía quiera hablar con usted después. Por si acaso, Jackie andará cerca.

–¿Por si acaso las cosas no salen como usted ha planeado?

–Por si acaso –repetí, sin comprometerme a nada. Tenía la sensación de que la había dejado en la estacada, pero no se me ocurría qué más podría haber hecho. Con la ayuda de Jackie Garner y los Fulci podría haber molido a palos a Merrick, pero eso habría sido rebajarnos a su nivel. Y ahora, después de mi conversación con O'Rourke, tenía una razón más para no usar la fuerza contra Merrick.

Extrañamente, lo compadecía.

11

Esa noche se hicieron llamadas. Tal vez fuera eso lo que deseaba Merrick desde el principio. Por eso había dejado notar tanto su presencia en casa de Rebecca Clay, por eso había dejado su sangre en la ventana, y por eso me había puesto a mí sobre el rastro de Jerry Legere. Asimismo, se habían producido otros incidentes que yo todavía ignoraba. La noche anterior alguien había colgado cuatro cuervos muertos, atados juntos, frente a la oficina del antiguo abogado de Rebecca, Elwin Stark. En algún momento de esa misma noche habían allanado el Centro Midlake. No habían robado nada, pero alguien debía de haberse pasado horas revisando todos los expedientes allí guardados, y se tardaría mucho tiempo en averiguar qué documentos se habían llevado, si es que se habían llevado alguno. Cuando el antiguo médico de Clay, el doctor Caussure, iba camino de un torneo de bridge, lo había abordado un individuo que coincidía con la descripción de Merrick. El hombre, tras cortarle el paso al coche de Caussure, había bajado la ventanilla de su Ford rojo y había preguntado al médico si le gustaban los pájaros y si estaba enterado de que su difunto paciente y amigo el doctor Daniel Clay tenía trato con pederastas y desviados.

A Merrick le traía sin cuidado si esa gente estaba implicada o no. Su propósito era crear un clima de miedo e incertidumbre. Quería entrar y salir de las vidas, propagar rumores y medias verdades, consciente de que, en una ciudad pequeña como Portland, correría la voz y los hombres a quienes buscaba pronto zumbarían como abejas en torno a su colmena ante el peligro de una amenaza inminente. Merrick pensaba que lo tenía todo bajo control o que podía hacer frente a cualquier situación que surgiera, pero se equivocaba. Lo estaban manipulando, igual que a mí, y en realidad nadie tenía las cosas bajo control, ni siquiera el misterioso cliente de Eldritch.

Pronto empezaría a morir gente.

Joel Harmon vivía en una gran casa de Bayshore Drive, en Falmouth, con embarcadero privado y un yate blanco atracado muy cerca de allí. Antiguamente, Portland se llamó Falmouth, desde finales del siglo XVII, cuando el barón De Saint Castin, vascofrancés, capitaneó a los nativos en una serie de ataques contra los asentamientos ingleses que acabaron con la quema de la ciudad, hasta finales del siglo XVIII, cuando la población adquirió rango de urbe. Ahora la zona que antes se llamaba Falmouth es uno de los barrios residenciales más acomodados de Portland y el centro de la actividad náutica. El club de vela de Portland, uno de los más antiguos del país, se encuentra en Falmouth Foreside, al abrigo de la isla de Clapboard, una franja de tierra larga y estrecha dividida en dos fincas privadas, vestigios del siglo XIX, cuando el magnate de los ferrocarriles Henry Houston construyó en la isla una cabaña de veraneo de mil metros cuadrados, su particular aportación a la pérdida de significado de la palabra «cabaña» en esta parte del mundo.

La casa de Harmon se alzaba en lo alto de un promontorio. Una pendiente cubierta de césped descendía hasta la orilla del mar, con tapias a ambos lados para preservar la intimidad y muchos rosales en arriates cuidadosamente ordenados y resguardados. June me había contado que Harmon, fascinado por la hibridación, se dedicaba de manera obsesiva al cultivo de las rosas, y que la tierra de su jardín se supervisaba y reajustaba sin cesar para facilitarle la labor. Se decía que las rosas de sus arriates no existían en ninguna otra parte, y Harmon, a diferencia de otros entusiastas de la jardinería, no veía razón alguna para compartir sus descubrimientos. Las rosas eran para su exclusivo disfrute, y de nadie más.

Hacía una noche anormalmente cálida, una trampa de la estación para inducir al incauto a una falsa sensación de seguridad, y mientras June y yo estábamos en el jardín con los demás invitados, tomando el aperitivo, observé con atención la casa de Harmon, su yate, sus rosas y a su mujer, que nos había recibido al llegar, ya que su marido estaba ocupado en otra parte de la casa. Tenía ya sesenta años cumplidos, poco más o menos la misma edad que Harmon, y en su cabello cano se veían mechas rubias teñidas con esmero. De cerca, su piel parecía plástico moldeado. Por lo visto le costaba desplegarla para formar algo parecido a una expresión, pese a que su cirujano, previendo el problema, le había labrado una media sonrisa permanente en la boca, de modo que uno podía estar hablándole del ahogamiento de las crías de gatos y perros y ella escucharlo todo con semblante vagamente risueño. Se advertían en su rostro vestigios de la belleza que acaso poseyó en otro tiempo, pero degradados por su sombría determinación de aferrarse a ella. Tenía los ojos apagados y vidriosos, y tan escasas dotes para la conversación que a su lado cualquier niño que pasara por allí habría parecido Oscar Wilde.

En contraste, su marido era el perfecto anfitrión, vestido con ropa informal pero cara: una chaqueta blazer de lana azul y pantalón gris, con un fular rojo para añadir al conjunto un toque de excentricidad cultivada a conciencia. Mientras estrechaba manos e intercambiaba chismes, lo eclipsaba una hermosa muchacha de origen asiático, joven y esbelta, con la clase de figura ante la que las mandíbulas de los hombres se desencajan espontáneamente. Aunque, según la versión oficial, era su secretaria particular, June sostenía que era el último lío de Harmon. Éste tenía el hábito de ligarse a jovencitas, a las que deslumbraba con su fortuna y dejaba luego tiradas tan pronto como una nueva candidata asomaba en el horizonte.

–No parece que su mujer ponga demasiados reparos a su presencia –comenté–. Aunque, la verdad, da la impresión de que lo único que sabe es cuándo le toca la próxima dosis de medicación.

La señora Harmon paseaba a intervalos regulares una mirada vacía por los invitados sin posarla en ninguno de ellos, simplemente los bañaba con la luz mortecina de sus ojos, como el haz de un faro al iluminar a los barcos en su recorrido. Ni siquiera cuando nos recibió en la puerta tendiéndonos la mano, que al contacto parecía el cuerpo frío y disecado de un ave muerta hacía mucho tiempo, nos miró apenas a los ojos.

–Me da pena –dijo June–. Lawrie siempre fue la clase de mujer destinada a casarse con un hombre poderoso y darle hijos, pero no tenía vida interior, o si la tenía, pasaba inadvertida. Ahora sus hijos se han hecho mayores y llena el tiempo como puede. De joven era guapísima, pero ahí se acababan sus méritos. Lo único que hace es asistir, como un pasmarote, a las reuniones del consejo de dirección de varias organizaciones benéficas y gastar el dinero de su marido, y él no se opone, a condición de que ella no se entrometa en su vida.

Me pareció adivinar de qué pie calzaba Harmon: un hombre caprichoso, con dinero suficiente para entregarse a sus apetitos y saciarlos, mientras sus necesidades iban a más a cada bocado que daba. Procedía de una familia bien relacionada en el ámbito político y su padre había sido asesor del Partido Demócrata, aunque, debido al fracaso de varios de sus negocios, emanaba un tufo a escándalo que le había impedido acercarse al plato donde comían los perros grandes. El propio Harmon había desarrollado una gran actividad política durante una época colaborando de joven, allá por 1971, en la campaña de Ed Muskie; gracias a los esfuerzos de su padre llegó a viajar con Muskie cuando éste visitó Moscú, hasta que quedó claro que Muskie no sólo no iba a salir nominado, sino que probablemente convenía que McGovern le ganara la partida en las primarias. Muskie perdía los estribos con facilidad. Despotricaba contra los periodistas y sus colaboradores, y lo hacía en público. Si hubiese salido nominado, esa faceta suya no habría tardado en darse a conocer a los votantes. Así que Joel Harmon y su familia abandonaron a Muskie de forma rápida y discreta, y él dejó de lado cualquier forma de idealismo político que pudiera haber albergado para concentrarse en la apremiante tarea de amasar fortuna y compensar los fracasos de su padre en los negocios.

Pero, según June, Harmon era un hombre mucho más complejo de lo que aparentaba: hacía generosas donaciones para obras benéficas, no sólo públicamente, sino también en privado. Sus opiniones acerca de la asistencia y el bienestar sociales lo convertían casi en un socialista para lo que corría por Estados Unidos, y a ese respecto seguía siendo una voz poderosa aunque discreta, y gozaba del crédito de sucesivos gobernadores y representantes del estado. Era un apasionado defensor de la ciudad y el estado donde vivía, y se decía que sus hijos estaban un tanto consternados por la facilidad con que dilapidaba lo que consideraban su herencia, ya que tenían la conciencia social mucho menos desarrollada que su padre.

Como quería mantener la mente despejada, tomé zumo de naranja mientras los otros invitados bebían champán. Reconocí a uno o dos de los presentes. Había un escritor, un tal Jon Lee Jacobs, que publicaba novelas y poemas sobre pescadores de langostas y la llamada del mar. Tenía una gran barba roja y vestía como los hombres de sus libros, sólo que procedía de una familia de contables natural de Massachusetts y, según rumores, se mareaba en cuanto pisaba un charco. La otra cara conocida era el doctor Byron Russell, un joven psiquiatra que salía en la Radio Pública de Maine y en las cadenas de televisión locales cada vez que se necesitaba un busto parlante para abordar temas relacionados con la salud mental. En honor de Russell había que admitir que, cuando participaba, tendía a actuar como la voz de la razón, a menudo a costa de alguna mujer de hablar meloso que tenía un falso título de psicología, emitido por una universidad con sede en una caravana, y que creía en la clase de tópicos sensibleros ante los que la depresión y el suicidio parecían opciones más atractivas que escucharla a ella. Curiosamente, también estaba allí Elwin Stark, el abogado que se había mostrado tan reacio a hablar conmigo esa misma semana. De buena gana le habría mencionado a Eldritch, que me había dedicado mucho más rato, aunque sin decirme en realidad gran cosa más de lo que había averiguado en una milésima parte del tiempo que conversé con Stark. Pero a Stark, al principio, la perspectiva de tener que tratar conmigo en persona no le puso de mejor humor que cuando hablamos por teléfono. No obstante, al final consiguió mostrarse cortés durante un par de minutos. Incluso se disculpó, en cierto modo, por su anterior brusquedad. Pese a que tenía una copa de champán en la mano, el aliento le olía a whisky. Era obvio que había empezado a beber antes que los demás invitados.

–Me llamó usted en muy mal día –dijo–. No fue el momento más oportuno.

–Por lo general, no tengo el don de la oportunidad –contesté–. Y es un don de vital importancia.

–Veo que lo ha entendido. ¿Sigue husmeando en lo de Clay?

Respondí que sí. Hizo una mueca, como si alguien acabara de ofrecerle un trozo de pescado pasado. Fue entonces cuando me contó lo de los cuervos.

–Mi secretaria se llevó un susto de muerte –dijo–. Pensó que era obra de una secta satánica.

–¿Y usted?

–En fin, fue un suceso atípico, eso debo admitirlo. Hasta ese momento mi peor experiencia había sido un golpe que me dieron en el parabrisas del Lexus con un palo de golf.

–¿Tiene idea de quién lo hizo?

–Puedo adivinar quién cree usted que lo hizo: el mismo que ha estado haciéndole pasar algún que otro mal rato a Rebecca Clay. Yo ya supe que usted traería mala suerte en cuanto oí su voz. –Intentó reírse de sus propias palabras, pero era obvio que lo pensaba en serio.

–¿Y por qué lo eligió a usted?

–Porque está desesperado, y mi nombre aparecía por todas partes en la documentación relacionada con el padre de Rebecca. Aunque no quise ocuparme de la validación del testamento. Ya tenía bastante.

–¿Está preocupado?

–No. Yo ya he nadado otras veces entre tiburones y he sobrevivido. Conozco a gente a la que puedo recurrir si es necesario. Rebecca, en cambio, sólo dispone de gente si paga. Debería dejarlo correr, Parker. Removiendo el lodo del fondo del estanque no consigue más que empeorar las cosas.

–¿No le interesa la verdad?

–Soy abogado –contestó–. ¿Qué importa la verdad? A mí lo que me preocupa es proteger los intereses de mis clientes. A veces la verdad es un estorbo.

–Tiene usted un punto de vista muy... pragmático.

–Soy realista. No me dedico a lo penal, pero si tuviera que defenderle a usted de una acusación de asesinato y decidiese declararse inocente, ¿qué esperaría de mí? ¿Que en atención a la verdad le dijera al juez que, bien mirado, lo consideraba a usted culpable? Un poco de seriedad. En derecho no es necesario que algo sea verdad, sino sólo que lo parezca. La mayoría de los casos se reduce a encontrar una versión de la verdad aceptable para ambas partes. ¿Quiere saber cuál es la única verdad? Todo el mundo miente. Ésa es. Ésa es la verdad. Eso va a misa.

–Así pues, ¿está protegiendo los intereses de un cliente en relación con el caso de Daniel Clay?

Blandió un dedo en dirección a mí. No me gustó el gesto, como tampoco me había hecho ninguna gracia que me llamara por el apellido.

–Es usted un caso –repuso–. Daniel fue cliente mío. También lo fue, por poco tiempo, su hija. Ahora Daniel está muerto. Eso ya no tiene vuelta de hoja. Descanse en paz, esté donde esté.

Nos dejó para acercarse a hablar con el escritor Jacobs. June imitó el gesto de Stark con el dedo.

–Tiene razón –dijo–. Eres un caso. ¿Alguna de tus conversaciones acaba bien?

–Sólo contigo –contesté.

–Eso es porque no te escucho.

–Será por eso –admití al mismo tiempo que un camarero tocaba una campanilla para llamarnos a la mesa.

En total éramos doce, incluidos Harmon y su mujer. Completaban el grupo una artista de collages a quien June no conocía y tres banqueros, viejos amigos de Harmon. Éste habló con nosotros por primera vez cuando nos dirigíamos al comedor y se disculpó por haber tardado tanto en atendernos.

–Vaya, June –dijo–. Empezaba a pensar que nunca te vería en una de mis veladas. Temía haberte ofendido de alguna manera.

June rechazó la insinuación con una sonrisa.

–Te conozco demasiado bien para ofenderme por algo que venga de ti, salvo tu ocasional mal gusto –respondió ella.

Se apartó para que Harmon y yo pudiéramos estrecharnos la mano. Era un gesto que él había convertido en arte. Podía haber dado clases sobre la duración adecuada, la fuerza del apretón y la amplitud de la sonrisa que lo acompañaba.

–Señor Parker, he oído hablar mucho de usted. Lleva una vida interesante.

–No es tan productiva como la suya. Tiene usted una casa preciosa y una colección fascinante.

Una extraordinaria diversidad de cuadros decoraba las paredes, y la colocación de cada pieza había sido obviamente fruto de profundas reflexiones, de modo que las pinturas y los dibujos parecían complementarse y hacerse eco unos de otros, incluso discordando allí donde su yuxtaposición podía ejercer un especial impacto en el observador. En la pared a nuestra derecha, un desnudo de una joven en una cama, hermoso aunque un poco siniestro, colgaba frente a un cuadro mucho más antiguo de un anciano a punto de expirar en una cama muy parecida y cuyos postreros momentos eran presenciados por un médico y un grupo de parientes y amigos, algunos afligidos, algunos compasivos y otros simplemente avariciosos. Entre ellos se encontraba una joven cuyo rostro presentaba una asombrosa semejanza con la cara del desnudo colocado enfrente. Camas parecidas, mujeres parecidas, separadas por siglos pero ahora parte de la misma narración debido a la proximidad de las dos imágenes.

Harmon desplegó una radiante sonrisa de gratitud.

–Si le apetece, se la enseñaré encantado después de la cena. Una de las ventajas de tener un gusto un tanto ecléctico, sea cual sea la opinión de June respecto a la dirección que éste toma a veces, es que todo aquel que contempla la colección encuentra algo que lo satisface dentro de su amplio espectro. Me interesará mucho ver qué atrae su atención, señor Parker; realmente me interesará mucho. Y ahora vamos, están a punto de servir la cena.

Tomamos asiento en torno a la mesa. Yo me senté entre la amiga de Harmon, que se llamaba Nyoko, y la artista de collages. La artista, con mechas verdes en el pelo rubio, era esbelta y atractiva de un modo vagamente inquietante. Parecía la clase de chica capaz de cortarse las venas, y quizá no sólo las suyas. Me dijo que se llamaba Summer.

–Summer. ¿Así tal cual, como «verano»?

Frunció el entrecejo. Acababa de sentarme y ya había alguien molesto conmigo.

–Es mi verdadero nombre –aclaró–. El nombre que me pusieron al nacer fue una imposición. Desecharlo en favor de mi auténtica identidad me liberó para consagrarme a mi arte.

–Ajá –asentí. Un bicho raro.

Nyoko estaba un poco más en contacto con la realidad objetiva. Era licenciada en historia del arte y había regresado a Maine recientemente después de trabajar dos años en Australia. Al preguntarle desde cuándo conocía a Harmon se sonrojó un poco, demostrando que era consciente de la imagen que ofrecía.

–Nos conocimos en la inauguración de una exposición hace unos meses. Y ya sé qué está pensando.

–¿Ah, sí?

–Bueno, sé qué pensaría yo si se invirtieran nuestros papeles.

–¿Se refiere a si yo saliera con Joe Harmon? La verdad es que no es mi tipo.

Ahogó una risa.

–Ya sabe a qué me refiero. Es mayor que yo. Está casado, o algo así. Es rico y mi coche probablemente cuesta menos que el coñac que Joel servirá después de la cena. Pero me cae bien: es divertido, tiene buen gusto y ha vivido lo suyo. Me da igual lo que piense la gente.

–¿Incluso su mujer?

–No se anda con rodeos, ¿eh?

–Compréndalo: estoy sentado a su lado, y si la señora Harmon empieza a lanzar cuchillos después de la segunda copa de vino, me gustaría tener la seguridad de que apunta hacia usted, no hacia mí.

–A ella la trae sin cuidado lo que haga Joel. Ni siquiera sé si se da cuenta.

Como si obedeciese a una señal, Lawrie Harmon miró en dirección a nosotros y consiguió ensanchar cinco milímetros más su sonrisa. Su marido, sentado a la cabecera de la mesa, le dio unas palmadas en la mano izquierda con actitud pensativa, tal como habría podido acariciar a un perro. Pero me pareció advertir que la mortecina expresión desaparecía momentáneamente de los ojos de Lawrie y algo traspasaba la bruma, como si la lente de una cámara se fijara en el instante perfecto de luz previo a la exposición. Por primera vez esa noche su mirada se posó en alguien, pero sólo en Nyoko. A continuación, desdibujándose un poco su sonrisa, centró la atención en otra cosa. Nyoko no se había dado cuenta, distraída como estaba por algo que le había dicho Summer, aunque me pregunté si, en caso de haber estado mirando, habría percibido el cambio.

Harmon le hizo una señal con la cabeza a uno de los camareros, dispuestos en círculo alrededor de la mesa como los puntos cardinales, y los platos comenzaron a aparecer ante nosotros con silenciosa eficiencia. Quedaban dos sillas desocupadas en el extremo de la mesa.

–¿Falta alguien, Joel? –preguntó Jacobs. Tenía fama de ser un hombre que, a la menor oportunidad, declamaba interminablemente sobre su condición de visionario, un hombre en contacto con la grandeza del ciudadano de a pie y con la naturaleza. Saltaba a la vista que nos había evaluado a los demás y llegado a la conclusión de que, para él, no éramos rivales, pero le preocupaba que pudiesen aparecer aún unos desconocidos y quitarle protagonismo. Le tembló la barba, como si una criatura que habitara dentro de ella hubiese cambiado de postura. Entonces lo distrajo la llegada de su tarrina de pato y, dejando de lado la curiosidad, empezó a comer.

Harmon dirigió la mirada hacia las sillas, como si las viera por primera vez.

–Nuestros hijos –contestó–. Esperábamos que cenaran con nosotros, pero ya sabéis cómo son los chicos. Hay una fiesta en el club náutico. Por lo que se ve, y sin el menor ánimo de ofender a ninguno de los presentes, han decidido que allí tendrían más oportunidades de hacer travesuras que en una cena con sus padres y sus invitados. Y ahora, por favor, podéis empezar a comer.

Sus palabras llegaron un poco tarde para Jacobs, que tenía ya la tarrina a medias. En honor suyo debe decirse que, incómodo, dejó de comer por un momento y, después de un gesto de indiferencia, volvió al ataque. La comida estuvo bien, aunque en general las tarrinas, sean de lo que sean, no me impresionan. El segundo plato, *navarin* de venado con bayas de enebro, era excelente, eso sí. De postre había *mousse* de chocolate y lima, y para acabar café con *petit fours*. El vino era un Duhart-Milon del 98, que Harmon definió como *costaud,* o con mucho cuerpo, de uno de los viñedos menores de Lafitte. Jacobs asintió con la cabeza sabiamente como si entendiera de qué hablaba Harmon. Tomé un sorbo de mi copa por cortesía. Lo encontré un poco excesivo, en todos los sentidos.

La conversación pasó de la política local al arte e, inevitablemente, a la literatura. Este giro fue fruto en gran medida de la intervención de Jacobs, y a partir de ese momento empezó a desplegar las plumas como un pavo real en espera de que alguien le preguntase por su última obra magna. Por lo visto nadie estaba muy dispuesto a abrir las compuertas, pero al final Harmon preguntó, aparentemente más por obligación que por verdadero interés. A juzgar por el resumen que siguió, Jacobs no se había cansado aún de mitificar al ciudadano de a pie, aun cuando todavía no hubiese conseguido comprenderlo ni apreciarlo.

–Ese hombre es un plasta inaguantable –susurró June mientras recogían los platos y los invitados empezaban a salir por una puerta de dos hojas a un salón provisto de cómodos sofás y sillones.

–Una vez me regalaron uno de sus libros –contesté.

–¿Lo has leído?

–Lo empecé y luego pensé que en mi lecho de muerte querría recuperar el tiempo perdido y ya no me sería posible. Así que, en lugar de leerlo, me las ingenié para perder el libro. Creo que se me cayó al mar.

–Una sabia decisión.

Harmon apareció a mi lado.

–¿Le apetece ahora la visita guiada, señor Parker? June, ¿nos acompañas?

June declinó el ofrecimiento.

–Acabaríamos peleándonos, Joel. Dejaré que el nuevo invitado disfrute de tu colección sin importunarlo con mis prejuicios.

Él respondió con una inclinación de cabeza y se volvió otra vez hacia mí.

–¿Puedo ofrecerle otra copa, señor Parker?

Levanté mi copa a medio acabar.

–Estoy servido, gracias.

–En ese caso, empecemos.

De habitación en habitación, Harmon fue señalándome las piezas de las que se sentía más orgulloso. No reconocí muchos de los nombres, pero probablemente se debía más a mi ignorancia que a otra cosa. En todo caso, no podía decir que la mayor parte de la colección de Harmon fuera de mi agrado, y casi oía las expresiones de consternación de June ante algunas de las obras más estrafalarias.

–He oído decir que tiene varios cuadros de Daniel Clay –comenté mientras contemplábamos algo que habría podido ser una puesta de sol o una sutura.

Harmon sonrió.

–Ya me advirtió June de que posiblemente me preguntaría por ellos –contestó–. Tengo dos en un despacho de la parte de atrás. Varios de los otros están guardados. Ésta es una colección rotatoria, podríamos decir. Demasiadas piezas y poco espacio, incluso para una casa de este tamaño.

–¿Lo conoció bien?

–Fuimos a la universidad juntos y mantuvimos el contacto después de licenciarnos. Estuvo aquí como invitado muchas veces. Me caía muy bien. Era un hombre sensible. Lo que ocurrió fue espantoso, tanto para él como para los niños afectados.

Me llevó a una habitación situada al fondo de la casa. Con ventanas altas en saliente y vistas al mar, era una combinación de despacho y pequeña biblioteca, provista de estantes de roble desde el suelo hasta el techo y un enorme escritorio a juego. Harmon me explicó que Nyoko lo usaba los días que trabajaba en la casa. Sólo había dos cuadros en las paredes, uno de alrededor de medio metro por uno y medio, y el otro mucho menor. Éste mostraba el campanario de una iglesia recortándose contra un fondo de pinos que se alejaban hacia el horizonte. Era un paisaje brumoso, de contornos desdibujados, como si toda la escena se filtrase a través de una lente impregnada de vaselina. En la pintura de mayor tamaño se veían cuerpos de hombres y mujeres retorcidos y entrelazados, todo el lienzo representaba una masa de carne sombría y contorsionada. Resultaba asombrosamente desagradable, tanto más por el grado de destreza artística desplegado en su creación.

–Creo que prefiero el paisaje –comenté.

–Como casi todo el mundo. El paisaje es una obra posterior, creado dos décadas después de la otra. Ninguno de los dos tiene título, pero el lienzo más grande es característico de la primera etapa de Daniel.

Volví a centrar mi atención en el paisaje. Percibí algo casi familiar en la forma del campanario.

–¿Existe este lugar? –pregunté.

–Es Galaad –contestó.

–¿Como en los «hijos de Galaad»?

Harmon asintió.

–Otro de los puntos oscuros de la historia de nuestro estado. Por eso lo tengo aquí. Supongo que lo conservo básicamente como homenaje al recuerdo de Daniel y por el hecho de que me lo regaló, pero no lo expondría en las zonas más públicas de la casa.

La comunidad de Galaad, así llamada por una de las ciudades bíblicas convertidas en refugio, había sido fundada en los años cincuenta por un pequeño magnate de la madera llamado Bennet Lumley. Lumley era un hombre temeroso de Dios y le preocupaba el bienestar espiritual de los hombres que trabajaban en los bosques por debajo de la frontera canadiense. Creyó que si lograba fundar un pueblo donde pudieran vivir con sus familias, un pueblo sin las distracciones del alcohol y las prostitutas, los haría ir por el buen camino. Estableció un programa de desarrollo urbanístico, cuyo elemento más destacado era una descomunal iglesia de piedra concebida como eje central del asentamiento, símbolo de la devoción de sus habitantes al Señor. Poco a poco, las casas construidas por Lumley empezaron a llenarse de leñadores y sus familias, algunos de los cuales quizá se sentían sinceramente comprometidos con aquella comunidad basada en principios cristianos.

Por desgracia, no todos pensaban lo mismo. Empezaron a correr rumores sobre Galaad, y sobre algunas de las cosas que ocurrían allí al amparo de la noche, pero eran otros tiempos y la policía poco podía hacer, y menos si consideramos que Lumley obstaculizaba toda investigación, preocupado por salvar las apariencias de su comunidad ideal.

Hasta que en 1959 un cazador que seguía el rastro de unos ciervos por el bosque cercano a Galaad se topó con una tumba de escasa profundidad, parcialmente escarbada por los animales. Se descubrió el cadáver de un recién nacido: un niño, muerto con apenas un día de vida. Como después se supo, lo habían herido repetidas veces con una aguja de punto. Más tarde encontraron cerca de allí otras dos tumbas similares, cada una con un pequeño cadáver, en un caso un niño y en el otro una niña. Esta vez tuvo lugar un gran despliegue policial. Se hicieron preguntas; se llevaron a cabo interrogatorios cordiales y no tan cordiales, pero a esas alturas ya habían huido muchos de los adultos que vivían en el asentamiento. Al someterse a examen médico a tres chicas, una de catorce años y dos de quince, se descubrió que habían dado a luz en los últimos doce meses. Lumley se vio obligado a tomar medidas. Se celebraron reuniones y, en los rincones de los clubes, mantuvieron conversaciones hombres influyentes. Discretamente, y sin el menor revuelo, Galaad fue abandonado y los edificios se demolieron o empezaron a deteriorarse, todos menos la gran iglesia inacabada, que fue colonizada paulatinamente por el bosque, cuyo campanario se convirtió en una columna verde bajo capas de hiedra enmarañada. Sólo se encarceló a una persona en relación con lo ocurrido: un hombre llamado Mason Dubus y a quien se consideraba la figura principal de la comunidad. Cumplió condena por secuestro de niños y abusos deshonestos a una menor cuando una de las chicas que había dado a luz declaró a la policía que Dubus y su mujer la habían tenido prisionera durante siete años después de raptarla cerca de la casa de sus padres en Virginia Occidental mientras recogía moras. La mujer de Dubus se libró de la cárcel aduciendo que había actuado coaccionada por su marido, y su declaración sirvió para asegurar la condena de Dubus. No quiso o no pudo contar a la policía nada más de lo sucedido en Galaad, pero por el testimonio de algunos de los niños, de ambos sexos, era evidente que habían sido sometidos a abusos continuos, tanto antes de la fundación de Galaad como una vez establecida la comunidad. Como Harmon había dicho, fue un episodio oscuro en la historia del estado.

–¿Pintó Clay muchos cuadros como éste? –pregunté.

–Clay no pintó muchos cuadros, y punto –respondió Harmon–, pero de los que yo he visto, unos cuantos contienen imágenes de Galaad.

Galaad se hallaba a las afueras de Jackman, y Jackman era el lugar donde se encontró abandonado el coche de Clay. Le recordé ese dato a Harmon.

–Creo que Daniel tenía, desde luego, interés en Galaad –dijo con cautela.

–¿Interés o algo más que eso?

–¿Me pregunta si Daniel estaba obsesionado con Galaad? No lo creo, pero considerando el carácter de su trabajo, no es de extrañar que sintiera curiosidad por la historia del asentamiento. Entrevistó a

Dubus. Él me lo contó. Daniel tenía en mente un proyecto relacionado con Galaad, me parece.

–¿Un proyecto?

–Sí, un libro sobre Galaad.

–¿Fue ésa la palabra que empleó? ¿«Proyecto»?

Harmon se detuvo a pensar un momento.

–No podría decirlo con seguridad, pero es posible. –Apuró el coñac y dejó la copa en el escritorio–. Me temo que estoy desatendiendo a mis otros invitados. Deberíamos volver a la carga.

Abrió la puerta, me cedió el paso y luego cerró y echó la llave.

–¿Qué cree que le pasó a Daniel Clay? –pregunté mientras el murmullo de las conversaciones de los otros invitados aumentaba de volumen conforme nos acercábamos al salón donde estaban reunidos.

Harmon se detuvo en la puerta.

–No lo sé –contestó–. Pero sí puedo decirle una cosa: Daniel no era la clase de hombre que se suicidaría. Puede que se culpara por lo que les sucedió a esos niños, pero no se habría quitado la vida por eso. Aun así, si estuviera vivo, creo que se habría puesto en contacto con alguien desde su desaparición, ya fuera conmigo, con su hija, o con algún colega. Y sin embargo no lo ha hecho ni una sola vez.

–¿Cree, pues, que está muerto?

–Estoy convencido de que lo mataron –me corrigió Harmon–. Pero ignoro por qué.

12

La fiesta, si podía llamarse así, acabó poco después de las diez. Me pasé gran parte del tiempo en compañía de June, Summer y Nyoko, intentando aparentar en vano que entendía un poco de arte; mucho menos tiempo lo pasé con Jacobs y dos de los banqueros, intentando aparentar, también en vano, que entendía un poco de finanzas. Jacobs, el escritor del pueblo, sabía mucho de bonos de alto riesgo y especulación monetaria para ir por ahí dándoselas de persona sencilla. Su hipocresía era tan flagrante que casi resultaba admirable.

Lentamente, los invitados empezaron a dispersarse hacia sus coches. De pie en el porche a pesar de que había refrescado de repente, Harmon nos agradeció la visita uno por uno. Su mujer había desaparecido después de darnos educadamente las buenas noches. Nyoko quedó excluida de las despedidas, y una vez más me di cuenta de que, pese a las apariencias, Lawrie Harmon no estaba tan desconectada del mundo real como creía la joven norteamericana de origen asiático.

Cuando me llegó el turno de marcharme, Harmon apoyó su mano izquierda en la parte superior de mi brazo mientras me estrechaba la mano con la derecha.

—Dígale a Rebecca que, si puedo hacer algo por ella, ya sabe dónde encontrarme. Mucha gente desearía averiguar qué fue de Daniel. —Se le ensombreció el rostro y, bajando la voz, añadió—: Y no sólo sus amigos.

Aguardé a que continuase. Sentía debilidad por lo enigmático.

—Al final, antes de su desaparición, Daniel cambió —prosiguió Harmon—. No fue sólo por los problemas que tenía: el caso Muller, el descubrimiento de los abusos deshonestos... Había algo más. La última vez que lo vi estaba claramente preocupado. Puede que fuera lo que estaba investigando, pero ¿qué clase de investigación habría podido alterarlo así?

—¿Cuándo lo vio por última vez?

—Más o menos una semana antes de desaparecer.

—¿Y no le dio la menor indicación de lo que le inquietaba, aparte de las dificultades ya conocidas?

—Ni la más mínima. Fue sólo una impresión mía.

—¿Por qué no me lo ha mencionado antes en su despacho?

Harmon me lanzó una mirada dando a entender que no estaba acostumbrado a que se cuestionaran sus decisiones.

—Soy un hombre cauto, señor Parker. Juego al ajedrez, y se me da bastante bien. Probablemente también por eso he sido un buen hombre de negocios. He aprendido que siempre compensa dedicar un poco de tiempo a pensar antes de mover una pieza. En el despacho, parte de mí no quería saber nada más de Daniel Clay. Fue amigo mío, pero después de lo ocurrido, después de los rumores y las acusaciones a sus espaldas, pensé que lo mejor era distanciarme de él.

—Pero ahora ha cambiado de idea.

—No. Parte de mí piensa que no puede salir nada bueno de las indagaciones que está usted realizando en este asunto, pero si revelan la verdad sobre Daniel y ponen fin a las sospechas, y proporcionan de paso cierta paz de espíritu a su hija, quizá me demuestre que estoy equivocado.

Me soltó la mano y el brazo. Al parecer habíamos acabado. Harmon observaba cómo el coche del escritor abandonaba la plaza de aparcamiento y salía al camino. Era una vieja furgoneta Dodge —se decía que en Massachusetts, donde tenía un apartamento cerca de Harvard, conducía un Mercedes—, y Jacobs maniobraba como si estuviera al volante de un Panzer. Harmon cabeceó con una sonrisa de desconcierto.

—Usted ha comentado que tal vez otras personas estén interesadas en lo que le haya podido ocurrir a Clay, otras personas aparte de sus amigos y conocidos.

Harmon no me miró.

—Sí. Es una conclusión lógica. Cierta gente cree que Daniel actuó en complicidad con los culpables de los abusos a menores. Tengo dos hijos. Sé lo que le haría a cualquiera que les causase algún daño, o a cualquiera que permitiese a otros causárselo.

—¿Y qué haría, señor Harmon?

De repente apartó la atención de los intentos cada vez más desesperados de Jacobs por girar sin dirección asistida.

–Lo mataría –contestó, y lo dijo de una manera tan natural que no dudé de su palabra ni por un instante. En ese momento supe que, pese a toda la cordialidad, a todos los excelentes vinos y los cuadros bonitos, Joel Harmon era un hombre que no vacilaría en aplastar a quienes lo contrariasen, y por un momento me pregunté si acaso Daniel Clay había incurrido en ese error, y si el interés de Joel Harmon por él no era del todo bienintencionado. Apenas había tenido tiempo de analizar esa posibilidad cuando Nyoko se acercó y le susurró algo al oído.

–¿Estás segura? –preguntó Harmon.

Ella asintió.

Acto seguido, Harmon, levantando la voz, pidió a quienes habían llegado a sus coches que se detuvieran. Russell, el psiquiatra, golpeó con la palma de la mano varias veces en el capó de la furgoneta de Jacobs para indicarle que apagara el motor. Dio la impresión de que Jacobs casi sentía alivio al hacerlo.

–Parece que hay un intruso en el jardín –anunció Harmon–. Quizá convenga que entréis todos en casa un momento, sólo para mayor seguridad.

Todos obedecieron, aunque no sin algún que otro gruñido de protesta por parte de Jacobs, quien obviamente tenía un poema en la punta de la lengua y estaba impaciente por plasmarlo en el papel antes de que se perdiera para la posteridad; eso, o intentaba disimular, sin más, el bochorno por su torpeza para realizar un simple giro. Volvimos todos a la biblioteca. Jacobs y Summer se aproximaron a una de las ventanas y miraron la extensión de césped perfectamente cortado en la parte de atrás de la casa.

–No veo a nadie –dijo Jacobs.

–Tal vez no debamos acercarnos a las ventanas –observó Summer.

–Es un intruso, no un francotirador –aclaró Russell.

Summer no pareció muy convencida. Para tranquilizarla, Jacobs le rodeó los hombros con un brazo, y allí lo dejó. Ella no protestó. ¿Qué tenían los poetas?, me pregunté. Por lo visto, ciertas mujeres brincaban ante la sola insinuación de una rima interna.

El chófer, el ama de llaves y la sirvienta de Harmon vivían en un anexo de la casa principal. Los camareros, apiñados como palomas asustadas, habían sido contratados para la cena, y la cocinera vivía en Portland y acudía a la casa a diario. El chófer, llamado Todd, se reunió con nosotros en el vestíbulo. Vestía ropa informal –vaquero, camisa y cazadora de cuero– e iba armado. Era una Smith & Wesson de 9 milímetros con acabado brillante, pero por cómo la empuñaba cabía pensar que sabía utilizarla.

–¿Le importa que los acompañe? –pregunté.

–No me importa en absoluto –contestó–. No creo que sea nada, pero más vale asegurarse.

Pasamos por la cocina, donde la cocinera y la sirvienta, de pie junto al fregadero, escrutaban el jardín por la pequeña ventana de encima.

–¿Qué ha pasado? –preguntó Harmon.

–María ha visto a alguien –dijo la cocinera. Era una mujer de cierta edad, atractiva, de cuerpo esbelto y atlético, con el pelo oscuro recogido por detrás bajo un gorro blanco. La sirvienta, también delgada y guapa, era mexicana. Saltaba a la vista que Joel Harmon se dejaba influir por la estética en su selección de personal.

María señaló hacia el jardín.

–Allí, junto a los árboles, en la tapia del lado este –explicó–. Un hombre, creo.

Parecía más asustada aún que Summer. Le temblaban las manos.

–¿Tú has visto a alguien? –preguntó Harmon a la cocinera.

–No. Yo estaba trabajando. María me ha pedido que me acercara a la ventana. Ese hombre podría haberse marchado antes de llegar yo.

–Si hubiese entrado alguien ahí, se habrían activado los sensores de movimiento –observó Harmon. Se volvió otra vez hacia María–. ¿Se han encendido las luces?

Ella negó con la cabeza.

–Ahí fuera está muy oscuro –intervino Todd–. ¿Seguro que no te has confundido?

–Seguro –contestó–. Lo he visto.

Todd dirigió a Harmon una mirada de resignación más que de inquietud.

–Aquí dentro no vamos a averiguar nada –sugerí.

–Enciende todas las luces –ordenó Harmon a Todd. Éste se acercó a una caja de interruptores en la pared de la cocina y accionó toda una hilera. El jardín se iluminó al instante. Todd salió el primero. Yo lo seguí tras coger una linterna de un estante en la pared. Harmon se quedó dentro. Al fin y al cabo, no iba armado. Lamentablemente, yo tampoco. Me había parecido una grosería acudir a una cena en casa de un desconocido con una pistola.

Las luces disiparon casi todas las sombras del jardín, pero aún

162

quedaban manchas oscuras bajo los árboles cerca de las paredes. Las sondeé con la linterna, pero allí no había nada. El suelo, pese a estar blando, no presentaba el menor indicio de huellas. La tapia exterior, cubierta de hiedra, era más o menos de dos metros de altura. Si alguien hubiera saltado la tapia, habría dañado la hiedra, y sin embargo ésta permanecía intacta. Llevamos a cabo una rápida inspección del resto del jardín, pero era obvio que Todd pensaba que María se había equivocado.

–Es de las que se ponen nerviosas a la que salta –comentó mientras regresábamos a donde nos esperaba Harmon–. Se pasa el día que si «Jesús» y «Madre de Dios». Está de muy buen ver, eso lo reconozco, pero sería más fácil tirarse a un autobús lleno de monjas.

Harmon levantó las manos en un gesto interrogativo.

–Nada –respondió Todd–. Ni la menor señal.

–Tanto jaleo para nada –dijo Harmon. Volvió a la cocina, lanzó una mirada de desaprobación a María y después fue a dejar en libertad a sus invitados. Todd lo siguió. Yo me quedé. María metía los platos en un enorme lavavajillas. Le temblaba un poco el mentón.

–¿Puedes decirme qué has visto? –pregunté.

Ella se encogió de hombros.

–A lo mejor el señor Harmon tiene razón. A lo mejor no he visto nada –contestó. Aunque por la expresión de su cara supe que no se creía sus propias palabras.

–Prueba conmigo –insistí.

Interrumpió lo que estaba haciendo. Una lágrima quedó prendida en sus pestañas, y se la enjugó.

–Era un hombre. Iba vestido. De color marrón, creo. Muy sucio. ¿Y la cara? Blanca. *Pálida, ¿cómo se dice?*

–Pálida.

–Pues eso, pálida. También...

La noté otra vez asustada. Se llevó las manos a la cara y la boca.

–Aquí y aquí, *nada*. Vacío. *Hueco.*

–¿*Hueco?* No entiendo.

María miró por encima de mi hombro. Al volverme, vi que la cocinera nos observaba.

–Della, *ayúdame a explicarle lo que quiere decir hueco* –pidió María en español.

–¿Habla español? –pregunté.

–Un poco –respondió ella.

–¿Y sabe qué quiere decir *hueco*?

–Pues no estoy muy segura. Puedo intentar averiguarlo.

Della cruzó unas palabras con María, que se ayudó con gestos y señas. Al final cogió un huevo de avestruz decorado que se usaba para dejar bolígrafos y tamborileó suavemente en el cascarón con los dedos.

–*Hueco* –repitió María, y a la cocinera se le iluminó la cara por un instante antes de asomar a su semblante una expresión de inquietud, como si no hubiera entendido bien de qué estaba hablando.

–Significa «hueco» –aclaró en inglés–. María dice que era un hombre hueco.

June me esperaba en el pasillo. Harmon estaba ahí cerca, al parecer impaciente por librarse de todos nosotros. Todd hablaba por teléfono. Le oí dar las gracias a alguien antes de colgar. Era evidente que deseaba decirle algo a Harmon, pero no sabía si debía esperar a que nos fuéramos. Decidí incitarlo.

–¿Pasa algo?

Pidió permiso a Harmon con la mirada para hablar en presencia de los demás.

–¿Y bien? –preguntó su jefe–. ¿Qué han dicho?

–He llamado al Departamento de Policía de Falmouth –respondió Todd, dirigiendo su explicación tanto a Harmon como a mí–. He pensado que valía la pena comprobar si habían visto algo fuera de lo común. Por lo general vigilan atentamente las casas de esta zona –continuó. Al oírlo, deduje que quiso decir que vigilaban atentamente la casa de Joel Harmon. Éste habría podido comprar y vender diez veces a la mayoría de sus vecinos–. Alguien ha informado de la presencia de un coche en los alrededores. Incluso puede que haya estado aparcado durante un rato junto a la tapia este de la finca. El caso es que al final el conductor ha sospechado que ocurría algo, porque cuando ha llegado la policía el coche ya había desaparecido. No obstante, podría estar relacionado con lo que ha visto María.

–¿Tienen la marca del coche, la matrícula? –le pregunté.

Todd negó con la cabeza.

–Sólo saben que es un coche rojo de tamaño medio –respondió.

Harmon debió de ver algo en mi rostro.

–¿Le suena de algo? –inquirió.

–Es posible –contesté–. Frank Merrick, el hombre que ha estado molestando a Rebecca Clay, lleva un coche rojo. Si yo encontré la conexión entre usted y Clay, también ha podido descubrirla él.

–Conexión no, amistad –corrigió Harmon–. Daniel Clay era mi amigo. Y si ese tal Merrick quiere hablar conmigo de él, puede decirle lo que acabo de contarle a usted.

Me acerqué a la puerta y miré el camino de gravilla, iluminado por las luces de la casa y los focos que lo bordeaban. Era Merrick, por fuerza. Pero el aspecto de Merrick no coincidía con la descripción ofrecida por María del hombre que había alcanzado a ver en el jardín. Merrick había estado allí, pero no solo.

Hueco.

–Yo me andaría con cuidado durante unos días, señor Harmon –aconsejé–. Si sale, que Todd lo acompañe. También pediría una revisión del sistema de seguridad.

–¿Y todo por ese hombre? –preguntó Harmon con cierta incredulidad.

–Es peligroso, y puede que no esté solo. Como usted mismo ha dicho, mejor andar sobre seguro.

Dicho esto, June y yo nos marchamos. Conducía yo, y la verja electrónica se abrió en silencio ante nosotros cuando dejamos atrás la casa de Harmon.

–En fin, una vida interesante la tuya –comentó June.

La miré.

–¿Crees que ha sido obra mía?

–Le has dicho a Joel que tal vez el hombre del coche haya hecho la misma conexión que tú..., o, mejor dicho, que yo hice por ti..., pero existe otra posibilidad.

Se advertía apenas un ligero asomo de reproche en su voz. No necesitaba que me dijera por qué. Lo había deducido yo solo, aunque me sentí reacio a expresarlo en voz alta delante de Harmon y, en lugar de eso, lo había retenido como bilis en la garganta. Del mismo modo que yo le había seguido el rastro a Merrick, quizá Merrick me lo seguía a mí, y lo había llevado derecho a Joel Harmon.

Pero también me preocupaba la aparición del hombre en el jardín de Harmon. Al parecer las indagaciones de Merrick sobre Daniel Clay habían atraído a algo más, habían atraído a un hombre –no, a varios hombres, me corregí al recordar aquella sensación que tuve de que una brisa fétida se disgregaba ante mí, y también las letras garabateadas en el polvo por una mano infantil– que le seguía los pasos. ¿Lo sabía él, o guardaba su presencia alguna relación con el cliente de Eldritch? Sin embargo, costaba imaginarse que hombres poco menos que invisibles subían por la escalera destartalada hasta un antiguo bufete de abogado, o se las veían con la bruja que custodiaba la puerta de acceso a los niveles superiores del despacho de Eldritch. Lo que al principio parecía un simple caso de acecho se había convertido en algo infinitamente más raro y complejo, y me alegraba de poder contar, ya pronto, con la compañía de Ángel y Louis. El plazo concedido por Merrick estaba a punto de expirar, y si bien yo había puesto en marcha un plan para hacerle frente, sabía de sobra que, en cierto sentido, él era la menor de mis preocupaciones. Con Merrick podía enfrentarme. Era peligroso pero previsible. Con los Hombres Huecos no.

13

A primera hora de la mañana siguiente, yo estaba de pie en el aparcamiento del mercado público de Portland. La temperatura había caído en picado por la noche y, según los meteorólogos, probablemente se mantendría así durante todo el tiempo que eran capaces de prever, que en Maine significaba que acaso empezara a mejorar alrededor de abril. Era un frío húmedo, de ese que parecía empapar la ropa, y las ventanas de las cafeterías, los restaurantes e incluso los coches en movimiento estaban empañadas porque el calor evaporaba la humedad y creaba un ambiente desagradablemente claustrofóbico en cualquier parte excepto en los lugares menos concurridos.

Mientras que la mayoría de la gente disponía de la opción de refugiarse bajo techo, los había que no tenían tanta suerte. Ya se había formado una cola frente al Centro de Acogida de Preble Street, donde los más pobres de la ciudad se congregaban a diario para que los voluntarios les sirvieran el desayuno. Algunos albergaban la esperanza de ducharse o hacer la colada mientras estaban allí, o de recoger ropa limpia y usar un teléfono. Los trabajadores pobres que no podían volver al mediodía recibían una bolsa con el almuerzo para no pasar hambre más tarde. Así, el centro y sus entidades asociadas –los comedores de beneficencia de Wayside y Saint Luke– servían más de trescientas mil comidas al año a aquellos que de otro modo se habrían muerto de hambre o se habrían visto obligado a desviar dinero del alquiler o de medicamentos esenciales sólo para mantener unidos el cuerpo y el alma.

Los observé desde donde me hallaba: la cola se componía sobre todo de hombres, unos cuantos obviamente veteranos de la calle, con sus capas de ropa mugrienta y el pelo greñudo, mientras que otros todavía estaban a un par de pasos de la indigencia. Algunas de las mujeres dispersas entre ellos eran corpulentas, de semblante encallecido, con las facciones distorsionadas por el alcohol y la vida difícil, hinchados sus cuerpos por los alimentos grasos y baratos y por la bebida, más barata aún. Resultaba fácil distinguir a los recién llegados, a aquellos que no se habían acostumbrado aún a sobrevivir, ellos y sus familias, a base de limosnas. No hablaban ni se mezclaban con los demás, y mantenían la cabeza gacha o permanecían de cara a la pared, temerosos de cruzar la mirada con quienes los rodeaban, como reclusos nuevos en la galería de una cárcel. Quizá también temieran alzar la vista y encontrarse con un amigo o con un vecino, tal vez incluso con un jefe que acaso decidiera que no era bueno para el negocio dar trabajo a alguien que tenía que mendigar el desayuno. Casi todos los que guardaban cola sobrepasaban los treinta años. Eso daba una idea falsa de las características de la población pobre en una ciudad donde uno de cada cinco menores de dieciocho años vivía por debajo del umbral de la pobreza.

Cerca de allí se hallaban el Centro de Rehabilitación del Ejército de Salvación, el Centro de Vigilancia de la Comunidad de Midtown y el departamento de libertad condicional y libertad bajo fianza de la ciudad. Esta zona era un estrecho canal por el que inevitablemente pasaba la mayoría de las personas que tenían problemas con la ley. Así pues, me quedé allí tomando un café que me compré en el mercado para calentarme y esperé a ver si aparecía un rostro familiar. Nadie se fijó en mí. Al fin y al cabo, hacía demasiado frío para preocuparse por cualquiera que no fuera uno mismo.

Pasados veinte minutos vi al hombre al que buscaba. Se llamaba Abraham Shockley, pero en la calle se lo conocía sólo como «Señor Intermediario» o, para abreviar, «Diario». Era, se mirase por donde se mirase, un delincuente de carrera. El hecho de que no fuera muy competente en la carrera elegida apenas importaba a los tribunales. En su día se le acusó de tenencia de drogas de clase A destinada a la venta, de robo con engaño, de hurto, de conducción bajo los efectos del alcohol y de caza furtiva, entre otros delitos. Diario había tenido la suerte de que la violencia nunca estuviera presente en sus fechorías, de modo que en más de una ocasión se había visto beneficiado por el hecho de que sus infracciones entraran en la categoría de «indefinidos», o transgresiones que la ley no catalogaba como delitos ni como faltas, y por tanto algunas infracciones presentadas como delitos por la fiscalía se reducían después a faltas ante los tribunales. La policía local había mediado también a favor de Diario en caso de necesidad, porque Diario era amigo de todo el mundo. Conocía a gente. Escuchaba. Recordaba. Diario no era un soplón. Tenía su propio código de conducta, sus propios principios, y era fiel a ellos en la medida de lo posible. Y nunca delataría a nadie, pero era a quien había que acudir si uno quería transmitir un mensaje a alguien que prefería no dejarse ver, o si uno buscaba a un individuo de mala fama sin la intención de meterlo entre rejas. Diario actuaba a su vez como intermediario para aquellos que estaban en apuros y aspiraban a llegar a un acuerdo con un policía o con algún asistente social al servicio del departamento de libertad bajo fianza. Era una rueda pequeña pero útil en el engranaje del sistema de justicia extraoficial: los tribunales en la sombra donde se llegaba a acuerdos y se hacía la vista gorda a fin de que el preciado tiempo pudiera dedicarse a asuntos más acuciantes.

Me vio cuando ocupó su puesto en la cola. Le hice una seña con la cabeza y luego me alejé despacio por Portland Street. Al cabo de unos minutos oí acercarse unos pasos detrás de mí, y Diario me alcanzó. Rondaba los cincuenta años y vestía ropa limpia aunque harapienta: zapatillas amarillas, vaqueros, dos jerséis y un abrigo con una abertura posterior que se había extendido limpiamente en forma de raja hasta la mitad de la espalda. Tenía el pelo castaño rojizo, con trasquilones; la gente en la situación de Diario no malgastaba el dinero en peluquería. Vivía en una habitación exenta de alquiler en un sótano de Forest Avenue gracias a un casero absentista que contaba con Diario para vigilar a sus inquilinos más revoltosos y para dar de comer al gato del edificio.

–¿Quieres desayunar? –pregunté.

–Sólo si es en Blintliff's –contestó–. Me han dicho que preparan unos huevos benedictinos con langosta que están para chuparse los dedos.

–Veo que te gustan las cosas buenas de la vida –observé.

–Nací con una cuchara de plata en la boca.

–Ya, pero se la robaste al niño de la cuna de al lado.

En honor a Blintliff's cabe decir que nadie nos miró dos veces. Ocupamos un reservado en el piso de arriba, y Diario pidió comida suficiente para quedar saciado al menos un día entero: fruta y zumo de naranja para empezar, seguido de tostadas, los huevos benedictinos con langosta de los que tanto había oído hablar, una buena ración de patatas fritas y, para terminar, unos bollos, tres de los cuales los guardó furtivamente en los bolsillos de su abrigo «para los colegas», como explicó. Mientras comíamos hablamos de libros, de noticias locales y casi de cualquier cosa que nos viniera a la cabeza, salvo la razón por la que yo lo había llevado allí. Era la caballerosa manera de plantearse los negocios y Diario siempre había sido un caballero, incluso cuando intentaba robarle a alguien la suela del zapato.

–Bien –dijo cuando acabó el quinto café–, ¿me has traído aquí sólo para disfrutar del placer de mi compañía?

Aparentemente el café no lo había excitado, o al menos no estaba más excitado que al principio. Si uno le ponía a Diario en las manos un tazón de nata, ésta acabaría montada en lo que se tarda en darle cuerda a un reloj de pulsera. Tenía tanta energía nerviosa que resultaba agotador pasar demasiado rato a su lado.

–No es sólo eso –contesté–. Querría que hicieras unas preguntas por ahí, que vieras si encuentras a alguien que pueda haber conocido a un tal Frank Merrick, ya sea en Thomaston o en Supermax. Cumplió diez años de condena, los dos o tres últimos en Max. Luego lo soltaron y lo mandaron a Virginia para comparecer ante los tribunales.

–¿Tiene algo de especial?

–No es la clase de individuo que se olvida fácilmente. Gozó de cierto reconocimiento como asesino a sueldo.

–¿Eso es un rumor o un hecho comprobado?

–Tiendo a creer lo que he oído.

–¿Y ahora dónde está?

–Aquí.

–¿Reanudando viejas relaciones?

–Podría ser. Si es así, me gustaría conocer los nombres.

–Preguntaré. No debería llevarme mucho tiempo. ¿Puedo llamarte a algún sitio?

Le di mi tarjeta de visita, la calderilla que llevaba en el bolsillo y cincuenta dólares en billetes de diez, de cinco y de uno a fin de que pudiera invitar a cerveza y bocadillos para engrasar la maquinaria. Conocía el método de trabajo de Diario. Ya me había ayudado antes. Cuando encontrara a alguien que pudiera arrojar cierta luz sobre Merrick, como sin duda lo encontraría, me devolvería el cambio y un puñado de recibos, y sólo entonces esperaría un pago. Así actuaba Diario en sus funciones «oficiales», siguiendo una regla muy sencilla: no engañar a quien parecía que podía estar de su lado.

Merrick me llamó al mediodía. Yo me había pasado toda la mañana pendiente de algún indicio de su presencia, pero no vi el menor rastro de él ni de su coche rojo. Si tenía dos dedos de frente, ya habría cambiado de coche, pero eso implicaba que Eldritch y su cliente aún estaban dispuestos a financiar sus actividades. Había tomado todas las precauciones por si Merrick, o algún otro, vigilaba mis movimientos. Me convencí de que no era así, al menos ese día. Por otra parte, Jackie Garner confirmó que todo seguía en orden por lo que se refería a Rebecca Clay. Ahora Merrick estaba al teléfono, amenazando con romper ese silencio.

–Se ha acabado el tiempo –anunció.

–¿Te has planteado alguna vez que a lo mejor con miel llegarías más lejos que con vinagre?

–Si se le da miel a un hombre, se consigue su amor. Si se le da vinagre, se consigue su atención. También ayuda agarrarlo por los huevos y apretar un poco.

–Un pensamiento muy profundo. ¿Lo aprendiste en la cárcel?

–Espero que no hayas malgastado todo este tiempo haciendo averiguaciones sobre mí, porque si es así vamos a tener un problema.

–No he encontrado gran cosa, ni sobre ti ni sobre Daniel Clay. Su hija no sabe más que tú, pero eso ya te lo ha dicho ella misma. Sencillamente te niegas a escuchar.

Merrick dejó escapar un resoplido nasal, como si le hiciera gracia.

–Pues mala suerte. Dile a esa señoritinga que me ha decepcionado. Mejor aún, ya se lo diré yo mismo.

–Un momento. No he dicho que no haya averiguado nada. –Necesitaba decantar la balanza hacia mí, atraerlo de algún modo–. Tengo una copia del expediente policial de Daniel Clay –mentí.

–¿Y?

–Menciona a tu hija.

Esta vez Merrick calló.

–Hay ciertos datos que no entiendo, y creo que la policía tampoco.

–¿Qué? –preguntó con voz ronca, como si de pronto se hubiera atragantado.

Debería haberme sentido mal por mentir. Estaba jugando con los sentimientos de Merrick por su hija perdida. Habría consecuencias cuando averiguase la verdad.

–Espera –dije–. Por teléfono no.

–¿Y qué propones? –preguntó.

–Que nos veamos. Te enseño el expediente. Te cuento lo que he averiguado. Después tú vas y haces lo que tengas que hacer, siempre y cuando no afecte a Rebecca Clay.

–No me fío de ti. He visto a esos cavernícolas que mandaste para proteger a la mujer. ¿Qué te impide echármelos encima? No tendré el menor problema en matarlos si llega el caso, pero entorpecería mi investigación, por así decirlo.

–Tampoco yo quiero la sangre de esos hombres en mis manos. Nos reuniremos en un lugar público, tú leerás el expediente y nos marcharemos cada uno por su lado. Aunque te lo advierto: esta vez lo dejo correr por tu hija. Si vuelves a acercarte a Rebecca Clay, las cosas se complicarán. Te aseguro que no te gustará lo que pasará entonces.

Merrick dejó escapar un suspiro teatral.

–Ahora que ya hemos jugado a ver quién mea más lejos, quizá quieras decirme dónde quedamos.

Le propuse la bolera Big 20 en la Carretera 1. Incluso le indiqué cómo llegar. Acto seguido empecé a hacer llamadas.

Diario se puso en contacto conmigo a las tres de la tarde.

–Te he encontrado a alguien. Tiene un precio.

–¿Cuánto?

–Una entrada para el partido de hockey de esta noche y cincuenta pavos. Ya os encontraréis allí.

–Hecho.

–Déjale la entrada en la taquilla dentro de un sobre a mi nombre. Ya me ocuparé yo del resto.

–¿Cuánto te debo?

–¿Cien dólares te parece razonable?

–Me parece bien.

–Además tengo que devolverte el cambio. Te lo daré cuando me pagues.

–¿Tiene nombre el tipo?

–Lo tiene, pero tú puedes llamarlo Bill.

–¿Es de los nerviosos?

–No lo era hasta que le mencioné a Frank Merrick. Hasta luego.

El *candlepin*, deporte tradicional de Nueva Inglaterra, es una variante del juego de los bolos. Las bolas son más pequeñas y menos pesadas, y los bolos, más delgados: ocho centímetros en el centro y cuatro en la parte de arriba y en la base. Hacer un pleno es cuestión de suerte más que de habilidad, y se dice que nadie en la historia del *candlepin* ha conseguido un pleno de diez bolos perfecto. La mejor puntuación registrada en Maine es de 231 frente a los 300 puntos posibles. Yo nunca me he anotado más de cien.

La bolera Big 20 de Scarborough existe desde 1950, cuando la fundó Mike Anton, albanés de nacimiento; en ese momento era la mayor y más moderna, y no parece haber cambiado mucho desde entonces. Me senté en una silla rosa de plástico, bebí un refresco y esperé. Eran las cuatro y media de un viernes por la tarde y no quedaba una sola pista libre. Había jugadores de todas las edades, desde adolescentes hasta ancianos. Se oían risas y el sonido característico de las bolas al deslizarse por la madera. El aire olía a cerveza y fritos. Observé a dos viejos que se acercaban a los doscientos puntos cada uno; apenas cruzaron diez palabras, y uno de ellos, al frustrarse el intento de superar las dos centenas, expresó su decepción con un lacónico «Ay». Allí sentado en silencio, yo era el único varón solo entre grupos de hombres y mujeres, y sabía bien que estaba a punto de traspasar una línea con Merrick.

Mi móvil sonó poco antes de las cinco y una voz informó:

–Ya lo tenemos.

Fuera había dos coches patrulla de la policía de Scarborough, y otros tres sin distintivos, uno del Departamento de Policía de Portland, otro del Departamento de Policía de South Portland y un tercero de la policía municipal de Scarborough. Un corrillo de gente se había congregado para presenciar el espectáculo. Merrick estaba tendido boca abajo en el aparcamiento, con las manos esposadas detrás de la espalda. Alzó la vista para mirarme cuando me acerqué. No parecía colérico, sino sólo defraudado. Cerca vi a O'Rourke, apoyado en un coche. Lo saludé con un gesto e hice una llamada. Contestó Rebecca Clay. Estaba en el juzgado, y el juez se disponía a dictar la orden de protección temporal contra Merrick. Le dije que lo teníamos y que yo estaría en la jefatura de policía de Scarborough por si necesitaba ponerse en contacto conmigo cuando acabara en el juzgado.

–¿Algún problema? –pregunté a O'Rourke.

Negó con la cabeza.

—Ha caído de plano. Ni siquiera ha abierto la boca para preguntar qué pasaba.

Mientras observábamos, pusieron a Merrick en pie y lo metieron en el asiento de atrás de uno de los coches sin distintivos. Cuando el automóvil arrancó, mantuvo la mirada al frente.

—Se le ve mayor —comentó O'Rourke—. Pero tiene algo. No me gustaría disgustarlo. Y lamento tener que decírtelo, pero me temo que eso es lo que acabas de hacer tú.

—No tenía muchas opciones, diría yo.

—Bueno, al menos podemos retenerlo un tiempo y ver qué le sonsacamos.

El tiempo que podían retener a Merrick dependía de los cargos presentados contra él, si es que se presentaba alguno. El acecho, definido como la conducta capaz de causar en otra persona intimidación, enojo o alarma, o temor a daños físicos, ya fuera en su propia persona o en la de un miembro de su familia inmediata, se consideraba un delito de clase D. Análogamente, aterrorizar pertenecía a la clase D, y el acoso a la clase E. Siempre existía la posibilidad de añadir a la lista entrar sin autorización en propiedad ajena y causar daños materiales contra la misma, pero en resumidas cuentas sólo podían retener a Merrick hasta el martes siguiente, y eso si no se ponía en manos de un abogado, ya que las infracciones de las clases D y E permitían privar de libertad a un sospechoso sólo durante cuarenta y ocho horas sin cargos, excluyendo fines de semana y días festivos.

—¿Crees que tu clienta querrá llegar hasta el final? —preguntó O'Rourke.

—¿Es lo que quieres que haga?

—Es un hombre peligroso. Parece un poco desconsiderado encerrarlo sesenta días, que es lo que le caerá si el juez se traga todos los argumentos a favor de apartarlo de la circulación. Incluso podría ser contraproducente, aunque si alguien pregunta, yo nunca he dicho eso.

—Nunca se me habría ocurrido que fueras aficionado a los juegos de azar, ¿sabes?

—No es azar. Es un riesgo calculado.

—¿Basado en qué?

—Basado en la reticencia de Frank a ser encarcelado y en tu capacidad de proteger a tu clienta.

—¿Cuál es el trato, pues?

–Le advertimos de las posibles consecuencias, nos aseguramos de que la orden está lista y lo dejamos en libertad. Ésta es una ciudad pequeña. No va a desaparecer. Tendremos a alguien siguiéndole los pasos durante un tiempo, y veremos qué ocurre.

No parecía el plan perfecto. En todo caso, acababan de concederme noventa y seis horas más, a lo sumo, sin tener que preocuparme por Merrick. Era mejor que nada.

–Oigamos primero qué tiene que contar –dije–. ¿Has conseguido permiso para que yo esté presente?

–No ha sido muy difícil. Por lo que se ve, aún tienes amigos en Scarborough. Si detectas algo en lo que dice, avisa. ¿Crees que llamará a un abogado?

Lo pensé. Si decidía ponerse en manos de un abogado, sería Eldritch, en el supuesto de que el viejo tuviese licencia para ejercer en Maine, o conociese a alguien en el estado dispuesto a trabajar *quid pro quo* cuando fuera necesario. Pero sospechaba que el apoyo de Eldritch siempre había sido condicional, y quizá las recientes acciones de Merrick hubiesen inducido al abogado a reconsiderar su postura.

–De todos modos, no creo que diga gran cosa.

O'Rourke se encogió de hombros.

–Podríamos atizarle con un listín telefónico.

–Podríais, pero yo tendría que denunciarte a Asuntos Internos.

–Sí, ése es uno de los problemas. Tendría que traspapelar la documentación sobre mí mismo. Aun así, es territorio de Scarborough y un problema de South Portland. Podemos mantenernos a distancia y ver cómo lo llevan.

Se subió a su coche. Los coches patrulla de Scarborough ya se estaba poniendo en marcha, seguidos por la policía de Portland.

–¿Vienes? –preguntó.

–Iré detrás de ti.

Se fue, la muchedumbre se dispersó, y de pronto en el aparcamiento sólo quedaba yo. Los coches circulaban por la Carretera 1 y el letrero de neón de la bolera Big 20 iluminaba el aparcamiento, pero a mis espaldas se extendía la oscuridad de las marismas. Me volví para escrutarla y no pude quitarme de encima la sensación de que, desde sus confines más profundos, algo me observaba. Me dirigí a mi coche, arranqué e intenté dejar atrás esa sensación.

Merrick estaba sentado en una sala cuadrada y pequeña. Alrededor de una mesa blanca atornillada al suelo había tres sillas azules, y Merrick ocupaba la que miraba hacia la puerta; tenía enfrente las dos sillas vacías. En una pizarra blanca adosada a una pared se veían unos trazos infantiles. Junto a la puerta colgaba un teléfono y en un rincón, a cierta altura, una cámara de vídeo. La sala estaba equipada asimismo para la grabación de sonido.

Merrick tenía una mano esposada, con una manilla en la muñeca y la otra prendida de una argolla sujeta a la mesa. Le habían dado un refresco de la máquina junto al despacho del responsable de la clasificación de pruebas, pero permanecía intacto a su lado. Aunque la sala carecía de espejo unidireccional, podíamos verlo por el monitor de un ordenador en un despacho dividido con mamparas cerca de la sala de interrogatorios. No estábamos solos. Aunque en el compartimento cabían como mucho cuatro personas, se apiñaban al menos doce en torno al monitor, intentando echar una ojeada al nuevo huésped.

El sargento Wallace MacArthur, de la brigada de investigación, era uno de ellos. Yo lo conocía desde hacía mucho tiempo. Por mediación de Rachel le había presentado a su futura mujer, Mary. En cierto modo, también había sido responsable de su muerte, pero Wallace nunca me lo echó en cara, lo cual fue bastante considerado por su parte dadas las circunstancias.

–No solemos tener leyendas vivas por aquí –observó–. Incluso han venido los federales.

Señaló con el pulgar en dirección a la puerta, donde Pender, el nuevo agente especial al frente de la pequeña delegación del FBI en Portland, hablaba con un hombre a quien no reconocí, aunque supuse que era otro agente. Me habían presentado a Pender en una función benéfica de la policía en Portland. Para lo que corría entre los federales no estaba mal. Pender me saludó con la cabeza. Le devolví el saludo. Al menos no había pedido que me echaran, cosa que le agradecía.

MacArthur movió la cabeza en un gesto que podía interpretarse como admiración.

–Merrick es de la vieja escuela –dijo–. Ya no los hacen como él.

O'Rourke esbozó una sonrisa vacía.

–Ya. ¡Qué bajo hemos caído cuando miramos a alguien como él y pensamos: «Venga, tampoco es tan malo»! Sólo los liquidaba, limpiamente y sin dolor. Sin tortura. Sin sadismo. Nunca a niños. Sólo hombres que, en opinión de alguien, se lo tenían merecido.

Merrick mantenía la cabeza gacha. Aunque debía de saber que lo observábamos, no miró a la cámara. Entraron en la sala dos inspectores de Scarborough, un hombre fornido llamado Conlough y una mujer llamada Frederickson, responsables ambos de la detención formal en la Big 20. Tan pronto como empezaron a interrogarlo, Merrick, contra todo pronóstico, alzó la mirada y les contestó con un tono cordial y correcto. Casi parecía que sentía necesidad de justificarse y defenderse. Quizá no le faltaba razón. Había perdido a su hija. Tenía derecho a preguntar dónde estaba.

CONLOUGH: ¿Cuál es el motivo de su interés por Rebecca Clay?

MERRICK: Ninguno, salvo que es hija de su padre.

CONLOUGH: ¿Cuál es su relación con el padre de ella?

MERRICK: Trató a mi niña. Ahora ella ha desaparecido. Quiero averiguar dónde está.

CONLOUGH: ¿Cree que lo conseguirá amenazando a una mujer? Es usted todo un hombre, eh, acechando a una mujer indefensa.

MERRICK: Yo no he amenazado a nadie. No he acechado a nadie. Sólo quería hacerle unas preguntas.

CONLOUGH: ¿Y decide hacerlo entrando por la fuerza en la casa, rompiendo una ventana?

MERRICK: Yo no pretendía entrar por la fuerza en su casa, y lo de la ventana fue un accidente. Pagaré los daños.

CONLOUGH: ¿Quién lo ha metido en esto?

MERRICK: Nadie. No necesito que nadie me diga que lo sucedido está mal.

CONLOUGH: ¿Qué está mal?

MERRICK: Que mi hija desapareciera y a nadie le importara un carajo encontrarla.

FREDERICKSON: Tal vez su hija se escapó de casa. Por lo que sabemos, tenía problemas.

MERRICK: Yo le dije que cuidaría de ella. No tenía ninguna razón para escaparse.

CONLOUGH: Usted estaba en la cárcel. ¿Cómo iba a cuidar de ella desde una celda?

MERRICK: *(Silencio.)*

FREDERICKSON: ¿Quién le dio el coche?

MERRICK: Un abogado.

FREDERICKSON: ¿Qué abogado?

MERRICK: El abogado Eldritch. De Massachusetts.

FREDERICKSON: ¿Por qué?

MERRICK: Es un buen hombre. Considera que tengo derecho a hacer preguntas. Me sacó de un aprieto en Virginia, y luego, cuando volví aquí, me ayudó.

CONLOUGH: O sea, que le dio un coche por pura bondad. ¿Qué es? ¿El abogado de san Vicente de Paula?

MERRICK: Quizá deba preguntárselo a él.

CONLOUGH: No se preocupe, lo haremos.

—Hablaremos con el abogado —dijo O'Rourke.

—No le sacaréis gran cosa —contesté.

—¿Lo conoces?

—Huy, sí. También es de la vieja escuela.

—¿Muy vieja?

—Tan vieja que la hicieron de adobe y cañas.

—¿Qué te contó?

—Poco más o menos lo que acaba de decir Merrick.

—¿Le crees?

—¿Que es un buen hombre que va repartiendo coches para las buenas causas? No. Aun así, dijo que Merrick había sido cliente suyo, y no hay ninguna ley que prohíba prestar un coche a un cliente.

No le conté a O'Rourke que Eldritch tenía otro cliente, uno que al parecer pagaba la minuta de Merrick. Supuse que ya lo averiguaría por su cuenta.

Llegó una llamada del responsable de pruebas. El coche de Merrick estaba limpio. No contenía armas, ni documentos comprometedores, nada. Frederickson abandonó la sala de interrogatorios para consultar con O'Rourke y el hombre del FBI, Pender. El hombre que había estado hablando con Pender escuchó pero no dijo nada. Dirigió la mirada hacia mí, me observó por un momento y luego se volvió otra vez hacia Frederickson. No me gustó la clase de intercambio que se produjo entre nosotros con esa mirada. O'Rourke me preguntó si había algo que, a mi juicio, debíamos plantear a Merrick. Sugerí que le preguntasen si trabajaba solo o si contaba con la ayuda de otros hombres. O'Rourke pareció desconcertado, pero accedió a proponerle la pregunta a Frederickson.

FREDERICKSON: La señora Clay ha obtenido una orden judicial contra usted. ¿Comprende lo que eso significa?

MERRICK: Lo comprendo. Significa que ya no puedo acercarme a ella, o volverán a meterme en la cárcel.

FREDERICKSON: Exacto. ¿Piensa respetar esa orden? Si no piensa hacerlo, puede ahorrarnos a todos mucho tiempo diciéndolo ahora.

MERRICK: La respetaré.

CONLOUGH: Quizá también considere la posibilidad de abandonar el estado. Nos gustaría que lo hiciera.

MERRICK: A ese respecto no puedo prometer nada. Soy un hombre libre. Ya he cumplido mi condena. Tengo derecho a ir a donde yo decida.

CONLOUGH: ¿Eso incluye rondar cerca de alguna casa en Falmouth?

MERRICK: Nunca he estado en Falmouth. Pero me han dicho que es un sitio muy bonito. Me gusta estar cerca del mar.

CONLOUGH: Anoche se vio allí un coche como el suyo.

MERRICK: Hay muchos coches como el mío. El rojo es un color muy extendido.

CONLOUGH: Nadie ha dicho que fuera un coche rojo.

MERRICK: *(Silencio.)*

CONLOUGH: ¿Me ha oído? ¿Cómo ha sabido que era un coche rojo?

MERRICK: Un coche como el mío, ha dicho. ¿Cómo iba a ser, si no? Si fuera un coche azul o un coche verde, no sería como el mío. Tiene que ser un coche rojo para ser como el mío, tal y como usted ha dicho.

FREDERICKSON: ¿Presta su coche a otras personas, señor Merrick?

MERRICK: No.

FREDERICKSON: Siendo así, si averiguamos que se trataba de su coche..., y podemos averiguarlo, como bien sabe, podemos sacar moldes, buscar testigos..., en ese caso, por fuerza sería usted quien iba al volante, ¿no?

MERRICK: Supongo que sí, pero como yo no estaba allí, es discutible.

FREDERICKSON: ¿Discutible?

MERRICK: Sí, ya sabe lo que quiero decir, agente. No necesito explicárselo.

FREDERICKSON: ¿Quiénes son los otros hombres con los que actúa?

MERRICK: *(Confuso.)* ¿Los otros hombres? ¿De qué demonios habla?

FREDERICKSON: Sabemos que no está solo en esto. ¿A quién se ha traído? ¿Quién lo ayuda? No está haciendo todo esto sin ayuda de nadie.

MERRICK: Siempre trabajo solo.

CONLOUGH: ¿Y en qué consiste ese trabajo?

MERRICK: *(Sonriente.)* En resolver problemas. Tiendo al pensamiento divergente.

CONLOUGH: ¿Sabe qué le digo? Me parece que no está cooperando tanto como debiera.

MERRICK: ¿Estoy contestando a sus preguntas o no?

FREDERICKSON: Quizá las conteste mejor después de un par de noches en la cárcel.

MERRICK: Eso no puede hacerlo.

CONLOUGH: ¿Está diciéndonos qué podemos hacer y qué no? Oiga, puede que fuera usted el no va más en su día, pero eso aquí no le valdrá de nada.

MERRICK: No tiene ningún otro motivo para retenerme. Le he dicho que respetaré esa orden.

FREDERICKSON: Creemos que necesita un tiempo para reflexionar sobre lo que ha estado haciendo, para... meditar sobre sus pecados.

MERRICK: Creo que ya no tengo nada más que decirles. Quiero llamar a un abogado.

Eso fue todo. El interrogatorio había terminado. A Merrick se le permitió acceder a un teléfono. Llamó a Eldritch, quien resultó que había superado el examen para ejercer en Maine, junto con sus equivalentes en New Hampshire y Vermont. Aconsejó a Merrick no contestar a ninguna otra pregunta, y se organizó el traslado de Merrick a la cárcel del condado de Cumberland, dado que Scarborough ya no tenía celdas de retención.

–El abogado no podrá sacarlo antes del lunes por la mañana, como muy pronto –dijo O'Rourke–. A los jueces les gusta disfrutar de su fin de semana.

Aun cuando se presentaran cargos contra Merrick, probablemente Eldritch solicitaría la libertad bajo fianza si el otro cliente de Eldritch aún tenía interés en que Merrick siguiera libre, como parecía tenerlo O'Rourke. La única persona a quien no interesaba la libertad de Merrick era Rebecca Clay.

—Tengo a gente vigilando a la señora Clay —informé a O'Rourke—. Ella quiere quitárselos de encima, pero creo que tal vez le convenga replanteárselo, sólo hasta que nos hagamos una idea de cómo reacciona Merrick a todo esto.

—¿A quiénes has recurrido?

Me revolví incómodo en el asiento.

—A los Fulci y a Jackie Garner.

O'Rourke soltó una carcajada y provocó miradas de sorpresa de quienes lo rodeaban.

—¡No me digas! Eso es como infiltrar a un par de elefantes y el maestro de ceremonias del circo.

—Bueno, en realidad yo quería que Merrick los viera. El objetivo de la maniobra era mantenerlo a distancia.

—Dios mío, a mí también me mantendrían a distancia. Probablemente mantienen a distancia incluso a los pájaros. Eliges a unos amigos muy divertidos, francamente.

Sí, pensé, pero O'Rourke no sabía ni la mitad de la historia. Los divertidos de verdad aún estaban por llegar.

14

Cuando volví de Scarborough al Centro Cívico del condado de Cumberland, las calles estaban abarrotadas de autobuses: autobuses escolares amarillos, autobuses de la compañía Peter Pan; de hecho, prácticamente cualquier cosa que tuviera ruedas y cabida para más de seis personas. Los Piratas tenía una buena racha. Con el entrenador Kevin Dineen ocupaban el primer puesto de la División Atlántica de la Conferencia Este de la Liga de Hockey. Esa misma semana, días antes, habían derrotado a su rival más inmediato, los Lobos de Hartford, por siete a cuatro. Ahora les tocaba a los Halcones de Springfield y, según parecía, unos cinco mil hinchas habían llegado al Centro Cívico para el partido.

En la pista, el Loro Crackers entretenía al público. Para ser más exactos, distraía a la mayor parte del público. Pues cierta gente no quería que la entretuvieran.

–Éste tiene que ser el deporte más estúpido del mundo –comentó Louis.

Vestía un abrigo gris de cachemir encima de la chaqueta y el pantalón negros, con las manos hundidas en los bolsillos del abrigo y el mentón oculto entre los pliegues de su bufanda roja. Actuaba como si lo hubieran obligado a apearse de un tren en algún paraje perdido en medio de Siberia. Había prescindido de su barba con un vago toque satánico, llevaba el pelo aún más implacablemente corto que de costumbre, y los toques canosos apenas se veían. Ángel y él habían llegado un rato antes. Yo había comprado un par de entradas más por si querían ir al partido, pero Ángel se las había ingeniado para pillar un resfriado en Napa y se había quedado en mi casa compadeciéndose de sí mismo. Así las cosas, Louis era mi único y remiso acompañante para la velada.

La relación entre nosotros había cambiado a lo largo del último año. En cierto modo, siempre me había sentido más cerca de Ángel.

Conocía mejor su pasado y en mi etapa de policía, por breve que fuese, hice cuanto pude por ayudarlo y protegerlo. Había visto algo en él –aun ahora me resultaba difícil explicar qué era exactamente, pero quizá fuese cierta honestidad, una empatía con quienes habían sufrido, aunque pasada por el turbio tamiz de su actividad delictiva– y había respondido a ello. También había visto algo en su compañero, pero era muy distinto. Mucho antes de que yo hubiese disparado un arma en un arrebato de ira, Louis ya había matado. Al principio lo había hecho movido por su propia rabia, pero pronto descubrió que tenía talento para ello, y había quienes estaban dispuestos a pagarle por utilizar esa aptitud en su nombre. Pensé que en otro tiempo no se habría diferenciado mucho de Frank Merrick, aunque su brújula moral se había vuelto más firme de lo que había sido jamás la de Merrick.

Sin embargo Louis, como yo bien sabía, no era muy distinto de mí. Representaba un aspecto de mí que me había costado mucho reconocer –el impulso de atacar, el instinto de la violencia–, y la presencia de Louis en mi vida me había obligado a reconciliarme con ese aspecto y, mediante esa adaptación, a controlarlo. Pensaba que yo, a cambio, le había proporcionado una vía de escape a su propia ira, una manera de interactuar con el mundo y modificarlo que era digna de él como hombre. En el último año habíamos visto cosas que nos habían cambiado a los dos, que confirmaban las sospechas que ambos albergábamos acerca de la naturaleza de la colmena que es este mundo; unas sospechas que rara vez habíamos compartido. No obstante, habíamos encontrado un terreno común, por hueco que sonara bajo nuestros pies.

–¿Sabes por qué no ves a ningún negro practicar este deporte? –prosiguió–. A, porque es lento. B, porque es tonto. Y C, porque hace frío. En serio, fíjate en estos tipos. –Pasó las hojas del programa oficial–. En su mayor parte ni siquiera son americanos. Son canadienses. Por si no tuvieseis ya aquí bastantes blancos lentos como caracoles, vais y los importáis de Canadá.

–Nos gusta crear empleo para los canadienses –dije–. Así tienen la oportunidad de ganarse unos cuantos dólares auténticos.

–Ya, seguro que se los mandan a sus familias, como en el Tercer Mundo. –Miró con evidente desdén mientras las mascotas retozaban en el hielo–. El loro es más atlético que ellos.

Ocupábamos asientos en el bloque E, justo por encima del círculo central. No había señal de Bill, el hombre que Diario nos enviaba;

aunque, por lo que había dicho Diario, estaba claro que se andaría con pies de plomo en todo lo relativo a Merrick. Si era listo, en ese momento ya estaría observándonos. Le tranquilizaría saber que Merrick iba a pasar unos días entre rejas. Eso nos proporcionaba a todos un poco más de tiempo; cosa que yo agradecí, al menos hasta que me vi obligado a explicar los sutiles matices del hockey a un hombre convencido de que el deporte empezaba y acababa en la cancha de baloncesto o la pista de atletismo.

–Vamos –dije–. Eso no es justo. Espera a que salgan al hielo. Algunos de estos hombres son muy rápidos.

–Pero ¿de qué carajo hablas? –exclamó Louis–. Carl Lewis era rápido. Jesse Owens era rápido. Incluso Ben Johnson, bien dopado, era rápido. Los jugadores de hockey, por el contrario, no son rápidos. Son como muñecos de nieve con latas aplastadas en los pies.

Por el sistema de megafonía anunciaron que no se tolerarían «los insultos ni el vocabulario soez».

–¿No se puede jurar? –preguntó Louis, incrédulo–. ¿Qué mierda de deporte es éste?

–Eso lo dicen sólo para salvar las apariencias –aclaré cuando, desde abajo, un hombre con niños a ambos lados miró a Louis con desaprobación. Estuvo a punto de decir algo, pero se lo pensó mejor y se conformó con calarles a sus hijos las gorras hasta las orejas.

Se oyó *We Will Rock You* de Queen, seguido de *Ready to Go* de Republica.

–¿Por qué será tan mala la música en el mundo del deporte? –preguntó Louis.

–Esto es música de blancos –expliqué–. Se supone que tiene que apestar. Así los negros no pueden exhibirse bailándola.

Los equipos saltaron al hielo. La música siguió. Como siempre, se repartieron premios durante toda la primera parte: hamburguesas gratis y descuentos en el centro comercial, alguna que otra camiseta o gorra.

–Hay que joderse –exclamó Louis–. Tienen que repartir mierda sólo para que la gente se quede en el asiento.

Al acabar la primera parte, los Piratas ganaban por dos a cero, con tantos de Zenon Konopka y Geoff Peters. El tipo enviado por Diario aún no había dado señales de vida.

–Quizá se haya quedado dormido en algún sitio –apuntó Louis–. Como por ejemplo aquí.

Cuando los equipos salieron para iniciar la segunda parte, un hombre de baja estatura y aspecto duro, con una cazadora antigua de los Piratas, entró en nuestra fila desde la derecha. Llevaba perilla y gafas con montura metálica. Tenía la cabeza cubierta con una gorra negra de los Piratas y las manos escondidas en los bolsillos de la chaqueta. Su aspecto era parecido al de cualquiera de los centenares de personas allí reunidas.

–Parker, ¿no? –dijo.

–Exacto. ¿Tú eres Bill?

Asintió, pero no sacó las manos de los bolsillos.

–¿Cuánto hace que nos vigilas? –pregunté.

–Desde antes de empezar la primera parte –contestó.

–Eres muy precavido.

–Supongo que eso no le hace daño a nadie.

–Frank Merrick está detenido –dije.

–Ah, pero yo eso no lo sabía. ¿Por qué lo han detenido?

–Por acoso.

–¿Me estás diciendo que van a acusar a Frank Merrick de acoso? –Soltó un resoplido de incredulidad–. No me jodas. ¿Por qué no añaden cruzar la calle sin mirar y llevar un perro sin licencia?

–Queríamos tenerlo encerrado durante unos días –expliqué–. La razón era lo de menos.

Bill miró por encima de mí en dirección a Louis.

–Sin ánimo de ofender, pero choca ver a un negro en un partido de hockey.

–Estamos en Maine. Aquí choca ver a un negro en cualquier sitio.

–Supongo, pero podrías haberlo camuflado un poco.

–¿Tú te imaginas a un hombre como él con un sombrero de pirata y un alfanje de plástico?

Bill apartó la mirada de Louis.

–Diría que no. Con un alfanje de verdad, puede.

Se reclinó y no volvió a abrir la boca durante un rato. Cuando faltaban tres minutos y dieciocho segundos para concluir la segunda parte, Shane Hynes clavó el disco en el fondo de la red. Al cabo de un minuto y medio, Jordan Smith marcó el cuatro a cero. El partido estaba sentenciado.

Bill se puso en pie.

–Vamos a por una cerveza –propuso–. Son cuatro victorias consecutivas, y nueve en diez partidos. El mejor comienzo de liga desde la temporada noventa y cuatro noventa y cinco, y aquélla tuve que verla desde la cárcel.

–Eso para ti es un castigo cruel e inusual, ¿no? –preguntó Louis.

Bill le lanzó una mirada iracunda.

–No es aficionado –expliqué.

–No me digas.

Salimos y pedimos tres cervezas en vasos de plástico. Un flujo constante de espectadores abandonaba las gradas ahora que aparentemente los Piratas tenían el partido en el saco.

–Por cierto, gracias por la entrada –dijo–. Ya no dispongo siempre de fondos para venir.

–No hay de qué –contesté.

Esperó con cara de expectación y la mirada fija en el bulto de mi chaqueta, donde se veía mi cartera. La saqué y le pagué los cincuenta. Dobló los billetes con cuidado y se los guardó en el bolsillo del vaquero. Me disponía a preguntarle por Merrick cuando, desde las gradas, se oyó la inconfundible reacción al tanto marcado por los Halcones.

–¡Maldita sea! –exclamó Bill–. Los hemos gafado al marcharnos.

Así que volvimos a nuestros asientos a esperar el comienzo de la tercera parte, pero al menos Bill habló de buen grado durante un rato sobre su etapa en Supermax. El sistema Supermax fue concebido para apartar de la población reclusa común a los presos que se consideraban especialmente violentos, o con riesgo de fuga, o una amenaza para los demás. A menudo se empleaba a modo de castigo para quienes violaban las normas, o para aquellos a quienes descubrían con contrabando. La Supermax de Maine se inauguró en 1992 en Warren. Tenía cien celdas de aislamiento de máxima seguridad. Después de cerrarse la vieja prisión estatal en Thomaston nada más empezar este siglo, se construyó finalmente la nueva cárcel para mil cien reclusos alrededor de la Supermax, como las murallas de una fortaleza en torno a una ciudadela.

–Merrick y yo coincidimos en Max –dijo–. Yo cumplía veinte años por allanamiento de morada. Bueno, allanamientos. ¿Te lo puedes creer? Veinte años. A un puto asesino le caen menos. El caso es que me pillaron con un destornillador y un trozo de alambre en las manos. Era para arreglar mi puta radio. Como me consideraron un preso con alto riesgo de fuga, me mandaron a Max. A partir de ese momento las cosas se complicaron de un modo absurdo. Le aticé a un poli.

Me tenía muy cabreado. Aunque lo pagué con creces. Tuve que cumplir toda la condena en Max. Putos polis. Los odiaba.

Por norma, los reclusos llamaban «polis» a los celadores. Al fin y al cabo, formaban parte del mismo sistema penal que la policía, los fiscales y los jueces.

–Seguro que nunca has visto la Supermax por dentro –comentó Bill.

–No –respondí. El acceso a la Supermax estaba vetado a todo aquel que no fuera recluso o celador, pero había oído hablar más que suficiente para saber que era un sitio donde no deseaba estar.

–Es mal asunto –dijo Bill, y por cómo lo dijo supe que no iba a oír ninguna historia lacrimógena y exagerada de un ex presidiario. No intentaba venderme nada. Sólo quería que alguien lo escuchara–. Apesta: a mierda, sangre, vómitos. La inmundicia está por todo el suelo, por las paredes. En invierno, la nieve entra por debajo de las puertas. Se oye a todas horas el ruido en los respiraderos, y no te imaginas lo que es eso. No puedes abstraerte. Yo me tapaba los oídos con papel higiénico para no oírlo. Pensaba que iba a volverme loco. Eran veintitrés horas de confinamiento al día, y una, cinco días por semana, en la perrera. Así llamaban al patio de ejercicio: mide un metro ochenta de ancho por diez de largo. Bien que lo sé: lo medí durante cinco años. Las luces están encendidas las veinticuatro horas del día, siete días por semana. No hay televisión, ni radio..., sólo ruido y luz blanca. Ni siquiera te dejan entrar un cepillo de dientes. Te dan un puto trozo de plástico que hay que ponerse en el dedo, pero no sirve para una mierda. –Bill abrió la boca y se señaló con el dedo los huecos entre los dientes amarillentos–. Allí perdí cinco dientes. Se me cayeron sin más. Si te paras a pensar, Max es una forma de tortura psicológica. Sabes por qué estás allí, pero no qué puedes hacer para salir. Y eso no es lo peor. Si te pasas de rosca, te mandan a la silla.

Eso ya lo sabía. La «silla» era un artefacto inmovilizador utilizado con quienes conseguían agotar la paciencia de los celadores. Cuatro o cinco celadores con protectores en todo el cuerpo y escudos y gas mostaza irrumpían en la celda de un preso para realizar la «extracción». Lo rociaban de gas, lo tiraban al suelo o al camastro y lo esposaban –las esposas iban unidas a grilletes–, después lo desnudaban cortándole la ropa. A continuación, se lo llevaban, desnudo y gritando, a una sala de observación donde lo sujetaban a una silla con correas y lo dejaban allí durante horas muerto de frío. Asombrosamente, las autoridades penitenciarias sostenían que la silla no se utilizaba como castigo, sino sólo como medio para controlar a los reclusos que eran una amenaza para sí mismos o para los demás. El *Phoenix* de Portland había conseguido imágenes en vídeo de una extracción, ya que dichas operaciones se grababan en la cárcel, supuestamente para demostrar que los presos no sufrían malos tratos. Según quienes las habían visto, costaba imaginar cómo las extracciones y la silla podían definirse como algo distinto de violencia autorizada y oficial rayana en la tortura.

–A mí me lo hicieron una vez –continuó Bill–, después de tumbar a un poli. Nunca más. Después de eso mantuve la cabeza gacha. Aquello no era manera de tratar a un hombre. A Merrick también se lo hicieron. Más de una vez, pero con Frank no pudieron. Aunque siempre fue por lo mismo. Nunca variaba.

–¿A qué te refieres?

–A Merrick siempre lo castigaban por lo mismo. Había un chico allí, un tal Kellog, Andy Kellog. Estaba loco, pero no era su culpa. Todo el mundo lo sabía. Se lo habían follado de niño y nunca se recuperó. Se pasaba la vida hablando de pájaros, hombres como pájaros.

Interrumpí a Bill.

–Un momento. ¿Ese Kellog había sufrido abusos?

–Exacto.

–¿Abusos sexuales?

–Ajá. Supongo que los autores llevaban máscaras o algo así. Yo recordaba a Kellog de su etapa en Thomaston. Otros en Max también lo recordaban, pero al parecer nadie sabía con seguridad qué le había pasado. Lo único que sabíamos era que se lo habían llevado unos «hombres como pájaros» y no una sola vez, sino un par de veces, y eso después de que otros ya se lo hubieran beneficiado. Lo que quedó cuando acabaron no valía ni cinco centavos. Lo atiborraron de fármacos. La única persona capaz de acceder a él era Merrick, y te aseguro que me costó creerlo. Merrick no era precisamente un asistente social. Era un hombre duro. Pero en el caso de ese chico... Merrick intentó cuidar de él. Y no era un maricón ni mucho menos. El primero que se lo dijo a Merrick fue también el último. Merrick casi le arrancó la cabeza, intentó pasársela por entre los barrotes de la celda. Y a punto estuvo de conseguirlo, pero aparecieron los polis y lo separaron. Luego trasladaron a Kellog a Max por tirar mierda a los celadores, y Merrick encontró la manera de ir también allí.

–¿Merrick se hizo trasladar a propósito a Supermax?

–Sí, eso dicen. Hasta que se fue Kellog, Merrick había ido a la suya, manteniendo la cabeza gacha, salvo cuando alguien se pasaba de listo y amenazaba al chico o, si era muy tonto, intentaba cambiar la jerarquía desafiando a Merrick. Pero después del traslado de Kellog, Merrick hizo todo lo que pudo para sacar de quicio a los polis, hasta que no les quedó más remedio que mandarlo a Warren. Allí no podía hacer gran cosa por el chico, pero no se rindió. Habló con los polis, intentó convencerlos de que mandaran a un asistente especializado en salud mental para controlarlo, incluso logró calmar al chico un par de veces cuando parecía que iba a conseguir que lo mandaran otra vez a la silla. Los celadores lo sacaron alguna que otra vez de su celda para que hiciera entrar en razón al chico, pero no siempre dio resultado. Kellog se pasaba la vida en esa silla, te lo aseguro. Puede que siga allí, por lo que yo sé.

–¿Kellog sigue allí?

–Dudo que llegue a salir alguna vez, al menos vivo. Me parece que ese chico quiere morir. Es un milagro que no esté muerto ya.

–¿Y qué me dices de Merrick? ¿Hablaste con él? ¿Te contó algo de su vida?

–No, era un solitario. Sólo tenía tiempo para Kellog. Hablé con él un poco, cuando nos cruzábamos camino de la enfermería o de la perrera, pero a lo largo de los años hablamos tanto como tú y yo hemos hablado esta noche. Sin embargo, sí que supe lo de su hija. Creo que por eso cuidaba de Kellog.

Empezó la última parte del encuentro. Vi que Bill se concentraba inmediatamente en el hielo.

–No lo entiendo –dije–. ¿Qué tiene que ver la hija de Merrick con Kellog?

A regañadientes, Bill desvió la atención del partido por última vez.

–Bueno, su hija había desaparecido –respondió–. No tenía gran cosa que se la recordase. Sólo un par de fotografías, un dibujo o dos que la niña le había mandado a la cárcel antes de desaparecer. Fueron los dibujos lo que lo acercaron a Kellog, porque éste y la hija de Merrick habían dibujado lo mismo. Los dos habían dibujado hombres con cabeza de pájaro.

Tercera parte

Yo mismo soy el Infierno,
aquí no hay nadie.

Robert Lowell, *La hora de la mofeta*

15

No tardé en averiguar el nombre de la abogada que había representado a Andy Kellog en sus más recientes encontronazos con la ley. Se llamaba Aimee Price y tenía el bufete en South Freeport, a unos cinco kilómetros del bullicio turístico de Freeport. El contraste entre Freeport y South Freeport era chocante. Freeport había renunciado al recuerdo del pasado en favor de las alegrías de las compras en las tiendas *outlet* y había convertido las calles adyacentes en amplios aparcamientos, mientras que South Freeport, que se extendía desde Porter Landing hasta Winslow Park, había conservado casi todos sus edificios decimonónicos, construidos en la época de mayor auge de los astilleros del río Harraseeket. El bufete de Price, en Park Street, formaba parte de un pequeño complejo creado en el centro del pueblo a partir de dos casas, antiguas viviendas de capitanes de barco cuidadosamente restauradas, y que constituían un cuadrado compuesto por cuatro manzanas justo por encima del embarcadero de Freeport. Compartía el espacio con un contable, un servicio de reestructuración de deudas y un acupuntor.

Pese a ser sábado, Price me había dicho que estaría allí revisando expedientes hasta eso de la una. Compré unos bollos recién hechos en el Village Store de las galerías Carharts y me encaminé hacia su bufete poco antes del mediodía. Me acerqué a la recepción y, después de anunciar mi llegada por el teléfono interno a la secretaria de Price, la joven detrás del mostrador me señaló un pasillo a mi izquierda. La secretaria de Price era en realidad un secretario de poco más de veinte años. Llevaba tirantes y pajarita roja. En otra persona de su edad habría parecido una presunción de excentricidad, pero por el algodón arrugado de la camisa y las manchas de tinta en los pantalones de color tostado cabía pensar que su excentricidad era bastante auténtica.

Price, de unos cuarenta años, tenía el pelo rojo y rizado y lo llevaba muy corto, con un peinado más propio de una mujer veinte años mayor. Vestía un traje azul marino, cuya chaqueta colgaba del respaldo de su silla, y ofrecía el cansado aspecto de alguien que libraba demasiadas batallas perdidas contra el sistema. Tenía el despacho decorado con imágenes de caballos, y a pesar de que había carpetas en el suelo, en el alféizar de la ventana y sobre el escritorio, resultaba mucho más acogedor que el bufete de Eldritch y Asociados, sobre todo porque aquí habían descubierto el uso del ordenador y sabían cómo deshacerse de los papeles viejos.

En lugar de sentarse ante su escritorio, Price hizo un hueco en un sofá y me invitó a acomodarme allí mientras ella ocupaba una silla de respaldo recto enfrente. Nos separaba una mesa pequeña, y el secretario, que se llamaba Ernest, dejó allí unas tazas y una cafetera, y se llevó un bollo por la molestia. La disposición de los asientos me dejaba sentado a una altura algo inferior y en una posición algo menos cómoda. Era, lo sabía, totalmente a propósito. Al parecer, Aimee Price había aprendido por el camino difícil a esperar lo peor, y a aprovechar cualquier ventaja a su alcance antes de iniciarse las batallas venideras. Lucía un gran anillo de compromiso de diamantes. Brillaba a la luz del sol invernal como si criaturas vivas se movieran en el interior de las piedras.

–Bonito pedrusco –dije.

Sonrió.

–¿Es usted tasador de joyas además de detective?

–Soy polifacético. Así, si esto de la investigación privada no acaba de cuajar, siempre puedo recurrir a otra cosa.

–No parece que le vaya mal –comentó–. Sale mucho en los periódicos. –Reconsideró sus palabras–. No, supongo que no es así. Es sólo que cuando sale, llama mucho la atención. Seguro que, además, tiene todos los recortes enmarcados.

–Me he construido un santuario a mí mismo.

–Pues le deseo suerte y que atraiga a muchos adoradores. ¿Quería hablarme de Andy Kellog?

Se proponía ir al grano.

–Me gustaría verlo –dije.

–Está en Max. Allí no entra nadie.

–Salvo usted.

–Soy su abogada, e incluso yo tengo que pasar por el aro para acceder a él allí dentro. ¿A qué se debe su interés por Andy?

–Daniel Clay.

194

El rostro de Price se endureció.

–¿Qué pasa con él?

–Me ha contratado su hija. Ha tenido problemas con un individuo que tiene mucho interés en localizar a su padre. Por lo visto, ese individuo conoció a Andy Kellog en la cárcel.

–Merrick –adivinó Price–. Se trata de Frank Merrick, ¿no es así?

–¿Lo conoce?

–Irremediablemente. Andy y él eran íntimos.

Esperé. Price se reclinó en la silla.

–No sé por dónde empezar –dijo–. Acepté el caso de Andy Kellog *pro bono*. Ignoro hasta qué punto conoce usted sus circunstancias, pero le haré un breve resumen. Fue abandonado al nacer, adoptado por la hermana de su madre y tratado brutalmente por ella y su marido; luego pasó de mano en mano entre los amigotes del marido, que lo sometieron a abusos sexuales. A los ocho años empezó a escaparse de casa y a los doce estaba prácticamente desquiciado. Medicado desde los nueve años, tuvo serias dificultades de aprendizaje y no pasó de tercer curso. Al final acabó en un centro de acogida para niños con trastornos graves, un establecimiento sin apenas financiación del Estado, mantenido a fuerza de voluntad, y fue allí donde se lo remitieron a Daniel Clay. Formó parte de un programa piloto. El doctor Clay era especialista en niños traumatizados, sobre todo en los que habían sido víctimas de malos tratos físicos y abusos sexuales. Se seleccionó a una serie de niños para el programa, Andy entre ellos.

–¿Quién decidió a qué niños se admitía?

–Un equipo de expertos en salud mental, asistentes sociales y el propio Clay. Por lo visto, Andy mejoró desde el primer momento. Parecía que las sesiones con el doctor Clay le iban bien. Se volvió más comunicativo, menos agresivo. Se decidió que tal vez fuera beneficiosa para él la interacción con una familia fuera del entorno del centro de acogida, así que empezó a pasar un par de días por semana con una familia de Bingham. Eran los dueños de un albergue donde se organizaban actividades al aire libre, ya sabe: caza, excursiones, *rafting*, esas cosas. Con el tiempo se autorizó a Andy a vivir con ellos, aunque los expertos en salud mental y la gente de protección infantil se mantendrían en contacto con él de manera periódica. Bueno, ésa era la intención, pero estaban siempre desbordados de trabajo, así que mientras no se metiese en líos lo dejaban en paz y se dedicaban a otros casos. Se le concedió cierto grado de libertad, pero en esencia prefería estar cerca de la familia y el albergue. Eso fue en verano. Allí, con la temporada alta, la actividad fue en aumento y la familia no siempre tenía tiempo para vigilar a Andy las veinticuatro horas al día y... –Se interrumpió–. ¿Tiene usted hijos, señor Parker?

–Sí.

–Yo no. En una época pensé que quería tener, pero ahora creo que ya es tarde. Mejor así, quizá, viendo las cosas que la gente es capaz de hacer a los niños. –Se humedeció los labios, como si su organismo intentase acallarla secándole la boca–. A Andy lo secuestraron cerca del albergue. Desapareció durante un par de horas una tarde, y cuando regresó, estaba poco comunicativo. Nadie le prestó mucha atención. Entiéndalo: Andy no era aún como los otros niños. Tenía arranques de mal genio, y la gente que lo cuidaba había aprendido a esperar a que se le pasaran. Pensaron que no había nada de malo en permitirle explorar el bosque él solo. Eran buena gente. Creo que simplemente bajaron la guardia en lo tocante a Andy.

»El caso es que nadie se dio cuenta de nada hasta que aquello ocurrió por tercera o cuarta vez. Alguien, creo que fue la madre, fue a ver cómo estaba Andy, y él la atacó sin más. Enloquecido, le tiró del pelo y le arañó la cara. Al final tuvieron que sentarse encima de él e inmovilizarlo hasta que llegó la policía. Se negó a volver a la consulta de Clay, y los de protección infantil sólo pudieron sonsacarle fragmentos de lo ocurrido. Lo devolvieron a la institución, y allí se quedó hasta los diecisiete años. Después acabó en la calle y se perdió para siempre. No podía pagarse la medicación que necesitaba, así que cayó en el trapicheo, el robo y la violencia. Cumple quince años de condena, pero su sitio no es Max. He intentado solicitar el traslado al psiquiátrico de Riverview. Es allí donde debería estar. Hasta la fecha no he tenido suerte. El Estado ha decidido que es un delincuente, y el Estado nunca se equivoca.

–¿Por qué no le habló a nadie de los abusos?

Price mordisqueó un bollo. Advertí que siempre movía las manos mientras pensaba, marcando un compás con los dedos en el borde de la silla, mirándose las uñas o, como en este caso, partiendo el bollo. Parecía parte de su proceso de pensamiento.

–Es complicado –contestó–. Puede que se debiera, por un lado, a los abusos anteriores, en los que los adultos responsables de él no sólo estaban enterados de lo que ocurría, sino que participaban activamente. Andy confiaba poco o nada en las figuras con autoridad, y la pareja adoptiva de Bingham justo empezaba a romper sus barreras cuando se produjeron los nuevos abusos. Pero, por lo que me contó después, los hombres que abusaron de él lo amenazaron con hacer daño a la hija de ocho años del matrimonio si decía algo. La niña se llamaba Michelle, y Andy se había encariñado con ella. Sentía necesidad de protegerla, a su manera. Por eso regresaba.

–¿Regresaba?

–Los hombres le dijeron a Andy dónde debía esperarlos cada martes. A veces iban, a veces no, pero Andy nunca faltaba por si acaso. No quería que le pasara nada a Michelle. Había un claro a menos de un kilómetro de la casa y, cerca, un arroyo; un sendero bajaba hasta allí desde la carretera, con anchura suficiente para permitir el paso de un vehículo. Andy se sentaba allí y uno de ellos iba a buscarlo. Le ordenaron que se sentara mirando hacia el arroyo, y que nunca se volviera al oír llegar a alguien. Le vendaban los ojos, lo llevaban al coche y se alejaban.

Sentí algo en la garganta y me escocieron los ojos. Aparté la mirada de Price. Me imaginé a un niño sentado en un tronco, el murmullo del agua a corta distancia, los rayos del sol a través de los árboles y los trinos de los pájaros, y entonces unos pasos que se acercaban, y la oscuridad.

–Me he enterado de que lo han llevado a la silla un par de veces.

Me lanzó una mirada, quizá sorprendida de lo informado que estaba.

–Más de un par. Es un círculo vicioso. Andy se medica, pero la medicación debe supervisarse para ir adaptando las dosis. Sin embargo, no sucede así y por tanto los medicamentos dejan de hacer el efecto que deberían, Andy se altera, pierde el control y los celadores lo castigan, y eso lo altera más, y entonces los medicamentos aún tienen menos efecto que antes. No es culpa de Andy, pero vaya a explicarle eso a un celador a quien Andy acaba de orinársele encima. Y Andy no es un caso aislado: en Supermax, los casos como el suyo no dejan de crecer. Todo el mundo lo ve, pero nadie sabe qué hacer al respecto, o nadie desea siquiera hacer nada al respecto; según lo deprimida que me sienta, pienso lo uno o lo otro. Tomamos a un preso mentalmente desequilibrado que, de algún modo, infringe las reglas cuando forma parte de la población reclusa normal. Lo confinamos en una celda muy iluminada, sin distracciones, rodeado de otros presos aún más trastornados que él. Bajo esa tensión, viola más reglas. Lo castigan con la silla, cosa que lo desquicia todavía más que antes. Comete transgresiones más graves aún de las reglas, o agrede a un celador, y aumentan la pena. El resultado final, en el caso de una persona como Andy, es la locura, incluso el suicidio. ¿Y qué se consigue con una amenaza de suicidio? Más tiempo en la silla.

»Winston Churchill dijo una vez que puede juzgarse a una sociedad por la manera que tiene de tratar a los presos. Recordará usted el asunto de Abu Ghraib y lo que estamos haciéndoles a los musulmanes en Irak y en Guantánamo y en Afganistán y dondequiera que hemos decidido encerrar a aquellos que percibimos como amenaza. La gente pareció sorprenderse, pero bastaba con que mirasen alrededor. A los nuestros les hacemos lo mismo, procesamos a los niños como si fueran adultos. Encerramos, incluso ejecutamos, a los enfermos mentales. Y atamos a personas desnudas a sillas en habitaciones heladas porque no les hace efecto la medicación. Si somos capaces de hacer eso aquí, ¿cómo demonios se sorprende alguien de que no tratemos mejor a nuestros enemigos?

Había ido subiendo el tono de voz a medida que se dejaba llevar por la indignación. Ernest llamó a la puerta y asomó la cabeza.

–¿Todo en orden, Aimee? –preguntó, y me miró como si yo fuese el culpable de la alteración del orden, cosa que en cierto modo así era.

–No pasa nada, Ernest.

–¿Quieres más café?

Negó con la cabeza.

–Bastante tensa estoy ya. ¿Y usted, señor Parker?

–No, gracias.

Price esperó a que se cerrara la puerta antes de seguir.

–Lo siento –se disculpó Aimee.

–¿Por qué?

–Por la perorata. Probablemente no está de acuerdo conmigo.

–¿Por qué lo dice?

–Por lo que he leído sobre usted. Usted ha matado a personas. Parece un juez severo.

No supe qué responder. Por un lado me sorprendieron sus palabras, puede que incluso me irritasen, pero no advertí segundas intenciones. Llamaba a las cosas por su nombre, nada más.

–Creo que no tuve opción –contesté–. No en ese momento. Quizás ahora, sabiendo lo que sé, actuaría de manera distinta en algunos casos, pero no en todos.

–Usted hizo lo que consideraba correcto.

–He empezado a creer que la mayoría de la gente hace lo que considera correcto. El problema surge cuando lo que hacen es correcto para ellos, pero no para los demás.

–¿Egoísmo?

–Tal vez. Interés propio. Instinto de conservación. Todos ellos conceptos que giran en torno a uno mismo.

–¿Cometió algún error cuando hizo lo que hizo?

Me di cuenta de que estaba poniéndome a prueba de algún modo, de que las preguntas de Price eran una manera de calibrar si yo merecía ver a Andy Kellog. Intenté contestar con la mayor sinceridad posible.

–No, al final no.

–¿No comete errores, pues?

–No de ésos.

–Nunca ha disparado a nadie que no tuviera un arma en la mano, ¿es eso lo que quiere decir?

–No, porque tampoco es verdad.

Se produjo un silencio, hasta que Aimee Price se llevó las manos a la frente y dejó escapar un gruñido de frustración.

–Parte de eso no es asunto mío –dijo–. Disculpe una vez más.

–Yo le estoy haciendo preguntas. No veo por qué no podría hacérmelas usted a mí. Pero ha arrugado la frente cuando he mencionado a Daniel Clay. ¿Por qué?

–Porque sé lo que la gente dice de él. He oído los rumores.

–¿Y los cree? –pregunté.

–Alguien puso a Andy Kellog en manos de esos hombres. No fue casualidad.

–Merrick piensa lo mismo.

–Frank Merrick está obsesionado. Algo se rompió dentro de él cuando su hija desapareció. No sé si eso lo convierte en un hombre más o menos peligroso de lo que ya era.

–¿Qué puede decirme sobre él?

–No mucho. Probablemente usted ya sabe todo lo que necesita saber sobre su condena, y lo sucedido en Virginia: el asesinato de Barton Riddick, y la coincidencia entre las balas que permitió relacionar a Merrick con el crimen. Para serle sincera, a mí no me interesa demasiado. Mi principal preocupación era, y sigue siendo, Andy Kellog. Cuando Merrick empezó a establecer cierto vínculo con Andy, pensé lo mismo que la mayoría de la gente: ya me entiende, un joven vulnerable, un preso de mayor edad y más curtido, pero no tuvo nada que ver con eso. Merrick parecía cuidar realmente de Andy en la medida de sus posibilidades.

Empezó a garabatear en el cuaderno apoyado en su regazo a medida que hablaba. Creo que ni siquiera era del todo consciente de lo que hacía. No bajó la vista hacia el papel mientras deslizaba el lápiz sobre él, ni me miró a mí, sino que prefirió fijar la vista en la luz fría del invierno al otro lado de la ventana.

Dibujaba cabezas de pájaros.

–Me han dicho que Merrick forzó su traslado a Supermax para estar cerca de Kellog –comenté.

–Siento curiosidad por conocer su fuente de información a ese respecto, pero es cierto, sin ningún género de dudas. A Merrick lo trasladaron y dejó bien claro que cualquiera que se pasase de la raya con Andy rendiría cuentas ante él. Incluso en un sitio como Max, siempre hay caminos. Sólo que la única persona de quien Merrick no podía proteger a Andy era el propio Andy.

»Mientras tanto, la fiscalía de Virginia puso en marcha el proceso por el asesinato de Riddick. Corrió mucha tinta y, ya cerca de la puesta en libertad de Merrick, se dictaron las órdenes pertinentes y se le notificó el traslado a Virginia para ser juzgado. Entonces ocurrió algo raro: intervino otro abogado en representación de Merrick.

–Eldritch –apunté.

–Exacto. La intervención fue conflictiva por diversas razones. No parecía que Eldritch hubiera tenido un solo contacto previo con Merrick y, según me dijo Andy, fue el propio abogado quien se dirigió a él. El viejo ese se presentó por las buenas y se ofreció a llevar el caso de Merrick, pero, por lo que supe después, no estaba especializado en casos penales. Se dedicaba al derecho de empresa, a los bienes raíces, todo estrictamente administrativo, así que era un candidato poco común como defensor de causas perdidas. No obstante, vinculó el caso de Merrick a una campaña contra el análisis balístico organizada por un grupo de abogados liberales y encontró pruebas de un asesinato en el que había intervenido la misma pistola utilizada para matar a Riddick, pero cometido mientras Merrick estaba entre rejas. Los federales empezaban a echarse atrás en el empleo del análisis balístico, y Virginia comprendió que no tenía pruebas suficientes para conseguir la condena por el asesinato de Riddick. Y si hay algo que a un fiscal no le gusta hacer, es llevar adelante un caso que parece condenado al fracaso desde el principio. Merrick pasó unos meses en una celda de Virginia y al final lo pusieron en libertad. Había cumplido toda su condena en Maine, así que quedó libre y en paz.

–¿Cree que lamentó dejar a Andy Kellog en Max?

–Sin duda, pero para entonces, por lo visto, había decidido que tenía otras cosas que hacer fuera.

–¿Como averiguar qué había sido de su hija?

–Sí.

Cerré mi libreta. Habría más preguntas, pero de momento eso era todo.

–En cualquier caso, me gustaría hablar con Andy –insistí.

–Haré indagaciones.

Le di las gracias y le ofrecí mi tarjeta de visita.

–En cuanto a Frank Merrick –dijo cuando me disponía a salir–, creo que sí mató a Riddick, y también a otros muchos.

–Conozco su reputación –contesté–. ¿Cree que Eldritch hizo mal en intervenir?

–Ignoro por qué intervino Eldritch, pero no fue porque le preocupara la justicia. Tuvo, no obstante, un resultado positivo, aunque no fuera ése su objetivo: el análisis balístico como prueba se vino abajo. El proceso contra Merrick también se vino abajo. Basta con que suceda eso una sola vez para que el sistema entero se derrumbe, o se desmorone un poco más. Si Eldritch no se hubiese hecho cargo del caso, quizás yo hubiera pedido una orden de excepción para poder ejercer en Virginia y lo habría llevado yo misma. –Sonrió–. Hago especial hincapié en ese «quizás».

–No le gustaría tener a Frank Merrick como cliente.

–Sólo de saber que ha vuelto a Maine me pongo nerviosa.

–¿No ha intentado ponerse en contacto con usted por Andy?

–No. ¿Tiene idea de dónde está viviendo?

Era una buena pregunta, y me dio que pensar. Si Eldritch había proporcionado un coche a Merrick, y acaso también fondos, podría haberle facilitado, además, un lugar para alojarse. Si era así, tal vez hubiera forma de encontrarlo y de descubrir algo más sobre Merrick y el cliente de Eldritch.

Me levanté para marcharme. En la puerta del despacho, Aimee Price preguntó:

–¿La hija de Daniel Clay le paga por hacer todo esto?

—No, esto no —respondí—. Me paga por protegerla de Merrick.

—¿Y por qué está aquí, pues?

—Por la misma razón por la que usted podría haberse ocupado del caso de Merrick. Aquí hay algo que no encaja. Eso me molesta. Desearía averiguar qué es.

Ella asintió con la cabeza.

—Ya le avisaré por lo de Andy —dijo.

Rebecca Clay me llamó y la puse al día de la situación con Merrick. Eldritch había informado a su cliente de que no podría hacer nada por él hasta el lunes, y entonces, si Merrick seguía retenido sin cargos, presentaría una solicitud ante un juez. O'Rourke dudaba que un juez permitiera a la policía de Scarborough seguir reteniéndolo si había pasado ya cuarenta y ocho horas a la sombra, aun teniendo en cuenta que la ley los autorizaba a privarlo de libertad otras cuarenta y ocho horas.

—¿Y ahora qué? —preguntó Rebecca.

—Estoy casi seguro de que no volverá a molestarla. Vi su reacción cuando le dijeron que lo iban a encerrar durante el fin de semana. No le da miedo la cárcel, pero si pierde la libertad, no podrá buscar a su hija, y eso sí le da miedo. Ahora esa libertad depende de que a usted no le pase nada. Le entregaré la orden judicial cuando salga, pero si usted no se opone, la tendremos bajo vigilancia durante un par de días después de su puesta en libertad, por si acaso.

—Quiero que Jenna vuelva a casa —dijo.

—No se lo recomiendo todavía.

—Me tiene preocupada. Creo que todo este asunto la está afectando.

—¿Por qué?

—Encontré unos dibujos en su habitación.

—¿Dibujos de qué?

—De hombres, hombres pálidos y sin ojos. Me dijo que los había visto o que había soñado con ellos. Quiero tenerla cerca.

No le conté a Rebecca que otros habían visto también a esos hombres, incluido yo. Me pareció mejor, de momento, dejar que creyera que eran fruto de la imaginación trastornada de su hija, y nada más.

—Pronto —dije—. Deme sólo unos días más.

Reacia, accedió.

Esa noche, Ángel, Louis y yo cenamos en Fore Street. Louis se había acercado a la barra para examinar los distintos vodkas, y nos había dejado a Ángel y a mí ocasión de hablar.

–Has perdido peso –dijo Ángel sorbiéndose la nariz y provocando una lluvia de fragmentos de pañuelo de papel sobre la mesa. No tenía la menor idea de qué había estado haciendo en Napa para coger ese resfriado, pero ciertamente no quería que me lo contase–. Tienes buen aspecto. Incluso tu ropa tiene un aspecto razonable.

–Es mi nueva imagen. Como bien, sigo yendo al gimnasio, paseo al perro.

· –Ya. Ropa bonita, buen comer, gimnasio, un perro. –Se paró a pensar un momento–. ¿Seguro que no eres gay?

–No puedo ser gay –contesté–. Bastante ocupado estoy siendo como soy.

–Quizá sea eso lo que me gusta de ti –comentó–. Eres un gay no gay.

Ángel había llegado con una cazadora de cuero marrón que yo había desechado, tan gastada en algunos puntos que había perdido el color por completo. Sus viejos Wrangler tenían una onda bordada en los bolsillos traseros y llevaba una camiseta de Hall and Oates, lo que significaba que el tiempo en la tierra de Ángel se había detenido poco después de 1981.

–¿Se puede ser homófobo y gay? –pregunté.

–Claro. Es como ser judío y odiarse a sí mismo, sólo que comes mejor.

Louis regresó.

–Le he estado explicando lo gay que es –informó Ángel mientras untaba mantequilla en una rebanada de pan. Un trozo de mantequilla le cayó en la camiseta. Lo recogió cuidadosamente con un dedo y se lo lamió. El rostro de Louis permaneció impasible, sólo entornó un poco los ojos para expresar la profundidad de sus emociones.

–Ajá –dijo–. No creo que seas la persona más indicada para encabezar la campaña de reclutamiento.

Mientras comíamos hablamos de Merrick y de lo que había averiguado por mediación de Aimee Price. Ese mismo día había telefoneado unas horas antes a Matt Mayberry, un agente inmobiliario de Massachusetts conocido mío con actividades en toda Nueva Inglaterra, para preguntarle si había alguna manera de obtener información acerca de las propiedades en Portland e inmediaciones con las que Eldritch y Asociados hubiesen tenido alguna relación en los últimos años. Era un palo de ciego. Había pasado la mayor parte de la tarde llamando a hoteles y moteles, pero en ningún caso había obtenido resultados al pedir que me pusieran con la habitación de Frank Merrick. Aun así, sería útil saber dónde era más probable que se dejase caer Merrick una vez puesto en libertad.

–¿Has visto a Rachel últimamente? –preguntó Ángel.

–Hace unas semanas.

–¿Cómo andan las cosas entre vosotros?

–No muy bien.

–Es una lástima.

–Sí.

–Debes seguir intentándolo, ¿sabes?

–Gracias por el consejo.

–Tal vez tendrías que ir a verla mientras Merrick está a la sombra.

Lo pensé mientras traían la cuenta. En ese momento supe que quería verlas a las dos. Quería tener a Sam en brazos y charlar con Rachel. Estaba cansado de oír hablar de hombres que torturaban a niños y de las vidas atormentadas que dejaban a su paso.

Louis empezó a contar los billetes.

–Quizá vaya a verlas –dije.

–Nosotros sacaremos a pasear a tu perro –propuso Ángel–. Si es un gay encubierto, no pondrá inconveniente.

16

El viaje hasta la finca de los padres de Rachel, donde Rachel y Sam se encontraban en esos momentos, era largo y me pasé gran parte del recorrido en silencio, repasando todo lo que había averiguado sobre Daniel Clay y Frank Merrick, e intentando dilucidar dónde encajaba el cliente de Eldritch en todo aquello. Eldritch me había dicho que su cliente no tenía interés en Daniel Clay, y sin embargo los dos ayudaban a Merrick, que estaba obsesionado con Clay. Por otro lado, estaban los Hombres Huecos, fueran lo que fueran. Yo los había visto, o quizá sería más exacto decir que habían penetrado en mi área de percepción. La sirvienta en casa de Joel Harmon también los había visto, y como yo había descubierto en la breve conversación con Rebecca Clay la noche anterior, su hija Jenna los había dibujado antes de marcharse de la ciudad. El eje parecía ser Merrick, pero cuando le preguntaron durante el interrogatorio si trabajaba solo o si lo acompañaba alguien, pareció sinceramente sorprendido y respondió que trabajaba solo. La duda seguía en el aire: quiénes eran y qué pretendían.

Los padres de Rachel se habían ido a pasar fuera el fin de semana y no tenían previsto volver hasta el lunes, así que la hermana de Rachel se quedaría para ayudarla con la niña. Sam había crecido mucho, pese a que habían pasado apenas unas semanas desde la última vez que la vi, o acaso sólo fuera la impresión de un padre consciente de que vivía separado de su hija y de que las etapas de crecimiento de ésta se le revelarían en adelante a modo de saltos más que de pasos.

¿Era simple pesimismo por mi parte? No lo sabía. Rachel y yo aún hablábamos con frecuencia por teléfono. La echaba de menos, y pensaba que también ella me echaba de menos a mí, pero las últimas veces que nos habíamos visto sus padres estaban presentes, o Sam alborotaba, o había siempre algo que parecía impedirnos hablar de nosotros y de por qué se habían torcido tanto las cosas en nuestra relación. Yo no acababa de saber si permitíamos que esas intrusiones se convirtieran en obstáculos a fin de eludir una especie de enfrentamiento final, o si eran realmente lo que parecían ser. Un periodo de separación para permitirnos a los dos reflexionar sobre cómo queríamos vivir se había convertido en algo más largo y más complicado, y en apariencia más definitivo. Rachel y Sam habían vuelto a Scarborough durante unos días en mayo, pero Rachel y yo habíamos discutido y entre nosotros se percibía una distancia que antes no existía. Ella se había sentido incómoda en la casa que en otro tiempo habíamos compartido sin demasiados problemas, y Sam no dormía bien en su habitación. ¿Acaso nos habíamos habituado a estar el uno sin el otro pese a que yo sabía que aún anhelaba su presencia y ella la mía? Vivíamos en una especie de tenso limbo, donde las cosas quedaban sin decir por temor a que expresarlas en voz alta provocara el hundimiento de aquel frágil edificio.

Los padres de Rachel habían transformado un antiguo establo de la finca en una amplia casa de invitados, y allí vivía Rachel con Sam. Ella volvía a trabajar, empleada con contrato en el Departamento de Psicología de la Universidad de Vermont en Burlington, dirigiendo seminarios y dando clases sobre psicología criminal. Me habló un poco de ello mientras yo permanecía sentado a la mesa de la cocina, pero lo hizo de pasada, con la despreocupación con la que uno describiría sus actividades a un desconocido durante la cena. Antes, yo habría sabido todos los detalles, pero ya no.

Sam estaba sentada en el suelo entre nosotros, jugando con enormes animales de granja de plástico. Cogió dos ovejas con sus manos regordetas e hizo chocar sus cabezas; luego alzó la vista y nos ofreció una a cada uno. Estaban pegajosas de baba.

–¿Crees que es una metáfora de nosotros dos? –pregunté a Rachel. Se la veía cansada, pero seguía hermosa. Me sorprendió mientras la miraba fijamente y se recogió un mechón de pelo detrás de la oreja sonrojándose un poco.

–No sé hasta qué punto darnos de cabezazos el uno contra el otro resolvería algo –dijo–. Aunque he de reconocer que quizá me lo pasaría bien dándote a ti de cabezazos contra algo.

–Muy simpática.

Alargó el brazo y me tocó el dorso de la mano con el dedo.

–No era mi intención que sonara tan áspero.

–Tranquila. Por si te sirve de consuelo, también a mí me entran ganas a menudo de darme de cabeza contra la pared.

–¿Y no quieres hacérmelo a mí?

–Tú eres demasiado guapa. Y me preocuparía estropearte el peinado.

Volví la palma de la mano hacia arriba y le sujeté el dedo.

–Vamos a dar un paseo –dijo ella–. Mi hermana cuidará de Sam.

Nos levantamos, y ella llamó a su hermana. Pam entró en la cocina antes de que yo pudiera soltar el dedo de Rachel y nos dirigió a los dos una mirada, dando a entender que nos había visto. Pero no era una mirada de desaprobación, lo que ya era mucho. Si hubiese sido el padre de Rachel, tal vez habría echado mano del rifle. Él y yo no hacíamos buenas migas, y sabía que esperaba que la relación entre su hija y yo se hubiera acabado para siempre.

–¿Y si me llevo a Sam a dar una vuelta? –preguntó Pam–. De todos modos tengo que ir a la tienda, y ya sabéis lo que le gusta mirar a la gente. –Se arrodilló delante de Sam–. ¿Quieres ir a pasear con la tía Pammie? Te llevaré a la sección de productos naturales y te mostraré todo lo que necesitarás cuando seas adolescente y vengan a verte los chicos. Tal vez podamos ir a ver las pistolas también, ¿eh?

Sam dejó que su tía la tomase en brazos sin quejarse. Rachel las siguió y ayudó a su hermana a preparar a Sam y a sentarla en la sillita del coche. Sam lloró un poco cuando se cerró la puerta y se dio cuenta de que su madre no las acompañaría, pero sabíamos que no duraría. La fascinaba el coche, y dentro pasaba casi todo el tiempo contemplando el cielo o simplemente durmiendo, arrullada por el movimiento del vehículo. Las vimos alejarse, luego seguí a Rachel por el jardín y nos adentramos en los campos que circundaban la casa de sus padres. Ella tenía los brazos cruzados sobre el pecho, como si la incomodase el hecho de haberme cogido la mano antes.

–¿Cómo has estado? –preguntó.

–Ocupado.

–¿Algo interesante?

Le hablé de Rebecca Clay y de su padre, y de la llegada de Frank Merrick.

–¿Qué clase de hombre es? –preguntó Rachel.

Era una pregunta extraña.

–Un hombre peligroso y difícil de interpretar –contesté–. Piensa que Clay sigue vivo, y que sabe lo que le ocurrió a su hija. Nadie parece en situación de desmentirlo, pero la opinión general es que Clay ha muerto; eso, o su hija es la mejor actriz que he conocido en mi vida. Merrick se decanta por esta segunda posibilidad. En su día fue asesino a sueldo. Ha estado en la cárcel mucho tiempo, pero no me da la impresión de que se haya rehabilitado. No obstante, intuyo que hay algo más en él. Mientras se hallaba entre rejas cuidó de uno de los antiguos pacientes de Clay, incluso llegó a provocar su propio traslado a Max para estar cerca de él. Al principio pensé que podía tratarse de una de esas situaciones que se dan en las cárceles, un hombre de cierta edad y otro más joven, pero por lo visto la cosa no iba por ahí. La propia hija de Merrick era paciente de Clay en el momento de su desaparición. Quizá por eso existía un lazo entre él y ese chico, Kellog.

–Tal vez Merrick esperaba averiguar algo por mediación de Kellog que lo llevara hasta su hija –observó Rachel.

–Es probable, pero el caso es que no se despegó del chico durante años, y lo protegió. No le habría llevado mucho tiempo averiguar lo que sabía Kellog, pero no se desentendió de él. Se quedó a su lado. Cuidó de él lo mejor que pudo.

–¿No pudo proteger a su hija, y en lugar de eso protegió a Kellog?

–Es un hombre complejo.

–Hablas casi como si lo respetaras –dijo Rachel.

Moví la cabeza en un gesto de negación.

–Lo compadezco. Creo que incluso lo comprendo hasta cierto punto. Pero no lo respeto, no como tú das a entender.

–¿Puede entenderse de otra manera?

No quise responder. Al fin y al cabo, eso nos conduciría nuevamente a una de las razones por las que Rachel y yo nos habíamos separado.

–¿No contestas? –insistió, y supe que ella ya había adivinado lo que yo iba a decir. Quería oírlo, como para confirmar una circunstancia triste pero necesaria.

–Tiene las manos muy manchadas de sangre –dije–. No perdona.

Habría podido hablar de mí mismo, y una vez más tomé conciencia de lo mucho que me parecía a Merrick en otro tiempo, y quizá me pareciera aún. Era como si me hubiesen brindado la oportunidad de ver una versión de mí mismo al cabo de unas décadas, más viejo y más solitario, intentando enmendar un agravio por la fuerza e infligiendo daño a otros.

–Y ahora lo has disgustado. Has metido a la policía. Te has interpuesto en su empeño por descubrir la verdad sobre la desaparición de su hija. Lo respetas tal como respetarías a un animal, porque hacer otra cosa sería infravalorarlo. Crees que tendrás que enfrentarte a él otra vez, ¿verdad?

–Sí.

Arrugó la frente y vi dolor en sus ojos.

–Eso nunca cambia, ¿no es así?

No contesté. ¿Qué podía decir?

Rachel no exigió una respuesta. En lugar de eso preguntó:

–¿Kellog sigue en la cárcel?

–Sí.

–¿Vas a hablar con él?

–Lo intentaré. He hablado con su abogada. Por lo que he oído, no le va muy bien. En realidad nunca le ha ido bien, pero si sigue mucho tiempo en Supermax, lo suyo no tendrá remedio. Ya estaba trastornado antes de llegar allí. Según parece, ahora está al borde de la locura.

–¿Es verdad lo que cuentan de esa cárcel?

–Sí, es verdad.

Guardó silencio durante un rato. Caminamos entre las hojas caídas. A veces emitían un sonido semejante al de un padre que intenta acallar el llanto de un hijo, apaciguándolo, consolándolo. Otras veces el sonido era vacío y seco, y en sus crujidos se anunciaba la promesa de que todo pasa.

–¿Y el psiquiatra, Clay? Según dices, se sospechó que podría haber proporcionado información sobre los niños a los autores de los abusos. ¿Hubo algo que lo implicara directamente en los propios abusos?

–Nada, o nada que yo haya podido encontrar. La opinión de su hija es que no podía vivir con la culpabilidad de no haber sido capaz de impedirlo. Creía que tenía que haberse dado cuenta de lo que ocurría. Los niños ya estaban traumatizados antes de que él empezara a tratarlos, igual que Kellog. Le costaba llegar hasta ellos, pero su hija recuerda que hacía progresos, o eso creía. La abogada de Kellog lo confirmó. Hiciese lo que hiciese Clay, surtía efecto. Hablé también con uno de sus colegas, un médico llamado Christian que dirige una clínica para niños víctimas de abusos. Al parecer, su mayor crítica a Clay es que se empeñaba en detectar abusos. Tenía un objetivo claro, y por culpa de eso se metió en problemas que le impidieron hacer más peritajes para el Estado.

Rachel se detuvo y se arrodilló. Cogió un trébol que todavía conservaba una de sus vellosas y grisáceas flores.

–Se supone que esto deja de florecer en septiembre u octubre –dijo–. Y sin embargo aquí la tienes, todavía en flor. El mundo está cambiando. –Me lo dio–. Te traerá suerte.

Lo sostuve en la palma de la mano y luego lo guardé con cuidado en el bolsillo de plástico de mi cartera.

–La pregunta sigue ahí: si las mismas personas intervinieron en los abusos de distintos niños, ¿cómo los encontraban? –preguntó–. Por lo que me has dicho, elegían a los más vulnerables. ¿Cómo lo sabían?

–Alguien los informaba –contesté–. Alguien les ponía a los niños en bandeja.

–¿Y si no era Clay, ¿quién era?

–Una comisión seleccionaba a los niños que se enviaban a Clay. Incluía a profesionales de la salud y asistentes sociales. Puestos a elegir, diría que fue uno de ellos. Pero estoy seguro de que la policía ya exploró esa posibilidad. Por fuerza. La gente de Christian también lo hizo. No encontraron nada.

–Pero Clay desapareció. ¿Por qué? ¿Por lo que les pasó a los niños o porque tuvo algo que ver? ¿Porque se sintió responsable o porque fue responsable?

–Eso es ir muy lejos –respondí.

–Es que hay algo que no encaja en la desaparición de Clay. Siempre hay excepciones, pero me cuesta imaginar que un médico en una situación así actuase de esa manera. Era un psiquiatra, un especialista, no un médico normal y corriente. No iba a hundirse, y menos en cuestión de días.

–En ese caso, escapó para que no lo implicaran...

–Eso tampoco lo veo claro –me interrumpió Rachel–. Si estaba implicado, habría tenido la astucia suficiente para cubrir su rastro.

–... o alguien lo «hizo desaparecer», quizás uno o más de los autores de los abusos.

–Para cubrir su propio rastro.

–Pero ¿por qué? –pregunté.

–Chantaje. O tal vez él también tenía esas tendencias.

–¿Sigues pensando que podría haber participado en los abusos? Sería demasiado arriesgado.

–Demasiado arriesgado –coincidió ella–. Pero no lo descarta como pederasta. Y tampoco excluye el chantaje.

–Aún damos por supuesto que es culpable.

–Son simples especulaciones, nada más –apuntó ella.

Era interesante, pero seguía sin cuadrar. Sencillamente no podía ver qué fallaba en el planteamiento. Volvimos hacia la casa con la luna elevándose ya por encima de nosotros en el cielo vespertino. Me esperaba un largo viaje de regreso en coche, y de pronto me sentí insoportablemente solo. No quería alejarme de esa mujer y la niña que habíamos creado juntos. No quería dejar las cosas así. No podía.

–Rach –dije. Me detuve.

Ella también se detuvo y me miró.

–¿Qué nos ha pasado?

–Ya hemos hablado de eso.

–¿Hemos hablado?

–Ya sabes que sí –dijo–. Pensé que podría sobrellevar tu vida y lo que hacías, pero quizá me equivoqué. Algo dentro de mí reaccionó mal, la parte de mí que estaba furiosa y dolida, pero en ti esa parte es tan grande que me asusta. Y...

Esperé.

–Cuando volví a la casa, aquellos días de mayo cuando..., no quiero decir «cuando volvimos a estar juntos», porque no duró tanto como para eso, pero en esa breve etapa de convivencia me di cuenta de lo mucho que yo aborrecía estar allí. No fui consciente hasta que me marché y volví, pero hay algo en esa casa. Me cuesta explicarlo. Creo que nunca lo he intentado, no en voz alta, pero me consta que hay cosas que tú no me has contado. A veces te he oído gritar nombres en sueños. Te he visto pasearte por la casa medio dormido, manteniendo conversaciones con personas que yo no veo pero que sé quiénes son. Te he visto, cuando creías estar solo, responder a algo en las sombras. –Rió sin alegría–. Joder, hasta vi al perro hacer lo mismo. También a él le has metido esas cosas en la cabeza. Yo no creo en fantasmas. Puede que por eso no los vea. Creo que vienen de dentro, no de fuera. Los crea la gente. Todo eso de los espíritus con asuntos pendientes, individuos que se han marchado antes de lo debido y rondan por las casas..., no me creo nada. Son los vivos quienes tienen asuntos pendientes, quienes no pueden dejar el pasado atrás. Tu casa, y es tu casa, está encantada. Sus fantasmas son tus fantasmas. Tú les has dado forma, y también puedes librarte de ellos. Mientras no lo hagas, nadie más podrá formar parte de tu vida, porque los demonios que hay en tu cabeza y los espíritus que hay en tu corazón ahuyentarán a los demás. ¿Lo entiendes? Sé por lo que has pasado durante todos estos años. Esperé a que me lo contaras, pero no pudiste. A veces creo que es porque te daba miedo que, al contármelo, tuvieras que dejarlos ir, y no quieres dejarlos ir. Ellos alimentan la rabia dentro de ti. Por eso miras a ese hombre, Merrick, y te compadeces de él, y más aún: sientes empatía. –Se le demudó el rostro al mismo tiempo que se transformó el tono de su voz, y sus mejillas enrojecieron de ira–. En fin, fíjate bien en él, porque en eso te convertirás si esto no acaba: un recipiente vacío sin más motivación que el odio y la venganza y el amor frustrado. En último extremo, no nos hemos separado sólo porque yo tema por Sam y por mí misma, o por ti y por lo que podría ocurrirnos a todos nosotros como consecuencia de tu trabajo. Me asustas tú, el hecho de que parte de ti se sienta atraída hacia la maldad, el dolor y la desdicha, de que tu ira y aflicción siempre necesiten ser alimentadas. Eso nunca acabará. Hablas de Merrick como si fuera un hombre incapaz de perdonar. Tú tampoco puedes perdonar. No puedes perdonarte a ti mismo por no haber estado allí para proteger a tu mujer y tu hija, y no puedes perdonarlas a ellas por haber muerto y haberte dejado. Y quizá pensé que eso podría cambiar, que tenernos a nosotras en tu vida te permitiría sanarte un poco, encontrar cierta paz con nosotras, pero no habrá paz. Tú quieres esa paz, pero no eres capaz de inducirte a aceptarla. Sólo...

Había empezado a llorar. Me acerqué a ella pero se apartó.

–No –dijo en voz baja–. No, por favor.

Se alejó, y la dejé ir.

17

Eldritch llegó a Maine a primera hora del lunes por la mañana, acompañado de un hombre más joven que tenía el aspecto de enajenamiento y a la vez ligera desesperación propio de un alcohólico que ha olvidado dónde tiene escondida la botella. Eldritch dejó en manos de su colega la presentación de la solicitud ante la juez, y sólo aportó unas cuantas palabras al final; con su tono sensato y sosegado transmitió la impresión de que Merrick era un amante de la paz cuyas acciones, motivadas por saber qué le había ocurrido a su hija perdida, habían sido cruelmente malinterpretadas por un mundo indiferente. Sin embargo, prometió –en nombre de Merrick, ya que éste no habló durante la vista– atenerse a todas las condiciones impuestas por la orden judicial que estaba a punto de dictarse, y solicitó, con el debido respeto, que su cliente fuese puesto en libertad de manera inmediata.

La juez, que se llamaba Nola Hight, no era tonta. A lo largo de sus quince años en el estrado había oído casi todos los pretextos habidos y por haber, y no estaba dispuesta a dar crédito sin más a Eldritch y Merrick.

–Su cliente pasó diez años en la cárcel por intento de asesinato, señor Eldritch –recordó la juez.

–Por agresión con agravantes, su señoría –corrigió el joven ayudante de Eldritch.

La juez Hight lo fulminó con una mirada tan severa que al abogado pareció chamuscársele el pelo.

–Con el debido respeto, su señoría, no sé hasta qué punto eso guarda relación con el asunto expuesto ante este tribunal –intervino Eldritch, procurando aplacar a la juez sólo mediante su tono–. Mi cliente cumplió su condena por ese delito. Ahora es otro hombre, escarmentado por sus experiencias.

La juez Hight lanzó a Eldritch una mirada que habría reducido a carne carbonizada a un hombre con menos temple. Eldritch se limitó a balancearse, como si una suave brisa agitase por un momento su frágil cuerpo.

—Conocerá el escarmiento de la máxima pena prevista por la ley si vuelve a presentarse ante este tribunal por algo relacionado con el asunto que nos incumbe —advirtió la juez—. ¿Está claro, abogado?

—Claro como la luz del día —afirmó Eldritch—. Su señoría es tan razonable como sabia.

La juez Hight dudó si sancionarlo por desacato a causa del sarcasmo, pero desistió.

—Salgan de mi sala ahora mismo —ordenó.

Eran poco más de las diez, todavía temprano. Merrick quedaría en libertad a las once, tan pronto como se cumplimentase el trámite. Cuando le permitieron abandonar la celda de retención del condado de Cumberland, yo lo esperaba y le entregué la orden judicial que le prohibía todo contacto con Rebecca Clay so pena de encarcelamiento y/o multa. La cogió, la leyó con detenimiento y se la guardó en el bolsillo de la chaqueta. Se lo veía desaliñado y exhausto, como cualquiera después de un par de noches en una celda.

—Ha sido una bajeza por tu parte —dijo.

—¿Te refieres a echarte encima a la policía? Estabas aterrorizando a una mujer. Eso también parece una bajeza. Te conviene reconsiderar tu sistema de valores. No los tienes muy claros.

Puede que me oyera, pero en realidad no prestaba atención. Ni siquiera me miraba. Mantenía la vista fija en algún lugar por encima de mi hombro derecho, para darme a entender que yo ni siquiera era digno de contacto visual.

—Los hombres deberían tratarse como hombres —prosiguió, y su cara enrojeció como si estuviese en ebullición—. Me echaste a los perros cuando yo sólo quería hablar. Tú y esa señoritinga..., no tenéis sentido del honor, ninguno de los dos.

—Te invito a desayunar —propuse—. Quizás así podamos aclarar las cosas.

Merrick rechazó el ofrecimiento con un gesto.

—Guárdate tu desayuno y tu charla. Contigo la hora de hablar ya ha pasado.

—Puede que no me creas, pero en cierto modo te entiendo —dije—.

Quieres averiguar qué fue de tu hija. Sé lo que se siente. Si puedo ayudarte, lo haré, pero la manera de conseguirlo no es asustar a Rebecca Clay. Si vuelves a acercarte a ella, te detendrán y te meterán otra vez entre rejas, con suerte en el centro de retención del condado de Cumberland y, en el peor de los casos, en Warren. Eso implicaría perder un año más de vida, un año más sin avanzar un solo paso en tu empeño por averiguar la verdad sobre la desaparición de tu hija.

Merrick me miró por primera vez desde que empezamos a hablar.

–He acabado con esa Clay –afirmó–, pero no contigo. Te daré un consejo a cambio del que acabas de darme: mantente al margen, y quizá me apiade de ti la próxima vez que se crucen nuestros caminos.

Dicho esto me apartó y se encaminó hacia la estación de autobús. Con los hombros ligeramente encorvados y los vaqueros sucios después de días en la cárcel, parecía más pequeño que antes. Una vez más, me compadecí de él. Pese a todo lo que sabía de él, y todo lo que se sospechaba que había hecho, era un padre que buscaba a su hija perdida. Quizás era lo único que le quedaba, pero yo sabía bien el daño que podía causar esa clase de obsesión. Lo sabía porque yo mismo la había padecido. Puede que Rebecca Clay estuviera a salvo de él, al menos de momento, pero Merrick no cejaría. Seguiría buscando hasta conocer la verdad, o hasta que alguien lo obligara a desistir. En cualquier caso, aquello sólo podía acabar con una muerte.

Telefoneé a Rebecca y le dije que muy posiblemente Merrick no la molestaría más por un tiempo, pero no había garantías.

–Lo entiendo –contestó–. En cualquier caso, ya no quiero hombres frente a mi casa. No puedo vivir así. ¿Les dará las gracias de mi parte y me mandará la factura?

–Una última cosa, señorita Clay –dije–. Si le dieran la opción, ¿querría encontrar a su padre?

Se paró a pensar.

–Esté donde esté, lo eligió él –respondió en voz baja–. Ya se lo he dicho: a veces pienso en Jim Poole. Se fue y ya no volvió. Me gusta creer que no sé si se fue por mí, si se esfumó porque le pedí que buscara a mi padre, o si le pasó algo, algo igual de malo. Pero cuando no puedo dormir, cuando estoy sola en mi habitación a oscuras, tendida en la cama, sé que la culpa fue mía. A la luz del día puedo convencerme de lo contrario, pero sé la verdad. A usted no lo conozco, señor Parker. Le pedí que me ayudara y lo ha hecho, y yo le pagaré por el tiempo y los esfuerzos que me ha dedicado, pero no nos conocemos.

Si llegara a ocurrirle algo mientras indaga acerca de mi padre, eso crearía un vínculo entre nosotros, y yo no quiero vincularme a usted de esa manera, ¿lo entiende? Intento dejarlo correr. Quiero que haga usted lo mismo.

Colgó. Tal vez tenía razón. Tal vez era mejor dejar a Daniel Clay donde estuviera, ya fuera en este mundo o en el otro. Pero eso ya no dependía de ella, ni de mí. Merrick andaba suelto por ahí, y también la persona que había dado instrucciones a Eldritch para financiarlo. Acaso el papel de Rebecca Clay en el asunto hubiera terminado, pero el mío no.

Cuando la prisión estatal de Maine se encontraba en Thomaston, no pasaba inadvertida. Estaba a pie de la Carretera 1, la principal vía de acceso al pueblo, un descomunal edificio que había sobrevivido a dos incendios y que incluso después de su reconstrucción, renovación, ampliación y alguna que otra reforma, aún parecía el presidio de principios del siglo XIX que fue en su día. Daba la impresión de que el pueblo hubiese crecido en torno a la cárcel, aunque en realidad fue un centro de abastos a partir del siglo XVII. No obstante, la prisión dominaba el paisaje de la comunidad, tanto física como, quizá, psicológicamente. Si en Maine uno le mencionaba Thomaston a alguien, lo primero que le venía a la cabeza era el presidio. A veces me preguntaba cómo debía de ser vivir en un sitio cuya fama se debía al encarcelamiento de seres humanos. Puede que al cabo de un tiempo uno se olvidara de ello sin más, o dejara de percibir el efecto que ejercía en la gente y el pueblo. Quizá sólo los visitantes sentían de inmediato el opresivo miasma suspendido sobre aquel lugar, como si el sufrimiento de los reclusos encerrados tras los muros de la prisión se hubiese filtrado en el ambiente tiñéndolo de gris, saturándolo como partículas de plomo en el aire. En todo caso, sus circunstancias contribuían sin duda a mantener un bajo índice de delincuencia. Thomaston era la clase de lugar donde cada dos o tres años se producía un crimen violento, y el índice de delincuencia era aproximadamente un tercio del promedio nacional. Es posible que la presencia de una enorme cárcel a las puertas del pueblo indujese a quienes se sentían tentados de iniciar una vida delictiva a replantearse sus opciones profesionales.

En cambio, Warren era distinto. El pueblo era algo mayor que Thomaston, y su identidad no se había ligado del mismo modo al centro penitenciario. La nueva cárcel estatal había crecido gradualmente: empezó con la apertura de Supermax, siguió la Unidad de Estabilización de la Salud Mental y acabó con el traslado de la población reclusa de Thomaston a las nuevas instalaciones. En comparación con la cárcel antigua era un poco más difícil de encontrar, oculta en la Carretera 97, o al menos oculta para tratarse de un lugar con un millar de presos y cuatrocientos empleados. Conduje por Cushing Road pasando ante el Centro Correccional de Bolduc, a la izquierda, hasta llegar al cartel de ladrillo y piedra a la derecha de la carretera que anunciaba la Prisión Estatal de Maine, con los años 1824 y 2001 debajo, el primero conmemorando la fundación del presidio original y el segundo la apertura del nuevo centro.

Warren se asemejaba más a una planta industrial moderna que a una cárcel, impresión reforzada por la extensa zona de mantenimiento a la derecha, que al parecer albergaba la central eléctrica de la cárcel. Comederos de pájaros hechos con boyas colgaban en el jardín frente a la entrada principal, y todo ofrecía un aspecto nuevo y recién pintado. Era el silencio lo que revelaba el verdadero carácter del lugar. Eso, y el nombre, blanco sobre verde, encima de la puerta, y el alambre de espino en lo alto de la doble cerca, y la presencia de los celadores uniformados de azul con pantalones de rayas, y la mirada abatida de quienes esperaban en el vestíbulo para visitar a sus seres queridos. En conjunto no había que mirar mucho para darse cuenta de que, por más reajustes cosméticos que se hubiesen introducido en la fachada, aquello era una cárcel en igual medida que pudiera haberlo sido Thomaston.

Era evidente que Aimee Price había accionado algún que otro resorte para permitirme acceder a Andy Kellog. Las autorizaciones para las visitas tardaban en concederse hasta seis semanas. Ahora bien, Aimee Price tenía derecho a ver a su cliente cuando quisiera, y yo no era precisamente un desconocido para las autoridades carcelarias. Había visitado al predicador Faulkner cuando cumplía condena en Thomaston, encuentro memorable por las peores razones, pero era la primera vez que ponía los pies en el nuevo centro.

No me pilló por sorpresa, pues, encontrar allí a una figura familiar, de pie al lado de Price, cuando por fin pasé por el control de seguridad y entré en la prisión propiamente dicha: Joe Long, el jefe de celadores. No había cambiado mucho desde la última vez que nos vimos. Corpulento y taciturno, aún irradiaba el tipo de autoridad que imponía respeto a mil delincuentes. Llevaba el uniforme almidonado y bien planchado, y todo aquello que debía brillar relucía de manera espectacular. En su bigote se veían más toques de gris que antes, pero decidí no comentarlo. Bajo su hosca fachada percibí a un niño sensible esperando a ser abrazado. No quise herir su «sentimiento», dicho así, en singular.

–Otra vez por aquí –comentó con el mismo tono que si yo lo molestase llamando a su puerta a todas horas del día y de la noche para que me dejase entrar a jugar con los otros niños.

–Me es imposible mantenerme a distancia de los hombres encarcelados –contesté.

–Ya, de eso tenemos mucho por aquí.

Vaya un bromista estaba hecho el bueno de Joe Long. Un poco más seco y habría sido Arizona.

–Me gusta el nuevo establecimiento –comenté–. Es institucional pero acogedor. Veo su mano en la decoración: los grises institucionales, la piedra, el alambre. Todo habla de usted.

Se me quedó mirando durante un poco más de lo estrictamente necesario y luego, airoso, se dio media vuelta y nos indicó que lo siguiéramos. Aimee Price se colocó a mi lado y un segundo celador, llamado Woodbury, se situó en retaguardia.

–Tiene usted amigos en todas partes, ¿eh? –comentó Price.

–Si acabo aquí como huésped, espero que él cuide de mí.

–Sí, le deseo buena suerte. Si alguna vez se encuentra en una situación así, ya puede fabricarse un pincho.

Nuestros pasos resonaron en el corredor. Ahora se oía ruido: hombres invisibles que hablaban y vociferaban, puertas de acero que se abrían y cerraban, el sonido lejano de radios y televisores. Así eran las cárceles: dentro jamás reinaba el silencio, ni siquiera de noche. Uno no podía olvidarse de los hombres encarcelados alrededor. A oscuras, después de apagarse las luces y cuando los sonidos cambiaban, la situación empeoraba. Era entonces cuando les asaltaba a los presos la soledad y la desesperación de sus circunstancias, y los ronquidos y resuellos se intercalaban con los gritos de quienes tenían pesadillas y el llanto de aquellos que aún no habían asimilado la perspectiva de pasar años en un sitio así, o que nunca la asimilarían. Diario me contó una vez que durante el periodo más largo que pasó entre rejas –dos años de una condena de tres por allanamiento de morada– no pudo dormir de un tirón ni una sola noche. Fue eso, dijo, lo que lo desgastó. Irónicamente, cuando lo soltaron, tampoco pudo dormir, pues ya no estaba habituado al relativo silencio de la ciudad.

—Están trasladando a Andy desde Supermax a una sala de visita para la entrevista —anunció Aimee—. Es una sala con mampara. No es lo ideal, y a usted no le permitirá hacerse una idea de cómo es Max, pero es lo mejor que he podido conseguir. Todavía se considera a Andy un riesgo para sí mismo y para los demás.

Price se disculpó para ir al lavabo antes de sentarnos a hablar con Kellog. Joe Long y yo nos quedamos solos. Woodbury se mantuvo a distancia, conformándose con mirar el suelo y las paredes.

—Hacía tiempo que no lo veíamos por aquí —dijo Long—. ¿Cuánto ha pasado? ¿Tres años, cuatro?

—Casi parece lamentarlo.

—Sí, casi. —Long se arregló la corbata y se sacudió con cuidado unas hebras que habían tenido la osadía de adherirse a él—. ¿Se ha enterado de cómo acabó el predicador Faulkner? —preguntó—. Según dicen, desapareció sin más.

—Eso cuentan.

Cuando terminó con la corbata, me examinó desde detrás de las gafas, acariciándose el bigote pensativamente.

—Resulta extraño que no volviera a aparecer —prosiguió—. No es fácil que un hombre así se esfume sin más, con tanta gente buscándolo. Uno acaba preguntándose si no será que buscan en la dirección equivocada. Arriba, por así decirlo, en lugar de abajo. En la superficie en lugar de bajo tierra.

—Supongo que nunca lo sabremos —respondí.

—Supongo que no. Y mejor así, probablemente. Por más que el predicador no fuera una gran pérdida, la ley es la ley. Un hombre podría acabar entre rejas por algo así, y no es buen sitio.

Si Long esperaba que me derrumbara y confesara, lo defraudé.

—Ya, no lo ha sido para Andy Kellog, por lo que he podido saber —dije—. Parece que tiene problemas de adaptación.

—Andy Kellog tiene muchos problemas. Algunos se los busca él solo.

—Es inevitable rociarlo con gas mostaza en plena noche y atarlo desnudo a una silla, claro. Creo que aquí alguien erró la vocación. Hay que ver, gastamos el dinero del contribuyente mandando a chicos malos en avión a Egipto y Arabia Saudí para reblandecerlos cuando bastaría con meterlos en un autobús y enviarlos aquí.

219

Por primera vez se percibió un asomo de emoción en el rostro de Long.

–Se usa como forma de contención –explicó–, no de tortura.

Lo dijo en un susurro, casi como si no diera crédito suficiente a sus propias palabras para pronunciarlas en voz alta.

–Es tortura si enloquece a un hombre –afirmé.

Long abrió la boca para decir algo, pero Aimee Price reapareció antes de que pudiera hablar.

–Bueno –dijo ella–. Vayamos a verlo.

Woodbury abrió la puerta frente a nosotros y entramos en una sala dividida en dos por una gruesa mampara de plexiglás. Una serie de compartimentos, cada uno con su propio sistema de megafonía, permitía cierto grado de intimidad a los visitantes, aunque esa mañana era innecesario. Al otro lado del cristal había sólo un preso, con dos celadores de rostro impenetrable detrás de él. Llevaba un mono naranja y las manos y los pies inmovilizados con grilletes, sujetos a la vez al cuello. Era más bajo que yo, y a diferencia de muchos reclusos no parecía haber ganado peso por la dieta y la falta de ejercicio. De hecho, el mono le venía grande, las mangas le colgaban casi hasta los segundos nudillos de las manos. Estaba pálido y tenía el pelo negro y ralo, cortado de manera desigual, con el flequillo en pendiente de izquierda a derecha, y los ojos muy hundidos en el cráneo, oscurecidos por una frente estrecha pero protuberante. A causa de diversas fracturas mal soldadas, la nariz le había quedado torcida. Tenía la boca pequeña y los labios muy finos. Le temblaba la mandíbula sin cesar, como si estuviera al borde del llanto. Cuando vio a Aimee, desplegó una amplia sonrisa. Le faltaba un incisivo. Los otros los tenía grises por el sarro.

Se sentó cuando nos sentamos nosotros y se inclinó ante el micrófono.

–¿Qué tal, señorita Price? –preguntó.

–Bien, Andy. ¿Y tú?

Asintió repetidamente con la cabeza, pero no dijo nada, como si ella siguiera hablando y él escuchando. De cerca, vi magulladuras debajo del ojo izquierdo y encima del pómulo izquierdo. Tenía una cicatriz en la oreja derecha y en la entrada del canal auditivo se mezclaban la sangre seca y el cerumen.

–Voy tirando –contestó al fin.

–¿Has tenido algún problema?

–Ajá. He estado tomando la medicación, como usted me pidió, y les digo a los celadores que no me encuentro bien.

–¿Te hacen caso?

Tragó saliva y pareció a punto de mirar por encima del hombro a los hombres a sus espaldas. Aimee advirtió el ademán y se dirigió a los dos celadores.

–¿Podrían dejarnos un poco de espacio, por favor? –preguntó.

Los celadores pidieron permiso a Long con la mirada. Éste asintió y se retiraron hasta quedar fuera del alcance de nuestra vista.

–Algunos sí, los buenos –continuó Kellog. Señaló respetuosamente a Long–. El señor jefe, él sí me escucha cuando consigo verlo. Pero los otros van por mí. Procuro no cruzarme en su camino, pero a veces me irritan, ¿sabe? Provocan que me enfade y entonces tengo problemas.

Me lanzó una mirada. Era la tercera o cuarta vez que lo hacía, sin darme apenas tiempo para que yo pudiera sostenérsela, pero asintiendo cada vez para dar a entender que reconocía mi presencia. Una vez concluidos los prolegómenos, Aimee nos presentó.

–Andy, éste es el señor Parker. Es detective privado. Le gustaría hablar contigo de ciertas cosas, si no te importa.

–No me importa en absoluto –contestó Kellog–. Encantado de conocerlo.

Una vez hecha la presentación no tuvo inconveniente en mirarme a los ojos. Había algo de infantil en él. No dudé que podía ser una persona difícil, incluso peligrosa en circunstancias poco propicias, pero costaba comprender cómo alguien podía conocer a Andy Kellog, leer su historial y examinar los informes de los especialistas, y no llegar a la conclusión de que aquél era un joven con graves problemas no creados por él, un individuo que nunca se integraría realmente en ningún sitio, pero que, aun así, no merecía acabar en una celda, o peor todavía, atado desnudo a una silla en una gélida sala porque nadie se había molestado en comprobar si tomaba la medicación adecuada.

Me acerqué más al cristal. Deseaba preguntar a Kellog por Daniel Clay, y por lo que le había ocurrido en el bosque cerca de Bingham, pero sabía que le costaría hablar de eso, y siempre cabía la posibilidad de que se cerrara por completo o perdiera el control, y en tal caso, no tendría ocasión de preguntarle nada más. Decidí empezar por Merrick, y remontarnos luego poco a poco al tema de los abusos.

–He conocido a un amigo tuyo –dije–. Se llama Frank Merrick. ¿Te acuerdas de él?

Kellog asintió con vehemencia. Sonrió, enseñando otra vez sus dientes grises. No los conservaría por mucho tiempo. Tenía las encías violáceas e infectadas.

–Frank me caía bien. Cuidaba de mí. ¿Vendrá a visitarme?

–No lo sé, Andy. Dudo que quiera volver aquí, ¿lo entiendes?

Se le ensombreció el rostro.

–Supongo que tiene usted razón. Cuando yo salga de aquí, tampoco pienso volver, nunca jamás.

Se pellizcó las manos, arrancándose una costra, y la herida empezó a sangrar.

–¿Cómo cuidaba Frank de ti, Andy?

–Daba miedo. A mí no me asustaba..., bueno, quizás al principio sí, pero después no..., aunque a los demás sí que los asustaba. Se metían conmigo, pero entonces aparecía Frank y paraban. Sabía cómo convencerlos, incluso en Max. –De nuevo se dibujó una amplia sonrisa en sus labios–. A algunos les hizo mucho daño.

–¿Alguna vez te explicó por qué te cuidaba?

Kellog se mostró confuso.

–¿Por qué? Porque era mi amigo, por eso. Yo le caía bien. No quería que me pasara nada malo.

Mientras yo lo miraba, la sangre empezó a subirle al rostro, y con una incómoda sensación me acordé de Merrick, como si algún rasgo de él se hubiese trasladado a aquel joven mientras cumplían condena juntos. Vi que cerraba los puños. Unos peculiares chasquidos surgieron de su boca y caí en la cuenta de que estaba sorbiéndose uno de los dientes sueltos de manera que la cavidad se llenaba de saliva y volvía a vaciarse, produciendo un rítmico tictac como el de una bomba de relojería a punto de estallar.

–No era marica –dijo Kellog levantando un poco la voz–. Si es eso lo que insinúa, le aseguro que no es verdad. No era un sarasa. Yo tampoco. Porque si es eso lo que quiere decir...

Con el rabillo del ojo vi que Long dirigía un gesto a los celadores con la mano derecha, y éstos aparecieron rápidamente detrás de Kellog.

–Tranquilo, Andy –terció Aimee–. Nadie ha insinuado eso ni nada parecido.

Kellog temblaba un poco mientras intentaba contener la ira.

–Bueno, no lo era, y punto. No me tocó jamás. Era mi amigo.

–Lo entiendo, Andy –aseguré–. Perdona. No era mi intención dar a entender otra cosa. Lo que quería preguntarte es si alguna vez, por lo que él decía, pensaste que podíais tener algo en común. ¿Te mencionó alguna vez a su hija?

Kellog empezó a tranquilizarse, pero en su mirada había aflorado un brillo de hostilidad y recelo. Yo sabía que no sería fácil recuperar su confianza.

–Sí, alguna vez.

–Fue después de empezar a cuidar de ti, ¿no?

–Así es.

–Su hija era paciente del doctor Clay, ¿verdad? Igual que tú.

–Sí. Desapareció cuando Frank estaba en la cárcel.

–¿Te contó Frank alguna vez qué pensaba que podía haberle ocurrido?

Kellog negó con la cabeza.

–No le gustaba hablar de ella. Se ponía triste.

–¿Te preguntó qué te pasó a ti en el norte?

Kellog tragó saliva con dificultad y desvió la vista. Los chasquidos comenzaron de nuevo, pero esta vez sin ira.

–Sí –contestó en voz baja. Un sí rotundo.

En ese momento aparentó aún menos edad, como si al plantear yo el asunto de los abusos lo hubiera impulsado físicamente de regreso a la infancia. Distendió las facciones y contrajo las pupilas. Todo él pareció encogerse, encorvando los hombros, abriendo las manos en un gesto inconsciente de súplica. El adulto atormentado se desvaneció y dejó allí al fantasma de un niño. No necesitaba preguntarle qué le habían hecho. Se reflejó en su semblante con temblores y muecas y contracciones, la representación mímica del recuerdo de su dolor y su humillación.

–Quería saber qué vi, qué recordaba –explicó casi en un susurro.

–¿Y qué le contaste?

–Le conté lo que me hicieron –se limitó a decir–. Me preguntó si les había visto la cara o había oído algún nombre, pero llevaban máscaras y nunca se llamaban por el nombre. –Me miró a la cara–. Parecían pájaros. Todos distintos. Había un águila y un cuervo. Una paloma. Un gallo. –Se estremeció–. Todos distintos –repitió–. Siempre las llevaban puestas y nunca se las quitaban.

–¿Recuerdas algo del lugar donde ocurrió?

–Estaba a oscuras. Me metían en el maletero de un coche, me ataban los brazos y las piernas, me tapaban la cabeza con una bolsa. Íbamos un rato en coche y luego me sacaban. Cuando me quitaban la bolsa, estaba en una habitación. Había ventanas, pero cubiertas. Había una estufa de propano, y faroles. Yo intentaba cerrar los ojos. Sabía lo que vendría a continuación. Lo sabía porque ya había pasado por ello antes. Era como si fuera a pasarme siempre, y como si nunca fuera a parar.

Parpadeó un par de veces y luego cerró los ojos como si lo reviviera todo.

–Andy –susurré.

Mantuvo los ojos cerrados, pero asintió para indicarme que me había oído.

–¿Cuántas veces ocurrió?

–Dejé de contar después de la tercera.

–¿Por qué no se lo dijiste a nadie?

–Me amenazaron con matarme y con coger luego a Michelle y hacérselo a ella. Uno dijo que le daba igual hacérselo a una niña que a un niño, que simplemente era distinto, sólo eso. Yo apreciaba a Michelle. No quería que le pasara nada malo. Como a mí ya me lo habían hecho, sabía qué me esperaba. Aprendí a apartarlo de mi cabeza. Mientras estaba allí pensaba en otras cosas. Imaginaba que estaba en otro sitio, que no era yo. A veces volaba por encima de un bosque y miraba hacia abajo y veía a toda la gente, y encontraba a Michelle y me acercaba a ella y jugábamos al lado del río. Yo podía hacerlo, pero Michelle no habría sido capaz. Habría estado con ellos allí, todo el tiempo.

Me recliné. Se había sacrificado por otra niña. Ya me lo había contado Aimee, pero oírlo de labios del propio Kellog era muy distinto. No se jactaba de su sacrificio, lo había hecho por amor a una niña más pequeña, y le había salido de manera natural. Una vez más tuve la impresión de que Kellog era un niño atrapado en el cuerpo de un hombre, una criatura cuyo desarrollo se había interrumpido casi por completo, detenido por lo que le habían hecho. A mi lado, Aimee guardaba silencio, con los labios tan apretados que habían perdido el color. Ya debía de haberlo oído antes, pensé, pero uno nunca se acostumbra a escuchar cosas así.

–Pero al final lo averiguaron –dije–. La gente se enteró de lo que te estaba pasando.

–Me enfadé. No pude evitarlo. Me llevaron al médico. Me examinó. Intenté impedirlo. No quería que fueran a por Michelle. Entonces el médico me hizo preguntas. Mentí, por Michelle, pero el médico me tendió trampas y me equivoqué en algunas respuestas. Me llevaron al doctor Clay, pero yo ya no quería hablar con él. No quería hablar con nadie, así que callé. Volvieron a llevarme al centro, pero cuando me hice mayor tuvieron que dejarme ir. Frecuenté malas compañías, hice alguna cosa mala y me metieron en el Castillo.

El Castillo era como llamaban al viejo reformatorio de Maine en South Portland, un correccional para jóvenes problemáticos construido a mediados del siglo XIX. Acabaron cerrándolo, pero no fue una gran pérdida. Antes de la construcción de las nuevas instalaciones para jóvenes en South Portland y Charleston, el índice de reincidencia de reclusos jóvenes había sido del cincuenta por ciento. Ahora se había reducido al diez o quince por ciento, en gran medida porque las instituciones se centraban menos en el encarcelamiento y el castigo y más en prestar ayuda a los chicos, algunos hasta de once o doce años, para superar sus problemas. Pero los cambios habían llegado demasiado tarde para Andy. Él era un testimonio andante y parlante de todo lo que podía salir mal en el trato que dispensaba el Estado a los niños problemáticos.

A continuación habló Aimee.

–¿Puedo enseñarle al señor Parker los dibujos, Andy?

Abrió los ojos. No tenía lágrimas. Dudo mucho que le quedara alguna que derramar.

–Claro.

Aimee abrió su portafolios y extrajo un álbum de cartón. Me lo entregó. Dentro había ocho o nueve dibujos, la mayoría con lápices de colores, un par con acuarelas. Los primeros cuatro o cinco eran muy oscuros, con sombras pintadas de color gris y negro y rojo, y estaban poblados de rudimentarias figuras desnudas con cabeza de ave. Eran los dibujos de los que me había hablado Bill.

Los otros representaban variaciones del mismo paisaje: árboles, tierra yerma, edificios en ruinas. Eran rudimentarios, sin gran talento, pero al mismo tiempo en algunos había puesto sumo cuidado, mientras que otros eran furiosos manchurrones de negro y verde, y aun así reconocibles como versiones del mismo lugar, creadas en arrebatos de ira y dolor. La silueta de un gran campanario de piedra dominaba todos los dibujos. Yo conocía ese paisaje, porque lo había visto representado antes. Era Galaad.

–¿Por qué has dibujado este lugar, Andy? –pregunté.

–Fue allí donde ocurrió –contestó Kellog–. Allí me llevaron.

–¿Cómo lo sabes?

–La segunda vez se deslizó la bolsa mientras me llevaban adentro. Yo daba patadas, y casi se me salió de la cabeza. Eso fue lo que vi antes de que volvieran a ponérmela. Vi la iglesia. La pinté para enseñársela a Frank. Después me trasladaron a Max y no me dejaron seguir pintando. Ni siquiera pude llevarme los dibujos. Pedí a la señorita Price que me los guardara.

–Entonces Frank vio estos dibujos, ¿verdad?

–Ajá.

–¿Y no recuerdas nada de los hombres que te llevaron allí?

–Sus caras no. Ya se lo he dicho: las llevaban tapadas con máscaras.

–¿Y otras señales? ¿Quizá tatuajes o cicatrices?

–No. –Frunció el entrecejo–. Un momento. Uno de ellos tenía un pájaro aquí. –Se señaló el antebrazo izquierdo–. Era la cabeza de un águila blanca, con el pico amarillo. Creo que por eso llevaba la máscara del águila. Ése era el que decía a los demás lo que debían hacer.

–¿Le contaste eso a la policía?

–Sí. Pero no volví a saber nada más. Supongo que no les sirvió de mucho.

–¿Y a Frank? ¿Le contaste a Frank lo del tatuaje?

Contrajo el rostro.

–Creo que sí. No me acuerdo. –Relajó las facciones–. ¿Puedo hacer una pregunta?

Aimee pareció sorprenderse.

–Claro, Andy.

Se volvió hacia mí.

–¿Va usted a buscar a esos hombres? –preguntó.

Algo en su voz no me gustó. El niño había desaparecido, y lo que había en su lugar no era ni un niño ni un adulto, sino un demonio perverso a horcajadas sobre los dos. Su tono era casi burlón.

–Sí –respondí.

–Entonces más vale que se dé prisa –dijo.

–¿Y eso por qué?

Había recuperado la sonrisa, pero también el brillo hostil.

–Porque Frank prometió matarlos. Prometió que los mataría a todos en cuanto saliera de aquí.

Y entonces Andy Kellog se puso en pie y se lanzó de cara contra la barrera de plexiglás. La nariz se le partió de inmediato dejando un rastro de sangre en la superficie. Embistió de nuevo y se abrió una herida en la frente justo por debajo del nacimiento del pelo. Y de pronto empezó a vociferar y chillar mientras los celadores se abalanzaban sobre él, y Aimee Price repetía su nombre y rogaba que no le hicieran daño a la vez que sonaba una alarma y aparecían unos hombres y Andy quedaba oculto bajo una masa de cuerpos, aún pataleando y gritando, invitando a un nuevo dolor que ahogase el recuerdo del antiguo.

18

Cuando volvimos a la recepción, el jefe de celadores ardía en una muda cólera. Nos dejó allí un rato. Aimee tomó asiento mientras esperábamos en silencio a que Long regresase y nos informase sobre el estado de Andy Kellog. Alrededor había demasiada gente y no pudimos hablar de lo ocurrido. Los miré, todos atrapados en su propio dolor y el sufrimiento de aquellos a quienes iban a visitar. Pocos hablaban. Algunos eran hombres mayores, quizá padres, hermanos, amigos. Unas cuantas mujeres habían llevado a niños de visita, pero incluso a éstos se los veía callados y apagados. Sabían qué era aquel lugar y los asustaba. Si correteaban, incluso si levantaban demasiado la voz, podían acabar allí dentro como sus padres. No les permitirían volver a casa, y un hombre los llevaría y los encerraría en la oscuridad, porque eso era lo que les pasaba a los niños malos. Los encerraban y se les pudrían los dientes, y se lanzaban de cara contra mamparas de plexiglás para perder el conocimiento.

Long apareció junto al mostrador de recepción y nos llamó con una seña. Nos dijo que Andy tenía una fractura grave de nariz, había perdido otro diente y sufrido diversas magulladuras al reducirlo, pero por lo demás estaba tan bien como cabría esperar. La herida de la frente había requerido cinco puntos de sutura, y en ese momento se hallaba en la enfermería. Ni siquiera le habían echado gas mostaza, quizá porque su abogada se encontraba al otro lado del cristal. No presentaba síntomas de conmoción cerebral, pero por si acaso lo mantendrían en observación durante la noche. Lo habían inmovilizado para asegurarse de que no se autolesionaba más ni intentaba hacer daño a nadie. Aimee se apartó para hablar por su móvil en privado y me dejó solo con Long, que seguía enojado consigo mismo y con los hombres bajo su mando por lo que le había ocurrido a Andy Kellog.

–Ya había hecho cosas como ésta antes –explicó–. Les dije que no le quitaran el ojo de encima. –Aventuró una mirada a Aimee, indicio de que en parte la culpaba por obligar a sus hombres a mantenerse a distancia.

–Éste no es sitio para él –contesté.

–Eso lo decidió el juez, no yo.

–Pues se equivocó. Sé que usted ha oído lo que se ha dicho ahí dentro. El chico seguramente nunca tuvo muchas esperanzas de salvación, pero lo que le hicieron esos hombres eliminó las pocas que le quedaban. Max sólo sirve para enloquecerlo más y más, y el juez no lo condenó a la locura gradual. No se puede tener a un hombre encerrado en un sitio así, sin posibilidad de quedar en libertad, y esperar que conserve el equilibrio, y Andy Kellog, ya desde el principio, apenas tenía donde agarrarse.

Long tuvo la decencia de aparentar bochorno.

–Hacemos lo que podemos por él.

–No es suficiente. –Yo estaba recriminándoselo a él, pero me constaba que la culpa no era suya. Kellog había sido sentenciado y encarcelado, y no competía a Long poner en duda esa decisión.

–Quizá piense que estaba mejor con su amigo Merrick cerca –dijo Long.

–Al menos él mantenía a raya a los lobos.

–Él mismo no era mucho mejor que un animal.

–Usted no piensa eso.

Enarcó una ceja.

–¿Empieza a sentir debilidad por Frank Merrick? Pues no baje la guardia porque se expone a un navajazo.

Long tenía razón con respecto a Merrick y a la vez no la tenía. No me cabía duda de que era capaz de hacer daño o matar sin el menor escrúpulo, pero en su caso intervenía también una mente pensante. Por otra parte, y ahí residía el problema, Merrick era además un arma que esgrimir, y alguien había encontrado la manera de utilizarlo con ese fin. Así y todo, Long había dado en el clavo con sus palabras, igual que Rachel. En efecto, yo me sentía identificado con Merrick. ¿Cómo no? También yo era padre. Había perdido a una hija, y no me había detenido ante nada para localizar al responsable de su muerte. Sabía asimismo que haría cualquier cosa por proteger a Sam y a su madre. ¿Cómo podía, pues, juzgar a Merrick por querer averiguar la verdad que se ocultaba tras la desaparición de su hija?

Aun así, dejando de lado estas dudas, sabía más que una hora antes. Por desgracia, Merrick compartía parte de esa información. Me preguntaba si ya había empezado a indagar en torno a Jackman y las ruinas de Galaad buscando alguna pista de los hombres que, según creía, eran responsables de la desaparición de su hija, o si tenía alguna pista del hombre con el tatuaje del águila. Tarde o temprano debía ir a Galaad. Cada paso que daba parecía acercarme allí.

Aimee volvió.

–He hecho unas llamadas –anunció–. Creo que podremos encontrar a un juez comprensivo que ordene el traslado a Riverview. –Dirigió su atención a Long–. Solicitaré un reconocimiento psiquiátrico independiente en los próximos días. Le agradecería que agilizase los trámites lo máximo posible.

–Debe pasar por los cauces habituales, pero en cuanto tenga el visto bueno del director agarraré al psiquiatra por la bata si eso sirve de algo.

Aimee pareció quedar relativamente satisfecha, y me indicó que debíamos irnos. Cuando hice ademán de seguirla, Long me agarró del brazo con delicadeza.

–Dos cosas –dijo–. En primer lugar, lo que he dicho sobre Frank Merrick iba en serio. Vi lo que era capaz de hacer. Una vez estuvo a punto de matar a un tipo que intentó quitarle el postre a Andy Kellog, lo dejó en coma por culpa de una tarrina de helado barata. Tiene razón: he oído lo que ha contado Andy Kellog ahí dentro. Ya lo había oído antes. Para mí no es nada nuevo. ¿Quiere saber lo que pienso? Pienso que Frank Merrick utilizó a Kellog. Permaneció cerca de él para poder averiguar qué sabía. Siempre estaba sonsacándole información. Induciéndolo a recordar todo lo que podía sobre lo que le hicieron esos hombres. En cierto modo, él lo desquició. Lo trastornó, lo puso como loco, y nosotros hemos tenido que cargar con las consecuencias.

No era eso lo que me habían contado en el partido de hockey, pero me constaba que existía cierta tendencia entre los ex reclusos a las interpretaciones sentimentales sobre algunos de aquellos a quienes habían conocido. Además, en un lugar donde la amabilidad brillaba por su ausencia incluso pequeños actos de decencia humana adquirirían proporciones monumentales. La verdad, como en todo, residía probablemente en la zona gris entre lo que Bill y Long habían contado. Yo había visto la reacción de Andy Kellog a las preguntas sobre los abusos padecidos. Quizá Merrick consiguió tranquilizarlo a veces, pero no dudaba de que en otras ocasiones fracasó en su intento, y de resultas de ello Andy había padecido.

–En segundo lugar, en cuanto al tatuaje que ha mencionado el chico, es posible que esté buscando a un militar. Suena a alguien que haya estado en el ejército.

–¿Tiene idea de por dónde podría empezar?

–El detective no soy yo –respondió Long–. Pero si lo fuera, quizá miraría hacia el sur. En Fort Campbell, tal vez. Las tropas aerotransportadas.

Entonces se marchó y su mole se adentró en la prisión propiamente dicha.

–¿Y eso a qué ha venido? –preguntó Aimee.

No contesté. Fort Campbell, situado justo en la frontera entre Kentucky y Tennessee, albergaba la 101 División Aerotransportada.

Las Águilas Gritadoras.

Nos separamos en el aparcamiento. Di las gracias a Aimee por su ayuda y le pedí que si había algo que yo pudiera hacer por Andy Kellog me lo dijera.

–Ya sabe la respuesta –contestó–. Encuentre a esos hombres, y avíseme cuando lo haga. Recomendaré al peor abogado que conozco.

Intenté esbozar una sonrisa. Se desvaneció entre mi boca y mis ojos. Aimee supo lo que pensaba.

–Frank Merrick –dijo.

–Sí, Merrick.

–Creo que más vale que los encuentre antes que él.

–Podría dejárselos a él sin más –comenté.

–Podría, pero esto no sólo le concierne a él, ni siquiera a Andy. En este caso se tiene que hacer justicia. Alguien debe rendir cuentas en público. Han estado involucrados otros niños. Es necesario encontrar una manera de ayudarlos también a ellos, o ayudar a los adultos en que se han convertido. No podremos hacerlo si Frank Merrick localiza y mata a esos hombres. ¿Conserva mi tarjeta?

La busqué en mi cartera. Allí estaba. La golpeteó con el dedo.

–Si se mete en algún lío, llámeme.

–¿Y por qué piensa que puedo meterme en un lío?

–Es usted un reincidente, señor Parker –explicó ella mientras subía al coche–. Lo suyo son los líos.

19

Encontré al doctor Robert Christian alterado e incómodo cuando lo visité inesperadamente en su consulta a mi regreso de Warren; aun así, accedió a concederme unos minutos de su tiempo. Al llegar, vi un coche patrulla aparcado enfrente; en el asiento de atrás había un hombre con la cabeza apoyada contra la rejilla que dividía el interior del coche, y por la posición de las manos era obvio que iba esposado. Un policía hablaba con una mujer de más de treinta años que movía sin cesar la cabeza entre los tres puntos de un triángulo formado por el agente, los dos niños sentados en un enorme Nissan 4×4 a su derecha, y el hombre retenido en la parte de atrás del coche patrulla. Agente, niños, hombre. Agente, niños, hombre. Se notaba que había estado llorando. Sus hijos seguían llorando.

–Ha sido un día muy duro –dijo Christian mientras cerraba la puerta de su despacho y se desplomaba en la silla detrás de su mesa–, y todavía no he comido.

–¿Por culpa de ese tipo de ahí fuera?

–En realidad no puedo hablar de ello –contestó Christian, y de inmediato cedió un poco–. En nuestro trabajo no hay nada fácil, pero entre lo más difícil, y lo que requiere mayor delicadeza, está el momento en que una persona se ve obligada a enfrentarse a las acusaciones que pesan contra ella. Hace un par de días hubo un interrogatorio policial, y hoy la madre y los hijos han llegado aquí para una sesión con nosotros y se han encontrado con el padre, que los esperaba fuera. La gente reacciona cada una de manera distinta a los cargos de abusos: incredulidad, negación, rabia. Pero rara vez tenemos que llamar a la policía. Esto ha sido... un momento especialmente difícil para todos los implicados.

Empezó a reunir papeles de su escritorio, apilándolos y metiéndolos en carpetas.

—Así pues, señor Parker, ¿en qué puedo ayudarlo? Me temo que no dispongo de mucho tiempo. Dentro de dos horas tengo una reunión en Augusta con el senador Harkness para hablar del tema de las condenas preceptivas, y no la he preparado tan bien como habría deseado.

James Harkness, senador del estado, era un halcón de derechas partidario de la mano dura prácticamente en todos los asuntos que pasaban por él. En los últimos tiempos se había sumado a las voces que más habían clamado a favor de las condenas preceptivas de veinte años para los condenados por agresiones sexuales graves a un menor, e incluso para quienes se declaraban culpables previo acuerdo con el fiscal.

—¿Está usted a favor o en contra?

—Al igual que la mayoría de los fiscales, estoy en contra, pero eso para los caballeros como el buen senador es algo así como oponerse a la Navidad.

—¿Puedo preguntar por qué?

—Muy sencillo: es una concesión a los votantes que hará más mal que bien. Mire, de cada cien denuncias, más o menos la mitad terminará en el sistema judicial. De esas cincuenta se presentarán cargos en cuarenta casos. De esos cuarenta, treinta y cinco terminarán en un pacto, cinco irán a juicio; y de esos cinco, habrá dos condenas y tres absoluciones. Así pues, de las cien denuncias iniciales podemos registrar quizás a treinta o cuarenta agresores sexuales y seguirles el rastro.

»En el caso de las condenas preceptivas, los supuestos agresores no tendrán incentivos por declararse culpables. Les dará lo mismo arriesgarse a ir a juicio, y en general los fiscales prefieren no ir a juicio o no llegar a los tribunales por denuncias de abusos a menos que el caso sea muy sólido. El problema para nosotros, como ya le dije la otra vez que nos vimos, es que puede ser muy difícil proporcionar la clase de prueba necesaria para garantizar una condena en un juzgado de lo penal. Por tanto, si se introduce la condena preceptiva, existen muchas probabilidades de que escape de las redes del sistema un mayor número de agresores. No podremos incluirlos en nuestros registros, y volverán a hacer lo que venían haciendo hasta que alguien vuelva a arrestarlos. Las condenas preceptivas permiten a los políticos mostrarse inflexibles ante la delincuencia, pero en esencia son contraproducentes. Aunque, para serle sincero, me sería más fácil hacérselo entender a un chimpancé que convencer a Harkness.

—A los chimpancés no les preocupa la reelección —dije.

—Yo con los ojos cerrados votaría antes a un chimpancé que a Harkness. Al menos el chimpancé puede evolucionar en un momento dado. En fin, señor Parker, ¿ha hecho algún progreso?

—Alguno. ¿Qué sabe de Galaad?

—Como supongo que no está poniendo a prueba mis conocimientos acerca de trivialidades bíblicas —contestó—, deduzco que se refiere a la comunidad de Galaad y a «los hijos de Galaad».

Me ofreció un resumen de lo sucedido, no muy distinto de lo que yo ya sabía, aunque, en su opinión, la magnitud de los abusos había sido superior a lo que se sospechó en un principio.

—He conocido a algunas de las víctimas y sé de qué hablo. Creo que la mayoría de la gente en Galaad sabía lo que estaba ocurriéndoles a esos niños, y que participaron más hombres de lo que se dijo inicialmente.

»Las familias se desperdigaron después de encontrarse los cadáveres, y ya no se volvió a saber nada de algunas de ellas. Pero a otras se las relacionó con otros casos. Una de las víctimas, la niña cuya declaración llevó a la condena de Mason Dubus, el hombre a quien se consideraba el maestro de ceremonias de los autores de los abusos, hizo lo posible por seguirles el rastro. Dos están en cárceles de otros estados, y los demás han muerto. Dubus es el único que queda vivo, o el único del que tenemos constancia; incluso si han sobrevivido otros que no conocemos, a estas alturas ya son viejos, hombres y mujeres viejos.

—¿Qué fue de los niños?

—A algunos se los llevaron sus padres o sus tutores cuando se desintegró la comunidad. No sabemos adónde se marcharon. Los que fueron rescatados acabaron con familias adoptivas. A un par los acogió Good Will Hinckley.

Good Will Hinckley era una institución sita cerca de la Interestatal 95. Proporcionaba un entorno familiar y escolarización a chicos de edades comprendidas entre doce y veintiún años que habían sufrido abusos deshonestos, no tenían hogar o habían padecido los efectos del consumo de drogas o alcohol, ya fuera de manera directa o como resultado de las adicciones de un miembro de su familia. Existía desde finales del siglo XIX, y cada año conseguía la titulación de nueve o diez de los chicos mayores que, de lo contrario, habrían acabado en la cárcel o bajo tierra. No era de extrañar que algunos de los niños de Galaad hubiesen ido a parar allí. Probablemente era lo mejor que podía pasarles dadas las circunstancias.

–¿Cómo pudo suceder una cosa así? –pregunté–. Es decir, la escala, por lo visto, fue casi increíble.

–Era una comunidad aislada y hermética en un estado lleno de comunidades aisladas y herméticas –explicó Christian–. Por lo que ahora sabemos, parece asimismo que las principales familias involucradas ya se conocían antes de llegar a Galaad, y habían trabajado juntas o mantenido el contacto durante varios años. En otras palabras, ya existía una estructura establecida que habría facilitado la clase de abusos que tuvieron lugar allí. Existía una clara división entre las cuatro o cinco familias centrales y las que llegaron más tarde: las mujeres no se trataban entre sí, los niños no jugaban entre sí, y los hombres se mantenían a distancia en la medida de lo posible, salvo en aquellas ocasiones en que el trabajo los obligaba a estar juntos. Los autores de los abusos sabían exactamente lo que hacían, e incluso es posible que estuvieran en connivencia con otros que compartían sus gustos, de manera que siempre tenían a su disposición presas nuevas. Era una situación de pesadilla, pero en Galaad había algo que la exacerbó, no sé si llamarlo mala suerte, lugar propicio, ocasión aciaga o, para no darle más vueltas, pura y simple maldad. También debe tenerse en cuenta el hecho de que por entonces la gente no era tan consciente de la existencia de abusos deshonestos a menores como lo es ahora. Hasta que en 1961 un médico llamado Henry Kempe escribió un artículo titulado «El síndrome del niño maltratado» y desencadenó una revolución sobre los abusos a menores, pero ese artículo se concentraba sobre todo en los malos tratos físicos, y a principios de la década de los setenta, cuando yo inicié mis estudios, apenas se mencionaban los abusos sexuales. Entonces llegó el feminismo, y la gente empezó a hablar con las mujeres y los niños sobre los abusos. En 1977, Kempe publicó «Abusos sexuales: otro problema pediátrico oculto», y probablemente por esas fechas nació la conciencia de que era un problema real que debía afrontarse.

»Por desgracia, podría decirse que el péndulo se desplazó demasiado en dirección contraria. Creó un clima de recelo permanente, pues el deseo de abordar el problema iba muy por delante de las posibilidades reales de la ciencia. Había entusiasmo, pero no suficiente escepticismo. Eso provocó un retroceso, y en los años noventa disminuyeron las denuncias. Ahora parece que hemos alcanzado cierto equilibrio, aunque aún nos concentremos a veces en los abusos sexuales a costa de otra clase de malos tratos. Se calcula que el veinte por ciento de los niños han sufrido abusos sexuales antes de llegar a la vida adulta, pero las consecuencias del abandono a largo plazo y los malos tratos físicos son en realidad mucho más graves. Por ejemplo, un niño que ha sufrido malos tratos y abandono tiene muchas más probabilidades de adoptar un comportamiento delictivo al crecer que un niño que ha sufrido abusos sexuales. Entretanto, sabemos por los datos que es más probable que los autores de abusos sexuales a menores hayan sido antes ellos mismos víctimas de abusos sexuales, pero la mayoría de los pederastas no han sufrido abusos sexuales. Y eso es todo —concluyó—. Ya le he dado la conferencia. Y ahora, dígame, ¿a qué viene su curiosidad por Galaad?

—A Daniel Clay también le interesaba Galaad. Pintó cuadros del lugar. Alguien me comentó que incluso entrevistó a Mason Dubus, y es posible que tuviera la intención de escribir un libro sobre lo sucedido allí. A eso se une la circunstancia de que su coche apareció abandonado en Jackman, y Galaad no está lejos de Jackman. Por lo visto, uno de los antiguos pacientes de Clay también sufrió abusos en Galaad o cerca de allí a manos de unos hombres con máscaras de pájaros. Todo esto me parece más que una serie de coincidencias.

—Probablemente no deba extrañarnos que Clay sintiera curiosidad por Galaad —comentó Christian—. Casi todos los profesionales de nuestra especialidad radicados en Maine han examinado en un momento u otro el material disponible, y varios de ellos han entrevistado a Dubus, yo incluido. —Se detuvo a pensar un momento—. No recuerdo ninguna descripción de Galaad en las historias clínicas relacionadas con Clay, aunque sí se mencionaban entornos rurales. Algunos de los niños alcanzaron a ver árboles, hierba, tierra. Había también similitudes en las descripciones del lugar en que padecieron los abusos: paredes desnudas, un colchón en el suelo, esas cosas. No obstante, la mayoría de las víctimas tuvieron los ojos vendados durante la mayor parte del tiempo, de modo que hablamos de imágenes fugaces, nada más.

—¿Es posible que esos hombres se sintieran atraídos por Galaad debido a lo que ocurrió allí en el pasado? —pregunté.

—Es posible —respondió Christian—. Tengo un amigo que trabaja en prevención de suicidios. Habla de «aglutinador de entornos», que son los lugares que los suicidas eligen en gran medida porque otros han conseguido quitarse la vida allí. Un suicidio propicia otro, o genera un estímulo para cometerlo. Análogamente, podría ser que un lugar que se ha convertido en sinónimo de abusos a menores atrajese a otros autores de abusos, pero sería correr un riesgo muy grande.

–¿Podría ser el riesgo parte de esa atracción?

–Quizás. He pensado mucho al respecto desde que vino usted a verme. Es un caso fuera de lo común. Da la impresión de que se trata de abusos cometidos por desconocidos a una escala considerable, lo que en sí mismo es poco habitual. Es raro que los niños, a diferencia de los adultos, sean víctimas de desconocidos. Los abusos en el ámbito familiar alcanzan el cincuenta por ciento de los actos perpetrados contra chicas, y entre el diez y el veinte por ciento de los perpetrados contra chicos. En general, además, los autores de abusos no incestuosos se dividen en seis categorías basadas en tres grados de intensidad: desde aquellos que tienen a menudo contacto no sexual con niños hasta agresores sádicos que rara vez tienen un contacto no sexual con ellos. Éstos son los que normalmente verán a niños desconocidos como víctimas, pero el grado de violencia infligida a los niños que mencionaron las máscaras de pájaros era mínimo. De hecho, sólo una niña recordaba una agresión física seria, y dijo que el autor..., que empezó a asfixiarla hasta el punto de que ella casi perdió el sentido..., fue reprendido por los demás de inmediato. Eso es indicio de un alto grado de control. Estos hombres no eran autores de abusos corrientes, ni mucho menos. Había planificación, cooperación y, por falta de una palabra mejor, contención. Considerando estos elementos, lo ocurrido resulta especialmente perturbador.

–¿Está usted seguro de que no se han producido denuncias parecidas desde la desaparición de Clay?

–¿Quiere decir denuncias de abusos comparables a esas descripciones? Bueno, estoy tan seguro como es posible estarlo, dada la información disponible. Ésa fue una de las razones por las que las sospechas recayeron en Clay, supongo.

–¿Podrían haber dejado de cometer abusos esos hombres?

–Lo dudo mucho. Quizás algunos fueron a la cárcel por otros delitos, cosa que explicaría la interrupción de esa práctica, pero aparte de eso, no, no creo que hayan dejado de cometer abusos. Esos hombres son pederastas depredadores. Puede que se haya alterado su pauta de comportamiento, pero sus instintos no habrán desaparecido.

–¿Y por qué podría haberse alterado su pauta de comportamiento?

–Tal vez ocurriera algo, algo que los asustó o los llevó a tomar conciencia de que el riesgo de atraer la atención era muy alto si seguían cometiendo abusos de esa manera.

–La hija de un tal Frank Merrick dibujó a unos hombres con cabeza de pájaro –dije.

–Y la hija de Merrick sigue desaparecida –apuntó Christian, concluyendo por mí lo que tenía en la cabeza–. Conozco el caso.

–La fecha de la desaparición de Clay coincide más o menos con el periodo en que Lucy Merrick fue vista por última vez –expliqué–. Y usted acaba de decirme que, a partir de ese momento, no hubo más denuncias de abusos a menores perpetrados por hombres con máscaras de pájaro.

–Ninguna que yo sepa –confirmó Christian–. Aunque, como le he dicho, no es fácil localizar a las posibles víctimas. Podría ser que tales abusos siguieran produciéndose sin enterarnos nosotros.

Pero cuantas más vueltas le daba, más sentido le veía. Existía una relación entre la desaparición de Clay y la de Lucy Merrick, y también quizás entre la desaparición de ésta y el hecho de que no se denunciasen más abusos a menores cometidos por hombres con máscaras de pájaro después de eso.

–La muerte de un niño, por ejemplo: ¿habría bastado eso para asustarlos, para disuadirlos de seguir con lo que estaban haciendo? –pregunté.

–Si fue un accidente, sí, es posible –respondió Christian.

–¿Y si no lo fue?

–Entonces nos encontraríamos ante algo muy distinto: no serían abusos a menores, sino el asesinato de un niño.

Nos quedamos los dos en silencio. Christian hizo unas anotaciones en un cuaderno. Vi que empezaba a oscurecer y que el ángulo de la luz a través de las persianas cambiaba al ponerse el sol. Las sombras semejaban barrotes de una cárcel, y volví a acordarme de Andy Kellog.

–¿Aún vive Dubus en el estado? –quise saber.

–Tiene una casa cerca de Caratunk. Es un sitio muy aislado. Vive prácticamente preso en su propia casa: lleva un dispositivo de localización por vía satélite en el tobillo, lo medican en un intento de reprimir su impulso sexual, y no tiene acceso a Internet ni a la televisión por cable. Incluso se supervisa su correo, y el registro de llamadas de su línea telefónica está sujeto a control como una de las condiciones de su libertad condicional. Pese a su avanzada edad, sigue siendo un riesgo potencial para los niños. Probablemente sabrá usted que cumplió condena por lo ocurrido en Galaad. Después fue encarcelado en tres ocasiones distintas por, y hablo de memoria, dos cargos de agresión sexual, tres de riesgo de lesiones para un menor, posesión de pornografía infantil y una serie de delitos que se reducían todos a lo mismo. La última vez le cayeron veinte años, conmutados a diez con libertad condicional de por vida para asegurar que viviría bajo un estricto control hasta el final de sus días. De vez en cuando, estudiantes de posgrado o profesionales médicos lo entrevistan. Es un sujeto útil. Es inteligente, y tiene la cabeza lúcida para un hombre de más de ochenta años, y no le importa hablar. No cuenta con muchos más entretenimientos para matar el tiempo, supongo.

–Resulta interesante que se haya quedado tan cerca de Galaad.

–Caratunk se hallaba a sólo cincuenta kilómetros al sur de Galaad.

–Creo que nunca ha salido del estado desde que se instaló allí –dijo Christian–. Cuando lo entrevisté, describió Galaad como una especie de paraíso perdido. Repitió los argumentos habituales uno por uno: que los niños poseían una conciencia sexual mayor de la que les atribuíamos; que otras sociedades y culturas veían desde una óptica más favorable la unión entre niños y adultos; que las relaciones en Galaad eran afectuosas y recíprocas. Oigo variaciones de esos temas continuamente. Sin embargo, con Dubus tuve la sensación de que eran una cortina de humo. Es consciente de lo que es, y le gusta. Nunca existió la menor esperanza de rehabilitarlo. Ahora sólo intentamos tenerlo bajo control y lo utilizamos para ahondar en la naturaleza de los hombres como él. En ese sentido nos ha sido útil.

–¿Y los bebés muertos?

–De eso culpó a las mujeres, aunque se negó a dar nombres.

–¿Usted le creyó?

–Ni por un momento. Él era la figura masculina dominante en la comunidad. Si él personalmente no empuñó el arma que acabó con la vida de aquellos niños, dio la orden de matarlos. Pero, como le he dicho, eran otros tiempos, y no es necesario remontarse muy atrás en la historia para encontrar anécdotas semejantes de hijos de relaciones adúlteras o incestuosas que mueren de la manera más oportuna.

»Con todo, Dubus tuvo suerte de escapar con vida cuando la gente de Jackman descubrió lo que ocurría allí. Tal vez sospechaban ya algo, pero cuando se encontraron los cadáveres..., en fin, entonces cambió todo. Se demolieron muchos edificios del asentamiento. Sólo quedaron en pie un par, junto con la estructura de una iglesia a medio construir. Incluso es posible que eso ya no exista. No lo sé. Hace mucho que no voy, al menos desde que estudiaba.

Llamaron a la puerta del despacho. Entró la recepcionista con un fajo de mensajes y una taza de café para Christian.

–¿Cómo podría hablar con Mason Dubus? –pregunté.

Christian tomó un largo trago de café al tiempo que se levantaba dirigiendo ya su atención a otros asuntos más acuciantes, como los senadores agresivos que daban más valor a los votos que a los resultados.

–Puedo telefonear al agente responsable de su libertad condicional –contestó mientras me acompañaba a la puerta–. No creo que haya ningún problema para organizar una visita.

Cuando salí, había desaparecido la policía. También el Nissan, pero lo vi minutos después, cuando regresaba a Scarborough, aparcado frente a una panadería. Por la ventanilla me pareció ver a los niños comer pasteles de colores rosa y amarillo que sacaban de una caja. La mujer, de espaldas a mí, tenía los hombros encorvados, y pensé que quizá lloraba.

Todavía me quedaba una visita por hacer ese día. Había estado pensando en el tatuaje mencionado por Andy Kellog y en la hipótesis de Joe Long: que podía ser indicio de que el individuo había pasado por el ejército, quizá por una división aerotransportada. Sabía por experiencia que era difícil seguir el rastro a esa clase de información. La mayor parte de los expedientes relacionados con las hojas de servicio se guardaban en el Registro Central de Historiales de Saint Louis, Missouri, pero aunque pudiera acceder a esa base de datos, lo que ya de por sí era difícil, no me serviría de nada sin una pista sobre la posible identidad del hombre en cuestión. Con una sospecha concreta, habría podido encontrar a alguien que sacara el expediente 201, pero eso implicaba pedir favores desde fuera, y aún no estaba listo para ello. La Administración de Veteranos también daba información con cuentagotas, y eran pocos los que se arriesgarían a perder una plaza de funcionario con pensión pasando expedientes bajo mano a un investigador.

Ronald Straydeer era un indio penobscot de Oldtown que había servido en el cuerpo K-9 durante la guerra de Vietnam. Vivía cerca de Scarborough Downs, junto a una caravana en forma de proyectil que en su día había ocupado Billy Purdue y en la actualidad hacía las veces de centro de reinserción social para balas perdidas, tarambanas y antiguos compañeros de armas que encontraban el camino hasta la puerta de Ronald. Lo habían licenciado del servicio por invalidez tras resultar herido en el pecho y el brazo izquierdo cuando estalló un neumático justo el día que se marchaba de Vietnam. Nunca supe qué le dolió más: si las heridas recibidas o el hecho de verse obligado a dejar allí a su pastor alemán, *Elsa*, como «excedente militar». Estaba convencido de que los vietnamitas se habían comido a *Elsa*. Sospecho que los odiaba más por eso que por haberle disparado una y otra vez cuando llevaba el uniforme.

Sabía que Ronald tenía un contacto, un oficial del Servicio Nacional llamado Tom Hyland, que trabajaba con los Veteranos Incapacitados de América, y que había ayudado a Ronald a solicitar una pensión a través de la Administración de Veteranos. Hyland había actuado por poderes en nombre de Ronald cuando éste intentaba abrirse paso por los vericuetos del sistema, y Ronald siempre hablaba de él en los términos más elogiosos. Yo lo había visto una vez, cuando Ronald y él se ponían al día sobre sus respectivas vidas ante una sopa de pescado en el Lobster Shack, junto al parque estatal Two Lights. Ronald me lo había presentado como «hombre honorable», el mayor elogio que yo le había oído conceder a otro ser humano.

En cuanto oficial del Servicio Nacional, Hyland tenía acceso a la hoja de servicios de cualquier veterano que alguna vez hubiese solicitado una pensión por medio de la Administración de Veteranos, incluidos aquellos que hubieran servido en una unidad aerotransportada y tuviesen domicilio en el estado de Maine bien en el momento de alistarse o al reclamar la pensión. A su vez, los Veteranos Incapacitados de América colaboraban con otras organizaciones como los Veteranos del Vietnam de América, la Legión Americana y los Veteranos de Guerras en el Extranjero. Si podía convencer a Ronald para que sondeara a Hyland, y Hyland, a su vez, estaba dispuesto a hacerme un favor, quizá consiguiera una lista de posibles candidatos.

Era casi de noche cuando llegué a la casa de Ronald, me encontré la puerta abierta. Ronald estaba sentado en el salón ante el televisor, rodeado de latas de cerveza, algunas llenas pero en su mayor parte vacías. El televisor reproducía un DVD de un concierto de Hendrix, a muy bajo volumen. El sofá situado frente a él lo ocupaba un hombre en apariencia más joven que Ronald pero infinitamente más desgastado. Para su edad, Ronald Straydeer se conservaba bien, con sólo un asomo de gris en el pelo oscuro y corto, y un cuerpo que aún no delataba los efectos de la avanzada mediana edad gracias al duro ejercicio físico. Era corpulento, pero más grande aún era su amigo, un hombre con barba de tres días y el pelo cayéndole en bucles amarillos y castaños. Además, llevaba un colocón de cuidado. A mí sólo con el olor a hierba que flotaba en el aire ya me daba vueltas la cabeza. Ronald parecía un poco más entero, pero era sólo cuestión de tiempo que sucumbiese a aquellos vapores.

–Hombre –dijo su compinche–, menos mal que no eres poli.

–Sería de ayuda echar el cerrojo –comenté–, o al menos cerrar la puerta. Así les resulta más difícil entrar.

El amigo de Ronald asintió sabiamente.

–Gran verdad –coincidió–. Graaan verdad.

–Éste es mi amigo Stewart –dijo Ronald–. Fui compañero de su padre en el ejército. Stewart aquí presente luchó en la primera del Golfo. Hablábamos de los viejos tiempos.

–Una pasada –dijo Stewart. Entonces levantó su cerveza–. Por los viejos tiempos.

Ronald me ofreció una cerveza, pero no la acepté. Abrió otra Silver Bullet y casi la apuró antes de apartársela de los labios.

–¿Qué puedo hacer por ti? –preguntó.

–Busco a alguien –contesté–. Es posible que haya estado en el ejército. Lleva un tatuaje de un águila en el brazo derecho y tiene afición por los niños. He pensado que si a ti no te suena de nada, quizá podrías preguntar por ahí o ponerte en contacto con ese amigo tuyo del Servicio Nacional, Hyland. El individuo del que te hablo es un mal bicho, Ronald. Si no, no te lo pediría.

Ronald reflexionó por un momento. Stewart entornó los ojos en un esfuerzo por concentrarse en la conversación.

–Un hombre al que le gustan los niños no andaría pregonándolo por ahí –comentó Ronald–. No recuerdo haber oído hablar de nadie con esas tendencias. El tatuaje del águila reduce un tanto las posibilidades. ¿Cómo sabes que lo tiene?

–Un niño se lo vio en el brazo. El hombre iba enmascarado. El tatuaje es la única pista que tengo de su identidad.

–¿Ese niño llegó a ver los años?

–¿Los años?

–Los años de servicio. Si prestó servicio, aunque sólo fuese limpiando letrinas, sin duda añadió los años.

No recordaba que Andy Kellog hubiese mencionado números tatuados debajo del águila. Pensé en pedirle a Aimee Price que se lo consultara.

–¿Y si no hay años?

–Entonces probablemente no prestó servicio –se limitó a decir Ronald–, y el tatuaje es puro alarde.

–De todos modos, ¿lo preguntarás por ahí?

–Lo haré. Tal vez Tom sepa algo. Es una persona muy seria, pero ya sabes, si hay niños por medio...

Entretanto, Stewart se había levantado e inspeccionaba los estantes de Ronald balanceándose, con un porro recién encendido entre los labios, al son casi inaudible de la música de Hendrix. Encontró una fotografía y se volvió hacia Ronald. Era una instantánea de Ronald de uniforme, en cuclillas al lado de *Elsa*.

–Eh, Ron, tío, ¿ésta era tu perra? –preguntó Stewart.

Ronald ni siquiera tuvo que darse la vuelta para saber a qué se refería.

–Sí –contestó–. Ésa es *Elsa*.

–Una perra preciosa. Es una lástima lo que le pasó. –Agitó la fotografía en dirección a mí–. Se le comieron la perra, ¿lo sabías? Se le comieron nada menos que la perra.

–Lo sé –respondí.

–En serio, ¿qué clase de chusma va y se come al perro de un hombre? –Una lágrima asomó en uno de sus ojos y rodó por la mejilla–. Todo junto es una puta vergüenza.

Y lo era.

20

Merrick había declarado a la policía que dormía en su coche casi todas las noches, pero no le creyeron, y yo tampoco. Por eso encargué a Ángel que lo siguiera al salir de la cárcel. Según Ángel, Merrick se había subido a un taxi en la parada de la estación de autobuses; luego había tomado una habitación en un motel al lado de las galerías comerciales Maine y corrido las cortinas, aparentemente para dormir. Sin embargo, no había ni rastro del coche rojo en el motel, y cuando, pasadas seis horas, Merrick seguía sin dar señales de vida, Ángel decidió averiguar qué ocurría. Compró una pizza, la llevó al motel y llamó a la puerta de la habitación de Merrick. Al no recibir respuesta entró por la fuerza y descubrió que Merrick se había ido. En el motel también había un coche patrulla, enviado probablemente por la misma razón que Ángel, pero el agente no había tenido más suerte que él.

–Sabía que era muy posible que lo siguieran –dijo Ángel. Louis y él estaban sentados en mi cocina, y *Walter*, que había vuelto una vez más de casa de los Johnson, olfateaba los pies de Ángel y le mordisqueaba las puntas de los cordones–. Debía de haber tres o cuatro maneras distintas de salir de allí. Por eso mismo lo eligió.

Aquello no me sorprendió demasiado. Dondequiera que se hubiese escondido Merrick antes de su detención, no era un motel al lado de un centro comercial. Telefoneé a Matt Mayberry para averiguar si había encontrado algo útil.

–He estado muy ocupado, de lo contrario te habría llamado yo mismo –se disculpó Matt cuando por fin conseguí acceder a él. Me explicó que al principio se había concentrado en los asesores tributarios de la ciudad de Portland y alrededores, y que luego había ampliado la búsqueda a cien kilómetros a la redonda–. De momento he encontrado dos propiedades. Una en Saco, pero sigue inmovilizada a causa de un litigio después de casi cuatro años. Por lo visto, el ayuntamiento hizo público un aviso de venta inminente por embargo de las propiedades de un hombre de mediana edad mientras éste estaba en tratamiento por cáncer; luego, sin previo aviso, llevó a cabo la subasta, supuestamente antes de tiempo. Pero no te pierdas el detalle: cuando él se negó a abandonar su casa al ser dado de baja del hospital, le mandaron una unidad del grupo de operaciones especiales para sacarlo de allí a la fuerza. ¡El pobre hombre ni siquiera tenía pelo! ¿Qué demonios os pasa en Maine? Ahora mismo el asunto va camino del Tribunal Supremo, pero avanza al paso de un tortuga artrítica. Tengo copias de la documentación previa al proceso, pero no te serán de gran ayuda.

–¿Cuál es la participación de Eldritch en eso?

–Es el propietario registrado, en fideicomiso. Aun así, hice un par de indagaciones más sobre él y encontré su nombre relacionado con diversas ventas de propiedades desde aquí hasta California, pero todas son referencias antiguas, y cuando les seguí la pista, el título de propiedad había cambiado otra vez. Las ventas en Maine son las más recientes con diferencia, y, bueno, no coinciden con la pauta de las anteriores.

–¿En qué sentido?

–Verás, no me atrevería a jurarlo, pero da la impresión de que al menos una parte de los negocios de Eldritch reside, o residía, en proporcionar propiedades a individuos o compañías que no querían aparecer inscritos como propietarios. Pero, como te he dicho, la mayoría de las referencias que he encontrado son prehistóricas, lo que me induce a pensar que desde entonces Eldritch ha desplazado sus intereses a otras actividades, o ya no lo hace tanto como antes, o sencillamente ha aprendido a borrar mejor sus huellas. Algunas de esas propiedades han dejado un rastro de papel que ni te imaginas, lo que podría ser una forma de camuflar el hecho de que, pese a la nebulosa de ventas y traspasos adicionales, el propietario real del lugar en cuestión seguía siendo el mismo. Pero eso sólo es una sospecha, y haría falta todo un equipo de expertos con mucho tiempo disponible para demostrarlo.

»Yo diría que la venta de Saco fue una equivocación. Quizás Eldritch había recibido instrucciones de localizar una propiedad para un cliente, y ésta parecía un chollo, pero luego el negocio se fue a pique porque el ayuntamiento lo hizo todo mal. Aunque probablemente se debió sólo a un cruce de cables, la cuestión es que Eldritch se vio atrapado en la clase de cenagal jurídico que, por lo visto, había conseguido eludir a base de dedicarle mucho tiempo y esfuerzo.

»Lo que nos lleva a la segunda propiedad, adquirida unas semanas después de izarse las banderas negras por la venta de Saco. Está cerca de un pueblo llamado Welchville. ¿Te suena de algo?

–Vagamente. Creo que está entre Mechanic Falls y Oxford.

–Donde sea. Ni siquiera pude encontrarlo en un mapa corriente.

–No es la clase de sitio que la gente incluye en los mapas corrientes. Allí no hay gran cosa. Ni siquiera hay gran cosa en Mechanic Falls, y en comparación con Welchville parece una metrópolis.

–Pues recuérdame que no mire allí cuando busque un lugar de retiro. La cuestión es que al final lo encontré. La propiedad está en Sevenoaks Road, cerca de Willow Brook. En efecto, no parece que haya gran cosa por allí, lo cual encaja con lo que acabas de decirme, así que no debería ser difícil localizarla. Es el número 1180. No sé qué fue del 1 hasta el 1179, pero supongo que estarán por algún sitio. En lo que se refiere a Maine, sólo hay esas dos propiedades. Si quieres que amplíe la búsqueda, necesitaría más tiempo del que dispongo, así que tendría que encargárselo a otra persona y puede que no trabaje de balde como yo.

Dije a Matt que ya se lo confirmaría, pero en principio la propiedad de Welchville parecía un buen punto de partida. Welchville estaba a una distancia idónea de Portland: relativamente cerca, con lo que la ciudad y sus aledaños eran muy accesibles, y a la vez lo bastante lejos para ofrecer privacidad e incluso un escondite si era necesario. En lugares como Welchville y Mechanic Falls, la gente no andaba metiendo la nariz en los asuntos de los demás, no a menos que alguien les diese un motivo para ello.

Había oscurecido, pero eso ya nos convenía. Era más sensato aproximarse a la casa de Welchville al amparo de la noche. Si Merrick estaba allí, existía alguna posibilidad de que no nos viera acercarnos. Pero también me interesaba la fecha en que Eldritch había adquirido la casa. Por entonces Merrick estaba en la cárcel, y aún faltaba mucho tiempo para su puesta en libertad; por tanto, o bien Eldritch planeaba las cosas con mucha antelación, o la casa se adquirió con otros fines. Según Matt, Eldritch seguía siendo el propietario registrado, pero no me lo imaginaba pasando mucho tiempo en Welchville, lo cual planteaba una duda: ¿quién había estado usando la casa durante los últimos cuatro años?

Cogimos el Mustang, nos alejamos de la costa, bordeamos Auburn y Lewiston hasta dejar atrás las poblaciones de mayor tamaño y entrar en el Maine rural, pese a estar cerca de la ciudad más grande del estado. Puede que Portland hubiese iniciado un proceso de expansión descontrolado, engullendo a comunidades más pequeñas y amenazando la identidad de otras, pero allí era como si la ciudad estuviese a cientos de kilómetros. Parecía otro mundo, un mundo de carreteras estrechas y casas dispersas, pueblos pequeños de calles vacías, donde el retumbo de los camiones al pasar y el ruido de algún que otro coche perturbaban la paz reinante, e incluso éstos eran menos frecuentes a medida que nos alejábamos hacia el oeste. De vez en cuando veíamos una hilera de farolas, iluminando un tramo de carretera que en apariencia era idéntico al resto y sin embargo, por alguna razón, merecía un toque personal por cortesía del condado.

–¿Por qué? –preguntó Ángel.

–Por qué ¿qué? –dije.

–¿Por qué alguien querría vivir aquí?

Acabábamos de dejar la 495 y Ángel, sentado en el asiento de atrás con los brazos cruzados como un niño enfurruñado, ya ansiaba las luces de la ciudad.

–No todo el mundo quiere vivir en la ciudad.

–Yo sí.

–Aun así, no todo el mundo quiere vivir cerca de gente como tú.

La Carretera 121 atravesaba tortuosamente Minot y Hackett Mills y después llegaba ya a Mechanic Falls, poco antes del cruce con la 26. Faltaba más o menos un kilómetro. A mi lado, Louis sacó la Glock de entre los pliegues de su abrigo. Detrás oí el revelador chasquido de una corredera al desplazar un cartucho a la recámara. Si vivía alguien en Sevenoaks Road, ya fuera Merrick o un desconocido, no cabía esperar que le complaciese vernos.

La casa se encontraba a cierta distancia de la carretera, de modo que no la vimos hasta que casi nos la habíamos pasado. La observé por el espejo retrovisor: una vivienda sencilla, de una sola planta, con una puerta central y dos ventanas, una a cada lado. No estaba en exceso deteriorada ni mejor conservada de lo normal. Simplemente estaba... allí.

Pasamos de largo y seguimos cuesta arriba hasta que tuve la certeza de que el ruido del motor habría dejado de oírse en la casa. Nos detuvimos y esperamos. No vimos más coches en la carretera. Finalmente, cambié de sentido y, bajando en punto muerto por la pendiente, frené cuando la casa no estaba aún a la vista. Estacioné en el arcén y recorrimos a pie el resto del camino.

En la casa no había ninguna luz encendida. Mientras Louis y yo esperábamos, Ángel examinó el perímetro por si había lámparas nocturnas que se activaran con el movimiento. No encontró ninguna. Después de circundar la casa nos hizo una seña a Louis y a mí con la linterna, tapando el haz con la mano para que lo viéramos sólo nosotros. Nos acercamos a él.

–No hay alarma –dijo–, o al menos yo no la he visto.

Era lógico. Quienquiera que utilizase aquella casa, ya fuese Merrick o la persona que lo financiaba, no desearía proporcionar a la policía una excusa para dejarse caer por allí cuando estuviese vacía. Además, el número de robos en la zona seguramente podía contarse con los pulgares de una mano.

Nos aproximamos más a la casa. Vi que el tejado de pizarra había sido reparado en fecha reciente, quizás en los últimos dos años, pero la pintura exterior estaba resquebrajada y dañada aquí y allá. La maleza había invadido buena parte del jardín, pero no hacía mucho que se había cubierto de grava el camino de acceso, y disponía de un espacio sin hierba para estacionar uno o dos coches. El garaje, a un lado de la casa, tenía una cerradura nueva en la puerta. El edificio no había sido repintado, pero tampoco parecía necesitar urgentemente alguna reparación. En otras palabras, habían hecho todo lo que se requería para mantener la propiedad habitable, pero no más. Nada llamaba la atención, nada atraía segundas miradas. Era anodina como sólo puede serlo algo que se pretende que pase inadvertido.

Examinamos la casa una vez más, evitando la grava y sin salirnos de la hierba a fin de amortiguar el ruido de nuestras pisadas, pero dentro no se advertía la menor señal de presencia alguna. Ángel tardó unos minutos en abrir la puerta de atrás con ayuda de una ganzúa, lo que nos permitió entrar en una cocina pequeña con estantes y armarios vacíos y un frigorífico cuya única función era añadir en apariencia un reconfortante zumbido a la casa, por lo demás silenciosa. El cubo de la basura reveló los restos de un pollo asado y una botella de agua vacía. A juzgar por el olor, el pollo llevaba allí un tiempo. Había asimismo un paquete arrugado de tabaco American Spirit, la marca de Merrick.

Salimos al pasillo. Ante nosotros vimos la puerta de entrada. A la izquierda había un dormitorio pequeño sin más muebles que un gastado sofá cama y una mesita. El borde de una sábana de color hueso asomaba de las entrañas del sofá, como único destello de claridad en aquella penumbra. Junto al dormitorio se hallaba la principal zona de estar, sin un solo mueble. Estanterías empotradas ocupaban los huecos a ambos lados de la chimenea apagada, pero el único libro presente era una raída Biblia encuadernada en piel. La cogí y la hojeé; que yo viera, no contenía marcas ni anotaciones, ni nombre en el frontispicio indicando la identidad del dueño.

Ángel y Louis habían pasado a las habitaciones de la derecha: un cuarto de baño, que en otro tiempo quizá cumplió la función de segundo dormitorio, ahora también vacío excepto por los caparazones de insectos atrapados en los restos de las telarañas del verano anterior igual que los adornos de un árbol de Navidad que no se retiran pasada la fecha; y un comedor identificable como tal por las marcas de una mesa y unas sillas en el polvo, único indicio de su antiguo cometido, como si los muebles hubiesen desaparecido sin intervención humana, esfumándose en el aire como el humo.

–Mirad –dijo Ángel desde el pasillo.

Enfocaba con la linterna una trampilla en el suelo cerca de una pared lateral de la casa. Un cerrojo impedía el paso, pero no por mucho tiempo. Ángel se ocupó de la cerradura y luego levantó la trampilla mediante una argolla de latón engastada en la madera. Apareció un tramo de escalera que se perdía de vista en la oscuridad. Ángel, aún agachado, me miró como si yo fuera el culpable.

–¿Por qué tiene que estar todo bajo tierra? –susurró.

–¿Por qué hablas en susurros? –contesté.

–Mierda –dijo Ángel en voz alta–. Nada me saca más de quicio que hablar así.

Louis y yo nos arrodillamos a su lado.

–¿Hueles eso? –preguntó Louis.

Olfateé. Abajo el aire tenía un olor parecido al de los restos del pollo en el cubo de la basura, pero era un tufillo muy ligero, como si algo se hubiese descompuesto allí y lo hubiesen sacado hacía mucho tiempo, y sólo quedara el recuerdo de su podredumbre atrapado en la quietud.

Bajé yo primero, seguido de Ángel. Louis se quedó arriba por si alguien se acercaba a la casa. A primera vista, el sótano parecía aún más vacío que el resto de las habitaciones. No había herramientas en las paredes, ni bancos donde trabajar, ni cajas almacenadas, ni reliquias desechadas de antiguas vidas descansando olvidadas bajo la casa. En lugar de eso contenía sólo una escoba, apoyada contra una pared, y un hoyo en el suelo de tierra ante nosotros, quizá de un metro y medio de diámetro y uno ochenta de profundidad. Tenía los lados revestidos de ladrillo y el fondo cubierto de esquirlas de pizarra rota.

—Parece un antiguo pozo —comentó Ángel.

—¿Quién va a construir una casa encima de un pozo?

Husmeó el aire.

—El olor viene de ahí abajo. Podría haber algo enterrado debajo de las piedras.

Cogí la escoba y se la di. Se agachó y hurgó entre los fragmentos de pizarra, pero saltaba a la vista que tenían sólo unos centímetros de profundidad. Debajo había hormigón macizo.

—Mmm —dijo—. ¡Qué raro!

Pero yo ya no escuchaba, porque había descubierto que el sótano no estaba tan vacío como parecía en un principio. Detrás de la escalera, en un rincón, casi invisible entre las sombras, vi un enorme armario de roble, de madera vieja y muy oscura, casi negra. Lo iluminé con la linterna y advertí la recargada ornamentación, un relieve en filigrana de hojas y enredaderas, hasta el punto de que, más que un mueble labrado por un hombre, parecía parte de la propia naturaleza, petrificada en su actual forma. Los tiradores de las puertas eran de cristal tallado y en el ojo de la cerradura brillaba una pequeña llave de latón. Enfoqué con el haz de luz las paredes del sótano, intentando entender cómo habían conseguido bajar el armario hasta allí. La trampilla y la escalera eran demasiado estrechas. En algún momento del pasado tal vez hubo puertas de acceso al sótano desde el jardín, pero no alcanzaba a imaginar dónde podían haber estado. Eso creaba la inquietante sensación de que, por algún motivo, el sótano se había construido en torno a aquel viejo mueble de roble oscuro, sin más finalidad que proporcionarle un lugar sombrío y silencioso donde descansar.

Alargué la mano hacia la llave. Pareció vibrar ligeramente entre mis dedos. Apoyé la mano en la madera. También temblaba. El movimiento parecía provenir no sólo del propio armario sino también del suelo bajo mis pies, como si debajo de la casa, a gran profundidad, una máquina enorme rechinara y palpitara con un fin desconocido.

—¿Sientes eso? —pregunté, pero Ángel estaba cerca y a la vez era una mota a lo lejos, como si el espacio y el tiempo se hubieran distorsionado momentáneamente. Lo vi examinar el hoyo en el suelo del sótano, tanteando todavía los fragmentos de pizarra en busca de alguna pista sobre el origen de aquel olor, pero cuando hablé pareció no oírme e incluso a mí me sonó débil mi voz. Hice girar la llave. Se oyó un sonoro chasquido en la cerradura, demasiado sonoro para un mecanismo tan pequeño. Agarré un pomo con cada mano y tiré: las puertas se abrieron en silencio y sin oponer resistencia hasta revelar el contenido.

Algo se movió dentro. Asustado, retrocedí de un salto y casi tropecé. Levanté la pistola, sosteniendo la linterna en alto y apartada del arma, y por un momento el reflejo de la luz me cegó.

Tenía ante mí mi propia imagen, deformada y ennegrecida. Un pequeño espejo dorado colgaba en el fondo del armario. Debajo había compartimentos para zapatos y ropa interior, todos integrados en el armazón del armario y todos vacíos, y separaba las dos secciones una tabla de madera horizontal, que quedaba casi oculta por un conjunto de objetos en apariencia inconexos: unos pendientes de plata, con piedras rojas engastadas; una alianza nupcial de oro, con una fecha grabada en el interior («18 de mayo de 1969»); un coche de juguete, estropeado, probablemente de los años cincuenta, con la pintura roja casi totalmente desprendida del todo; un desvaído retrato de una mujer en un guardapelo de poca monta; un pequeño trofeo de un campeonato de bolos sin fecha ni el nombre del ganador; un libro de poemas infantiles encuadernado en tela y abierto por la portadilla, en la que se leía «Para Emily, con cariño de mamá y papá, Navidad de 1955», escrito con una letra tosca y entrecortada; una aguja de corbata; un viejo single de Carl Perkins, con su autógrafo en el propio disco; un collar de oro, con la cadena rota como si se lo hubieran arrancado de un tirón a quien lo llevara puesto, y una cartera, vacía salvo por una fotografía de una joven luciendo el birrete y la toga de recién graduada.

Pero estos objetos, pese a que todo en ellos inducía a pensar que en algún momento sus dueños los habían guardado como tesoros, eran simples distracciones. Fue el espejo lo que en realidad atrajo mi atención. La superficie reflectante estaba muy dañada, por efecto del fuego o de alguna otra fuente de calor intenso, hasta el punto de que en el centro asomaba el dorso de madera. El cristal se había combado, y en los bordes presentaba manchas parduzcas y negras, aunque no se había resquebrajado y la madera, detrás, no estaba chamuscada. El calor aplicado para causar semejantes daños era tal que el espejo simplemente se había fundido, y sin embargo el tablero que había de fondo había quedado indemne.

Tendí la mano para tocarlo, pero me detuve. Yo había visto antes ese espejo, y de pronto supe quién manipulaba a Frank Merrick. Se me encogió el estómago y me sobrevino una náusea repentina. Puede que incluso hablase, pero las palabras no debieron de tener sentido. Una sucesión de imágenes desfiló atropelladamente por mi cabeza, recuerdos de una casa.

«Esto no es una casa. Esto es un hogar.»

Símbolos en una pared de una vivienda abandonada mucho tiempo atrás, revelados sólo cuando el papel empezó a desprenderse y a colgar en el pasillo como grandes lenguas. Un hombre con un abrigo raído, el pantalón manchado y la suela de uno de los zapatos casi suelta, exigiendo el pago de una deuda contraída por otra persona a quien se creía muerta desde hacía mucho tiempo.

«Éste es un mundo viejo y perverso.»

Y un espejo pequeño y dorado, sostenido por aquel hombre con los dedos amarillentos a causa de la nicotina, y en él la imagen reflejada de una figura gritando, que habría podido ser yo o habría podido ser otro.

«Estaba condenado, y su alma se ha perdido...»

Ángel apareció a mi lado, mirando los objetos del armario con cara de incomprensión.

–¿Qué es? –preguntó.

–Una colección –contesté.

Se acercó e hizo ademán de coger el coche de juguete. Levanté la mano.

–No lo toques. No toques nada. Tenemos que salir de aquí. Ahora mismo.

Y entonces vio el espejo.

–¿Qué le pasó a...?

–Es de la casa Grady –dije.

Retrocedió espantado, y luego miró por encima del hombro esperando ver salir de pronto de su escondrijo al hombre que había llevado allí el espejo, como una de las arañas que hibernaban en las habitaciones de arriba alertada por la llegada de los primeros insectos de primavera.

–No es posible que hables en serio, joder –protestó Ángel–. ¿Por qué contigo nunca hay nada normal?

Cerré las puertas del armario, sintiendo aún la vibración de la llave en la cerradura cuando la hice girar, y confiné de nuevo la colección. Salimos del sótano, corrimos el pasador y volvimos a colocar el candado. Acto seguido nos marchamos de aquel lugar. No dejamos ninguna señal de nuestra intrusión, y mientras Ángel cerraba la puerta de atrás, la casa pareció quedar tal como estaba cuando llegamos.

Pero tuve la sensación de que todo era en vano.

Él sabría que habíamos estado allí.

El Coleccionista lo sabría y vendría.

21

En el camino de regreso a Scarborough apenas hablamos. Tanto Ángel como Louis habían estado en la casa Grady. Sabían lo que había sucedido allí, y sabían cuál había sido su final.

John Grady era un asesino de niños, y su casa, en Maine, había quedado vacía durante muchos años después de muerto. Ahora que lo pienso, quizá «vacía» no fuera la palabra correcta. «Latente» habría sido más apropiada, pues algo había permanecido en la casa Grady, algún vestigio del individuo que le había dado su nombre. Al menos eso me pareció a mí, aunque bien podrían haber sido fácilmente sombras y vapores, los miasmas de su historia, y la evocación de las vidas perdidas allí mezclándose para crear fantasmas en mi cerebro.

Pero yo no era el único que sospechaba que algo se había refugiado en la casa Grady. También se presentó allí el Coleccionista, un hombre harapiento con las uñas amarillentas, que pidió permiso para llevarse sólo un recuerdo de la casa: un espejo, y nada más. Aparentemente no quería, o no podía, entrar él mismo en la casa, y yo creía que al menos un hombre, un matón de medio pelo llamado Chris Tierney, había muerto a manos del Coleccionista por osar interponerse en el camino de ese extraño y siniestro individuo. Pero no era yo quien podía dar el permiso que solicitaba el Coleccionista, y cuando vio que no recibiría lo que quería, se lo llevó de todos modos tras dejarme ensangrentado en el suelo.

Y lo último que vi mientras yacía allí, con el cráneo ardiendo de dolor por la fuerza del golpe del Coleccionista, fue la imagen de John Grady atrapada detrás del cristal del espejo que se llevaba el Coleccionista, lanzando gritos de impotencia mientras por fin la justicia iba por él.

Ahora, ese mismo espejo, chamuscado y deformado, descansaba bajo una casa abandonada, reflejando un conjunto de objetos inconexos, prendas de otras vidas, de la justicia administrada por aquel personaje demacrado. En otro tiempo había firmado al menos una vez con el nombre de «Kushiel»: una muestra de humor negro, ya que éste era el nombre del carcelero del infierno, pero igualmente una insinuación sobre su naturaleza, o lo que él consideraba su naturaleza. Yo tenía la certeza de que cada uno de los objetos en ese viejo armario representaba una vida arrebatada, una deuda pagada de un modo u otro. Recordé el hedor que flotaba sobre el hoyo del sótano. Debía hacer la llamada, pensé. Debía mandar allí a la policía. Pero ¿qué podía decir? ¿Que había percibido el olor de la sangre y sin embargo no se veía sangre? ¿Que había un armario lleno de chatarra en el sótano, sin nada más que un nombre de pila aquí, una fecha allá, que permitiera relacionar cada objeto con su dueño original?

«¿Y usted qué hacía en el sótano, caballero? Ya sabe que el allanamiento de morada es delito, ¿no?»

Y había que tener en cuenta otra cosa. En el pasado me había cruzado con individuos tan peligrosos como el Coleccionista. Su naturaleza, que sólo en parte podía empezar a explicarme o a entender, estaba corrompida y eran capaces de una gran maldad. Pero el Coleccionista era distinto. Su motivación no era el deseo de infligir dolor. Al parecer ocupaba un espacio más allá de la moralidad convencional, comprometido en una labor en la que no había tiempo para conceptos como procedimiento adecuado o ley o misericordia. En su mente, aquellos a quienes buscaba ya habían sido juzgados. Se limitaba a ejecutar la sentencia. Era como un cirujano que extirpaba excrecencias cancerosas del organismo, extrayéndolas con precisión y arrojando las partes enfermas al fuego.

Ahora manipulaba a Merrick, utilizándolo para atraer de entre las sombras a individuos desconocidos de modo que se revelaran ante él. Merrick había estado en la casa, aunque sólo por un tiempo: el paquete de tabaco desechado y el pollo podrido lo indicaban. El Coleccionista también fumaba, pero sus gustos eran un poco más exóticos que American Spirit. Por mediación de Eldritch había proporcionado a Merrick un coche, también fondos, quizás, y un lugar donde alojarse, una base desde la que actuar pero seguramente con una orden adjunta estipulando que no debía entrar en ninguna parte cerrada de la casa. Incluso si Merrick hubiese desobedecido y bajado al sótano, ¿habrían significado algo para él aquellos objetos? Le habrían parecido sólo un revoltijo, una extravagante amalgama de cosas dispares contenidas en un armario antiguo que vibraba al tacto, escondido en un rincón de un sótano con un ligero tufo a viejo y podrido.

Ahora bien, era evidente que el Coleccionista buscaba a alguien relacionado con Daniel Clay y no al propio Clay, si había que creer a Eldritch. Sólo podía haber una respuesta: quería encontrar a quienes se habían cebado en los pacientes de Clay, los hombres que, si yo no me equivocaba, eran los responsables de lo ocurrido a Lucy Merrick. Así que Eldritch había sido reclutado para asegurarse de que a Frank Merrick se le liberaba y encauzaba, pero Merrick no era la clase de hombre que informaba de cada uno de sus pasos a un viejo abogado en un bufete lleno de papel. Buscaba venganza, y el Coleccionista debía de saber que, en algún momento, Merrick escaparía por completo a su control. Habría que seguirlo de cerca, conocer todos sus pasos, para que cualquier información que obtuviese fuese compartida automáticamente con aquel que lo había puesto en libertad para llevar a cabo su búsqueda. Y cuando los hombres que buscaba por fin actuasen, el Coleccionista estaría esperando, ya que había una deuda que saldar.

Pero ¿quién seguía a Merrick? Una vez más, parecía haber sólo una respuesta posible.

Los hombres huecos.

Daba la impresión de que Ángel seguía en parte el hilo de mis pensamientos.

—Sabemos dónde está —dijo—. Si tiene algo que ver con esto, podemos encontrarlo en caso de necesidad.

Negué con la cabeza.

—Es un almacén, sólo eso. Probablemente permitió a Merrick usarlo durante un tiempo, pero me jugaría algo a que Merrick no bajó al sótano, y me apuesto otros diez a que no conoció a nadie relacionado con la casa aparte del abogado.

—La cerradura de la puerta de atrás era nueva —dijo Ángel—. La olí. Se cambió hace poco, no más de uno o dos días.

—Es posible que le hayan retirado a Merrick los privilegios de acceso. No creo que a él le importe. Daba la impresión de que no pasaba por allí desde hacía tiempo, y de todos modos es un hombre más bien desconfiado. Me inclino a pensar que cortó amarras en cuanto pudo. No querría que el abogado lo controlara, pero no tenía ni idea de quién financiaba su búsqueda. Si lo hubiese sabido, jamás se habría acercado a esa casa.

–Pero a ese tipo aún le llevamos la delantera, ¿no? Hemos dejado la casa tal y como la hemos encontrado. Sabemos que él está metido, pero él no sabe que nosotros lo sabemos.

–¿De qué vas? –preguntó Louis–. ¿De Nancy Drew? Deja que venga. Es un bicho raro. Ya nos las hemos visto con otros bichos raros. No vendrá de uno más.

–Éste no es como los demás –señalé.

–¿Por qué?

–Porque no está en ningún bando. Todo eso le trae sin cuidado. Sencillamente quiere lo que quiere.

–¿Y qué quiere?

–Ampliar su colección.

–¿Crees que quiere a Daniel Clay? –preguntó Ángel.

–Creo que quiere a quienes abusaron de los pacientes de Clay. En cualquier caso, la clave está en Clay. El Coleccionista está utilizando a Merrick para hacerlos salir de sus madrigueras.

Louis se revolvió en el asiento.

–¿Cuáles son las opciones con respecto a Clay?

–Las mismas que con respecto a cualquier otro: está vivo o está muerto. Si está muerto, o bien se quitó la vida, como sospecha su hija, en cuyo caso la cuestión es por qué lo hizo, o bien alguien lo ayudó a llegar a ese mismo resultado. Si fue asesinado, es posible que conociera las identidades de los hombres que abusaban de esos niños, y que lo mataran para que no hablara.

»Pero si está vivo, se ha escondido muy bien. Ha sido disciplinado. No se ha puesto en contacto con su hija, o al menos eso dice ella, que no es lo mismo en absoluto.

–Pero la crees –apuntó Louis.

–Tiendo a creerla. Luego está lo de Poole. Ella contrató a Poole para que buscara a su padre, y Poole no volvió. Según O'Rourke, del Departamento de Policía de Portland, Poole era un aficionado, y puede que frecuentara malas compañías. Es posible que su desaparición no tuviera nada que ver con la de Clay, pero si tuvo algo que ver, significaría que sus indagaciones lo pusieron en contacto con los asesinos de Clay, y Poole murió por sus esfuerzos, o encontró a Clay, y éste lo mató. Al final todo se reduce a dos posibilidades: Clay está muerto y alguien no quiere que se hagan preguntas sobre él, o está vivo y no quiere que lo encuentren. Pero si desea permanecer oculto hasta el punto de matar a alguien a fin de protegerse, ¿de qué se protege?

–Eso nos remite otra vez a los niños –sugirió Louis–. Vivo o muerto, sabía más de lo que decía sobre lo sucedido a sus pacientes.

Llegábamos a la salida de Scarborough. La tomé y seguí por la Carretera 1, rumbo a la costa a través de marismas iluminadas por la luna, en dirección al mar oscuro que nos esperaba más allá. Pasé por delante de mi propia casa, y acudieron a mi memoria las palabras de Rachel. Quizás ella tenía razón. Quizás estaba obsesionado. La idea no me servía de gran consuelo, pero la alternativa tampoco: que, como en la casa Grady, algo había encontrado la manera de llenar los huecos que quedaban.

Ángel advirtió la mirada que dirigí a mi casa.

–¿Quieres que nos quedemos contigo un rato?

–No, ya habéis pagado por vuestra elegante habitación en el hotel. Más vale que la disfrutéis mientras podáis. En Jackman no son tan elegantes.

–¿Dónde está Jackman? –preguntó Ángel.

–Al noroeste. Siguiente parada, Canadá.

–¿Y qué hay en Jackman?

–Estaremos nosotros, a partir de mañana o pasado mañana. Jackman es el trozo de civilización más cercano a Galaad, y Galaad, o algún lugar no muy lejano, fue donde Andy Kellog sufrió abusos sexuales y donde se encontró el coche de Clay. Por otro lado, Kellog no sufrió los abusos al aire libre, lo que significa que alguien tenía acceso a una propiedad en la zona. O Merrick ya estuvo allí y no tuvo suerte, por lo que se vio obligado a seguir tirando del hilo de Rebecca Clay en Portland, o aún no ha establecido la conexión. Si no lo ha hecho ya, pronto lo hará, pero puede que todavía le llevemos la delantera.

Ante nosotros surgió la sólida silueta del Black Point Inn, las luces centelleando en sus ventanas. Me preguntaron si quería cenar con ellos, pero no tenía hambre. Lo que había visto en el sótano de esa casa me había quitado el apetito. Los vi subir por la escalinata hacia el vestíbulo y desaparecer en el bar; luego di marcha atrás y regresé a casa.

Según una nota de Bob, *Walter* estaba con los Johnson. Decidí dejarlo allí. Solían acostarse temprano, pese a que Shirley, la mujer de Bob, nunca dormía de un tirón debido a los dolores de la artritis, y a menudo se la veía leer junto a la ventana, con una lamparilla prendida del libro para no molestar a su marido, o sencillamente observar cómo la oscuridad daba paso poco a poco a la luz del día. Aun así, no quería arriesgarme a despertarlos sólo para concederme el dudoso placer de dar un paseo más a mi perro una noche de invierno. En lugar de eso eché el cerrojo a las puertas y puse música: parte de una colección de Bach que me había regalado Rachel en un esfuerzo por ampliar mis parámetros musicales. Preparé un poco de café y me senté frente a la ventana de la sala de estar, con la mirada fija en el bosque y el agua, consciente del movimiento de cada árbol, el balanceo de cada rama, el deslizamiento de cada sombra, y me maravillé por la manera en que este mundo semejante a una colmena había conseguido que mi camino y el del Coleccionista volvieran a cruzarse. La precisión matemática de la música contrastaba con el intranquilo silencio de la casa, y sentado en la oscuridad me di cuenta de que el Coleccionista me daba miedo. Era un cazador, y sin embargo había algo casi animal en su capacidad para cebarse y su implacable dedicación. Aunque yo lo había visto como un hombre indiferente a la moralidad, eso no era cierto: más bien lo motivaba una extraña moralidad propia, pero ésta se envilecía y ensuciaba por el conjunto de recuerdos que acumulaba. Me pregunté si le gustaba tocarlos en la oscuridad, recordando las vidas que representaron, las existencias segadas. En su atracción por ellas había cierta sensualidad, pensé, la manifestación de un impulso de carácter casi sexual. Obtenía placer en lo que hacía, y sin embargo considerarlo un simple asesino no era acertado. Era más complejo que eso. Esa gente había hecho algo que había merecido la atención del Coleccionista. Si eran como John Grady, habían cometido algún pecado intolerable.

Pero ¿intolerable para quién? Para el Coleccionista, sí, pero yo intuía que él se veía a sí mismo como un mero agente de una instancia superior. Tal vez esa convicción fuese fruto de un autoengaño; aun así, era lo que le confería su autoridad y su fuerza, fuera percibida o no.

Obviamente, Eldritch era una de las claves, ya que él le facilitaba casas, bases desde las que podía salir al mundo y llevar a cabo la labor que, según creía, le habían asignado. La casa de Welchville había sido adquirida mucho antes de que fuera previsible la puesta en libertad de Merrick. Cierto que, entretanto, había intervenido en el caso Grady y recuperado el espejo que ahora se hallaba en el armario del sótano, reflejando una imagen distorsionada del mundo que bien podría haberse equiparado a la del Coleccionista; y los demás objetos en su cueva del tesoro inducían a pensar que también había actuado en otras partes, y sin embargo nada de esto explicaba por qué el Coleccionista me ponía tan nervioso, o por qué me hacía temer por mi seguridad.

Al cabo de un rato abandoné la silla y me fui a la cama, y sólo cuando el sueño amenazaba con vencerme comprendí mi temor al Coleccionista. Él siempre estaba mirando, siempre buscando. Ignoraba cómo llegaba a conocer los pecados de los demás, pero lo que yo temía era ser juzgado como habían sido juzgado otros. Mis faltas se pondrían de manifiesto, y él me infligiría el castigo.

Esa noche tuve el viejo sueño. Me hallaba de pie junto a un lago y sus aguas ardían, pero por lo demás era un paisaje llano y vacío, de tierra dura y ennegrecida. Frente a mí había un hombre, corpulento y risueño, con el cuello hinchado a causa de un bocio morado y enorme, pero su piel, por lo demás, era muy pálida, como si no le corriera la sangre por las venas, pues ¿para qué necesitan sangre los muertos?

Sin embargo, ese ser repulsivo no estaba del todo muerto, ya que en realidad nunca había vivido, y cuando habló, la voz que oí no coincidió con el movimiento de sus labios, las palabras brotaron en un torrente de viejas lenguas desaparecidas desde hacía mucho del conocimiento de los hombres.

A sus espaldas había otras figuras, y yo conocía sus nombres. Las conocía a todas.

Las palabras surgían de él en esos idiomas de sonido áspero, y yo, no sé cómo, las entendía. Miré a mis espaldas y me vi reflejado en las aguas en llamas del lago. Porque era uno de ellos, y me llamaban «Hermano».

En un apacible municipio a unos kilómetros de distancia, una silueta ascendía por un camino de grava, se acercaba a la modesta casa desde la carretera pese a que no se había oído ningún motor que anunciara su llegada. Tenía el pelo grasiento y peinado hacia atrás. Vestía un raído abrigo oscuro y pantalón oscuro, y en una mano resplandecía el ascua de un cigarrillo encendido.

Cuando se encontraba a unos pasos de la casa, se detuvo. Se arrodilló y recorrió la grava con los dedos, resiguiendo una marca apenas visible; luego se irguió y, pegado a la pared de la casa, fue al jardín de la parte de atrás, rozando con los dedos de la mano izquierda la madera tras arrojar el cigarrillo entre los hierbajos. Llegó a la puerta trasera y examinó la cerradura; a continuación sacó un juego de llaves del bolsillo y empleó una de ellas para entrar.

Avanzó por la casa, los dedos siempre buscando, palpando, explorando, la cabeza ligeramente en alto como si olisquease el aire. Abrió el frigorífico vacío, hojeó la vieja Biblia, observó en silencio las marcas en el polvo de lo que en otro tiempo había sido un comedor, hasta que llegó por fin a la trampilla del sótano. También ésta la abrió con una llave y descendió a ese último lugar, su lugar, sin dar no obstante señales de ira por la intrusión sufrida. Rozó con las yemas de los dedos el palo de la escoba, deteniéndose al encontrar el punto en que unas manos extrañas lo habían sujetado. De nuevo se agachó para percibir los rastros de sudor, para diferenciar el olor del hombre a fin de reconocerlo después. No le resultaba familiar, al igual que el otro que había encontrado en la puerta del sótano.

Uno de ellos había esperado allí. Uno esperó, mientras dos descendían.

Pero uno de los que habían descendido...

Al final se acercó al gran armario del rincón. Hizo girar la llave en la cerradura y abrió las puertas. Repasó con la mirada la colección, asegurándose de que no faltaba nada, que no se había movido ningún objeto. La colección estaba a salvo. Ahora tendría que trasladarla, claro, pero no era la primera vez que parte de su tesoro se descubría de esa manera. Era un inconveniente menor, sólo eso.

El rostro del espejo deformado fue a su encuentro, y él miró su reflejo parcial por un momento, ya que sólo se le veía el pelo y el contorno de las sienes, pues en el centro en vez de facciones se veía madera desnuda y cristal fundido. Sus dedos se posaron aún por un rato en la llave, acariciándola, sintiendo las vibraciones que la recorrían, originadas a una gran profundidad. Inhaló una vez más y por fin reconoció el tercer olor.

Y el Coleccionista sonrió.

22

Desperté. Estaba oscuro y en la casa reinaba el silencio, pero no era una oscuridad vacía, y tampoco un silencio en paz. Algo me había tocado la mano derecha. Intenté moverla, pero mi muñeca sólo se desplazó unos centímetros antes de quedar inmovilizada.

Abrí los ojos. Tenía la mano derecha esposada al bastidor de la cama. Frank Merrick se encontraba sentado en una silla de respaldo recto que él mismo había acercado a la cama, con el torso un poco inclinado al frente y las manos enguantadas entre las rodillas. Vestía una camisa azul de poliéster demasiado ajustada para él, tanto que los botones se tensaban como los cierres de un sofá con demasiado relleno. Entre los pies tenía una pequeña cartera de piel con las correas sueltas. Yo había dejado las cortinas descorridas, y la luz de la luna, oblicua, le iluminaba los ojos y los convertía en espejos en medio de la penumbra. Busqué de inmediato la pistola en la mesilla de noche, pero no estaba.

–Tu pipa la he cogido yo –dijo. Se llevó la mano a la espalda y sacó la Smith 10 del cinturón, sopesándola sin dejar de observarme–. Una buena pieza de artillería. Un hombre ha de estar muy decidido a matar para llevar un arma así. Ésta no es una pistola de señorita, no, no, ni mucho menos.

Agarró la pistola empuñando la culata y levantándola hasta encañonarme.

–¿Eres un asesino? ¿Eso eres? Porque si te crees que lo eres, te traigo una mala noticia. Tus días de asesinatos casi se han acabado.

Con un rápido movimiento se levantó y apretó el cañón contra mi frente. Toqueteó el gatillo con el dedo. Cerré los ojos instintivamente.

–No hagas eso –dije.

Procuré mantener la voz serena. No quería dar la impresión de que estaba rogándole por mi vida. Había hombres de la profesión de

Merrick que vivían para disfrutar de ese momento: el temblor en la voz de la víctima, la toma de conciencia de que morir ya no era un concepto futuro y abstracto, de que la mortalidad había adquirido forma y objetivo. En ese instante, la presión del dedo sobre el gatillo aumentaría y el percutor golpearía, la hoja iniciaría su trabajo lineal, la soga se estrecharía en torno al cuello y todo cesaría. Así que intenté mantener el miedo a raya, pese a que las palabras me raspaban en la garganta como papel de lija y la lengua se me adhería a los dientes, mientras una parte de mí se esforzaba con desesperación por encontrar una salida a una situación que escapaba a todo control y la otra parte se concentraba sólo en la presión contra mi frente, consciente de que presagiaba una presión aún mayor cuando la bala traspasase la piel y el hueso y la materia gris, y entonces todo dolor desaparecería en un abrir y cerrar de ojos, y yo me transformaría.

La presión en la frente cesó cuando Merrick apartó el cañón. Cuando volví a abrir los ojos, me entraron en ellos gotas de sudor. De algún modo encontré en la boca humedad suficiente para permitirme hablar una vez más.

–¿Cómo has entrado aquí? –pregunté.

–Por la puerta, como cualquier persona normal.

–La casa tiene alarma.

–¿Ah, sí? –Parecía sorprendido–. Entonces te conviene hacerla revisar, supongo.

Metió la mano izquierda en la cartera a sus pies. Sacó otras esposas y me las lanzó. Me cayeron en el pecho.

–Ponte una de estas pulseras en la muñeca izquierda, luego levanta la mano y apóyala en el pilar de la cama del otro lado. Hazlo despacio, ahora. Como te has despertado tan de repente, no he tenido tiempo de probar el tirón del gatillo de esta preciosidad, y no sé exactamente cuánta presión se requiere para disparar. La bala de un arma así causaría verdaderos destrozos, aunque apuntara bien y te matara en el acto. Pero si me irritas..., en fin, a saber qué pasaría. Conocí a un hombre que recibió un balazo de una calibre veintidós en la parte alta del cráneo, justo aquí. –Se señaló el lóbulo frontal por encima del ojo derecho–. He de reconocer que no sé qué efecto causó allí dentro. Supongo que debió de sacudirlo todo un poco. Es lo que tienen esas cabronzuelas. Y sin embargo no lo mató, lo dejó mudo, paralizado. Joder, no podía ni parpadear. Tuvieron que pagar a alguien para echarle gotas en los ojos porque se le secaban.

Me miró por un momento, como si yo ya me hubiera convertido en ese hombre.

–Al final –prosiguió–, regresé y rematé la faena. Me compadecí de él, porque no era justo dejarlo así. Miré aquellos ojos que no parpadeaban, y te juro que algo de lo que había sido aquel hombre seguía allí vivo. Estaba atrapado en ese cuerpo por culpa de lo que yo le había hecho, pero lo liberé. Le di la libertad. Supongo que eso podría considerarse compasión, ¿no? No te prometo que vaya a ser igual de considerado contigo, así que mucho cuidado al ponerte las esposas.

Obedecí, ladeándome con dificultad sobre la cama para poder cerrar la esposa en torno a la muñeca izquierda con la mano derecha inmovilizada. A continuación apoyé la mano izquierda contra el poste del lado opuesto. Merrick rodeó la cama sin dejar de encañonarme y con el dedo en el gatillo. Noté la sábana empapada de sudor bajo la espalda.

–Se te ve asustado, amigo mío –me susurró al oído. Me apartó el pelo de la frente con la mano izquierda–. Estás sudando como un filete en la parrilla.

Volví la cara bruscamente. Con o sin pistola, no quería que me tocara de esa manera. Sonrió y se alejó de mí.

–De momento puedes respirar tranquilo. Contéstame como es debido y quizá vuelvas a ver otra puesta de sol. Yo no hago daño a nadie, tampoco a los animales, a menos que deba hacerlo.

–No me lo creo.

Se puso tenso, como si en algún lugar un titiritero invisible hubiese dado de pronto un tirón a los hilos. Acto seguido apartó las sábanas y dejó mi cuerpo desnudo ante él.

–Creo que te conviene medir tus palabras –dijo–. No me parece muy inteligente que un hombre con la polla al aire se las dé de listo delante de alguien que puede hacerle daño si quiere.

Por absurdo que pareciera, sin aquella fina tela de algodón encima me sentí más vulnerable que antes. Vulnerable y humillado.

–¿Qué quieres?

–Hablar.

–Eso habrías podido hacerlo a la luz del día. No tenías por qué entrar en mi casa por la fuerza.

–Eres un hombre excitable. Me preocupaba que tuvieras una reacción desproporcionada. Está, además, el detalle de que la última vez que quedamos me la jugaste y acabé con la rodilla de un policía en la espalda. Podríamos decir que ésa te la debo.

Se pasó ágilmente la pistola a la mano izquierda y al instante se arrodilló sobre mis piernas y me asestó un violento puñetazo en el riñón. Con el cuerpo inmovilizado y rígido, me fue imposible encogerme para absorber el dolor, que recorrió tumultuosamente todo mi organismo, y me provocó un burbujeo de náuseas en la garganta.

Dejé de sentir el peso sobre mis piernas. Merrick alcanzó un vaso de agua de la mesilla, bebió y me echó el resto a la cara.

–Ésta es una lección que no deberías haberme obligado a darte, pero en todo caso no está de más recordártela. Pon furioso a un hombre y, ajá, lo lógico es esperar que se vuelva contra ti, sí, señor, eso es lo lógico.

Volvió a su silla y se sentó. Luego, en un gesto casi tierno, me tapó cuidadosamente con la sábana.

–Yo sólo quería hablar con esa mujer –explicó–. Luego ella te llamó a ti y tú empezaste a entrometerte en cosas que no eran asunto tuyo.

Recuperé la voz. Surgió de mí despacio, como un animal asustado que sale de la madriguera para tantear el aire en busca de amenazas.

–Estaba asustada. Por lo visto tenía buenas razones para estarlo.

–Yo no hago daño a las mujeres. Ya te lo dije.

Lo dejé correr. No quería volver a enfurecerlo.

–Ella no sabía de qué le hablabas. Cree que su padre está muerto.

–Eso dice.

–¿Crees que miente? –pregunté.

–Sabe más de lo que dice, eso es lo que creo. Tengo un asunto pendiente con el señor Daniel Clay, ajá. No desistiré hasta que lo vea ante mí, vivo o muerto. Quiero resarcirme. Tengo derecho a ello, sí, señor, claro que lo tengo.

Asintió una vez con un gesto amplio, como si acabara de compartir conmigo un pensamiento muy profundo. Incluso su manera de hablar y actuar había cambiado un poco, volviéndose más frecuentes y acusados los «ajá» y los «sí, señor». Eran tics, y en ese momento me di cuenta de que Merrick no sólo estaba escapando al control de Eldritch y el Coleccionista, sino también de sí mismo.

–Están utilizándote –dije–. Otros se aprovechan de tu dolor y tu ira.

–Ya me han utilizado antes. Todo se reduce a entender que es así y a recibir el correspondiente pago por ello.

–¿Y aquí cuál es el pago? ¿Dinero?

–Información.

Bajó el cañón de la pistola hasta apuntarlo hacia el suelo. Pareció recorrerlo una oleada de cansancio, que rompió en su rostro y alteró sus facciones dejando a su paso recuerdos confusos que se retorcían y enroscaban. Se hundió los dedos en las comisuras de los ojos y luego se los pasó por la cara. Por un momento lo vi viejo y frágil.

–Información acerca de tu hija –dije–. ¿Qué te dio el abogado? ¿Nombres?

–Es posible. Nadie más me ofreció ayuda. A nadie más le importó un carajo mi hija. ¿Te imaginas lo que fue para mí estar encerrado en aquella cárcel sabiendo que algo le había ocurrido a mi niña, sabiendo que no podía hacer nada para encontrarla, para ayudarla? Vino a la cárcel un asistente social y me comunicó que mi hija había desaparecido. Eso ya era malo de por sí, pero cuando me di cuenta de lo que le habían hecho, fue aún peor. Ella había desaparecido, y yo sabía que estaba metida en un grave apuro. ¿Tienes idea de los efectos que eso puede tener en un hombre? Te lo juro, estuve a punto de venirme abajo, pero no me lo permití. Así no le serviría de nada a ella, no, señor, de nada. Por lo tanto, dejé pasar el tiempo y esperé la ocasión. Mantuve la entereza por ella y no me rompí.

Pero sí estaba roto. Algo se había quebrado muy dentro de él, y la grieta avanzaba por su organismo. Ya no era el que había sido en otro tiempo, pero, como había dicho Aimee Price, era imposible saber si, a causa de eso, se había vuelto más letal y más peligroso. Pero eran dos cosas distintas, y puestos a dar una respuesta en ese momento, mientras yacía inmovilizado en mi propia cama, encañonado con mi propia pistola, habría dicho que era más peligroso pero menos letal. Ya no tenía la misma garra de antes, pero ahora, en cambio, era imprevisible. Sumido en la ira y la tristeza, se había convertido en un ser vulnerable de un modo que él ni siquiera sospechaba.

–Mi niña no desapareció así sin más –dijo–. Me la quitaron y encontraré al responsable. Es posible que ella siga por ahí, en algún lugar, esperando a que yo vaya a buscarla y la lleve a casa.

–Sabes que no es así. Que ya no está.

–¡Cierra la boca! Eso tú no lo sabes.

Ya me daba igual. Estaba harto de Merrick, harto de todos.

–Era una niña –dije–. Se la llevaron. Algo se torció. Está muerta, Frank. Eso es lo que yo creo. Está muerta, como lo está Daniel Clay.

–Eso tú no lo sabes. ¿Cómo sabes eso de mi niña?

–Porque pararon –contesté–. Después de ella pararon. Se asustaron.

Movió la cabeza en un vehemente gesto de negación.

–No, no lo creeré hasta que lo vea. Hasta que me enseñen su cadáver, para mí estará viva. Como vuelvas a decir lo contrario te mataré aquí mismo, te lo juro. ¡Por éstas! ¡Sí, señor, por éstas!

Estaba de pie junto a mí, con la pistola en la mano, lista para disparar. El arma temblaba un poco, como si la rabia que llevaba dentro transfiriese su energía al arma en su mano.

–He conocido a Andy Kellog –dije.

La pistola dejó de temblar, pero no la apartó de mí.

–Has visto a Andy. Bueno, supongo que era inevitable que tarde o temprano averiguases dónde había estado. ¿Cómo sigue?

–No muy bien.

–No debería estar allí. Esos hombres destruyeron algo en él cuando se lo llevaron. Le rompieron el corazón. Todo eso que hace no es culpa suya.

Volvió a fijar la vista en el suelo, incapaz una vez más de mantener a raya el recuerdo.

–Tu hija hizo unos dibujos como los de Andy, ¿no es así? –pregunté–. ¿Dibujos de hombres con cabeza de pájaro?

Merrick asintió.

–Exacto, igual que Andy. Eso fue después de empezar a ver a Clay. Mi hija me los envió a la cárcel. Intentaba decirme algo de lo que le ocurría, pero yo no lo entendí, no hasta que conocí a Andy. Eran los mismos hombres. Esto no sólo tiene que ver con mi niña. Ese chico era como un hijo para mí. También pagarán por lo que le hicieron a él. Eso Eldritch, el abogado, lo comprendió. No sólo tenía que ver con una niña. Es un buen hombre. Quiere que se encuentre a esa gente, igual que yo.

Oí reírse a alguien, y me di cuenta de que era yo.

–¿Crees que está haciendo esto por pura bondad? ¿Te has preguntado alguna vez quién paga a Eldritch, quién lo contrató para conseguir que te pusieran en libertad, para darte información? ¿Echaste un vistazo a aquella casa en Welchville? ¿Te aventuraste a bajar al sótano?

Merrick abrió un poco la boca, y la duda ensombreció sus facciones. Tal vez jamás se le había pasado por la cabeza que hubiese otra persona implicada aparte de Eldritch.

–¿A qué te refieres?

–Eldritch tiene un cliente. El cliente manipula por mediación de él. Es el dueño de aquella casa donde te escondiste. Te está siguiendo para ver quién responde a tus actos. En cuanto los otros se dejen ver, los liquidará él, no tú. A él le trae sin cuidado si encuentras a tu hija o no. Lo único que quiere es...

Me interrumpí. Me di cuenta de que explicarle lo que quería el Coleccionista carecía de sentido. ¿Ampliar su colección? ¿Administrar otra forma de justicia ante la incapacidad de la ley para actuar contra esos hombres? Ésos eran aspectos de lo que él deseaba, pero no bastaban para comprender su existencia.

–Tú no sabes lo que quiere ese cliente, si es que existe, y en todo caso da igual –dijo Merrick–. Cuando llegue la hora, nadie me impedirá hacer justicia. Quiero resarcirme. Ya te lo he dicho. Quiero que los hombres que se llevaron a mi hija paguen por lo que hicieron, quiero hacérselo pagar yo.

–¿Resarcirte? –Intenté disimular la aversión en mi voz, pero no pude–. Estás hablando de tu hija, no de un... coche de segunda mano que te dejó tirado a un kilómetro del concesionario. Esto no tiene que ver con ella. Tiene que ver contigo. Quieres arremeter contra alguien. Ella sólo es una excusa.

La ira volvió a estallar, y una vez más recordé las afinidades entre Frank Merrick y Andy Kellog, la ira siempre en ebullición bajo la superficie. Merrick tenía razón: Kellog y él eran, de una extraña manera, como padre e hijo.

–¡Cállate de una puta vez! –exclamó Merrick–. No tienes ni idea de lo que dices.

La pistola volvió a cambiar de mano, y de pronto tenía el puño derecho en alto sobre mí, los nudillos a punto de golpear. Y en ese instante pareció percibir algo, porque se detuvo y miró por encima del hombro, y cuando lo hizo, yo también lo sentí.

La habitación se había enfriado, y se oyó un ruido procedente del pasillo delante de mi puerta, un sonido suave como las pisadas de un niño.

–¿Estás solo aquí? –preguntó Merrick.

–Sí –contesté, y no supe si mentía.

Se dio media vuelta y se aproximó despacio a la puerta abierta. Al llegar salió repentinamente al pasillo, con la pistola pegada al cuerpo por si alguien intentaba arrebatársela de un golpe. Se perdió de vista, y lo oí abrir puertas y registrar armarios. Su silueta pasó otra vez por delante de la puerta. Bajó por la escalera y comprobó que todas las habitaciones estaban vacías y en silencio. Cuando regresó, se lo veía alterado y la habitación estaba aún más fría. Se estremeció.

–¿Qué demonios pasa en esta casa?

Pero yo ya no lo escuchaba, porque ahora percibía el olor de ella. Sangre y perfume. Estaba cerca. Pensé que quizá Merrick también la había olido, porque arrugó un poco la nariz. Habló pero parecía distante, casi distraído. Se advertía un grado de locura en su voz, y en ese momento pensé que con toda seguridad me mataría. Intenté mover los labios para rezar, pero no recordé ninguna palabra ni ninguna oración acudió a mi mente.

–No quiero que te entrometas más en mis asuntos, ¿lo entiendes? –dijo. Su saliva me salpicó la cara–. Pensaba que eras un hombre que atendería a razones, pero me equivoqué. Ya me has dado problemas más que suficientes, y necesito asegurarme de que no volverás a molestarme.

Regresó junto a la cartera en el suelo y sacó un rollo de cinta adhesiva. Dejó la pistola y a continuación usó la cinta para taparme la boca antes de atarme las piernas, muy apretadas, por encima de los tobillos. Agarró un saco de arpillera y me cubrió la cabeza, y con más cinta me la ató en torno al cuello. Con una navaja abrió un agujero en el saco justo por debajo de la nariz para permitirme respirar más fácilmente.

–Y, ahora, escúchame bien –dijo–. No me queda más remedio que causarte algún que otro problema; así no tendrás tiempo para preocuparte por mí. Después dedícate a tus asuntos y ya me encargaré yo de que se haga justicia.

Acto seguido se marchó, y con él se fue parte del frío de la habitación, como si algo lo siguiera por la casa observándole mientras avanzaba para asegurarse de que se iba. Pero otra cosa se quedó conmigo: una presencia más pequeña, menos colérica que la primera, y sin embargo más asustada.

Y cerré los ojos al sentir el roce de su mano en la arpillera.

papá.

Vete.

papá, estoy aquí.

Al cabo de un momento percibí otra presencia en la habitación. La sentí acercarse. Me costaba respirar. Volvió a entrarme sudor en los ojos. Intenté apartarlo con un parpadeo. El pánico me vencía, me asfixiaba; aun así, casi la veía a través de los orificios del saco, oscuridad sobre oscuridad, y la olí al aproximarse.

papá, no pasa nada, estoy aquí.

Pero sí pasaba, porque ella se acercaba: la otra, la primera esposa, o algo parecido a ella.

calla.

No. Alejaos de mí. Por favor, por favor, dejadme en paz.

calla.

No.

Y entonces mi hija guardó silencio, y oí la voz de la otra.

calla, porque estamos aquí.

23

Ricky Demarcian era, desde cualquier punto de vista, un perdedor. Vivía en una caravana de doble ancho y, durante los primeros años que pasó allí, se congelaba en invierno y se asaba a fuego lento en verano, cociéndose en sus propios jugos al tiempo que todos los rincones se llenaban de hedor a humedad y mugre y ropa sin lavar. En su día, la caravana era gris, pero los elementos, sumados a la ineptitud de Ricky para pintar, le habían pasado factura comiéndose el color de modo que ahora era de un azul sucio y desvaído, como el de una criatura moribunda en el fondo de un mar contaminado.

La caravana estaba en el extremo norte de un cámping de caravanas llamado Pinar la Tranquilidad, cosa que era publicidad engañosa ya que no había un solo pino a la vista –lo cual, en el majestuoso estado de Maine, no era una hazaña pequeña– y el lugar era casi tan tranquilo como un hormiguero sumergido en cafeína. Se hallaba en una hondonada entre pendientes cubiertas de matorrales, como si el propio cámping estuviera hundiéndose poco a poco en la tierra, arrastrado por el peso de la decepción, la frustración y la envidia, que eran la carga que sobrellevaban sus residentes.

El cámping Pinar la Tranquilidad estaba lleno de fracasados, muchos de ellos, curiosamente, mujeres: brujas malévolas y soeces que aún vestían igual y lucían el mismo aspecto que en los años ochenta, todas con sus vaqueros lavados a la piedra y sus rizos afro, presas fáciles y a la vez cazadoras en los bares de South Portland, Old Orchard y Scarborough, siempre en busca de hombres despreciables con dinero que gastar, o moles musculosas en camiseta de maltratador de esposas cuyo odio a las mujeres daba a sus parejas temporales un respiro a su propio autodesprecio. Algunas tenían hijos, y, entre éstos, los varones iban camino de convertirse en hombres como los que compartían las camas de sus madres, y a quienes despreciaban sin saber lo cerca que estaban de seguir sus pasos. Las niñas, por su parte, intentaban escapar de sus circunstancias familiares y sus aborrecidas madres creando sus propias familias, condenándose así a acabar siendo como esas mujeres a quienes menos deseaban emular.

Entre los residentes del Pinar también había hombres, pero eran en su mayoría tal como Ricky fue en otro tiempo: hombres echados a perder que se lamentaban de sus vidas echadas a perder; algunos vivían de subsidios y otros trabajaban, aunque sus empleos tenían que ver sobre todo con destripar o cortar, y el olor a pescado podrido y a piel de pollo era una especie de identificador universal de los residentes del cámping.

Antes, Ricky vivía de uno de esos empleos. De resultas de algún contratiempo en el útero materno nació con el brazo izquierdo seco e inútil, los dedos incapaces de moverse o sujetar algo, pero él había aprendido a arreglárselas a pesar de ese brazo tullido, básicamente escondiéndolo y olvidándose de él a ratos, hasta que llegaba ese momento a diario en que la vida le lanzaba una pelota con efecto y le recordaba lo fáciles que serían las cosas si dispusiera de las dos manos para atraparla. Esa tara tampoco contribuía a mejorar sus perspectivas de empleo, aunque lo cierto era que, incluso en el supuesto de tener dos brazos utilizables, su falta de educación, ambición, energía, recursos, sociabilidad, honradez, fiabilidad y humanidad en el sentido más amplio, todo ello sin ningún orden en particular, probablemente lo habrían excluido de cualquier empleo que no acarrease, en suma, destripar y cortar. Así que Ricky empezó en el peldaño más bajo del escalafón en una planta de procesado de pollos que suministraba carne a los restaurantes de comida rápida, limpiando con una manguera la sangre, las plumas y los excrementos de pollo de los suelos. Sus días estaban dominados por el cloqueo aterrorizado; por la crueldad superflua de los hombres en la cadena de producción que, para obtener placer, atormentaban a las aves y añadían un sufrimiento innecesario en los momentos finales rompiéndoles alas y patas; por el silbido de la corriente eléctrica cuando los pollos, colgando cabeza abajo de una cinta transportadora, eran sumergidos brevemente en agua electrificada, etapa del proceso que a veces los aturdía pero muy a menudo no, ya que la agitación de las aves graznando y retorciéndose era tal que sus cabezas ni siquiera rozaban el agua, y por tanto seguían conscientes cuando las máquinas multihoja de sacrificio les rajaban la garganta y se sacudían mientras las desplumaban con agua a altas temperaturas, dejando sus cuerpos humeantes listos para trocearse en bocados de carne que, cruda o cocida, no sabía a nada.

Lo curioso era que Ricky continuaba comiendo pollo, incluso pollo salido de la planta donde antes trabajaba. Todo aquello no lo había alterado más de la cuenta: la crueldad, la despreocupación por la seguridad, ni siquiera el hedor, ya que, la verdad sea dicha, era poco probable que Ricky obtuviese algún premio por su higiene personal, y por tanto sólo era cuestión de acostumbrarse a toda una nueva gama de olores. Aun así, Ricky tuvo que admitir que ser fregasuelos en una central avícola no alcanzaba ni de lejos el listón de lo que se consideraba una vida de éxito y realización, y por consiguiente siguió buscando una forma de ganarse la vida menos ignominiosa. La descubrió con los ordenadores, ya que Ricky tenía un talento natural para las máquinas, un talento que si se lo hubieran reconocido y cultivado a una edad más temprana, acaso lo hubiera convertido en un hombre muy rico, o eso le gustaba pensar, sin tener en cuenta los muchos fracasos personales que lo habían llevado a su modesta posición actual en el entorno, sin pinos ni tranquilidad, de su vida en el cámping. Empezó con la adquisición de un viejo Macintosh, y luego progresó gracias a clases nocturnas y libros de informática que robaba en las tiendas, hasta que acabó descargándose de Internet manuales técnicos y devorándolos de una sentada, de tal forma que el desorden que lo rodeaba en su existencia diaria contrastaba con las líneas limpias y los diagramas ordenados que cobraban forma en su mente.

Casi ninguno de sus vecinos lo sabía, pero Ricky Demarcian era probablemente el residente más rico del cámping, hasta el punto de que podría haberse trasladado a un lugar de residencia más agradable sin mayor problema. La relativa riqueza de Ricky se debía en no poca medida a su facilidad para promocionar la clase de actividades para las que Internet parecía hecho a medida, a saber, todo aquello que implicaba la venta de diversos servicios sexuales, y como Pinar la Tranquilidad le había proporcionado casualmente el punto de arranque en el negocio, la gratitud lo había imbuido de un apego al lugar que le impedía marcharse.

Había una mujer, Lila Mae, que recibía en su caravana a hombres por dinero. Se anunciaba en uno de los periódicos gratuitos de la zona, pero la habían detenido y multado repetidas veces a pesar de la astucia con que intentaba despistar a la policía de la Brigada Antivicio, no usando su verdadero nombre ni dando su dirección hasta que el cliente se acercaba a las inmediaciones de su zona de actividad. Su nombre acabó apareciendo en la prensa, y eso para ella fue muy embarazoso, porque en sitios como Pinar la Tranquilidad, quizá más que en un medio de mayor nivel, todo el mundo necesitaba a alguien a quien mirar por encima del hombro, y una puta en una caravana cumplía perfectamente esa función entre los vecinos de Lila Mae.

Era una mujer guapa, al menos para lo que corría por el cámping, y no sentía el menor deseo de abandonar su oficio, razonablemente lucrativo, para irse a limpiar en un matadero de pollos con una manguera junto a Ricky Demarcian. Así que Ricky, que estaba al corriente de la situación de Lila Mae, y que era aficionado a navegar por la red en busca de material sexual de diversas tendencias, y que además poseía una envidiable comprensión de los misterios de las páginas web y su diseño, le sugirió a Lila una noche, ante una cerveza, que acaso le interesase un medio alternativo de anunciar su mercancía. Regresaron a la caravana de Ricky, y éste le enseñó a qué se refería exactamente, pero antes Lila Mae abrió todas las ventanas y empapó un pañuelo en perfume para acercárselo discretamente a la nariz. Quedó tan impresionada por lo que vio que accedió de inmediato a que Ricky le diseñara algo parecido, con la vaga promesa de que si él decidía bañarse alguna vez como Dios manda, tal vez considerase ofrecerle un descuento por sus servicios en su siguiente cumpleaños.

Así que Lila Mae fue la primera, pero muy pronto otras mujeres se pusieron en contacto con Ricky a través de ella, y él las colocó a todas en una página web, con detalles de los servicios ofrecidos, el precio, e incluso books de las mujeres en cuestión cuando ellas estaban dispuestas y, más importante aún, eran lo bastante presentables para no ahuyentar a los clientes si se revelaban los misterios de sus formas femeninas. Por desgracia, Ricky tuvo tal éxito que su actividad atrajo la atención de unos cuantos individuos muy descontentos, los cuales descubrieron que su posición de chulos de poca monta se veía socavada por Ricky, ya que mujeres que de lo contrario habrían requerido la protección ofrecida por dichos individuos, actuaban en cambio por cuenta propia.

Durante un tiempo todo inducía a pensar que Ricky se exponía a perder el uso de otras extremidades, pero un día ciertos caballeros originarios de Europa del Este con contactos en Boston acudieron a él y le propusieron un trato. Los caballeros en cuestión sentían cierta curiosidad por el carácter emprendedor de Ricky y las mujeres por cuyos intereses él velaba. Dos de ellos viajaron hasta Maine para hablar con él, y pronto llegaron a un acuerdo que conllevó un cambio en las prácticas comerciales de Ricky y, en recompensa, la seguridad de que conservaría el uso de su único brazo ileso y recibiría protección ante aquellos que, de lo contrario, tal vez le manifestasen su disconformidad por medios físicos. Los caballeros regresaron posteriormente, esa vez con la intención de pedir a Ricky que diseñara una página web análoga para las mujeres a su cargo, así como para ciertas opciones más..., más «especializadas» que ellos se hallaban en situación de ofrecer. De pronto Ricky estaba muy ocupado, y operaba con material que las fuerzas del orden no tendían a ver con muy buenos ojos, ya que parte de él involucraba claramente a niños.

Al final, Ricky se convirtió en intermediario, y cruzó la frontera entre, por un lado, trabajar con imágenes de mujeres y, en algunos casos, niños, y por otro, facilitar el objeto de su fascinación a aquellas personas interesadas en una participación más activa. Ricky nunca veía a las mujeres o los niños implicados. Era simplemente el primer punto de contacto. Lo que pasaba después no era asunto suyo. Un hombre menos curtido que él se habría preocupado, incluso puede que hubiese tenido remordimientos de conciencia, pero a Ricky Demarcian le bastaba con pensar en pollos moribundos para erradicar cualquier duda de su mente.

Y en consecuencia, aun cuando pareciera un perdedor por vivir en una caravana dentro de un cámping de nombre poco acertado y a cuyos residentes no les era ajena la pobreza, Ricky se sentía de hecho bastante a gusto en su miseria. Se gastaba el dinero en poner al día su hardware y su software, en DVD y juegos de ordenador, en novelas de ciencia ficción y cómics, y en alguna que otra fulana cuyos detalles estimulaban su fantasía. Y aunque mantenía la caravana tal como estaba para no atraer una atención no deseada por parte de los dueños del cámping, de hacienda o de la justicia, incluso se duchaba más a menudo, pues uno de los caballeros de Boston se quejó de que el traje nuevo le había apestado todo el camino de regreso por la Interestatal 95 tras una visita a Ricky, y añadió que si eso volvía a ocurrir, Ricky tendría que aprender a teclear usando un palillo chino acoplado a la frente, porque el caballero de Boston haría valer la amenaza original de romperle a Ricky el otro brazo y metérselo por el culo.

Y fue así como Ricky Demarcian, ya no tan perdedor, se hallaba en su caravana esa noche, tecleando tranquilamente ante su ordenador, con los largos dedos de su mano derecha extendidos sobre las teclas mientras introducía la información requerida para que un usuario con la contraseña adecuada y la debida sucesión de enlaces llegara a un material muy turbio. El sistema conllevaba el uso de ciertas palabras clave conocidas por las personas cuyos gustos abarcaban a los niños, siendo la más habitual «Lolly», que la mayoría de los pederastas reconocían como señal de que su interés sería atendido. Por norma, Ricky asignaba el nombre Lolly a una prostituta corriente, anodina, que de hecho no existía, siendo sus detalles e incluso su aspecto físico una ficción construida a partir de los historiales y los cuerpos de otras mujeres. En cuanto un cliente potencial expresaba interés en Lolly aparecía un cuestionario en la pantalla preguntando por las «edades preferidas», con opciones que oscilaban entre «sesenta o más» hasta «apenas legal». Si se elegía esta última categoría, se enviaba al cliente un mensaje de correo electrónico en apariencia inocuo, esta vez con otra palabra clave –Ricky prefería «hobby» en este punto, otro término conocido por los pederastas–, y así sucesivamente hasta que al final se pedían los datos de la tarjeta de crédito del cliente y empezaba el flujo de imágenes e información de verdad.

A Ricky le gustaba trabajar de noche. Pinar la Tranquilidad a esas horas estaba casi..., en fin, tranquilo, ya que a eso de las tres de la madrugada incluso las parejas mal avenidas y los borrachos vocingleros se habían apaciguado un poco. Sentado en la oscuridad de su casa, iluminado tan sólo por el resplandor de la pantalla, y con las estrellas a veces visibles en el cielo nocturno a través de la claraboya encima de su cabeza, habría podido estar flotando en el espacio, y ése era el gran sueño de Ricky: deslizarse por el firmamento en una nave enorme, sin lastres ni obstáculos, avanzando a la deriva rodeado de belleza y en absoluto silencio.

Ricky ignoraba la edad de los niños en la pantalla ante él, creía que como mucho tendrían doce o trece años; siempre se le había dado mal calcular las edades, salvo cuando se trataba de los muy pequeños, e incluso procuraba no pararse demasiado a mirar esas imágenes, porque había cosas en las que era mejor pensar lo menos posible; pero vigilar los gustos de otros no era asunto suyo. Con la debida sucesión de teclas, una imagen tras otra encontraban el lugar que les correspondía en el gran proyecto de Ricky, encajadas en el universo virtual de sexo y deseo creado por él. Estaba tan absorto en el sonido y el ritmo de lo que hacía que, cuando llamaron a la puerta de su caravana, el golpeteo quedó absorbido por la cacofonía general, y sólo cuando el visitante llamó con más fuerza, Ricky empezó a distinguir el nuevo ruido. Dejó lo que estaba haciendo.

–¿Quién es? –preguntó.

No hubo respuesta.

Se acercó a la ventana y apartó un ángulo de la cortina. Llovizna-ba, y el cristal tenía goterones; a pesar de eso, vio que no había nadie en la puerta.

Ricky no tenía pistola. No le gustaban mucho las armas. No era una persona violenta. De hecho, sus opiniones tendían a la cautela por lo que a las armas se refería. En su opinión, había muchas personas en la calle que no tenían derecho a llevar siquiera un lápiz afilado, por no hablar ya de un arma cargada. Mediante un proceso de lógica viciada, Ricky había establecido una ecuación según la cual arma equivalía a delincuente, y delincuente equivalía a arma. Ricky no se veía a sí mismo como delincuente, y por tanto no tenía arma. Por otra parte, como no tenía arma, no podía en modo alguno ser un delincuente.

Ricky se apartó de la ventana y observó la puerta cerrada. Podía abrirla, supuso, pero en apariencia ya no había razón para hacerlo. Quienquiera que se hubiese acercado a la puerta ya no estaba. Se pellizcó el labio y volvió a su ordenador. Acababa de empezar a verificar parte del código cuando llamaron de nuevo, esta vez a la ventana a la que se había acercado. Ricky lanzó un juramento y miró una vez más hacia la noche. Ahora se distinguía una silueta ante su puerta, era un hombre, bajo y robusto, con un tupé de pelo negro que resplandecía impregnado de brillantina.

–¿Qué quiere? –preguntó Ricky.

Con una señal de la cabeza, el hombre indicó a Ricky que se acercara a la puerta.

–Joder –exclamó Ricky.

El hombre no tenía ni remotamente aspecto de policía. De hecho, se parecía más a uno de los caballeros de Boston, que solían presentarse de improviso a horas intempestivas. No obstante, toda cautela era poca por lo que se refería a esos asuntos. Ricky regresó a su ordenador e introdujo una serie de instrucciones. De inmediato empezaron a cerrarse ventanas y a activarse cortafuegos, se codificaron las imágenes y una desconcertante serie de rastros falsos entró en funcionamiento para que cualquiera que intentara acceder al material de su ordenador se encontrara enseguida en un laberinto de códigos inútiles y archivos de interfaz. Si insistían, el ordenador se colapsaba literalmente. Ricky sabía demasiado de informática para pensar que el material en su ordenador era del todo inaccesible, pero suponía que se requeriría a un equipo de expertos trabajando durante meses para empezar siquiera a recuperar algo digno de ulteriores investigaciones.

Se apartó del escritorio y se acercó a la puerta. No tenía miedo. Gozaba de la protección de Boston. Eso era algo que ya se sabía desde hacía tiempo. No tenía nada que temer.

El hombre ante la puerta lucía vaqueros oscuros, una camisa de poliéster azul que se le tensaba contra el cuerpo y una cazadora negra de cuero gastado. Tenía la cabeza un poco demasiado grande para el resto del cuerpo, pero a la vez producía la inquietante sensación de haber sido comprimida en algún momento, como si se la hubieran colocado en un torno con la barbilla en la base y la coronilla en lo alto. Ricky pensó que parecía un matón, y eso, curiosamente, lo indujo a bajar la guardia. Los únicos matones con quienes trataba procedían de Boston. Si el hombre ante la puerta parecía un matón, tenía que ser de Boston.

—Me gusta esta caravana —comentó el hombre.

Ricky, confuso, contrajo el rostro.

—¿No hablará en serio? —preguntó.

El hombre apuntó a Ricky con un arma enorme. Llevaba guantes. Ricky no lo sabía, pero la pistola era una Smith 10 diseñada para uso exclusivo del FBI. Era un arma poco común en un particular. Si bien Ricky eso no lo sabía, el hombre que la empuñaba sí que estaba enterado. De hecho, por eso había decidido tomarla prestada esa noche unas horas antes.

—¿Quién es usted? —preguntó Ricky.

—Soy el dedo que decanta la balanza —contestó el hombre—. Atrás.

Ricky obedeció.

—No le conviene hacer nada de lo que vaya a arrepentirse —advirtió Ricky mientras el individuo entraba en la caravana y cerraba la puerta a sus espaldas—. Hay hombres en Boston a quienes esto no va a gustarles.

—En Boston, ¿eh? —dijo el hombre.

—Sí.

—¿Y cree usted que esos hombres de Boston van a llegar aquí más deprisa que una bala?

Ricky se detuvo a pensar en la pregunta.

–Supongo que no.

–Pues, en ese caso –dijo el hombre–, me temo que no le serán de gran utilidad, no, señor. –Se fijó en el ordenador y en el despliegue de hardware–. Imponente.

–¿Entiende de informática? –preguntó Ricky.

–No mucho –respondió el hombre–. Me llegó demasiado tarde. ¿Guarda fotos ahí?

Ricky tragó saliva.

–No sé de qué me habla.

–Pues yo creo que sí lo sabe. Ahora no le conviene mentirme. Si me miente..., en fin, es muy probable que pierda la paciencia con usted, sí, señor, por supuesto que sí..., y considerando que yo tengo una pistola y usted no, me parece que no es lo mejor para sus intereses. Así que se lo preguntaré otra vez: ¿guarda fotos ahí?

Ricky, tomando conciencia de que un hombre que hacía una pregunta así conocía ya la respuesta, decidió ser franco.

–Es posible. Depende de qué clase de fotos busque.

–Ah, ya sabe usted qué clase. Fotos de chicas, como en las revistas.

Ricky intentó exhalar un suspiro de alivio sin que se notara.

–Claro que tengo fotos de chicas. ¿Quiere que se las enseñe?

El hombre asintió con la cabeza, y Ricky respiró aliviado al ver que el hombre se metía el arma en la cinturilla del pantalón. Se sentó ante el teclado y volvió a activar el equipo. Justo antes de que la pantalla empezara a resplandecer vio que el hombre se acercaba desde atrás, su silueta se reflejaba en la oscuridad. A continuación empezaron a aparecer imágenes, mujeres en distintos grados de desnudez, en variadas posturas, realizando diversos actos.

–Tengo de todo –dijo Ricky aclarando lo obvio.

–¿Tiene de niños? –preguntó el hombre.

–No –mintió Ricky–. No me dedico a los niños.

El hombre dejó escapar un tibio resoplido de decepción. El aliento le olía a chicle de canela, pero no ocultaba la mezcla de olores que despedía: colonia barata y un hedor que recordaba incómodamente a ciertas áreas de la central avícola.

–¿Qué le pasa en el brazo? –preguntó.

–Mi madre me trajo así al mundo. Lo tengo inutilizado.

–¿Todavía lo siente?

–Pues sí, sólo que no me sirve para...

Ricky no acabó la frase. Lo asaltó un furioso y lancinante dolor en la parte superior del brazo. Abrió la boca para gritar, pero el hombre le tapó la cara con la mano derecha ahogando su alarido mientras, con la mano izquierda, hundía una hoja fina y larga en la carne de Ricky, a la vez que hurgaba con ella. Ricky se sacudió en la silla, y los gritos le llenaron la cabeza pero no salieron al aire de la noche más que como gemidos casi inaudibles.

—No me tome por tonto —dijo el hombre—. Ya se lo he advertido una vez. No volveré a decírselo.

Acto seguido extrajo la hoja del brazo de Ricky y le soltó la cara. Ricky arqueó la espalda en la silla e instintivamente se llevó la mano derecha a la herida. Al entrar en contacto se intensificó el dolor y la apartó de inmediato. Lloraba y se avergonzaba de ello.

—Se lo preguntaré una vez más: ¿tiene ahí fotos de niños?

—Sí —contestó Ricky—. Sí. Se las enseñaré. Sólo dígame qué quiere, niños, niñas, más pequeños, mayores. Le enseñaré lo que quiera, pero por favor no vuelva a hacerme daño.

El hombre sacó una fotografía de una cartera de piel negra.

—¿La reconoce?

Era una niña guapa, de pelo oscuro. Llevaba un vestido rosa con una cinta a juego en el pelo. Sonreía. Le faltaba un diente en la encía superior.

—No —dijo Ricky.

La hoja se acercó de nuevo a su brazo, y Ricky volvió a negar, esta vez casi a gritos.

—¡No! ¡Le digo que no la conozco! Ahí no aparece. Me acordaría. Se lo juro por Dios. Me acordaría. Tengo buena memoria para estas cosas.

—¿De dónde ha sacado estas fotos?

—De Boston, en su mayoría. Me las mandan. A veces tengo que escanearlas, pero normalmente me llegan ya en disco. También hay películas. Me llegan en discos o DVD. Yo sólo las cuelgo en las páginas. No he hecho daño a un niño en mi vida. Ni siquiera me gustan esas cosas. Sólo hago lo que me dicen.

—Ha dicho «en su mayoría».

—¿Eh?

—Ha dicho que «en su mayoría» le llegan de Boston. ¿De dónde más?

Ricky buscó una posible mentira, pero el cerebro no le respondía. El dolor en el brazo se le adormecía un poco, pero también la mente. Se sintió mareado y se preguntó si iba a desmayarse.

—A veces otra gente me traía material —dijo—. Ahora ya no tanto.

—¿Quiénes?

—Hombres. Un hombre, quiero decir. Había un tipo, me traía material bastante bueno. Vídeos. De eso hace mucho tiempo. Años.

Ricky mentía por omisión. Curiosamente, el dolor en el brazo lo ayudaba a mantener la cabeza clara porque lo obligaba a tomar conciencia de la posibilidad de sufrir más dolor si no jugaba bien sus cartas. Era cierto que aquel hombre le había proporcionado material —sin duda filmaciones domésticas, aunque de una calidad muy por encima de la media, a pesar de que los movimientos de cámara eran un tanto estáticos—, pero había sido más bien un gesto de buena voluntad. Fue uno de los primeros que se dirigieron a Ricky con la intención de alquilar a un niño durante unas horas, que se había dirigido a él por el contacto de un conocido común de esa parte del estado, un hombre de cierta notoriedad entre personas con tales inclinaciones. Los caballeros de Boston le habían dicho que ocurriría, y así había sido.

—¿Cómo se llamaba?

—No me dio su nombre, y yo no se lo pregunté. Me limité a pagarle. Era un buen material.

Más medias verdades, más mentiras, pero Ricky confiaba en sus aptitudes. No era tonto ni mucho menos, y él lo sabía.

—¿No temió que pudiera ser un poli?

—No era un poli. Eso saltaba a la vista.

Moqueaba, las secreciones de la nariz se mezclaban con las lágrimas.

—¿De dónde vino?

—No lo sé. De algún sitio en el norte.

El hombre observaba a Ricky atentamente, y se dio cuenta de cómo movía los ojos cuando mentía. Dave Glovsky, el Adivinador, casi se habría enorgullecido de él en ese momento.

—¿Alguna vez ha oído hablar de un lugar llamado Galaad?

Otra vez el signo revelador, el cuerpo delatando la dificultad que sentía el cerebro al camuflar la mentira.

—No, nunca, salvo cuando era pequeño, en catequesis.

El hombre permaneció un momento en silencio. Ricky se preguntó si se había excedido en sus mentiras.

—¿Tiene una lista de las personas que pagan por todo esto?

Ricky negó con la cabeza.

—Todo va por tarjeta de crédito. Los hombres de Boston se ocupan de eso. Sólo tengo direcciones de correo electrónico.

–¿Y quiénes son esos hombres de Boston?

–Son europeos del Este, rusos. Sólo conozco los nombres de pila. Tengo unos números a los que telefonear si surge algún problema.

Ricky lanzó un juramento. Pensó que había cometido un error al decir a su agresor una vez más que habría repercusiones por hacerle daño, que desde luego tenía a quien llamar si la operación se veía amenazada. Ricky no quería recordarle a aquel hombre que tal vez no le conviniera dejarlo vivo. El hombre pareció entender la inquietud de Ricky.

–No se preocupe –dijo–. Es lógico que usted llame por esto, lo sé. Ya suponía que se enterarían de una manera u otra, ajá. No me molesta en absoluto. Que vengan. Ya puede quitar eso de la pantalla.

Ricky tragó saliva. Agradecido, cerró los ojos por un instante. Se volvió hacia la pantalla y empezó a retirar las imágenes. Separó los labios.

–Gra...

La bala abrió un enorme orificio en la parte posterior de la cabeza de Ricky, y otro mayor, de salida, en la cara. Hizo añicos la pantalla, y algo en el monitor reventó con un estallido apagado y empezó a despedir un humo acre. La sangre siseó y burbujeó en los circuitos que habían quedado a la vista. El casquillo expulsado había rebotado contra un archivador y caído cerca de la silla de Ricky. La posición era casi demasiado buena, así que el visitante, golpeándolo con un lado del zapato, lo lanzó hacia la papelera. Como había dejado huellas de sus botas en el linóleo, buscó un trapo en un armario, lo puso en el suelo y borró las señales arrastrándolo con el pie derecho. Cuando se aseguró de que todo estaba limpio, entreabrió la puerta y aguzó el oído. Aunque la detonación había sido muy estridente, las dos caravanas contiguas a la de Demarcian seguían a oscuras, y en otras vio el resplandor de los televisores, incluso oyó lo que daban, de tan alto como tenían el volumen. Salió de la caravana, cerró la puerta y desapareció en la noche. Se detuvo tan sólo en una gasolinera del camino para comunicar que se había oído un disparo en Pinar la Tranquilidad y había alcanzado a ver lo que parecía un Mustang antiguo marcharse a toda velocidad del lugar de los hechos.

A Frank Merrick no le gustaba que nadie se interpusiera en su camino, pero sentía cierto respeto por el detective privado. Además, matarlo ocasionaría más problemas de los que resolvería, pero matar a otro con la pistola del detective le crearía a éste problemas más que suficientes para tenerlo ocupado, y sólo unos pocos a Merrick.

Porque Merrick sabía que a esas alturas se había quedado totalmente solo. No le importaba. Se había cansado del viejo abogado y de sus meticulosas preguntas un tiempo antes, y Eldritch había dejado claro cuando se presentó en Portland después de la detención de Merrick que su relación profesional había terminado. Los comentarios del detective privado acerca de las motivaciones de Eldritch, más concretamente acerca de quienquiera que hubiese ordenado al abogado ayudar a Merrick, no habían hecho más que exacerbar sus propias dudas. Era hora de poner fin a aquello. Todavía le quedaba algún que otro asunto por resolver, pero luego se iría al noroeste. Tendría que haber ido allí mucho antes, pero había albergado la certeza de que encontraría algunas de las respuestas que buscaba en aquella pequeña ciudad costera. Pero ya no estaba tan seguro, y Galaad lo llamaba.

Merrick cogió la cinta adhesiva y pegó la pistola del detective bajo el asiento del conductor. Le había gustado sentir su peso en la mano. Hacía mucho tiempo que no disparaba una pistola, y más aún con ira. Ahora había vuelto a saborearlo. Había evitado llevar armas por si la policía iba a por él. No quería volver a la cárcel. Pero había llegado el momento de actuar, y la pistola del detective era idónea para el trabajo que tenía que hacer.

–Tranquila, cariño –susurró Merrick al alejarse de las luces de la gasolinera y dirigirse de nuevo hacia el este–. No tardaré. Papi ya llega.

24

Perdí la noción del tiempo. Las horas se convirtieron en minutos y los minutos en horas. Me escocía la piel por el roce de la arpillera, y la sensación de asfixia inminente nunca me abandonaba. Algún que otro susurro me llegaba de entre las sombras, a veces de cerca y a veces de lejos. En una o dos ocasiones empecé a adormecerme, pero la cinta en la boca me dificultaba la respiración y casi tan pronto como me dormía volvía a despertarme, respirando entrecortadamente por la nariz como un purasangre después de una larga carrera, con el ritmo cardiaco acelerado, apartando la cabeza de la almohada en un esfuerzo por aspirar más oxígeno. Dos veces tuve la impresión de que algo me había tocado el cuello antes de despertar, y el roce fue tan frío que me ardió la piel. En ambos casos intenté quitarme la arpillera, pero Merrick la había sujetado bien. Cuando oí el ruido de la puerta de entrada al abrirse y cerrarse, seguido de unos pasos sonoros e intencionados escalera arriba, me hallaba en un estado de total desorientación, pero incluso con los sentidos alterados percibí que las presencias retrocedían, alejándose de mí al aproximarse el desconocido.

Alguien entró en la habitación. Sentí cerca un calor corporal y me llegó el olor de Merrick. Noté sus dedos en la cinta en torno a mi cuello, y luego me quitó el saco y por fin pude ver otra vez. Pequeños soles blancos estallaron en mi campo visual, de modo que por un momento no distinguí las facciones de Merrick. Su rostro era un semblante en blanco donde yo podía pegar el demonio que quisiera, construir una imagen de todo aquello que temía. Entonces empezaron a desvanecerse los puntos ante mis ojos, y de nuevo lo vi claramente. Parecía preocupado e incómodo, ya no se le veía tan seguro como cuando yo lo había encontrado junto a mi cama al despertar, y desviaba la mirada hacia los rincones más oscuros de la habitación. Advertí que ya no se quedaba de espaldas a la puerta. En lugar de eso procuraba no perderla de vista, como si temiera ofrecer una posición vulnerable a un posible ataque por la espalda.

Merrick me miró fijamente, pero no dijo nada. Se tiraba del labio inferior con la mano izquierda mientras reflexionaba. No había el menor rastro de mi pistola. Por fin dijo:

–Esta noche he hecho algo que quizá no debería haber hecho. Pero, para bien o para mal, ya no hay vuelta atrás. Estaba harto de esperar. Ha llegado el momento de hacerlos salir. Va a causarte algún problema, eso no lo dudes, pero ya te las arreglarás. Cuéntales lo que ha pasado aquí y te creerán, al final. Entretanto correrá la voz y vendrán.

Y entonces Merrick hizo algo raro. Se dirigió lentamente hacia uno de los armarios del dormitorio, llevaba mi pistola a la vista metida bajo el cinturón. Apoyando la mano izquierda contra la puerta de listones, sacó la Smith 10 con la derecha. Casi parecía escudriñar a través de los listones, como si estuviera convencido de que dentro había alguien oculto. Cuando por fin la abrió, lo hizo con mucha cautela, desplazándola lentamente con la mano izquierda y empleando el cañón de la pistola para explorar el espacio entre las chaquetas, las camisas y los abrigos allí colgados.

–¿Seguro que vives aquí tú solo? –preguntó.

Asentí con la cabeza.

–No me da la sensación de que estés solo –señaló. No noté la menor insinuación de amenaza, ni que pensara que le había mentido, sino sólo una inquietud más profunda por algo que no entendía. Cerró la puerta despacio y volvió junto a la cama.

–No tengo nada personal contra ti –dijo–. Ahora ya estamos en paz. Creo que haces lo que consideras correcto, pero te has interpuesto en mi camino y eso no pienso tolerarlo. Peor aún, creo que eres un hombre que se deja influir por la conciencia, y la conciencia no es más que el zumbido de una mosca en la cabeza. Es una molestia, una distracción. Yo no tengo tiempo para eso, nunca lo he tenido.

Levantó lentamente el arma. La boca del cañón me miró, negra, sin parpadear, como un ojo vacío.

–Ahora podría matarte. Ya lo sabes. No me costaría mucho más que una gota de lástima. Pero te dejaré vivir.

Expulsé el aire de los pulmones con un resoplido, incapaz de reprimir una sensación que rayaba en gratitud. No iba a morir, no a manos de aquel hombre, no ese día. Merrick reconoció el sonido.

–Así es, vivirás, pero recuerda esto, y no lo olvides nunca. Tu vida ha estado a mi merced y te he dejado libre. Sé la clase de hombre que eres, con o sin conciencia. Te pondrás como un basilisco por cómo he entrado en tu casa, por el daño que te he hecho, porque te he humillado en tu propia cama. Desearás devolvérmela, pero te advierto que la próxima vez que te tenga a tiro no gastaré saliva antes de apretar el gatillo. Todo esto terminará pronto; después me marcharé. Te dejo material más que suficiente para pensar. Ahórrate la ira. Ya tendrás motivos de sobra para volver a usarla.

Apartó el arma y alargó el brazo, una vez más, hacia su pequeña cartera. Extrajo una botella de cristal y un paño amarillo; a continuación desenroscó el tapón de la botella e impregnó el paño con su contenido. Distinguí el olor. No era malo, y casi podía saborear el dulzor del líquido. Moví la cabeza en un gesto de negación, con los ojos cada vez más abiertos, mientras Merrick se inclinaba sobre mí sosteniendo el paño en la mano derecha y yo empezaba a marearme ya por el olor del cloroformo. Intenté sacudirme, golpearlo con las piernas, pero de nada sirvió. Me agarró del pelo para inmovilizarme la cabeza y apretó el paño contra mi nariz.

Y las últimas palabras que oí fueron:

–Es un acto de misericordia, Parker.

Abrí los ojos. La luz se filtraba por las cortinas. Unas agujas me traspasaban el cráneo. Intenté incorporarme, pero me pesaba mucho la cabeza. Tenía las manos libres, y la cinta adhesiva había desaparecido de mi boca. Noté el sabor de la sangre en los labios donde la cinta se había llevado la piel al arrancármela. Me incliné y cogí el vaso de agua en la mesita de noche. Veía borroso y casi lo tiré al suelo. Antes de intentarlo de nuevo esperé a que la habitación dejase de girar, y a que las imágenes dobles se unieran en una sola. Cerré la mano en torno al vaso y me lo acerqué a los labios. Estaba lleno. Merrick debió de volver a llenarlo y dejarlo a mi alcance. Bebí un largo sorbo derramando agua en la almohada, y luego me quedé allí un rato. Cerré los ojos e intenté contener las náuseas que me sobrevinieron. Al cabo de un rato me sentí con fuerzas para darme la vuelta en la cama hasta que caí al suelo. Percibí el frío de la madera en la cara. Me arrastré hasta el cuarto de baño y apoyé la cabeza en la taza del inodoro. Al cabo de un momento vomité y me sumí nuevamente en un sueño envenenado sobre las baldosas.

Me despertó el timbre de la puerta. La textura de la luz había cambiado. Debían de ser ya más de las doce del mediodía. Me levanté, sosteniéndome en la pared del baño hasta que tuve la seguridad de que no me fallarían las piernas, y entonces avancé a trompicones hasta la silla donde había dejado la ropa la noche anterior. Me puse unos vaqueros, una camiseta y, para más abrigo, una sudadera con capucha y, descalzo, con paso vacilante, bajé por la escalera hasta la puerta. A través del cristal vi fuera tres siluetas, y había dos coches que no conocía en el camino de acceso. Uno era un coche patrulla de la policía de Scarborough.

Abrí la puerta. Conlough y Frederickson, los dos inspectores de Scarborough que habían interrogado a Merrick, estaban allí, junto con un tercer individuo cuyo nombre desconocía. Era el que había estado hablando con el agente del FBI, Pender. Detrás de ellos, Ben Ronson, un policía de Scarborough, se apoyó en el coche patrulla. Normalmente Ben y yo habríamos cruzado unas palabras si nos hubiésemos encontrado en la calle, pero en ese momento tenía el rostro inmóvil e inexpresivo.

–Señor Parker –dijo Conlough–. ¿Podemos pasar? ¿Recuerda a la inspectora Frederickson? Tenemos que hacerle unas preguntas. –Señaló al tercer hombre–. Éste es el inspector Hansen, de la jefatura de policía del estado en Gray. Puede decirse que es quien está al mando, supongo.

Hansen, aparentemente en forma, tenía el pelo muy negro, y una sombra oscura en las mejillas revelaba el uso de una maquinilla de afeitar barata durante demasiados años. Los ojos eran más verdes que azules, y la postura, relajada pero acechante, recordaba a un lince a punto de abalanzarse sobre una presa fácil. Llevaba una chaqueta azul marino de buen corte, acompañada de una camisa muy blanca y una corbata azul marino de rayas doradas.

Retrocedí y los dejé pasar. Observé que ninguno de ellos me dio la espalda. Fuera, Ronson, como quien no quiere la cosa, se había llevado la mano hacia la pistola.

–¿Les parece bien en la cocina? –pregunté.

–Claro –contestó Conlough–. Usted primero.

Me siguieron a la cocina. Me senté a la mesa del desayuno. En otras circunstancias me habría quedado de pie para no darles ventaja, pero todavía me sentía débil y las piernas apenas me sostenían.

–Tiene mal aspecto –comentó Frederickson.

–He pasado mala noche.

–¿Quiere contárnoslo?

–¿Van a contarme antes por qué están aquí?

Pero ya lo sabía. Merrick.

Conlough tomó asiento frente a mí mientras los otros permanecían de pie.

–Mire –dijo–, podemos aclararlo todo aquí y ahora si no se anda por las ramas. De lo contrario... –dirigió una mirada elocuente a Hansen– esto podría ponerse feo.

Debería haber solicitado la presencia de un abogado, pero eso habría implicado una visita inmediata a la comisaría de Scarborough, o quizás a Gray o incluso a Augusta. La presencia de un abogado habría implicado horas en una celda o en una sala de interrogatorios, y no sabía hasta qué punto me encontraba en condiciones de afrontarlo. Tarde o temprano necesitaría un abogado, pero de momento estaba en mi casa, sentado a la mesa de la cocina, y no iba a marcharme de allí a menos que fuese absolutamente inevitable.

–Anoche Frank Merrick entró aquí, en casa, por la fuerza –dije–. Me esposó a la cama. –Les enseñé las señales en las muñecas–. Luego me amordazó, me tapó los ojos y se llevó mi pistola. No sé cuánto tiempo me dejó así. Cuando regresó, me dijo que había hecho algo que no debería haber hecho y después me durmió con cloroformo. Cuando he recuperado el conocimiento, me había quitado las esposas y la cinta adhesiva de la boca. Él ya no estaba. Creo que aún tiene mi pistola.

Hansen se reclinó contra la encimera de la cocina. Tenía los brazos cruzados.

–Menuda historia –dijo.

–¿Qué pistola se llevó? –preguntó Conlough.

–Una Smith & Wesson, diez milímetros.

–¿Con qué munición?

–Cor-Bon. Ciento ochenta gramos.

–Eso es poca cosa para una diez milímetros –observó Hansen–. ¿Acaso le preocupa que se agriete el armazón?

Moví la cabeza en un gesto de incredulidad.

–¿Es una broma o qué? ¿A qué viene eso ahora?

Hansen se encogió de hombros.

–Era sólo por preguntar.

–Es un mito personal mío. ¿Contento?

No contestó.

–¿Tiene la caja de munición de las Cor-Bon? –preguntó entonces Conlough.

Sabía adónde quería ir a parar con aquello. Supongo que lo supe en cuanto vi a los tres inspectores ante mi puerta y, de no haber estado mareado, casi podría haber admirado la circularidad de lo que, sospechaba, había hecho Merrick. Había utilizado el arma contra alguien, pero se la había quedado. Si se recuperaba la bala, podría compararse con la caja de munición en mi haber. Era un reflejo exacto de la manera en que lo habían relacionado a él con el asesinato de Barton Riddick en Virginia. Puede que se hubiera desacreditado el análisis balístico, pero, tal y como él había prometido, se las había ingeniado para meterme en un buen lío. Fue la pequeña broma de Merrick a mi costa. No sabía cómo habían llegado hasta mí tan pronto, pero sospechaba que eso también era obra de Merrick.

–Voy a tener que llamar a un abogado –dije–. No pienso contestar a más preguntas.

–¿Tiene algo que esconder? –preguntó Hansen. Intentó sonreír, pero era una mueca desagradable, como una grieta en mármol viejo–. ¿A qué viene tanta preocupación por el abogado? Relájese. Sólo estamos hablando.

–¿Ah, sí? ¿Eso estamos haciendo? Si a ustedes les da igual, a mí no me interesa mucho su conversación.

Miré a Conlough. Se encogió de hombros.

–Pues tendrá que ser con abogado –dijo.

–¿Estoy detenido? –pregunté.

–Todavía no –respondió Hansen–. Pero podemos tomar ese camino si usted quiere. Así que elija: ¿lo detenemos o conversamos?

Me lanzó una mirada de policía, marcada por una falsa sonrisa y la certidumbre de que lo tenía todo bajo control.

–Creo que no nos conocemos –dije–. Seguro que le recordaría, sólo por tener la certeza de que el placer no iba a repetirse.

Conlough carraspeó tapándose la boca con la mano y se volvió hacia la pared. Hansen no cambió de expresión.

–Soy un recién llegado –comentó Hansen–. Sin embargo, ya he rondado lo mío, he trabajado en grandes ciudades..., igual que usted, supongo, así que a mí su reputación me la trae floja. Quizás aquí en el norte, con sus batallitas y sangre en las manos, lo tienen por un fuera de serie, pero a mí no me gusta la gente que se toma la justicia por su mano. Representa un fallo del sistema, un defecto de funcionamiento. En su caso, me propongo reparar ese defecto. Esto es el primer paso.

–No es de buena educación faltarle el respeto a un hombre en su propia casa –dije.

–Por eso ahora vamos a marcharnos todos, para que pueda seguir faltándote el respeto en otra parte.

Haciendo una seña con los dedos, me indicó que me levantara. Todo en su actitud hacia mí rezumaba puro desprecio, y de momento yo no podía hacer nada más que tragármelo. Si me excedía en la reacción, perdería los estribos, y no quería darle a Hansen la satisfacción de esposarme.

Cabeceé y me puse en pie. A continuación me calcé unas zapatillas deportivas que siempre dejaba junto a la puerta de la cocina.

–Vamos, pues –dije.

–Apóyese primero contra esa pared, si no le importa –ordenó Hansen.

–Debe de estar de broma –contesté.

–Sí, soy todo un bromista –repuso Hansen–. Eso es algo que tenemos en común. Ya sabe lo que tiene que hacer.

Separé las piernas y apoyé las manos abiertas en la pared mientras Hansen me cacheaba. Una vez convencido de que no escondía un arsenal, retrocedió y salí tras él, seguido por Conlough y Frederickson. Fuera, Ben Ronson ya me había abierto la puerta trasera del coche patrulla. Oí los ladridos de un perro. *Walter* corría por el campo que separaba mi propiedad de la de los Johnson. Bob Johnson iba detrás de *Walter*, pero vi preocupación en su rostro. Cuando el perro se acercó, noté que los policías se ponían tensos. Ronson se llevó la mano a la pistola otra vez.

–Tranquilos –dije–. No hace nada.

Walter percibió que los hombres en el jardín no le tenían el menor aprecio. Se detuvo en un hueco entre los árboles que daban al jardín delantero y emitió un ladrido vacilante antes de acercarse despacio hacia mí, meneando el rabo suavemente pero con las orejas gachas. Miré a Conlough, y él me dio permiso con un gesto. Me aproximé a *Walter* y le acaricié la cabeza.

–Tienes que quedarte con Bob y Shirley, perrito –dije. Apretó la cabeza contra mi pecho y cerró los ojos. Bob había llegado donde estaba *Walter* momentos antes. De sobra sabía que no tenía sentido preguntar si todo estaba en orden. Agarré a *Walter* por el collar y lo arrastré hacia Bob. Hansen no me quitó ojo.

–¿Puedes quedártelo unas horas? –pregunté.

–Ningún problema –contestó. Era un hombre menudo y vital, con la mirada alerta detrás de las gafas. Bajé la vista hacia el perro, y mientras le daba unas palmadas, pedí a Bob en voz baja que telefoneara al Black Point Inn. Le di el número de la habitación donde se alojaban Ángel y Louis y le dije que los informara de que un tal Merrick me había hecho una visita.

–Por supuesto. ¿Puedo hacer algo más por ti?

Eché un vistazo a los cuatro policías.

–La verdad, Bob, es que creo que no.

Dicho esto, regresé al coche patrulla y me senté en el asiento trasero, y Ronson me llevó a la comisaría de Scarborough.

25

Me dejaron en la sala de interrogatorios de la comisaría de Scarborough mientras esperábamos a Aimee Price, y una vez más sentí que iba tras los pasos de Merrick. Hansen pretendía llevarme a Gray, pero Wallace MacArthur, que apareció en cuanto supo que me estaban interrogando, intervino en mi favor. Lo oí defenderme al otro lado de la puerta, instando a Hansen a mantener a raya a los perrazos durante un rato. Sentí una inexpresable gratitud hacia él, no tanto por ahorrarme el desagradable paseo hasta Gray con Hansen, sino por estar dispuesto a salir a la palestra cuando él mismo debía de albergar sus dudas.

Nada había cambiado en la sala desde que Merrick ocupó aquel asiento. Incluso los trazos infantiles en la pizarra eran los mismos. No me esposaron, y Conlough me trajo una taza de café y un donut rancio. Aún me dolía la cabeza, pero poco a poco tomé conciencia de que probablemente había hablado demasiado en casa. Ignoraba aún qué había hecho Merrick, pero tenía la certeza casi absoluta de que alguien había muerto por ello. Mientras tanto, me daba cuenta de que había admitido a todos los efectos que se había empleado mi pistola para cometer un crimen. Si Hansen decidía jugar fuerte y presentar cargos contra mí, acabaría entre rejas con escasas posibilidades de conseguir la libertad bajo fianza. En el mejor de los casos, podía retenerme durante días y dejar a Merrick las manos libres para causar estragos con la Smith 10.

Después de permanecer a solas con mis pensamientos durante una hora, se abrió la puerta de la sala de interrogatorios y entró Aimee Price. Vestía falda y chaqueta negras con blusa blanca. El maletín, de piel cara, resplandecía. Toda ella era la viva imagen de la eficacia. A mí, en contraste, se me veía en un estado lamentable, y tal cual me lo dijo.

–¿Se ha enterado ya de lo que está ocurriendo? –pregunté.

—Sólo sé que investigan un asesinato. Un muerto. Varón. Es evidente que creen que usted puede ayudarlos con ciertos detalles.

—Cómo lo maté, por ejemplo.

—Seguro que se alegra de haber conservado mi tarjeta –dijo.

—Creo que me ha traído mala suerte.

—¿Quiere decirme cuánta?

Se lo conté todo, desde la llegada de Merrick a la casa hasta el momento en que Ronson me metió en la parte trasera del coche patrulla. No omití ni un solo detalle, salvo el de las voces. Aimee no necesitaba saber nada de eso.

—¿Cómo puede ser tan tonto? –preguntó cuando acabé–. Hasta un niño sabe que no debe responder a las preguntas de un policía sin un abogado delante.

—Estaba cansado. Me dolía la cabeza. –Me di cuenta de lo patéticas que resultaban mis excusas.

—Bobo. No diga ni una palabra más a menos que se lo indique yo con una señal de la cabeza.

Se dirigió a la puerta y la golpeó con los nudillos para indicar a los policías que podían entrar. Apareció Conlough seguido de Hansen. Ocuparon dos sillas frente a nosotros. Me pregunté cuánta gente debía de amontonarse en torno al monitor fuera de la sala para escuchar las preguntas y las respuestas transmitidas desde la sala, para observar a las cuatro figuras que danzaban una alrededor de la otra sin moverse.

Aimee levantó una mano.

—Antes que nada tienen que explicarnos a qué viene todo esto –dijo.

Conlough miró a Hansen.

—Anoche murió un hombre llamado Ricky Demarcian. Le pegaron un tiro en la cabeza en un cámping de caravanas llamado Pinar la Tranquilidad. Tenemos un testigo que dice haber visto un Mustang como el de su cliente alejarse del lugar de los hechos. Incluso nos dio el número de matrícula.

Podía imaginarme lo que sucedía en ese preciso momento, mientras hablábamos, en el Pinar la Tranquilidad. Allí estaría la unidad de recogida de pruebas del Departamento de Investigación Criminal del estado, junto con la furgoneta blanca del técnico de Scarborough, que tenía las puertas traseras personalizadas con imágenes ampliadas de sus propias huellas digitales. Hombre de una meticulosidad obsesiva, se lo consideraba uno de los mejores especialistas de Maine, y era poco probable que los técnicos de la policía del estado lo disuadieran de colaborar con ellos. El centro de mando móvil rojo y blanco, utilizado conjuntamente con el cuerpo de bomberos, se hallaría también presente. Habría curiosos, mirones, testigos potenciales a los que interrogar, furgonetas de las distintas emisoras locales, todo un circo que convergía en una pequeña caravana de un patético cámping. Obtendrían moldes en el lugar del crimen con la esperanza de que las marcas de las ruedas coincidiesen con los neumáticos de mi Mustang. No encontrarían ninguna equivalente, pero eso daba igual. Podían aducir que acaso el coche estuviese aparcado en la carretera, lejos de la tierra. La imposibilidad de establecer un vínculo con mi coche no demostraría mi inocencia. Entretanto, Hansen probablemente habría puesto en marcha la solicitud de una orden para registrar mi casa, incluido mi garaje, si es que no la tenía ya. Querría el coche, y el arma. En ausencia de esta última, se conformaría con la caja de munición Cor-Bon.

–¿Un testigo? –preguntó Aimee–. ¿En serio? –Pronunció la palabra con toda la intención del mundo, dejando claro que la sola idea se le antojaba tan verosímil como el rumor de que el ratoncito Pérez había sido sorprendido con un saco lleno de dientes–. ¿Quién es el testigo?

Hansen no se movió, pero Conlough cambió casi imperceptiblemente de posición en su silla. No había testigo. Era un aviso anónimo, y siendo así, procedía de Merrick. No obstante, eso no mejoraba mi situación. De las preguntas sobre mi munición se desprendía que Merrick había matado a Demarcian con mi pistola, y era probable que hubiera dejado pruebas en el lugar de los hechos. ¿Sería sólo la bala o un casquillo? ¿O también la pistola? De ser así, tendría mis huellas por todas partes, y no las suyas.

«No me queda más remedio que causarte algún que otro problema; así no tendrás tiempo para preocuparte por mí.»

–En estos momentos no podemos decirlo –contestó Hansen–. Y lamento que suene a película mala, pero en principio somos nosotros quienes hacemos las preguntas.

Aimee se encogió de hombros.

–Adelante, pregunte. Pero antes me gustaría llamar a un médico. Quiero que se fotografíen las magulladuras en el costado de mi cliente. Ustedes mismos verán que presenta las marcas de lo que parece el impacto de un puño. Un médico podrá decir lo recientes que son. También ha perdido recientemente piel en los labios cuando le arrancaron la cinta adhesiva pegada a su boca. Queremos que se fotografíen igualmente esas lesiones. Me gustaría asimismo que se le tomen a mi cliente muestras de sangre y orina para confirmar la presencia en el organismo de niveles de triclorometano por encima de la media.

Lanzó estas peticiones como balas. Conlough pareció recibir el pleno impacto de todas ellas.

—Triclo... ¿qué? —preguntó, pidiendo ayuda a Hansen con la mirada.

—Cloroformo —aclaró Hansen sin inmutarse—. Podría haber dicho simplemente cloroformo —añadió dirigiéndose a Aimee.

—Podría, pero no les habría impresionado ni la mitad. Esperaremos a que llegue el médico, y luego podrán empezar con sus preguntas.

Los dos inspectores salieron sin decir nada más. Después de una hora, durante la cual Aimee y yo permanecimos en silencio, llegó un médico del Centro Médico Maine de Scarborough. Me acompañó al lavabo de caballeros, y allí le proporcioné una muestra de orina y me extrajo un poco de sangre del brazo. Cuando terminó, examinó la magulladura del costado. Aimee entró con una cámara digital y me fotografió los hematomas y los cortes en los labios. Después nos acompañaron otra vez a la sala de interrogatorios, donde Conlough y Hansen nos esperaban ya.

Repasamos las preguntas anteriores. Cada vez, antes de abrir la boca, yo aguardaba la seña de Aimee para indicarme que podía contestar sin riesgo. En cambio, cuando plantearon el tema de la munición, levantó el bolígrafo.

—Mi cliente les ha dicho ya que el señor Merrick le robó el arma.

—Queremos asegurarnos de que la munición coincide —explicó Hansen.

—¿Ah, sí? —preguntó Aimee, y ahí estaba otra vez, ese escepticismo edulcorado, como un limón bañado en azúcar extrafino—. ¿Por qué?

Hansen no contestó. Tampoco Conlough.

—No tienen la pistola, ¿verdad, inspectores? —dijo Aimee—. Tampoco tienen testigo. Lo único que tienen, deduzco, es un casquillo y probablemente la propia bala. ¿Me equivoco?

Hansen la miró de hito en hito intentando obligarla a bajar los ojos, pero al final desistió. Conlough se contemplaba las uñas.

—¿Me equivoco? —repitió Aimee.

Hansen asintió con la cabeza. Parecía un colegial escarmentado.

Como yo ya suponía, Merrick había cuidado los detalles. Había dejado en el lugar de los hechos la misma clase de pruebas con las que en otro tiempo intentaron condenarlo. Ahora ningún tribunal dictaría sentencia basándose sólo en eso; aun así, Merrick había conseguido enturbiar las aguas.

–Podemos conseguir una orden –dijo Hansen.

–Hágalo –replicó Aimee.

–No.

Aimee me fulminó con la mirada. Hansen y Conlough alzaron la vista.

–No necesitan una orden.

–Pero ¿qué pretende...? –empezó a decir Aimee, pero la interrumpí apoyando la mano en su brazo.

–Entregaré la munición. Comprobarán que coinciden. Me cogió la pistola y mató a Demarcian con ella. Luego dejó el casquillo e hizo la llamada para que ustedes viniesen a llamar a mi puerta. Es lo que él entiende por una broma. Merrick estuvo a punto de ser juzgado por asesinato en Virginia sin más prueba que una coincidencia balística, pero el caso se vino abajo cuando el FBI empezó a dar señales de pánico por la dudosa fiabilidad de los análisis. Incluso sin eso, probablemente el caso habría sido insostenible. Merrick lo hizo para crearme problemas, así de sencillo.

–¿Y eso por qué? –preguntó Conlough.

–Ya conoce la respuesta. Usted mismo lo interrogó en esta sala. Su hija desapareció cuando él estaba en la cárcel. Quiere averiguar qué le pasó. Pensó que yo me interponía en su camino.

–¿Por qué no lo mató sin más? –preguntó Hansen. Daba la impresión de que, en tal caso, hubiese perdonado el impulso de Merrick.

–No habría estado bien desde su punto de vista. Tiene una especie de sistema de valores.

–Pero esos valores no le impidieron meterle una bala en la cabeza a Ricky Demarcian, en el supuesto de que esté usted diciendo la verdad –dijo Hansen.

–¿Qué interés iba a tener yo en matar a Demarcian? –pregunté–. Hasta esta mañana ni siquiera sabía quién era.

Conlough y Hansen volvieron a cruzar una mirada. Al cabo de unos segundos, Hansen dejó escapar un profundo suspiro e hizo un gesto con la mano derecha, indicando «adelante». Parecía a punto de rendirse. Su anterior aplomo se evaporaba. Las magulladuras, los análisis para confirmar la presencia del cloroformo en la sangre, todo lo había hecho tambalearse. Además, en el fondo sabía que yo decía la verdad. Sencillamente prefería no creerlo. Encerrarme le habría procurado cierto placer. Yo ofendía su sentido del orden. Aun así, por mucha antipatía que yo le despertara, era lo bastante rigorista como para no amañar las pruebas, y más pensando que al final el caso le estallaría en la cara tan pronto como lo presentara ante un juez.

–La caravana de Demarcian estaba abarrotada de equipo informático –dijo Conlough–. Sospechamos que tenía relación con el crimen organizado de Boston. Por lo visto, elaboraba las páginas web de ciertos servicios de acompañantes.

–¿Para los italianos?

Conlough negó con la cabeza.

–Para los rusos.

–No es buena gente.

–No. Por lo que ha llegado a nuestros oídos, las páginas no sólo incluían acompañantes adultos.

–¿También niños?

Conlough volvió a mirar a Hansen, pero Hansen se había refugiado tras un deliberado silencio.

–Como he dicho, son habladurías, pero no había ninguna prueba. Sin pruebas no podíamos conseguir una orden. Ya estábamos en ello, intentando acceder a la lista de Demarcian, pero era un proceso lento.

–Pues, por lo visto, ya se ha resuelto el problema –observé.

–¿Seguro que nunca ha oído hablar de Demarcian, Parker? –preguntó Hansen–. Parecía la clase de individuo a quien usted podría pegarle un tiro en la cabeza sin mayor problema.

–¿Qué quiere decir con eso? –repuse.

–No sería la primera vez que esa pistola suya le abre un agujero a alguien. Es posible que, en su opinión, Demarcian se lo mereciese.

Por debajo de la mesa sentí el ligero contacto de la mano de Aimee en la pierna advirtiéndome que no me dejara arrastrar por Hansen.

–Si quiere acusarme de algo, adelante –dije–. De lo contrario, no hace más que gastar saliva. –Dirigí la atención a Conlough–. ¿El balazo era la única herida que presentaba Demarcian?

Conlough no contestó. No podía, supuse, sin revelar las pocas pruebas que aún tenían contra mí. Seguí adelante.

–Si Merrick lo torturó, podría ser que Demarcian, antes de morir, le dijese algo que pudiera serle de utilidad.

–¿Y qué podía saber Demarcian? –preguntó Conlough.

El tono del intercambio había cambiado. Quizá Conlough dudaba ya desde el principio de mi implicación, pero ahora habíamos pasado de un interrogatorio a una situación en la que dos hombres pensaban en voz alta. Por desgracia, Hansen no vio con buenos ojos el nuevo rumbo. Masculló algo parecido a «Gilipolleces». Pese a que en apariencia Hansen estaba al mando, Conlough le lanzó una mirada de advertencia, pero las ascuas del fuego desatado dentro de Hansen aún ardían y él no estaba dispuesto a apagarlo a menos que no le quedara más remedio. Hizo un último intento.

–Son gilipolleces –repitió–. Es su pistola. Es su coche el que el testigo vio abandonar el lugar de los hechos. Es su dedo....

–¡Eh! –lo interrumpió Conlough. Se puso en pie y se dirigió hacia la puerta indicando a Hansen que lo acompañara. Hansen echó atrás la silla y salió. La puerta se cerró.

–¿No es admirador suyo? –preguntó Aimee.

–En realidad lo he conocido hoy. En general, la policía del estado no me aprecia mucho, pero éste tiene un agravio permanente.

–Puede que deba subir mis honorarios. Por lo visto no le cae bien a nadie.

–Gajes del oficio. ¿Cómo vamos?

–Bien, creo, al margen de su incapacidad para mantener la boca cerrada. Supongamos que Merrick mató a Demarcian con su pistola. Supongamos que hizo él la llamada notificando la presencia de su coche. Sólo tienen la prueba balística, y ninguna relación directa con usted aparte de la caja de munición. No basta con eso para acusarle de nada, no hasta que establezcan la coincidencia balística o encuentren una huella en el casquillo. Aun así, no me imagino que el fiscal dé el visto bueno a menos que la policía presente más pruebas relacionándolo a usted con el lugar de los hechos. No les será difícil conseguir una orden para registrar su casa en busca de la caja de munición, así que puede que haya hecho bien entregándola. Si las cosas se tuercen, podría sernos útil ante el juez que haya cooperado desde el principio. Aunque si tienen la pistola, podríamos vernos en serias dificultades.

–¿Por qué iba a dejar yo mi pistola en el lugar del crimen?

–Ya sabe que ellos no piensan lo mismo. Si eso basta para retenerlo, lo usarán. Esperaremos a ver qué pasa. Si tienen el arma, no tardarán en esgrimirla. Pero viendo lo bien que se entiende con el inspector Conlough, me inclino a pensar que la pistola se fue con Merrick.

–Golpeteó la mesa con el bolígrafo–. Según parece, a Conlough tampoco le cae muy bien Hansen.

–Conlough está bien, pero sospecho que también él me cree muy capaz de matar a alguien como Demarcian. Sólo que piensa que, si lo hubiera matado yo, habría borrado mejor mi rastro.

–Y tal vez habría esperado a que él tuviera una pistola en la mano –añadió Aimee–. Dios mío, esto es como el Salvaje Oeste.

Pasaron los minutos. Quince. Veinte. Treinta.

Aimee miró el reloj.

–¿Qué estarán haciendo ahí fuera?

Se disponía a levantarse para averiguar qué pasaba cuando oí un ruido peculiar y a la vez conocido. Era el ladrido de un perro. Se parecía mucho a *Walter.*

–Creo que es mi perro –dije.

–¿Han traído a su perro? ¿Como qué? ¿Como testigo?

Se abrió la puerta de la sala de interrogatorios y entró Conlough. Casi parecía aliviado.

–Puede marcharse –anunció–. Tendremos que hacer una declaración, pero por lo demás está en libertad.

Aimee intentó en vano disimular su sorpresa. Seguimos a Conlough afuera. Bob y Shirley Johnson estaban en la recepción, Bob de pie, sujetando a *Walter* por la correa, Shirley sentada en una dura silla de plástico, con su andador de ruedas al lado.

–Se ve que la anciana no duerme bien –comentó Conlough–. Le gusta sentarse junto a la ventana cuando le duelen las articulaciones. Vio a su hombre salir de la casa a las tres de la madrugada y regresar a las cinco. Ha firmado una declaración jurada en la que sostiene que su coche no salió del garaje y que usted se quedó en la casa. La franja entre tres y cinco de la madrugada coincide con la hora de la muerte de Demarcian. –Esbozó una lúgubre sonrisa–. Hansen está que trina. Le gustaba la idea de endilgarle el asesinato a usted. –De pronto se desvaneció su sonrisa–. Aunque no hace falta que se lo recuerde, lo haré de todos modos. Merrick tiene su arma. Mató a Demarcian con ella. Yo que usted intentaría recuperarla antes de que la use otra vez. Entretanto, debería aprender a cuidar un poco más sus objetos personales.

Se dio media vuelta. Me acerqué a los Johnson para darles las gracias. Como era de prever, *Walter* se puso como loco. Poco después, con mi declaración firmada como es debido, me permitieron marcharme. Aimee Price me llevó a casa. Los Johnson nos habían precedido con *Walter*, básicamente porque Aimee se negó a dejarlo subir en su coche.

–¿Ha sabido algo sobre el traslado de Andy Kellog? –pregunté.

–Estoy haciendo todo lo posible para que me den audiencia dentro de uno o dos días.

–¿Le ha preguntado por el tatuaje?

–Dijo que no llevaba fechas, ni números. Era sólo una cabeza de águila.

Maldije en silencio. Eso significaba que el contacto de Ronald Straydeer no serviría de nada. Otra línea de investigación había quedado en nada.

–¿Cómo está Andy?

–Se recupera. Aún tiene la nariz hecha un cromo.

–¿Y la cabeza?

–Ha estado hablando de usted y de Merrick.

–¿Ha dicho algo interesante?

–Cree que Merrick va a matarlo.

–En fin, no iba muy desencaminado, pero Merrick ha tenido su oportunidad. No la ha aprovechado.

–Eso no quiere decir que no vuelva a intentarlo. No entiendo por qué tiene tanto interés en apartarlo de esto.

–Es un vengador. No quiere que nadie lo prive de la posibilidad de resarcirse.

–¿Cree que su hija ha muerto?

–Sí. No quiere reconocerlo, pero sabe que es la verdad.

–¿Y usted cree que ha muerto?

–Sí.

–¿Y ahora qué piensa hacer?

–Tengo que visitar a otro abogado, y luego me iré a Jackman.

–Dos abogados en un día. Debe de estar ablandándose.

–Estoy vacunado. No debería pasarme nada.

Resopló, pero no contestó.

–Gracias por venir hasta aquí –dije–. Se lo agradezco.

–Pienso mandarle la minuta. No ha sido una obra de caridad.

Nos detuvimos delante de casa. Salí del coche y volví a darle las gracias a Aimee.

–Recuérdelo –dijo–. Soy abogada, no médico. Si vuelve a enzarzarse con Merrick, mis servicios no le servirán de gran cosa.

—Si vuelvo a enzarzarme con Merrick, uno de los dos no necesitará médico ni abogado. No habrá ayuda posible para él.

Negó con la cabeza.

—He ahí otra vez el Salvaje Oeste. Cuídese. Por lo que veo, si no se cuida usted, no lo hará nadie.

Se marchó. Fui a casa de los Johnson y me tomé una taza de café con ellos. *Walter* tendría que seguir allí unos días más. No les importaba. Creo que tampoco le importaba a *Walter*. Lo alimentaban mejor que yo. Incluso lo alimentaban mejor de lo que me alimentaba yo mismo. Luego me marché a casa, me duché para quitarme el olor y la sensación de la sala de interrogatorios y me puse una camisa y una chaqueta. Conlough tenía razón. Debía encontrar a Merrick antes de que usara de nuevo la Smith 10. Además, sabía por dónde empezar. Había un abogado en Massachusetts que tenía que responder a algunas preguntas. Hasta entonces había eludido un segundo encuentro con él, pero ya no me quedaba más remedio. Mientras me vestía, me pregunté por qué había retrasado esa conversación con Eldritch. En parte era porque no me parecía de gran ayuda a menos que hubiera algo más en juego, y con el asesinato de Demarcian a manos de Merrick esa circunstancia desde luego ya se daba. Pero también era consciente de que existía otra razón para mi reticencia: su cliente. Pese a que el sentido común, y también el instinto, me empujaban en dirección contraria, estaba dejándome arrastrar inexorablemente hacia el mundo del Coleccionista.

Cuarta parte

En la oscura noche
me adentro con resignación.
No temo tanto la oscuridad de la noche
como a los amigos que no conozco,
no me da miedo la noche allá arriba
como me dan miedo los amigos de abajo.

Stevie Smith, *Canto fúnebre*

26

Telefoneé mientras me guardaba un cargador de alta velocidad para la 9 milímetros en el bolsillo de la chaqueta. El timbre sonó dos veces y Louis atendió. Ángel y él habían llegado al escondite del Coleccionista menos de una hora después de la llamada de Bob Johnson al hotel y habían dejado un mensaje en mi móvil informándome de que estaban, en palabras de Ángel, «en el campo».

—Así que te han echado a patadas de la trena —dijo Louis.

—Sí, ha sido espectacular. Explosiones, cañonazos, toda la pesca. Tenías que haber estado allí.

—Cualquier cosa es mejor que esto.

Estaba de mal humor. Solía ocurrirle cuando pasaba mucho tiempo con su pareja en un espacio cerrado. La vida doméstica de esa pareja debía de ser algo digno de verse.

—Eso lo dices ahora. Antes de que esto acabe, seguro que recuerdas con añoranza el rato que pasaste en el coche. ¿Habéis encontrado algo?

—No hemos encontrado nada porque no hay nada que encontrar. La casa está vacía. Lo hemos comprobado antes de empezar a pelarnos de frío aquí fuera. No ha cambiado nada desde entonces. Seguimos pelándonos de frío. Todo seguía igual que la otra vez, salvo por una pequeña diferencia: el armario del sótano está vacío. Por lo que se ve, el bicho raro se ha llevado la colección.

El Coleccionista sabía que alguien había estado en su casa; a su manera, había descubierto la intrusión.

—Dejadlo estar —dije—. Si Merrick no ha vuelto, ya no volverá.

Ésa era, para empezar, una posibilidad remota. Merrick sabía que el primer sitio donde lo buscaríamos sería la casa. En lugar de ir allí se había escondido. Le dije a Louis que le pidiera a Ángel que lo dejara en Augusta, donde debía alquilar un coche y volver a Scarborough.

Ángel iría hacia el norte, a Jackman, para ver qué averiguaba allí, así como para estar atento por si aparecía Merrick, porque no me cabía duda de que Merrick, tarde o temprano, iría a Jackman, y de allí a Galaad.

–¿Cómo es que él va a Jackman y yo tengo que quedarme aquí contigo? –preguntó Louis.

–¿Sabes qué pasa cuando tiras un trozo de carbón en la nieve? –dije.

–Sí.

–Pues por eso no vas a Jackman.

–Eres un racista que aún no ha salido del armario, tío.

–¿Sabes una cosa? A veces casi me olvido de que eres negro.

–¿Ah, sí? Pues yo nunca me olvido de que eres blanco. Te he visto bailar.

Dicho esto, colgó.

A continuación telefoneé a Rebecca Clay para informarla de que Merrick campaba por sus respetos. La noticia no le sentó bien, pero accedió a tener a Jackie otra vez tras sus pasos, con los Fulci a la zaga. Aun cuando se hubiera negado, yo la habría presionado para que cediese.

Poco después de hablar con Rebecca recibí una llamada inesperada. Joel Harmon estaba al otro lado de la línea: no su secretaria, ni Todd, el chófer que sabía empuñar una pistola, sino él en persona.

–Esta mañana a primera hora alguien ha entrado por la fuerza en mi casa –dijo–. Yo he pasado la noche en Bangor, así que no estaba allí cuando ha sucedido. Todd ha descubierto la ventana rota esta mañana.

–¿Por qué me lo cuenta, señor Harmon? –pregunté. Yo no estaba en la nómina de Joel Harmon, y aún me dolía la cabeza por efecto del cloroformo.

–Me han dejado el despacho patas arriba. Todavía no sé si se han llevado algo. Pero he pensado que quizá le interese saber que han destrozado las pinturas de Daniel Clay. No han causado daños en nada más, y los otros cuadros están intactos, pero han rajado el paisaje de Galaad.

–¿No tiene alarma?

–Está conectada al teléfono. Han cortado la línea.

–¿Y no había nadie en casa?

–Sólo mi mujer. –Se produjo un silencio–. Dormía y no se ha enterado.

–Eso sí que es un sueño profundo, señor Harmon.

–No se pase de listo. Ya la ha conocido. No hace falta que le diga que va empastillada hasta las cejas. No la despertaría ni el apocalipsis.

–¿Algún indicio de quién podría haber sido?

–Habla usted como un puto abogado, ¿sabe? –exclamó. Casi oí el salivazo contra el auricular–. ¡Claro que sé quién ha sido! Ha cortado la línea del teléfono, pero una de las cámaras de seguridad de la finca lo ha captado. Ha venido la policía de Scarborough y lo ha identificado: es Frank Merrick. El mismo individuo que ha estado aterrorizando a Rebecca Clay, ¿no? Me he enterado de que es sospechoso de haberle volado los sesos a un pervertido en un cámping de caravanas poco antes de entrar en la casa donde dormía mi mujer. ¿Qué demonios quiere de mí?

–Usted era amigo de Daniel Clay. Lo busca a él. Quizás ha llegado a la conclusión de que usted sabe dónde está.

–Si supiera dónde está, ya se lo habría dicho a alguien hace mucho tiempo. La pregunta es: ¿cómo ha llegado hasta mí?

–A mí me resultó muy fácil descubrir su relación con Clay. Por tanto, a Merrick no tenía por qué costarle más.

–Ya. Y entonces, ¿cómo es que la noche que vino usted a verme se vio el coche de Merrick cerca de mi casa? ¿Sabe qué creo, pedazo de imbécil? Creo que lo siguió a usted. Usted lo trajo hasta mi puerta. Usted ha puesto a mi familia en peligro, y todo por un hombre que murió hace mucho tiempo. ¡Gilipollas!

Colgué. Probablemente Harmon tenía razón, pero no me apetecía oírlo. Ya llevaba una carga lo bastante pesada y demasiadas cosas en la cabeza como para encima preocuparme por su cuadro o su ira hacia mí. Al menos los daños causados confirmaban mi sospecha de que Galaad era el destino final de Merrick. Me sentía como si me hubiera pasado una semana caminando por el barro, y lamenté el día en que Rebecca Clay me telefoneó. Ya ni siquiera sabía con seguridad qué buscaba. Rebecca me había contratado para librarla de Merrick, y ahora éste vagaba enloquecido por ahí. Ricky Demarcian había muerto, y el disparo realizado con mi pistola me convertía en culpable de asesinato. Según la policía, Demarcian tenía lazos con una red de pornografía infantil, posiblemente incluso con el suministro de mujeres y niños a los clientes. Alguien se lo había puesto en bandeja a Merrick, el cual puede que lo hubiera matado en un arrebato de rabia y encontrado así, en el asesinato de Demarcian, un desahogo conveniente a parte de su ira hacia el responsable de lo sucedido a su hija, o puede que tal vez hubiera averiguado algo a través de Demarcian antes de su muerte. En tal caso, significaba que Demarcian también era una pieza del rompecabezas, vinculada a Clay y Galaad y a los agresores sexuales con cara de pájaro; pero el hombre con el tatuaje del águila, el único medio seguro para identificar a los autores de los abusos sufridos por Andy y, al parecer, por Lucy Merrick, seguía escabulléndose. Yo ya no podía hablar con más víctimas porque estaban al amparo del secreto profesional, o por el simple hecho de que nadie sabía quiénes eran. Y seguía sin acercarme a la verdad sobre la desaparición de Daniel Clay, o el alcance de su implicación en los abusos de los que habían sido víctimas sus pacientes, pero en cualquier caso nadie me lo había pedido. Nunca me había sentido tan frustrado, ni tan desorientado en cuanto a cómo proceder.

Así que decidí meter la cabeza en la boca del león. Hice una llamada y anuncié a la mujer al otro lado de la línea que me dirigía hacia allí para ver a su jefe. No contestó, pero daba igual. El Coleccionista no tardaría en enterarse.

Cuando me presenté en el bufete de Eldritch y Asociados, el papel viejo aún llegaba a la altura de las rodillas y los asociados seguían brillando por su ausencia. También brillaba por su ausencia el propio Eldritch.

–No está –dijo la secretaria. Como en la ocasión anterior, el pelo le abultaba mucho y lo tenía muy negro, pero esta vez lucía una blusa de color azul marino con cuello blanco de volantes. Un enorme crucifijo de plata pendía de una cadena en torno a su cuello. Parecía un párroco especializado en bodas baratas para lesbianas–. Si no hubiese colgado tan deprisa, le habría dicho que era una pérdida de tiempo venir hasta aquí.

–¿Cuándo prevé que vuelva?

–Cuando él decida volver. Soy su secretaria, no su guardiana.

Metió una hoja en la vieja máquina de escribir y empezó a mecanografiar una carta con el cigarrillo en la comisura de los labios. Había perfeccionado el arte de fumar de tal forma que sólo lo tocaba cuando no quedaba más remedio, para impedir que la ceniza suspendida de la punta se desprendiera y la mandara a reunirse con su hacedor en medio de un infierno de papel en llamas, en el supuesto de que su hacedor estuviese dispuesto a reclamarla.

–Tal vez pueda usted llamarlo y decirle que estoy aquí –sugerí después de un par de minutos de incómodo silencio.

–No usa móvil. No le gustan. Dice que dan cáncer. –Me miró con los ojos entrecerrados–. ¿Usted usa móvil?

–Sí.

–Estupendo.

Siguió mecanografiando.

Contemplé las paredes y el techo manchados de nicotina.

–Un lugar de trabajo seguro es un lugar de trabajo feliz. Puedo esperarlo.

–No, aquí no puede. Cerramos para ir a comer.

–Es un poco temprano para comer.

–Ha sido un día muy ajetreado.

Acabó de escribir a máquina y retiró con cuidado la carta. La dejó en una bandeja de alambre sobre una pila de documentos similares, ninguno de los cuales parecía tener muchas probabilidades de ser enviado. En la base de la pila, algunos ya amarilleaban.

–¿Se deshacen alguna vez de parte de estos papeles? –pregunté señalando los montones de hojas y carpetas polvorientas.

–A veces la gente se muere –contestó–. Entonces trasladamos sus expedientes a un almacén.

–Podrían morir y ser enterrados bajo el papel sin más.

Se puso en pie y rescató de un ruinoso perchero un insulso abrigo de color verde oliva.

–Ahora tiene que irse –dijo–. Es usted demasiado gracioso para mí.

–Volveré después de comer.

–Sí, eso.

–¿Tiene idea de cuándo será?

–No. Podría ser una comida larga.

–Estaré esperando cuando regrese.

–Ajá. No te me aceleres, corazón.

Abrió la puerta del despacho y esperó a que yo saliera antes de cerrarla con una llave de latón que llevaba en el bolso. Luego me siguió escaleras abajo y cerró con dos vueltas de llave la puerta principal antes de subir a un herrumbroso Cadillac marrón en el aparcamiento de Tulley. Yo había dejado el coche en la esquina. No parecía tener muchas opciones salvo comer algo por allí con la esperanza de que Eldritch apareciera, o desistir y marcharme a casa. Aunque Eldritch se dejara ver, mi principal razón para quedarme no era él, sino el hombre que pagaba sus honorarios. No podía obligar a Eldritch a decirme nada más sobre él. Bueno, sí, podía, pero me costaba imaginarme forcejeando con el viejo abogado para obligarlo a confesar lo que sabía. En el peor de los casos, lo veía desintegrarse en fragmentos de polvo entre mis manos, manchándome la chaqueta con sus restos.

Y entonces me llegó, arrastrado por el viento, un penetrante tufo a nicotina. Era un olor especialmente acre, cargado de venenos, y casi sentí que las células sensoriales de mi cuerpo amenazaban con iniciar una metástasis a modo de protesta. Me volví. El tugurio de la esquina, enfrente de Tulley, estaba abierto, o al menos todo lo abierto que podía estar teniendo en cuenta las ventanas cubiertas de tela metálica y la puerta sin ventana, gastada y llena de marcas, con la parte inferior ennegrecida allí donde habían intentado prenderle fuego. Un cartel a la altura de los ojos informaba de que a todo aquel que aparentase menos de veintiún años se le exigiría demostrar su edad mediante algún documento. Alguien había modificado el «2» para que semejase un «1».

Delante había un hombre con el pelo oscuro alisado y peinado hacia atrás de tal forma que las puntas se juntaban en una masa de rizos grasientos y despeinados justo por debajo del cuello de la camisa. Ésta, en su día blanca, era ahora amarillenta, y el cuello desabrochado mostraba en la cara interior manchas oscuras que jamás desaparecerían por más que se lavase. El viejo abrigo negro tenía los bordes deshilachados, y las hebras sueltas oscilaban lentamente en la brisa como las patas de insectos moribundos. Llevaba los pantalones muy largos y arrastraba por el suelo los dobladillos, que casi ocultaban por completo los zapatos de suela gruesa. Los dedos con que aferraba el cigarrillo presentaban un intenso color amarillo en las yemas. Tenía las uñas largas y melladas, con mugre incrustada debajo.

El Coleccionista aspiró una última calada y lanzó limpiamente la colilla a una boca del alcantarillado. Retuvo el humo, como si le exprimiera hasta la última gota de nicotina, y luego lo expulsó en espiral por la nariz y las comisuras de los labios de tal modo que parecía arder por dentro. Me miró en silencio a través del humo, abrió la puerta del bar y, tras dirigirme una última mirada, desapareció dentro.

Al cabo de un momento lo seguí.

27

El interior del bar no estaba ni la mitad de mal de lo que inducía a pensar la fachada. Ahora bien, tras verlo por fuera uno esperaba encontrar dentro a niños de doce años en estado de embriaguez y pirómanos frustrados, así que no hacía falta mucho para mejorar tales expectativas. Estaba a oscuras, iluminado sólo por una serie de lámparas parpadeantes en las paredes, ya que las ventanas que daban a la calle quedaban cubiertas por tupidas cortinas rojas. A la derecha, el camarero, con una camisa asombrosamente blanca, se paseaba detrás de la larga barra. Tres o cuatro de los taburetes estaban ocupados por el habitual surtido de borrachines diurnos que, al abrirse la puerta, pestañearon indignados ante el molesto haz de luz. La barra presentaba una decoración recargada de un modo extraño y detrás, reflejando las hileras de botellas, se extendían espejos desazogados que anunciaban marcas de whisky y cerveza desaparecidas hacía mucho tiempo. El suelo era de tablas de madera, gastadas por décadas de trasiego y quemadas aquí y allá a causa de las colillas tiradas por fumadores ya muertos, pero estaba limpio y, al parecer, recién barnizado. El latón de los taburetes, el reposapiés de la barra, los colgadores para los abrigos, todo resplandecía, y las mesas, sin una mota de polvo, tenían posavasos nuevos. Era como si la fachada se hubiese diseñado deliberadamente para ahuyentar a clientes de paso, al mismo tiempo que dentro conservaba cierto grado de sofisticación, vestigio de un noble pasado.

Varios reservados se sucedían en la pared de la izquierda, y entre éstos y la barra había dispersas mesas redondas y sillas viejas. En tres de los reservados, grupos de oficinistas comían ensaladas y sándwiches club con muy buena pinta. Entre los clientes de la barra y el resto parecía existir una línea divisoria tácita, donde las mesas circulares y las sillas representaban una especie de tierra de nadie que bien podría haber estado salpicada de trampas antitanque y alambre de espino.

Delante de mí, el Coleccionista se abría paso con cuidado hacia un reservado al fondo del bar. De la cocina salió una camarera con una enorme bandeja de comida en equilibrio sobre el hombro izquierdo. Si bien no miró al Coleccionista, lo eludió con un amplio rodeo hacia la izquierda que la llevó a describir una trayectoria triangular, aproximándose primero a la barra y encaminándose luego hacia el reservado más cercano a la puerta. De hecho, nadie en el local lo miró siquiera mientras iba de un extremo a otro, y aunque yo no alcanzaba a explicármelo, si alguien me hubiera preguntado, habría dicho que todas aquellas personas hacían como si no lo vieran de manera inconsciente. Algo en ellas percibía su presencia; al fin y al cabo, tenía una copa ante él en el reservado y alguien debía de habérsela servido. Su dinero acabaría en la caja registradora. Un tenue olor a nicotina permanecería en el reservado durante un rato incluso después de marcharse él. Sin embargo, sospechaba que un minuto después de irse, si yo preguntaba por él, todos los presentes en el bar tendrían dificultades para recordarlo. La parte de su cerebro que había percibido su presencia también habría registrado como amenaza incluso el mero recuerdo de él −no, no como amenaza, sino como una especie de contaminante del alma− y se habría dispuesto rápida y eficazmente a borrar todo rastro suyo.

Sentado en el reservado, esperó a que me acercara, y tuve que resistir el impulso de darme media vuelta y alejarme de él hacia la luz del sol. «Fétido.» La palabra me subió a borbotones hasta la garganta como bilis. Casi sentí cómo la articulaban mis labios. «Criatura fétida.»

Y cuando llegué al reservado, el Coleccionista pronunció esa misma palabra.

−Fétido −dijo. Pareció probarla, saborearla como un alimento desconocido, sin saber si le gustaba o no. Al final se tocó la lengua manchada con los dedos amarillentos y se sacó una brizna de tabaco, como si le hubiera dado forma a la palabra y decidido expulsarla. Detrás de él, un espejo reflejaba la calva de su coronilla. La tenía ligeramente achatada, lo que inducía a pensar que en un pasado remoto había recibido tal golpe que le habían fracturado el cráneo. Me pregunté cuándo habría ocurrido; en la infancia, quizá, cuando el cráneo todavía era blando. Entonces intenté imaginar a esa criatura de niño y no pude.

Señaló el asiento frente a él indicándome que me sentara; a continuación levantó la mano izquierda y dio unos tirones al aire con los dedos, como un pescador que prueba la resistencia del cebo en el extremo del sedal. Con este gesto llamó a la camarera, y ésta se acercó al reservado despacio y de mala gana, esforzándose por esbozar una sonrisa pese a la aparente reticencia de los músculos de su cara. No miró al Coleccionista. Procuró mantener la vista fija en mí, incluso volviéndole un poco la espalda como para excluirlo de su visión periférica.

–¿Qué desea? –preguntó. Arrugó la nariz. Tenía las yemas de los dedos blancas por donde sujetaba el bolígrafo. Mientras esperaba mi respuesta, desvió un poco la mirada y la cabeza hacia la derecha. La sonrisa, que pugnaba por seguir viva, empezó a agonizar. El Coleccionista, con la mirada clavada en su nuca, sonrió. Una expresión ceñuda surcó la frente de la camarera. Se apartó el pelo distraídamente. El Coleccionista movió la boca emitiendo una palabra insonora. Yo la leí en sus labios.

«Puta.»

La camarera también movió los labios, formando la misma palabra: «Puta». Después sacudió la cabeza intentando expulsar el insulto como a un insecto que se le hubiera introducido en la oreja.

–No –dijo–. Esto...

–Café –pedí con voz un poco demasiado alta–. Sólo un café.

Mi voz la hizo volver a la realidad. Por un momento pareció a punto de continuar en protesta por lo que había oído, o creía haber oído. Pero se tragó la queja y los ojos se le empañaron por el esfuerzo.

–Café –repitió. Con mano temblorosa lo anotó en su bloc. Parecía al borde del llanto–. Claro, enseguida lo traigo.

Pero yo sabía que no volvería. La vi acercarse a la barra y susurrar algo al camarero. Empezó a desatarse el delantal y se encaminó a la cocina. Debía de haber un lavabo para el personal en la parte de atrás. Se quedaría allí, imaginé, hasta que cesaran las lágrimas y los temblores, hasta que considerara que ya podía salir. Quizás intentara encender un cigarrillo, pero el olor le recordaría al hombre del reservado, el que estaba allí y a la vez no estaba, presente y ausente, un hombre andrajoso que se esforzaba demasiado en pasar inadvertido.

Y cuando llegó a la puerta de la cocina, reunió fuerzas para volverse y mirar directamente al hombre del reservado, y en sus ojos, antes de perderse de vista, se advirtió el brillo del miedo, de la ira y la vergüenza.

–¿Qué le ha hecho? –pregunté.

–¿Hacerle? –Parecía sorprendido de verdad. Habló con una voz inusualmente aterciopelada–. No le he hecho nada. Es lo que es. Es una mujer de moral laxa. Sólo se lo he recordado.

–¿Y eso cómo lo sabe?

–Tengo mis métodos.

–Esa mujer no le ha hecho ningún daño.

El Coleccionista apretó los labios en un gesto de desaprobación.

–Me decepciona usted. Quizá su moral sea tan laxa como la de ella. Si esa mujer me ha hecho daño o no, es intrascendente. Es una puta, ésa es la cuestión, y será juzgada como tal.

–¿Por usted? No creo que sea el más apto para juzgar a nadie.

–No pretendo serlo. A diferencia de usted –añadió con un leve asomo de malevolencia–. No soy juez, sino que aplico la sentencia. No condeno, sino que ejecuto la pena.

–Y guarda los recuerdos de sus víctimas.

El Coleccionista extendió las manos ante mí.

–¿Qué víctimas? Enséñemelas. Exponga ante mí sus huesos.

Aunque ya habíamos hablado antes, ese día me fijé por primera vez en el cuidado con que elegía las palabras, y las extrañas expresiones que intercalaba de cuando en cuando. «Exponga ante mí sus huesos.» Tenía un dejo extranjero, pero era imposible identificarlo. Su acento parecía provenir de cualquier parte y de ninguna, igual que él.

Cerró los puños. Sólo mantuvo extendido el dedo índice.

–Pero usted..., lo olí en mi casa. Noté dónde se habían detenido, usted y los que lo acompañaron.

–Buscábamos a Merrick. –Dio la impresión de que con mi respuesta intentaba justificar la intrusión. Quizá fuera cierto.

–Pero no lo encontró. Por lo que sé, él sí lo encontró a usted. Tiene suerte de estar vivo después de cruzarse con un hombre así.

–¿Me lo mandó usted, como lo mandó a por Daniel Clay y su hija? ¿Como lo mandó a por Ricky Demarcian?

–¿Yo lo mandé a por Daniel Clay? –El Coleccionista se tocó el labio inferior con el dedo índice, simulando una actitud pensativa. Separó un poco los labios, y alcancé a ver sus dientes torcidos, ennegrecidos en las raíces–. Quizá no tenga ningún interés en Daniel Clay ni en su hija. En cuanto a Demarcian..., en fin, la pérdida de una vida es siempre de lamentar, pero en algunos casos menos que en otros. Sospecho que pocos llorarán su ausencia. Sus jefes encontrarán a otro para sustituirlo, y los degenerados se congregarán en torno al nuevo como moscas sobre una herida.

»Pero hablábamos de su intrusión en mi intimidad. Debo admitir que al principio me sentí ofendido. Me obligó a trasladar parte de mi colección. Pero cuando reconsideré el hecho, lo agradecí. Sabía que el destino volvería a unirnos. Se podría decir que nos movemos en los mismos círculos.

–Le debo una por la última vez que coincidimos en uno de esos círculos.

–Se negó usted a darme lo que quería... Mejor dicho, lo que necesitaba. No me dejó otra opción. Así y todo, le presento mis disculpas por el daño que pudiera infligirle. Al parecer, no tuvo consecuencias duraderas.

Era extraño. Tendría que haberme abalanzado sobre él en ese mismo instante. Debería haberle molido a palos en venganza. Quería partirle la nariz y los dientes. Quería derribarlo y hacerle pedazos el cráneo con el tacón de la bota. Quería verlo arder, y ver dispersarse sus cenizas a los cuatro vientos. Quería su sangre en mis manos y mi cara. Quería lamérmela en los labios con la punta de la lengua. Quería...

Me interrumpí. La voz que sonaba en mi cabeza era la mía, y sin embargo era el eco de otra. Un tono sedoso me incitaba.

–¿Lo ve? –preguntó el Coleccionista, sin mover los labios–. ¿Ve lo fácil que sería? ¿Quiere intentarlo? ¿Quiere castigarme? Vamos, adelante. Estoy solo.

Pero era mentira. No era sólo al Coleccionista a quien los demás parroquianos preferían no ver; tampoco querían ver a los otros, si es que eran conscientes de su presencia. Ahora se advertía movimiento entre las sombras, oscuridad sobre luz. Se formaron rostros en los límites de la percepción, y al cabo de un momento desaparecieron, sus ojos negros sin parpadear, sus bocas maltrechas abiertas, las arrugas en la piel una señal de descomposición y oquedad interior. En el espejo vi que unos ejecutivos apartaban sus platos a medio acabar. Uno de los borrachos de media tarde sentados a la barra ahuyentó con la mano una presencia junto a su oreja, espantándola como si hubiera oído el zumbido de un mosquito. Vi moverse sus labios, repitiendo algo que sólo él oía. Le tembló la mano cuando la tendió hacia el vaso; sin acertar a cogerlo con firmeza, se le resbaló entre los dedos y se volcó, y el líquido ámbar se derramó por la madera.

Estaban allí. Los Hombres Huecos estaban allí.

Y aunque hubiera estado solo, que no lo estaba, aunque no se percibiera que unas presencias apenas atisbadas iban tras sus pasos como fragmentos de él, sólo un necio intentaría enfrentarse al Coleccionista. Rezumaba amenaza. Era un asesino, de eso no cabía duda. Un asesino como Merrick, sólo que Merrick segaba vidas por dinero y, ahora, por venganza, sin engañarse nunca con la idea de que sus actos eran correctos o estaban justificados, en tanto que el Coleccionista arrebataba vidas porque se creía autorizado a hacerlo. Lo único que los dos tenían en común era una firme convicción en la futilidad de aquellos a quienes liquidaban.

Respiré hondo. Me di cuenta de que me había echado hacia delante en el asiento. Volví a recostarme e intenté liberar parte de la tensión de hombros y brazos. El Coleccionista casi pareció decepcionado.

–¿Se cree usted buena persona? –preguntó–. ¿Cómo puede diferenciarse el bien del mal si sus métodos son los mismos?

–¿Qué quiere? –pregunté en lugar de contestar.

–Quiero lo mismo que usted: encontrar a los autores de los abusos padecidos por Andrew Kellog y los otros.

–¿Mataron a Lucy Merrick?

–Sí.

–Lo sabe con certeza.

–Sí.

–¿Cómo?

–Los vivos dejan una marca en el mundo, los muertos otra. Es cuestión de aprender a interpretar las señales, como... –buscó el símil apropiado y chasqueó los dedos al encontrarlo–, como escribir en un cristal, como unas huellas dactilares en el polvo.

Esperó a que yo reaccionara, pero lo defraudé.

Y en torno a nosotros las sombras se desplazaban.

–Y se le ocurrió utilizar a Frank Merrick para hacer salir a la luz a los responsables –dije, como si él no hubiera pronunciado esas palabras, como si no pareciera saber cosas de las que era imposible tener conocimiento.

–Pensé que podía ser útil. El señor Eldritch, ni que decir tiene, no estaba muy convencido, pero como buen abogado se atiene a los deseos del cliente.

–Parece que Eldritch tenía razón. Merrick se ha descontrolado.

El Coleccionista lo admitió con un chasquido de la lengua.

–Eso parece. Aun así, todavía no descarto la posibilidad de que me lleve hasta ellos. Pero por el momento hemos dejado de ayudarlo en su búsqueda. Eldritch ya se ha visto sometido a preguntas incómodas por parte de la policía. Eso lo molesta. Ha tenido que abrir un expediente nuevo y, pese a su amor por los papeles, ya tiene expedientes de sobra. A Eldritch le gustan... las cosas viejas.

Saboreó las palabras, como si se enjuagara la boca con ellas.

–¿Busca usted a Daniel Clay?

El Coleccionista esbozó una sonrisa taimada.

–¿Por qué habría de buscar a Daniel Clay?

–Porque varios niños pacientes suyos sufrieron abusos sexuales. Porque es posible que la información que condujo a esos abusos procediera de él.

–Y cree que si lo busco, debe de ser culpable, ¿no es así? Pese a lo mucho que le desagrado, da la impresión de que quizá confía en mi criterio.

Tenía razón. Me inquietó tomar conciencia de ello, pero en esencia su afirmación era una verdad incuestionable. Por alguna razón, yo creía que si Clay era culpable, el Coleccionista estaría buscándolo.

–La pregunta sigue ahí: ¿lo busca?

–No –respondió el Coleccionista–. No lo busco.

–¿Porque no estuvo implicado, o porque ya sabe dónde está?

–Eso es revelar demasiado. ¿Quiere que haga todo el trabajo por usted?

–¿Y ahora qué?

–Quiero que deje en paz a Eldritch. Él no sabe nada que le sea de utilidad, y aunque lo supiera no se lo diría. Por cierto, deseo expresarle lo mucho que lamento lo ocurrido entre Merrick y usted. No fue obra mía. Por último, quería decirle que, en este caso, trabajamos en la misma dirección. Quiero identificar a esos hombres. Quiero saber quiénes son.

–¿Por qué?

–Para que reciban su merecido.

–Los tribunales se ocuparán de eso.

–Yo rindo cuentas ante un tribunal superior.

–No se los entregaré.

Se encogió de hombros.

–Tengo mucha paciencia. Puedo esperar. Sus almas están condenadas. Eso es lo único que importa.

–¿Qué ha dicho?

317

Trazó unas formas en la mesa. Parecían letras, pero de un alfabeto desconocido para mí.

–Ciertos pecados son tan horribles que no hay perdón para ellos. El alma está perdida. Regresa a Aquel que la creó, para que Él disponga de ellas a su voluntad. Lo único que queda es un cascarón vacío, la conciencia caída en desgracia.

–Hueco –dije, y me pareció que algo en la oscuridad reaccionaba a esa palabra, como un perro al oír su nombre en labios de un desconocido.

–Sí –dijo el Coleccionista–. Es una palabra muy acertada.

Miró alrededor, observando aparentemente el local y a los clientes, pero en realidad no se fijó en las personas ni en los objetos sino en el espacio que quedaba entre ellos, detectando movimiento donde sólo tenía que haber quietud, figuras sin forma verdadera. Cuando volvió a hablar, cambió de tono. Parecía pensativo, casi pesaroso.

–¿Y quién ve esas cosas, si es que existen? –preguntó–. Niños sensibles, quizás, abandonados por sus padres y temerosos por sus madres. Santos inocentes en sintonía con esas cosas. Pero usted no es ni lo uno ni lo otro. –De repente volvió la mirada hacia mí y me observó con expresión ladina–. ¿Por qué ve lo que otros no ven? Si yo estuviera en su piel, esas cosas me preocuparían.

Se lamió los labios, pero no se le humedecieron porque tenía la lengua seca. Se le veían muy agrietados en algunas partes, los cortes parcialmente cicatrizados de un rojo más oscuro en contraste con el rosa.

–Hueco. –Repitió la palabra alargando la última sílaba–. ¿Es usted un hombre hueco, señor Parker? Al fin y al cabo, Dios los cría y ellos se juntan. Un candidato adecuado podría encontrar un lugar entre ellos. –Sonrió y se le abrió uno de los cortes en el labio inferior. Una perla roja de sangre asomó fugazmente antes de entrar en su boca–. Pero no, a usted le falta... espíritu, y es posible que otros se adapten mejor al papel. Por sus obras los conoceremos.

Se puso en pie y dejó un billete de veinte dólares en la mesa para pagar su copa. Olía a Jim Beam, pero había permanecido intacta durante toda la conversación.

–Una propina generosa para nuestra camarera –comentó–. Al fin y al cabo, usted parece creer que se lo ha ganado.

–¿Sólo busca a esos hombres? –pregunté. Quería saber si había más y si, quizás, yo estaba entre ellos.

Ladeó la cabeza, como una urraca distraída por un objeto brillante a la luz del sol.

–Yo siempre busco –contestó–. Hay tantas personas de las que ocuparse. Tantas.

Empezó a alejarse.

–Puede que volvamos a vernos, para bien o para mal. Casi es hora de ponerse en marcha, y me inquieta un poco la idea de que acaso usted decida ir pisándome los talones. Lo ideal sería que encontráramos una manera de coexistir en este mundo. Estoy convencido de que es posible llegar a un acuerdo, hacer un trato.

Se dirigió hacia la puerta y las sombras lo siguieron por las paredes. Las vi en el espejo, manchurrones blancos sobre el negro, tal como había visto la cara de John Grady en otro tiempo, gritando en protesta por su condena eterna. Sólo cuando se abrió la puerta y la luz del sol volvió a invadir brevemente el local, vi el sobre que el Coleccionista había dejado en el asiento delante de mí. Lo cogí. Era fino y no estaba cerrado. Lo abrí y miré dentro. Contenía una foto en blanco y negro. La saqué y la puse sobre la mesa cuando se cerró la puerta a mis espaldas, de modo que sólo la luz parpadeante iluminaba la fotografía de mi casa bajo un cielo nublado, con aquellos dos hombres de pie junto a mi coche en el camino de entrada, uno alto, negro y de aspecto severo, el otro, más bajo, sonriente y desgreñado.

Contemplé la imagen por un momento. Luego la guardé otra vez en el sobre y me lo metí en el bolsillo de la chaqueta. Por la puerta de la cocina salió la camarera. Tenía los ojos enrojecidos. Me miró y sentí el aguijón de su vergüenza. Me marché del bar, dejé a Eldritch y su secretaria en su bufete, lleno de papeles viejos y nombres de muertos. Los dejé a todos y no volví.

Mientras yo me dirigía en coche hacia el norte, Merrick siguió con lo suyo. Se acercó a la casa de Rebecca Clay. Más tarde, cuando todo acabó en sangre y pólvora, un vecino recordaría haberlo visto allí, pero de momento pasó inadvertido. Era un don que tenía, la habilidad de confundirse con su entorno cuando era necesario, de no llamar la atención. Vio a los dos hombres corpulentos en su enorme furgoneta, y el coche del tercer hombre aparcado detrás de la casa. En el coche no había nadie, lo que significaba que probablemente el hombre estaba dentro de la casa. Merrick tenía la seguridad de que podía eliminarlo, pero habría ruido y atraería a los otros dos. Tal vez sería capaz de matarlos a ellos también, pero el riesgo era excesivo.

Optó, pues, por la retirada. Al volante de un nuevo coche, robado en el garaje de una casa de veraneo en Higgins Beach, fue hasta un almacén de un ruinoso polígono industrial cerca de Westbrook. Allí encontró a Jerry Legere trabajando solo. Le puso mi pistola en la boca y le comunicó que, cuando la apartase, debía decirle todo lo que su ex mujer le había contado sobre su padre, y todo lo que sabía o sospechaba sobre los incidentes previos a la desaparición de Daniel Clay, o, si no, le volaría la tapa de los sesos. Legere, convencido de que moriría, le habló a Merrick de su mujer, la muy puta. Le endilgó una sarta de fantasías: mentiras y mentiras a medias, falsedades medio creídas y verdades que valían menos que las mentiras.

Pero Merrick no averiguó nada útil a través de él, y no mató al ex marido de Rebecca Clay, porque Legere no le dio motivos para ello. Merrick se marchó en su coche tras dejar a Legere tumbado en el suelo, llorando de vergüenza y alivio.

Y el hombre que observaba desde el bosque lo vio todo y empezó a hacer llamadas.

28

Me dirigía hacia el norte por la Interestatal 95 cuando sonó el teléfono. Era Louis. Al llegar a Scarborough se encontró con que un coche desconocido esperaba en el camino de acceso a mi casa. Después de un par de llamadas, ya no era desconocido.

–Tienes visita –anunció.

–¿Alguien que conocemos?

–No a menos que planees invadir Rusia.

–¿Cuántos?

–Dos.

–¿Dónde?

–Sentados descaradamente en tu jardín. Por lo visto, en ruso no existe la palabra «sutil».

–No les quites el ojo de encima. Te avisaré en cuanto salga de la Carretera 1.

Ya suponía que tarde o temprano vendrían a hacer preguntas. No podían dejar pasar la muerte de Demarcian sin que mi nombre saliera a relucir y sin que fuera objeto de una investigación. Simplemente había albergado la esperanza de haberme marchado antes de que llegasen.

No sabía gran cosa sobre los rusos, excepto lo poco que me había contado Louis en el pasado y lo que había leído en los periódicos. Sabía de su gran influencia en California y Nueva York, donde los principales grupos permanecían en contacto con sus colegas de Massachusetts, Chicago, Miami, Nueva Jersey y otra docena de estados, así como con los de Rusia, para constituir lo que, de hecho, era un enorme sindicato del crimen. Como las propias mafias independientes, parecía poco estructurado, con una escasa organización aparente, pero se creía que eso era una treta para despistar a los investigadores y dificultarles la infiltración en el sindicato. Los soldados de a pie estaban separados de los jefes por estratos intermedios, de modo que quienes se ocupaban de las drogas y la prostitución a nivel callejero prácticamente ignoraban dónde acababa el dinero que ganaban. Es probable que Demarcian apenas hubiese podido decirle algo a Merrick sobre los hombres con quienes trataba más allá de los nombres de pila, y éstos ni siquiera debían de ser auténticos.

Por otra parte, los rusos parecían aceptar que otros se ocuparan del narcotráfico a gran escala, aunque se decía que habían entablado lazos con los colombianos. Preferían sobre todo las estafas a las aseguradoras, la usurpación de identidades, el blanqueo de dinero y el fraude fiscal en la venta de combustible, la clase de complejos delitos difíciles de detectar y enjuiciar para las autoridades. Me pregunté cuántos clientes de las webs porno de Demarcian eran conscientes de a quiénes revelaban los datos de sus tarjetas de crédito.

Me imaginé que sólo pretendían hacer preguntas. Si hubiesen venido por alguna razón más seria, no habrían sido tan tontos de aparcar en el camino de acceso y esperar a que yo llegase. Por otro lado, eso presuponía que les traía sin cuidado que alguien se fijase en el coche, o incluso la presencia de posibles testigos. Los rusos no auguraban nada bueno. Se decía que cuando la Unión Soviética se vino abajo, los italianos enviaron a unos cuantos hombres a Moscú para estudiar las posibilidades de instalarse por la fuerza en el mercado naciente. Echaron un vistazo a lo que ocurría en las calles y se volvieron derechos a casa. Por desgracia, los rusos los siguieron y se unieron a la mafia de Odessa que actuaba en Brighton Beach desde mediados de los setenta, y en el presente los italianos a veces casi parecían escrupulosos en comparación con los recién llegados. Resultaba irónico, pensé, que en último extremo lo que trajo a los rusos a nuestra puerta no fuese el comunismo, sino la fe en el capitalismo. Joe McCarthy debía de estar revolviéndose en su tumba.

Llegué a Scarborough cuarenta minutos después y avisé a Louis por teléfono al pasar por Oak Hill. Me pidió que le diera cinco minutos, así que seguí adelante manteniendo una velocidad de cincuenta kilómetros por hora. Vi el coche en cuanto doblé la curva. Era un enorme Chevrolet 4×4 negro, el tipo de vehículo que normalmente conducían personas que llorarían si se les ensuciaba de verdad. Como para confirmar el estereotipo, el Chevrolet estaba impecable. Después de pasar por delante de mi casa cambié de sentido y aparqué detrás del Chevrolet, en posición transversal, con la puerta del acompañante de ese lado, interceptándole el paso si intentaba salir del camino. Era más grande que el Mustang, y si tenía suficiente potencia marcha atrás, tal vez conseguirían apartar mi coche, pero entonces probablemente se destrozaría la parte trasera de su vehículo. Por lo visto nadie había pensado aún en dotar de protectores traseros a los 4×4, aunque seguramente era sólo cuestión de tiempo. Las dos puertas delanteras del Chevrolet se abrieron y salieron dos hombres. Vestían con la habitual elegancia del matón: cazadoras de cuero negras, vaqueros negros y jerséis negros. Uno de ellos, un hombre calvo con la constitución propia de una muestra arquitectónica del bloque del Este, se llevaba la mano al interior de la cazadora para sacar su arma cuando una voz detrás de él pronunció una sola palabra:

–No.

El ruso se quedó inmóvil. Louis se hallaba a la sombra de la casa, con la Glock en la mano enguantada. Los visitantes se hallaban atrapados entre nosotros dos. Permanecí donde estaba, con mi 9 milímetros desenfundada y apuntándolos.

–Saca la mano de la cazadora –ordené al ruso calvo–. Despacio. Cuando salga, más vale que en tus dedos sólo vea las uñas.

El ruso obedeció. Su compañero ya había levantado las manos. Salí de detrás del coche y avancé hacia ellos.

–Al suelo –dijo Louis.

Obedecieron. A continuación, Louis los cacheó mientras yo los mantenía encañonados. Iban armados con sendas semiautomáticas Colt de 9 milímetros. Louis extrajo los cargadores de las armas y luego comprobó que no llevasen ninguno de reserva. Una vez se hubo asegurado de que estaban vacías, tiró los cargadores entre los matorrales y retrocedió hasta hallarse a una distancia de un par de metros de los dos hombres.

–Arriba, de rodillas –ordené–. Las manos detrás de la cabeza.

Se arrodillaron con cierta dificultad y me miraron con rabia.

–¿Quiénes sois? –pregunté.

No contestaron.

–*Shestyorki* –dijo Louis–. Eso sois, ¿no? Mensajeros.

–*Niet* –respondió el calvo–. *Boyeviki.*

–*Boyeviki,* y una mierda –dijo Louis–. Dice que son soldados. Supongo que hoy día no es fácil conseguir personal de calidad. Éste ni siquiera sabe contestar a una pregunta en inglés. ¿Qué os ha pasado? ¿Os caísteis del barco y os dejaron atrás?

–Yo habló inglés –dijo el ruso–. Yo hablo bien el inglés.

–¿No me jodas? –repuso Louis–. ¿Qué quieres? ¿Una medalla? ¿Una estrella de oro?

–¿Qué habéis venido a hacer aquí? –pregunté, aunque ya lo sabía.

–*Razborka* –contestó–. Queremos..., esto... –Buscó la palabra en inglés–. Una aclaración.

–Pues os daré una aclaración –dije–. No me gusta ver a hombres armados en mi propiedad. Si os pego un tiro ahora, ¿creéis que sería una aclaración suficiente para vuestros jefes?

El pelirrojo miró a su compañero y luego habló.

–Si nos matas, las cosas se pondrán peor. Hemos venido para hablar de Demarcian. –Tenía un inglés mejor que el de su compañero, sólo con un ligerísimo acento. Saltaba a la vista que mandaba él, aunque no le había importado ocultarlo hasta que se puso de manifiesto que su amigo calvo no estaba a la altura de aquella negociación.

–No sé nada de él, salvo que está muerto.

–La policía te interrogó. Corre el rumor de que lo mataron con tu pistola.

–Me robaron la pistola –contesté–. No tengo la certeza de que la usaran para matar a Demarcian. Supongo que es lo más probable, pero no ando prestándola para cometer asesinatos. El hombre que se la llevó la quería a toda costa.

–Ha sido un descuido por tu parte perder el arma –comentó el ruso.

–Como ves, tengo otra. Y si la pierdo, siempre puedo pedirle una a ese amigo mío que está detrás de vosotros. Él dispone de un montón. En cualquier caso, no tengo nada que ver con la muerte de Demarcian, aparte del arma.

–Eso dices tú –replicó el ruso.

–Ya, pero nosotros vamos armados y tú no, así que nuestra palabra gana.

El ruso se encogió de hombros, como si a él todo el asunto le trajese sin cuidado.

–Te creo, pues. Aun así, nos gustaría saber algo del hombre que mató a Demarcian, el Merrick ese. Háblanos de Merrick.

–Haced vosotros los deberes. Si lo queréis, buscadlo.

–Pero creemos que tú también lo buscas. Quieres recuperar tu pistola. Quizá lo encontremos y te la traigamos.

Su compañero calvo ahogó una risita y pronunció una palabra en un susurro, algo parecido a «*frayeri*». Louis reaccionó golpeándolo en la nuca con el cañón de la Glock. No bastó para dejarlo sin sentido, pero cayó de bruces al suelo. Empezó a sangrarle el cuero cabelludo.

–Nos ha llamado mamones –explicó Louis–. Eso no está nada bien.

El pelirrojo no se movió. Se limitó a cabecear con un gesto de manifiesta decepción por la estupidez de su colega.

–Creo que a tu amigo no le caemos muy bien los rusos –observó.

–A mi amigo no le cae bien nadie, pero, según parece, tiene un problema especial con vosotros dos –reconocí.

–Quizá sea racista. ¿Eso eres?

Volvió un poco la cabeza intentando ver a Louis. Había que reconocer que no se dejaba intimidar fácilmente.

–No puedo ser racista, tío –replicó Louis–. Soy negro.

Eso no contestaba del todo a la pregunta del ruso, pero pareció contentarse.

–Queremos a Frank Merrick –prosiguió–. Si nos dijeras lo que sabes, te lo compensaríamos.

–¿Con dinero?

–Claro, con dinero. –Se le iluminó el rostro. Ésa era la clase de negociación que le gustaba.

–No necesito dinero –dije–. Ya tengo de sobra. Lo que necesito es que cojas a tu amigo y os marchéis de aquí. Está manchándome el camino de sangre.

El ruso pareció lamentarlo sinceramente.

–Es una pena.

–No te preocupes, ya se limpiará.

–Me refiero al dinero.

–Ya, bueno. Levántate.

Se puso en pie. Detrás de él, Louis examinaba el interior del Chevrolet. Encontró una pequeña H&K P7 en la guantera, y una escopeta táctica, una Benelli M1 con empuñadura de pistola y miras holográficas ajustables de uso militar, en un compartimento oculto debajo del asiento trasero. También las descargó y luego abrió el portón de atrás, limpió sus huellas de las armas y las metió bajo el revestimiento gris del maletero.

–Volved a Boston –ordené–. Aquí ya hemos terminado.

–¿Y qué les digo a mis jefes? –preguntó el ruso–. Alguien debe rendir cuentas por lo que le pasó a Demarcian. Nos ha causado muchos problemas.

–Seguro que ya se os ocurrirá algo.

Dejó escapar un profundo suspiro.

—¿Ya puedo bajar las manos?

—Despacio —contesté.

Dejó caer las manos y se inclinó para ayudar a levantarse a su compañero. El calvo tenía la parte posterior de la cabeza bañada en sangre. El pelirrojo examinó a Louis por primera vez. Cruzaron una mirada de respeto profesional. Louis sacó un inmaculado pañuelo blanco del bolsillo de su chaqueta y se lo entregó al ruso.

—Para la cabeza de tu amigo —dijo.

—Gracias.

—¿Sabes qué significa *blat*? —preguntó Louis.

—Claro —contestó el ruso.

—Pues aquí mi amigo tiene *blats* importantes. No olvides decírselo a tus jefes.

El ruso asintió de nuevo. El calvo subió con cuidado al asiento del acompañante y, con los ojos cerrados, apoyó la mejilla izquierda contra el cuero fresco. Su colega se volvió hacia mí.

—Adiós, *volk* —dijo—. Hasta la próxima.

Se subió al Chevrolet y retrocedió por el camino de acceso. Louis lo acompañó al mismo paso, sin dejar de apuntarlo con la Glock en ningún momento. Yo volví al Mustang, lo aparté y me quedé mirando el Chevrolet mientras se dirigía hacia la Carretera 1, con Louis a mi lado.

—Ucranianos —dijo—. Quizá georgianos. No chechenos.

—¿Eso es bueno?

Se encogió de hombros. El gesto parecía contagioso.

—Todos son malos —afirmó—. Sólo que los chechenos son muy malos.

—El pelirrojo no parecía un soldado de a pie.

—Es un lugarteniente, y eso significa que están muy cabreados por lo de Demarcian.

—No parece merecer esa clase de esfuerzo.

—El negocio se resiente. La policía empieza a seguir el rastro a sus clientes, a hacer preguntas sobre fotos de niños. No pueden dejarlo correr.

Pero parecía callarse algo.

—¿Qué más? —insté.

—No lo sé. Es un presentimiento. Preguntaré por ahí a ver qué averiguo.

—¿Volverán?

—Ajá —respondió Louis—. Sería útil encontrar primero a Merrick, conseguir un poco de influencia.

—No pienso entregarles a Merrick.

—Puede que no quede más remedio. —Empezó a encaminarse hacia la casa.

—¿Qué significa *blat?* —pregunté.

—Contactos. Y no de los legales.

—¿Y *volk?*

—En argot es poli o investigador. Una especie de cumplido. —Se guardó la pistola en la funda colgada al hombro—. Literalmente quiere decir «lobo».

29

A media tarde salimos rumbo al norte camino de Jackman. Primero pasamos por Shawmut, Hinckley y Skowhegan, luego por Solon y Bingham, Moscow y Caratunk, por poblaciones sin nombre y nombres sin población, y donde la carretera se ceñía a los meandros y recodos del Kennebec, en cuyas orillas se sucedían hileras de árboles deshojados y el lecho del bosque resplandecía por efecto de las hojas caídas. Paulatinamente, el bosque empezó a cambiar y aparecieron las coníferas, cuyas elevadas copas se recortaban oscuras contra la luz mortecina mientras el viento invernal anunciaba en susurros la promesa de nieve. Y cuando el frío empezara a arreciar, el silencio se adueñaría aún más del bosque al retirarse los animales a hibernar y aletargarse incluso los pájaros para no derrochar energía.

Seguíamos la ruta que había recorrido Arnold en su expedición, Kennebec arriba, hasta Quebec. Sus efectivos, mil doscientos hombres, marcharon desde Cambridge hasta Newburyport; desde allí siguieron por el río en embarcaciones, navegando por el tortuoso cauce del Kennebec hasta Gardinerstown. Donde cambiaron a balsas ligeras, más de doscientas, cada una con capacidad para seis o siete hombres junto con sus provisiones y pertrechos, quizá doscientos kilos en total. Las construyó Reuben Colburn a toda prisa en Gardinerstown con madera verde, y pronto empezaron a hacer aguas y caerse a pedazos, echando a perder las reservas de pólvora, pan y harina de los soldados. Tres compañías bajo el mando de Daniel Morgan partieron en avanzadilla en dirección a la zona donde pasarían del río Kennebec al Dead, conocida como Great Carrying Place. Los otros los iban siguiendo poco a poco, empleando yuntas de bueyes que los colonos les habían prestado para trasladar las balsas y sortear así los rápidos intransitables por encima de Fort Western, subiéndolas con cuerdas por las orillas escarpadas y cubiertas de hielo a la altura de Skowhegan Falls, y la mayoría de los hombres se vieron obligados a ir a pie para aligerar la carga de las embarcaciones hasta que llegaron por fin a los veinte kilómetros de tierra llana y pantanosa de Carrying Place. Los soldados se hundieron en el musgo verde y profundo, que, pese a parecer firme de lejos, resultó ser traicionero al pisarlo, una suerte de espejismo en tierra, de modo que esa forma de locura padecida por los marineros que pasaban demasiado tiempo en el mar, en cuyas alucinaciones veían tierra donde no la había y se ahogaban entre las olas al saltar del barco, encontraba un eco en aquella tierra firme, que era blanda y cedía bajo el peso como el agua. Tropezando con troncos y cayendo en arroyos, despejaron a tiempo un camino a fin de desplazarse por ese terreno, y durante muchos años fue posible distinguir el sendero que abrieron por la diferencia en el color del follaje a ambos lados de la ruta.

Tuve la sensación de que el paisaje eran capas dispuestas una sobre otra, el pasado sobre el presente. Los ríos y los bosques apenas podían separarse de su historia; allí apenas se distinguía entre lo del presente y lo del pasado. Era un lugar donde los fantasmas de los soldados muertos atravesaban los bosques, un lugar donde los apellidos de las familias habían permanecido inalterados, donde la gente conservaba aún la tierra que habían comprado sus tatarabuelos con monedas de oro y plata, un lugar donde los viejos pecados persistían, ya que no se habían producido grandes cambios que borrasen su recuerdo.

Así que ésa era la tierra que había atravesado el ejército de Arnold, equipados los soldados con fusiles, hachas y cuchillos. Ahora otras bandas de hombres armados deambulaban por ese paisaje, añadiendo su clamor al espeluznante silencio del invierno, manteniéndolo a raya con el rugido de sus armas y el gruñido de las furgonetas y los quads con los que se adentraban en ese medio agreste. El bosque era un hervidero de imbéciles vestidos de naranja, ejecutivos de Massachusetts y Nueva York que se tomaban un respiro del campo de golf para acribillar a tiros a alces y osos y ciervos, guiados por lugareños que agradecían el dinero que gastaban los forasteros y a la vez sentían resentimiento por el hecho de necesitarlo para sobrevivir.

Sólo hicimos un alto en el camino, en una casa que era poco más que una choza, con tres o cuatro habitaciones, las ventanas sucias y el interior oculto por cortinas baratas. La mala hierba invadía el jardín. Una puerta del garaje abierta revelaba herramientas oxidadas y pilas de leña. No había ningún coche, porque una de las condiciones de la libertad condicional de Mason Dubus era que no estaba autorizado a conducir vehículos.

Louis esperó fuera. Creo que, quizá, la compañía de Dubus le habría resultado insoportable, porque Dubus era un hombre como los que habían abusado de su querido Ángel, y una de las cosas que Louis más lamentaba era no haber tenido oportunidad de castigar a aquellos que habían dejado tales cicatrices en el alma de su amante. Así que, apoyado contra el coche, me observó en silencio cuando la puerta se entreabrió, sujeta por una cadena, y asomó el rostro de un hombre. Tenía la piel amarilla y los ojos legañosos. Su única mano visible temblaba de manera incontrolable.

–¿Sí? –dijo con voz sorprendentemente firme.

–Señor Dubus, me llamo Charlie Parker. Creo que ya lo han llamado para informarle de que querría hablar con usted.

Entornó los ojos.

–Es posible. ¿Tiene...? ¿Cómo se llama? ¿Un documento de identidad? ¿Una licencia o algo así?

Le mostré mi licencia de investigador privado. La cogió y se la acercó a la cara. Después de examinarla palabra por palabra me la devolvió. Miró por detrás de mí a donde estaba Louis.

–¿Quién es ese otro hombre?

–Un amigo.

–Va a coger frío ahí fuera. Puede pasar, si quiere.

–Creo que prefiere esperar donde está.

–Allá él. Que no diga que no lo he invitado.

La puerta se cerró por un momento y oí el tintineo de la cadena de seguridad al desengancharla. Cuando volvió a abrir, tuve ocasión de ver a Dubus claramente. Aunque encorvado por la edad y las enfermedades, y por los años en la cárcel, todavía se advertía en él un vestigio del hombre grande y fuerte que fue en otro tiempo. Llevaba la ropa limpia y bien planchada. Vestía pantalón oscuro, camisa de rayas azules y una corbata rosa con el nudo apretado. Despedía un aroma a colonia antigua, mezcla de sándalo e incienso. El interior de la casa desmentía cualquier primera impresión producida por el exterior. El suelo de madera resplandecía, y el aire olía a cera de muebles y ambientador. Un pequeño estante en el pasillo contenía libros de bolsillo, y en lo alto se veía un teléfono antiguo con disco giratorio. Por encima, clavado a la pared, colgaba un ejemplar de los «Desiderata», una especie de plan en doce pasos para aquellos que sufren las duras pruebas de la vida moderna. Adornaban el resto de las paredes reproducciones de pinturas en marcos baratos —algunas modernas, algunas mucho más antiguas, y en su mayor parte desconocidas para mí—, aunque saltaba a la vista que las imágenes habían sido elegidas cuidadosamente.

Seguí a Dubus a la sala de estar. También allí estaba todo limpio, pese a que los muebles, viejos y gastados, procedían de tiendas de segunda mano. En un televisor pequeño colocado sobre una mesa de pino daban una telecomedia. Allí pendían más reproducciones en las paredes, así como un par de originales, ambos de paisajes. Uno de ellos me resultó familiar. Me acerqué para examinarlo con más detenimiento. De lejos parecía un bosque, una hilera de árboles verdes con una puesta de sol roja de fondo, pero entonces advertí que uno de los árboles se elevaba por encima de los demás y tenía una cruz en el punto más alto. En el ángulo inferior derecho constaba la firma de Daniel Clay. Era Galaad.

—Me lo regaló él —dijo Dubus. Estaba de pie en el lado opuesto de la sala, manteniendo la distancia entre nosotros. Debía de ser un hábito contraído en sus tiempos en la cárcel; allí uno aprendía a dejar espacio a los demás, pese a ser un lugar tan restringido, o debía atenerse a las consecuencias.

—¿Por qué?

—Por hablarle de Galaad. ¿Le importa que nos sentemos? Enseguida me canso. Tengo que medicarme. —Señaló unos frascos de pastillas en la repisa de la chimenea, donde tres troncos crepitaban y chisporroteaban—. Me adormecen.

Me senté en el sofá frente a él.

—Si quiere café, puedo prepararlo.

—Gracias, pero no hace falta.

—De acuerdo.

Tamborileó con los dedos en el brazo del sillón mientras se le iban los ojos hacia el televisor. Por lo visto, lo había interrumpido mientras veía algún programa. Finalmente pareció resignarse al hecho de que no iba a poder verlo en paz, pulsó un botón del mando a distancia y la imagen se desvaneció.

—¿Y bien? ¿Qué quiere saber? —preguntó—. De vez en cuando viene gente por aquí: estudiantes, médicos. No puede preguntarme nada que no me hayan preguntado ya un centenar de veces.

—Me gustaría saber de qué habló con Daniel Clay.

–De Galaad –respondió–. No hablo de nada más. Antes me hacían pruebas, me daban fotos y cosas así, pero ya no. Supongo que creen que ya saben todo lo que necesitan saber sobre mí.

–¿Y lo saben?

La nuez de Adán se le desplazó visiblemente. Oí el sonido que produjo en el fondo de su garganta. Me observó por un momento, hasta que pareció tomar una decisión.

–No, no lo saben –contestó–. Han oído todo lo que pueden oír. No piense que usted oirá más que ellos.

–¿Qué interés tenía Clay en Galaad? –pregunté. No quería que Dubus se negase a cooperar. Puede que estuviera aletargado por la medicación, pero conservaba la cabeza clara.

–Quería saber qué había ocurrido. Se lo expliqué. No omití nada. No tengo nada que esconder. No me avergüenzo de lo que hicimos juntos. Todo fue... –contrajo el rostro en una expresión de disgusto– malinterpretado, entendido erróneamente. Lo presentaron como algo distinto de lo que fue.

«Lo que hicimos juntos», como si se tratara de una decisión tomada entre los adultos y los niños, tan natural como ir de pesca o a coger moras en verano.

–Murieron niños, señor Dubus.

Asintió con la cabeza.

–Eso no estuvo bien. No tenía que haber sucedido. Aunque eran bebés, y aquí corrían tiempos difíciles. Puede que incluso fuese una bendición lo que les pasó.

–Según tengo entendido, uno murió por las heridas causadas con una aguja de punto. Eso es una manera muy curiosa de definir una bendición.

–¿Acaso me está juzgando, caballero? –Me miró con los ojos entrecerrados, y dio la impresión de que el temblor de las manos era un vano esfuerzo por controlar la ira.

–Eso no me corresponde a mí.

–Exacto. Por eso me llevaba bien con el doctor Clay. Él no me juzgaba.

–¿Le habló alguna vez el doctor Clay de los niños a los que trataba?

–No. –Algo desagradable dio vida a sus facciones por un instante–. Intenté sonsacarle, eso sí. Pero no picó. –Dubus dejó escapar una risa burlona.

–¿Cuántas veces vino aquí?

–Dos o tres, que yo recuerde. También me visitó en la cárcel, pero allí sólo una vez.

–Y fue todo muy formal. Lo entrevistó, y usted habló.

–Exacto.

–Y sin embargo le regaló un cuadro suyo. Me han dicho que no regalaba sus cuadros a cualquiera, que era muy selectivo.

Dubus se revolvió en el sillón. La nuez de Adán empezó a agitarse otra vez en su cuello, y me acordé del obsesivo jugueteo de Andy Kellog con el diente suelto. Ambos eran señales de tensión.

–Puede que mis explicaciones le fueran útiles. Puede que no me viera como un monstruo. Lo he detectado en la cara de su amigo ahí fuera, y lo he detectado en la suya al abrir la puerta. Ha intentado disimularlo con cortesía y buenos modales, pero yo he sabido lo que usted pensaba. Y luego ha entrado aquí y ha visto los cuadros en la pared, y lo limpio y ordenado que está todo. No me revuelco en la mugre, no apesto ni visto ropa sucia y rota. ¿Cree que quiero que la casa, por fuera, tenga el aspecto que tiene? ¿No cree que me gustaría pintarla, repararla un poco? Pues no puedo. Hago lo que es posible aquí dentro, pero nadie está dispuesto a ayudar a un hombre como yo a mantener su casa cuidada. Ya pagué por lo que dijeron que hice, pagué con años de mi vida, y van a hacerme pagar hasta que muera, pero no pienso darles la satisfacción de degradarme. Quien quiera monstruos, que busque en otro sitio.

–¿Era Daniel Clay un monstruo?

La pregunta pareció sumirlo en el silencio. Luego, por segunda vez, detrás de aquella fachada marchita, vi en funcionamiento su inteligencia, esa esencia espeluznante, repulsiva y corrupta que le había permitido hacer lo que había hecho, y justificarlo para sí. Pensé que tal vez fuera eso lo que los niños de Galaad habían vislumbrado cuando se acercaba a ellos y les tapaba la boca con la mano para ahogar sus gritos.

–Tiene usted sus sospechas sobre él, como los demás –dijo Dubus–. Quiere que yo le diga si son verdad, porque si él y yo hubiéramos compartido algo así, si los dos hubiéramos tenido los mismos gustos, quizás yo lo habría sabido, o él se habría abierto conmigo. Porque si eso es lo que piensa, señor Parker, es usted un imbécil. Es usted un imbécil y algún día morirá por su imbecilidad. Yo no tengo tiempo para hablar con imbéciles. ¿Por qué no se marcha ya? Coja esa carretera de ahí fuera, porque sé adónde va. Podría ser que encontrara la respuesta en Galaad. Allí es donde Daniel Clay encontró la respuesta a sus preguntas. Sí, claro que sí, encontró lo que buscaba allí, pero ya nunca más volvió. Más vale que se ande con cuidado, o tampoco volverá usted. Se le mete a uno en el alma, el viejo Galaad.

Había desplegado una amplia sonrisa, el guardián de la verdad de Galaad.

—¿Conoce a un tal Jim Poole, señor Dubus?

Parodió un estado de profunda reflexión.

—Pues, ¿sabe?, creo que sí. Era un imbécil, como usted.

—Desapareció.

—Se perdió. Se lo llevó Galaad.

—¿Eso piensa?

—Lo sé. Da igual dónde esté, o si está vivo o muerto; es un prisionero de Galaad. Si usted pone los pies en Galaad, estará perdido. —Volvió la mirada hacia su interior. Dejó de parpadear—. Se habló de que llevamos el mal a ese lugar, pero ya estaba allí —dijo, y se advirtió cierto asombro en su voz—. Lo sentí en cuanto llegué allí. El viejo Lumley eligió un mal sitio para su refugio. El suelo estaba envenenado, y nosotros también nos envenenamos. Cuando nos fuimos, el bosque, o algo bajo él, lo recuperó.

Dejó escapar una risotada breve y enfermiza.

—Demasiado tiempo solo —dijo—. Demasiado tiempo para dar vueltas a las cosas.

—¿Qué era el Proyecto, señor Dubus?

La sonrisa se apagó.

—El Proyecto. El Hobby. El Juego. Todo significa lo mismo.

—Los abusos a menores.

Negó con la cabeza.

—Puede llamarlo así, pero eso es porque no lo entiende. Es algo hermoso. Eso es lo que intento explicar a quienes vienen aquí, pero no me escuchan. No quieren saberlo.

—¿Le escuchó Daniel Clay?

—Él era distinto. Él lo entendió.

—¿Qué entendió?

Pero Dubus no contestó.

—¿Sabe dónde está Daniel Clay? —pregunté.

Se inclinó.

–¿Quién sabe adónde van los muertos? –repuso–. Vaya al norte y quizá lo averigüe. Empieza mi programa.

Volvió a pulsar el mando a distancia, ajustó el sonido y el televisor cobró vida. Se volvió en su sillón, ya sin mirarme. Salí.

Y mientras nos alejábamos en el coche, vi moverse las cortinas en la ventana de Dubus. Levantó una mano en un gesto de despedida, y supe que en aquella casa limpia y ordenada el viejo se reía de mí.

En los días posteriores, la policía intentaría reconstruir la sucesión de acontecimientos, relacionar un cuerpo con otro, contactos con asesinatos. Durante las últimas horas de su vida, Dubus hizo dos llamadas telefónicas, las dos al mismo número. Después de muerto encontrarían el teléfono móvil junto a su cuerpo. Lo había tenido oculto bajo una tabla suelta debajo de la cama, y para desalentar a sus supervisores de buscar allí, lo tapaba con un orinal medio lleno, cuyo hedor bastaba para asegurar que ningún vigilante quisquilloso se atrevería a mirar allí, aunque a un observador atento le habría llamado la atención que, en una casa por lo demás inmaculada, aquél fuera el único lugar donde el sentido del orden de Dubus parecía haber sucumbido. El teléfono era de prepago y lo habían comprado en un supermercado el mes anterior, pagando en efectivo. No era, supuso la policía, la primera vez que alguien ayudaba de esa manera a Dubus a sortear las restricciones en el uso del teléfono.

Dubus hizo la penúltima llamada de su vida minutos después de que Louis y yo nos marcháramos; luego, cabe suponer, volvió a guardar el teléfono en su escondrijo y siguió viendo la televisión. Pasaron los segundos, en una cuenta atrás hasta el momento en que Mason Dubus abandonara este mundo e hiciera frente a la justicia superior que espera a todos los hombres.

Pero eso aún estaba por venir. De momento, la luz del día había desaparecido. No había luna. Seguimos adelante casi sin hablar. La música sonaba a bajo volumen. En el estéreo del coche, los National cantaban sobre palomas en el cerebro y halcones en el corazón, y yo pensé en los hombres con cabeza de pájaro.

Y a su debido tiempo llegamos a Jackman, y la vieja Galaad se metió en nuestras almas.

Quinta parte

La venganza se revela como su propio ver-
dugo.

John Ford, *The Broken Heart*

30

A menudo se dice que existen dos Maines. Está el Maine de los veraneantes, el Maine de los rollos de langosta y el helado, de los yates y los clubes náuticos, un Maine que ocupa una franja bien definida del litoral –hasta Bar Harbor por el norte–, llena de grandes esperanzas y unos precios inmobiliarios en consonancia, excepto por aquellas poblaciones sin la buena presencia o la buena suerte de atraer los dólares de los turistas, o aquellas que han visto apagarse y morir sus industrias y han quedado aisladas en medio de tanta prosperidad. El resto de Maine alude con desdén a los habitantes de esta región tildándoles de «llaneros» o, en momentos incluso más sombríos, los rechazan por completo llamándolos habitantes del «norte de Massachusetts».

El otro Maine es distinto. Es un Maine compuesto básicamente de bosques, no de mar, dominado por «el Condado», o Aroostook, que siempre ha parecido una entidad separada debido a su vasta extensión, y por nada más. Situado al norte y tierra adentro, es rural y conservador, y en su corazón se extiende el Gran Bosque Septentrional.

Pero ese bosque había empezado a cambiar. Las grandes compañías papeleras, antiguamente el eje de la economía, fueron abandonando poco a poco su posesión del suelo al darse cuenta de que había más dinero en los bienes raíces que en el cultivo y tala de árboles. Plum Creek, la mayor papelera del país, propietaria de casi doscientas mil hectáreas en torno al lago Moosehead, había asignado miles de esas hectáreas a un proyecto urbanístico comercial de gran envergadura que incluiría cámpings, casas, cabañas de alquiler y un polígono industrial. Para la gente del sur representaba la expoliación de la zona de belleza natural más grande del estado, pero para los habitantes del otro Maine significaba puestos de trabajo y dinero y una entrada de sangre nueva en las comunidades moribundas.

La realidad era que la enramada del bosque ocultaba el índice de pobreza en más rápido crecimiento del país. Los pueblos menguaban, las escuelas eran cada vez más pequeñas, y las jóvenes promesas se marchaban a York y Cumberland, a Boston y Nueva York. Cuando cerraron los aserraderos, los empleos bien pagados se sustituyeron por trabajo a cambio del salario mínimo. La recaudación tributaria cayó en picado. La delincuencia, la violencia doméstica y el consumo de estupefacientes aumentaron. Long Pond, en otro tiempo mayor que Jackman, prácticamente había desaparecido con el cierre de su aserradero. En el condado de Washington, al norte, casi a la vista de la zona de veraneo de Bar Harbor, una de cada cinco personas vivía en la indigencia. En Somerset, donde se encontraba Jackman, era una de cada seis, y un flujo constante de gente acudía a los centros de ayuda a la juventud y la familia de Skowhegan en busca de ropa y comida. En algunas partes existía una lista de espera de años para obtener ayudas destinadas al alquiler de una vivienda, en una época en que las ayudas para los alquileres en áreas rurales estaban reduciéndose a un ritmo constante.

Sin embargo Jackman, curiosamente, había prosperado en los últimos años, en parte debido a los acontecimientos del 11 de septiembre. La población había disminuido a pasos agigantados durante la década de los noventa, y la mitad de sus viviendas había quedado desocupada. El pueblo conservaba el aserradero, pero el carácter cambiante del turismo significó que quienes ahora viajaban hacia el norte llegaban en caravanas o alquilaban cabañas y cocinaban ellos mismos, así que dejaban poco dinero en el pueblo. Entonces un día se estrellaron los aviones y de pronto Jackman se encontró en la primera línea de la lucha por asegurar las fronteras nacionales. El Departamento de Protección de Aduanas y Fronteras de Estados Unidos redobló sus efectivos, los precios de los bienes raíces se dispararon y, en conjunto, Jackman disfrutaba ahora de una situación como no la había tenido en mucho tiempo. Pero incluso para lo que era Maine, Jackman seguía siendo un lugar remoto. El juzgado se encontraba en Skowhegan, a noventa kilómetros al sur, y la policía tenía que acudir a Jackman desde Bingham, casi a sesenta kilómetros de distancia. Era, de un modo extraño, un lugar sin ley.

Cuando salíamos de Solon, el Kennebec apareció ante nosotros. Junto a la carretera vimos un cartel. En él se leía: BIENVENIDOS AL VALLE DEL RÍO MOOSE. SI NO SE DETIENEN, SONRÍAN AL PASAR.

Miré a Louis.

340

–No sonríes.

–Eso es porque vamos a detenernos.

Pensé que podía interpretarse de distintas maneras.

No entramos en Jackman aquella noche. En lugar de eso, nos desviamos de la carretera poco antes del pueblo. Había un hotel en una colina, con habitaciones estilo motel, un pequeño bar al lado de la recepción y un restaurante con bancos largos diseñado para dar de comer a los cazadores, que eran su principal razón de ser en invierno. Ángel ya había ocupado su habitación, aunque no se lo veía por ninguna parte. Fui a mi habitación, amueblada con sencillez y provista de una pequeña cocina en un rincón. Había calefacción bajo el suelo. Hacía un calor sofocante y la apagué haciendo caso omiso de la advertencia de que el sistema tardaría doce horas en volver a calentar la habitación al máximo, y después regresé al edificio principal.

Ángel estaba en la barra, con una cerveza delante. Sentado en un taburete leía un periódico. No dio señales de reconocerme pese a que me vio entrar. Había dos hombres a su izquierda. Uno de ellos miró a Ángel y susurró algo a su amigo. Soltaron una risotada desagradable, y algo me dijo que ese intercambio venía produciéndose desde hacía un rato. Me acerqué. El que había hablado era musculoso y quería que la gente lo supiese. Vestía una ajustada camiseta verde y dos tirantes cruzados sostenían unos pantalones impermeables de color naranja. Tenía la cabeza rapada, pero la sombra del nacimiento del pelo, en forma de pico, sobresalía como una flecha sobre su frente. Su amigo era de menor estatura y más pesado, con una camiseta más grande y más holgada para ocultar la tripa. Su barba semejaba un intento poco afortunado de camuflar la debilidad de su mentón. Todo en él expresaba ocultación, la conciencia de sus fracasos. Si bien sonreía, su mirada saltaba inquieta de Ángel a su compañero, como si el placer que le proporcionaba atormentar despreocupadamente a otro estuviera teñido por el alivio de no ser él la víctima esa vez, un alivio condicionado por el hecho de saber que el hombre musculoso podía volverse con idéntica facilidad contra él, y si lo hacía, probablemente no sería la primera vez.

El hombre corpulento golpeteó con el dedo el periódico de Ángel.

–¿Estás bien, amigo? –preguntó.

–Sí, estoy bien –contestó Ángel.

–Por supuesto. –El hombre hizo un gesto obsceno con la mano y la lengua–. Seguro que estás muy bien.

Soltó una estridente carcajada. Su amigo se rió con él, un cachorro ladrando con el perro grande. Ángel no apartó la mirada del periódico.

–Oye, no lo he dicho con mala intención –prosiguió el hombre–. Sólo nos estamos divirtiendo un poco, nada más.

–Ya lo veo –contestó Ángel–. Es evidente que eres de lo más gracioso.

La sonrisa del hombre se apagó cuando el sarcasmo empezó a hacer mella.

–¿Qué quieres decir con eso? –preguntó–. ¿Tienes algún problema?

Ángel bebió un sorbo de cerveza, cerró el periódico y suspiró. Su principal agresor se acercó, y su amigo, que no quiso quedarse atrás, lo siguió. Ángel abrió las manos y les dio unas palmadas en el pecho. El camarero hacía lo posible por mantenerse al margen, pero vi que observaba lo que ocurría por el espejo encima de la caja registradora. Aunque joven, no era la primera vez que veía algo así. Armas, cerveza y el olor de la sangre constituían una combinación perfecta para sacar lo peor de un hombre ignorante.

–No me pongas esa puta mano encima –dijo el primer hombre–. Te he hecho una pregunta. ¿Tienes algún problema? Porque a mí me parece que tienes un problema. Así que contesta, ¿lo tienes o no?

Ángel pareció pensar la respuesta.

–Bueno –dijo–, me duele la espalda, me encuentro en el culo del mundo con una panda de paletos armados, y a veces no sé si estoy con el hombre idóneo.

Se produjo un momento de confusión.

–¿Cómo? –preguntó el grandullón.

Ángel imitó su expresión de desconcierto y de pronto simuló comprender.

–Ah –dijo–. O sea, ¿me preguntas si tengo un problema contigo? –Hizo un gesto con la mano derecha como quitándole importancia–. No tengo el más mínimo problema contigo. Sin embargo, sí es muy posible que mi amigo, el que está detrás de ti, tenga un gran problema contigo.

El grandullón se volvió. Su compinche ya había retrocedido dejando espacio a Louis en la barra.

–¿Qué tal? –dijo Louis, que había entrado en el bar poco después que yo y había adivinado lo que ocurría igual de deprisa. Ahora yo estaba a su lado, pero no cabía duda de que él era la atracción principal.

Los dos hombres examinaron a Louis y sopesaron sus opciones.

Ninguna de ellas pintaba bien. Al menos una implicaba grandes dolores. El macho alfa tomó una decisión, prefiriendo perder un poco de dignidad en lugar de algo que acaso resultara terminal.

–Bien, bien –respondió.

–Pues entonces todos contentos –dijo Louis.

–Eso parece.

–Diría que están a punto de servir la cena.

–Sí, diría que sí.

–Más vale que os pongáis en marcha, pues, no vaya a ser que os quedéis sin vituallas.

–Ya.

Intentó escabullirse rodeando a Louis, pero topó con su amigo regordete, que no se había movido, y se vio obligado a apartarlo de un codazo. Tenía el rostro rojo por la humillación. Su amigo se arriesgó a dirigir una mirada más a Louis y luego se alejó al trote detrás del calvo.

–No está mal este lugar que has elegido para alojarnos –le indiqué a Ángel–. Quizás un poco pasado de testosterona, y podrías tener problemas para llenar tu carnet de baile, pero es muy acogedor.

–Habéis tardado un huevo en llegar –protestó Ángel–. Aquí de noche no hay gran cosa que hacer, ¿sabéis? Y cuando anochece es como si alguien pulsara un interruptor. Ni siquiera hay televisor en la habitación.

Pedimos hamburguesas y patatas fritas y, tras decidir no reunirnos con los grupos de cazadores en la sala contigua, nos sentamos a una mesa junto a la barra.

–¿Has averiguado algo? –pregunté a Ángel.

–He averiguado que nadie quiere hablar de Galaad, eso he averiguado. Lo máximo que he conseguido se lo he sacado a unas viejecitas que cuidan el cementerio. Según ellas, lo que queda de Galaad es ahora propiedad privada. Lo compró un tal Caswell hará quince años, junto con otras veinte hectáreas de bosque alrededor. Él vive cerca. Siempre ha vivido cerca. No recibe muchas visitas. No es un rotario. Me he acercado hasta allí. Había un cartel y una verja con un candado. Por lo visto no le gustan los cazadores, ni los intrusos, ni los vendedores.

–¿Ha estado Merrick aquí?

–Si ha estado, nadie lo ha visto.

–Quizá Caswell sí.

–Sólo hay una manera de saberlo.

–Sí.

Observé a los cazadores mientras comían y localicé a los dos hombres que se habían metido con Ángel. Estaban sentados en un rincón, ajenos a los demás. El grandullón seguía rojo. Aquello estaba lleno de armas, y a eso se unía un público muy macho. No era una buena situación.

–¿Y esos amigos tuyos de la barra? –pregunté.

Ángel asintió.

–Phil y Steve. De Hoboken.

–Creo que sería una buena idea mandarlos a tomar viento.

–Será un placer –dijo Ángel.

–A propósito, ¿cómo sabes sus nombres?

Ángel se llevó las manos a los bolsillos de la cazadora. Las sacó con dos billeteros.

–Los viejos hábitos...

El complejo estaba construido en una hondonada, con el bar y el edificio de recepción en la parte alta, junto a la carretera, y las habitaciones y cabañas al pie de la pendiente. No resultó difícil averiguar dónde se alojaban los dos homófobos, ya que cada huésped debía llevar su llave prendida de un círculo de madera, un anillo de un tronco de árbol pequeño. Mientras provocaban a Ángel, tenían la llave en la barra delante de ellos. Ocupaban la cabaña número catorce.

Dejaron la mesa un cuarto de hora después de acabar de cenar. Por entonces, Ángel y Louis ya se habían ido. Al pasar por mi lado camino de la puerta, ninguno de los dos hombres me miró, pero sentí cómo ardían de ira. Habían bebido siete pintas de cerveza entre los dos durante y después de la cena, y era sólo cuestión de tiempo que decidieran buscar la manera de resarcirse por la derrota sufrida en la barra.

Al anochecer, la temperatura había descendido drásticamente. En los lugares a la sombra, la escarcha de esa mañana aún no se había fundido. Los dos hombres volvieron a toda prisa a su cabaña, el grandullón en cabeza, el más bajo y barbudo detrás. Al entrar se encontraron con que alguien les había desmontado los rifles de caza y esparcido las piezas por el suelo. Las bolsas de viaje estaban al lado de las armas, listas y cerradas.

Justo a su izquierda se encontraba Louis. Ángel se había sentado a la mesa al lado de la estufa. Phil y Steve de Hoboken miraron a los dos hombres de arriba abajo. Phil, el más grande y agresivo, parecía a punto de decir algo cuando vio las pistolas en las manos de los dos visitantes. Cerró la boca.

–¿Sabéis que no existe la cabaña número trece? –preguntó Ángel.

–¿Cómo? –dijo Phil.

–He preguntado si sabéis que no existe la cabaña número trece en este hotel. La numeración salta del doce al catorce, porque nadie quiere ocupar la número trece. Aun así, ésta es la cabaña trece, de modo que en realidad sí que estáis en la número trece, a fin de cuentas, y por eso tenéis tan mala suerte.

–¿Por qué tenemos mala suerte? –preguntó Phil, recuperando su hostilidad natural, reforzada por el enardecimiento del alcohol–. Sólo veo a dos mierdas que se han equivocado de cabaña y han empezado a tontear con quienes menos les conviene. Aquí sois vosotros quienes estáis de mala suerte. No sabéis con quién os la jugáis.

A su lado, Steve desplazaba nervioso el peso del cuerpo de un pie al otro. Pese a las apariencias, tenía inteligencia suficiente, o la cabeza lo bastante clara, para darse cuenta de que no era buena idea irritar a dos hombres armados cuando uno no tenía a mano un arma, o al menos una que pudiera montar a tiempo.

Ángel sacó los billeteros del bolsillo y los agitó en dirección a los dos hombres.

–Sí que lo sabemos –contestó–. Sabemos quiénes sois. Sabemos dónde vivís, dónde trabajáis. Sabemos cómo es tu mujer, Steve, y sabemos que, según parece, Phil está separado de la madre de sus hijos. Qué triste, Phil. Fotos de los niños, pero ni rastro de la mamá. Así y todo, como eres más bien capullo, no se la puede culpar por haberte dado el pasaporte.

»Por otro lado, vosotros no sabéis nada de nosotros salvo que ahora estamos aquí, y tenemos buenas razones para estar ofendidos con vosotros por lo bocazas que sois. Así que os propongo lo siguiente: metéis vuestra mierda en el coche y os volvéis al sur. Phil, mejor que conduzca tu amigo, porque se nota que te has tomado unas cuantas más que él. Cuando hayáis recorrido..., digamos, unos ciento cincuenta kilómetros, paráis y buscáis habitación. Dormís la mona y mañana volvéis a Hoboken. Y ya no nos volveréis a ver. Bueno, probablemente no nos volveréis a ver. Nunca se sabe. A lo mejor un día nos asalta el repentino deseo de visitaros. Igual vamos a ver la casa donde nació Sinatra, y así tenemos una excusa para pasar a saludaros a Steve y a ti. A menos, claro está, que queráis darnos una razón más apremiante para seguiros hasta allí.

Phil hizo un último intento. Su testarudez era casi admirable.

–Tenemos amigos en Jersey –dijo con segundas intenciones.

Ángel pareció realmente desconcertado. Su respuesta, cuando llegó, sólo podía ser de un neoyorquino.

–¿Por qué iba alguien a jactarse de una cosa así? –preguntó–. Además, ¿quién coño quiere ir de visita a Jersey?

–Lo que quiere decir –aclaró Louis– es que tiene determinados amigos en Jersey.

–Ah –dijo Ángel–, ahora caigo. Oye, nosotros también vemos *Los Soprano*. Lo malo, Phil, es que incluso si eso fuera verdad, que me consta que no lo es, nosotros somos la clase de personas a quienes llaman los amigos de Jersey, no sé si lo pillas. Se nota enseguida, si te fijas un poco. Mira, tenemos pistolas. Vosotros tenéis rifles de caza. Vosotros venís aquí a cazar ciervos. Nosotros no hemos venido a cazar ciervos. No se cazan ciervos con una Glock. Con una Glock se cazan otras cosas, pero no ciervos.

Phil encorvó los hombros. Había llegado la hora de aceptar la derrota.

–Vámonos –dijo a Steve.

Ángel les lanzó los billeteros. Louis y él los observaron mientras cargaban las bolsas y las piezas de los rifles, salvo las agujas percutoras, que Ángel había tirado al bosque. Cuando acabaron, Steve ocupó el asiento del conductor y Phil se quedó de pie junto a la puerta del acompañante. Ángel y Louis se apoyaron de forma despreocupada en la baranda de la cabaña, y sólo las armas indicaban que aquello no era un simple cuarteto de conocidos despidiéndose amigablemente.

–Y todo esto porque nos divertimos un poco a tu costa en el bar –reprochó Phil.

–No –corrigió Ángel–. Todo esto porque sois gilipollas.

Phil entró en el coche y se alejaron. Louis esperó a que las luces del vehículo se perdieran de vista y luego, con delicadeza, dio unas palmadas a Ángel en el dorso de la mano.

–Eh –dijo–. Nunca nos llaman de Jersey.

–Lo sé –respondió Ángel–. ¿Por qué íbamos a querer hablar con alguien de Jersey?

Y realizada la tarea, se retiraron a dormir.

31

A la mañana siguiente enfilamos hacia el norte rumbo a Jackman. Tuvimos que detenernos mientras un camión maniobraba en el centro de abastos de Jackman, donde incluso en noviembre las camisetas expuestas colgaban delante como ropa tendida a secar. A un lado había un viejo coche patrulla con un maniquí en el asiento del conductor, que era lo más parecido a un policía que podía verse allí, tan al norte.

–¿Alguna vez han tenido policías aquí? –preguntó Louis.

–Creo que tuvieron a un policía en los sesenta o setenta.

–¿Qué fue de él? ¿Se murió de aburrimiento?

–Supongo que esto es un sitio más bien tranquilo. Ahora hay un alguacil, por lo que sé.

–Seguro que las largas noches de invierno se le pasan volando.

–Eh, una vez hubo un asesinato.

–¿Una vez? –No parecía impresionado.

–En su día fue un caso bastante famoso. Un tal Nelson Bastley, el dueño del Moose River House, recibió un tiro en la cabeza. Encontraron su cuerpo embutido bajo un árbol arrancado.

–Ya. ¿Y eso cuándo fue?

–En 1919. Había por medio contrabando de alcohol, creo recordar.

–¿Me estás diciendo que no ha pasado nada más desde entonces?

–En esta parte del mundo, la mayoría de la gente, por poco que pueda, se lo toma con calma a la hora de morirse –comenté–. Quizás a ti eso te sorprenda.

–Seguramente me muevo en círculos distintos.

–Seguramente. No te gusta mucho la vida en el campo, ¿verdad que no?

–De pequeño ya tuve vida en el campo más que suficiente. Entonces no me gustaba mucho. Dudo que haya mejorado gran cosa desde entonces.

Había asimismo dos dependencias idénticas a los lados del centro de abastos, una encima de la otra. En la puerta de la dependencia superior se leía el rótulo CONSERVADOR. En la puerta de la inferior rezaba LIBERAL.

–Los tuyos –dije a Louis.

–Los míos no. Yo soy un republicano liberal.

–Nunca he acabado de entender qué significa eso.

–Significa que, en mi opinión, la gente puede hacer lo que le venga en gana siempre y cuando no lo haga cerca de mí.

–Pensaba que sería algo más complicado.

–Pues no, es así de simple. ¿Crees que debería entrar y decirles que soy gay?

–Yo que tú ni siquiera les diría que eres negro –sugirió Ángel desde el asiento trasero.

–No juzgues este sitio por ese edificio –dije–. Eso es sólo para dar a los turistas un motivo de risa. Un pueblo pequeño como éste no sobrevive, ni siquiera prospera un poco, si sus habitantes son fanáticos e idiotas. No os llevéis a engaño respecto a ellos.

Asombrosamente, al oír eso los dos callaron.

Más allá del centro de abastos, y a la izquierda, los imponentes campanarios gemelos de la iglesia de San Antonio, construidos con granito autóctono en 1930, se dibujaban contra el cielo de color gris pálido. La iglesia no habría desentonado en una gran ciudad, pero allí, en un pueblo de mil almas, quedaba fuera de lugar. Aun así, para Bennet Lumley supuso un estímulo al crear Galaad: se propuso que el campanario de su iglesia superara incluso al de San Antonio.

Jackman, o Holden, como se conocía originariamente, fue fundado por los ingleses y los irlandeses, y los franceses se unieron a ellos más tarde. El lugar donde estaba el centro de abastos fue parte de una zona llamada Little Canada, y de allí hasta el puente se extendía la parte católica del pueblo, razón por la que San Antonio estaba en el lado este del río. En la otra orilla del puente se encontraba el territorio protestante. Allí estaba la iglesia congregacional, y también los episcopalianos, que eran los protestantes con quienes no estaba mal simpatizar si uno era católico, o eso decía mi abuelo. No sabía cuánto había cambiado ese sitio desde entonces, pero estaba convencido de que la antigua división aún prevalecía, un par de casas arriba o abajo.

La roja estación de tren de Jackman se hallaba junto a las vías que atravesaban el pueblo, pero ahora era propiedad privada. Como el principal puente estaba en obras, tuvimos que dar un rodeo que nos llevó a una estructura provisional y al municipio de Moose River. A la derecha estaba la modesta iglesia congregacional, que tenía la misma relación con la de San Antonio que el equipo local de la liga infantil con los Red Sox.

Al final llegamos al indicador del cementerio de Holden frente al Centro de Actividades al Aire Libre de Windfall, delante del cual se alineaban los autobuses escolares azules, en ese momento vacíos y soñolientos. Una carretera de tierra y grava conducía al cementerio, pero se la veía empinada y resbaladiza a causa del hielo. Así que dejamos el coche en lo alto de la carretera y recorrimos a pie el resto del camino. Discurría entre un estanque helado y un pequeño pantano de castores hasta llegar a las lápidas del cementerio, en una pendiente a la izquierda. Era pequeño y estaba rodeado de una alambrada, provista de una verja sin candado tan estrecha que sólo permitía el paso de una persona. Las tumbas se remontaban al siglo XIX, probablemente a los tiempos en que aquello era todavía un asentamiento de colonos.

Miré las cinco lápidas más cercanas a la verja, tres grandes y dos pequeñas. En la primera se leía HATTIE E., ESPOSA DE JOHN F. CHILDS, y daba las fechas de su nacimiento y su muerte: 11 de abril de 1865 y 26 de noviembre de 1891. A su lado había dos lápidas de menor tamaño; Clara M. y Vinal F. Según la lápida, Clara M. nació el 16 de agosto de 1895 y murió sólo un mes después, el 30 de septiembre de 1895. El tiempo que pasó Vinal F. en esta tierra fue aún más breve: nacido el 5 de septiembre de 1903, el 28 de septiembre ya había muerto. La cuarta lápida pertenecía a Lillian L., la segunda esposa de John y supuestamente madre de Clara y Vinal. Nació el 11 de julio de 1873 y murió menos de un año después que su hijo, el 16 de mayo de 1904. La última lápida era la del propio John F. Childs, nacido el 8 de septiembre de 1860 y fallecido, tras sobrevivir a dos esposas y dos hijos, el 18 de marzo de 1935. Cerca no había ninguna otra lápida. Me pregunté si John F. había sido el último de su estirpe. Aquí, en este pequeño cementerio, la historia de su vida quedaba a la vista en el espacio de cinco losas de piedra labrada.

Pero la lápida que buscábamos se hallaba en el ángulo sur del cementerio. No tenía nombres, ni fechas de nacimiento o defunción. Rezaba sólo: LOS HIJOS DE GALAAD, seguido de las mismas dos palabras talladas tres veces:

y un ruego a Dios para que se apiadara de sus almas. Como niños sin bautizar, al principio debieron de sepultarlos fuera del cementerio, pero saltaba a la vista que en algún momento del pasado se había desplazado discretamente la valla del cementerio en ese rincón, y los hijos de Galaad quedaban ahora dentro del recinto. Decía mucho en favor de los vecinos del pueblo que, en silencio, sin el menor alboroto, hubiesen acogido a esos niños perdidos y les hubiesen permitido descansar en paz dentro del camposanto.

–¿Qué fue de los hombres que hicieron esto? –preguntó Ángel.

Lo miré y vi el dolor grabado en su rostro.

–Hombres y mujeres –lo corregí–. Las mujeres debieron de saberlo y actuar en connivencia, por la razón que fuera. Dos de esos niños murieron por causas desconocidas, pero a uno de ellos lo mataron con una aguja de punto poco después de nacer. ¿Has oído de algún hombre que clave una aguja de punto a un niño? No, las mujeres lo encubrieron, ya fuera por miedo o por vergüenza, o por algún otro motivo. A ese respecto, no creo que Dubus mienta. Nunca se presentaron cargos. Las autoridades examinaron a dos chicas y corroboraron que habían dado a luz hacía poco, pero no había pruebas que relacionasen esos nacimientos con los cadáveres hallados. La comunidad hizo piña y sostuvo que los niños fueron dados en adopción privadamente. Los nacimientos no quedaron registrados en ningún documento, lo que era un delito en sí mismo, pero un delito que nadie tuvo interés en denunciar. Dubus declaró a los investigadores que los niños fueron enviados a algún lugar de Utah. Llegó un coche, dijo, los recogió y desapareció en la noche. Ésa fue la versión, y sólo años después se retractó y afirmó que las madres de las chicas que habían dado a luz habían matado a los recién nacidos. En cualquier caso, alrededor de una semana después de encontrarse los cadáveres, la comunidad ya se había disgregado, y cada cual se había ido por su camino.

–Libres para cometer abusos sexuales en otra parte –añadió Ángel.

No contesté. ¿Qué podía decir, en especial a Ángel, que había sido él mismo víctima de tales abusos, entregado por su padre a hombres

350

que obtenían placer con el cuerpo de un niño? Por eso estaba allí en ese momento, en aquel cementerio frío de un remoto pueblo del norte. Por eso estaban los dos allí, esos cazadores entre cazadores. Para ellos ya no era cuestión de dinero, ni de su propia conveniencia. Eso habría podido ser así en otro tiempo, pero ya no lo era. Ahora estaban allí por la misma razón que yo: porque hacer caso omiso de lo que había sucedido a esos niños en el pasado reciente y lejano, volver la cabeza y mirar en otra dirección porque era más fácil, equivalía a ser cómplice de los crímenes cometidos. Negarse a ahondar sería actuar en connivencia con los culpables.

–Alguien ha cuidado esta tumba –observó Ángel.

Era verdad. No había hierbajos, y el césped había sido cortado para que no tapara la lápida. Incluso las palabras en la piedra habían sido realzadas con pintura negra para que destacaran.

–¿Quién se ocupa de una tumba de hace cincuenta años? –preguntó.

–Quizás el actual dueño de Galaad –contesté–. Vayamos a preguntárselo.

A unos ocho kilómetros por la 201, pasado Moose River y a la altura del término municipal de Sandy Bay, un cartel señalaba la Senda del Monte Pelado, y supe que nos acercábamos a Galaad. Si Ángel no hubiese indagado antes, habría sido difícil encontrar aquel sitio. La carretera que cogimos no tenía nombre. Tan sólo la identificaban un cartel donde se leía PROPIEDAD PRIVADA y, como había dicho Ángel, una lista que enumeraba a aquellos cuya presencia sería especialmente mal recibida. A eso de un kilómetro se alzaba una verja. Estaba cerrada con llave, y la cerca se adentraba en el bosque a ambos lados.

–Galaad está ahí dentro –dijo Ángel señalando al bosque en dirección norte–. Quizás a un kilómetro de aquí o algo más.

–¿Y la casa?

–A la misma distancia, pero siguiendo derecho por el camino. Se ve desde un poco más adelante.

Señaló un sendero de tierra con roderas, paralelo a la cerca hacia el sudeste.

Detuve el coche a un lado del camino. Saltamos la verja y nos adentramos en el bosque.

Al cabo de quince o veinte minutos llegamos al claro.

La mayoría de los edificios seguía en pie. En un lugar donde la madera era el principal material de construcción, Lumley había elegido la piedra para varias casas, tan convencido estaba de que su comunidad ideal perduraría. Las viviendas variaban de tamaño, desde cabañas de dos habitaciones hasta estructuras mayores con capacidad para albergar cómodamente a familias de seis o más miembros. La mayoría se hallaba en un estado ruinoso, y algunas habían sido incendiadas, pero una de ellas parecía restaurada en cierta medida. Tenía techo y barrotes en las cuatro ventanas. La puerta de entrada, una plancha maciza de roble toscamente labrado, estaba cerrada con llave. En total, la comunidad no pudo pasar de la docena de familias en su momento de mayor auge. Existían muchos lugares así en Maine: aldeas olvidadas, pueblos que se habían marchitado y muerto, asentamientos basados en una fe equivocada en un líder carismático. Pensé en las ruinas del Santuario, en Casco Bay, y en Faulkner y su grey asesinada en Aroostook. Galaad era uno más de una larga e ignominiosa serie de proyectos fallidos, condenados al fracaso por hombres sin escrúpulos e instintos viles.

Y por encima de todo asomaba el gran campanario de la iglesia del Salvador, la rival de San Antonio erigida por Lumley. Se habían construido los muros, se había levantado el campanario, pero no llegaron a techarlo, y nadie había rezado entre sus paredes. Era menos un homenaje a Dios que un monumento a la vanidad de un hombre. Ahora el bosque lo había reclamado para sí. Estaba cubierta de hiedra hasta tal punto que se habría dicho que la propia naturaleza la había edificado creando un templo de hojas y zarcillos, con hierba y matojos por suelo y un árbol por tabernáculo, ya que un nogal había crecido en el lugar que correspondía al altar, y tenía las ramas desplegadas y sin hojas como los restos esqueléticos de un predicador trastornado a quien el viento frío había despojado de su carne mientras despotricaba contra el mundo, con los huesos oscurecidos por la acción del sol y la lluvia.

Todo en Galaad reflejaba pérdida y podredumbre y descomposición. Aunque yo no hubiese sabido nada de los crímenes cometidos allí, del sufrimiento padecido por unos niños y las muertes de unos recién nacidos, me habría invadido la misma sensación de malestar y suciedad. Si bien es verdad que había cierta magnificencia en la iglesia a medio construir, carecía de belleza, e incluso la propia naturaleza parecía corrompida en contacto con aquel lugar. Dubus estaba en lo cierto. Lumley había elegido mal el emplazamiento de su comunidad.

Cuando Ángel se dispuso a examinar la iglesia de cerca, lo detuve con un gesto.

−¿Qué pasa? −preguntó.

−No toques ninguna planta −advertí.

−¿Por qué?

−Son todas venenosas.

Y así era: parecía que hasta el último hierbajo infecto, hasta la última flor perniciosa, había arraigado allí, algunos de los cuales no los había visto nunca tan al norte, ni agrupados de esa manera. Había laurel americano, con su corteza en jirones, de color herrumbre, sus flores rosas y blancas salpicadas de rojo como la sangre de insectos, y con unos estambres, ahora ausentes, que respondían al tacto como insectos o animales. Vi raíz de serpiente blanca, todavía en la etapa final de floración, que podía emponzoñar la leche de una vaca si el animal comía la planta, y el veneno era letal para quien la bebiese. Cerca de una ciénaga con hielo en las orillas había matas de cicuta virosa, que con sus hojas dentadas y sus tallos veteados llamaban mucho la atención, siendo cada una de sus partes potencialmente mortífera. Había estramonio, más propio de los campos, y celidonia y ortigas. Hasta la hiedra era venenosa. Allí no acudiría ningún pájaro, pensé, ni siquiera en verano. Sería siempre un paraje silencioso y desolado.

Alzamos la vista para contemplar el enorme campanario, más alto incluso que los árboles que lo rodeaban. Algunas de las lumbreras contemplaban sombrías el bosque entre capas de hiedra, y el hueco vacío concebido para albergar la campana estaba invadido casi por completo de vegetación. No tenía puertas, sino sólo aberturas rectangulares en la base del campanario y a un lado de la iglesia propiamente dicha, y en las ventanas no había cristales. El mero intento de entrar sería exponerse a cortes y erupciones a causa de las malas hierbas y las ortigas que obstruían el paso, si bien advertí, al observar con mayor detenimiento, que aparentemente alguien, en algún momento, se había abierto paso a través de las plantas, ya que éstas eran más altas y espesas a los lados. Al oeste de la iglesia vi los restos de un sendero en el bosque, visible por la ausencia de árboles altos. Por allí habían transportado el material de construcción a través del bosque, pero medio siglo después sólo quedaba una línea divisoria invadida por la maleza.

Nos acercamos a la casa intacta. Hice una seña a Ángel con la cabeza y se puso manos a la obra con la cerradura.

–Hace tiempo que no se abre –comentó.

Sacó del bolsillo de la cazadora una lata pequeña de lubricante, roció la cerradura y probó de nuevo. Al cabo de unos minutos oímos un chasquido. Hizo presión con el hombro y la puerta se abrió con un chirrido.

Tenía dos habitaciones, las dos vacías. El suelo era de cemento, y saltaba a la vista que no formaba parte de la estructura original. El sol, que había luchado durante tanto tiempo para traspasar el cristal mugriento, aprovechó la ocasión brindada por la puerta abierta para bañar de luz el interior, pero no había nada que ver ni iluminar. Louis golpeteó suavemente con los nudillos una de las ventanas.

–Es plexiglás –dijo. Recorrió el contorno del marco con el dedo. Al parecer, en algún momento alguien había intentado desprender el marco del cemento. No había llegado muy lejos, pero las pruebas del intento fallido seguían allí.

Se inclinó hacia el cristal y después, en un intento de ver más claramente algo que había captado con su fina vista, se arrodilló.

–Fijaos en esto –dijo.

Había pequeños arañazos en el ángulo inferior derecho. Acerqué la cabeza para ver qué podían ser, pero fue Ángel quien los descifró primero.

–L.M. –leyó.

–Lucy Merrick –deduje. Tenía que ser eso. No había más marcas ni en las paredes ni en las ventanas. Si las letras hubieran sido grabadas por un niño a modo de diversión, habrían estado acompañadas de otras iniciales, otros nombres, pero Galaad no era un sitio que visitaría una persona sola, no por voluntad propia.

Y en ese momento supe que fue allí adonde habían llevado a Andy Kellog y, más tarde, a la hija de Merrick. Andy Kellog había vuelto trastornado, traumatizado, pero con vida. Lucy Merrick, en cambio, no había regresado. Al instante, el aire de la casa se me antojó viciado y muerto, contaminado por lo que en el fondo de mi alma sabía que había tenido lugar en aquellas habitaciones.

–¿Por qué aquí? –preguntó Louis en un susurro–. ¿Por qué los trajeron aquí?

–Por lo ocurrido aquí antes –contestó Ángel. Tocó con la yema del dedo las marcas de Lucy en el cristal, resiguiendo cada una con delicadeza y ternura en un gesto de evocación. Me acordé de mi propia reacción en el desván de mi casa, al leer un mensaje escrito en el polvo–. El hecho de saber que repetían algo sucedido ya en el pasado, como si continuasen una tradición, provocaban mayor placer.

Sus palabras se hacían eco de lo que había dicho Christian sobre los «aglutinadores». ¿Era eso lo que estaba detrás de la fascinación de Clay por Galaad? ¿Quería recrear lo sucedido medio siglo antes, o ayudó a otros a hacerlo? Por otro lado, acaso su interés no fuera morboso ni lascivo. Quizás él no tuvo la culpa de nada de lo ocurrido, y sólo su curiosidad profesional lo llevó a ese profundo lugar en el bosque, cuyo obsesivo recuerdo plasmó luego en los cuadros que Merrick había destrozado en la pared de Joel Harmon y que Mason Dubus exhibía con orgullo en la suya. Pero cada vez me costaba más creerlo. Si unos hombres habían intentado recrear los crímenes anteriores allí cometidos, quizás habrían buscado a su instigador, Mason Dubus. Tomé conciencia de que seguíamos un camino recorrido antes por Clay, rastreando las huellas que había dejado al desplazarse hacia el norte. Él le había regalado una de sus preciadas obras de arte a Dubus. No parecía un simple gesto de agradecimiento. Se acercaba al respeto, casi al afecto.

Busqué en las dos habitaciones cualquier otra señal de la presencia de Lucy Merrick en la casa, pero no encontré nada. Probablemente en otro tiempo hubo allí colchones, mantas, incluso libros o revistas. Había interruptores en las paredes, pero los portalámparas no tenían bombillas. Vi marcas en el ángulo superior de la segunda habitación, donde debía de haberse colgado una placa de metal o algo parecido, y debajo un agujero limpio. Un orificio más grande en la pared, rellenado después pero con el contorno todavía visible, indicaba el lugar donde en otro tiempo estuvo colocada una estufa, y la chimenea había sido tapiada hacía mucho. Lucy Merrick había desaparecido en septiembre. Allí ya debía de hacer frío. ¿Cómo pudo calentarse si la retuvieron allí? No hallé respuesta. Se lo habían llevado todo y era evidente que aquellas habitaciones no se utilizaban desde hacía años.

–La mataron aquí, ¿no? –preguntó Ángel.

Seguía junto a la ventana, los dedos en contacto con las letras grabadas en el cristal, como si así pudiera entrar en contacto, de algún modo, con la propia Lucy Merrick y darle consuelo, para que, dondequiera que estuviese, supiera que alguien había encontrado las marcas que ella dejó y sentía dolor por ella. Las letras eran pequeñas, casi imperceptibles. Ella no quería que los hombres que la habían secuestrado las viesen. Quizá pensó que le permitirían demostrar su versión cuando la soltaran, ¿o temió acaso, ya en ese momento, que nunca la dejasen en libertad y albergó la esperanza de que esas letras proporcionasen una señal en caso de que alguien se preocupara de averiguar qué había sido de ella?

–No mataron a los demás –dije–. Por eso llevaban máscaras, para poder soltarlos sin preocuparse de que los identificaran. Es posible que se excedieran o que algo se torciera. Por alguna razón murió, y eliminaron toda señal de su presencia aquí; luego cerraron la casa a cal y canto y no volvieron nunca más.

Ángel dejó caer los dedos.

–Caswell, el dueño de estas tierras, debía de saber lo que ocurría.

–Sí –susurré–. Debía de saberlo.

Me volví para marcharme. Louis estaba delante de mí, encuadrado en el umbral de la puerta, una silueta oscura contra el sol de la mañana. Abrió la boca para hablar, pero calló. Los tres habíamos oído nítidamente el ruido. Era el de un cartucho al entrar en la recámara de una escopeta. Siguió una voz. Dijo:

–Eh, al menor movimiento, disparo.

32

Ángel y yo guardamos silencio dentro de la casa, decididos a no movernos ni hablar. Louis se quedó inmóvil en el umbral de la puerta, con los brazos extendidos a los lados para demostrarle al hombre detrás de él que no tenía nada en las manos.

–Ahora fuera, despacio –dijo la voz–. Con las manos en la cabeza. Y los que están dentro que hagan lo mismo. Ustedes no me ven, pero yo los veo a ustedes. Se lo digo ya: a la que uno se mueva, aquí el figurín, con su elegante abrigo, acabará con un agujero donde ahora tiene la cara. Han entrado sin autorización en una propiedad privada. Es posible que además lleven armas. Ni un solo juez del estado me condenará si me obligan a matarlos yendo armados.

Lentamente, Louis se alejó de la puerta y se detuvo con las manos en la nuca, de cara al bosque. A Ángel y a mí no nos quedó más remedio que seguirlo. Intenté localizar la procedencia de la voz, pero cuando abandonamos la protección de la casa, fuera sólo había silencio. A continuación, un hombre salió de un bosquecillo de olmos y clavellinas. Vestía pantalones de camuflaje verdes y una chaqueta a juego, y empuñaba una Browning de calibre 12. Corpulento pero no musculoso, pasaba de los cincuenta años. Tenía la tez pálida y el cabello demasiado largo, desparramado en desaseadas greñas sobre la cabeza como una fregona sucia. Parecía no dormir bien desde hacía mucho tiempo. Los ojos casi se le caían de la cabeza, como si no soportaran la presión dentro del cráneo, y tenía las cuencas tan enrojecidas que la piel parecía desprenderse de la carne. Pústulas recientes salpicaban sus mejillas, barbilla y cuello, con puntos rojos allí donde se había cortado al afeitarse.

–¿Quiénes son ustedes? –preguntó. Sostenía la escopeta con firmeza, pero le temblaba la voz como si sólo pudiera proyectar aplomo con el cuerpo o con la voz, pero no con los dos simultáneamente.

—Cazadores —contesté.

—¿Ah, sí? —Soltó una risa burlona—. ¿Y qué cazan sin rifles?

—Hombres —se limitó a contestar Louis.

Se abrió otra grieta en la fachada de aquel individuo. Imaginé la piel resquebrajándose bajo su ropa en un sinfín de pequeñas roturas, como una muñeca de porcelana a punto de romperse en mil pedazos.

—¿Es usted Caswell? —pregunté.

—¿Quién quiere saberlo?

—Me llamo Charlie Parker. Soy investigador privado. Éstos son mis colegas.

—Soy Caswell, sí. Y éstas son mis tierras. No se les ha perdido nada aquí.

—Al contrario, aquí se ha perdido algo muy importante, y por eso hemos venido.

—Pues si es así, vayan a la oficina de objetos perdidos.

—Queríamos hacerle unas preguntas.

Caswell levantó ligeramente el cañón de la escopeta y descerrajó un tiro. La bala pasó a cierta distancia por encima de nuestras cabezas; así y todo, me encogí. Volvió a cargar y el ojo del arma, imperturbable, concentró de nuevo su atención en nosotros.

—Creo que no me han oído. No están en situación de hacer preguntas.

—Hable con nosotros o hable con la policía. Usted mismo.

Caswell apretó la empuñadura de la escopeta.

—¿Qué coño quiere decir con eso? Yo no tengo ningún problema con la policía.

—¿Ha reparado usted esta casa? —Señalé el edificio a nuestras espaldas.

—Y si la he reparado, ¿qué? Son mis tierras.

—Resulta un tanto extraño reparar una casa en ruinas en una aldea abandonada.

—Ninguna ley lo prohíbe.

—No, supongo que no. Pero quizá sí haya una ley contra lo que ocurrió aquí dentro.

Estaba corriendo un riesgo. Caswell podía dispararnos sólo por provocarlo, pero dudaba que fuera a hacerlo. No parecía esa clase de persona. Pese a la escopeta y la ropa de camuflaje, tenía su lado tierno, como si alguien hubiera dado un arma a un muñeco de mazapán.

—No sé a qué se refiere —dijo, pero se alejó un paso de nosotros.

—Hablo de lo sucedido en Galaad —mentí— y de los niños asesinados.

Al igual que en una pantomima, una curiosa gama de emociones se desplegó en el rostro de Caswell. Primero sorpresa, después miedo, seguido de la lenta toma de conciencia de que yo me refería al pasado remoto, no cercano. Observé con satisfacción cómo intentaba en vano disimular su alivio. Lo sabía. Sabía lo que le había pasado a Lucy Merrick.

—Ah, sí —dijo—. Imagino que sí. Por eso intento mantener a la gente alejada de aquí. Nunca se sabe a qué clase de individuos podría atraer.

—Claro —convine—. ¿Y qué clase de individuos podría ser?

Caswell no fue capaz de contestar a la pregunta. Se había acorralado a sí mismo, y ahora se proponía salir del atolladero a fuerza de baladronadas.

—Individuos, sin más —contestó.

—¿Por qué compró esto, señor Caswell? Es un poco raro, después de todo lo ocurrido aquí.

—No hay ninguna ley que prohíba comprar propiedades. He vivido aquí toda mi vida. Las tierras me salieron baratas gracias a su historia.

—¿Y su historia no le preocupó?

—No, no me preocupó en lo más mínimo. Y ahora...

No lo dejé acabar.

—Era pura curiosidad, porque es evidente que algo le preocupa. Tiene mala cara. Para serle sincero, se le ve un tanto tenso. De hecho, parece claramente asustado.

Había dado en el blanco. La verdad de mis afirmaciones se puso de manifiesto en la propia reacción de Caswell. Las pequeñas grietas se abrieron más y se hicieron más profundas, y la escopeta se inclinó ligeramente hacia el suelo. Percibí que Louis contemplaba sus opciones, tensando el cuerpo a la vez que se preparaba para atacar a Caswell.

—No —susurré, y Louis se relajó sin cuestionarlo.

Caswell fue consciente de la impresión que causaba. Se irguió y, tras llevarse la culata al hombro, apuntó. La varilla dentada que recorría el cañón de la Browning de un extremo a otro parecía el lomo erizado de un animal. Oí que Louis dejaba escapar un suave silbido, pero Caswell ya no me preocupaba. Era pura fachada.

—No le tengo miedo —dijo—. No se lleve a engaño.

–Entonces, ¿a quién le tiene miedo?

Caswell cabeceó para sacudirse las gotas de sudor de las puntas del pelo.

–Creo que será mejor que usted y sus «colegas» vuelvan a su coche. De camino mantengan las manos en la cabeza, y no vuelvan por aquí. Éste es el primer y último aviso.

Esperó a que nos pusiéramos en marcha y empezó a retroceder hacia el bosque.

–¿Ha oído hablar de Lucy Merrick, señor Caswell? –pregunté. Me detuve y miré por encima del hombro sin apartar las manos de la cabeza.

–No –respondió. Hizo una pausa antes de volver a hablar, como si intentara convencerse de que ese nombre no había sido pronunciado en voz alta–. Nunca he oído ese nombre.

–¿Y el de Daniel Clay?

Negó con la cabeza.

–Lárguese de una vez. No tengo nada más que decir.

–Volveremos, señor Caswell. Creo que ya lo sabe.

Caswell no respondió. Siguió retrocediendo, adentrándose más y más en el bosque, sin importarle ya si nos movíamos o no, intentando sólo poner la mayor distancia posible entre nosotros y él. Me pregunté a quién llamaría Caswell en cuanto regresara a la seguridad de su casa. Ya daba igual. Estábamos cerca. Por alguna razón, Caswell se desmoronaba y yo tenía la firme intención de acelerar el proceso.

Esa tarde conseguí entablar conversación con el camarero del hotel, el que había presenciado el altercado entre Ángel y los hombres de Nueva Jersey. Respondía al curioso nombre de Skip, contaba veintidós años y hacía un curso de posgrado sobre planificación y desarrollo comunitario en la Universidad del Sur de Maine. El padre de Skip era uno de los dueños del establecimiento, y el muchacho me explicó que trabajaba allí en verano y siempre que podía en la temporada de caza. Pensaba encontrar un empleo en el condado de Somerset en cuanto acabara los estudios. A diferencia de los demás chicos de su edad, no quería marcharse. En lugar de eso, esperaba encontrar una manera de convertir aquello en un sitio mejor donde vivir, aunque era lo bastante inteligente como para darse cuenta de que actualmente la región lo tenía todo en contra.

Skip me contó que la familia de Caswell vivía en esa zona desde hacía tres o cuatro generaciones, pero siempre habían sido pobres de solemnidad. A veces Caswell trabajaba de guía durante la temporada turística, y el resto del año se ganaba la vida haciendo chapuzas, pero con el paso de los años había ido dejando el trabajo de guía, si bien aún lo llamaban cuando se requería alguna reparación en las casas de la zona. Cuando compró la finca de Galaad, la pagó sin pedir un crédito al banco. Pese a lo que nos había dicho, no la adquirió precisamente a bajo coste, si bien su historia no la convertía en la más atractiva de las propiedades, y costaba más dinero del que cabía esperar que Otis Caswell pudiera reunir; aun así, no había discutido el precio ni intentado regatear con el agente inmobiliario, que la vendía en nombre de los descendientes del difunto Bennet Lumley. Desde entonces, había colocado carteles de PROHIBIDO EL PASO y se había mantenido al margen del mundo. Allí nadie lo molestaba. Nadie tenía motivos para hacerlo.

Había dos posibilidades, y ninguna de las dos inducía a pensar bien de Caswell. La primera era que alguien le había entregado el dinero para la compra a fin de mantener en secreto su propio interés en esas tierras, y que Caswell hizo la vista gorda respecto al uso que se dio a la casa reformada. La otra posibilidad era que hubiese participado activamente en lo que allí ocurrió. En cualquiera de los dos casos, sabía más que suficiente para merecer nuestra perseverancia. Encontré su número en el listín telefónico de la zona y lo llamé desde mi habitación. El timbre no sonó siquiera dos veces.

—¿Esperaba una llamada, señor Caswell? —pregunté.

—¿Quién es?

—Ya nos hemos conocido. Soy Parker.

Colgó. Volví a marcar. Esta vez el teléfono sonó tres o cuatro veces antes de que contestara.

—¿Qué quiere? Ya se lo he dicho: no tengo nada de que hablar con usted.

—Creo que ya sabe lo que quiero, señor Caswell. Quiero que me cuente qué sucedió en esa casa vacía con las ventanas de plexiglás y la puerta reforzada. Quiero que me hable de Andy Kellog y Lucy Merrick. Si lo hace, quizá pueda salvarlo.

—¿Salvarme? ¿Salvarme de qué? ¿De qué habla?

—De Frank Merrick.

Se produjo un silencio al otro lado de la línea.

—No vuelva a llamar a este número —dijo Caswell—. No conozco a ningún Frank Merrick, ni ninguno de los otros nombres que ha mencionado.

—Va a venir, Otis. Más le vale creerme. Quiere saber qué le pasó a su hija, y no será tan razonable como mis amigos y yo. Creo que sus compinches van a dejarlo a usted en la estacada, Otis, van a abandonarlo en manos de Merrick. O tal vez decidan que usted es el eslabón débil y le hagan lo que le hicieron a Daniel Clay.

—Nosotros no... —empezó a decir Caswell, y se interrumpió de pronto.

—¿No qué, Otis? ¿No le hicieron nada a Daniel Clay? ¿No lo mataron? ¿Por qué no me lo cuenta?

—Váyase a la mierda —dijo Caswell—. Váyase a la puta mierda.

Colgó. Cuando llamé por tercera vez, no descolgó. El teléfono siguió sonando y sonando y me imaginé a Otis Caswell en su mísera casa tapándose los oídos con las manos, hasta que el timbre dio paso a la señal de ocupado cuando desconectó el aparato de la toma.

Cayó la noche. Nuestro encuentro con Caswell señaló el principio del fin. Unos hombres se dirigían hacia el noroeste, Merrick entre ellos, pero la arena que representaba el tiempo que les quedaba de vida caía lentamente, no por el cuello del proverbial reloj de arena, sino por el hueco formado entre su dedo meñique y la palma de su propia mano, cerrada en un puño. Al empezar a preguntar sobre Daniel Clay había abreviado su existencia. Había abierto las manos y aceptado la arena, consciente de que sería incapaz de retenerla por mucho tiempo, de que a partir de ese momento se le escurriría entre los dedos mucho más deprisa. Su única esperanza era vivir lo suficiente para descubrir la última morada de su hija.

Así, al oscurecer, Merrick se encontró en el Refugio de Old Moose. El pintoresco nombre evocaba suelos de madera, cómodas butacas, hospitalarios anfitriones de Maine dando la bienvenida a los huéspedes, un buen fuego de leña en el vestíbulo, habitaciones que conseguían mantenerse limpias y de aspecto moderno a la vez que nunca perdían sus raíces rústicas, y desayunos a base de jarabe de arce, beicon y tortitas, servidos por jóvenes risueñas en mesas con vistas a plácidos lagos y kilómetros de pinares.

La realidad era muy distinta. Nunca se había alojado nadie en el

Refugio de Old Moose, o al menos no para acostarse en una cama. En el pasado, los hombres podían dormir la borrachera en una habitación de atrás, pero se echaban en el suelo tan aturdidos por el alcohol que la comodidad les preocupaba menos que encontrar un lugar donde yacer en posición horizontal y dejarse envolver por la anhelada inconsciencia. Ahora les habían retirado incluso esa pequeña concesión por miedo a perder la licencia de venta de alcohol, cuya renovación alimentaba anualmente las especulaciones del periódico local y de la mayoría de la población, si se descubría que los borrachos lo empleaban como dormitorio. Aun así, la impresión creada por su nombre no era del todo falsa.

Sí tenía el suelo de madera.

Merrick estaba sentado tranquilamente al fondo del bar, de espaldas a la puerta pero con un espejo en la pared delante de él que le permitía ver a quienes entraban sin que pudieran localizarlo de inmediato. Aunque hacía calor, y él sudaba profusamente, no se quitó el grueso abrigo de ante de color tostado. En parte le permitía tener la pistola en el bolsillo al alcance de la mano. Por otro lado, ocultaría la herida del costado, que había empezado a sangrar otra vez, si se le empapaba la venda y la camisa.

Había matado a los rusos un poco más allá de Bingham, donde Stream Road se desviaba de la 201 y discurría junto al Austin Stream hacia el municipio de Mayfield. Ya sabía que aparecerían. El asesinato de Demarcian por sí solo tal vez hubiera bastado para atraerlos, pero también había otros motivos para que le tuvieran rencor, y que estaban relacionados con un par de encargos a principios de los noventa, uno en Little Odessa y el otro en Boston. Le sorprendía que no hubieran actuado contra él en la cárcel, pero Supermax, aislándolo, lo había protegido, y su reputación se había ocupado del resto. Después de la muerte de Demarcian debía de haber corrido la voz. Se habrían hecho llamadas, solicitado favores, saldado deudas. Quizá no debería haber matado a Demarcian, pero aquel hombrecillo con el brazo seco le había inspirado repugnancia, y era un eslabón en la sucesión de acontecimientos que le habían arrebatado a su hija. Al menos en eso el abogado Eldritch tenía razón. Si el precio por la muerte de Demarcian era otras muertes, Merrick estaba dispuesto a pagarlo. No le impedirían llegar a Galaad. Allí hallaría las respuestas que buscaba, no le cabía la menor duda.

Se preguntaba cómo lo habían encontrado los rusos tan pronto.

Al fin y al cabo, había cambiado de coche, y sin embargo allí estaban, aquellos dos hombres en su 4×4 negro. Merrick pensó que quizá no debería haber dejado vivo al ex marido de Rebecca Clay, pero Merrick no mataba a nadie sin motivo, y por lo que había visto, Legere no sabía nada. Ni siquiera su ex mujer había confiado en él lo suficiente como para compartir información sobre su padre.

Pero Merrick estaba convencido de que, casi desde el inicio de su búsqueda, alguien lo seguía y observaba cada uno de sus movimientos. Pensó en el viejo abogado en su despacho lleno de papeles, y en su benefactor invisible, el misterioso cliente que había dado orden a Eldritch de ayudarlo, que había proporcionado financiación, un sitio donde esconderse e información. El abogado nunca había dado una explicación satisfactoria sobre su predisposición a ayudar a Merrick, y la desconfianza de Merrick había ido en rápido aumento empujándolo a distanciarse del anciano en cuanto pudo, excepto por su reciente y breve detención. Sin embargo, incluso después de eso, cuando procuraba borrar sus huellas, había ocasiones en que se sentía observado, unas veces en medio de una multitud, intentando perderse en unas galerías comerciales o un bar, y otras veces estando solo. En cierta ocasión le pareció ver a un hombre, una figura andrajosa, con un viejo abrigo negro, que lo examinaba pensativamente a través de una nube de humo de tabaco, pero cuando intentó seguirlo, el hombre se había esfumado, y Merrick no volvió a verlo.

Luego estaban las pesadillas. Habían empezado en el escondite, poco después de que Eldritch le proporcionara el coche y el dinero: visiones de criaturas pálidas, consumidas, con las cuencas de los ojos negras, las bocas contraídas, sin labios, vestidas con abrigos sucios de color tostado, viejos impermeables con manchas parduzcas en el cuello y las mangas. Merrick se despertaba en la oscuridad, y en ese momento entre el sueño y la vigilia pensaba que casi las veía apartarse, como si hubieran estado inclinadas sobre él mientras dormía, sin que saliera aliento de sus bocas, sino sólo un olor rancio de algo viejo y ponzoñoso arraigado en lo más hondo de ellas. Desde que había abandonado el escondite, las pesadillas eran menos frecuentes, pero todavía alguna noche afloraba de las profundidades del sueño con un escalofrío en la piel y cierto hedor en el aire que no había percibido antes de cerrar los ojos.

¿Acaso Eldritch, por considerar a Merrick un lastre, había revelado a los rusos su paradero con la ayuda del otro, el hombre andrajoso del abrigo negro? ¿Eran este hombre y el cliente de Eldritch la misma persona? Merrick no lo sabía, y ya no importaba. Todo se acercaba a su final, y pronto encontraría la paz.

Los rusos habían sido descuidados. Los había visto por el espejo retrovisor cuando estaban tres o cuatro coches por detrás, acercándose a veces si existía el riesgo de perderlo de vista. En una ocasión se había detenido para ver si lo adelantaban y eso habían hecho, manteniendo la mirada fija al frente y resueltamente ajenos a él cuando desplegó un mapa sobre el volante y simuló seguir una ruta con el dedo, siendo el tráfico de camiones demasiado intenso para atacarlo en el lugar donde se paró. Él los había dejado pasar, y se puso otra vez en marcha transcurridos unos minutos. Los vio por delante rezagándose en el carril de la derecha con la esperanza de que él los alcanzara, y no los defraudó. Después de dos o tres kilómetros dobló por Stream Road, y allí encontró un camino de tierra idóneo para sus intenciones. Continuó adelante cerca de dos kilómetros, dejando atrás cabañas abandonadas a cierta distancia del camino, una caravana de doble ancho y coches inmovilizados sobre llantas sin neumáticos, hasta que incluso esas humildes muestras de presencia humana desaparecieron y el camino se hizo aún más escabroso, provocando un incesante traqueteo en el automóvil y causándole un dolor en la columna vertebral. Cuando sólo veía bosque por delante y por detrás, al norte y al sur, al este y al oeste, apagó el motor. Los oyó acercarse. Salió del coche y, sin cerrar la puerta, se adentró entre los árboles y desanduvo el camino hasta que aparecieron los rusos. Se detuvieron cuando llegaron al coche abandonado. Merrick imaginó la conversación que se desarrollaba dentro del vehículo. Habrían caído en la cuenta de que les había tendido una trampa. La única duda ahora era cómo escabullirse al mismo tiempo que liquidaban a Merrick y se aseguraban su propia supervivencia. Agazapado entre los matorrales, Merrick vio que el que ocupaba el asiento del acompañante, el pelirrojo, miraba por encima del hombro. No tenían muchas opciones. Podían echar marcha atrás e irse con la esperanza de atraparlo cuando huyese a pie o en coche; o bien podían apearse, uno por cada lado, e intentar darle caza. El momento de máxima vulnerabilidad sería cuando abriesen las puertas, pero su razonamiento sería que si él les disparaba, como mucho heriría a uno de los dos, eso con suerte, y de ese modo revelaría su posición.

Al final, Merrick no esperó a que abrieran las puertas. En cuanto el pelirrojo apartó la mirada, Merrick salió de entre los matorrales y empezó a disparar a través de la luna trasera; una, dos, tres veces, y al hacerse añicos el cristal vio un salpicón de sangre en el parabrisas y al conductor desplomarse de lado. Su compañero abrió la puerta de su lado y se echó cuerpo a tierra disparando a Merrick mientras avanzaba, puesto que ya no tenía sentido retroceder. Merrick sintió un tirón en el costado y un hormigueo seguido de un dolor feroz y lancinante; aun así, avanzó sin dejar de disparar y experimentó una repentina satisfacción cuando el cuerpo del segundo ruso se sacudió en el suelo y cesó el tiroteo.

Se acercó lentamente a la figura desmadejada en el suelo notando la sangre que manaba de su costado y le empapaba la camisa y el pantalón. Apartó con el pie la pistola del ruso y se detuvo a su lado. El pelirrojo yacía de costado contra la rueda posterior derecha. Tenía una herida bajo el cuello y otra casi en el centro del pecho. Aunque apenas abría los ojos, aún respiraba. Ahogando una exclamación por el dolor de su propia herida, Merrick se agachó, alcanzó la Colt del ruso y le registró los bolsillos de la cazadora hasta que encontró un billetero y un cargador de reserva para la pistola. En el carnet de conducir constaba que se llamaba Yevgueni Utarov. El nombre no le decía nada.

Merrick se hizo con los 326 dólares, se los guardó en el bolsillo y tiró el billetero en el regazo del moribundo. Escupió en el suelo y comprobó satisfecho que el esputo no contenía sangre. Sin embargo estaba irritado consigo mismo por haber permitido que lo hirieran. Era la primera vez en muchos, muchos años que lo alcanzaba una bala. Aquello parecía un recordatorio del lento paso del tiempo, de su edad y su inminente mortalidad. Se tambaleó un poco. El movimiento distrajo al hombre llamado Yevgueni de su propia muerte. Abrió los ojos e intentó decir algo. Merrick permaneció inmóvil ante él.

–Dame un nombre –dijo–. Todavía te queda tiempo. De lo contrario te dejaré morir aquí. Será lento, y ese dolor que sientes irá a más. Dame un hombre y te facilitaré las cosas.

Utarov susurró algo.

–Levanta la voz, vamos –instó Merrick–. No pienso agacharme para oírte.

Utarov volvió a intentarlo. Esta vez la palabra chirrió en lo más hondo de su garganta como la hoja de un cuchillo al afilarla contra una piedra rugosa.

–Dubus –dijo.

Merrick descerrajó dos tiros más al ruso en el pecho y se alejó a trompicones dejando un rastro de sangre en el camino, como moras aplastadas. Se apoyó en su coche y se desnudó de cintura para arriba dejando la herida a la vista. Era profunda y la bala seguía alojada en la carne. En el pasado, conocía a hombres a quienes podía acudir en tales circunstancias, pero ya habían desaparecido todos. Se ató la camisa en torno a la cintura para restañar la hemorragia; luego se puso la cazadora y el abrigo sobre el torso desnudo y subió al coche. Volvió a esconder la Smith 10, ya con sólo tres balas, bajo el asiento del conductor y se guardó la Colt en el bolsillo del abrigo. Maniobrar el coche para enfilar en dirección a la carretera fue un suplicio, y tuvo que recorrer el sendero apretando los dientes para no oírse gritar, pero lo consiguió. Al cabo de cinco kilómetros encontró la consulta de un veterinario, y allí obligó al anciano cuyo nombre constaba en el letrero de la entrada a extraerle la bala mientras lo mantenía encañonado. No se desmayó del dolor, pero poco le faltó.

Merrick sabía quién era Dubus. En cierto modo, todo había empezado con él la primera vez que forzó a un niño. Había llevado sus apetitos consigo a Galaad, y desde allí se habían propagado. Merrick acercó la pistola a la cabeza del veterinario y preguntó si sabía dónde vivía Mason Dubus, y el anciano se lo dijo, puesto que Dubus era muy conocido en la región. Merrick encerró al veterinario en el sótano con dos botellas de medio litro de agua y un poco de pan y queso para que no pereciese de hambre y sed. Prometió al veterinario que avisaría a la policía en menos de veinticuatro horas. Hasta entonces tendría que entretenerse como buenamente pudiera. Encontró un frasco de Tylenol en un botiquín y se apropió de unos cuantos rollos de vendas limpias y de unos pantalones del armario del anciano. Acto seguido se marchó y siguió su camino, pero le costaba conducir. No obstante, el Tylenol mitigaba un poco el dolor, y en Caratunk volvió a abandonar la 201. Como le había indicado el veterinario, llegó por fin a la casa de Mason Dubus.

Dubus lo vio acercarse. En cierto modo lo esperaba. Aún hablaba por el teléfono móvil cuando Merrick reventó de un tiro la cerradura de la puerta y entró en la casa dejando un reguero de sangre en el suelo impoluto. Dubus pulsó el botón rojo para cortar la comunicación y luego lanzó el teléfono a una butaca junto a él.

–Sé quién es usted –dijo.

–Me parece muy bien –contestó Merrick.

–Su hija está muerta.

–Lo sé.

–Pronto lo estará usted también.

–Quizá, pero usted morirá antes.

Dubus señaló a Merrick con un dedo trémulo.

–¿Cree que voy a suplicarle por mi vida? ¿Cree que voy a ayudarlo?

Merrick levantó la Colt.

–No, no lo creo –dijo y disparó dos veces contra Dubus. Mientras el viejo se sacudía en el suelo, Merrick cogió el teléfono móvil y apretó la tecla de rellamada. Descolgaron al sonar el timbre por segunda vez. No dijeron nada, pero Merrick oyó la respiración de un hombre. Luego se cortó la comunicación. Merrick dejó el teléfono y salió de la casa, y a sus espaldas se desvanecían los últimos estertores de Dubus mientras moría.

Dubus oyó los pasos de Merrick y luego el motor de un coche al alejarse. Sintió un peso enorme en el pecho, salpicado de dolor, como si le hubieran colocado encima un lecho de clavos. Fijó la mirada en el techo. Tenía sangre en la boca. Sabía que le quedaban sólo unos instantes de vida. Comenzó a rezar para pedir a Dios que perdonara sus pecados. Movió los labios en silencio intentando recordar las palabras correctas, pero los recuerdos lo distrajeron, así como su ira por morir de esa manera, víctima de un asesino capaz de abatir a tiros a un viejo desarmado.

Sintió una corriente de aire frío y oyó un ruido detrás de él. Alguien se acercó, y Dubus pensó que Merrick había vuelto para rematarlo. Pero, al inclinar la cabeza, no vio a Merrick, sino el dobladillo de un mugriento abrigo de color tostado y unos viejos zapatos marrones manchados de barro. Flotaba un hedor en el aire, e incluso en el momento de su muerte sintió náuseas. Luego oyó más pasos a su izquierda, y percibió unas presencias detrás de él, figuras invisibles que lo observaban. Dubus ladeó la cabeza y vio rostros pálidos y agujeros negros abiertos en la piel marchita. Abrió la boca para hablar, pero no quedaba nada que decir, como tampoco le quedaba aliento en el cuerpo.

Y murió con los Hombres Huecos ante los ojos.

Merrick condujo muchos kilómetros, pero empezó a nublársele la vista y el dolor y la pérdida de sangre lo habían debilitado. Llegó hasta el Refugio de Old Moose y allí se detuvo, engañado, como tantos otros antes que él, por la falsa promesa de una cama, según se insinuaba en el nombre.

Ahora estaba allí sentado tranquilamente, bebiendo Four Roses después de tomarse el Tylenol, dormitando un poco con la esperanza de recobrar un mínimo las fuerzas para poder seguir su camino a Galaad. Nadie lo molestó. El Refugio de Old Moose animaba a sus clientes a tomarse algún que otro descanso, siempre y cuando volvieran a beber después. Una máquina de discos reproducía música country, y los ojos de cristal de los animales muertos colgados de las paredes contemplaban a los clientes, mientras Merrick iba a la deriva, sin saber bien si estaba dormido o despierto. En un momento dado, una camarera le preguntó si se encontraba bien, y Merrick asintió con la cabeza y señaló su vaso para que le sirviera otro bourbon, pese a que apenas había probado el primero. Temía que le pidieran que se marchase, y aún no estaba en condiciones para hacerlo.

Despertar. Dormir. Música, luego silencio. Voces. Susurros.

papi

Merrick abrió los ojos. Una niña estaba sentada delante de él. Tenía el pelo oscuro y la piel desgarrada allí por donde los gases de la descomposición habían escapado de su interior. Un bicho reptaba por su frente. Merrick quiso apartarlo, pero no pudo mover las manos.

–Hola, cariño –saludó–. ¿Dónde has estado?

La niña tenía tierra en las manos, y dos uñas rotas.

esperando

–¿Esperando qué, cariño?

esperándote a ti

Merrick asintió con la cabeza.

–No he podido venir hasta ahora. Estaba..., me habían encerrado, pero siempre pensaba en ti. Nunca te he olvidado.

lo sé. estabas muy lejos. ahora estás cerca. ahora puedo estar contigo

–¿Qué te pasó, mi niña? ¿Por qué te fuiste?

me dormí. me dormí y ya no pude despertar

En su voz no se advertía la menor emoción. No parpadeó ni una vez. Merrick vio que tenía el lado izquierdo de la cara de tonos cereza y violeta, marcado por los colores de la lividez de la muerte.

–Ya no tardaré, cariño –dijo.

Reunió fuerzas para mover la mano. La tendió hacia ella y notó algo frío y duro contra los dedos. El vaso de whisky se volcó en la mesa, y Merrick se distrajo por un momento. Cuando volvió a levantar la vista, la niña había desaparecido. El whisky corrió en torno a sus dedos y se derramó en el suelo. La camarera apareció y dijo:

–Quizá debería marcharse ya a casa.

Merrick asintió con la cabeza.

–Sí –contestó–, puede que tenga razón. Es hora de irse a casa.

Se puso en pie, y al instante percibió el chapoteo de la sangre encharcada en el zapato. Sintió que el salón daba vueltas alrededor y se agarró a la mesa para no perder el equilibrio. La sensación de vértigo desapareció, y de nuevo tomó conciencia del dolor en el costado. Bajó la vista. Tenía el lado del pantalón empapado y manchado de rojo. La camarera también lo vio.

–Eh –dijo–. ¿Qué...?

Y entonces miró a Merrick a los ojos y decidió no preguntar nada. Merrick se llevó la mano al bolsillo y encontró unos billetes, entre ellos había uno de veinte y otro de diez, y los echó todos en la bandeja de la camarera.

–Gracias, cariño –dijo, y una expresión amable asomó a sus ojos. La camarera no supo si creía estar hablándole a ella o a otra que veía en su imaginación–. Ya estoy preparado.

Se alejó de la barra pasando entre las parejas que bailaban y los borrachos vocingleros, los amantes y amigos, yendo de la luz hacia la oscuridad, de la vida del interior a la vida de fuera. Al salir y notar el aire fresco de la noche se tambaleó de nuevo, pero al cabo de un momento se le despejó la cabeza. Sacó las llaves del bolsillo de la cazadora y se encaminó hacia su coche; a cada paso iba perdiendo más sangre y acercándose un poco más a su final.

Se detuvo junto al coche y, apoyando la mano izquierda en el techo, introdujo la llave en la cerradura con la derecha. Abrió la puerta y se vio reflejado en el cristal de la ventanilla lateral. Al instante otro reflejo se sumó al suyo cerniéndose detrás de su hombro. Era un pájaro, una paloma monstruosa de rostro blanco y pico oscuro, y ojos humanos hundidos en las cuencas. Alzó un ala, pero el ala era negra, no blanca, y con la garra empuñaba un objeto largo y metálico.

Y entonces el ala empezó a batir con un sonido suave y sibilante, y Merrick sintió de nuevo un dolor penetrante al rompérsele la clavícula de un golpe. Se retorció e intentó sacar el arma del bolsillo, pero apareció otro pájaro, ahora un halcón, que blandía un bate de béisbol, un buen Louisville Slugger de los de antes, diseñado para lanzar la bola fuera del estadio, sólo que el Slugger iba dirigido contra su cabeza. Incapaz de esquivarlo levantó el brazo izquierdo. El impacto le destrozó el codo, y las alas seguían batiendo y la lluvia de golpes caía sobre él, y se desplomó de rodillas cuando algo en su cabeza se desprendió haciendo un ruido como el del pan al partirse y la mirada se le nubló de rojo. Abrió la boca para hablar, aunque no pudo articular una sola palabra, y la mandíbula inferior casi se le desprendió de la cara cuando la palanca trazó un suave arco y lo derribó como a un árbol, de modo que quedó tendido en el frío suelo de gravilla mientras la sangre salía a borbotones y la paliza continuaba, su cuerpo exhalaba leves y extraños sonidos, y dentro de él se movían los huesos allí donde los huesos no tenían por qué moverse, se fracturaba el armazón de su interior y se le reventaban los órganos blandos.

Y seguía con vida.

Los golpes cesaron, pero no el dolor. Un pie se deslizó bajo su estómago y lo levantó para ponerlo de espaldas, apoyándolo ligeramente contra la puerta abierta del coche, medio dentro, medio fuera, con una mano inutilizada a un lado, la otra caída hacia atrás en el interior del automóvil. Vio el mundo entero a través de un prisma rojo, dominado por pájaros como hombres y hombres como pájaros.

–Ha palmado –observó una voz, y a Merrick le sonó familiar.

–No, todavía no –dijo el otro.

Merrick sintió un aliento caliente cerca de la oreja.

–No deberías haber venido aquí –dijo la segunda voz–. Deberías haberte olvidado de ella. Murió hace tiempo, pero estuvo bien mientras duró.

Notó un movimiento a su izquierda. La palanca lo golpeó justo por encima de la oreja y un destello de luz brilló a través del prisma reflejando el mundo en un arco iris teñido de rojo, transformándolo en astillas de color en su conciencia menguante.

papi

Ya llego, cariño, ya llego.

Y seguía con vida, aún.

Arrastró los dedos de la mano derecha por el suelo del coche. Encontró el cañón de la Smith 10, la desprendió de la cinta adhesiva y le dio la vuelta hasta palpar la culata. Tiró de ella obligándose a disipar la negrura, aunque fuera sólo por un momento.

papi

Un momento, cariño. Papi tiene que resolver antes un asunto.

Poco a poco acercó la pistola hacia sí. Intentó levantarla, pero el brazo fracturado no podía sostener el peso. Se dejó, pues, caer hacia el costado, y el dolor fue casi insoportable cuando los huesos triturados y la carne desgarrada se estremecieron a causa del impacto. Abrió los ojos, o quizá los había tenido abiertos en todo momento, y la bruma se disipó brevemente sólo debido a las nuevas oleadas de dolor provocadas por el movimiento. Con la mejilla sobre la grava, tenía el brazo derecho contra el cuerpo, la pistola en posición horizontal. Había dos siluetas frente a él, caminando hombro con hombro a quizá cinco metros de donde él yacía. Levantó un poco la mano, indiferente a la fricción de los huesos fracturados, hasta que la pistola apuntó a los dos hombres.

Y, de algún modo, Merrick reunió fuerzas suficientes para apretar el gatillo, o quizá fueran las fuerzas de otros sumadas a las suyas, porque le pareció notar una presión en el nudillo del dedo índice como si alguien empujara por él suavemente.

El hombre de la derecha pareció dar un brinco, se tambaleó y cayó al ceder bajo su peso el tobillo hecho añicos. Gritó algo que Merrick no entendió, pero Merrick apretaba ya el gatillo por segunda vez y no tenía tiempo para prestar atención a las palabras de nadie más. Disparó de nuevo, ahora contra un blanco más grande, ya que el herido yacía de costado, mientras su amigo intentaba levantarlo, pero fue un tiro a bulto, reculando la pistola en su mano y dirigiendo la bala por encima de la silueta yacente.

Merrick aún tuvo tiempo y fuerzas para apretar el gatillo una última vez. Disparó cuando la negrura descendía sobre él, y la bala traspasó la frente del herido y salió en medio de una nube roja. El superviviente intentó llevarse el cuerpo a rastras, pero el pie del cadáver quedó atrapado en una alcantarilla. Aparecieron varias personas en la puerta del Refugio de Old Moose, ya que incluso en un lugar como aquél, el estampido de un arma atraía por fuerza la atención. Se oyeron voces, y unas siluetas empezaron a correr hacia él. El superviviente huyó dejando atrás al muerto.

Merrick exhaló el último aliento. Una mujer se detuvo junto a él, la camarera del bar. Habló, pero Merrick no la oyó.

¿papi?

ya estoy aquí

Porque Merrick se había ido.

33

Mientras Frank Merrick moría con el nombre de su hija en los labios, Ángel, Louis y yo acordamos una línea de actuación para ocuparnos de Caswell. Nos encontrábamos en el bar, con los restos de la comida aún alrededor, pero sin beber.

Coincidimos en que Caswell parecía a punto de venirse abajo, aunque no sabíamos si eso se debía a la incipiente culpabilidad o a alguna otra causa. Como solía ocurrir, fue Ángel quien mejor lo expresó.

—Si lo devora la culpabilidad, ¿cuál es el motivo? Lucy Merrick desapareció hace años. A menos que la hayan retenido allí todo este tiempo, cosa que parece poco probable, ¿por qué le remuerde tanto la conciencia ahora, así de pronto?

—Por Merrick, quizá —apunté.

—Lo que significa que alguien le ha dicho que Merrick ha estado haciendo preguntas.

—No necesariamente. No puede decirse que Merrick haya actuado de manera muy discreta. La policía está al corriente de sus andanzas y, gracias al asesinato de Demarcian, también los rusos. Demarcian estaba implicado de algún modo. Merrick no se sacó el nombre de la manga, así sin más.

—¿Crees que quizás esos tipos repartían imágenes de los abusos sexuales, y que ése es el vínculo con Demarcian? —preguntó Ángel.

—El doctor Christian no conocía la existencia de fotos o vídeos de hombres con máscaras, pero eso no significa que no los haya.

—Vender una cosa así habría supuesto un riesgo —señaló Ángel—. Se habrían expuesto a atraer la atención.

—A lo mejor necesitaban dinero —intervino Louis.

—Caswell tuvo suficiente para comprar las tierras de Galaad a toca teja —contesté—. Por lo que se ve, el dinero no era problema.

–Pero ¿de dónde sacaron la pasta? –preguntó Ángel–. De algún sitio tuvo que salir, así que es posible que vendieran el material.

–¿Y eso cuánto puede valer? –dije–. ¿Suficiente para comprar un pedazo de tierra que no quiere nadie en medio de un bosque? Según el camarero, la tierra no se vendió precisamente a precio de saldo, pero tampoco costó una fortuna. Puede que le saliera por cuatro cuartos.

Ángel se encogió de hombros.

–El valor del material dependería de lo que vendieran. Dependería de lo malo que fuera. Malo para los niños, quiero decir.

Ninguno de nosotros hizo ningún comentario más durante un rato. Intenté establecer unas pautas en mi cabeza, formar una secuencia de acontecimientos con sentido, pero me perdía una y otra vez en declaraciones contradictorias y pistas falsas. Estaba cada vez más convencido de que Clay había participado en los hechos, pero cómo combinar eso con la imagen que Christian tenía de él, la de un hombre casi obsesionado con encontrar pruebas de abusos sexuales, incluso en detrimento de su propia carrera, o con la descripción de Rebecca Clay, que lo veía como un padre afectuoso, enteramente dedicado a los niños que tenía a su cargo. Por otro lado, estaban los rusos. Louis había hecho algunas averiguaciones y descubierto la identidad del pelirrojo que había ido a mi casa. Se llamaba Utarov y era uno de los capitanes de mayor confianza en el grupo que operaba en Nueva Inglaterra. Según Louis, tenían a Merrick en la lista negra por un asunto sin resolver relacionado con ciertos encargos que había llevado a cabo contra los rusos en el pasado, pero también corrían rumores de malestar en Nueva Inglaterra. Habían sacado de Massachusetts y Providence a prostitutas, principalmente de origen asiático, africano y de Europa del Este, con órdenes de pasar inadvertidas; o los hombres que las controlaban las habían obligado a marcharse. También se habían reducido otros servicios más especializados, sobre todo los relativos a pornografía y prostitución infantiles.

–Tráfico –había concluido Louis–. Eso explica por qué sacaron de las calles a las asiáticas y las demás y dejaron allí a las americanas de pura cepa para llenar el vacío. Les preocupa algo, y tiene que ver con Demarcian.

Los apetitos de aquellos hombres habrían seguido siendo los mismos, ¿no era eso lo que me había dicho Christian? Esos hombres no habían dejado de cometer abusos sexuales a menores, pero puede que hubieran encontrado otra salida a sus impulsos: ¿niños obtenidos a través de Boston, quizá, con Demarcian como punto de contacto? ¿Y después qué? ¿Filmaban los abusos y luego se lo vendían a Demarcian y otros como él, de modo que una operación se financiaba con la otra? ¿Era ésa la esencia de su «Proyecto» en particular?

Caswell formaba parte de él, y era débil y vulnerable. Yo estaba seguro de que había hecho una llamada justo después de su encuentro con nosotros, una súplica de ayuda a aquellos con quienes había colaborado tiempo atrás. Eso aumentaba la presión que todos ellos padecían, obligándolos a reaccionar, y estaríamos esperándolos cuando vinieran.

Ángel y Louis fueron en su coche a la casa de Caswell y aparcaron en un lugar que no se veía desde la carretera ni desde la casa para hacer la primera guardia. Me los imaginaba allí mientras me dirigía a mi habitación para dormir un rato antes de mi turno: el coche a oscuras y en silencio, seguramente con algo de música sonando a bajo volumen en la radio, Ángel adormilado, Louis inmóvil y alerta, parte de su atención fija en la carretera mientras otra parte oculta de él vagaba por mundos desconocidos en su mente.

En sueños, recorría Galaad y oía el llanto de unos niños. Me volvía hacia la iglesia y veía a niños y niñas envueltos en hiedra urticante, y cómo las enredaderas se estrechaban en torno a sus cuerpos desnudos a la vez que los absorbía aquel mundo verde. Vi sangre en el suelo, y los restos de un recién nacido en pañales, con manchas rojas filtrándose a través de la tela.

Y un hombre delgado salió a rastras de un hoyo en la tierra, su rostro desgarrado y deforme a causa de la descomposición, los dientes visibles a través de los agujeros de sus mejillas.

–El viejo Galaad –dijo Daniel Clay–. Se te mete en el alma...

Sonó el teléfono de mi habitación mientras dormía. Era O'Rourke. Como en Jackman los móviles no tenían cobertura, me había parecido buena idea informar a alguien de mi paradero por si ocurría algo en el este, así que tanto O'Rourke como Jackie Garner tenían el número del hotel. Al fin y al cabo, mi pistola seguía rondando por ahí, y yo sería en parte responsable de todo lo que hiciese Merrick.

—Merrick ha muerto —anunció.

Me incorporé. Aún tenía el regusto de la comida en la boca, pero sabía a tierra, y el recuerdo de mi sueño era nítido.

—¿Cómo?

—Lo han matado en el aparcamiento del Refugio de Old Moose. Por lo visto el último día de su vida ha sido bastante accidentado. Ha estado ocupadísimo justo hasta el final. Mason Dubus murió ayer abatido por una bala de diez milímetros. Aún no tenemos el informe de balística, pero ahí no muere gente a tiros todos los días, y menos víctima de una diez milímetros. Hace un par de horas, un ayudante del *sheriff* del condado de Somerset ha encontrado dos cadáveres en un camino en las afueras de Bingham. Rusos, parece. Luego se ha recibido una llamada de una mujer que ha encontrado a su anciano padre encerrado en el sótano a unos tres kilómetros al norte del lugar de los hechos. Según parece, el viejo era veterinario, y un hombre que coincide con la descripción de Merrick lo obligó a atenderlo de una herida y le pidió indicaciones para llegar a casa de Dubus antes de encerrarlo. Por lo que ha dicho el veterinario, la herida era bastante grave. Pero se la cosió y vendó lo mejor que pudo. Según parece, Merrick siguió hacia el noroeste, mató a Dubus y luego tuvo que hacer un alto en el Refugio. Para entonces la hemorragia era considerable. Según los testigos, se sentó en un rincón, bebió un poco de whisky, habló solo y salió. Lo estaban esperando fuera.

—¿Cuántos?

—Dos, ambos con máscaras de pájaro. ¿Te suena de algo? Lo mataron a palos, o casi. Supongo que habían dado por concluida la faena cuando lo dejaron.

—¿Cuánto tiempo sobrevivió?

—Suficiente para alcanzar tu pistola de debajo del asiento del conductor y matar a tiros a uno de los agresores. Te lo digo tal como me lo han contado, pero los policías presentes en el lugar del crimen no se explican cómo lo consiguió. Le rompieron prácticamente todos los huesos del cuerpo. Debía de estar desesperado por matar a ese tipo. Su compañero intentó llevárselo a rastras, pero tuvo que dejarlo porque al muerto se le quedó atrapado el pie en una alcantarilla.

—¿Tenía nombre la víctima?

—Seguro que sí, pero no llevaba cartera. Eso, o su amigo se la quitó antes de irse para borrar el rastro. Si quieres, tal vez pueda hacer unas llamadas para que te permitan echarle un vistazo. Ahora el cadáver está en Augusta. El forense realizará la autopsia por la mañana. ¿Te gusta Jackman? Nunca pensé que fueras aficionado a la caza. Al menos de animales. —Calló, y luego, pensativo, repitió el nombre del pueblo—: Jackman. El Refugio de Old Moose está de camino a Jackman, si no me equivoco.

—Me parece que sí —coincidí.

—Y Jackman está muy cerca de Galaad, y Mason Dubus era el gran jefe cuando Galaad estaba en pleno auge.

—Exacto —respondí en tono neutro. No sabía si O'Rourke estaba al corriente del acto vandálico de Merrick en casa de Harmon, y tenía la certeza de que ignoraba la existencia de los dibujos de Andy Kellog. No quería a la policía dando vueltas por allí, todavía no. Quería conseguir que Caswell se viniera abajo por mis propios medios. Sentía que se lo debía a Frank Merrick.

—Si yo he podido deducirlo, da por hecho que también otros muchos lo deducirán pronto —comentó O'Rourke—. Puede que tengas compañía allí en el norte. ¿Sabes? Es muy posible que, si llegara a pensar que me escondes algo, me lo tomara a mal. Pero tú no me harías eso, ¿verdad?

—Pienso sobre la marcha, eso es todo —respondí—. No querría hacerte perder el tiempo diciéndote algo de lo que no estuviera seguro del todo.

—Ya, claro —contestó O'Rourke—. No dejes de llamarme cuando vayas a ver ese cadáver.

—Sí, claro.

—No te olvides, eh, o de lo contrario empezaré a tomarme las cosas de manera personal.

Colgó.

Había llegado la hora. Telefoneé a Caswell. No respondió hasta que el timbre sonó por cuarta vez. A juzgar por la voz parecía aturdido. Teniendo en cuenta la hora, no me sorprendió.

—¿Quién es?

—Charlie Parker.

—Ya se lo he dicho, no tengo nada...

—Cállese, Otis. Merrick ha muerto. —No le dije que Merrick había conseguido matar a uno de sus agresores. Era mejor que no lo supiera, al menos de momento. Si Merrick había sido asesinado la noche anterior en el Old Moose, quienquiera que planease presentarse después en Jackman ya estaría allí y se habría encontrado con Ángel y

Louis, pero aún no teníamos noticia de eso, lo que significaba que la muerte de uno de los hombres a manos de Merrick los había asustado momentáneamente–. El círculo se estrecha en torno a usted, Otis. Dos hombres atacaron a Merrick en la 201. Diría que venían hacia aquí cuando se echaron sobre él, y ésta es su próxima parada. Podría ser que intentaran liquidarnos a mis amigos y a mí, pero dudo que sean tan valientes. Atacaron a Merrick por la espalda, con bates y palancas. Nosotros vamos armados. Quizás ellos también, pero nosotros somos mejores, se lo aseguro. Es como le dije, Otis: usted es el eslabón débil. Se desharán de usted y luego la cadena será más fuerte que antes. Ahora mismo, yo soy su mayor esperanza para ver salir el sol.

Se produjo un silencio al otro lado de la línea y luego se oyó lo que pareció un sollozo.

–Ya sé que no quiso hacerle daño, Otis. No parece usted la clase de hombre que haría daño a una niña.

Esta vez oí el llanto con mayor nitidez. Presioné.

–Esos otros hombres, los que mataron a Frank Merrick, son distintos de usted. Usted no es como ellos, Otis. No les permita que lo arrastren a su nivel. Usted no es un asesino, Otis. Usted no mata a hombres, y no mata a niñas. No me lo imagino haciendo una cosa así; sencillamente no me lo imagino.

Caswell, con la respiración entrecortada, tomó aire.

–Yo no haría daño a una niña –dijo–. Adoro a los niños.

Y algo en su manera de decirlo me produjo una sensación de suciedad por dentro y por fuera. Deseé bañarme en ácido y luego ingerir lo que quedara en la botella para purgarme las entrañas.

–Lo sé –dije, y tuve que obligarme a pronunciar estas palabras–. Estoy seguro de que también es usted quien cuida esas tumbas en Moose River, ¿no? Es así, ¿verdad?

–Sí –dijo–. No deberían haber hecho eso a unos bebés. No deberían haberlos matado.

Intenté no pensar en por qué creía Caswell que debían haberles perdonado la vida, por qué debían haberles permitido crecer hasta llegar a ser niños. No serviría de nada, no en ese momento.

–Otis, ¿qué le pasó a Lucy Merrick? Ella estuvo allí, ¿no? En esa casa. Luego desapareció. ¿Qué pasó, Otis? ¿Adónde fue?

Oí un sorbetón y lo imaginé limpiándose la nariz con la manga.

–Fue un accidente –respondió–. La trajeron aquí y...

Se interrumpió. Nunca había tenido que poner nombre a lo que les hacía a los niños, no ante una persona que no era como él. Ése no era el momento para obligarlo.

–No hace falta que me hable de eso, Otis. Todavía no. Sólo cuénteme cómo acabó.

No contestó, y temí haberlo perdido.

–Hice mal –continuó Caswell, como un niño que se hubiese hecho encima sus necesidades–. Hice mal, y ahora han venido.

–¿Cómo? –No lo entendí–. ¿Hay algún otro hombre con usted ahí?

Maldije la falta de cobertura en la zona. Tal vez debería haber ido directamente a reunirme con Ángel y Louis, pero me acordé de las sudorosas manos de Caswell en la escopeta. Quizás estuviese a punto de desmoronarse, pero existía el riesgo de que quisiera llevarse a alguien consigo cuando por fin se viniera abajo. Según Ángel, tenía barrotes en las ventanas y una puerta de roble maciza en su casa, igual que en la que habían retenido a Lucy Merrick. Irrumpir por la fuerza sin recibir un balazo habría sido entre difícil e imposible.

–Siempre han estado aquí –continuó Caswell y las palabras salieron de su boca casi en un susurro–, al menos durante la última semana, quizá más. No lo recuerdo bien. Tengo la sensación de que siempre han estado aquí, y ahora duermo mal por culpa de ellos. Los veo por la noche. Sobre todo de reojo. No hacen nada. Sólo se quedan ahí quietos, como si esperaran algo.

–¿Quiénes son, Otis? –pregunté. Pero ya lo sabía. Eran los Hombres Huecos.

–Caras en las sombras. Abrigos viejos y sucios. He intentado hablar con ellos, preguntarles qué quieren, pero no contestan, y cuando los miró a la cara, es como si no estuvieran. Tengo que conseguir que se vayan, pero no sé cómo.

–Mis amigos y yo iremos allí, Otis. Lo llevaremos a un lugar seguro. Aguante.

–¿Sabe? –dijo Caswell con un hilo de voz–. No creo que me dejen marcharme.

–¿Están allí por Lucy, Otis? ¿Por eso han venido?

–Por ella. Por los otros.

–Pero los otros no murieron, Otis. Es así, ¿no?

–Siempre fuimos con cuidado. Era necesario. Eran niños.

Algo agrio borboteó en mi garganta. Me obligué a tragarlo.

–¿Había estado Lucy con ustedes antes?

–Aquí no. Un par de veces en otro sitio. Yo no estaba allí. Le dieron hierba, alcohol. Les gustaba. Tenía algo distinto. La obligaron a prometer que no contaría nada. Tenían sus métodos para conseguirlo.

Me acordé de Andy Kellog, de cómo se había sacrificado por salvar a otra niña.

«Tenían sus métodos...»

–¿Qué le pasó a Lucy, Otis? ¿Qué salió mal?

–Fue un error –contestó. Casi se había serenado, como si hablara de un pequeño tropiezo, o de una equivocación en su declaración de Hacienda–. La dejaron conmigo después de... Después. –Tosió, y luego prosiguió, omitiendo una vez más lo que se le había hecho a Lucy Merrick, una niña de catorce años que se había extraviado–. Iban a volver al día siguiente, o quizás al cabo de un par de días. No me acuerdo. Ahora estoy confuso. Yo debía cuidar de ella. Lucy tenía una manta y un colchón. Le di de comer, y le dejé unos juguetes y unos libros. Pero de pronto empezó a hacer mucho frío, mucho frío. Iba a traerla a mi casa, pero temía que viera algo aquí, algo que los ayudara a identificarme cuando la soltáramos. Tenía en la casa un pequeño generador de gasolina, así que se lo encendí y se durmió.

»Mi intención era pasar a ver cómo estaba cada pocas horas, pero yo también me quedé traspuesto. Cuando me desperté, la encontré tendida en el suelo. –Empezó a sollozar otra vez, y casi tardó un minuto en poder continuar–. Olí los gases cuando llegué a la puerta. Me tapé la cara con un trapo, y aun así apenas podía respirar. Ella estaba tendida en el suelo, roja y morada. Se había vomitado encima. No sé cuánto tiempo llevaba muerta.

»Se lo juro, el generador funcionaba bien. Quizás ella lo toqueteó. La verdad es que no lo sé. No era mi intención que sucediera algo así. Dios mío, no era mi intención que sucediera eso.

Comenzó a gimotear. Lo dejé llorar un rato y luego lo interrumpí.

–¿Adónde la llevó, Otis?

–Quería que descansara en algún sitio bonito, cerca de Dios y los ángeles. La enterré detrás del campanario de la vieja iglesia, era lo más parecido a tierra sagrada que encontré. No pude señalar el lugar ni nada por el estilo, pero allí está. A veces le pongo flores en verano. Le hablo. Le digo que siento lo ocurrido.

–¿Y el detective privado? ¿Qué le pasó a Poole?

—Yo no tuve nada que ver con eso. —Parecía indignado—. No se marchaba. Andaba por ahí preguntando. Tuve que hacer una llamada. También lo enterré en la iglesia, pero lejos de Lucy. El lugar de ella era especial.

—¿Quién lo mató?

—Confesaré mis pecados, pero no confesaré los de otro hombre. Eso no me corresponde a mí.

—¿Daniel Clay? ¿Tuvo él algo que ver?

—No llegué a conocerlo —contestó Otis—. No sé qué le pasó. Sólo lo conozco de nombre. Y ahora, recuérdelo: yo no quería que pasara lo que pasó. Sólo quería protegerla del frío. Ya se lo he dicho: adoro a los niños.

—¿Qué era el Proyecto, Otis?

—Los niños eran el Proyecto —respondió—. Los niños pequeños. Los demás los encontraban y los traían aquí. Lo llamábamos así: el Proyecto. Era nuestro secreto.

—¿Quiénes eran esos otros hombres?

—No puedo decírselo. No tengo nada más que decirle.

—De acuerdo, Otis. Ahora iremos a su casa. Lo llevaremos a un lugar seguro.

Pero en ese momento, mientras transcurrían lentamente los últimos minutos de su vida, las barreras que Otis Caswell había levantado entre él y sus actos parecieron desmoronarse.

—No hay ningún lugar seguro —afirmó—. Sólo quiero que esto se acabe. —Respiró hondo, ahogando otro sollozo. Fue como si eso le diera fuerzas—. Ahora tengo que dejarle. Tengo que dejar entrar a unos hombres.

Colgó y se cortó la comunicación. Cinco minutos después yo estaba en la carretera, y diez minutos después donde el sendero que iba a la casa de Caswell se desviaba de la carretera principal. Hice señales con los faros allí donde sabía que estaban Louis y Ángel, pero no recibí respuesta de ellos. Más adelante, la verja estaba abierta y el candado roto. Seguí el camino hasta la casa. Fuera había aparcada una furgoneta. El Lexus de Louis se hallaba al lado. Vi abierta la puerta de la casa, y una luz dentro.

—Soy yo —anuncié en voz alta.

—Aquí —contestó Louis, desde algún lugar a mi derecha.

Seguí su voz hasta el dormitorio, exiguamente amueblado. Tenía las paredes enjalbegadas. Vigas vistas cruzaban el techo. Otis Caswell colgaba de una de ellas. En el suelo había una silla volcada y gotas de orina caían aún de sus pies descalzos.

–He salido a mear –explicó Ángel– y he visto... –Le costaba hablar–. He visto la puerta abierta, y me ha parecido ver entrar a unos hombres, pero cuando hemos llegado, sólo estaba Caswell y ya había muerto.

Di un paso al frente y le subí las mangas de la camisa una detrás de otra. No tenía tatuajes en la piel. Fuera cual fuese su participación, Otis Caswell no era el hombre con el águila en el brazo. Ángel y Louis me miraron, pero guardaron silencio.

–Él lo sabía –dije–. Él sabía quiénes eran los autores, pero se ha negado a decirlo.

Ahora estaba muerto, y se había llevado la información consigo a la tumba. Entonces me acordé del hombre abatido por Frank Merrick. Aún quedaba tiempo. Pero antes registramos la casa, revisando cuidadosamente los cajones y los armarios, examinando el suelo y los zócalos en busca de algún escondrijo. Fue Ángel quien encontró por fin el alijo. Había un agujero en la pared detrás de una estantería medio vacía. Contenía bolsas con fotografías, en su mayor parte impresas mediante un ordenador, y docenas de cintas de vídeos y DVD sin etiquetar. Ángel echó un vistazo a un par de fotos, luego las dejó y se apartó. Les dirigí una mirada pero no tuve estómago para examinarlas. No había necesidad. Sabía lo que contenían. Sólo cambiarían las caras de los niños.

Louis señaló las cintas y los DVD. En un rincón había un soporte metálico, dominado por un televisor nuevo de pantalla plana. Parecía fuera de lugar en la casa de Caswell.

–¿Quieres verlos?

–No. Tengo que irme –dije–. Limpiad todo lo que hayáis tocado y luego marchaos también de aquí.

–¿Vas a avisar a la policía? –preguntó Ángel.

Negué con la cabeza.

–No hasta dentro de un par de horas.

–¿Qué te ha dicho?

–Me ha contado que la hija de Merrick murió por envenenamiento con monóxido de carbono. La enterró detrás del campanario en el bosque.

–¿Le has creído?

–No lo sé.

Miré a Caswell a la cara, amoratada por la acumulación de sangre.

No podía compadecerle, y sólo lamentaba que hubiese muerto sin revelar más información.

–¿Quieres que nos quedemos cerca? –preguntó Louis.

–Volved a Portland, pero no os acerquéis a Scarborough. Tengo que echar un vistazo a un cadáver, y después os llamaré.

Salimos. El aire estaba quieto, el bosque en silencio. Un aroma extraño flotaba en el ambiente. A mis espaldas oí que Louis olfateaba en el aire.

–Alguien ha estado fumando –dijo.

Pasé al lado de la furgoneta de Caswell, por la hierba corta y un pequeño huerto, hasta llegar al linde del bosque. Unos pasos más allá lo encontré: un cigarrillo liado a mano, tirado en el suelo. Lo cogí con cuidado y soplé la punta. El ascua ardió por un instante y se apagó.

Louis apareció a mi lado, seguido de cerca por Ángel. Los dos habían desenfundado sus pistolas. Les enseñé el cigarrillo.

–Ha estado aquí –informé–. Lo hemos guiado hasta Caswell.

–Hay una señal en el dedo meñique de la mano derecha de Caswell –dijo Ángel–. Parece que antes llevaba un anillo. Ahora no aparece por ningún lado.

Escruté la oscuridad del bosque, pero no percibí la presencia de nadie. El Coleccionista se había ido.

O'Rourke, fiel a su palabra, había dejado dicho en la oficina del forense que quizás yo pudiera identificar el cadáver. Llegué a la oficina a eso de las siete, y poco después se reunieron conmigo O'Rourke y un par de inspectores de la policía del estado; uno de ellos era Hansen. No habló cuando me llevaron al interior del depósito para ver el cadáver. En total había cinco muertos listos para pasar por el bisturí del forense: el hombre no identificado del Refugio de Old Moose, Mason Dubus, los dos rusos y Merrick. Estaban tan escasos de espacio que habían llevado a los dos rusos a una funeraria cercana.

–¿Cuál es Merrick? –pregunté al ayudante del forense.

El hombre, cuyo nombre no conocía, señaló el cadáver más próximo a la pared. Lo cubría una sábana blanca de plástico.

–¿Sientes lástima por él? –Era Hansen–. Mató a cinco hombres con tu pistola. Deberías sentir lástima, pero no por él.

Callé, optando por quedarme inmóvil junto al cuerpo del asesino de Merrick. Creo que incluso conseguí permanecer inexpresivo cuando se me reveló la cara de aquel hombre, con la herida enrojecida en el lado derecho de la frente todavía sucia de tierra y materia gris coagulada.

–No lo conozco –dije

–¿Estás seguro? –preguntó O'Rourke.

–Sí, seguro –afirmé a la vez que me apartaba del cadáver de Jerry Legere, el ex marido de Rebecca Clay–. No lo conozco de nada.

Todas las mentiras y medias verdades volverían para atormentarme, tendrían para mí un coste mayor del que entonces podía haber imaginado, aunque quizás hacía tanto que vivía de tiempo prestado que no deberían haberme sorprendido las consecuencias. Podía haber informado a los inspectores de todo lo que sabía. Podía haberles hablado de Andy Kellog y Otis Caswell, y de los cadáveres que tal vez estuvieran enterrados entre los muros de una iglesia ruinosa, pero no lo hice. No sé por qué. Quizá porque estaba cerca de la verdad, y deseaba descubrirla por mí mismo.

E incluso en eso me llevaría una decepción, pues, ¿qué era en definitiva la verdad? Como había dicho el abogado Elwin Stark, la única verdad era que todos mentían.

O quizá se debiera a Frank Merrick. Yo sabía lo que él había hecho. Sabía que había matado, y habría vuelto a matar si lo hubiesen dejado con vida. Yo aún tenía las magulladuras y seguía doliéndome allí donde me había golpeado, y me quedaba un resto de resentimiento por cómo me había humillado en mi propia casa. Pero en su amor por su hija, y en su obsesión por descubrir la verdad de su desaparición y por castigar a los responsables, había visto reflejado algo de mí.

Ahora que se conocía el lugar donde estaba enterrada Lucy Merrick, quedaba por encontrar a los otros hombres que la habían llevado hasta allí. Tres –Caswell, Legere y Dubus– habían muerto. Andy Kellog recordaba cuatro máscaras. Yo no había visto tatuaje alguno en los brazos de Caswell, ni en los de Legere cuando me mostraron su cuerpo en la oficina del forense. El hombre del águila, el que Andy consideraba el jefe, el elemento dominante, seguía vivo.

Justo cuando subía a mi coche encajó una pieza. Pensé en los desperfectos de un rincón de la casa donde había muerto Lucy Merrick, los agujeros en la pared y las marcas donde unos tornillos habían sujetado algo en otro tiempo, y recordé parte de lo que Caswell me había dicho por teléfono. En ese momento me había chocado, pero tan concentrado estaba en sonsacarle información que no me fijé. Acudió entonces a mi memoria: «Mi intención era pasar a ver cómo estaba cada pocas horas, pero yo también me quedé traspuesto. Cuando me desperté, la encontré tendida en el suelo», y encontré la conexión.

Tres habían muerto, pero ahora tenía otro nombre.

34

Raymon Lang vivía entre Bath y Brunswick, en una parcela contigua a la Carretera 1, cerca de la orilla norte del río New Meadows. Yo había echado una mirada a la casa de Lang cuando llegué poco antes de las nueve. No había hecho gran cosa en su propiedad, a excepción de colocar una caravana de color tostado tan endeble que, a simple vista, se diría que podía salir volando al primer estornudo. La caravana estaba en alto, a cierta distancia del suelo. En una parca concesión a la estética había plantado una valla alrededor entre la base de la caravana y el suelo, ocultando la suciedad y las tuberías de debajo.

Esa noche sólo había dormido tres o cuatro horas, pero no estaba cansado. Cuanto más pensaba en lo que me había contado Caswell antes de morir, más me convencía de que Raymon Lang había participado en el secuestro de Lucy Merrick. Caswell me había dicho que había visto a Lucy tendida en el suelo, moribunda o ya muerta. La cuestión era: ¿cómo lo sabía Caswell? ¿Cómo pudo verla cuando despertó? Al fin y al cabo, de haber estado en la casa con ella, también él habría muerto. No se había quedado dormido allí. Dormía en su propia casa, y eso significaba que disponía de una manera de observar el interior de la otra casa desde allí. Había una cámara. Las marcas en el rincón indicaban dónde estuvo instalada. ¿Y a quién conocíamos dedicado a la instalación de cámaras? Raymon Lang, con la ayuda de su viejo amigo Jerry Legere, que lamentablemente ya no se encontraba entre nosotros. A-Secure, la empresa para la que trabajaba Lang, también había colocado el sistema de seguridad en casa de Daniel Clay, lo que ahora ya no parecía casualidad. Me pregunté cómo se tomaría Rebecca la noticia de la muerte de su ex marido. Dudaba que la embargase el dolor, pero ¿quién sabía? Había visto a esposas deshacerse en llanto hasta sumirse en un estado de estupor junto al lecho de muerte de maridos que las maltrataban, y a niños llorar como histéricos en los entierros de padres que les habían desgarrado la carne de los muslos y las nalgas con un cinturón. A veces, sospecho, ni siquiera entendían el porqué de sus lágrimas, pero para ellos la pena era una explicación tan válida como cualquier otra.

Supuse que Lang era asimismo el otro implicado en el asesinato de Frank Merrick. Según los testigos presenciales, un coche plateado o gris había abandonado el lugar del crimen, y desde donde yo estaba se veía el Sierra plateado de Lang, resplandeciente entre los árboles. La policía no lo había detectado en la carretera al Refugio de Old Moose cuando se dirigía hacia el norte, pero eso no significaba nada. En el pánico después del tiroteo, la policía debió de tardar un tiempo en recoger las declaraciones de los testigos, y para entonces Lang habría llegado ya a la autopista. Incluso si alguien había informado ya de la presencia del coche en el momento mismo de denunciar el hecho a la policía, Lang habría tenido tiempo para llegar al menos hasta Bingham, y allí habría podido elegir entre tres rutas: la 16 en dirección norte, la 16 hacia el sur, o seguir por la 201. Probablemente habría tomado hacia el sur, pero pasado Bingham había suficientes carreteras secundarias para permitirle evitar, si tenía suerte y conservaba la calma, a docenas de policías.

Aparcado junto a una gasolinera, a unos quince metros al oeste del camino de acceso de Lang, me tomaba un café y leía el *Press Herald*. Había un Dunkin' Donuts contiguo a la gasolinera, con cabida sólo para un puñado de clientes, por lo que no era raro ver a gente comer en el coche. Por eso mismo, difícilmente llamaría la atención mientras vigilaba la parcela de Lang. Al cabo de una hora, Lang salió de la caravana y la mancha plateada empezó a moverse hacia la carretera principal, donde dobló en dirección a Bath. Segundos después, Louis y Ángel lo siguieron en el Lexus. Yo tenía el móvil a mano por si se trataba de un desplazamiento corto, aunque Lang, camino del coche, cargaba con la caja de herramientas. Aun así, le di media hora, no fuera que decidiese volver por algún motivo, y después dejé mi coche donde estaba y atajé entre los árboles hacia la caravana.

Al parecer, Lang no tenía perro, y mejor así. No es fácil allanar una morada mientras un perro intenta hincarte los dientes en la garganta. La puerta de la caravana no parecía gran cosa, pero yo carecía de la destreza de Ángel para forzar una cerradura. Para ser sincero, es mucho más difícil de lo que parece, y no quería pasarme media hora en cuclillas delante de la puerta de Lang intentando abrirla con una ganzúa y una herramienta de tensión. Antes tenía un rastrillo eléctrico, que cumplía con su cometido igual de bien, pero lo perdí cuando mi viejo Mustang quedó para el arrastre en un tiroteo hacía unos años y ya no me molesté en sustituirlo. De todos modos, la única razón por la que un investigador privado podía llevar un rastrillo en el coche era entrar ilegalmente en una casa ajena, y si la policía llegaba a registrar mi coche por alguna razón, causaría una mala impresión e incluso podía ser motivo para perder la licencia.

No necesitaba la ayuda de Ángel para entrar en la caravana de Lang, porque mi intención era que a Lang no le quedara la menor duda de que alguien había registrado su casa. En el peor de los casos, lo pondría nervioso, y yo lo quería nervioso. A diferencia de Caswell, Lang no parecía la clase de hombre que fuera a buscar una soga cuando las cosas se complicaran. Por el contrario, si la suerte que corrió Merrick servía de indicativo, era de los que contraatacaban. La posibilidad de que Lang no fuera culpable de nada ni siquiera se me pasó por la cabeza.

Llevaba una palanca debajo del abrigo para entrar en la caravana de Lang. La introduje en el resquicio de la puerta y empujé hasta reventar la cerradura. Dentro, lo primero que me llamó la atención fue el calor sofocante. Lo segundo fue el orden, cosa que no esperaba en la caravana de un hombre soltero. A la izquierda había una cocina compacta y, poco más allá, en la parte inferior de la caravana, una mesa rodeada por tres de sus lados de un sofá. A la derecha, justo antes del dormitorio, había una butaca ergonómica y un televisor de pantalla panorámica Sony muy caro, con un DVD, una grabadora DVD y un vídeo de la misma marca debajo. A su lado vi cintas de vídeo y DVD en una estantería: películas de acción, unas cuantas comedias, e incluso un par de clásicos de Bogart y Cagney. Más abajo guardaba una selección de porno en DVD y vídeo. Eché un vistazo a algunos de los títulos, pero tuve la impresión de que era material bastante corriente. No incluía nada relacionado con niños, pero supuse que las películas con niños debían de estar en estuches con carátulas falsas para aparentar otra cosa muy distinta; o eso, o las imágenes mismas estaban insertadas en otras cintas o discos para que no las encontraran en un registro superficial. Encendí el televisor y cogí una película porno al azar, pulsando la tecla de avance rápido por si salía algo fuera de lo normal, pero era, en efecto, lo que anunciaba. Podía haber pasado el día entero revisando todas las películas con la esperanza de encontrar algo, pero no tenía sentido. Además, era un tanto deprimente.

Al lado del televisor había una mesa de ordenador de Home Depot y un PC nuevo. Intenté acceder al ordenador, pero estaba protegido con contraseña. Lo apagué y examiné los libros en los estantes, así como las revistas amontonadas bajo una rinconera. Tampoco allí encontré nada, ni siquiera porno. Era posible que Lang tuviese más material escondido en otra parte, pero después de registrar toda la caravana no encontré el menor rastro. Sólo me quedaba el cesto de la ropa sucia en el cuarto de baño impecable, que parecía lleno de camisetas, calzoncillos y calcetines usados. Lo vacié en el suelo, por si acaso, pero no encontré más que una pila de ropa sucia y olor a sudor rancio. Por lo demás, Lang estaba limpio. Me llevé una decepción, y por primera vez empecé a dudar de mis acciones en relación con él. Tal vez tendría que haber avisado a la policía. Si había material incriminatorio en su ordenador, ellos podían encontrarlo. Además, yo había contaminado la caravana con mi presencia, de modo que aunque encontraran alguna prueba de que Lang había intervenido en el asesinato de Merrick –un bate de béisbol ensangrentado o una palanca manchada–, no haría falta un gran abogado para alegar que yo podía haber colocado allí las armas, eso en el supuesto de que confesase lo que sabía a la policía. De momento, parecía que Lang era un callejón sin salida. Tendría que esperar a ver cómo reaccionaba al allanamiento.

Miré por la ventana para asegurarme de que nadie se acercaba, abrí la puerta y me dispuse a regresar al coche. Sólo cuando pisé la grava y eché un vistazo a la valla, caí en la cuenta de que si bien había registrado el interior de la caravana, no había mirado debajo. La rodeé hasta la parte de atrás, donde no se me veía desde la carretera, y allí me arrodillé y escudriñé entre las estacas.

Debajo de la caravana había un gran contenedor metálico, de entre dos y tres metros de largo y algo más de un metro de alto. Parecía atornillado a la parte inferior. Lo recorrí todo con la linterna y no vi el menor indicio de una puerta, lo que significaba que la única vía de acceso estaba dentro de la caravana. Volví a entrar y examiné el suelo, cubierto de pared a pared con una tupida moqueta marrón que parecía pelo de perro mojado. La palpé con los dedos y noté trozos ásperos y huecos. Hinqué los dedos en uno de los huecos y tiré. Oí cómo crepitaba un cierre de velcro al separarse y la moqueta se desprendió. Tenía ante mí una trampilla de cincuenta por cincuenta centímetros, con cerraduras a ambos lados. Me quité el abrigo y me dispuse a emplear la palanca, pero esta vez no me fue tan fácil como con la puerta. Era de acero y, por mucho que lo intenté, no pude levantarla lo suficiente para acoplar bien la palanca. Me senté en el suelo y analicé mis opciones. Podía dejar las cosas tal como estaban, volver a colocar la moqueta e intentar regresar en otro momento, lo que daría a Lang sobradas oportunidades de retirar todo el material incriminatorio en cuanto viera que alguien había entrado en su casa. Podía llamar a la policía y, en tal caso, habría tenido que explicar quién me había creído que era para allanar una caravana. En el supuesto de que fueran capaces siquiera o estuvieran dispuestos a conseguir una orden para registrar la caravana de Lang, la caja metálica tal vez contenía sólo el manuscrito de su gran novela o los vestidos y las joyas de su difunta madre, y entonces me arriesgaría a una condena de prisión, aparte de todo lo demás.

Telefoneé a Ángel.

–¿Dónde está?

–En la Fundición Bath –respondió–. Lo veo desde donde nos encontramos. Parece que hay un problema con los monitores del sistema de vigilancia. Está comprobando cables y abriendo trastos. Tiene para rato.

–Inutilizadle el coche –dije–. Basta con dos neumáticos. Luego volved aquí.

Media hora más tarde estaban conmigo en la caravana de Lang. Señalé a Ángel la trampilla en el suelo y se puso manos a la obra. No despegó los labios ni una sola vez, ni siquiera cuando, al cabo de cinco minutos, cedió la primera cerradura y, poco después, la segunda. No habló cuando apareció a la vista una bandeja metálica plana con cintas de vídeo, DVD, cedés y carpetas de plástico con páginas transparentes en el interior, y en cada página imágenes de niños desnudos, a veces con adultos y a veces con otros niños. No habló cuando desprendió la bandeja tirando de un par de asas, una a cada lado, y al levantarla reveló un zulo donde yacía encogida una niña envuelta en varias mantas, entre muñecas viejas, barras de chocolate, galletas y una caja de cereales. Al iluminarla la luz, parpadeó. Ángel no habló cuando vio el cubo que debía usar como retrete, ni la abertura circular en la pared, cubierta por una rejilla, que servía de respiradero en su encierro.

Sólo habló al inclinarse y tender la mano a la niña asustada.

—Tranquila —dijo—. No permitiremos que nadie vuelva a hacerte daño.

Y la niña abrió la boca y soltó un alarido.

Avisé a la policía. Ángel y Louis se marcharon. Allí nos quedamos solos una niña de diez años de piel amarillenta, que al parecer se llamaba Anya, y yo. Llevaba un collar barato en el cuello, con las cuatro letras de su nombre en relieve plateado. La acomodé en el asiento delantero de mi coche y permaneció allí inmóvil, con la cara vuelta en dirección contraria a la caravana, la mirada fija en el suelo. No supo decirme cuánto tiempo la habían retenido allí, y conseguí que me confirmara su nombre y me dijera su edad en un inglés con marcado acento antes de sumirse otra vez en el silencio. Me dijo que tenía diez años. Dudé que confiara en mí, y no me extrañó.

Mientras ella esperaba en mi coche, absorta en sus pensamientos, examiné el álbum fotográfico de Raymon Lang. Algunas imágenes eran muy recientes. Anya estaba entre los niños fotografiados, flanqueada por hombres con máscaras. Observé con atención una de las imágenes y me pareció ver, en el brazo del hombre de la derecha, lo que parecía el pico amarillo de un ave. Retrocedí y volví a mirar las anteriores, advirtiendo que el tono y los colores variaban conforme aumentaba la antigüedad de las fotografías; las imágenes por ordenador daban paso a Polaroids, y éstas a su vez a las más antiguas: fotografías en blanco y negro, reveladas probablemente por el propio Lang en un cuarto oscuro doméstico. Había niños y niñas, a veces fotografiados solos y otras con hombres, ocultas las identidades de éstos con máscaras de pájaros. Era una historia de abusos sexuales que se remontaba a muchos años atrás, probablemente décadas.

Las imágenes más antiguas del álbum eran fotocopias de mala calidad. Mostraban a una niña en una cama, y dos hombres abusaban de ella por turno, aunque no se veían sus cabezas porque las fotos habían sido recortadas. En una de ellas vi un tatuaje en el brazo de uno de los hombres. Estaba borroso. Imaginé que podía conseguirse una imagen más nítida, y entonces revelaría un águila.

Pero una de las fotos era distinta de las demás. La miré durante un largo rato; luego la saqué de la funda de plástico y redistribuí cuidadosamente las otras imágenes para disimular su ausencia. Metí la foto debajo de la alfombrilla de goma del coche y luego me senté en la grava dura y fría con la cabeza entre las manos, esperando a la policía.

Llegaron de paisano y en un par de coches sin distintivos. Anya los vio aparecer y se encogió en posición fetal, repitiendo una única palabra una y otra vez en un idioma que no reconocí. Sólo cuando se abrieron las puertas del primer coche y salieron un par de mujeres, Anya empezó a creer que quizás estaba a salvo. Las dos mujeres se acercaron. La puerta del acompañante de mi coche estaba abierta, y podían ver a la niña del mismo modo que la niña podía verlas a ellas. Yo la había dejado así para que Anya no tuviera la sensación de que la habían sacado de una celda para meterla en otra.

La primera mujer policía se agachó ante ella. Era esbelta, de pelo rojo recogido en la nuca. Me recordó a Rachel.

–Hola –saludó–. Me llamo Jill. Tú eres Anya, ¿no?

Anya asintió, reconociendo al menos su nombre. Los rasgos de su cara empezaron a suavizarse. Sus labios se arquearon con las comisuras hacia abajo y se echó a llorar. Ésa no era la reacción animal con la que había recibido a Ángel. Era otra cosa.

Jill abrió los brazos a la niña y ésta se abalanzó hacia ella, escondiendo la cara en su cuello y dando sacudidas por la fuerza de los sollozos. Jill me miró por encima del hombro de Anya y me hizo una seña con la cabeza. Me volví y las dejé solas.

35

Visto desde el mar, Bath no es un pueblo muy bonito, como rara vez lo son la mayoría de las localidades que dependen de algún tipo de industria pesada, y nunca nadie ha diseñado unos astilleros teniendo en cuenta la estética. Así y todo, había algo de majestuoso en sus enormes grúas y en los grandes buques que aún se construían allí en una época en que la mayoría de los astilleros habían cerrado o se habían convertido en una sombra de su anterior grandeza. Aunque puede que los astilleros fuesen feos, la suya era una fealdad surgida no de la decadencia, sino del crecimiento, con cuatrocientos años de historia a sus espaldas, cuatro siglos de ruido y vapor y chispas, de madera sustituida por el acero, de hijos tras los pasos de sus padres en oficios que se transmitían a lo largo de generaciones. El destino de Bath y el destino de los astilleros se habían unido para siempre forjando un lazo que jamás se rompería.

Como cualquier pueblo al que se trasladaba gran número de gente para trabajar al servicio de una sola empresa, el estacionamiento era un problema, y el amplio aparcamiento de King Street, justo en el cruce con Commercial y cerca del principal acceso a los astilleros por el lado norte, estaba abarrotado de coches. El primer turno estaba a punto de acabar y no muy lejos los autobuses esperaban al ralentí para transportar a quienes no vivían en el pueblo y preferían ahorrarse los agobios del aparcamiento prescindiendo del coche por completo o dejándolo en las afueras. Un cartel advertía que la Fundición de Bath era contratista de la Secretaría de Defensa y que estaban prohibidas las fotografías. Encima de la entrada de los empleados se leía otro letrero: POR ESTAS PUERTAS PASAN LOS MEJORES CONSTRUCTORES DE BARCOS DEL MUNDO.

La policía se había reunido en el club deportivo de Riverside. Eran una docena en total, una mezcla de agentes del Departamento de Policía de Bath y la policía del estado, todos de paisano. Además, dos coches patrulla permanecían ocultos. Se había notificado la inminente detención al servicio de seguridad de los astilleros, y a petición de éste se había decidido abordar a Raymon Lang cuando llegase al aparcamiento. Permanecía bajo vigilancia continua, y el jefe de seguridad de los astilleros estaba en contacto directo con Jill Carrier, la inspectora de la policía del estado que había tomado entre sus brazos a Anya y estaba al frente de la detención de Lang. Yo me encontraba en el aparcamiento, dentro del coche, con una vista clara de las puertas. Me habían permitido estar presente a condición de que no me dejase ver ni interviniese en lo que iba a ocurrir. Había contado a la policía toda una historia para explicarles cómo había descubierto a la niña en la caravana de Lang, y por qué me hallaba allí, pero al final tuve que admitir que había mentido al ver el cadáver de Legere. Estaba metido en un lío, pero Carrier había tenido la amabilidad de permitirme presenciar la detención de Lang, por más que una de sus condiciones fuese que un agente de paisano permaneciese sentado junto a mí en el coche en todo momento. Se llamaba Weintraub, y no hablaba mucho, lo cual ya me parecía bien.

A las tres y media de la tarde se abrieron las verjas con un retumbo y los hombres empezaron a salir, todos vestidos prácticamente igual, con gorras de béisbol y vaqueros y camisas de leñador desabrochadas sobre camisetas, cada uno con su petaca y su fiambrera. Vi a Carrier hablar por su móvil, y a media docena de policías separarse del grupo principal, con Carrier al frente, y empezar a abrirse paso entre la muchedumbre. Por un molinete a la derecha apareció Raymon Lang con su alargada caja de herramientas metálica. Vestía igual que los obreros del astillero y fumaba un cigarrillo casi consumido. Justo cuando aspiraba la última calada y se disponía a tirar la colilla al suelo, vio acercarse a Carrier y a los otros y supo en el acto quiénes eran y por qué estaban allí, un depredador detectando al instante la presencia de otros depredadores más poderosos que se abatían sobre él. Soltó la caja de herramientas y se echó a correr, huyendo de sus perseguidores en dirección este, pero un coche patrulla del Departamento de Policía de Bath interceptó de inmediato la salida del aparcamiento. Long cambió de rumbo, zigzagueando entre los coches, y entonces se aproximó el segundo coche patrulla y unos agentes uniformados avanzaron hacia él. Carrier ya se acercaba, más rápida y ágil que los hombres que la acompañaban. Empuñaba su arma. Ordenó a Lang que se detuviera.

Lang se dio media vuelta y se llevó la mano a la espalda, buscando algo bajo la camisa. Oí a Carrier lanzar una última advertencia para que levantase las manos, pero él no obedeció. Vi el culatazo de la pistola de Carrier y oí la detonación al tiempo que Lang se daba la vuelta y caía al suelo.

Murió camino del hospital. No habló mientras los auxiliares sanitarios luchaban por salvarle la vida, y nada se averiguó por mediación de él. Le quitaron la camisa cuando lo tendieron en la camilla, y vi que no tenía tatuajes en los brazos.

Raymon Lang iba desarmado. Por lo visto no tenía motivo para echarse la mano a la espalda, no tenía motivo para obligar a disparar a Carrier. Sin embargo, pienso, al final simplemente no quería ir a la cárcel, quizá por cobardía, o quizá porque no resistía la idea de verse alejado de los niños por el resto de sus días.

Sexta parte

Y cuando mejor me comporto
soy realmente como él.
Buscad bajo las tablas del suelo
los secretos que escondí.

Sufjan Stevens, *John Wayne Gacy Jr.*

36

Toqué el timbre en casa de Rebecca Clay. Oía cómo rompían las olas en la oscuridad. Ahora que Merrick había muerto, Jackie Garner y los Fulci ya no estaban allí. Yo la había informado por teléfono de lo sucedido. Me dijo que la policía la había llamado después de admitir yo que les había mentido sobre Jerry Legere, y ella había identificado oficialmente el cadáver horas antes ese día. La habían interrogado sobre la muerte de su ex marido, pero poco más pudo añadir a lo que ya sabían. Legere y ella no mantenían el menor contacto, y no lo había visto ni tenido noticias de él desde hacía mucho tiempo hasta que, cuando yo empecé a hacer preguntas, él la llamó borracho un par de noches antes de morir, exigiendo saber cómo se atrevía a mandarle a un detective privado. Ella le colgó y él ya no volvió a llamar.

Abrió la puerta vestida con un suéter viejo y unos vaqueros holgados. Iba descalza. Oí el televisor en la sala de estar, y por la puerta abierta avisté a Jenna sentada en el suelo, viendo una película de dibujos animados. Levantó la mirada para ver quién había entrado, decidió que por mí no merecía la pena perderse nada y continuó atenta a la pantalla.

Seguí a Rebecca a la cocina. Me ofreció café o una copa, pero rechacé tanto lo uno como lo otro. Legere, me explicó, sería entregado para su entierro al día siguiente. Al parecer tenía un hermanastro en Dakota del Norte que estaba a punto de llegar para ocuparse de los preparativos. Me dijo que pensaba asistir al funeral por el hermanastro, pero que no iba a llevar a su hija.

—No es algo que necesite ver. —Se sentó a la mesa de la cocina—. Ya se ha acabado todo, pues.

—En cierto modo. Frank Merrick está muerto. Su ex marido está muerto. Ricky Demarcian y Raymon Lang están muertos. Otis Caswell está muerto. Mason Dubus está muerto. El departamento del *sheriff* del condado de Somerset y la oficina del forense están exhumando los restos de Lucy Merrick y Jim Poole en Galaad. Son muchos muertos. Pero supongo que tiene usted razón: para ellos ya se ha acabado todo.

—Parece cansado de este asunto.

Lo estaba. Había querido respuestas y la verdad sobre lo que les había sucedido a Lucy Merrick, a Andy Kellog y los demás niños que habían sido víctimas de abusos a manos de hombres con máscaras de pájaros. En lugar de eso me había quedado con la sensación de que, salvo por la niña llamada Anya, y la eliminación de un poco de mal en el mundo, todo aquello no había servido para nada. Tenía pocas respuestas, y al menos uno de los autores de los abusos todavía andaba suelto: el hombre con el tatuaje del águila. También sabía que me habían mentido desde el principio. Me había mentido, en concreto, la mujer que ahora se hallaba sentada delante de mí, y sin embargo no me sentía capaz de culparla.

Metí la mano en el bolsillo y extraje la foto que me había llevado del álbum de Raymon Lang. La cara de la niña quedaba casi oculta por el cuerpo del hombre arrodillado sobre ella en la cama, y a él mismo sólo se le veía de cuello para abajo. Tenía el cuerpo casi absurdamente delgado, los huesos se le marcaban en la piel de los brazos y las piernas dibujándose en él cada músculo y tendón. A juzgar por la edad de la niña, la foto se había tomado hacía más de un cuarto de siglo. No debía de tener más de seis o siete años. A su lado, entre dos almohadas, había una muñeca de pelo rojo y largo, vestida con un pichi azul. Era la misma muñeca con la que la hija de Rebecca Clay iba ahora de un lado para otro, una muñeca heredada de su madre, una muñeca que había dado consuelo a Rebecca durante los años en que fue víctima de abusos sexuales.

Rebecca miró la fotografía pero no la tocó. Se le vidriaron los ojos; luego se le humedecieron al contemplar a la niña que fue en otro tiempo.

—¿Dónde la ha encontrado? —preguntó.

—En la caravana de Raymon Lang.

—¿Había más?

—Sí, pero ninguna como ésta. Ésta era la única donde se veía la muñeca.

Apretó la foto con la mano, cubriendo la forma del hombre que se alzaba sobre ella de niña, tapando el cuerpo desnudo de Daniel Clay.

—Rebecca —pregunté—, ¿dónde está su padre?

Se levantó y se dirigió a la puerta detrás de la mesa de la cocina. La abrió y pulsó un interruptor. La luz iluminó unos peldaños de madera que descendían al sótano. Sin mirar hacia atrás, empezó a bajar, y yo la seguí.

El sótano se empleaba como trastero. Había una bicicleta, ya demasiado pequeña para su hija, y diversos tipos de cajas, pero todo parecía intacto e inmóvil desde hacía mucho tiempo. Olía a polvo, y el suelo de cemento había empezado a agrietarse en algunos lugares, largas líneas oscuras que se extendían como venas desde un punto en el centro. Rebecca Clay estiró un pie descalzo y señaló el suelo con los dedos de los pies.

—Está ahí abajo —dijo—. Ahí lo dejé.

Ese viernes, ella había estado trabajando en Saco, y cuando volvió a su apartamento se encontró con un mensaje en el contestador. Su canguro, Ellen, que cuidaba a tres o cuatro niños cada día, había tenido que ir al hospital tras una amenaza de infarto, y el marido de Ellen había llamado para decir que, obviamente, no podría recoger a ninguno de los niños en el colegio. Rebecca comprobó su móvil y advirtió que se había quedado sin batería mientras estaba en Saco. En su ajetreo diario, no se había dado cuenta. Por un momento sintió pánico. ¿Dónde estaba Jenna? Telefoneó al colegio, pero todo el mundo se había marchado. Después llamó al marido de Ellen, pero no sabía quién se había llevado a Jenna del colegio. Él le sugirió que se pusiera en contacto con el director, o la secretaria del colegio, ya que habían informado a ambos de que ese día no irían a recoger a Jenna. En lugar de eso, Rebecca telefoneó a su mejor amiga, April, cuya hija, Carole, iba a la misma clase que Jenna. Tampoco ella tenía a Jenna, pero sabía dónde estaba.

—La ha recogido tu padre —dijo—. Por lo visto, la escuela ha encontrado su número en el listín y lo ha llamado al enterarse de lo de Ellen y no poder localizarte a ti. Él se ha presentado y se la ha llevado a su casa. Lo he visto en la escuela cuando ha ido a buscarla. Tu hija está bien, Rebecca.

Pero Rebecca pensó que ya nada volvería a estar bien. Sintió tal pavor que vomitó camino del coche, y vomitó otra vez cuando iba a casa de su padre, arrojando pan y bilis en una bolsa de supermercado mientras esperaba en un semáforo. Cuando llegó a la casa, su padre rastrillaba hojas muertas en el jardín, y la puerta de entrada estaba abierta. Apresuradamente pasó ante él sin dirigirle la palabra y encontró a su hija en la sala de estar, haciendo lo mismo que hacía en ese momento: ver la televisión desde el suelo y comer un helado. No entendía por qué su madre estaba tan alterada, por qué la abrazaba y lloraba y la reñía por estar con su abuelo. Al fin y al cabo, ya había estado otras veces con él, aunque nunca sola, siempre con su madre. Era el abuelo. Él le había comprado patatas fritas y un perrito caliente y un refresco. La había llevado a la playa y habían cogido conchas. Luego le había dado un cuenco enorme de helado de chocolate y la había dejado ver la tele. Había pasado un día agradable, dijo a su madre, aunque habría sido mejor aún si su madre hubiese estado allí con ella.

En ese momento apareció Daniel Clay en la puerta del salón preguntando qué pasaba, como si fuera un abuelo normal y un padre normal, y no el hombre que se había acostado con su hija desde los seis hasta los quince años, siempre amable y delicado, procurando no hacerle daño, y a veces, cuando estaba triste o bebido, disculpándose por la noche que permitió a otro hombre tocarla. Porque él la quería. Siempre se lo decía: «Soy tu padre, y te quiero, y nunca permitiré que eso vuelva a ocurrirte».

Oí las notas graves de la televisión vibrar por encima de nuestras cabezas. Luego quedó en silencio, y supe, por el sonido de sus pasos, que Jenna subía al piso de arriba.

–Es su hora de irse a dormir –explicó Rebecca–. Nunca tengo que decírselo. Se va ella sola a la cama. Le gusta dormir. La dejo cepillarse los dientes y leer un rato y luego voy a darle las buenas noches. Siempre le doy un beso después de acostarse, porque así sé que está a salvo.

Se recostó contra la pared de ladrillo del sótano y se pasó los dedos por el pelo, apartándoselo de la frente y dejando la cara al descubierto.

–Él no la había tocado –dijo–. Había hecho exactamente lo que ella dijo que había hecho, pero entendí lo que ocurría. Hubo un momento, justo antes de pasar a su lado y llevarme a Jenna a casa, en que lo vi en sus ojos, y él supo que yo lo vi. Se sentía tentado por ella. Todo volvía a empezar. Él no tenía la culpa. Era una enfermedad. Estaba trastornado. Era como un mal que había permanecido en estado latente, y de pronto resurgía.

–¿Por qué no se lo ha contado a nadie? –pregunté.

–Porque era mi padre y lo quería –contestó. No me miraba al hablar–. Supongo que le parecerá ridículo después de lo que me hizo.

–No –respondí–. Ya nada me parece ridículo.

Hurgó el suelo con el pie.

–Pues es la verdad, por si sirve de algo. Yo lo quería. Lo quería tanto que esa noche volví a la casa. Dejé a Jenna con April. Le dije que tenía trabajo y le pregunté si Jenna podía quedarse a dormir con Carole. Lo hacían a menudo, así que no era nada anormal. Luego vine aquí. Mi padre abrió la puerta y le dije que teníamos que hablar sobre lo ocurrido ese día. Él se rió como restándole importancia. Estaba trabajando en el sótano y yo lo seguí hasta aquí abajo. Iba a poner un suelo nuevo, y ya había empezado a levantar el cemento antiguo. Por entonces ya habían empezado a correr los rumores y prácticamente se había visto obligado a anular todas sus citas. Estaba convirtiéndose en un verdadero paria, y lo sabía. Intentaba disimular el disgusto que eso representaba para él. Decía que así tendría tiempo para hacer toda clase de trabajos en casa con los que venía amenazando desde hacía tiempo.

»Así que siguió levantando el cemento del suelo mientras yo le chillaba. Pero él se negaba a escucharme. Era como si yo me lo estuviera inventando todo, todo lo que me había pasado, todo lo que me había hecho y lo que, empezaba a sospechar, quería volver a hacer, pero esta vez a Jenna. Sólo decía que todo lo que había hecho lo había hecho por amor. "Eres mi hija", decía. "Te quiero. Siempre te he querido. Y también quiero a Jenna."

»Y cuando dijo eso, algo se rompió dentro de mí. Él tenía un pico en las manos y, haciendo palanca, intentaba levantar una placa de cemento. Vi un martillo en el estante a mi lado. Estaba de espaldas a mí y le golpeé en la coronilla. No se desplomó, no en un primer momento. Sólo se agachó y se llevó la mano al cuero cabelludo, como si se hubiese dado contra una viga. Le di un segundo martillazo y cayó. Creo que le golpeé otras dos veces. Empezó a desangrarse en la tierra y lo dejé allí. Subí a la cocina. Tenía la cara y las manos salpicadas de sangre y me lavé. También limpié el martillo. Quedaban restos de pelo, recuerdo, y tuve que retirarlos con los dedos. Lo oí moverse en el sótano, y creí que intentaba decir algo, pero no pude volver a bajar.

No pude. Cerré la puerta con llave y me senté en la cocina hasta que oscureció y ya no lo oí moverse. Cuando abrí la puerta, él se había arrastrado hasta el pie de la escalera, pero había sido incapaz de subir. Entonces bajé hasta él, y estaba muerto.

»Encontré unos plásticos en el garaje y lo envolví. Antes había un invernadero en el jardín de atrás. Tenía el suelo de tierra. Ya era de noche, y lo llevé a rastras hasta allí. Eso fue lo más difícil: subirlo desde el sótano. No daba la impresión de que pesara mucho, pero todo él era músculo y hueso. Cavé un hoyo y lo metí dentro; luego volví a cubrirlo. Supongo que ya estaba haciendo planes, pensando por adelantado. Nunca se me pasó por la cabeza avisar a la policía o admitir lo que había hecho. Simplemente sabía que no quería separarme de Jenna. Ella lo era todo para mí.

»Cuando acabé, volví a casa. A la noche siguiente esperé a que anocheciera y fui en el coche de mi padre hasta Jackman y allí lo dejé. Denuncié su desaparición después de ocuparme del coche. Vino la policía. Unos inspectores examinaron el suelo del sótano, como yo preveía, pero mi padre sólo había empezado a levantarlo, y estaba claro que no había nada debajo. Lo sabían todo sobre mi padre, y cuando encontraron el coche en Jackman, dedujeron que había huido.

»Al cabo de un par de días volví y trasladé el cuerpo. Había tenido suerte. Ese mes había hecho mucho frío. Supongo que gracias a eso se conservó bien. Ya me entiende, no se descompuso, así que no olía, o apenas. Empecé a cavar en el sótano. Me llevó casi toda la noche, pero él me había enseñado cómo se hacía. Siempre había dicho que una chica debía saber cómo cuidar una casa, cómo arreglar las cosas y mantenerlas en buen estado. Despejé los escombros de un rincón y cavé hasta tener un hoyo de tamaño suficiente para meterlo. Lo cubrí; luego subí al piso de arriba y me quedé dormida en mi antigua habitación. Parece mentira que alguien pueda quedarse dormido después de hacer una cosa así, pero dormí de un tirón hasta el mediodía. Dormí plácidamente, como nunca antes. Luego volví a bajar y seguí trabajando. Todo lo que necesitaba estaba allí, incluso una pequeña hormigonera. Sacar los escombros me llevó un tiempo, y después la espalda me dolió durante semanas, pero una vez hecho eso, todo fue muy fácil. En total tardé casi todo el fin de semana. Jenna se quedó con April. Todo fue como una seda.

—Y después se vino a vivir a esta casa.

—No podía venderla porque no era mía, pero de todos modos tampoco me habría atrevido a hacerlo porque temía que alguien decidiera hacer obras en el sótano y encontrara lo que había allí. Me pareció mejor trasladarme, y luego ya nos quedamos aquí. Pero ¿sabe lo más curioso de todo? ¿Ve esas grietas en el suelo? Son nuevas. Han empezado a aparecer en las últimas dos semanas, desde que Frank Merrick se presentó aquí creando problemas. Es como si Merrick hubiese despertado algo ahí abajo, como si mi padre lo hubiese oído hacer preguntas y buscado una manera de volver a este mundo. He empezado a tener pesadillas. Sueño que oigo ruidos procedentes del sótano y que, cuando abro la puerta, mi padre sube por la escalera después de salir de debajo de la tierra para hacerme pagar por lo que hice, porque él me quería y yo le hice daño. En el sueño, sin prestarme atención, se arrastra hasta el cuarto de Jenna, y yo sigo golpeándolo, una y otra vez, pero él no se detiene. Sigue arrastrándose sin más, como un insecto que se niega a morir.

Había empezado a explorar una de las grietas del suelo con la punta del dedo del pie. Lo retiró de inmediato en cuanto tomó conciencia de lo que hacía, acordándose de lo que yacía debajo al describir sus pesadillas.

—¿Quién la ayudó con todo esto? —pregunté.

—Nadie —contestó—. Lo hice yo sola.

—Usted llevó el coche de su padre hasta Jackman. ¿Cómo volvió después de abandonarlo?

—En autoestop.

—¿En serio?

—Sí, es verdad.

Pero supe que mentía. Después de todo lo que había hecho, no se habría arriesgado así. Alguien la siguió hasta Jackman y luego la trajo de regreso al este. Pensé que tal vez fuera su amiga April. Recordé la mirada que habían cruzado la noche que Merrick rompió la ventana. Se había producido una comunicación entre ellas, un gesto de complicidad, el reconocimiento de una información compartida. No importaba. En realidad, nada de eso importaba.

—¿Quién era el otro hombre, Rebecca, el que tomó la fotografía?

—No lo sé. Era tarde. Oí que alguien bebía con mi padre, luego subieron a mi habitación. Los dos olían muy mal. Eso aún lo recuerdo. Ése es el motivo por el que nunca he podido beber whisky. Encendieron la luz de la mesita de noche. El hombre llevaba una máscara, una vieja máscara de Halloween, de fantasma, que usaba mi padre para asustar a los niños que venían a pedir caramelos. Mi padre me dijo que aquel hombre era un amigo suyo y que yo debía hacerle lo mismo que le hacía a él. Yo no quería, pero... –Se interrumpió por un momento–. Tenía siete años –susurró–. Sólo eso. Tenía siete años. Sacaron fotografías. Era como si fuese un juego, una broma. Sólo ocurrió aquella vez. Al día siguiente, mi padre lloró y me dijo que lo sentía. Me repitió que me quería y que nunca me compartiría con nadie más. Y no lo hizo.

–¿Y no tiene ni idea de quién pudo ser?

Negó con la cabeza, pero eludió mi mirada.

–Había más fotos de esa noche en la caravana de Raymon Lang. En ellas aparecía el compañero de borrachera de su padre, pero no se le veía la cabeza. Tenía un tatuaje de un águila en el brazo. ¿Lo recuerda?

–No. Estaba oscuro. Si lo vi, lo he olvidado con los años.

–Uno de los otros niños que sufrieron abusos mencionó esa misma marca. Alguien me sugirió que tal vez era un tatuaje militar. ¿Sabe si alguno de los amigos de su padre sirvió en el ejército?

–Elwin Stark, él sirvió –contestó–. Creo que también Eddie Haver podría haber estado en el ejército. Son los únicos, pero dudo que cualquiera de ellos tuviera un tatuaje como ése en el brazo. A veces venían de vacaciones con nosotros. Los veía en la playa. Me habría fijado.

Lo dejé estar. No sabía qué más podía hacer.

–Su padre traicionó a esos niños, ¿verdad? –pregunté.

Asintió con la cabeza.

–Eso creo. Aquella gente tenía esas fotos de él conmigo. Supongo que es así como lo obligaron a hacer lo que hizo.

–¿Cómo las consiguieron?

–Supongo que se las entregó el hombre aquel, el que vino aquella noche. Pero mi padre se preocupaba de verdad por los niños a los que trataba. Intentaba velar por ellos. Esos hombres lo obligaron a elegírselos, lo obligaron a seleccionar a niños para someterlos a abusos, pero por eso mismo parecía esforzarse el doble con los demás. Sé que no tiene ningún sentido, pero era casi como si existieran dos Daniel Clay, el malo y el bueno. Estaba el que abusaba de su hija y traicionaba a los niños para salvar su reputación, y estaba el que luchaba con uñas y dientes para salvar a otros niños de los abusos. Quizás ésa era la única manera de sobrevivir sin volverse loco, separando las dos partes y tomando todo lo malo y llamándolo «amor».

–¿Y Jerry Legere? Usted sospechó de él después de encontrarlo con Jenna, ¿no?

–Vi en él algo de lo que había visto en mi padre –contestó–, pero no sabía que estaba implicado, no hasta que vino la policía y me dijo cómo había muerto. Creo que lo odio a él más que a nadie. Es decir, debía de saber lo mío. Sabía lo que mi padre había hecho, y, por alguna razón, eso me volvía más atractiva para él. –Se estremeció–. Era como si cuando me follaba, follara a la niña que también fui.

Se desplomó en el suelo y apoyó la frente en los brazos. Apenas la oí cuando volvió a hablar.

–¿Y ahora qué pasará? –preguntó–. ¿Me quitarán a Jenna? ¿Iré a la cárcel?

–Nada –respondí–. No pasará nada.

Levantó la cabeza.

–¿No va a decírselo a la policía?

–No.

No había nada más que decir. La dejé en el sótano, sentada al pie de la tumba que ella había cavado para su padre. Subí al coche y me alejé acompañado por el murmullo del mar, como un número infinito de voces que me ofrecía callado consuelo. Fue la última vez que oí el mar en aquel lugar, ya que nunca regresé allí.

37

Quedaba otro vínculo, otra conexión por explorar. Después de Galaad, conocía la conexión que existía entre Legere y Lang, y a su vez la conexión que existía entre Lang y, por un lado, Galaad, y por otro Daniel Clay. No era sólo un lazo personal, sino también profesional: la empresa de seguridad, A-Secure.

Joel Harmon estaba en su jardín cuando llegué, y fue Todd quien abrió la puerta y me acompañó al atravesar la casa para reunirme con él.

–Tienes pinta de haber pasado un tiempo en el ejército, Todd –comenté.

–Debería romperte la cara por eso –contestó con buen talante–. En la marina. Cinco años. Era encargado de señales, y desde luego se me daba bien.

–¿Os tatuáis en la marina?

–Por supuesto –respondió. Se arremangó la chaqueta y reveló en el brazo derecho una enmarañada masa de anclas y sirenas–. Soy muy tradicional. –Dejó caer la manga–. ¿Lo preguntas por algo?

–Simple curiosidad. Me fijé en cómo manejabas la pistola la noche de la fiesta. Daba la impresión de que no era la primera vez que empuñabas una.

–Ya, bueno, el señor Harmon es un hombre rico. Quería a alguien que cuidase de él.

–¿Has tenido que cuidar de él alguna vez, Todd? –pregunté.

Se detuvo cuando llegamos al jardín y me miró de hito en hito.

–Todavía no –contestó–. No en el sentido a que se refiere.

Ese día los hijos de Harmon estaban en casa, y Harmon, en medio del jardín, les señalaba los cambios que esperaba introducir en las flores y los arbustos llegada la primavera.

–Le encanta el jardín –comentó Todd siguiendo la dirección de mi mirada y, al parecer, impaciente por abandonar el tema de la pistola y sus obligaciones, reales o potenciales, respecto a Harmon–. Todo lo que hay ahí lo ha plantado él mismo, o ayudado a plantarlo. También los chicos le echaron una mano. El jardín es tan de ellos como de él.

Pero yo no miraba a Harmon, ni a sus hijos, ni al jardín. Miraba las cámaras de vigilancia que permanecían atentas en el jardín y en las entradas de la casa.

–Parece un sistema caro –le indiqué a Todd.

–Lo es. Las propias cámaras pasan de imagen en color a blanco y negro cuando la iluminación es escasa. Tienen funciones de enfoque y zoom, direccionamiento horizontal y vertical, conmutador de modo cuádruple, que permite ver las imágenes de todas las cámaras de forma simultánea. Hay monitores en la cocina, en el despacho del señor Harmon, en el dormitorio y en mis dependencias. Nunca se es demasiado precavido.

–No, supongo que no. ¿Quién instaló el sistema?

–Una empresa llamada A-Secure, de South Portland.

–Ajá. Allí trabajaba Raymon Lang, ¿no?

Todd dio un respingo, como si acabara de recibir una suave descarga eléctrica.

–Sí, supongo. –La muerte de Lang y el descubrimiento de la niña bajo su caravana había sido noticia de primera plana. Difícilmente podía haberle pasado inadvertida a Todd.

–¿Ha estado aquí alguna vez, para revisar el sistema, quizá? Seguro que necesita mantenimiento una o dos veces al año.

–No sabría decirte –respondió Todd. Ya estaba a la defensiva, preguntándose si había hablado más de la cuenta–. A-Secure manda a alguien regularmente como parte del contrato, pero no siempre es el mismo técnico.

–Claro. Eso cuadra. Tal vez Jerry Legere vino aquí en lugar de él. Me imagino que la compañía tendrá que buscar a otro que cuide del sistema, ahora que los dos están muertos.

Todd no contestó. Hizo ademán de acompañarme hasta donde estaba Harmon, pero le dije que no era necesario. Abrió la boca para protestar, pero levanté la mano y volvió a cerrarla. Tenía inteligencia suficiente para saber que estaba sucediendo algo que él no acababa de entender, y lo mejor que podía hacer era observar y escuchar, e intervenir sólo en caso de absoluta necesidad. Lo dejé en el porche y crucé el jardín. Pasé al lado de los hijos de Harmon cuando ellos volvían a la casa. Me miraron con curiosidad, y el hijo de Harmon pareció a punto de decir algo, pero los dos se relajaron un poco cuando les sonreí a modo de saludo. Eran chicos atractivos: altos, sanos, bien vestidos, aunque de manera informal, en distintos tonos de Abercrombie & Finch.

Harmon no me oyó acercarme. Estaba arrodillado junto a un arriate del jardín alpino, salpicado de piedra caliza erosionada, las rocas firmemente engastadas en la tierra, con la veta hacia dentro, y esquirlas de piedra esparcidas alrededor. Entre las rocas asomaban plantas de escasa altura, de hojas violáceas y verdes, plateadas y broncíneas.

Mi sombra se proyectó sobre Harmon y levantó la vista.

–Señor Parker –dijo–. No esperaba compañía, y se ha presentado usted a hurtadillas por mi lado malo. No obstante, ya que está aquí, me da la oportunidad de disculparme por lo que le dije por teléfono la última vez que hablamos.

Se levantó con cierta dificultad. Le ofrecí mi mano derecha y la aceptó. Cuando lo ayudé a ponerse en pie, le sujeté el brazo con la mano izquierda, le remangué la camisa y el jersey para dejar a la vista el antebrazo. Por un instante alcancé a ver las garras de un ave en su piel.

–Gracias –dijo. Vio en qué me estaba fijando y se bajó la manga.

–Nunca le he preguntado cómo perdió el oído –señalé.

–Es un poco bochornoso –contestó–. Siempre oí un poco peor del lado izquierdo. No era muy grave, y no representaba un obstáculo en mi vida. Quería combatir en Vietnam. No quería esperar a que me llamaran a filas. Tenía veinte años y rebosaba entusiasmo. Me mandaron a Fort Campbell para la instrucción básica. Esperaba incorporarme al 173 Regimiento Aerotransportado. Ya sabe, el 173 fue la única unidad que llevó a cabo un asalto por aire a una posición enemiga en Vietnam. La Operación Junction City en el sesenta y siete. Yo habría podido participar, pero un obús estalló demasiado cerca de mi cabeza en el periodo de instrucción. Me destrozó el tímpano. Me dejó casi sordo de un oído y me afectó al sentido del equilibrio. Me dieron de baja, y eso fue lo más cerca que estuve del combate. Me faltaba una semana para acabar la instrucción.

–¿Fue allí donde se tatuó?

Harmon se frotó la camisa en la parte del brazo donde tenía el tatuaje, pero no volvió a enseñar la piel.

–Sí, pequé de optimismo. Puse la carreta antes que los bueyes. No pude añadir debajo los años de servicio. Ahora me abochorna. No lo enseño mucho. —Me escrutó—. Veo que ha venido cargado de preguntas.

—Tengo más. ¿Conocía usted a Raymon Lang, señor Harmon?

Se paró a pensar por un momento, y lo observé.

—¿Raymon Lang? ¿No es el hombre al que ha matado la policía de un tiro en Bath? ¿El que tenía a la niña escondida debajo de su caravana? ¿Por qué habría de conocerlo?

—Trabajaba para A-Secure, la empresa que instaló su sistema de vigilancia. Se dedicaba al mantenimiento de cámaras y monitores. Pensé que tal vez usted lo había conocido por su trabajo.

Harmon se encogió de hombros.

—Es posible. ¿Por qué?

Me volví y miré hacia la casa. Todd hablaba con los hijos de Harmon. Los tres me observaban. Recordé un comentario de Christian, que sostenía que un pederasta podía cebarse en los hijos de los demás y sin embargo no tocar nunca a los suyos, que su familia podía ignorar por completo sus impulsos, cosa que le permitía preservar la imagen de padre y marido afectuoso, una imagen que, en cierto sentido, era a la vez verdadera y falsa. Cuando hablé con Christian, era a Daniel Clay a quien tenía en mente, pero me equivocaba. Rebecca Clay sabía exactamente cómo era su padre, pero había otros niños que no lo sabían. Acaso hubiera muchos hombres con águilas tatuadas en el brazo derecho, incluso hombres que habían abusado de niños, pero los vínculos entre Lang y Harmon y Clay, por endebles que fuesen, eran innegables. ¿Cómo sucedió?, me pregunté. ¿Cómo llegaron a reconocer Lang y Harmon que había algo en el otro, que tenían una debilidad parecida, una avidez compartida por los dos? ¿Cuándo decidieron abordar a Clay y usarlo como medio de acceso para seleccionar a aquellos que eran especialmente vulnerables, o a aquellos a quienes tal vez nadie creería si presentaban acusaciones de abusos? ¿Sacó el tema Harmon cuando Clay, aquella noche de borrachera, le permitió abusar de Rebecca? ¿Lo utilizó Harmon como medida de presión contra el psiquiatra? Ya que era él el segundo hombre que estuvo en la casa la noche en que Daniel Clay, por primera y última vez, compartió a su hija con otro, y en su estado de ebriedad permitió que se sacaran fotos del encuentro. Empleándolas con cautela, Harmon habría podido arruinar la vida a Clay con ellas asegurándose al mismo tiempo de que él quedaba con las manos en apariencia limpias. Incluso habría bastado con un envío anónimo por correo a la policía o al colegio de médicos.

¿O fue necesario siquiera chantajear a Clay? ¿Compartieron con él las pruebas de los abusos cometidos? ¿Fue así como alimentó sus propios deseos cuando dejó de atormentar a su propia hija, al hacerse mayor, antes de que resurgieran esos viejos impulsos, como Rebecca vio en su cara al empezar a florecer su hija?

Me volví otra vez hacia Harmon. Le había cambiado la expresión. Era el rostro de un hombre que sopesaba los pros y los contras, que evaluaba hasta qué punto debía arriesgarse y exponerse.

—Señor Parker —dijo—, le he hecho una pregunta.

No le hice caso.

—¿Cómo lo hicieron? —proseguí—. ¿Qué los unió a usted y a Lang, a Caswell y a Legere? ¿La mala suerte? ¿La admiración mutua? ¿Qué fue? Luego, después de la desaparición de Clay se agotó el suministro, ¿no? Entonces tuvieron que buscar en otra parte, y eso los puso en contacto con Demarcian y sus amigos de Boston, y quizá también con Mason Dubus, ¿o lo habían visitado ya mucho tiempo antes, usted y Clay? ¿Se arrodillaron a sus pies y lo veneraron? ¿Le hablaron de su Proyecto: los abusos sistemáticos a los niños más vulnerables, los trastornados, o aquellos con menos credibilidad, todos seleccionados gracias a la información directa de Clay?

—Ándese con cuidado —advirtió Harmon—. Ándese con mucho cuidado.

—Vi una foto —dije—. Estaba en la caravana de Lang. Era la foto de un hombre abusando de una niña. Sé quién era esa niña. La foto no sirve de mucho, pero basta como punto de partida. Seguro que la policía tiene toda clase de métodos para comparar una foto de un tatuaje con una señal real en la piel.

Harmon sonrió. Era una sonrisa desagradable y malévola, como una herida abriéndose en la cara.

—¿Ha averiguado lo que le ocurrió a Daniel Clay, señor Parker? Yo siempre he tenido mis sospechas sobre su desaparición, pero nunca las he expresado en voz alta por respeto a su hija. ¡A saber qué aparecería si yo empezase a hurgar en los rincones! Puede que también yo encontrase fotos, y quizá reconociese también a la niña de esas imágenes. Si mirara con la atención suficiente, tal vez incluso reconocería a uno de los autores de los abusos contra ella. Su padre era un hombre de un aspecto muy característico, pura piel y huesos. Si descubriese algo así, tendría que entregárselo a las autoridades correspondientes. Al fin y al cabo, esa niña sería ahora una mujer, una mujer con sus propios problemas y tormentos. Tal vez esa mujer necesitase ayuda, o una terapia. Podrían salir muchas cosas a la luz, muchas cosas. Cuando se empieza a escarbar, señor Parker, nunca se sabe qué esqueletos aparecerán.

Oí unos pasos detrás de mí, y la voz de un joven preguntó:

–¿Todo en orden, papá?

–Todo en orden, hijo –contestó Harmon–. El señor Parker está a punto de marcharse. Lo invitaría a comer, pero sé que tiene cosas que hacer. Es un hombre ocupado. Tiene mucho en que pensar.

No dije nada más. Me alejé y dejé atrás a Harmon y su hijo. Su hija se había ido, pero una figura nos miraba a todos desde una de las ventanas del piso superior. Era la señora Harmon. Llevaba un vestido verde y el rojo de sus uñas contrastaba con el blanco de la cortina que mantenía apartada del cristal. Todd me siguió por la casa para asegurarse de que me iba. Ya casi estaba en la puerta cuando la señora Harmon apareció en el rellano por encima de su cabeza. Me dirigió una sonrisa vacua, aparentemente extraviada en una bruma farmacológica, pero la sonrisa no fue más allá de sus labios, y en sus ojos se reflejaron cosas inefables.

Séptima parte

y lo que quiero saber es
si le gusta su niño de ojos azules
Señor Muerte

e.e. cummings, *El finado Buffalo Bill*

Epílogo

Durante unos días no pasó nada más. La vida volvió a ser poco más o menos como antes. Ángel y Louis regresaron a Nueva York. Yo volví a pasear a *Walter*, y atendí las llamadas de gente que quería contratar mis servicios. Rechacé todos los casos. Estaba cansado, y me había quedado un mal sabor de boca del que no podía librarme. Incluso la casa estaba en silencio, como si aquellas presencias que lo vigilaban todo aguardaran a ver qué ocurría.

La primera carta no me pilló de sorpresa. Me comunicaba que habían retenido mi pistola como prueba de la comisión de un delito y que posiblemente me sería devuelta al cabo de un tiempo. Me dio igual. No quería recuperarla, no en ese momento.

Las siguientes dos cartas llegaron casi simultáneamente por correo urgente. La primera, de la jefatura de policía del estado, me informaba de que se había presentado ante el Tribunal del Distrito una solicitud para retirarme la licencia de investigador privado con efecto inmediato por fraude y engaño en relación con mi trabajo, así como por hacer declaraciones falsas. La solicitud procedía de la policía del estado. El tribunal había concedido una suspensión temporal y a su debido tiempo se celebraría una vista, en la cual tendría ocasión de defenderme.

La segunda carta también era de la jefatura de policía del estado, en ella se me notificaba que me retiraban el permiso de armas en espera del resultado de la vista, y que debía devolverla, junto con cualquier otra documentación pertinente, a la jefatura. Después de todo lo que me había ocurrido, y de todo lo que yo había hecho, mi mundo se iba a pique al finalizar un caso en el que ni siquiera había disparado un arma.

Me pasé los días posteriores a la recepción de las cartas fuera de casa. Viajé a Vermont con *Walter* y estuve dos días con Rachel y Sam,

417

alojado en un hotel a unos kilómetros de la casa. La visita transcurrió sin incidentes, y sin una palabra áspera entre nosotros. Era como si las palabras pronunciadas por Rachel en nuestro último encuentro hubiesen despejado el aire. Le conté lo sucedido, incluso que me habían retirado la licencia y el permiso. Me preguntó qué iba a hacer y le contesté que no lo sabía. El dinero no era un problema grave, todavía no. Los pagos de la hipoteca eran módicos, ya que la mayor parte del coste de adquisición se había cubierto con el dinero que había pagado el Servicio de Correos estadounidense por las tierras de mi abuelo y la vieja casa que allí se alzaba. Pero tendría facturas que pagar, y quería seguir ayudando a Rachel con la manutención de Sam. Me dijo que no me preocupara mucho por eso, si bien comprendía por qué era importante para mí. Cuando me disponía a marcharme, Rachel me abrazó y me besó con ternura en los labios, y la saboreé y ella me saboreó a mí.

La noche siguiente tuvo lugar una cena en Natasha's en honor de June Fitzpatrick. Joel Harmon no acudió. Sólo estaban algunos de los amigos de June, y Phil Isaacson, el crítico de arte del *Press Herald*, y un par de personas a las que conocía de nombre. A mí no me apetecía ir, pero June había insistido, y al final resultó una velada muy agradable. Los dejé allí después de un par de horas, con las botellas de vino aún por terminar y los postres sin pedir.

Soplaba un viento desapacible desde el mar. Me cortó las mejillas y me humedeció los ojos cuando me encaminé hacia el coche. Había aparcado en Middle Street, no muy lejos del ayuntamiento. Había muchos sitios vacíos y me crucé con muy poca gente por la calle.

Vi a un hombre frente a mí, delante de un edificio de apartamentos, cerca de la comisaría del Departamento de Policía de Portland. Fumaba un cigarrillo. Vi resplandecer la punta en la sombra proyectada por el toldo extendido encima de la puerta. Cuando me aproximé, se plantó en mi camino.

–He venido a despedirme –dijo–. Por ahora.

El Coleccionista vestía como siempre, con un abrigo oscuro que había conocido tiempos mejores y, debajo, una chaqueta de color azul marino y una camisa anticuada de cuello ancho, abrochada hasta el último botón. Dio una última y larga calada a su cigarrillo y lo tiró.

–He oído que las cosas se le han puesto feas.

No quería hablar con aquel hombre, fuera quien fuese en realidad, pero al parecer no me quedaba otra opción. En cualquier caso, dudé que estuviera allí sólo para decirme adiós. No parecía muy propenso al sentimentalismo.

–Usted me trae mala suerte –dije–. Perdóneme por no derramar una lágrima cuando se vaya.

–Es posible que también usted me traiga mala suerte a mí. He tenido que trasladar parte de mi colección, he perdido una casa que usaba como refugio, y el señor Eldritch se ha visto sometido a cierta publicidad no deseada. Teme que eso acabe con él.

–Desolador. Se le veía siempre tan pletórico de vida.

El Coleccionista sacó el tabaco y el papel de fumar del bolsillo y lió cuidadosamente un cigarrillo, que luego encendió mientras el otro aún humeaba en el albañal. Parecía incapaz de pensar debidamente sin tener algo encendido entre los dedos o en los labios.

–Ya que está aquí, tengo una pregunta que hacerle –dije.

Aspiró hondo y dejó escapar una nube de humo en el aire de la noche. Al mismo tiempo hizo un gesto invitándome a plantear mi pregunta.

–¿Por qué esos hombres? –pregunté–. ¿A qué se debe su interés en este caso?

–Yo podría preguntarle lo mismo –contestó–. Al fin y al cabo, no le pagaron por buscarlos. Quizá sería más adecuado pensar: ¿por qué no esos hombres? Siempre he pensado que en este mundo hay dos clases de personas: los que, impotentes ante el peso del mal que el mundo contiene, se niegan a actuar porque no le ven el sentido, y los que eligen sus batallas y las libran hasta el final, porque comprenden que no hacer nada es infinitamente peor que hacer algo y fracasar. Al igual que usted, yo decidí seguir con esta investigación y llegar hasta el final.

–Espero que el resultado haya sido más satisfactorio para usted de lo que ha sido para mí.

El Coleccionista se echó a reír.

–No es posible que esté tan sorprendido por lo que le ha pasado –dijo–. Vivía con tiempo prestado, y ni siquiera sus amigos podían seguir protegiéndolo.

–¿Mis amigos?

–Perdón: sus amigos invisibles, sus amigos secretos. No me refiero a sus colegas letalmente divertidos de Nueva York. Ah, y no se preocupe por ellos. Tengo otros objetos de desafección en los que centrarme. Creo que los dejaré en paz, de momento. Ya están expiando las malas acciones cometidas en el pasado, y no quisiera privarlo a usted de toda ayuda. No, me refiero a los que han seguido su evolución en silencio, los que le han facilitado a usted la labor en todo lo que ha hecho, los que han atenuado los daños que ha dejado usted a su paso, los que se han apoyado suavemente en quienes habrían preferido verlo entre rejas.

–No sé de qué me habla.

–No, supongo que no. Esta vez ha cometido descuidos: ha tropezado con sus propias mentiras. Una fuerza crecía contra usted y ahora las consecuencias son evidentes. Usted es un hombre curioso, con empatía, que se ha visto privado de su licencia para hacer lo que se le da mejor, un individuo violento a quien le han quitado los juguetes. ¿Quién sabe qué será de usted ahora?

–No me diga que es usted uno de esos «amigos secretos», porque si es así tengo más problemas de los que pensaba.

–No, no soy su amigo ni su enemigo, y rindo cuentas a una instancia superior.

–Se engaña.

–¿Ah, sí? Muy bien, entonces es un engaño que los dos compartimos. Acabo de hacerle un favor del que ni siquiera se ha enterado. Ahora le prestaré un último servicio. Lleva años pasando de la luz a las sombras y de nuevo a la luz, desplazándose entre ellas en su búsqueda de respuestas, pero cuanto más tiempo esté en la oscuridad, mayor es la posibilidad de que la presencia en ella tome conciencia de usted, y actúe contra usted. Pronto llegará.

–Ya he encontrado cosas en la oscuridad antes. Se han ido, y yo estoy aquí.

–Esto no es una «cosa» en la oscuridad –contestó–. Esto es la propia oscuridad. Y ahora hemos acabado.

Se dio media vuelta para marcharse, lanzando otro cigarrillo moribundo detrás del primero. Hice ademán de detenerlo. Quería más. Le agarré del hombro y rocé su piel con la mano...

Y tuve una visión de figuras retorciéndose en su tormento, de otras solas en lugares desiertos llorando por aquello que las había abandonado. Y vi a los Hombres Huecos, y en ese instante supe qué eran realmente.

El Coleccionista hizo una pirueta propia de un bailarín. Se zafó de mi mano con un movimiento del brazo, y de pronto me encontré contra la pared, con sus dedos en mi cuello y mis pies elevándose lentamente del suelo por efecto de su fuerza. Intenté asestarle un puntapié y él redujo la distancia entre nosotros a la vez que aumentaba la presión en mi cuello asfixiándome.

—No me toque nunca —dijo—. A mí nadie me toca.

Me soltó, y resbalé por la pared hasta caer de rodillas, aspirando dolorosamente bocanadas de aire entre los labios separados. Me escocía y picaba la piel allí donde sus dedos me habían apretado, y percibía en mí el olor a nicotina y descomposición.

—Mírese —dijo, y sus palabras rezumaron lástima y desprecio—. Un hombre atormentado por preguntas sin respuesta, un hombre sin padre, sin madre, un hombre que ha permitido que dos familias se le escurran entre los dedos.

—Tuve un padre —dije—. Tuve una madre, y todavía tengo a mi familia.

—¿Ah, sí? No por mucho tiempo. —Una mueca cruel transformó sus facciones, como si fuera un niño que ve la oportunidad de seguir atormentando a un animal estúpido—. Y en cuanto al padre y la madre, contésteme a esto: su tipo sanguíneo es B. ¿Ve qué cosas sé sobre usted? Ahora bien, hay un problema. —Se inclinó hacia mí—. ¿Cómo es posible que un niño con sangre del tipo B tenga un padre que era de tipo A y una madre que era de tipo O? Es todo un misterio.

—Miente.

—¿Usted cree? Será eso.

Se alejó de mí.

—Pero tal vez tenga otras cosas de las que ocuparse: cosas medio vistas, cosas muertas, una niña que susurra en la noche y una madre que enloquece de rabia en la oscuridad. Quédese con ellas si lo desea. Viva con ellas en el lugar donde esperan.

—¿Dónde están mi mujer y mi hija? —Las palabras me despellejaron la garganta dolorida, y me odié a mí mismo por buscar respuestas en aquella criatura vil—. Ha hablado de seres apartados de la divinidad. Sabía lo de las letras trazadas en el polvo. Usted lo sabe. Dígame, ¿son eso almas perdidas? ¿Eso soy yo?

—¿Acaso tiene usted alma? —susurró—. En cuanto al paradero de su mujer y su hija, están allí donde usted las deja.

Se agachó ante mí y me envolvió con su hedor al pronunciar sus palabras finales.

—Lo eliminé mientras usted estaba en la cena para que tuviese una coartada. Ése es mi último regalo a usted, señor Parker, y mi última indulgencia.

Se levantó y se marchó, y cuando yo me puse en pie, él ya no estaba. Me fui a mi coche y volví a casa, y pensé en lo que había dicho.

Joel Harmon desapareció esa noche. Todd estaba enfermo y Harmon había ido solo en coche a una reunión municipal en Falmouth, donde entregó un talón por veinticinco mil dólares como parte de una campaña destinada a comprar minibuses para una escuela local. Su coche apareció abandonado en Wildwood Park, y nunca se le volvió a ver.

Poco después de las nueve de la mañana del día siguiente recibí una llamada. La persona al otro lado de la línea no se identificó, pero me comunicó que el juez Hight acababa de firmar una orden de registro de mi propiedad, que autorizaba a la policía del estado a buscar cualquier arma de fuego sin licencia. Llegarían a mi casa en menos de una hora.

Cuando llegaron, con Hansen al frente, recorrieron todas las habitaciones. Consiguieron abrir el panel en la pared detrás del que antes guardaba las armas que había conservado a pesar de la retirada del permiso, pero las había envuelto en hule y plástico y echado en el estanque al fondo de mi propiedad, sujetas con una cuerda a una roca de la orilla, así que sólo encontraron polvo. Incluso buscaron en el desván, pero no se quedaron allí mucho rato, y cuando los hombres uniformados descendieron de allí, vi en sus rostros que agradecían abandonar aquel espacio frío y oscuro. Hansen no me dirigió la palabra desde el momento en que me entregó la orden hasta el momento en que el registro se dio por concluido. Sus últimas palabras fueron:

–Esto no ha terminado.

Cuando se marcharon, empecé a vaciar el desván. Retiré cajas y maletas sin mirar siquiera el contenido y las arrojé al rellano antes de bajarlas hasta el trozo de tierra desnuda y piedras en el extremo de mi jardín. Abrí la ventana del desván y dejé entrar a raudales el aire frío, y quité el polvo del cristal eliminando las palabras que seguían allí. Luego continué con el resto de la casa, limpiando todas las superficies, abriendo los armarios y aireando las habitaciones, hasta que todo estuvo en orden y dentro hacía tanto frío como fuera.

Están allí donde usted las deja.

Me pareció sentir su indignación y su rabia, o quizá todo estuviera dentro de mí, e incluso mientras lo purgaba luchaba por sobrevivir. Al ponerse el sol encendí una hoguera, y observé cómo el dolor y los recuerdos se elevaban hacia el cielo formando humo gris y fragmentos carbonizados que se convertían en polvo cuando se los llevaba el viento.

–Lo siento –susurré–. Siento haberos fallado de tantas maneras. Siento no haber estado allí para salvaros, o morir con vosotras. Siento haberos retenido junto a mí durante tanto tiempo, atrapadas en mi corazón, atadas por la pena y el remordimiento. También yo os perdono. Os perdono por abandonarme, y os perdono por volver. Perdono vuestra ira y vuestra aflicción. Que esto sea el final. Que esto sea el final de todo.

»Ahora tenéis que iros –dije en voz alta a las sombras–. Es hora de marcharos.

Y a través de las llamas vi resplandecer la marisma, y el claro de luna iluminó dos siluetas sobre el agua rielando en el calor del fuego. Después se volvieron y otras se unieron a ellas, una hueste viajando hacia delante, un alma tras otra, hasta que se perdieron por fin en el triunfal embate de las olas.

Esa noche, como invocada por el fuego, Rachel llamó a la puerta de la casa que en otro tiempo compartimos, y *Walter* enloqueció al reconocerla. Dijo que estaba preocupada por mí. Conversamos y comimos, y bebimos un poco demasiado vino. Cuando desperté a la mañana siguiente, ella dormía junto a mí. Yo no sabía si eso era un principio o un final, y el miedo me impedía preguntarlo. Se marchó antes del mediodía, con sólo un beso y palabras sin decir en los labios.

Y lejos de allí, un coche se detuvo frente a una casa anodina en una tranquila carretera comarcal. Se abrió el maletero y de dentro sacaron a un hombre, que cayó al suelo antes de que lo pusieran en pie de un tirón, con los ojos vendados, amordazado, maniatado con un alambre que se le había hincado en las muñecas, con las manos manchadas por la sangre de las heridas, las piernas atadas del mismo modo por encima de los tobillos. Intentó permanecer de pie, pero casi se desplomó cuando la sangre empezó a correr por sus miembros débiles y acalambrados. Notó unas manos en las piernas, y que le cortaban el alambre para permitirle andar. De pronto se echó a correr, pero lo zancadillearon y una voz le dijo al oído una única palabra con olor a nicotina:

—No.

Lo pusieron en pie una vez más y lo llevaron al interior de la casa. Se abrió una puerta y lo hicieron bajar por unos peldaños de madera. Tocó con los pies un suelo de piedra. Caminó un poco, hasta que la misma voz le ordenó que se detuviera y lo obligó a arrodillarse. Oyó que se movía algo, como si levantaran una tabla delante de él. Le quitaron la venda de los ojos, también la mordaza, y vio que estaba en un sótano vacío, salvo por un viejo armario en un rincón, con las dos puertas abiertas para revelar los objetos del interior, aunque estaban demasiado lejos para que él los distinguiera en la penumbra.

En el suelo ante él había un hoyo, y le pareció que olía a sangre y carne pasada. El hoyo no era profundo, quizá de alrededor de dos metros, y el fondo estaba cubierto de piedras y rocas y fragmentos de pizarra. Parpadeó, y por un momento tuvo la impresión de que el hoyo era más profundo, como si el lecho de piedras de algún modo estuviese suspendido encima de un abismo mucho mayor. Notó unas manos en las muñecas, y le quitaron el reloj, su preciado Patek Philippe.

—¡Ladrón! —gritó—. Usted no es más que un ladrón.

—No —contestó la voz—. Soy un coleccionista.

—Pues quédeselo —dijo Harmon. Tenía la voz ronca por la sed, y se sentía débil y mareado después del largo viaje en el maletero del coche—. Quédeselo y déjeme ir. También tengo dinero. Puedo pedir que le manden una transferencia a donde usted quiera. Puede retenerme hasta que lo tenga en sus manos, y le prometo que recibirá el doble cuando esté en libertad. Por favor, déjeme ir. No sé qué le he hecho, pero perdóneme.

La voz le habló otra vez junto al oído sano. Aún no había visto a aquel hombre. Había recibido el golpe por detrás cuando se dirigía a su coche y se había despertado después en el maletero. Le pareció que habían viajado muchas, muchas horas, y una sola vez se detuvieron para que el hombre llenara el depósito. Y eso ni siquiera lo habían hecho en una gasolinera, ya que no había oído el sonido del surtidor, ni el ruido de otros coches. Supuso que el secuestrador llevaba latas en el asiento trasero del vehículo para no tener que repostar en un lugar público y arriesgarse a que su cautivo alborotara y atrajera la atención.

Ahora estaba arrodillado en un sótano polvoriento, con la mirada fija en un hoyo en el suelo, que era a la vez poco profundo y muy profundo, y una voz le decía:

–Está condenado.

–No –contestó Harmon–. Se equivoca.

–Se le ha declarado en falta, y tendrá que pagarlo con su vida. Tendrá que pagarlo con su alma.

–No –repitió Harmon con voz más aguda–. ¡Es un error! Está cometiendo un error.

–No hay ningún error. Sé lo que ha hecho. Ellos lo saben.

Harmon fijó la vista en el hoyo y vio a cuatro figuras que lo miraban desde el fondo, sus ojos eran agujeros oscuros en contraste con la piel fina y apergaminada que cubría sus cráneos, sus bocas se veían negras y arrugadas y abiertas. Unos dedos fuertes lo agarraron por el pelo y lo obligaron a echar atrás la cabeza dejando el cuello expuesto. Sintió algo frío en la piel, y a continuación la hoja le cortó la garganta y una lluvia de sangre cayó en el suelo y en el hoyo, salpicando los rostros de los hombres abajo.

Y los Hombres Huecos levantaron los brazos hacia él y lo acogieron entre ellos.

Últimos títulos

637. La desaparición de Majorana
     Leonardo Sciascia

638. Pura anarquía
     Woody Allen

639. Fabulosas narraciones por historias
     Antonio Orejudo

640. Antonio B. el Ruso, ciudadano de tercera
     Ramiro Pinilla

641. Los príncipes valientes
     Javier Pérez Andújar

642. Zona de tránsito
     Julia Franck

643. Zapatos italianos
     Henning Mankell

644. El asco
     Thomas Bernhard en San Salvador
     Horacio Castellanos Moya

645. Ferry de octubre a Gabriola
     Malcolm Lowry

646. Réquiem por el Este
     Andreï Makine

647. Lanús
     Sergio Olguín

648. El refugiado
Arnon Grunberg

649. Sauce ciego, mujer dormida
Haruki Murakami

650/1. Noticias de la noche
Petros Márkaris

650/4. El accionista mayoritario
Petros Márkaris

651. Ganas de hablar
Eduardo Mendicutti

652. Un trastorno propio de este país
Ken Kalfus

653. Tsugumi
Banana Yoshimoto

654. Balas de plata
Élmer Mendoza
III Premio TQE de Novela

655. El coleccionista de mundos
Ilija Trojanow

656. Boca sellada
Simonetta Agnello Hornby

657. La muerte me da
Cristina Rivera Garza

658. El fundamentalista reticente
Mohsin Hamid

659. El navegante dormido
Abilio Estévez

660. Campo de amapolas blancas
Gonzalo Hidalgo Bayal